文本·舞台·影像

——"张恨水作品暨影·视·剧改编"全国学术研讨会论文集

池州学院文学与传媒学院
安 徽 省 张 恨 水 研 究 会 编
池州学院通俗文学与张恨水研究中心

合肥工业大学出版社

图书在版编目(CIP)数据

文本·舞台·影像:"张恨水作品暨影·视·剧改编"全国学术研讨会论文集/池州学院文学与传媒学院,安徽省张恨水研究会,池州学院通俗文学与张恨水研究中心编. —合肥:合肥工业大学出版社,2023.10

ISBN 978－7－5650－6412－8

Ⅰ.①文… Ⅱ.①池… ②安… ③池… Ⅲ.①张恨水(1895—1967)—小说研究—学术会议—文集 Ⅳ.①I207.42

中国国家版本馆 CIP 数据核字(2023)第 173580 号

文本·舞台·影像
——"张恨水作品暨影·视·剧改编"全国学术研讨会论文集

池 州 学 院 文 学 与 传 媒 学 院
安 徽 省 张 恨 水 研 究 会 编　　　　　责任编辑　孙南洋
池州学院通俗文学与张恨水研究中心

出　版	合肥工业大学出版社	版　次	2023 年 10 月第 1 版
地　址	合肥市屯溪路 193 号	印　次	2023 年 10 月第 1 次印刷
邮　编	230009	开　本	787 毫米×1092 毫米　1/16
电　话	人文社科出版中心:0551－62903200	印　张	19.5
	营销与储运管理中心:0551－62903198	字　数	415 千字
网　址	press.hfut.edu.cn	印　刷	安徽昶颉包装印务有限责任公司
E-mail	hfutpress@163.com	发　行	全国新华书店

ISBN 978－7－5650－6412－8　　　　　　　　　　定价:68.00 元

代 序

"张恨水作品暨影·视·剧改编" 全国学术研讨会综述

谢家顺　张　瑜

2022年10月22日至23日,由中国高等院校影视学会网络视听专业委员会、池州学院、中共潜山市委、潜山市人民政府、《现代中文学刊》编辑部、《江淮论坛》编辑部、安庆再芬黄梅艺术剧院、安徽省张恨水研究会联合主办,池州学院科研处(学报编辑部)、池州学院文学与传媒学院、安徽省张恨水研究会秘书处、池州学院通俗文学与张恨水研究中心承办的"张恨水作品暨影·视·剧改编"全国学术研讨会在池州学院举行。

此次研讨会是第一次针对张恨水影视作品的专题研讨,第一次采取线上线下直播的方式进行,参与广泛,层次丰富,采用专家主题报告与张恨水作品研究及张恨水作品的影视剧改编研究相结合的"一体两翼"的呈现方式,设计独特。

一、特别的专题:专题研讨和内容专题

本次专题研讨会的专题包括两个方面:一个方面是聚焦张恨水作品的专题研讨,与会专家学者围绕张恨水作品的文本价值、空间文化、创作艺术经验等作了专题交流;另一个方面是内容专题,以张恨水的影视化作品为主要内容,就作品的当代传播路径、影视剧改编等方面深入探讨。这是自张恨水的第一部影视化作品《啼笑因缘》开始,几十年来学术界第一次搭建的以张恨水影视化作品为内容专题的学术交流平台,体现了一个"特"字。

二、新型的模式:线上线下全网直播

从20世纪80年代开始至今,张恨水学术研讨会前后举办了十多次,而此次研讨会第一次采取线上线下全网直播的方式进行。用网络把不能到达现场的国内专家学者们连接

起来,也使远在美国、日本的学者可以加入研讨中来,研讨会由平面变得立体生动。截至会议结束时,网上直播的最终浏览量近 30 万人次,这极大提升了研讨会的效果。网络给这次学术研讨插上了腾飞的翅膀,获得了前所未有的影响力,体现了一个"新"字。

三、广泛的参与:层次丰富,硕果累累

来自北京、上海、重庆、广东、江苏、辽宁、河北、江西、湖北、四川、河南、山东以及安徽等 13 个省市 35 所高校及相关单位的 80 多名专家学者,通过线下或者线上的形式参加了会议。其中,有知名教授和各界专家学者,有相关影视作品导演和表演艺术家,有在读博士、硕士和本科生,人员层次丰富,老中青结合。会议共收到论文共 67 篇,其中张恨水作品研究类 44 篇,张恨水影视化作品研究类 23 篇,是以往历届研讨会之最,硕果累累,既体现了张恨水研究的深厚底蕴,也凸显了诸多新生代的力量以及他们带来的新视角和新思想。

四、研讨的呈现:"一体两翼"展示

此次研讨会通过专家主题报告与张恨水作品研究及张恨水作品的影视剧改编研究研讨相结合的"一体两翼"的方式呈现。"一体"指的是会前精心设计的五位专家的主题报告;"两翼"指的是张恨水的作品研究(内部研究)和张恨水作品的影视剧改编研究(外化研究)。

(一)主题报告:融入新时代,让经典作品产生当下意义

在主题报告会上,五位专家对张恨水小说的演进与历史地位、张恨水小说影视剧改编策略、新时代张恨水及其作品的跨文化传播进行了具体阐述。他们认为张恨水研究及其作品应融入发展强劲的新媒体时代,让经典作品产生当下意义,这概括了会议的主旨。

北京师范大学艺术与传媒学院张智华教授就小说改编为影视剧的路径与方法给出了具体建议,他提出要忠实于原著,突出原著的主要精神;要以语言与动作塑造性格、表现心理,提高视觉与听觉冲击力;可以采用适当的道具象征、片名象征与形象象征;应该进行适当的增减与创新;要配上恰当的音乐等。

苏州大学文学院汤哲声教授从张恨水及其作品何以成为经典、新媒体时代如何借助互联网界的"IP"让张恨水及其作品跨文化传播成为可能、如何拓展张恨水及其作品研究的新空间几个视角作了论述,发人深省。

复旦大学中文系栾梅健教授以《金粉世家》的平民视角与经典改编为主题所作的报告

认为,小说对普遍的世态人情与生活哲理有着非同凡响的深入体察与洞见,因而,在其发表近一百年之后,它仍然会受到人们的重视,并时常被翻拍、再版与演出,这就是经典的力量。

同济大学王晓平教授依据张恨水早期作品《春明外史》《金粉世家》《啼笑因缘》指出,张恨水的小说创作在"决心跟上时代"的意识推动下不断演进,既接续了中国传统小说的面貌、意蕴和审美范式,又为中国现代长篇小说文体走向成熟作出了重要贡献。

安徽师范大学文学院方维保教授论述了现代长篇小说的文体成长与张恨水小说的历史地位,他认为张恨水的长篇小说创作对中国现代长篇小说走向文体的成熟,对市民生活内容持之以恒的独特表现,都有超越同时代长篇小说的独异之处,张恨水的创作对中国现代长篇小说文体的成长做出了卓越的贡献。

(二)张恨水作品研究:常谈常新,历久弥新

张恨水作品研究是历届研讨会的基础论题,但是常谈常新,历久弥新,此次研讨依然有很多闪光点。研讨主要围绕以下三个方面展开:

第一,作家与作品的宏观审视。

提交会议研讨的论文中有女性生存困境、小说历史地位、写作立场与纬度、小说的现代化改造、叙事学和新闻学、传播学、社会学、音乐等诸多视角。

中国老舍研究会会长、安徽师范大学文学院谢昭新教授就老舍与张恨水交往、友情及艺术创作的异同作了翔实介绍与剖析。安徽师范大学钱果长副教授以《啼笑因缘》为中心讨论了张恨水的人民写作立场的思想维度。安庆师范大学人文学院宋培璇硕士从《啼笑因缘》论述了张恨水对章回体小说的继承与改造。南昌理工学院传媒学院燕世超教授论述了张恨水复调小说的对话艺术。安徽大学文学院王木青教授整合了研究者关注相对较少的新文学作家对张恨水的章回体小说批评的言论,认为其或积极或消极的评价有助于从不同角度丰富我们对张恨水传统写作的认识。山东大学人文社会科学青岛研究院薛熹祯副教授认为张恨水在描摹社会图卷的同时积极探索民族精神自救的途径,闪耀着独有的人性与信仰之光。

辽宁石油化工大学陈由歆副教授从叙事学的角度,结合张恨水的生平轨迹、报人经历和作者身份,更深层次地探究了张恨水笔下的"记者"形象。黄山学院路善全教授通过张恨水创作的副刊作品分析其作品体现的及时真实观、社会民生观、平民视角观等新闻观念。安庆师范大学人文学院秦婧硕士从传播学的视角审视张恨水报人的身份对他本人及其作品的传播的影响。青岛大学国际教育学院董卉川副教授特别关注了张恨水20世纪40年代长篇小说中的南京书写。安庆师范大学人文学院的王谦副教授则关注了张恨水笔下北京与南京的时空体,认为其暗含着现代中国社会、历史、文化的转型与变迁。张恨水研究会学者郑炎贵研究了张恨水的人品、文品与皖公山品的关联。安徽潜山市三妙中学

徐赟老师就在中小学生课外阅读活动中推送张恨水文学作品作了思考和探索。

值得关注的是从女性生存困境的角度研究张恨水作品的学者最多,而且大部分都是在读研究生。相关研究大多认为张恨水小说作品中塑造了众多处在过渡时期的女性形象,她们已经萌发了初步独立自主的意识,但是在生活和生存中面临着巨大的生存难题与抉择,这些刻画对思考当下女性现状仍有借鉴意义。

安徽大学中国现当代文学专业陈艳硕士论述了张恨水通过刻画诸多女性在生活和精神两方面所遭遇的困境,来警示当前的女性,促进女性自我意识的觉醒;安庆师范大学人文学院何瑾琳硕士特别关注了《啼笑因缘》改编电影中的女性形象;安庆师范大学人文学院王彦力硕士探究了张恨水在小说《纸醉金迷》中塑造的田佩芝人物形象,其认为张恨水是从女性角度出发,刻画了知识女性在当时社会下一步步沉沦的精神悲剧;安徽大学现当代文学专业周江硕士通过对小说《金粉世家》中冷清秋的人物形象分析,认为小说刻画出了兼具传统女性美德和现代女性觉醒意识的女性形象,对思考当下女性如何走出生存困境仍有借鉴意义;淮阴师范学院文学院和扬州大学文学院的罗馨妮、潘雨菲也认为《金粉世家》塑造了一系列处于过渡时代的女性形象,展现出了女性意识的觉醒与自我救赎的精神,为女性解放和新型两性关系建构昭示着前进的方向。扬州大学文学院的窦欢乐、刁玉萍则从《金粉世家》《啼笑因缘》两部作品中两位主要女性人物形象入手揭示"沉没成本效应"在婚恋中的价值意义。

此外,南昌理工学院传媒学院唐金菊副教授也认为,张恨水小说塑造的女性形象具有反抗封建思想,大多敢于走出家庭并自谋职业,勇敢寻求出路。安庆师范大学人文学院徐先智副教授则认为,在女性书写上张恨水自有不同于五四新文学作家的地方,但并不能说他超越了五四新文学作家。

第二,作家与作品的微观阐释。

池州学院文学与传媒学院谢家顺教授研究了小说《天明寨》的乡土世界,认为其不仅仅是一部抗战小说,还是一部借太平天国时期皖江地区乡村的书写,潜藏着现代与前现代的时空对话的作品,其乡土叙事呼应着曾经逝去的乡梦图景。因此,既具有家族史色彩,又体现着对前现代中国乡村世界的重新建构。

西南大学历史文化学院杨湛博士认为《金粉世家》是一部文学杰作,也是一部关涉民国北洋时期的社会生活史巨著,其中蕴藏着大量关于北洋政府时代的历史信息。安庆师范大学人文学院的费鸿硕士探讨了《八十一梦》的反讽艺术。安庆师范大学人文学院冯慧敏副教授研究了《巴山夜雨》的主题和意义。蚌埠学院文学与教育学院华全红副教授和袁媛老师讨论了《弯弓集》与抗战文学。河北师范大学文学院康鑫副教授研究了《啼笑因缘》版权之争与张恨水职业作家身份意识的确立。安庆师范大学人文学院刘扬天硕士研究了《啼笑因缘》的市民基础和民间影响力。安庆师范大学人文学院罗凤硕士分析了《金粉世家》的人物形象与爱情悲剧。安徽省张恨水研究会汪启明分别探讨了《丹凤街》的创作主张与抗战思想,以及《傲霜花》中华傲霜的形象价值。安庆师范大学人文学院费鸿硕士、陈宗俊教授从三个层面论述了小说《八十一梦》的反讽艺术。南昌师范学院文学院熊玫副教授分别探讨了《春明外史》的婚恋观和《巴山夜雨》的反观功能。安庆师范大学人文学院杨文强硕士研究了《啼笑因缘》的爱情悲剧等。

第三,作家与作品的比较研究。

池州学院文学与传媒学院向叶平副教授和谢家顺教授研究比较了鲁迅与张恨水作为现代文学史上两大文学巨匠心灵世界的似与不似,研究发现在原生家庭的影响、对待中医的立场以及一些具体政治事件的反应上,二人的心灵世界有诸多相似之处,然而他们的差异亦十分鲜明。研究认为这正是五四新文化运动以来,在中国社会由传统向现代转型的大背景下,选择不同人生道路的知识分子,必然形成的文化与精神世界的差异。

江苏科技大学张媛副教授分析了《啼笑因缘》与《分家》爱情模式建构及其现代性,认为两部小说爱情模式形同实异,但在背景、小说的形式、小说创作的技法、人物形象塑造、立意方面呈现明显的差异。二者的同与不同,与张恨水、赛珍珠同为通俗作家有关,也与他们文化背景的不同有关。

南开大学中文系张千千博士通过对比阅读《记者外传》与《春明外史》两部作品,看张恨水的人生观念和文学观念的转变,认为变化来源于作者在走过了三十多年人生之路后观念上的革新,更是受惠于20世纪50年代中期一系列文艺政策的推出,尤其是"百花齐放,百家争鸣"的方针。

除了以上三点以外,提交会议研讨的还有张恨水的散文、时评杂感、佚文、张恨水作品与传播的经验探索等。

辽宁师范大学文学院许江副教授和任艺硕士探讨了张恨水散文的雅致之美。扬州大学文学院黄诚副教授认为张恨水时评杂感通过旧文体的活用与新体式的探索,以古喻今的讽刺艺术和市民化的审美情趣,形成独特的艺术特质,在中国现代杂文史上呈现出别具一格的风姿。西南交通大学人文学院高强博士新发现了张恨水的三则佚文《由天津到下关》《九月忆上新河》《两句八股颂上海》并作了释读。西南大学文学院胡安定副教授以美国的亚利桑那大学东亚系的课程设置、学生论文选题以及图书馆的馆藏资料和电子资源为例,看张恨水的海外传播和海外研究,这些都是我们张恨水研究不可或缺的部分。

(三)张恨水作品影视剧改编研究:第一次全面系统的解释和思考

自1930年《啼笑因缘》改编为电影起,张恨水的小说作品便以影像化和舞台化这两种方式传播,张恨水也因此化身为"网红",至今92年经久不衰,这是一个值得关注的现象。此次研讨会选择了张恨水作品影视剧改编研究这一专题,就这一现象和事实进行了第一次全面系统的解释与思考,表现在三个方面:

第一，聚焦安庆再芬黄梅艺术剧院大型原创黄梅戏舞台剧《金粉世家》的研究和思考。

2020年底，由安庆再芬黄梅艺术剧院根据张恨水同名小说改编的大型黄梅戏舞台剧《金粉世家》在安庆黄梅戏艺术中心首演成功，引起社会广泛反响，这是继《啼笑因缘》后张恨水作品又一次舞台化的成功试行，戏剧紧扣"人应该活出最好的样子"这一主题，充满了昂扬之情。研讨会上，导演何培就戏剧的剧情改编、主题立意、创意构思、风格样式等方面阐述了这部戏的精髓和主要特点。安徽大学艺术学院王夔教授和柯妍老师认为该剧积极探索新的舞台形式，删繁就简，完成了从小说到戏剧的创新改编，在二度创作中，完成了从文本到舞台的转换，将一部经久不衰的恢宏史诗聚焦在了引发"生命激动"的青春文化基质中，给人以耳目一新的视听觉冲击。安徽省张恨水研究会芮立祥则认为黄梅戏《金粉世家》在主题、结构、形式上赋予了原著新特色，但也存在一些缺憾，应进一步探索改编策略，使《金粉世家》在黄梅戏舞台上获得"守正"与"创新"的更优融合。

第二，对张恨水本人的舞台和影像呈现。

研讨会上安徽合肥景诚文化公司李金寿总经理提交了其尝试创作的黄梅戏剧本《张恨水》，广泛征求与会专家学者的意见和建议以求学术支持。这种对作家本人进行的影视剧创作尚属首次，这也是一种特殊的学术传播方式，受到了与会学者的鼓励和认可。

第三，对以往张恨水作品影视剧改编历史与现象的打捞和思考。

上海大学文学院的石娟教授研究了《啼笑因缘》改编权的争夺，河南大学文学院李国平副教授以电视剧《金粉世家》为例研究了名著改编为电视剧的得与失。华北科技学院中文系张艳丽副教授研究了《欢喜冤家》电影重拍的现实意义。安徽大学文学院周维硕士论述了2004年黄蜀芹版本的《啼笑因缘》电视剧对原著的改编的审美特征。合肥工业大学文法学院王剑飞副教授和汪佳丽从印刷媒介、视听媒介、数字网络媒介三个方面解析张恨水文学作品的传播路径和特点，探析其背后的内在逻辑。安庆师范大学人文学院张欣宇硕士以电视剧《夜深沉》为例，探讨了如何正确处理小说与电视剧的文本差异，寻找当代张恨水小说影视剧改编的出路。安徽农业大学人文社科学院的李彩霞、沈琳、郑文慧认为张恨水文创产品可以承载张恨水的精神内涵，易于保存、便于传播，可以为张恨水文化的传播提供了更好的载体。安徽省张恨水研究会秘书处曹冬艺以长篇小说《小西天》为例探讨了张恨水作品的话剧改编和再创造，安徽大学文学院古小舟硕士认为新世纪以来张恨水小说凭借着大众化立场与商业化追求而获得了影视改编的青睐。湖北省武汉市黄陂区委党校宋海东副教授通过梳理根据张恨水小说《银汉双星》改编的同名电影近百年的传播史，认为这部影片对原著的改编及重构进一步推动了张恨水作品的经典化。安徽大学文学院孙卓然硕士认为张恨水小说的电视剧改编是一种重塑与创新，文学与影视之间鱼水交融、互动互通，最终呈现出一幕幕精彩的视听盛宴。池州学院姜友芝副教授则认为影视改编对张恨水小说起到宣传与推广作用，加速了张恨水小说进入读者阅读视野的步伐，但同时也弱化了张恨水小说的文学性因素。

除此之外，论文里还有张恨水影评研究、新媒介时代张恨水小说的动漫化研究，张恨水小说中的音乐元素研究等专题研究、张恨水及其作品当代传播路径等，这些视角都是关于张恨水影视剧作品改编研究的新思考。

安徽师范大学杨惠副教授特别研究了1924—1930年张恨水写作的大量影评，认为这些影评既体现了张恨水视电影为高尚艺术的客观严肃的批评态度，也透露出其身为小说家对不同艺术形式的互相沟通的敏感，同时也真实展现了处于草创期的中国电影幼稚的起步状态和艰难的生存现状，为后人了解20世纪20年代中国电影和电影评论提供了鲜活的历史资料。

湖南师范大学文学院李婕博士也特别研究了张恨水的影评，她认为张恨水通过观影与评影活动，对电影有深入认识并将电影元素融入其小说创作中，张恨水影评指出了民国时期电影界的问题，对电影制作有所裨益，或直接或间接地推动了当时电影界的进步。

江西农业大学图书馆高国金、吴青林副馆长以江西农业大学图书馆为例研究了张恨水及其作品当代传播路径，潜山市图书馆聂玲慧馆长思考了新形势下县级图书馆如何创新推广以张恨水文学作品。

池州学院艺术与教育学院徐阳和王韵从音乐的视角研究了张恨水小说中的音乐元素。池州学院文学与传媒学院徐玉婷以《啼笑因缘》为中心研究了新媒介时代小说的动漫化传播、张瑜论述了张恨水爱国主义小说的新时代价值。

通过研讨，与会专家学者一致认为张恨水文学遗产及其思想精神是宝贵的文化资源，是中国故事的重要来源，要进一步挖掘其时代价值，继续推动其创造性转化、创新性发展，更好地将张恨水学术研究成果转化应用于当代文化建设及经济社会发展之中。

目　　录

张恨水作品研究

张恨水作品影视剧改编研究

张恨水作品研究

论张恨水小说中女性的生存困境

陈 艳

长期以来,男性作家笔下的女性形象一直是满足男性作家期待与欲望的产物,他们很少去思考传统女性在社会上的地位,以及她们所遭受的不公平待遇。直到"五四"新文化运动,要求妇女解放,男性作家们才逐渐关注到女性的社会地位,以及她们所受的不公正待遇。但是,相较于女性作家同情女性的生活困境,关注她们作为人的尊严和权利来说,大部分男性作家并没有意识到女性解放的真谛。但张恨水作为男性作家,他不仅写出了在新旧交替时代中女性的生活困境和精神困境,并能够深入探讨造成女性悲剧命运的根本原因,支持女性独立自主的爱情观和婚姻观。

一、"有母无父"的生活困境

张恨水的小说多是"以社会为经,以言情为纬"的社会言情小说。在这些小说中大多的女性角色都有一个共同点,就是父亲在她们生命中的缺席。比如《春明外史》中的李冬青、梨云,《啼笑因缘》中的沈凤喜,《金粉世家》中的冷清秋、《欢喜冤家》中的白桂英等。父亲的过早离世,使这些女性要面对经济的困窘,扛起养家的重任,直面社会对她们的压迫。

在封建宗法制社会里,"丈夫"一词具有高度的权威性。《说文解字》记载:"夫,丈夫也。"注文曰:"从一大则为天,从大一则为夫。于此见人与天同也。"也就是说,丈夫是等同于"天"。在"阳""乾""天""君"的思想框架里,男/夫拥有至高无上的主体性和权威性。

但在新文化运动后,越来越多的作家开始偏爱"无父"文本。既然父亲是封建礼教和权力的象征,那么反父权也就意味着反封建。张爱玲的作品中就有很多"无父"文本,她的小说颠覆了传统的父权至上的观念,将男性家长放逐于文本之外,让女性成为一家之主。而在张恨水的"无父"文本中,更多的是想展现社会的现实,即在父亲离世后,女儿们要面临经济的困难,担起家庭的重担,直面社会的黑暗。

在父系社会中,父亲在家庭中一直是绝对权威的存在。一旦家庭中失去了父亲,母亲和孩子就失去了束缚,同时也失去了保护和引领。张恨水小说中众多的女性人物在父亲离世后,不得不主动承担起赡养母亲和照顾弟弟妹妹的责任,这使得她们过早地体会生活的艰苦,并直面社会的压迫。比如《春明外史》中的李冬青,父亲和嫡母相继去世,而婶母总是对她冷言冷语,于是她只好带着五十岁的母亲和九岁的弟弟另租房子住。因为文凭不够,她只能靠绣花卖钱来补贴家用,后来经人介绍做了何剑尘妻子的家庭教师。而《啼笑因缘》中,沈凤喜一家仅靠着沈凤喜唱大鼓戏和沈大娘替人做衣服鞋袜来维持生存,再加上抽大烟、喝酒的舅舅的纠缠,沈凤喜的生存处境变得更加艰难。同样《金粉世家》中的冷清秋出身于没落的书香门第,父亲早亡,她只好和母亲相依为命,来往最多的便是舅舅宋润卿。一件新衣服、一双新鞋子对她来说都是可望而不可即的事情。

父亲的缺席,不仅会让家庭中经济变得困难,同样会让子女在教育上有所缺失。失去父亲在精神上的引领和教导,这些年幼的女性更容易受到世俗欲望的诱惑。比如《啼笑因缘》中的沈凤喜,因为樊家树的帮助,她做起了学生,过上了无忧无虑的生活,全家的温饱问题也得以解决。但是在樊家树的一次回家探病过程中,沈凤喜禁不住军阀刘德柱的威逼利诱,最终在二十万的存折面前,"不觉嫣然一笑"[1],过上了少奶奶的生活。沈凤喜从小生活在底层社会,残酷的现实使她明白金钱是第一位的,于是她把金钱作为衡量爱情的标准,以婚姻为赌注,来满足自己的虚荣心。《金粉世家》中的冷清秋也是如此。她从小接受的是优良的传统教育,十七八岁在新式学校读书,可以说是一位集传统美德与现代意识于一身的女性。但就是这样一位知书达理、端庄娴静的女子,仍摆脱不了虚荣心的牵绊。虽然一开始冷清秋还犹豫不决,但当金燕西接二连三地送来她所需要之物时,她便欣然接受。就像后来她自己所反思的一般,"其实自己实为金钱虚荣引诱了,让一个纨绔子弟去施展他的手腕……我该死极了"[2]。而冷清秋的母亲将金燕西的行为都看在眼里,却没有很好地去引导她,只是睁一只眼闭一只眼,让冷清秋在漩涡中越陷越深。可以说,这些女性的悲剧,一部分就是由于缺少父亲在精神上的教育与约束,所以更容易被各种欲望所吸引最终走上不归路。

在一个完整的家庭中,母亲的存在也十分重要。但是,当父亲这一角色存在时,母亲通常是以父亲的附属者的身份出现,因而经常是被忽视的。而一旦父亲的角色缺失之后,母亲的主体地位便凸显出来。一旦取得了父亲权力的母亲,基本会有两种心态。

第一种是依附心理。丈夫在世时,依附自己的丈夫。而当丈夫去世后,便将这种依附的心理转移到自己子女的身上。这其实根源于封建礼教对女性的束缚。儒家《礼教》"三从"中的其一就是"夫死从子",这让母亲们自然而然地在丈夫死后依附自己的子女。家中大权的旁落同时也意味着家庭责任重担的转移,这使得女儿们小小年纪就要面对社会的黑暗和困苦。李冬青、冷清秋、沈凤喜的母亲都是如此,她们将女儿当作家中的主心骨,支持女儿的任何决定。

第二种则是被父权同化。当代表着主体性与权威性的父亲缺席后,母亲就开始代行父亲的权力。她们不在乎子女的意愿,而是让子女活成自己想要的样子。这样,母亲的形象就从失语者变成迫害者、吃人者。他们伺候女儿们的日常起居生活,奉行金钱至上的原则,只看中女儿身边男人的钱和权,完全忽视女儿们个人的幸福。拥有这种母亲的女儿们,自然逃脱不了悲惨的命运。如《啼笑因缘》中的沈大娘,就是一个庸俗贪婪的小丑形象。沈大娘并不关心谁真正爱着她的女儿,她只关心谁有钱给她。她看樊家树怜爱沈凤喜,并帮助她们一家走出了贫困,便视樊家树为菩萨处处逢迎。遇到了更有钱的刘将军后,便让女儿去巴结有钱有势的刘将军,她嘴上求关寿峰从将军府救出沈凤喜,实则内心的真实想法是"将军待我们这样好,我们要不答应良心上也说不过去呀"[3],完全被金钱遮蔽了双眼。她的庸俗、自私和忘本让人既气愤又痛恨。同样还有《欢喜冤家》里的朱氏,她对女儿白桂英一直低声下气,因为她把白桂英当成自己的摇钱树,甚至对白桂英的婚事也加以阻挠,害怕她嫁人之后自己进钱的路子也断了。当走投无路的白桂英和丈夫王玉和回到北平投奔她时,她对他们夫妻俩冷言冷语,最终逼得白桂英再次登上舞台唱戏。这里的母亲已经成为男权社会中的一个中介,她们被男权势力征服,转而又成为男权势力的帮手,她们只为一己之私,全然不顾女儿们的未来。她们是可鄙的,令人厌恶的,是诱惑女儿们走向堕落的罪魁祸首。

张恨水在小说中所刻画的这些"有母无父"的女性人物,在作为家中顶梁柱的父亲缺席后,要直面经济的困窘,早早地承担起生活的重任,面对社会的黑暗。同时,父亲的缺失也让女儿们缺少精神上的引领、思想上的束缚,她们更容易被各种诱惑所吸引,堕落于欲望之中。而受到男权社会规训的母亲对于女儿的压迫,无疑加剧了女儿们的悲惨命运。

二、女性的精神困境

随着社会的进步和发展,尤其是在五四新文化运动后,女性逐渐走出了封闭的空间,开始参与政治、经济、教育等事务。相较社会变动之前,女性的进步意识和社会地位无疑有了提高。但那毕竟是一个新旧观念交织的过渡时代,她们虽与旧的思想决绝,但迎接新生活的勇气仍然不够。像《春明外史》里的李冬青、《金粉世家》里的冷清秋、《啼笑因缘》里的何丽娜,她们一方面具有现代意识,冲破传统藩篱,追求自由与平等,另一方面却又妥协于男权社会,认同传统女性的角色,囿于双重矛盾的精神困境中。

李冬青一出场便表现出其坚强独立、自尊自强的个性。她不愿意看姊姊的脸色,过寄人篱下的日子,年纪轻轻的她便带着寡母和弟弟离开叔叔,靠自己当教师维持生活。虽然李冬青没有接受过完整的学校教育,但她依旧有着现代女性的独立自主意识。当她得知与她境遇相似的史科莲想要剃了头发做尼姑时,她用一番言论点醒了史科莲,还帮助史科莲找到学校,让她有了安身之地。但是这样一个有着清醒独立意识和崇高精神境界的现代女性,在传统文化根深蒂固的影响下,行为和思想上仍会受到旧礼教的约束。比如跟杨杏园在公园游玩时,杨杏园怕她跌下水去,伸手搀着她的胳膊,将她扶住,她"两脸像灌了血一般,直红到脖子上去"[4]。随着两人交往的深入,他们的爱慕之情也逐渐加深,但当杨杏园借并蒂莲、同命鸟向李冬青表达自己的感情时,却遭到了她的拒绝。李冬青乘车南下,二人就此分手。原来李冬青有暗疾,受旧礼教束缚,她自始至终都无法坦然面对与生俱来的隐疾,纵然她对杨杏园心仪已久,最终也不得不与之分手,承受痛彻心扉的悲剧结局。

张恨水赋予冷清秋复杂的性格特征,她身上既有现代女性追求自由平等婚姻的理想,又有传统女性渴望嫁入豪门的庸俗愿望。冷清秋原本具备独立生活的一切条件,但因为金燕西强大的物质刺激以及她虚荣心的作祟,她选择了与自己门不当、户不对的金家七少爷作为婚恋对象。是金家显赫的地位使她在不了解金燕西为人时,便仅靠浪漫的幻想草草嫁人,以为自己的爱人一定可以浪子回头。在金钱物质的驱使诱惑下,她如同一只未经世故的"金丝鸟",带着万花筒般美丽的梦,飞向等待已久的牢笼,最后掉进了现实的万丈深渊。在她身上有明显的旧式文人的洁身自好和对现实的逃避,当婚姻出现裂痕时,冷清秋不是积极地挽救,而是沉浸在书本中自怨自艾,把自己囚禁到与世隔绝的阁楼中。当然,最终她觉醒过来,自悔道:"终乖鹦鹉贪香稻,博得鲇鱼上竹竿",她意识到自己可以主宰自己的命运,不愿凋零在无爱的婚姻围墙中。终于趁一次大火,她逃出了金家,独自将孩子抚养长大。可以说,冷清秋既是一个具有浓厚封建意识的旧才女,又是一个追求人格尊严和自我价值实现的新女性。

在认识樊家树之前,何丽娜是小说中真正意义上的现代新女性,但后来的她为了樊家树,俨然变成了封建社会的女性。樊家树对何丽娜的第一印象是"脂粉味""放荡""不见得怎样美",可见她并不符合樊家树心中对女性的审美。但小说结局出乎意料,樊家树并没有跟他所深爱的沈凤喜在一起,也没有跟一直默默深爱他的关秀姑在一起,而是选择了一开始他所厌恶的何丽娜。对何丽娜来说,这结局看似圆满,实际却充满了悲剧的意蕴。因为何丽娜在爱情面前主动放弃了原本的自主权,她否定掉了原来的自我,甘愿将自己变成男人需要的女性,不惜牺牲自己。小说对何丽娜的转变进行了细致的描写。樊家树不喜欢她西式的装扮、不喜欢她夜夜笙箫、不喜欢她奢华虚荣,何丽娜便开始穿旗袍、隐居城郊、向佛吃素,亲手将自己的自主性和原本的活力扼杀。张恨水在写到后来樊家树与何丽娜的重逢场面时是这样说的:"黄幔一动,一个穿灰布旗袍的女子,脸色黄黄的,由里面出来。两人一见,彼此都吃惊向后一缩,原来那女子却是何丽娜。"[5]这里的何丽娜与第二回中的她已经完全不同了,她使自己向着传统审美改变,向着传统男人喜欢的方向转变,并像封建女子那样洗衣做饭、端茶倒水、三从四德。这是在真正的新式女子身上所不会出现的,这种为爱情牺牲自己个性,为男人改变自己的做法令人叹息。

20世纪二三十年代,各种意识形态在中国会合交锋,传统与现代处于空前的尖锐冲突中。张恨水敏感地捕捉到了时代的脉搏,她笔下的女性形象不再是旧章回小说中受封建礼教束缚的旧式才女,而是具有一定反封建因素,甚至带有现代性因素的半新半旧的女性。然而,张恨水毕竟是一个距离"主流文化"较远的市民小说家,她笔下的人物也必定会带有时代新旧过渡的烙印,这些女性虽受到过西方现代观念的影响,但仍残留了浓厚的封建意识,囿于半新半旧的精神困境之中。无疑,这也与作家本人的身份、立场乃至思想、文化意识有关。张恨水通俗作家的身份、自由主义的立场以及过于迷恋中国传统文化的思想、文化意识注定了他笔下的女性会徘徊于传统和现代之间。

三、女性困境的反思

"五四"新文化运动后,作家们开始关注起了女性不平等的地位和悲惨的遭遇。作家们为了促进女性解放,创造了大量关于女性的作品。这些作品中有的是赞美具有西方现代意识的新女性,让女性认识到自我存在的价值。有的是描述被压迫的女性,以此来警示女性,促进女性意识的觉醒。张恨水的小说中刻画的女性形象大部分都是半新半旧的矛盾人物,她们既在男权文化的统治下沉沦与屈服,也在为追求自由、平等、自尊自爱作出种种挣扎与反叛,她们困于物质和精神的双重困境中。

张恨水在叙述女性困境时,展现了他的女性意识。相较于大部分男性作家来说,张恨水能够更贴近那些被侮辱、被压迫的女性。他能以平民化的视角来看待这些底层女性。在他的叙述中,他对于被压迫的底层女性有着默默的温情,他同情这些被封建社会压迫,受尽了各种苦难的女性,同时他对于新派女性和传统女性有着矛盾的心理。他认为被封建束缚的传统女性是悲惨的值得同情的,但同时他对完全西化了的女子有着警惕和质疑的态度,比如何丽娜、白秀珠、米锦华、邱惜珍等。与"五四"新文学家贬抑旧女性推崇新女性不同,张恨水把放浪、浅薄都赋予这些新女性。张恨水的态度其实体现了他的文化选择观,在传统思想占主导的前提下,有着传统向现代过渡的徘徊、迷茫心态。

张恨水身为男性作家,深受传统的男性中心主义影响,即使他能够站在女性的视角来诉说她们的苦难,也摆脱不了男性中心主义对他的影响,这也是大部分男性作家在进行女性书写时无法摆脱的问题。张恨水笔下的女性既受到残留的封建意识的影响,同时也为追求自由、平等作出种种努力。从时代的角度来看,她们的"双面性"是女性的进步,是时代的进步,更是女性在新旧矛盾交替过程中的自我觉醒与自我救赎。但张恨水作品里的女性或被物化或被奴化,她们一直以男性为生活依托,所以避免不了悲剧的结局,这样的结局也削弱了小说的反抗力。就《啼笑因缘》这部作品来看,小说开始时反抗"门当户对"和"节烈"等封建观念,最后又肯定了这些观念;小说反对军阀刘国柱对女性的禁锢和摧残,但最后又确立了以樊家树的爱情为借口的另一种对女性的禁锢。这种禁锢虽然没有血淋淋的肉体的摧残,却足以压抑女性的生命力。纵观小说的爱情故事发展,三个女性都没有与樊家树有婚约,但她们都甘愿为樊家树"守节",远离社会生活,这说明在张恨水的意识深处还是有封建观念,认为女人还是该为男人守身。

虽然,张恨水的小说仅仅是刻画了在生存和精神上受着双重困境的女性,并没有给出解决困境的办法,但是读者能够通过他刻画的人物,去身临其境地感受女性的困境。这些让读者们能够共情,体会到底层女性生存的不易。同时能够警示那些意志薄弱的女性不要误入歧途。这样,张恨水在小说中虽然没有写到女性解放的出路,但在一定程度上也促进了女性的觉醒,让她们能够警觉起来。

张恨水小说中展现的女性困境,在现实中是普遍存在的,而如何解决,张恨水虽然没有在书中提及,但是,从他在书中呈现出的态度,能够看出他倡导女性解放,反抗封建礼教,维护自己的权利。书中女性的生活也随着社会对于女性的态度,而不断转变着,这对之后研究女性解放的历史有着借鉴意义。女性如何才能获得解放这一问题,不光需要文人们去思考,整个社会都要去探寻这个问题。这样才能更好地改善女性的生存状态,找寻女性解放的真正道路。

参考文献

[1] 张恨水.啼笑因缘[M].北京:人民文学出版社,2009:256.

[2] 张恨水.金粉世家[M].北京:人民文学出版社,2009:973.

[3] 张恨水.啼笑因缘[M].北京:人民文学出版社,2009:276.

[4] 张恨水.春明外史[M].北京:人民文学出版社,2009:471.

[5] 张恨水.啼笑因缘[M].北京:人民文学出版社,2009:452.

(作者单位:安徽大学文学院硕士研究生)

叙事学视角下看张恨水小说中的"记者"身份

陈由歆

张恨水的小说中经常出现记者的身影,如《春明外史》中,不光主人公杨杏园是记者,他的朋友也多为记者,全书中出现的记者有 19 人。《金粉世家》虽然在情节、人物中没有记者,但在开篇倒叙的"楔子"中,叙述者"我"的身份就是记者,而且身边的朋友一次次向记者的"我"讲述了她的故事。《记者外传》中的主人公杨止波是一位新闻记者,除他之外,书中的记者多达 31 人。《太平花》中的主人公李守白的身份是北京黎明报的旅行记者;《八十一梦》中讲了十四个独立的"梦",其中十一个梦中,"我"之身份均为新闻记者;此外《赵玉玲本纪》中的刘伯训,《斯人记》中的甄伍德等也都是记者。[1]张恨水的大量作品中多以"记者"身份进行叙述,或最少出现一名记者来推动故事情节,他这种特殊的"记者"视角得益于他 30 年的"全报人"职业身份和写作身份。全报人是指一个能掌握采访、写作、编辑、校对、管理和发行技能于一身的"办报人"。"身份"是身体与叙事之间最重要、最紧密的一个环节。身体分为内文本身体和外文本身体,外文本身体可以是作者的真实身体,也可以是读者的真实身体。外文本身体需要借助一个"身份"来展开内文本的叙事。

一、体现不同聚焦模式的"记者"身份

"叙事学"是关于叙事作品、叙述、叙述结构以及叙述性的理论。叙述分为三种聚焦模式,分别是零聚焦、内聚焦和外聚焦。聚焦也就是叙事中的视角处理问题。[2]以下通过分析小说中"记者"形象,阐释其所体现的叙事聚焦模式。

(一)零聚焦模式下的讲述者

零聚焦是指作者采取一种上帝似的视角,对事件进行叙述。叙述者所掌握的情况多于故事中的其他人物。

小说《春明外史》以 20 世纪军阀统治下的北京社会为背景,展现并构成了社会三个阶层全景:官商合体的权利世界、受钱权控制的感情世界和物质主义统治的价值观念世界。主人公杨杏园人际关系网广泛,小说中的三教九流都和他有直接交往,所以他可以去戏

院、茶楼或高层酒会,在情节衔接时更像是一个负责转场的"工具人",带着读者去观察社会各阶层生活的写实画面,如"这玩笑场中,我们偶然高兴,逢场作戏,走走倒也无妨,若认真和窑姐儿谈起爱情来,……她们眼中,只有达官贵人,得罪了你我这样穷文人,不算什么。你要不赶快省悟,烦恼马上就要来了"。杨杏园的记者身份使他容易实时采撷各种稀奇古怪的所见所闻。[3]

《太平花》是张恨水第一部以抗日战争为主题的作品,北平记者李守白在赴抗日前线进行采访中结识了外号叫"太平花"的农村女孩韩小梅和酒家女孟贞妹,他与两名女子的情感纠葛以及他的内心世界描写,不仅是小说情节发展的重要组成部分,而且是对小说主体——战争这一刚性内容的适当调和。同时作为一名战事记者,李守白可以拥有无所不在的活动空间,这给他提供了合理的理由,李守白是唯一一个出现在每一章中的人,他"存在"于每一章中,确保了小说叙事语境中各种人和事都能通过他的耳闻目睹展现出来。

(二)内聚焦模式下的当事人

内聚焦中的限知视角分为第三人称限知和第一人称限知。前者是叙事者将视角局限在故事中的某一个人身上,再将这个人的所见所闻叙述出来;后者则是将视角集中在故事中的"我"身上,来讲述"我"的生活。

以《啼笑因缘》小说第十九回为例:樊家树在报纸上看到刘德柱被刺杀身亡的新闻后,出于恐惧心理,匆忙出逃前的一大串内心独白就是用这种视角呈现的,"(樊家树)心里想:人生的祸福,真是说不定,不断我今天突然要到天津去。……她的母亲,她的叔叔,又是极不堪的,哪里可以商量这样重大的问题",此处,樊家树讲述自己的内心活动,暂时取代了叙述者的角色。当人物的自我叙述结束后,会增加第三人称限知视角,真正的叙述者的话语就会出现了。[4]读者可以感知具有这种视角的樊家树是表里如一言行一致的人,符合他信奉新思想、有平等意识的道德标准。

以展示民族抗日战争为主线,程坚忍和鲁婉华恋情为复线题材的《虎贲万岁》中,作者用全知视角的关于战场的想象,结合内心独白和梦境来表现人物心理变化。尽管张恨水缺乏实战经验,但他可以结合材料,运用自己的想象力,以无所不知的视角来描绘直接的战斗场景:《虎贲万岁》中战士们英勇抗击敌人的悲壮、扣人心弦的场景;鲁婉华与程坚忍分别的当晚,全知视角描述了整个环境,营造了紧张的战争气氛,也放大了程坚忍与爱人分离时的不舍;在程坚忍写给鲁婉华的信中,描写了程坚忍内心的波动,在这里全知与限知之间的视角发生了变化,从程坚忍第一人称限知视角描写了他抗击日本人的决心,也就是通过人物的内在视角对战争场景的描述形成补充。

(三)外聚焦模式下的观察者

外聚焦是指从某个人的角度看整个故事,叙述者或是见证事情的发生或本身是故事情节中的主角。

在叙事视角上,张恨水尝试加入不同的叙述者,构建一个复杂的叙事网络,其中往往涉及作者、隐身作者、读者、叙述者和人物,以《金粉世家》为例,文本中的叙事焦点是多层次的,这就使叙述者变得多样化。作者灵活、交替地给出了话语,集中在多个叙述者身上:第一个叙述者是开头的"我"。一般来说,在小说或现实主义叙事作品中,真正的作者并不等于叙述者,但在《金粉世家》中,叙事视角的承担者"我"就是作者本身。一方面,文章的第一个"我"是一位业余记者,署名为文丐[5],而张恨水不仅是一位著名的作家,同时也是一位终生从事新闻工作的报刊人;另一方面,在《金粉世家》序言中,作者直接说明了自己的身份。在前言和结语中,作者从真实身份的角度再现了他生活中的真实面貌,前者是具有真实身份的人,后者只有语言主体的本质,两者的结合使第一个叙述者"我"真实而充满神秘。对于这样一部有着广阔的文化视野、广阔的时空环境、复杂矛盾的情节和众多人物的小说来说,"我",这个故事之外的非人物的第一人称叙述者(这部作品是一个全知的视角),"我"介入文本的情节,是一个无所不知的叙述者,所以小说的深度和广度更适合读者的好奇心。而作者以第一人称的身份出现,也缩短了读者和作者之间的距离,让读者更容易听故事,并代入其中。

二、"记者"身份的文本意义

借助记者的职业便利更容易对现实事件进行记录和批判,渲染纪实色彩和批判现实意义。记者的活动范围也相对灵活,可以拥有更大限度的创作叙事自由度和灵活度。

(一)渲染纪实色彩

相对于传统小说中可见的传奇笔法或者史传笔法,纪实手法有助于增加人物的可信度,更贴近生活,加强对人物思想的理解。在张恨水初登文坛的时候,"小说界革命"和"文学革命"已逐步开始对市民读者进行启蒙,培养他们在文学作品形成了解、认识社会的阅读期待。纪实不是以"记录你所听到的一切"或"流水账式记述"的形式对生活进行描述,而是通过复杂而零碎的具体现象表达对生活本质的把握的宏观概念。张恨水《金粉世家》并不注重写人物的社会活动,也没有刻意具体地描述历史,但读者并不觉得它是远离现实的,因为社会氛围的变化持续地反映在人们的日常生活中。

张恨水是一个实事求是的人,他对纪实的理解是简单而广泛的,即记录时代和写人民,即"讲人生""描写生活",因此他的小说主要集中在对社会、风土人情的描写上。作为一名记者,张恨水接触到生活的方方面面,这成为他写作的源泉,也为他的写实创作创造了条件。"要想知道旧时的北京什么样,那就去读《新明外史》",读者喜欢把《新明外世》当作新闻来阅读,这也是读者回忆时觉得愉悦的特点。

(二)突出批判效果

张恨水善于将新闻副刊与文学相结合,与新闻相比,小说更容易让张恨水表达他对社会现实的道德评判,这也可能是张恨水在写新闻的同时坚持写小说的动机之一。以小说的形式反对邪恶势力,批判社会的黑暗与腐败,把小说作为新闻的一种补充,例如,《八十一梦》就利用梦的隐喻来揭露抗日战争时期黑暗的社会现实,在当时顺利地避开了极其严格的政治审察。《金粉世家》《春明外史》等也都深刻地揭露和批判了军阀在当时社会上的黑暗统治。将文学与现实生活直接联系起来,通过文学隐喻和对现实的暗示来达到批判现实的目的,从而提高文学的现实性。

张恨水继承了批判小说的传统,以讽刺的写作方式批判社会的黑暗面,承担了那个年代报社作家的责任,在经营报社和创作文学的过程中追求着变革社会的理想。无论是国际战争形势的变化,还是街头巷尾的奇闻轶事,无论是名人和有理想抱负的人,还是不择手段的商人和贪官污吏,或是普通老百姓,都是他描写评论的对象。

有着作家身份的记者张恨水,通过小说来讲述许多不能被报道的信息,这也算是一种"曲线救国"的方式。例如抗日战争期间,前线战士浴血奋战,而重庆后方却是歌舞升平;统治阶级在任意妄为,底层群众的生活却处于水火之中;孔祥熙的女儿因违反交通规则被警察拦截后,她竟然殴打了警察。根据惯例,这类官方消息不能公布,因此,张恨水写了一个关于潘金莲动手打警察的故事,收录在小说《八十一梦》中。在小说中,她说她的丈夫是十家银行的董事,拥有120家公司,读者从中便可以了解一二。

小说《啼笑因缘》的材料也来自"高翠兰被抢"这例真实事件。高翠兰是一个唱大鼓书的卖艺女子,机缘巧合下被田旅长看中并强行抢走,一些人对此感到愤怒,而另一些人则对此不以为奇。于是张恨水在此基础上创作了《啼笑因缘》这部作品。在动荡的政治形势下,军阀是不可控的,多数记者为此感到愤恨,却大多不敢发言,记者作家张恨水只能通过文学间接地抵制并将此类新闻转化为新的材料来对这种现象进行谴责和批判。在记者与社会各界人士打交道的过程中,他们目睹了官僚军阀勾结、法律的腐败和扭曲、平民百姓在各方面被压榨,他们也看到了人民正在遭受的沉重苦难。记者们的四处奔波利于他们更了解底层人民的生活。

总的来说,张恨水后期的创作超越了"社会言情小说"的层次,他对社会现实的批判力度不仅更加尖锐,而且他对人生的体验更加深刻,对家庭和国家的感情更加强烈。

(三)加强叙事自由度

张恨水赋予人物以记者的身份,不是从题材的角度来看的,而是从叙事策略的角度决定的,作者赋予他作为记者而不是作为其他身份的很大一部分原因,是看中了记者的职业条件有助于叙事发展。显然,作者喜欢记者这种职业行动自由的特性,记者可以无处不在,可以置身事外地记述身边的所见所闻,这正是叙事文学视角最佳人物的理想特征:可以大范围地自由活动,并不显突兀。

张恨水作品的主线看似是在写故事,但细读下来发现都是基于各个时期的社会热点主题:《春明外史》记载了当时有名的社会人物,于是记者杨杏园和"隐形叙述者"张恨水站在绝大多数普通人的视角来评价社会问题和社会阶层。

张恨水成为记者后,通过新闻活动可以范围极广地接触到社会各层面,张恨水的南方北方旅居经历使他结识了各个阶层的人,他所看到和听到的远远超过了普通人,他很快就把这些经历变成了文学材料。与普通作家相比,报人作家更容易接触到社会事件,拥有更多的新闻来源,将新闻融入文学,作品中有更强的年代感。报人记者的多数作品可以保存大量的社会历史资料,成为传递历史信息的重要"使者"。

作品采用第三人称无所不知的叙事视角,有利于对真实事物的连接和拼贴,增加作品的叙事自由度,只要选择行动范围自由度极高的人物,作者就可以控制人物活动,从而轻松地把各种新闻和轶事带入小说。自由度有两种表现:一个在于趣味性,只要有趣就可以进行自由联结,各种人和事都可以很容易地带入小说的整体结构中;另一个在于开放性,小说形式的开放性使得作者可以通过读者阅读后的反馈再来确定文章的长短。另一方面,闲谈的写作方式给了张恨水更广阔的评论空间,这不仅是应对新闻审查制度的一种灵活方式,也是一种以过去讽刺现在传统的延续,在重庆的时候,张恨水就用《八十一梦》表达了他对时政的看法。报人作家也可以在文学创作中追求新闻自由,婉转地传递自己的思想价值观念。[6]

参考文献

[1]刘少文.叙事媒介及其自由度——论张恨水小说中记者、准记者作用[J].北方论丛,2005(03):50-54.

[2][德]赫尔曼·黑塞.新叙事学[M].马海良,译.北京:北京大学出版社,2002.

[3]张蕾."版外新闻":现代章回小说的一种形态——论张恨水《春明外史》[J].名作欣赏,2015(35):76-78+142.

[4]许德.在传统与现代的天平上——试论《啼笑因缘》的叙事特色[J].安庆师范学院学报(社会科学版),2001(03):46-51.

[5]余春莉.论《金粉世家》的叙事策略[J].楚雄师范学院学报,2015(05):45-49.

[6]韩诚.文学视角下报人作家写作[J].内蒙古大学学报(哲学社会科学版),2017(03):5-10.

(作者单位:辽宁石油化工大学外国语学院)

张恨水 20 世纪 40 年代长篇小说中的南京书写

董卉川

张恨水与南京有着不解之缘。1913 年,张恨水应堂兄张东野之邀到上海,后考入孙中山先生在苏州设立的"蒙藏垦殖学校"。二月革命讨袁失败后,学校被迫解散,张恨水只得返乡。1936 年到南京后,与好友张友鸾共同创办《南京人报》,这是他一生中创办的唯一一种报纸。1937 年 11 月离开南京后,其先赴芜湖后赴重庆。虽仅停留一年,但张恨水对南京这座城市充满了追忆与思怀——扬子江边、秦淮河畔、紫金山、玄武湖、夫子庙、唱经楼、花牌楼、奇芳阁、歌女、杨柳、梧桐、洋槐……"此地龙盘虎踞之下,还依然秀丽可爱……北平以人为胜,金陵以天然胜;北平以壮丽胜,金陵以纤秀胜,各有千秋"①,道不尽对于南京的心驰神往。在离开南京后,张恨水接连创作了多部以南京为背景的长篇小说,尤其集中在 20 世纪 40 年代。主要有 1939 年 3 月 8 日至 1940 年 2 月 4 日连载于上海《新闻报》的长篇小说《秦淮世家》,上海三友书社 1940 年 11 月出版单行本;连载于《上海生活》1939 年第 7 期至 1941 年第 4 期的长篇小说《到农村去》,1945 年 6 月重庆万象周刊社出版单行本时,更名为《石头城外》;1940 年连载于香港《国民日报》的长篇小说《大江东去》;1940 年 1 月 1 日至 1942 年 1 月 1 日连载于上海《旅行杂志》第 14 卷第 1 号至第 16 卷第 1 号的长篇小说《负贩列传》,后更名为《丹凤街》,重庆教育书店 1943 年 2 月出版单行本;1948 年 11 月 21 日至 1949 年 5 月 25 日连载于上海《新闻报》的长篇小说《玉交枝》上部,下部因病由他人续写,上海正气书局 1950 年 12 月出版单行本。

《秦淮世家》《大江东去》描写了都市南京的社会世相,《丹凤街》《石头城外》则是都市南京与乡村南京社会世相的交织与变奏,《玉交枝》描写了乡村南京的社会世相,从而共同构成了 20 世纪 40 年代张恨水的南京书写与南京想象。

《秦淮世家》《丹凤街》以秦淮河畔的红歌女唐小春、丹凤街的贩夫之女秀姐为纽带,串联并勾勒了都市南京的上流阶层与市井小民的社会世相。唐小春的母亲唐大嫂年轻时是秦淮河畔的名妓,年老色衰后从良,育有二春和小春两个女儿,后培养小春做了秦淮河畔的头牌歌女。在小说中,张恨水详细描写了小春——秦淮河畔歌女的日常作息与工作。

---

① 张恨水:《窥窗山是画》,见《张恨水全集·62·山窗小品及其他·两都赋》,北岳文艺出版社 2019 年版,第 164 页。

每晚十点左右她们要在秦淮河畔的清唱社唱曲,但主要收入来自"出条子"——唱曲之前在秦淮河畔的各个酒店包厢陪客人喝酒聊天,上午与下午则在家中休息,傍晚六点左右开始接请客条子,接到条子的数量与当红程度成正比,能够发条子邀请歌女陪酒玩乐、请客吃饭的主宾非富即贵,或是大学教授,或是达官贵人,或是富商巨贾,从而呈现出烟花之地秦淮河畔夜夜笙歌,纸醉金迷的日常风貌与社会世相。小春出身市井,周遭的亲人、朋友均是南京秦淮河畔的市井小民,说的是地道的南京方言。小春夜夜陪酒卖笑的对象则是南京的上流阶层,这些上流社会的人士荒淫无耻、心狠手辣。流氓大亨杨育权强掳二春、小春姐妹到他南京郊外的淫窟别墅,在这魔窟之中杨育权不知摧残了多少女性。那些南京的达官贵人如尚里仁、王妙轩、钱伯能、袁久腾等,对杨育权谄媚拍马,助纣为虐。对南京的上流阶层,张恨水极尽批判讽刺之能事,揭露了都市南京中上流社会的丑恶世相。

《丹凤街》中,秀姐父亲早逝,自幼随母亲何氏投靠了贩菜为生的舅父何德厚。通过秀姐一家,张恨水引出了居住在丹凤街上的一众市井小民,他们多为"肩挑负贩者"①,这也是《丹凤街》原名《负贩列传》的缘由所在。张恨水在小说中详细描述了这些肩挑负贩者的日常生活,尤其是其生计之所在——贩菜。丹凤街的市民比之秦淮河畔的市民,生活得更为艰辛。赵冠吾次长相中秀姐,打算将其纳为妾侍,而秀姐与菜贩子童老五早已互生好感,但无奈舅父何德厚软硬兼施,苦苦相逼,最后秀姐只得嫁给赵冠吾。财大气粗的赵冠吾另设别院禁锢秀姐,丹凤街诸乡邻谋划从手眼通天的次长手中营救秀姐,都市南京的上流阶层与市井小民通过秀姐发生交集。在《丹凤街》中,张恨水又一次揭露、批判了上流阶层的丑陋面目,他们视女性为物品、玩物,妄图用金钱衡量、买断一切,残忍自私、冷酷无情。与之相反的是南京的市井小民,《秦淮世家》中,试图营救唐家两姐妹的是下关摆书摊的徐亦进、毛贼王大狗、耍鸟的毛猴子、暗娼阿金。《丹凤街》中,试图营救秀姐的是肩挑负贩者童老五、杨大个子、杨大嫂、洪麻皮、李牛儿、王狗子。上述的市井小民们,无钱无权无势,生活在都市南京的最底层,却保留了人性中善良与正义的一面,更呈现出南京市井小民所具有的侠义心肠,好打抱不平,敢于与恶势力斗争。徐亦进在下关车站曾捡到唐大嫂装有巨款与首饰的钱包,不为所动,亲自送还。阿金出卖肉体只为供养生病老母,后来面对黑恶势力的恐吓,临危不惧,愿为心上人和恩人王狗子献出生命。杨大嫂帮人接生,不收分文,本就贫困还仗义疏财,为了营救秀姐前后奔走、劳心劳力。

这些市井小民与丑恶的上流阶层形成了鲜明对比,在粗鄙中透出可爱、实在、仗义,张恨水展现了他们的人性美,展现了他们未被都市文明所污染、腐化的纯真人性。张恨水擅长在小说中塑造女性形象,《秦淮世家》《丹凤街》的女主人公二春、秀姐以及阿金、杨大嫂,共同代表了南京下层社会中坚贞要强、仗义勇敢的女性形象。在小说最后,二春设计夺走杨育权保镖魏老八的手枪,想要与杨育权同归于尽,却寡不敌众被残忍杀害。秀姐一直没有屈服于赵冠吾的淫威,屡次试图逃走,在丹凤街众乡邻的帮助下,差点逃离魔窟,却被赵

---

① 张恨水:《丹凤街·自序》,见《张恨水全集·40·丹凤街》,北岳文艺出版社 2019 年版,第 2 页。

冠吾识破,最后香消玉殒。二春和秀姐用死亡去捍卫自我的尊严、去反抗黑暗强大的恶势力,展现了她们的英勇无畏。值得注意的是,张恨水笔下的南京市井小民实则分为两类,"下层阶级的人,他们的道德观念,没有中庸性。有的见利忘义,在为了数十文的出入上,可以辱没祖宗地打骂着。有的却舍生取义,不惜为了一句话,拿性命和对方搏斗"①,上述的市井小民自然是舍生取义之辈。在张恨水笔下,市井小民中的见利忘义之徒自然也不在少数。《丹凤街》中,何德厚为了钱财不顾亲情,勾结丹凤街放印子钱的梁胖子、邻居田佗子,设毒计让侄女秀姐与胞妹何氏母女深陷囹圄,秀姐为了母亲只能嫁给赵冠吾。《秦淮世家》中,唐大嫂、唐小春最终屈服于杨育权的势力与金钱,甘心受辱。赵胖子、刘麻子满嘴道义,与唐大嫂几十年的交情,在杨育权的势力与金钱面前顿时烟消云散,见风使舵,做起杨育权的打手,助纣为虐、无耻至极。舍生取义之辈、坚贞无畏的女性们的反抗是那样的无力,面对上层社会和同为市井阶层的同胞的绞杀,他们的结局注定是悲剧的。

在张恨水笔下,都市社会依然保持着丑恶、黑暗的现状与世相,"不到半年,这个废墟上,又建筑洋楼起来了……又开始看秦淮河上的另一页新史……窗户正对面,是木架高支着电影院的霓虹广告,红光射出四个大字:如此江山。光是一闪一闪的,隐现不定,那正象征着秦淮河的盛会,一瞥一瞥地变换着"②。《大江东去》虽描写了女主人公薛冰如同丈夫孙志坚、孙志坚好友江洪以及旧交王玉之间的情感纠葛,却是最早一批对南京大屠杀进行正面描写的长篇小说。孙志坚是驻守南京城的工兵营营长,战前委托同是军人的好友江洪护送妻子出城,在从南京奔赴汉口的途中,年轻英俊的江洪数次救薛冰如于危难之中,令其芳心暗许。南京城破后,薛冰如以为孙志坚已经牺牲,便主动追求江洪,还屡屡与王玉争风吃醋。得知孙志坚依然在世的消息并与之在香港碰面后,仍旧一意孤行。张恨水在描写男女之间情感纠葛的同时,以大量的篇幅正面描写了南京守军与日寇血战的英勇过程,"见尚斌已钻进那堆里,二十码、十五码、十码、五码,一块灰色衣服的影子,逐渐移近了那机关枪掩体。到了五码,他不蛇行了,只见他突然向前一跳,全身暴露出来,人向前一栽,右手伸着,把那个手榴弹塞进掩体里面去,那机关枪突突地吐着火舌,还在向这右角射击。响声突然停止,只见一把刺刀挑起,在逼近掩体的尚斌身上,接着一阵响,一阵烟,由机关枪掩体里喷出,手榴弹爆炸了。志坚从交通壕里向外一跳,高举了右手,叫道:'尚班长成功了,弟兄们,上!'于是竹林右角涌出一阵人浪,一阵风似的奔向城墙。大家到了那里看,机枪和三个敌人,都炸死了,尚斌成了功。也成了仁"③。光华门的激烈战斗结束后,孙志坚机缘巧合地来到城郊的一座寺庙,被住持沙河搭救。

孙志坚遂在沙河的指点下剃度更衣,在这所寺庙做了一个假和尚,以和尚的身份作为掩护,躲过了敌人的数次搜捕和屠杀。"出家"后,孙志坚目睹了南京城破后陷入人间地狱的惨状,"尸体是不出十丈路,必有几具。死的不但是中国的壮丁,老人也有,女人也有,小

---

① 张恨水:《张恨水全集·40·丹凤街》,北岳文艺出版社 2019 年版,第 96 页。
② 张恨水:《张恨水全集·36·秦淮世家》,北岳文艺出版社 2019 年版,第 243–245 页。
③ 张恨水:《张恨水全集·43·大江东去》,北岳文艺出版社 2019 年版,第 120–121 页。

孩也有……而唯一的特征,女人必定是被剥得赤条条的,直躺在地上,那女人的脸上,不是被血糊了,便是拔发咬牙,露出极惨苦的样子。有的人没有头,有的人也没有了下半截。有几根电线柱上,有小孩反手被绑着,连衣服带胸膛被挖开了,脏腑变了紫黑色,兀自流露在外面。有的女尸仰面卧着,身上光得像剥皮羊一般。而她的生殖器或肛门里,却插着一支两尺长的芦苇。最后走到一个十字路口,黄色的枯草上涂遍了黑色的血。尸体也不知有多少在广场中间堆叠起来,竟达丈来高,寒风吹了死人的乱发和衣角,自己翻动。有那不曾堆上去的尸体,脚斜伸在路上,敌人的卡车到来了,就在上面碾了车轮过去……他笑了一笑,因道:'我告诉你一件新闻,你不能不害怕。我们进城的第二天,两个军曹比赛杀中国人。十二小时内,一只手杀了一百八十六人,一只手杀了三百一十三人。这个比赛胜利的人,还写了报告寄回国内去呢。'"①字字泣血,令人悲愤不已,由此揭示了日寇屠城后惨无人道的悲惨世相。对南京屠城世相的刻画与描绘,使《大江东去》由一部言情小说升华为一部抗战的时代力作,张恨水在作品中讴歌了抗日将士们的浴血奋战,表达了对死难同胞的伤痛哀思,发泄出对日寇暴行的切齿痛恨。

除了呈现南京的都市世相,张恨水在创作中还呈现了南京郊区及周边农村的社会世相。在《丹凤街》中,童老五、洪麻皮由于赵冠吾的迫害以及城市中巨大的生存压力,被迫来到南京城外的农村谋生,《丹凤街》中的农村成了在城市中无法生存的市井小民的希望之所在,童老五、洪麻皮的人生活动成为串联都市南京与乡村的南京的纽带。与之类似的还有《石头城外》中的金淡然一家。金淡然是一个小公务员,由于被裁撤以及难以忍受城市夏日的酷热,遂决定带领家人到农村去创业,把农村作为自我人生的新的希望所在,小说故而原名为"到农村去"。张恨水在小说中虽未点明金淡然所处城市的名称,但小说后来更名为"石头城"、小说中的种种细节,"这说的是一个大城市里的事……就故事里的人情风景而言,大概是扬子江边上的一个城市吧"②,以及六月三伏天令人难以忍受的酷热,无不印证张恨水笔下的这个城市就是南京城。金淡然的人生活动也成为串联都市南京与乡村的南京的纽带。金淡然准备在农村开办农场,做出一番事业,但农村显然不是金淡然一家人的希望所在。不同于童老五、洪麻皮,金淡然和夫人素英均有着良好的教育背景与经济基础,属于典型的城市中产阶级,是真正的市民阶层。他们已经习惯了南京那五光十色、灯红酒绿的城市生活。"都市"二字已经深深烙印进了他们的血液之中,即使来到农村过着舒适、安逸、凉爽的日子,却无法忍受乡村的寂寞,最终只能以回到城市收场。小说主要描写了金淡然在农村结识了一位聪敏、可爱、天真、美丽的小姑娘黄菊香,在相处过程中,二人互生情愫,这令金淡然的夫人素英醋意横生,烦恼不已。后来,金淡然在回城后,还偷偷将菊香安排到南京城中的工读学校。虽然又陷入了张恨水小说中常见的才子佳人的恋爱模式,却通过描写菊香的身世和环境,呈现出农村真实的生活状态、农民艰难度日

①　张恨水:《张恨水全集·43·大江东去》,北岳文艺出版社 2019 年版,第 134—135 页。
②　张恨水:《张恨水全集·34·石头城外》,北岳文艺出版社 2019 年版,第 1 页。

的社会世相,从而反映出作者的社会责任感与文学使命感。

对农村世相全面、深刻的描绘主要体现在《玉交枝》中,在这部小说里,张恨水将笔端完全指向了南京附近的农村,指向了农民的日常生活,这是一部真正属于农民的小说。在作品中,都市南京成为一个遥远的所在,是冯少云考取的大学所在地。张恨水借佃农王好德一家与地主蔡为经一家之间的恩怨纠葛,呈现了佃农悲惨的生存状态与农民艰难度日的社会世相。佃农王好德一家终日为蔡为经劳作,此外,为了维持生计,还要养猪、养鸭、打渔、编草鞋,做着各种副业。全家人如此勤劳努力,却依然欠着田主蔡为经的租子无力偿还。到了秋收时,田地中的一粒米也不属于自己,一年辛苦耕种的果实,要被田主一并收去,以偿还欠租。王好德的儿子玉发突发疾病,王好德私下卖了几担粮食以交医金,可欠债如滚雪球一般,让本就贫困交加的王家雪上加霜,后来一场意外的大火更是将王家逼迫上了绝路。但王家的凄苦、悲惨在蔡为经看来根本不值一提,他关心的只是自己的稻田能否按时收割完毕、佃农欠自己的租子能否按时全数偿还、大火是否烧毁了自己暂时存放在佃农家中的粮食。在描写佃农悲惨生活的同时,在《玉交枝》中,张恨水还逐步展现出了农民的反抗意识。作为老一辈农民的王好德和妻子刘氏虽然饱受欺压,却敢怒不敢言,而青年农民玉发和玉清两兄妹比之父母有了极大的进步,具有了朦胧的反抗意识。尤其是玉清阴差阳错地嫁给进步青年冯少云后,冯少云以启蒙者的身份对玉清进行了启蒙,使她觉醒,具有了真正的反抗意识,最后在民主政府的支持下斗倒了地主蔡为经。

南京在张恨水20世纪40年代的小说中既是一个地域范围的描绘——都市南京及其周边乡村,更是一个文化谱系的梳理——涵盖历史、习俗、风气、方言等方方面面,从而使异乡人张恨水成为20世纪40年代南京世相最权威、最全面的书写者。

参考文献

[1] 张恨水:《窥窗山是画》,见《张恨水全集·62·山窗小品及其它·两都赋》,北岳文艺出版社2019年版。

[2] 张恨水:《丹凤街·自序》,见《张恨水全集·40·丹凤街》,北岳文艺出版社2019年版。

[3] 张恨水:《张恨水全集》,北岳文艺出版社2019年版。

(作者单位:青岛大学国际教育学院)

论《八十一梦》的反讽艺术

费 鸿 陈宗俊

反讽是一个历史性的概念,其内涵与外延随着文学创作的实践变动不居,16 世纪以前,其作为一种修辞手段被解释为"说与本意相反的事""言在此而意在彼""为责备而褒扬或者为褒扬而责备"和"进行嘲笑和戏弄"。① 随着德国浪漫主义文论的发展,反讽从修辞层面延伸至哲学层面,成为一种具有美学意义的文学创作原则。到了英美新批评派那里,又将语言现象中的反讽与哲学意义中的反讽联结在一起,反讽进一步演变成一种核心范畴与结构原则。布鲁克斯把反讽定义为"语境对于一个陈述语的明显的歪曲"②。《八十一梦》是张恨水抗战时期创作的一部社会讽刺小说,虽是讽刺,但受限于国民党政府的舆论控制,他并不能直接书写大后方官场的奢靡腐败,于是反讽理所当然地成为作家影射现实的保护伞。其以言语反讽、情境反讽、总体反讽的形式在修辞、叙事、哲学三个层面上构成不同语境下的歪曲,由此映射出晦暗时代下的诸般乱象,各类丑角轮番上场,直指现实困境与家国危机,形成了《八十一梦》独特而富有意味的反讽艺术。

一、言语反讽:悖立中实现意义增殖

言语反讽是反讽中较为常见的一种类型,是"叙述者采用谐谑性的话语方式来传达和字面意思相反或相左的意思,语言的表象和语言的真实意图形成鲜明的悖立"③。这种"意在言外"使得读者能够从传统的思维定式中跳脱出来,对现有的话语规则产生怀疑或否定,从而获得被其遮蔽的真实。陈振华将言语反讽分为"夸大陈述、克制陈述、正话反说和反话正说、谐谑调侃、语义悖立对峙"④等多种形态,但在具体创作中,不同类型的言语反讽交错重合,实现了文本意义新的增殖。言语反讽的运用在中西方讽刺小说中随处可见,

① (英)D. C. 米克. 论反讽[M]. 周发祥,译. 北京:昆仑出版社,1992:23.
② 赵毅衡. "新批评"文集[M]. 天津:百花文艺出版社,2001:379.
③ 陈振华. 中国新时期小说反讽叙事论[D]. 济南:山东师范大学,2006.
④ 陈振华. 中国新时期小说反讽叙事论[D]. 济南:山东师范大学,2006.

《傲慢与偏见》的开篇就以"凡是有财产的单身汉,必定需要娶位太太,这已经成了一条举世公认的真理了"①讽刺了当时金钱至上的婚姻观念。这句所谓的"真理"将财产与婚姻捆绑在一起,实质上不是有钱的单身汉需要娶位太太,而是单身的女子必定要嫁个有钱人。而老舍在《猫城记》里谈到鸦片时写道:"自从迷叶定为国食以后的四百多年,猫国文明的进展比以前加速了好几倍。吃了迷叶不喜肉体的劳动,自然可以多作些精神事业。"②这是在反话正说,如果文明的进步只依赖于鸦片,那么实际上是一种停滞甚至倒退,作家以荒诞不经的笔触嘲讽了猫人的愚昧与其国格的堕落。

《八十一梦》中言语反讽比比皆是。在第五十五梦《忠实分子》中"公道旅馆"的宣传单,上面大书"大减价一星期",底下却有几行小字,"本社在此三周中,按原价提取三成现金,作为慰劳前线将士之用,故实际上本社只收七成房价。诸君既住本来廉价之房,并未增加分文负担,又能慰劳前方将士,一举两得,何乐不为"③。之后更是以电灯费、茶水费、铺盖费补足了那三成房价的损失,白得一个慰劳的好名声。在作家克制的陈述中,商人的狡猾与无耻暴露无遗,又与店名——"公道旅馆"形成对峙性的张力,具有强烈的反讽效果。在第六十四梦《"追"》的末尾,"我"感叹:"人类已进化到了与原始时代无二。所不同的是他们穿了衣服,没有穿树皮。"④与"原始时代"搭配的应是"退化",作家反其道而行之,以"进化"明褒暗贬,思想解放的青年却将抗战的演讲视为表演,如小狗一般为性欲终日追逐、斗争,所宣扬的恋爱自由也只是纵情声色的粉饰。礼义廉耻的丢失消除了衣服与树皮的区别,也抹平了进步与原始的缝隙,将其置于同一价值平台,凸显了言语上的反讽实践。而在第三十六梦《天堂之游》中还有"这位墨老夫子有点傻,已有两千年的,还在谈救世"⑤。其语境形成了历史性的错位,看似是调侃两千多年前的墨翟,实则是当时知识分子对于救国无力的自嘲。作家无视传统的道德规则,通过刻意扭曲语体色彩,在同一语境下生成了新的反讽意义,指桑骂槐中具有明确的文本意图,指引读者发掘其背后隐含的批判精神。

另外,张恨水对小说标题的设置颇具匠心,其中蕴含的言语反讽可以看作是《八十一梦》反讽修辞上的延伸。第八梦《生财有道》中的生财之道竟是趁着国难囤积货物再投机倒卖,因为物价飞涨不惜当了两个月的难民。《天堂之游》中的天堂尽是尘俗之事,妖怪穿着西装旗袍招摇过市,强盗满口仁义道德,什么人物都有。而《忠实分子》一开始就以戏谑的口吻调侃了忠实分子的问题,如将钱作为诱饵,偷奸耍滑的、投机取巧的都是宇宙里最忠实的人。小说的标题语言与故事内容之间的反差与矛盾产生了悖谬,颠覆了读者对标题原本意义的理解,形成的反讽特征进一步扩展了文本的审美空间。

---

① (英)简·奥斯丁.傲慢与偏见[M].王科一,译.上海:上海译文出版社,2010:1.
② 老舍.猫城记[M].天津:百花文艺出版社,2012:30-31.
③ 张恨水.八十一梦[M].北京:中国文史出版社,2018:146.
④ 张恨水.八十一梦[M].北京:中国文史出版社,2018:203.
⑤ 张恨水.八十一梦[M].北京:中国文史出版社,2018:105.

《八十一梦》连接现实与虚幻,超越生死,想象恣肆狂放,但拉开作家精心掩饰的帷幕,不难看出梦中的怪异景象与现实生活也有着千丝万缕的关系,如同张天翼所解释的"鬼土社会","和阳世社会虽然看去似乎不同,但不同的只是表面,只是形式,而其实这两个社会的一切一切,无论人,无论事,都是建立在同一原则之上的"①。张恨水在这类幻想小说中依旧体现出对于"叙述人生"的偏重,作品中大量出现的言语反讽可以看作是作家对现实人生不满的反映,不自觉地在文学叙述中折射出时代背景下诸多无法调和的矛盾,所表征的是战争离乱下政治体制的腐败、经济系统的崩溃以及既往道德规范的解体。言语反讽因其直接的批判性,痛击时人时事,在质疑与戏谑中建构了当下的荒诞世界,有力地鞭笞了当局政府的无能与罪恶,同时也显示出张恨水作为当时知识分子的社会良知与历史担当。

二、情境反讽:矛盾中推翻原有想象

言语反讽存在于小说局部的语言层面,承担着修辞的功能,而情境反讽则在其基础上扩展到相对独立的情节与场景中,追求整体化的反讽效果。"在表现手法上前者局限于语词或段落之间的表里的悖异,而后者却是文本的主题立意、情节编撰、叙事结构等文体要素共同孕育的一种内在张力。"②在《八十一梦》中,情境反讽主要表现为:表象与事实发生冲突,情节发展与人物预想背道而驰,以及作品情境中的价值判断与主流社会观念相悖等,由场景至情节,再抵达思想层面,含蓄有力地指斥了现实社会的种种丑恶,以图唤醒民众,引起疗救的注意。

就场景而言,张恨水十分善于铺设与事实本质不相符的生活环境,以构成反讽关系。《忠实分子》里王绅士的八字门楼,上有一块青石匾额,大书"洁净",旁边两块木板联,写着"忠厚传家久,清廉养性真",可谓隐者之居。但连他的堂屋里都囤积着过量的谷子,现款六七万,却舍不得打发叫花子几分,募捐还要拿去年的收条,其表面的清廉与本质的贪婪产生对立,推翻了之前环境所建构的廉正形象,达到情境反讽。第八十梦《回到了南京》中的南京不减当年秦淮盛事,却多了些"民主茶厅""建国理发堂""廉洁花柳病院"的霓虹灯招牌,"我"以为是经历了战火洗礼,人们的思想也进步起来。可是回顾身后,虚伪的政客与商人杯觥交错,花枝招展的歌女坐落其间,醉生梦死,人人贪天之功,以为己力,所说的爱国都是做生意的幌子。读者一眼看到的表象总是与其揭示的本质相逆,两者的冲突在愈演愈烈的矛盾中强化了反讽的力度。

情境反讽转换至情节,呈现出前途命运的难以预知,直接打破读者的期待视野。第七

---

① 张天翼. 张天翼文集(第5卷)[M]. 上海:上海文艺出版社,1987;5.
② 黄发有.90年代小说的反讽修辞[J].文艺评论,2000(06);40-49.

十二梦《我是孙悟空》中,"我"化身道法高超的大圣,却在收服妖魔小丑的路上屡屡受挫,最后逃命而归,只得去西天求如来佛。这一结局超出所有人的预期,情节的急剧逆转使得人物的行动与结果形成一种情理的悖谬,消解了人物的主观努力,进而构成了强烈的反讽。在腐败的罪恶下,英雄变成了普通人,《西游记》也不能完全算作神话。而反观孙悟空降魔路上,土地神发现妖怪却不敢上奏天庭,廉颇能够对付恶犬却是因为"一饭三遗矢",连太白金星也劝道:"你取你的经,她吃她的人。你何必管这闲事?"[1]随着事件的持续深入,传统的人物形象特质遭到了侵蚀,颠覆了读者既有的思维认知,此时情节与预期的背道而驰再次凸显了现实世界的荒诞无稽。

在文本内在的思想维度上,情境反讽则与小说蕴含的价值观念紧密相关,来源于其与公认的道德准则的隔断。在第十梦《狗头国之一瞥》中,作家幻想出一个狗头国,在情境的讽喻下影射了国人奴颜婢膝、崇洋媚外的劣根性。朋友教"我"暗地里递糖果,以此与人打交道,因为这个国家皆以私相授受为亲爱,这种不合理的现象却被默认为社会规范与准则,与主流的价值标准产生了巨大差异,在断裂中彰显了反讽意味。第四十八梦《在钟馗帐下》的浑谈国每日聚集千百人听首脑人物读稿子,只会组织无意义的会议,难以做出任何决策,更遑论行动,至死不能醒悟。浑谈成为社会风尚,那么国将不国,其谈死的荒唐结局既是对浑谈国混世虫们的讥讽,也是对重庆当局面对抗战无所作为的愤懑。

情境反讽在《八十一梦》的叙事中发挥着独特作用,除上述表征外,也有学者提出,"戏仿(Parody)小说的反证或反悖手法是情境反讽的一种特殊类型"[2]。戏仿是对经典文本的戏谑性仿拟,刻意制造一种悖论,悖论在叙述中呈现出荒谬与真实的对立,其目的与反讽一样,旨在表达矛盾的意义状态,以颠覆、修正传统的创作原则与价值系统。《在钟馗帐下》《我是孙悟空》是对《斩鬼传》《西游记》的反讽戏仿,驱魔斩鬼的钟馗救不了当局的空谈混世,疾恶如仇的大圣战不过权贵的法术通天,构成了常规与非常规的冲突,源文本中的正义精神遭到了威胁,反讽在人物与情节的对照中愈加明显。而第三十六梦《天堂之游》和第五十八梦《上下古今》中,作家则将历史上的各色人物杂糅,集体性重塑典型形象,猪八戒当上督办后偷税漏税,西门庆成了大银行家,红孩儿顺道办起了慈善事业,经过变形加工后的传统人物具有了现代意识,以彻底堕落的方式瓦解了原有的精神秩序,是对社会现实的强烈批判。

但在揭示事件表象与事件内核的悖逆中,情境反讽并不直接传达某种意义,而是需要一个观察者,"这个观察者站在高处,纵览事件全局,也许事件的每个局部十分正常,但观察者的位置能看到局部与局部相互配合所产生的荒诞结果"[3]。所以叙事人实际上也承担着观察者的角色,引导读者由言语反讽中的反讽者转变为观察者,并在同一立场上对被反讽者进行嘲讽,以实现文本的反讽叙事。国难当前,有囤积居奇的邓进才、王老虎,有唯利

---

① 张恨水. 八十一梦[M]. 北京:中国文史出版社,2018:222.
② 黄发有. 90年代小说的反讽修辞[J]. 文艺评论,2000(06):40-49.
③ (英)D. C. 米克. 论反讽[M]. 周发祥,译. 北京:昆仑出版社,1992:93.

是图的钱维重、金不取,也有麻木无聊的吴士干、牟国忠,读者跟随第一人称有限视角参与了事件本身,在渗入了叙事人的情感取向下对人物做出道德评价,最终达到反讽目的。因此,《八十一梦》中的情境反讽既表面又深刻,既暧昧又透明,不着痕迹地为读者递出理解反讽必要的线索,而非直陈式地揭开背后的真相,诗意地传达出更为广博、丰富的意蕴。

三、总体反讽:荒诞中暗喻人类命运

"从语言反讽到情境反讽,作家的修辞策略延伸成为一种情境的基本判断。假如适应于这种基本判断的情境继续扩大,直至动摇维系日常现实的价值体系,那么,总体反讽就得出现。"[①]总体反讽是对情境反讽的进一步深化,其基础是那些明显不能解决的根本性矛盾,当人类开始用理性思考事物本身难以避免的荒谬,总体反讽便潜藏于背后。它不仅关涉作家对作品以及作品以外的世界的反思,同时也指向整个人类不可逃脱的生存窘境与终极命题,因而在阐释总体反讽意义时需要联系时代的文化环境、伦理背景、精神结构等,具备大语境的概念。

张恨水创作《八十一梦》时正值抗战的相持阶段,国民政府已迁都重庆,中国的政治、经济、军事、文化中心也由此转移,但战乱使其贪污腐败更加嚣张,官员勾结奸商以权谋私,裙带之风盛行,直接走向另一面的专制。而为了弥补战时巨额的财政赤字,国民党政府竟采取通货膨胀的货币政策,导致物价飞涨,商业投机猖獗,在各种负面因素的刺激与缠绕下,大后方的经济危机愈发严重。与之而来的还有道德伦理的失范,利益的驱动使得曾经维系社会秩序的传统文化精神崩塌了,国民的文化心理结构被西方自由文明所颠覆,人的道德底线一退再退。作家身处于此,却无力改变黑暗的社会现实,愤慨与失望郁积心中,难以排解,于是反讽成为其情绪的出口。

《八十一梦》的文本反讽体现在各个方面,包括语言、情境、结构等,但其主题意向最终投向虚伪的人性、腐败的政治以及残破的历史,包含着人类的共同命运。楔子声称小说是记梦而来,如今所见的梦本已是"鼠齿下的剩余"[②],排字编报不过是为了敷衍工作、保留梦影,但作者又在尾声中质问,"谁不在做梦? 谁是清清楚楚地站在梦外? 若大家都不否认身在梦中,我便落入梦圈子里,这也不是一件可资讽刺的事吧?"[③]楔子与尾声之间隐秘的正反对照,促使正文在语境的压力下竭力为真实戴上文字面具,以梦境指涉现实,叙述中难辨真假,极大地丰富了小说的思想内涵。这种结构性的反讽统摄着全局,成为小说运作的基本方式,也将作家的真实意图暂时地置于背后,成为其尖锐批判现实的伪装。而在小说的结构策略之外,人物自身的命运同样映照出文本中总体反讽的题旨。原先讨饭的老

① 南帆. 反讽:结构与语境——王蒙、王朔小说的反讽修辞[J]. 小说评论,1995(05):77-85.
② 张恨水. 八十一梦[M]. 北京:中国文史出版社,2018·1.
③ 张恨水. 八十一梦[M]. 北京:中国文史出版社,2018:279.

王跑了一趟海防就挣了三千块钱,李录事拉一手好胡琴便被调到了秘书处办事,苦可救世的墨翟却为一些虾头鳖甲所辱……无论是生前,还是死后,人物的现实境遇与历史结局都难以逃脱上帝之手的愚弄,在读者的旁观中显得越发冷漠,具有彻底的反讽性质。人物所在的世界也是如此,横跨古今,处处是混乱与肮脏,青年人的追求"只是一种性欲冲动的行为"①,国难成了发财的工具,而政治不过是政客们权力与欲望的游戏,默认腐败,永远没有公平正义可言。从个人到社会,所有合理的秩序都被一步步摧毁,道德人格发生了异化,以其生活世界的溃败构成了对整个时代的反讽。

"反讽从修辞论走向叙事本体论再走向存在的高度是现代反讽发展的必然趋势,也就是从古典的传统修辞走向现代的反讽视境。"②存在论反讽是一种绝对的反讽,不仅关联着客体世界的荒谬离奇,同时包含了表达主体明确的自我意识。在现代反讽视境下,反讽具有形而上的哲学诉求,"反讽者认为,整个人类即是人类存在状况所固有的那种反讽的受嘲弄者"③。从此观点出发,《八十一梦》中的总体反讽就不仅是反映小部分社会现实,更是暗喻了整个人类的生存状态。为文艺革命奔走的诗人只会作些时髦的诗,打着先驱者的名号招摇过市,其实胸无点墨,甚至论诗不知朝代,将南北朝的刘宋当作了赵宋。他们忙于演讲、开会,以五四运动为跳板升官发财,却声称要打倒投机分子,文艺界的华威先生当是如此,反讽无处不在。而揭开奇幻的面具,狗头国人本性里的贪婪自私与老舍笔下的大蝎无异,由嗜糖放任自我堕落,也一如迷叶对猫人精神上的戕害,反讽的主体以外来者的视角审视一个民族的弱点,实际上也是在审视自己。再回归现实,"我"捡了总长家少爷的钻石戒指就被提拔到秘书处办事,这样的政治手段近似于《格列佛游记》中利立浦特人以表演绳上舞蹈来候补重要官职,总是将严肃的事件荒诞化处理,政治黑暗成为一个世界性问题,读者在嬉笑之余却有一种民族悲怆感与历史沉重感浸润于心。从中国到西方,《八十一梦》的反讽对象涵盖社会存在的诸多方面,张恨水以其总体反讽营造了整体性的反讽艺术,对腐朽文化与丑恶人性进行揶揄与嘲弄,"流贯其间的,是凝重的批判意识与自省意识"④。

四、结语

张天翼1938年发表的小说《华威先生》引起了关于抗战文艺要不要暴露的争论,并推动了这一创作潮流。随着抗日战争的持久化,国统区文艺作品逐渐由直接反映抗战转向

① 张恨水.八十一梦[M].北京:中国文史出版社,2018:183.
② 陈振华.中国新时期小说反讽叙事论[D].济南:山东师范大学,2006.
③ 黄发有.90年代小说的反讽修辞[J].文艺评论,2000(06):40-49.
④ 苏光文.张恨水《八十一梦》的批判意识与自省意识——兼论《八十一梦》的文学历史意义[J].西南师范大学学报(人文社会科学版),2000(02):100-105.

揭露国民党政权的黑暗与腐败,张恨水20世纪40年代的小说如《八十一梦》《巴山夜雨》都是此类作品的代表。杨义评价"《八十一梦》是继张天翼《鬼土日记》、老舍《猫城记》、王任叔《证章》之后,现代文学史上的一部奇书"①。小说由梦境熔古今于一炉,在动态对比中影射国民党当局的腐朽无能,在暴露讽刺中揭示国民的劣根性,具有隐伏而深刻的思想性,其反讽艺术不仅停留在修辞学层面,更引入到叙事论与存在论中,丰富了作品的反讽维度与阐释空间。尽管《八十一梦》中梦与戏仿的形式运用弱化了批判的力度,在创作方法上走的还是传统的路子,"如果我们把诸梦拆分开来一一细读,再根据作者本人的生活阅历、艺术情趣和文学素养来考察,便不难发现,《八十一梦》在根本上还是章回小说的家数"②。但也应看到,小说通过言语反讽、情境反讽、总体反讽层层推进,在悖立中容纳了更为广阔的社会历史内容,其反讽的外表下渗透着作家对于现实种种矛盾的强烈不满与愤懑,并与时代共鸣,最终指向人类发展的根本动力与终极命题,富有民族特色与现代意味。

参考文献

[1] (英)D. C. 米克. 论反讽[M]. 周发祥,译. 北京:昆仑出版社,1992.

[2] 赵毅衡. "新批评"文集[M]. 天津:百花文艺出版社,2001.

[3] 陈振华. 中国新时期小说反讽叙事论[D]. 济南:山东师范大学,2006.

[4] (英)简·奥斯丁. 傲慢与偏见[M]. 王科一,译. 上海:上海译文出版社,2010.

[5] 老舍. 猫城记[M]. 天津:百花文艺出版社,2012.

[6] 张恨水. 八十一梦[M]. 北京:中国文史出版社,2018.

[7] 张天翼. 张天翼文集(第5卷)[M]. 上海:上海文艺出版社,1987.

[8] 黄发有. 90年代小说的反讽修辞[J]. 文艺评论,2000(06):40-49.

[9] 南帆. 反讽:结构与语境——王蒙、王朔小说的反讽修辞[J]. 小说评论,1995(05):77-85.

[10] 苏光文. 张恨水《八十一梦》的批判意识与自省意识——兼论《八十一梦》的文学历史意义[J]. 西南师范大学学报(人文社会科学版),2000(02):100-105.

[11] 杨义. 中国现代小说史(第3卷)[M]. 北京:人民文学出版社,1998.

[12] 马兵. 想象的本邦——《阿丽思中国游记》《猫城记》《鬼土日记》《八十一梦》合论[J]. 文学评论,2010(06):161-166.

(作者单位:安庆师范大学人文学院)

---

① 杨义. 中国现代小说史(第3卷)[M]. 北京:人民文学出版社,1998:728.
② 马兵. 想象的本邦 ——《阿丽思中国游记》《猫城记》《鬼土日记》《八十一梦》合论[J]. 文学评论,2010(06):161-166.

论张恨水时评杂感的艺术特质

黄 诚

引 言

报人而兼小说家,是现代通俗文学作家的重要身份特征;左手时评,右手小说,亦是其创作的重要特点;从晚清以降陈景韩、包天笑,到民国的张恨水都是如此。如果说通俗小说关联着文化市场与文化消费,那么时评杂感则体现出通俗作家作为报人的社会担当和市民喉舌的一面。因此,研究通俗文学作家,只研究小说而忽略时评杂感是不能完整反映其全貌的。

作为通俗文学巨擘的张恨水,他不光创作了《春明外史》《金粉世家》《啼笑因缘》等一批通俗文学经典,还以报人身份在《明珠》《上下古今谈》《小月旦》《最后关头》等大报副刊专栏写作时评杂感千万言。在时评杂感中,张恨水谴责帝国主义侵略,宣扬爱国主义精神;抨击时政沉疴,追求清明政治;关注民生,体现出人道主义关怀;展现出市民喉舌,社会良知的一面。除思想内蕴外,以张恨水为代表的通俗文学杂文家,立足市民大众,从传统出发,在杂文艺术上开掘出不同于新文学作家的文体及审美趣味的独特面向,推动了中国杂文文体的现代化进程,形成中国现代杂文的另一脉。

张恨水的时评杂感量大质高,区别于陈景韩、周瘦鹃、包天笑、李涵秋等人的杂文艺术,在艺术上独树一帜,在中国杂文史上有其独特价值。张恨水面对市民读者,他能积极与市民大众的审美趣味相调适,他取法传统,活用旧体,用语录、禅话、随笔、诗词等"旧瓶装新酒",古为今用,化庄为谐。为了适应时代,他又尝试新体,以事说理,寓情于理,在标题上翻花样,融合多种文体,在时评杂感文体上作了有益的探索。张恨水积累了丰厚的历史知识,练就了造诣极深的国学功底,在写作时评杂感时,他不由自主地将历史与国学的修养带到月旦时政中来,活用历史形象,重评古典文学,臧否政府,形成了独具特色的以古喻今的讽刺艺术,既有历史感,又有现实针对性,皮里阳秋,微言大义,含蓄而隽永。他喜闻乐见的题材和市民化的语言,亲切可感,嬉笑怒骂,在"俗"味展示出"理"趣,展示出独特的市民化审美趣味。

一、旧文体的活用

传统的经典教育与词章阅读,为张恨水打下了的旧文学功底。他能熟练地运用各种旧文体——诗词歌赋倚马可待,语录禅偈信手拈来。无论是诗词,还是文赋,甚至于佛经、语录等,都是他创作时评杂感的重要文体资源。随着白话文运动逐步深入,这些旧文体逐趋为一种"死"文体,逐渐失去实用价值。张恨水则旧瓶装新酒,化"废"为"宝",古为今用,运用戏仿、谐化等方式,从某种程度上激活了这些旧文体。激活亦是一种探索和创新,为取法传统、激活旧文体现代化转型作出可贵的探索。张恨水在《世界日报·明珠》上刊登的《随风珠玉》系列,以文言写就,内容则影射时事,格式古朴,立意晓畅,寓旧文体以新风格,如其二所言:

晚灯上矣,左执汉书,右执酒杯,聊解愁闷。忽然见报纸,亦复随意置之。继而启阅,其第一行,大书特书万恶军阀,殆以暴疾卒,为之浮一大白,不必读张子房传也。

大丈夫当上马杀贼,下马作露布。贼既无力杀,露布且不敢作,奈何? 奈何?

民不敢言而敢怒,秦人已极可怜。处今日之世界,则怒亦不得。

古之国,亡于宦言,今之国亡于政客,政客之为祸,如是如是。

桀犬吠尧,虽孤忠不无可取,人犹责其不识好歹。便桀生于今日,则亦徒为其狗所嚼咀而已。[1]

本文首先描绘了自己喝酒解愁,读书阅报的场景,接着借《过秦论》、桀犬吠尧的典故,表达忧愤之情与感时之思,浸润着浓厚的传统气息,俨然是一篇日记或笔记小品! 但张恨水将一篇传统读书人的日记或笔记小品披于报头,转作抨击军阀、政客恶行及抒发忧国之思的时事评论,化"私"为"公",巧妙地实现了传统文体的现代转化。《世界日报》上的《夜声》文言小品,述夜声之动人,言人声之悲戚,如果放在古代,就是一篇私人化的小品,但是露布于报端,借助现代传媒则化作讽喻现实的利器,虽是旧文体但展示出新功能和新境界。如果说,新文学作家取径新知,那么以张恨水为代表的通俗文学作家则是从传统出发,以新内容、新媒介探索着连接新旧文体的桥梁。

除了文言散文,还有诸如《为了铜钿断六亲》中的诗歌:

手捧黄金脚踏地,家宽出仔(当了字解)少年人。一家饱暖十家怨,为了铜钿断六亲。[2]

以通俗的诗体写金钱对人情的异化,折射出伦理在社会转型中的运动,以理入诗,通

---

① 张恨水:《明珠》,时代文艺出版社,2015年版,第4页。
② 张恨水:《明珠》,时代文艺出版社,2015年版,第8页。

俗晓畅,可以看作是诗体解放的一种回响。活用传统诗体,更是张氏的拿手好戏。他《翻版的"也是离骚"》中,模仿《离骚》;在《新好了歌》戏仿《红楼梦》中的《好了歌》:

> 军人都说和平好,只有地盘忘不了。
>
> 螳螂捕蝉雀后追,到头反被人抢了。
>
> 军人都说和平好,只有军队忘不了。
>
> 尾大不掉事事非,人多嘴杂分崩了。
>
> 军人都说和平好,只有袍泽忘不了。
>
> 未必他心似我心,羽翼丰满倒戈了。
>
> 军人都说和平好,只有头衔忘不了。
>
> 走船开足满篷风,沧桑一变通缉了。
>
> 军人都说和平好,只有总统忘不了。
>
> 俟河之清寿几何,两足一伸呜呼了。①

张恨水借用《好了歌》形式,反话正说,讽刺武人军阀是内乱不已的祸根,揭露武人为私欲不顾国家安危人民苦难的丑恶嘴脸,表达民众对军阀武人的憎恨,为安定和平的社会环境鼓与呼!

除活用古诗文外,佛经禅语亦是其取法的重要资源。张恨水在《世界日报·明珠》上发表十二则《野狐禅》,以禅话、佛经的形式,表达人生感悟,世态人情,月旦时政,谐趣横生。如《野狐禅(十一)》,他戏仿《般若波罗密多心经》的体式,将官僚为祸百姓的无耻无畏的嘴脸写出来,将《心经》中对观自在菩萨的庄严赞叹化作贪官污吏的嬉笑怒骂,化庄为谐,读来令人拍案叫绝:

乌焦巴弓经(仿般若波罗密多心经)

青天大老爷,修到乌焦巴弓时,只见十室九空,度一切百姓。

老爷们,官不异,(不异官。官即是,即是官。胥吏皂役,亦复如是)。

老爷们,是各种官法,不搂不富,不富不升,不升不大。是故搂法无他,无多少轻重,无东西南北中,无亲戚世学乡友,无交情,乃至无意识界。

注:此无意识界与心经异,作本义读。

无不要,亦无不要,乃至无昼夜,亦无昼夜息。无天地鬼神,无气始不要,以不能再要做。

老爷大人依乌焦巴弓法,心无疑虑,无疑虑,无有恐怖。一生颠倒梦想,究竟如何? 百种官职,依乌焦巴弓故,得一本万利法。

故知乌焦巴弓,是大明术,是无上术,是无上上等术。能发一切财,真实不虚。

能说乌焦巴弓经,即说咒曰:

---

① 张恨水:《明珠》,时代文艺出版社,2015年版,第3页。

可干可干,大家干,是人都干,老爷中国满!①

文中写出了官僚祸害百姓"十室九空"的罪恶,写出了他们贪腐而"心无忧虑"的无耻,简直是一部官吏老爷们贪腐的"心经"!而且通过"与读者互动"②,读者可根据自己内心的愤怒填写,如"贼""盗""匪""魔""鬼""兽"等一切能表达对贪官污吏咒骂的词语,在体现互动性的同时,展示了文章的开放性。因此,对《心经》的戏仿,不仅仅是活用,而且是创造性运用,在"旧瓶装新酒"的同时,使得旧文体借时评还魂,在月旦时政中延续了生命力。这则《野狐禅》以白话,读来妙趣迭出,极富审美价值,可看作是取法旧体创造新体的一种探索。在《最后关头》中,他还模仿语录体,创作《关头语录》,以格言警句的方式,宣传抗战爱国,谴责汉奸卖国投敌,抨击国民政府的政疴,短小精悍,读来精警。

二、新体式的探索

尽管传统文体的应用在张恨水的杂文中占有一席之地,但多为早期创作,或者在之后的写作中间隔出现。随着新文化运动的深入,白话文的普及,为适应时潮和读者的需要,张恨水积极调整应对,进行新的时评杂感文体的探索。

张恨水面对的读者群体是市民大众。他们不喜枯燥的逻辑推理,喜欢看轻松愉快的故事或铁闻趣事,张恨水运用自己小说家的优势,将历史掌故、新闻消息及社会事件编织成有趣味的故事,夹叙夹议,文末点题,让市民大众在轻松的阅读中不知不觉地接受舆论的引导。在《组班难》中,他借马连良向朋友大吐改组戏班子、处理戏班子里新旧人的苦水,讽刺国民政府人事变动的种种丑态:

提起这事,真教人头痛,依着班组人的意思,当然要换上一批角儿,让听戏的人换换口味,而况唱戏是吃人缘儿饭,这班底愿为也不是罗汉堂里的佛像,永远是那批死板板的人霸占着。谁都有个亲戚朋友,别老是提携原班人马,也应该让没到过上海、南京的同行,轮流来开开眼界。可是,这就叫人为了难了。这原班人马里面,换了谁,谁也不愿意,连三队跑龙套,一个也不肯走。他们的意思是说,又没犯什么规矩,为什么不用我了呢?因此,我真要把班子改组,换上一批新人,就要得罪一批旧人,说是不改组吧?一来怕不叫座,二来求携带的也真多。没法子,我只好将班底不动,再添一批新人,可是,这开销就大多了。

张先生也叹气曰:"天下事,无非一台戏!"③

马连良是四大须生之首,在市民大众中有极大的号召力,其在改组戏班中无法摆平旧人新人,最后只好以"班底不动,再添一批新人"方式来组班,结果人浮于事,弄出无谓的开

① 张恨水:《野狐禅(十一)》,《世界日报》,1927年9月20日。
② 原文作注:"(是不必直写之处,读者任填一字可矣)"。
③ 张恨水:《组班难》,《新民报》,1940年11月23日。

销。明星团队秘辛,足以调动读者好奇心,张恨水可谓深谙"营销之道"! 但在表述时,张恨水摹写马连良口气,边倒无奈之举的苦水便道背后的"苦"因,以及由此产生的"苦"果,夹叙夹议,叙议结合,逻辑清晰,又如叙家常,声口毕肖,亲切可感。作者最后一句"天下事,无非一台戏"将"政坛"与"戏台"勾连起来,既道出了国民党政府内部盘根错节的复杂关系,分析出其人浮于事背后的利益纠葛,指出由此导致靡费公帑的后果,又讽刺了国民政府政治的窳败和腐朽! 马连良的苦叹与无奈,张先生的"叹气",则将对国民党政府的痛恨之情绪与前面的事与理结合起来,让大家结成痛恨国民党腐败统治的情感共同体。寓复杂的政治社会关系于日常生活的事理之中,融事、理、情于一体,使叙议结合,情理相融,使得市民大众在听马连良倒苦水的闲话家常中不知不觉地明了国民政府组织编制窳败的真相。而此中文体既不同于陈冷血的只交代结果,也不同于包天笑式的絮絮叨叨,更不同于周瘦鹃的精妙譬喻,而是将情理事融于日常化的叙事片段中,为市民打开参政议政的"戏台"。除借今事喻今政外,还调动传统文学的故事资源,以古喻今,让市民大众在"今古传奇"的故事中,嬉笑怒骂衮衮诸公。在《马骨作幌子》①中,他借燕昭王求贤,郭隗自荐的历史故事,反讽像郭隗一样善于投机的政客;在《谁愿学姜太公》中通过一则懒人以大器晚成、好事从缓作推诿的"奇门遁甲"②的笑话,影射国民党的懒政不作为行径。借事说理,夹叙夹议,卒章显志,是其时评杂感第一个特点。

张氏生平杂感在行文中又渗入个人情感,情理交融,感染读者,体现出抒情性。与陈冷血的"冷隽"风格不同,张恨水的时评,或显或隐地融入了个人情感。在《还拿得出来什么》中,他虽是客观陈述日寇侵略的伎俩,但坚持抗战必胜的信念跃然纸上:

飞机、坦克、大炮、毒气。这一切武器,日本军阀都在中国施用过了。还不知道拿得出什么来?

组织大本营,通过全国动员法案,内阁容纳五位大将。这一切暴力,日本军阀在国内也都一一实现了。还拿得出什么来?

仗越打越久,日本军阀的能耐,也就越显得不过如此! 我们自然不可藐视敌人。但我们老保持着这样打下去的精神,日本也就没什么可怕!

他还拿得出什么来?③

一边叙事,一问质问,情理交融,分析了日本必败,抗战必胜的理;同时,既是质问日本侵略者,又是质问抗战消极悲观者,连续三个"他还拿得出什么来",既怒斥了抗战悲观者的抗战必败论,又鼓舞了抗日军民士气,气势磅礴,感情充沛。在《仇人土肥原贤二》中,他历数了土肥原的侵略罪行,最后呐喊:"土贼不除,中国之难未已也,我们怎能把他活捉出

---

① 张恨水:《马骨作幌子》,《新民报》,1941年2月3日。
② 张恨水:《谁愿学姜太公》,《新民报》,1941年9月15日。
③ 张恨水:《还拿得出什么来》,《新民报》,1938年6月4日。

来这口气!"①既表达了对土肥原的仇恨,又传达出号召国人抗战除贼、抵御外侮的激愤心情! 在叙事说理中表情,透过情引发读者的共鸣。情理交融是张恨水时评杂感文体的第二个特征。

张恨水时评杂感的标题醒目,具有点题或引出话题的作用。时评杂感连载于副刊,具有新闻文体的特征,需要及时准确地表意传情,因此标题必须醒目。作为老报人的张恨水,深谙此道。他的标题或叙事,如《敌窥六霍》《收复朱仙镇》《回复察省政权》《可惜唐绍仪》,一看标题,即知内容,是典型的新闻标题的活用,将新闻文体与时评杂感进行了杂糅。或活用诗词、名言、典故、谚语,如《君子好色》《三个和尚没水吃》《刘姥姥的眼睛里》《饥寒起盗心》《孔子在陈绝粮》,这些标题,既能引起话题,又是论点的形象化表达。在《三个和尚没水吃》中,他以民谚为题,作者在文中通过事例演绎了国民政府版的"三个和尚没水吃"故事,形象地讽刺了国民政府人浮于事、相互推诿的弊政。此外,还有设问式的,如《谁能真于吟风月》《德国懂科学吗》,既吸引眼球,又引发论题。此类标题,不一而足。多样化的标题,是张恨水时评杂感在文体上的重要特点。

此外,张恨水还打通各种体式,将戏剧、小说、寓言等体式引入时评杂感,打破了时评杂感论证说理的特征,体现出多种文体融合的特征。如《四件说回来了的事》②以戏剧片段的形式,通过人物之间的简短对话,构成一个个的小故事,展现世态百相,特别是其中的《误了事》和《是善人?》,含讽多婉,分别批判势利之人和揭露可怜之人的可恨一面;《小月旦》中《两个车夫之言》③以新闻速写的形式记录了两个车夫之间的对话,直观地反映底层人民生活困苦的现状;《最后关头》中的《贼智》则以寓言的形式,暗讽腐败政府"贼喊捉贼"之举;《上下古今谈》里的《假如中国不抗战》一文,通篇采用排比段,以"假如中国不抗战"开头,铿锵有力,传达出坚持抗战的坚定信念。融合多种文体入时评杂感,丰富了其文体特征,体现了张恨水时评杂感文体的开放性。

以事说理,夹叙夹议,卒章显志的论说方式;渗情入理,情理交融;多样化的标题;文体的包容性;都展示出张恨水在新文体探索上的有益探索,在这种探索中,张恨水杂文具备了自己独特的文体特质。

三、以古喻今的讽刺艺术

北洋军阀混战时期,政潮动荡,无暇且无力管制报纸,为报人提供了相对宽松的舆论环境。他们在抨击袁世凯称帝、张勋复辟、曹锟贿选等政治丑闻方面,表现出极大的勇气。后来张作霖控制了北洋政权,随即在北京推行严厉的新闻管制政策,捕杀了进步报人林白

---

① 张恨水:《仇人土肥原》,《新民报》,1938 年 5 月 27 日。
② 张恨水:《四件说回来了的事》,《世界日报》,1927 年 6 月 19 日。
③ 张恨水:《两个车夫之言》,《世界晚报》,1927 年 10 月 17 日。

水、邵飘萍,逮捕了《世界日报》老板成舍我,将舆论专制政策推向极致。南京国民政府成立后,进一步推行钳制言论自由的政策,特别是在抗战大后方,国民政府推行严苛的新闻管制政策,新闻言论经常因为触及政府而遭到审查,为此,张恨水不得不将春秋笔法、微言大义作为发表"区区政见"的话语策略。他说,"孔子作《春秋》,笔则笔,削则削","笔"的是采用有效的话语策略揭露反动政府的不义与社会的不公,"削"的是反动政府所禁忌的话语形式。"笔"与"削"之间虽然有距离,但是张恨水自信其时评杂感能"神而明之,存乎其人,取物寓意",这其中的秘辛就是以古喻今的讽刺艺术。

张恨水能娴熟地运用以古喻今的讽刺艺术,得益于其深厚的历史修养和国学功底。张恨水之子张伍在回忆父亲时曾言:

从我谙世事之时起,看见他不是伏案挥毫,就是一卷在手,而他所看的书,大都是历史读物,他的藏书,也是历史和词章的居多,他在读历史典籍时,那种沉浸其中的怡然自得,是让我深为感动的,说父亲是个有历史癖的人,是毫不过份的。[1]

基于深厚的历史修养,张恨水在揭露政府弊政,批评人事时,总能"在历史上找一件相近的事谈"[2]。他对《史记》《左传》《战国策》《明史》《宋史》《三国志》等中的历史人事、掌故传闻,均能"信手拈来,巧妙妥帖,安排得天衣无缝",既言之有物,又婉而多讽,顺利地通过新闻审查,只要"明眼人一看,就知是什么人和什么事",会心一笑;被嘲弄者"又不能对号入座",无可如何。[3] 正是由于能够灵活运用历史掌故借古喻今,张恨水的《小月旦》才能逃过张作霖的屠刀,《最后关头》《上下古今谈》才能在国民党眼皮底下屹立不倒。

深厚的历史学知识、高超的文章驾驭能力、强烈的社会责任感,三者的融合造就了张恨水时评杂感以古喻今讽刺艺术针对性、灵活性、抒情性及含蓄隽永的特点。

张恨水以古喻今的讽刺艺术首先表现为强烈的现实针对性,从现实出发,以今事运古史。时评杂感的目的是监督政府,引导舆论,现实针对性是其灵魂。中国历史煌煌五千年,浩如烟海,选哪些史,评哪些人,必须从现实出发。国民政府撤退到大后方,偏安大西南,正如历史上的南宋与南明,因此张恨水常用南宋史来讽喻国民政府偏安一隅,不思进取,消极抵抗。虽然国土沦陷,但国民政府依然一派歌舞升平,纸醉金迷,张恨水结合历史借评林升的诗《题临安邸》讽刺国民政府的偏安思想:

宋高宗南渡,建都杭州,无复收回中原之志,西湖本具天然之美,既为国都,其环境可以想象,于是有诗人不耐,如林梦并者,赋诗一绝曰:

山外青山楼外楼,西湖歌舞几时休?

暖风熏得游人醉,直把杭州当汴州。

① 张伍:《卷首语》,华文出版社,2007 年版第 5 页。
② 张恨水:《写作生涯回忆录》,中国文联出版社,2005 年版第 96 页。
③ 张伍:《卷首语》,华文出版社,2007 年版第 5 页。

八九岁读《千家诗》时，即烂读此诗，了无感觉。今来重庆，于车水马龙之间，既忆北平，复忆南京，遂深觉此诗冷隽，辄独自吟之。且悔儿时将诗当曲子唱，深负古人也。①

林升写宋政府南渡后，不思收复失地，偏安杭州，奢靡腐朽；而张恨水则在重庆看到车水马龙，想北平，忆南京，不胜故国之感，但不作政治评论，只是客观地将古诗与今境相联系，一下子将《题临安邸》化成了"题重庆邸"，将批判的矛头暗中刺向国民政府，虽不批判当局衮衮诸公，但是大家一读，即能会心同感。此外，他写《半闲堂》，看似批判权奸贾似道荒淫而致南宋亡国，最后身败名裂，想象"南宋也像现在这样物质文明"，那么贾似道一定"把钱多买外汇，存在外国银行，一旦有事，坐飞机到外国，半云里看文天祥傻小子斯杀，多么有趣"，实则讽刺国民政府高官如孔祥熙等不顾国家危亡，大发国难财，在"伦敦、巴黎、建起洋房"作"全闲堂"②的丑恶行径！选择史料，他立足于现实；读史的角度，他亦以现实为基点，让古史与今事以"蒙太奇"般的方式巧妙相遇，而作者心中无限恨、无尽批判不出而出。

其次，运史讽今的灵活性。为了讽喻现实，张恨水或多角度评说同一历史人物，或者是颠覆历史人物定评，表现出运用史料的灵活性和辩证性。曾国藩是洋务运动的先锋，"同光中兴"名臣，道德文章影响了不少人，蒋介石更是将其作为学习的楷模。张恨水亦多次从不同的角度评价曾国藩，而评价之不同，体现出以今事运史事的原则。为抨击国民政府任人唯私，"忌功臣厚亲族"，他认为曾国藩对清朝之功可比郭子仪定鼎安史之乱，清朝"朝野居然以郭汾阳比曾"，但曾国藩"所得不过侯爵"，不仅与郭子仪的"薄天子而不为"的待遇有霄壤之别，即便"视僧格林沁一蒙古粗犷之夫，且封亲王，膛于后已！"③为了谴责汉奸，宣扬民族主义，他认为，曾国藩"是谈道统而上继孔孟的"，但他帮助清王朝扑灭了太平天国，实则是"为异族打江山"，是典型的"吃里爬外"！与"老悖无耻，一手造成伪满"的郑孝胥为一丘之貉，曾氏"一部遗著"，"应在禁止之列"④！为批评国民政府嫉贤妒能，排斥异己，他举出曾国藩与左宗棠之不和，皆因"左功成西陲，勋名赫赫，曾之左右，不无嫉妒"，而读"曾派人物文字，数十年后，对左仍未能冰释"，而曾左不和之原因在曾国藩"左右，不无嫉妒"，进而告诫国民政府当"知所戒哉！"⑤我们姑且不评论张恨水评论曾国藩之公允与否，但就其所论之凭借，皆因事而作，因时而论，告诫国民政府不可"忌功臣厚亲族"，不可制造摩擦，告诫汉奸不可学曾国藩，这些对当时的抗战都有积极意义，体现出其驾驭史料讽喻现实的灵活性。除了多角度评历史人物以达到讽刺目的外，张恨水还采取反说历史人物的方式来讽喻国民政府。为讽刺国民政府消极抗战，积极抢夺胜利果实的丑行，张恨水评价朱元璋并非抗元的民族英雄，而是为"富贵而起"的帝王。他从史实出

① 张恨水：《直把杭州作汴州》，《新民报》，1938 年 3 月 29 日。
② 张恨水：《半闲堂》，《新民报》，1938 年 12 月 20 日。
③ 张恨水：《曾国藩与郭子仪》，《新民报》，1939 年 11 月 23 日。
④ 张恨水：《曾国藩》，《新民报》，1941 年 9 月 28 日。
⑤ 张恨水：《曾左磨擦》，《新民报》，1939 年 10 月 24 日。

发,指出朱元璋在抗元过程中不仅不积极抗元,反而接受元朝封号,受封吴王,"和元廷通好","把元朝陷在江南的宗室送回";反将兵锋指向抗元的陈友谅、张士诚,最后看到"元廷实在不行,也就落的顺手牵羊了"①。张恨水颠覆了历史上抗击异族的明太祖形象,重新建构其罔顾民族大义,为一己私欲,不惜投机卖国,破坏团结,抢夺胜利果实的阴谋家形象,明眼人一看便知,此朱元璋实则是国民政府领袖的写真!此外,他驳斥刘备伐吴的目的是为酬"桃园结义"兄弟情的历史定见,指出刘备伐吴实为破坏"同心破曹"的分裂行径,违背了"汉贼不两立,王业不偏安"②的初心,以此讽刺国民党破坏统一战线,进而呼吁全国人民维护抗日民族统一战线,团结一致对外。

再次,以古讽今,既是"讽",自然讲究含蓄,张恨水既明"春秋笔法"之真谛,又得《儒林外史》"婉而多讽"之妙法,在借古讽今时,无辞气浮露之弊,而具含蓄隽永之趣。

张恨水善于将前朝掌故暗中与当下人事勾连。只谈前朝事,不论当今人,但是只要稍作联想,"历史皆是当代史"。桐城张英、张廷玉父子宰相,尤其是张廷玉"长词林二十七年,主揆席二十四年",雍正特许他"入太庙配祀"。张廷玉为人正派,"足有吃冷猪肉的资格",但是还被弹劾用人为私:

> 当时的言官,就劾过他一本,说是一个缙绅录有一大半桐城人,难道天下的人才,都出在宰相同乡?缙绅录就是政府职员表,所谓一大半桐城人,事实具在,这是无可狡赖的事。

> 作宰相作到取得冷猪肉的支票,其得主子信任,到何等地步,然而到了亲戚故旧来包围的时候,还不是照例任用私人?作皇帝的同乡,沛丰故人,自不消说。作到宰相的同乡,不问他是魏征或是杨国忠,那还是有办法的。此旧京之桐城会馆所以有两个也。③

宰相父子"照例任用私人",搞得"缙绅录有一大半桐城人",何况是"皇帝的同乡"。只要想想当时国民政府,就可以想到"一个政府职员表一大半浙江人","一个高级将领表一大半是黄埔系"。不着一字,讽刺尽出!他评价"孔子列世家,外戚也列世家",是司马迁"有深意存焉",提醒大家读此"应该连题目也不放过",表面写司马迁的笔法好④,实则是暗讽蒋介石成也由于以"四大家族"为首的"外戚",恐怕败亦会因这些"外戚"!还有借写孔子"以吾从大夫之后,不可徒行也"批评政府官员非汽车不坐的官僚做派!

最后,在借古讽今的过程中,张恨水融入了深切的个人忧思,富于抒情的色彩。作为时代的见证者,张恨水在读史论今时,常在历史之思中融入个人之情,在史论中融入诗心,寓讽刺于喟叹,使得其讽刺艺术中有个人的温度。日寇投降后,国民政府的接收大员们不顾沦陷区百姓"人心思汉"的愿望,而是以"征服者"的姿态,如项羽"烧杀关中"一样"占用民房,勒索民财",最后,民心尽失,纷纷加入到反抗国民党暴政的正义斗争之中!由此,张

---

① 张恨水:《朱元璋不及洪秀全》,《新民报》,1945年11月7日。
② 张恨水:《刘备违背民心》,《新民报》,1945年11月6日。
③ 张恨水:《宰相同乡》,《新民报》,1942年8月18日。
④ 张恨水:《"世家"》,《新民报》,1942年11月9日。

恨水发出历史的喟叹:"没想到尽驱关中之民以为汉兵也,哀哉!"[1]这既是秦末历史的幽思,也是对处于国民接收大员们的敲诈勒索中的无告之民的同情,更是对国民政府愚昧凶残的讽刺与诅咒! 在《哀陶渊明》中,他借感慨陶渊明貌似逍遥实则"不知含着几千万行眼泪"[2],抒发知识分子被国民政府钳制不得自由的苦闷之情!

四、市民化的审美趣味

"所谓市民文化,是伴随着工商经济发展和近代意义上城市的出现而产生的一种文化形态。"[3]自到北平后,张恨水逐步实现了从乡民到市民的转变。长期置身市民社会,他不仅对市民的生活了如指掌,而且对市民化审美情趣有着深刻领悟。市民不喜欢高头讲章,不喜欢刻板的训诫,他们喜欢轻松活泼,喜欢消闲娱乐。要引导市民大众的舆论导向,必须将文人的家国天下之"理"灌注进市民喜闻乐见的题材与语言中去,形成一种俗中见理的审美情趣,在引导市民大众参政论政的同时,提升市民大众的审美品位。

选取贴近市民大众日常生活的题材,讲老百姓身边的故事,以小见大,以浅近喻深远,将家国大道比附成日常生活的道理,使市民大众在家长里短的"俗趣"中感受到"理趣"。市民对日常消费最敏感,张恨水能从小小的香蕉供应中见出政治经济的大局。在《香蕉会断绝吗》一文中,他回应当时民众讨论的香蕉是否断供问题,告知大家,即便战事升级,香港沦陷,香蕉也会照样空运到重庆,请大家不必担心,应该感谢那些"财主",笔头一转,战事紧张、民生艰难,亦挡不住那些利欲熏心、囤积居奇、大发国难财的蛀虫们,将讽刺的矛头指向腐败的国民党政府,从香蕉到国政,以小见大,见微知著,将百姓的关于日常生活的思考引向对政府的批判,提高了百姓参政论政的水平。不光衣食住行中藏有经国大政,即便头疼脑热亦可发表政见。张恨水随手抓取老百姓日常生活中的细枝末节,比附家国之道,化抽象为具象,喻庙堂之道于市井之理,既有乐趣,又得理趣,提升了市民的审美品位。他从《越抓越痒》中以小见大,通过谈论根治小痒引导老百姓向政府施加压力,坚决反对姑息养奸;《由大家庭谈到殖民地》中,他将复杂抽象的殖民地比作中国老百姓熟悉的大家庭制度;通过分析中国传统大家庭的复杂关系及其种种弊端,谴责殖民地的种种罪恶;通过大家庭解体的趋势预示着殖民制度必然灭亡的历史规律。以家族喻国际关系,生动形象,"一家如此,国何不然?"[4]。此外,在《感谢"九一八"》中,他以病理学的发烧,比喻"九一八"事件好比民族发烧,发烧虽然痛苦,但此若能引发民族的觉醒,未尝不是好事。在《天燥有变》中,他认为"天时如此,人事亦莫不然",以天时联系当下欧洲时局;在《既吃鱼又避

---

① 张恨水:《何以人心思汉》,《新民报》,1945 年 11 月 4 日。
② 张恨水:《我哀陶渊明》,《新民报》,1939 年 1 月 29 日。
③ 温奉桥:《张恨水新论》,齐鲁书社,2009 年版第 91 页。
④ 张恨水:《上下古今谈》,华文出版社,2007 年版第 43 页。

兔腥》中,他以民间俗语比喻社会人情。此类例子,数不胜数。从市民生活角度出发,抓住市民读者的眼球,进行引导市民大众的舆论导向的"寓教"事业。

百姓讨厌逻辑化的说教评论,喜欢形象化的思维,乐见生动有趣的譬喻,在欣赏趣味的同时,不知不觉地受"教"。张恨水善用比喻的修辞手法,以有趣之物喻家国之道。譬如在《喇叭》中,以喇叭比喻新闻记者,形象生动;在《意国是猫爪吗?》中,以猫爪比喻意大利惧怕芬兰,缩回原本伸出去的战略架势,角度新奇,丝毫不显牵强;在《日本与虾蟆》中,张恨水先指出"虾蟆是个'入水能游,出水能跳'的两栖动物""既是两栖动物,两栖的工具就不可缺一"①,接着将海陆军兼备的日本比作两栖动物虾蟆,进而分析如果"日本的陆军崩溃,还可以划海自守,日本的海军要是崩溃了,敌军不登陆,也会被封锁而饿死或是炸光",生动形象地将日本海陆军之间的复杂关系展现出来。比喻修辞的运用使得文章生动有趣。在《割肉喂虎》中,"日本是一只吃人的老虎,那是毫无疑问的"②,以老虎比喻日寇,既揭露日寇之凶残,又暗讽妄图与日和谈,不啻与虎谋皮,必被虎伤甚至吞噬;在《蛆虫在动》中,他怒斥投机分子如"一群蛆虫,又在钻,钻,钻,拼命地钻",窃据要津,大声疾呼"我们建国要人才,不要蛆虫"③,激愤之情溢于言表。

相对于新文学作家的欧化白话取径,张恨水时评杂感的白话以市民日常口语为资源,如《瞧你的》《来!你们打扑克罢》,直接以日常生活用语作时评标题。在时评文章中直接引入市民对话是张恨水时评杂感语言的重要特点。例如《"过年过得好?"》一文,张恨水引入北京老胡同里老北京人相互问好的对话:"'大奶奶,我跨院里三婶儿,给您捎个好儿来了。''谢谢,她好哇?''好。''她孩子们都好啊?''都好!'"④,以两位北京旗人老太太的问好对话,讽刺只说空话不干实事的不良作风,其中,地道的北京话使整篇文章显得市井气息浓厚。此外,张恨水的时评杂感中对话性很强,"我们""咱们""朋友们""你们""我认为"等对话性词语频繁出现,瞬间拉近作者与市民读者的距离,不似新文学家居高临下的启蒙姿态"为"大众代言,而是以对话的方式,自觉"为市民大众"发声,传达出市民大众的诉求和心声!

白话是最适合市民阅读的语言选择,但张恨水深厚的文化底蕴,让他总忍不住在白话文写作中加入一些诸如"然""且""以"等常见文言虚词,偶尔在标题句式上对仗布排,如《望勿太深进勿太烈》,不仅以文言语言促进语言的陌生化和新鲜感,而且使市民大众在无形中接受古典文化的熏陶,提升审美品位,某种程度起到沟通雅俗的作用。

---

① 张恨水:《日本与虾蟆》,《新民报》,1942年6月17日。
② 张恨水:《割肉喂虎》,《新民报》1942年8月10日。
③ 张恨水:《蛆虫在动》,《新民报》,1945年9月21日。
④ 张恨水:《过年过得好?》,《新民报》,1942年1月1日。

结　语

　　为引导市民大众的舆论导向,张恨水活用旧体,探索新式,灵活运用历史掌故,采取以古喻今的讽刺手法,选取与市民大众息息相关生活素材,化用市民语言,以市民大众喜闻乐见的方式,推进市民日常生活的现代化,与新文学作家一起推进中国的现代化进程。在此过程中,他积极进行文体、讽刺艺术和艺术手法上的探索,在审美、文体及艺术手法上形成别具一格的特色,既展示出通俗文学时评杂感风格的丰富复杂性,又体现出不同于新文学杂文艺术风格面向,与新文学杂文一道,共同绘制出多元共生的中国现代杂文史的艺术图景。

(作者单位:扬州大学文学院)

《啼笑因缘》版权之争与
张恨水职业作家身份意识的确立

康 鑫

  《啼笑因缘》的发表、出版,其影响从 20 世纪 30 年代直至今日,从接受美学的角度看,文本既有作者创造的"文本潜能",又有各种传播方式的不断参与,同时也产生了强烈的"读者反应"。但是,我们应该看到,这一文本的传播和接受具有很大的特殊性,它的意义、它的存在价值更多需要从文本外围界定,不仅仅取决于文本内部的故事性,而是取决于小说文本被传播与被接受的广泛度,特别是其传播形式与过程的特殊性。报刊连载、单行本发行、电影拍摄三种传播形式共同构成了《啼笑因缘》特殊的传播路径。当我们回顾历史会发现,这一文本在三种不同传播形式的流通中遭遇了来自法律层面的不同阻力,具体地体现在围绕《啼笑因缘》引起的版权纠纷中。但是,在张恨水与《啼笑因缘》的研究中,关于它的版权纠纷事件常常作为文坛轶事一带而过,其中隐含的法律与张恨水个人创作心态及创作身份的关系却常常被忽视。对文学与法律关系的忽视实际上意味着遮蔽了某些可能至关重要的问题。本文通过考察"世界书局契约"事件、《啼笑因缘》引发《新闻报》与《世界日报》南北两大报纸版权纠纷、大华与明星两家电影公司之间的《啼笑因缘》"双包案"三起涉及张恨水小说版权的法律事件之间隐匿的各种社会因素,分析张恨水在三次事件中所持的态度及其在事件运作过程中所起的作用,探讨职业作家身份意识是如何在张恨水身上逐渐强化并确立起来的。

一

  如果讨论《啼笑因缘》的传播途径,那么有必要将"世界书局契约"事件纳入讨论范围,因为其是张恨水凭借《啼笑因缘》在上海名声大噪的前奏。1930 年秋,张恨水南游期间经赵苕狂介绍,认识了世界书局总经理沈知方。在赵、沈的劝说下,张恨水将《春明外史》《金粉世家》两部小说交由上海世界书局出版,并言明,《春明外史》可以一次付清稿费,条件是要把北平的纸型销毁;《金粉世家》的稿费分 4 次支付,每收到 1/4 的稿子,支付 1000 元。

此外,赵苕狂又约张恨水专门为世界书局写 4 部小说,每 3 个月交出一部,字数是每部 10 万字以上 20 万字以下,每千字 8 元。次日,赵苕狂与张恨水双方签订合同。赵苕狂交付 4000 元支票一张。当时的上海小报盛传张恨水在十几分钟内,收到了几万元的稿费,在北平买了一座王府和一部汽车。这就是轰动文坛的"世界书局契约"事件。正是"世界书局契约"事件使张恨水成功地打入了上海的写作圈,并与上海的图书出版市场直接联系起来。同时,契约将张恨水与出版社连接成一个利益共同体。所谓契约,就是市场交易双方之间,基于各自的利益要求所达成的一种协议。订立契约的目的是满足各自的需要,因为交易者每一方所拥有的全部商品,不可能都满足自己的各方面的需要,但其中的一些商品可能满足对方的需要。于是,通过契约,双方各自让渡了自己的部分产品或所有权,同时又从对方得到了自己所需要的东西。因此,契约是双方之间的一种合意。这种合意从根本目的来说,是受功利目的驱使的。通过契约,双方都扩大了自己的需要。出版社的盈利需求与写手的创作结合起来,这种结合是以交换为主要形式的交往,也就是合作性质、契约性质的交往。但是与之前为报纸写小说不同的是,这种契约赋予了个人一份工作,而这份工作又给张恨水带来了一种身份感,张恨水基于契约有为出版社工作的义务。当一部作品与具体的"个人"发生上述关系,"个人"对作品享有自始至终的著作权时,作为作家的身份意识才可能确立。对于轰动文坛的"世界书局契约"事件,小报的传言固然有夸张的成分,但是在民国中期,上海刊物稿酬的行情一般在千字 1 元到 3 元不等,但"张恨水是小说界的红客,千字卖八元,还是你抢我夺"。[①] 可是,在外界看来获得丰厚收入的张恨水本人的态度却完全不同。张恨水的儿子张伍回忆父亲对这一事件的看法时说道:"父亲说,这话如同梦呓,在中国靠耍笔杆子卖文糊口的人,永远不会有这样的故事发生,过去如此,将来亦无不然。"[②]张恨水的态度颇耐人寻味。事实上,在以交换为基础的契约事件中,张恨水并非出于主动的位置,在整个事件中他居于参与者的位置。签订契约这件事给他带来了名声,但在他看来,获得名声不是一种理想,而成了必须履行的义务。张恨水的创作从基于编辑身份为副刊撰稿的义务中获得解放,代之以为出版社创作小说的契约义务。

二

提到张恨水,人们就会联想到《啼笑因缘》,两者似乎是一个不可分割的整体,也正是这部小说成就了他全国妇孺皆知的名声。张恨水曾回忆道:"《啼笑因缘》的销数,直到现在,还超过我其他作品的销数。除了国内,南洋各处私人盗印翻版的不算,我所能估计的,该书前后已超过 20 版。第一版是 1 万部,第二版是 1 万 5000 部。以后各版有四五千部,

①　郑逸梅. 小品大观. 张恨水[M]//芮和师,范伯群,等. 鸳鸯蝴蝶派文学资料(上)[M]. 福州:福建人民出版社,1984·346
②　张伍. 我的父亲张恨水[M]. 沈阳:春风文艺出版社,2002:127.

也有两三千部的。因为书销得这样多，所以人家说起张恨水，就联想到《啼笑因缘》。"①

在《啼笑因缘》取得成功之前，张恨水虽然已经发表过《春明外史》《金粉世家》两部受追捧的小说，但由于交通阻隔和连年军阀混战，他的这种影响范围基本在以北平为中心的北方地区。上海有自己一个写作圈子，平常是不容易突入的。但是不久，张恨水就遇到了进军上海写作圈的契机。1929 年，阎锡山邀请上海记者团北上参观，通过友人、被喻为小报界"教父"钱芥尘的介绍，张恨水认识了时任上海《新闻报》副刊《快活林》主编的严独鹤。

严独鹤约张恨水写一篇小说。据张恨水回忆："于是我就想了这样一个并不太长的故事。稿子拿去了，并预付了一部分稿费。"②这个"并不太长的故事"就是《啼笑因缘》。小说连载后，在读者群中引起极大的狂热，并由此引发了一连串的连锁反应。小说的成功带来了丰厚收益，使它一度成为现代传媒利益链中各方争夺的对象。也正是在《啼笑因缘》这种广发的流通过程中，引发了两次关于它的版权纠纷。

第一次版权纠纷发生在《啼笑因缘》的报刊连载过程中，当事人是南北两大报刊《新闻报》与《世界日报》。在解决这次纠纷的过程中，双方并未诉诸法律手段，而是通过张恨水主动出面协调解决的。1930 年 2 月张恨水因对成舍我苛刻的给薪方式不满，辞去《世界日报》和《世界晚报》的编辑职务。之后的一段时间，张恨水有了难得的闲暇，也让他有更多的精力专注于写作。这段时期可以说是他的创作高峰期，写下了大量脍炙人口的作品，其中最值得关注的是《啼笑因缘》的连载。1930 年 3 月 17 日开始，《啼笑因缘》陆续发表于上海《新闻报》副刊《快活林》，到 1930 年 11 月 30 日，小说连载完毕，共 22 回。之后的第二天，即 12 月 1 日，严独鹤发表《关于啼笑因缘的报告》，在文中他向读者透露了《啼笑因缘》连载完后将会出版单行本，拍摄电影的计划。紧接着 12 月 2 日，在《关于啼笑因缘的报告（二）》一文中，严独鹤声明：

最近有北平某报亦刊载《啼笑因缘》小说，以此颇引起一部分人的怀疑，以为《啼笑因缘》，何以同时刊于南北两报，实则系北平某报，完全未得本报同意，亦未得恨水先生同意，自行转载。现此事已由本报请恨水先生就近向之直接交涉，现该报已承认即此停止。（所刊亦只 8 回）关于此点，是本报和恨水先生均不能不切实声明的。③

上文中的"北平某报"就是由成舍我主办的北平《世界日报》副刊《明珠》。1930 年 9 月 24 日，《啼笑因缘》开始在《世界日报》副刊《明珠》上连载，而此时《新闻报》副刊《快活林》上的连载已进行至第 17 回。而《世界日报》上的连载仅持续两个月，1930 年 11 月 28 日，小说连载至第 8 回即结束。通过对比可以发现，两家报纸上的同名小说实非一个版本，事实上两报连载的小说无论在故事章节的安排，还是各个章节的回目上都存在很大的

① 张恨水. 写作生涯回忆［M］. 太原:北岳文艺出版社,1993:44.
② 张恨水. 写作生涯回忆［M］. 太原:北岳文艺出版社,1993:43.
③ 独鹤. 关于啼笑因缘的报告（二）［N］//新闻报,1930.12.2(11).

差异。

也就是说，《世界日报》上的版本是张恨水在原作基础上，经过修改后的作品。既然两报所载小说并非完全相同，那么严独鹤发表声明的缘由是什么呢？张恨水又是怎样协调各方利益，使它们的关系达到和解的呢？

由于目睹了《啼笑因缘》巨大的市场需求，商业眼光敏锐的严独鹤早在小说连载完之前即策划出版发行《啼笑因缘》的单行本。严独鹤与《新闻报》另外两位编辑徐耻痕、严谔声紧急成立"三友书社"，抢先取得了小说的出版权。因此，另一修改版本的出现必然会影响到三友书社的利益。此外，当时出版界执行的是1928年国民党政府颁布的著作权法，该法律第二十一条明确规定："揭载于报纸、杂志之事项，得注明不许转载。其未经注明不许转载者，转载人须经注明其原载之报纸或杂志。"[①]据此规定，《新闻报》可以以未注明转载为依据，在报纸发表声明令《世界日报》停止连载。但是《世界日报》所刊载的文字并非完全意义上的转载，它是经过修改之后的完全不同的另一个版本，所以《新闻报》仅以未注明转载为由并不充分。但是1928年的《著作权》第十七条指出："出资聘人所成之著作物，其著作权归出资人有之。"[②]严独鹤在张恨水完成《啼笑因缘》之前就已预付了稿费。张恨水说道："稿子拿去了，并预付了一部分稿费。"[③]因此，《新闻报》可以视为出资人，享有《啼笑因缘》的著作权。因此，《新闻报》在此次事件中握有法律上的主动权。但是由于《世界日报》与张恨水的渊源深厚，所以严独鹤请张恨水出面协调此事，并未诉诸法律手段。1930年12月27日，张恨水就此事在《世界日报》副刊《明珠》上发文说明原委：

可是发表之期，正在南北报纸隔断之日。有些朋友，以为北方报纸的读者，也许愿意看看，因之，我就将该书在本栏发表。[④]

上文中张恨水做出的解释是"南北报纸隔断"，此系事实。1930年4月到11月，爆发了中原大战，战事蔓延几省必然造成南北交通阻隔，信息中断。此期间张恨水的《啼笑因缘》连载并在上海引起了轰动。《世界日报》凭借之前与张恨水的私交，邀约他在该报连载这个热销的小说也是可以理解的。张恨水夹在《新闻报》与《世界日报》的利益纠纷之间，他的态度也是颇耐人寻味的。一方面，他感恩于《新闻报》的大力推介，愿意出面协调纠纷；另一方面，对于老东家《世界日报》与他的感情，他愿意出面对读者做出声明并力担责任。最终，两家报纸的版权纠纷在张恨水的个人调节下得以解决。通过梳理这次版权纠纷的来龙去脉，可以发现张恨水对本次纠纷的解决发挥了最重要的作用，在这起事件的处理过程中，他的姿态也是积极主动的。与居于契约关系中的被动接受不同的是，在这次法律纠纷的解决中，张恨水显然是以主持者的身份斡旋于南北两大报之间。张恨水与推介

---

① 周林，李明山. 中国版权史研究文献[M]. 北京：中国方正出版社，1999：227.
② 周林，李明山. 中国版权史研究文献[M]. 北京：中国方正出版社，1999：227.
③ 张恨水. 写作生涯回忆[M]. 太原：北岳文艺出版社，1993：43.
④ 张恨水. 关于啼笑因缘[J]//世界日报，1930.12（9）.

他的媒体平台存在深厚的人情关系,这直接决定了他处理这起纠纷所持的态度。在小说的创作中,张恨水试图对作品做出修改,《世界日报》刊载的《啼笑因缘》版本无论在情节结构还是笔法上都优于之前的版本,展现出张恨水作为职业作家追求作品精品化的趋向。

三

关于《啼笑因缘》的版权纠纷,为人所熟知的并非上文所提及的《新闻报》与《世界日报》之间围绕小说连载引发的纷争,而是明星与大华两家电影公司为争夺《啼笑因缘》电影摄制权引发的纠纷,文坛将这一事件称为"《啼笑因缘》'双包案'"。

《啼笑因缘》问世后,引起很大的社会反响。明星影片公司通过三友书社向张恨水购得了版权(演出改编权),计划拍摄电影,并在报上刊登了不许他人侵犯权益的广告。正当明星公司全力以赴投入《啼》剧拍摄时,上海北四川路荣记广东大舞台正拟上演同名京剧。明星公司马上由公司常年法律顾问顾肯夫、凤昔醉出面,提出警告,要求他们立即停止演出。后由黄金荣出面调解,明星公司同意他们改名为《戚笑姻缘》继续演出。无独有偶,顾无为在南京办大世界游乐场,正巧也在演出《啼笑因缘》舞台剧。由于明星公司对此剧寄予厚望,于是,顾无为被明星公司以侵犯版权为由提起控告。顾无为向明星公司老板张石川、周剑云疏通,要求私了。岂料明星公司老板有恃无恐,并不买账。面对侵权一事,顾无为疏通无效,被迫对簿公堂,准备出庭应诉。正在走投无路之时,顾无为意外地得知明星公司虽然拥有《啼笑因缘》的小说版权,但未曾向国民党内政部领到电影摄制许可证。顾无为得此信息,经过一个通宵的苦思冥想,完成了《啼笑因缘》的电影剧本稿。第二天一大早,手捧墨渍未干的剧本稿,兴冲冲跑到国民党内政部,呈请签发上演舞台剧和摄制电影《啼笑因缘》许可证。顾无为呈请的许可证,内政部当天就审查通过,隔天就把执照发到了他手里。顾无为拿到了执照后,立即赶到上海。第二天在上海出版的大报上,刊出一则醒目的启事,并配发了执照照片,声称他的影片公司已向内政部呈请取得《啼笑因缘》正式摄制电影和上演舞台剧的专项权,以后任何人不经许可,不得摄制影片和上演舞台剧。根据1928年《著作权法》第一条:"凡书籍、论著、说部、乐谱、剧本、图画、字帖、照片、雕刻、模型及其他关于文艺学术或美术之著作物之著作权,一经依法注册,得就该著作物享有著作权,而就乐谱、剧本有著作权者,并得专有公开演奏或排演之权。"①第十九条规定:"就他人之著作阐发新理或以原著作物不同之技术制成美术品者,得视为著作人,享有著作权。"②据此大华电影公司取得了《啼笑因缘》的摄制权。明星公司与之对簿公堂。最后,黄金荣、杜月笙出面调停,由明星公司给付十万,大华退出争夺告终。

---

① 周林,李明山. 中国版权史研究文献[M]. 北京:中国方正出版社,1999:225.
② 周林,李明山. 中国版权史研究文献[M]. 北京:中国方正出版社,1999:227.

在这次法律事件中,当事人之间的社会关系极为复杂,而作为《啼笑因缘》作者的张恨水却未被卷入这部错综复杂的社会关系网中,而他自己也乐得置身度外。"令人啼笑皆非的是,如此热闹的'双包案',倒是与作者无干,不管他们双方如何斗法,父亲始终置身事外,既无人来征求父亲的意见,父亲也乐得不招惹是非,有那个工夫,他还可以多写几万字的小说呢。"①面对纷扰的利益纷争,张恨水没有深陷其中,而是以置身度外的姿态、达观的态度获得了一种自由的愉快和悠闲。这种自由的身心状态对职业作家的创作来说是极为重要的。通过上文考察《啼笑因缘》两次版权纠纷,可以发现通俗文学在形式与内容上所具有的广发的流通性是版权之争的诱发因素。通俗文学广发的流通性,流通过程中遭遇到的来自法律层面的阻力以及面对这种阻力文学场中各方力量的相互作用为我们分析张恨水的创作心态提供了一个新的阐释视角。以现代传媒兴起、报刊繁荣的民国社会文化生态中,"张恨水现象"仍然对当下有诸多启示意义。在市场经济为主导的当代社会,知识产权的有效保护和良性交易是文艺工作者和文化产业健康发展的基础,文化发展尤其需要健全的知识产权法规体系的保驾护航。中国的文艺界、文化界从来没有像今天这样认识到一部法律对于整个文艺行业、文化产业发展的重要性。正因如此,重新审视民国时期文学与法律之间的关系才变得尤为迫切和重要,这一富有学术新意的论题无疑会为当代文化空间的建设提供有益的历史经验。

(作者单位:河北师范大学文学院)

① 张伍. 我的父亲张恨水[M]. 沈阳:春风文艺出版社,2002:121.

对话的力量

——民间视角下《啼笑因缘》的接受研究

刘扬天

一

谈到中国通俗文学不能不提到张恨水,而提到张恨水不能不提到他的《啼笑因缘》。张恨水是中国通俗文学的集大成者,是中国通俗文学史上绕不开的大山,而他的小说《啼笑因缘》则是他的作品中自认和公认最有影响力的之一,是继他的《春明外史》和《金粉世家》之后真正意义上在全国产生影响力的作品,具有广泛的市民基础。甚至有专家说,"20世纪我国产生了很多名家名作,但是最轰动的一部作品,它不是鲁迅的《阿Q正传》,不是茅盾的《子夜》,不是曹禺的《雷雨》,不是郭沫若的《女神》《蔡文姬》,而是张恨水的《啼笑因缘》"[1],这当然只是一家之言。《啼笑因缘》自1930年在上海《新闻报》副刊《快活林》上连载以来,便取得巨大的轰动,其盛况使张恨水本人也不免惶惶,"上至党国名流,下至风尘少女,一见着面,便问《啼笑因缘》,这不能不使我受宠若惊了"[2],可见小说的读者覆盖社会各阶层。同时《啼笑因缘》使北方的通俗故事在上海这片土地落地生根,打破南北作家"互不侵犯"的局面,被上海约写连载小说,张恨水在当时是第一人。[3]足见其小说具有打破地域限制的广泛的市民基础和民间影响力。

在文学流派方面,他无意去追逐新文学的主流,自己被划入鸳鸯蝴蝶派也不做辩解。但自《啼笑因缘》,他开始自觉地进行"赶上时代"[4]的尝试。这种尝试并非主流的"庙堂"之声的传声筒,同时也超越了民间的道德传统,主要依赖的是作家个人的思想境界以及读者的阅读反馈。因此具有一种雅俗共通的包容性,并因此激起市民读者自发与作品交互的欲望,阅读、讨论、参与作者互动。张恨水以往给读者回信,"不管多忙,都亲自用毛笔书写",但在《啼笑因缘》时期来信量太大了,只能在报上来个总回复。[2]实现了精英知识分子的作家和市民读者之间、不同阶级的读者之间的对话,这在作为"小圈子自娱",还冒着随时可能被政府查封的新文学作品上是很难实现的。

到了 1989 年，张恨水之子张伍接到上海读者王君的来信，信中说，他有一本《啼笑因缘》的剪报册，是他父亲亲手剪贴珍藏的，从当年报纸第一天刊载起，直到连载的最后一天，没有短少一页，其父去世后转由他保存。这种作品的珍藏和传承虽然可能只是个例，但小说问世后，随即被改编成评弹、大鼓、评书、京剧、评剧、沪剧、粤剧、话剧等多种艺术形式，以及读者对于续集的呼声，足见《啼笑因缘》的艺术生命力，它作为都市通俗文学，超越了快速的感官消费，成为一种都市民间精神文化的象征。

从经济发展对上层建筑的决定作用来看，30 年代的都市通俗文学的报刊连载，是顺应了商品经济的浪潮，以商业运作的手段策划的连载项目。从时代发展和市民情绪来看，《啼笑因缘》是在上海商品经济的浪潮下，甚至其结局都是在读者意见的基础上写成的。在离连载结束的前一个月，《本埠副刊》上推出了别开生面的由读者对《啼笑因缘》结局进行猜测的活动，后共收到读者来信 117 篇，其中猜测樊家树与何丽娜结婚的人最多；对于三位女性角色的结局，猜测沈凤喜因疯而死、关秀姑远走江湖的最多。等到大结局刊登时，沈凤喜因疯进精神病院、关秀姑与父亲去关外参加抗日、何丽娜与樊家树有望结成夫妻，这些都与读者猜测中主流的声音吻合。[5] 这种别开生面的创作方法显然不符合作家独立创作的原则，在商业写作的背景下却有了可能。在"赶上时代"的创作动机下，《啼笑因缘》成了真正的民间之声和时代之声。

二

（一）乡民融入市民社会的"启蒙教科书"

从接受美学的角度看，《啼笑因缘》作为都市市民精神消遣的读物，具有提供间接经验拓展市民想象的边界的功能。

上海市民的近现代意识是从通俗文化中"读"出来的。[6] 都市通俗文学作品往往为了引人入胜，会描绘出十里洋场、灯红酒绿、世家大宅等普通市民读者生活中难以接触到的场景。比如，在第六章中，樊家树第一次和表叔表嫂去北京饭店跳舞，其中展现出的上流社会极尽奢侈的娱乐活动，正是都市现代色彩的集中体现。跳舞之前，樊家树了解到了陶太太的舞鞋动辄几十元，还要专门用玻璃盒子装着，且在她眼里也"不算什么"。后来在舞厅，樊家树与何丽娜初遇，在舞会上何丽娜给西崽的小费一出手就是两块钱，让樊家树"受了很大的刺激"[7]。除了外在的西式场景和消费观之外，现代的观念也给予樊家树以冲击，比如伯和对家树说外国男子对女子是可以当面称赞她美丽的，自己的妻子如果在舞场上被人称赞了，自己不但不生气，还会很喜欢。何丽娜穿着肉色丝袜的腿，也给初次见面的家树留下了深刻的印象，觉得"现在染了西方文明，妇女也要西方之美，大家都设法露出两条腿来"[7]，这些现象无疑都是现代性对于传统婚姻和女子道德观念的冲击。消费社会，首先改变了上层阶级的观念和审美，再由作者将间接经验传达给各阶级的市民读者。

值得一提的是,樊家树的态度也值得玩味,他作为接受过西式教育的学生,骨子里却保留着传统的意识,这使他在初次面对光怪陆离的都市生活时持保留态度,对于表叔家大笔的舞厅开销和何丽娜大方直接的现代女性姿态,都带有轻微的不赞许。作者塑造了这样一个介于传统与现代之间的主角,以他的视角和读者共同体验新兴的都市社会,更能引起读者强烈的共鸣和代入感。读者既借樊家树的眼睛对上层社会进行尽情的窥探,同时又不会因为与现状天差地别的消费水平和消费观念而感到被冒犯,大大提高了读者的阅读体验。

因连载于上海报刊《新闻报》副刊,当时《啼笑因缘》的读者多身处中国现代化程度最高的城市上海。他们身处现代的都市繁华之中,通过作品中提炼出了现代都市的全貌,更为深切地感受现代化的冲击,并将其作为经验去规训和塑造自己的现实生活,不得不说这是一种作品、读者、世界之间的回环交互。

就像张恨水的忠实读者张爱玲也曾说:"像我们这样生长在都市文化中的人,总是先看海的图画,后看见海;先读到爱情小说,后知道爱;我们对于生活的体验往往是第二轮的,借助于人为的戏剧,因此在生活与生活的戏剧化之间很难划界。"[8]都市文学中的间接经验,对于读者的生存哲学乃至思想道德、审美情趣,往往潜移默化地发生作用。

(二)市民阅读期待的迎合与背离

20世纪30年代,都市通俗小说刚刚经历了第三次浪潮,以反军阀为背景的小说成了创作潮流,因为反军阀斗争抓住了都市大众的想象力。结合前两次的流行,不难发现通俗文学的题材与时事是密切相关的,但比起五四文学的批判性和反叛性,通俗文学需要考虑销量等市场因素,销量又与受众的接受程度直接挂钩,因此需要根据不同时代特点,找出官方和民间的共同欲望来加以渲染,因此它既非官方的直接传声筒,又非民间欲望的一味应声虫,但又兼具二者的考量,同时也是作者个人思想性和审美性的直接体现。解决了精英文学与市民社会相隔离的问题,并将古典小说的文学传统与通俗小说的艺术风格完美融合。

在《啼笑因缘》约稿阶段,《快活林》主编严独鹤就再三写信给张恨水,请求他写两位侠客,因此张恨水的笔下出现了关寿峰和关秀姑父女,这样两位路见不平拔刀相助,同时又功夫了得的侠客形象。二人消灭恶霸军阀,后来又在续作中在关外领导抗日活动。这是经验老到的编辑对于当时十里洋场民众趣味和情绪的充分考量,也是作家自身认定的写作策略。反压迫、反强权的主题引起受压迫市民的强烈共鸣,也满足了这些"太过习惯于传奇"[8]的上海市民读者的期待视野。

张恨水在参与了商业化的创作模式的同时,并没有一味地迎合读者的阅读期待,在这种迎合与坚持之间,就创造出了与民间对话交流的可能性。比如在前文提到的读者参与的结局猜测中,对于沈凤喜的结局,大多数的人都认为她会因疯而死,但张恨水最终没有让她身死,而是一直住在精神病院之中。张恨水认为沈凤喜是罪不至死的,但如果给她一个美好结局,不免"教人以偷"[2]了,这无疑是对民间激烈情绪态的一次缓冲和修正,在维护民间道德传统的同时,传递出了真正的现代性思维,那就是对于人性的包容、对于生命的理解。

三

通俗所具有的令人热血沸腾、给市民以快感的功能是严肃文学所无法替代的,不仅是读者,有些作家也认同这一观点,比如乔治·奥威尔,他羡慕"在文学上并不装腔作势,且在严肃的产品寿终正寝后依然具有可读性的那类图书"[9],这类文学包括如今的文艺作品带给受众的"guilty pleasure"是严肃文学无法替代的。作为知识分子积极参与民间的一种方式,张恨水的贡献在于,他在军阀混战的动乱时代,在新文学的主流排斥下主动地站在了劳苦大众的一边,将虚拟的民间场景,上至北京饭店,下至天桥和落子馆,与现代文学提倡的作家对人性的深切关注和对时代变动中道德精神的准确把握,成功地结合起来。

以上几个方面仍是如今读者的内心的欲望和需求,这也是冯梦龙——鸳鸯蝴蝶派——网络类型小说一脉无须照看便能肆意生长的原因,而严肃文化却是温室里需要精心培育的奇花异草。通俗文学作为新文学时期被新潮流推到历史后台的一方,需要用全面、多维度的视角评价,正视其对民间的作用。因为文学作品的品质与快感之间并不完全是成反比的关系。对于以张恨水《啼笑因缘》为代表的一系列都市通俗文学的研究,对当下网络文学发展有着借鉴意义。《啼笑因缘》的爆发式效应不仅来源于通俗和带给读者的快感,而在于满足了当时人民群众的精神需求、生存欲望,丰富了他们间接生活的体验。严肃文学的藩篱显然抵挡不住群众自发涌动的需求。在改革开放以来,学界已经正视张恨水的作品并充分肯定其价值,如何将这类视角运用到如今的网络文学创作和评判上,是值得我们考虑的问题。毕竟张恨水不仅是"《新闻报》的财神,读者的偶像"[10],也是一位具有社会责任感的,能够真正代表民间的通俗文学大家。

结　语

《啼笑因缘》是一部情节和结局充分接纳读者意见的连载小说。现代化背景下蓬勃发展的报刊媒体,和依托其产生的商业写作使这种创作形式成为可能,进一步使得作家的创作过程与民间产生了广泛而密切的对话与联系。从接受美学的角度,张恨水以《啼笑因缘》为代表的都市通俗文学,在给都市市民提供精神消遣的同时,既顺应读者阅读期待,又在一定程度上坚持自身写作策略;既满足了市民的生存欲望,又拓宽了他们的眼界与审美,既是属于民间的,又是属于时代的……这种品质与快感之间的巧妙平衡,既是作家的智慧和技巧,更是其道德与良知的充分体现。

参考文献

[1] 孔庆东:《〈啼笑因缘〉爱情三模式》,央视"百家讲坛",2004年9月30日。

[2] 张伍.张恨水自述[M].郑州:河南人民出版社,2006.

[3] 张伍.我的父亲张恨水[M].沈阳:春风文艺出版社,2002.

[4] 范伯群.论张恨水的几部代表作(兼论张恨水是否归属鸳鸯蝴蝶派问题)[J].文学评论,1983(1):88-99.

[5] 石娟.不同的"轰动":商业运作视角下副刊与小报连载小说创作差异比较——以《啼笑因缘》和《亭子间嫂嫂》为中心[J].现代中文学刊,2012(1).

[6] 周武,吴桂龙.上海通史第5卷晚清社会[M].上海:上海人民出版社,1999.

[7] 张恨水.啼笑因缘[M].北京:人民文学出版社,2015.

[8] 张爱玲.流言[M].广州:花城出版社,1997.

[9] 季广茂."罪恶快感"的前世今生——兼论文学区隔与文本等级秩序的崩溃[J].杭州师范大学学报(社会科学版),2016(6).

[10] 张友鸾.章回小说大家张恨水[M]//张恨水.写作生涯回忆.北京:人民文学出版社,1982.

(作者单位:安庆师范大学人文学院硕士研究生)

张恨水报刊作品的新闻观

路善全

张恨水从事报刊工作,时间上主要集中在 1918 年至 1848 年间的 30 个春秋。1918 年,23 岁的张恨水任芜湖《皖江日报》编辑,开始报刊活动与文学创作生涯。1919 年赴北京任《益世报》校对,上海《申报》驻京办事处编辑,北京世界通讯社编辑。1924 年主编《世界晚报》副刊《夜光》。1935 年赴上海编辑《立报》副刊《花果山》。1935 年于南京与张友鸾创办《南京人报》,编辑副刊《南华经》。1937 年抗日战争全面爆发后到重庆任《新民报》主笔。1946 年任北平《新民报》总经理,编辑副刊《北海》,直至 1948 年 53 岁时辞去职务。

张恨水 30 年的报刊活动,工作性质偏重于文艺副刊的编辑和创作适合报刊副刊刊用的作品。张恨水创作的副刊作品,呈现出及时真实观、社会民生观、平民视角观等新闻观念。

一、及时真实观

及时与真实,是新闻的本质属性,也是报纸文字最基本的特征。

张恨水是报刊文学家,曾致力于文学创作的独立品格,他创作的大部分作品呈现出浓浓的时事性色彩。如《啼笑因缘》中关寿峰父女的设置与当时上海的"武侠热"有直接的关系。所以,我们在张恨水的小说里看到的描写,是及时真实的,并通过及时与真实表达爱憎、主持正义,以期形成意见气候,正所谓他认为的今之新闻记者,一味狂号谩骂,固不是的。

"报纸文字,是要配合时间的。"①"二加二是四,一定是四,无论你怎样宣传,决不会变成五或六。"②报纸以报道新闻、发表评论为主,有极强的时间性、真实性要求。报纸副刊之所以不同于纯文学刊物和书籍,就是因为即使是副刊上的文史小品、杂文随笔、诗歌漫画

---

① 张恨水.张恨水散文(四)[M].合肥:安徽文艺出版社,1995:293.
② 张占国,魏守忠.张恨水研究资料[M].天津:天津人民出版,1986:445.

等,也应及时与真实。

民国时期的读者,很多时候是把文艺作品当作及时与真实的新闻来读,即新闻版外的"新闻",从中了解信息以资多闻。1938年7月初,一些报纸报道了军队在反攻中已抵潜山城外的电讯。对潜山这个地方,读者不一定熟悉,于是张恨水7月3日在《新民报》副刊发表《野人寨好比小宜昌》一文,从潜山风景区的起始点"野人寨"说起,及时真实地向读者介绍潜山的地理情况,满足读者需求:"在山上,可以控制野人寨,在野人寨,又可以控制潜山,而且作了岳西的锁钥,所以这里有争夺战了。"①这样就解决了读者在阅读有关战事新闻后产生的疑问。7月6日,张恨水发表了《岳西》一稿,向读者介绍了岳西的地理沿革情况。"在中央通讯社的新闻稿上,近日常有'岳西电'三个字。读者纵然对地理很有研究,恐怕对于岳西这个名字还是陌生吧!"②1939年春天,日寇进攻江西南昌,张恨水在副刊上又连续发表了《老爷庙》《伟大的南昌》《忆香妃墓》《江西人与许真君》等系列介绍南昌的地理名胜、人文古迹的知识性文章。通过及时与真实的介绍,唤醒和激励读者和民众直面现实。张恨水的《江西人与许真君》文末云:"现在侨寇侵南昌,简直就毁了许真君所在地西山万寿宫了。真君之灵何在? 如今是科学昌明的时代,只有科学家能救苦救难。江西老表,或者可以恍然了。"③在《世界晚报》连载张恨水《春明外史》时,读者买报纸、读小说,为的就是要知道这版外新闻如何发展、如何结局。

1944年,张恨水为赵超构所著的《延安一月》作序,其中一段强调:我和我的朋友,写东西或从事新闻报道都有这个态度……观察最好一切客观。他明确地宣称:"报纸虽然负着有闻必录的责任,但是也不可以无为有指鹿为马,即使访问记载失实,为坦白起见,尽可说明后更正,才不失报纸光明的态度,倘然有恶意的目的,造出是非,去中伤别人,那更不可为训。"④张恨水收集创作素材的一个途径是直接采访,他写《东北四连长》时苦于不熟悉军事生活,正巧有一位学生当过连长,张恨水就利用这个机会,向他详细询问军人生活,并让这个学生写一篇报告。最后经过两三个月的采访,张恨水终于完成了这部抗日小说。

二、社会民生观

关注社会民生,以社会新闻、民生新闻为题材创作作品。报刊职业为张恨水接触社会、收集创作素材提供了便利,同时也体现报人敏锐的观察能力、迅捷的反应能力。

1924年4月12日,张恨水开始在《世界晚报》的副刊《夜光》上连载的《春明外史》,红遍京城,出现读者在报馆前排成长龙争购报纸的空前场面。这部小说历时近5年,截至

---

① 张占国,魏守忠. 张恨水研究资料[M]. 天津:天津人民出版,1986:293.
② 张占国,魏守忠. 张恨水研究资料[M]. 天津:天津人民出版,1986:194.
③ 张占国,魏守忠. 张恨水研究资料[M]. 天津:天津人民出版,1986:199.
④ 张占国,魏守忠. 张恨水研究资料[M]. 天津:天津人民出版,1986:187.

1929 年 1 月 24 日刊完,洋洋 100 万言。小说以记者杨杏园与梨云、李冬青两个女性的感情为线索,呈现 20 世纪 20 年代北平社会世情风貌,讲述了北洋政府统治下的首都的议会、豪门、剧院、报馆、会馆、学校、妓院、胡同杂院、贫民窟、高级饭店等,社会中的种种腐败现象和民生不公。经考证,小说中的很多人物均有生活原型,且与当时社会上的风云人物一一对应:魏极峰—曹锟,鲁大昌—张宗昌,时文彦—徐志摩,秦彦礼—李彦青,韩幼楼—张学良,舒九成—成舍我,何达—胡适,金士章—章士钊,小翠芬—小翠花等。我们从《春明外史》里看到更多的是 20 世纪二三十年代,在军阀统治之下的京城的社会、民生现状。

以社会民生题材作品引导和参与话题讨论。惨烈悲壮的抗战是《八十一梦》的叙事背景,从社会民生的侧面,引导和参与讨论国民的民族国家意识话题:有人希望抗战晚一点结束,因为出租了房屋,担心抗战结束后逃难的人走了,出租房租不出去,挣不到钱;有人崇洋媚外,不吃中国的糖果、不用外国货就咳嗽,关注到我们习以为常的种种国民性的不堪。此外,《疯狂》《牛马走》《偶像》等作品,也是以暴露国民性弱点为素材而写成。

我们今天要了解 20 世纪上半叶的北京,只要看看张恨水的小说就知道。张恨水小说给我们提供了一个了解当时社会民生的窗口,通过这个窗口我们看到当时的社会民生,从官府衙门豪门贵族到社会各个场景,张恨水总是能把人物生活原貌引入作品,这就平添了一种历史的韵味。

三、平民视角观

没有受众,报刊便无存在的必要。以平民视角直接介入现实平民生活是对受众的尊重。以平民的视角为百姓代言,是张恨水编辑报刊与写作的自觉追求。张恨水认为书写老百姓发自内心的话,才是真正的舆论主体。报纸既然是舆论的载体,那么,报刊工作者就要站在平民的立场上,以平民百姓的眼光和爱憎观察社会,反映生活。

1934 年,张恨水到陕西和甘肃采访,目睹陕甘民众生活艰苦而大受震动,其后写作风格发生重大变化,反映民间疾苦的作品增加。张恨水的《燕归来》和《小西天》,对底层社会,尤其是西北地区贫苦的底层民众生活做了真实描写。1946 年,他为北平《新民报》确定的办刊宗旨是:"凡是不体恤老百姓的举动,我们就反对……我们也不和执政的或在野的,曲为解说,去欺骗老百姓。"[①]在那个时代,由于军阀混战,经济凋敝,民不聊生,老百姓苦不堪言,很多人挣扎在死亡线上,有些报刊却大谈什么饭要怎样吃,几时吃,淀粉要若干,脂肪要若干,碳质要若干。张恨水愤怒地说:"这个年头儿,上餐吃了大米饭,下餐有没有窝窝头唷?谁也不敢保自己的险。一个人到啃窝窝头的时候,还有工夫研究淀粉若干,脂肪

---

① 张占国,魏守忠. 张恨水研究资料[M]. 天津:天津人民出版社,1986:148.

若干吗？若让中国去研究到吃饭问题，为时还早着哩。"①他在《两个车夫之言》中，朴素地记述了两个车夫聊天的话，然后画龙点睛地点评："我们试听这两个车夫说话，才是真正的舆论。他说大家都叫穷，汽车反而增多。"②"三一八"惨案发生后，张恨水以平民的眼光，在《世界日报》的副刊上发表了大量杂文。《势利鬼可起而为总长》《官不聊生》，暴露了官场腐败、黑暗以及官逼民反、民不得不反的社会现实；《曹三爷不辨水旱》，矛头直指直系头目曹锟，揭露他中饱私囊，不顾灾民死活；《张宗昌可以上天桥卖布》，对祸国殃民的奉系军阀进行了无情的揶揄讥讽；而《免考入门卷》，则抨击了当时考场上的舞弊现象。这些杂文中的平民视角，笔调辛辣幽默，说出了老百姓的心里话。

《啼笑因缘》里关于天桥的描写是经典的平民视角：一到天桥，就能听见梆子、胡琴、锣鼓声一片喧闹。木板支起的街楼，楼前面挂了许多纸牌，都写着各种演出的剧目。还有耍杂技的、有摔跤的、有弄口技的，还有说相声的，也有练武的。这些描写中的平民视角，给读者留下了鲜明的印象。

（作者单位：黄山学院艺术学院）

---

① 张恨水. 张恨水散文（四）[M]. 合肥：安徽文艺出版社，1995：159.
② 张恨水. 张恨水散文（四）[M]. 合肥：安徽文艺出版社，1995：120.

论张恨水《金粉世家》中的爱情悲剧

罗 凤

皖籍通俗文学作家张恨水被公认为中国现代章回小说的大家,他的小说是中国现代文学不可或缺的一个重要组成部分。众所周知,张恨水与著名作家鲁迅、巴金等作家都是"五四"时代的亲历者,他却不似五四新文学作家们致力于"为人生"的写作,反而整体上选择与五四进步思潮保持着一定的距离,仍拘囿在叙写缠绵悱恻的儿女故事的小天地里,长时间游走于新文学阵营之外,其作品为迎合市民多作应约之作,他的社会言情小说代表作有《春明外史》《啼笑因缘》等,而长篇小说《金粉世家》则是张恨水最为轰动的长篇作品之一,一经面世,便受到广大读者的喜爱与追捧。

金燕西与冷清秋的爱情悲剧贯穿于《金粉世家》的整部小说。小说以北洋军阀为时代背景,讲述大家族下贫富差距悬殊的男女主角从相识乃至相恋、分离的爱情悲剧,而造成这对恋人离散结局的原因需要从男女主人公两人之间的门第阶级差异和观念差异等因素来分析。本文将结合悲剧爱情发生的时代背景,分析其爱情悲剧产生的原因,旨在揭示作者想描摹的社会现实和此作品所传达的文学价值。

自古以来爱情就是存在于文学作品中的永恒主题。在中国的思想观念中非常讲究"门当户对",这就意味着在人们看来,只有单身男女双方的社会地位和经济情况相当,才适合谈婚论嫁。即使五四新时期以来人们的思想逐渐开放,但是不能否认此种观念对人们已经产生根深蒂固的影响。不论是原著亦是电视剧改编,给人的直观的感受便是,走进婚姻殿堂的男女主人公没有演绎出一段有情人终成眷属的佳话,最终劳燕分飞。金燕西和冷清秋的爱情之所以产生悲剧,最主要的原因便是二人的门第差异。从个人的身份阶级来看,《金粉世家》的男主角金燕西是国务院总理的儿子,自小生活富裕的他,成长为一个典型的纨绔子弟和花花公子。而主人公冷清秋则出身于寒门的书香门第之家,即使门第家境比不得金燕西,但是她极其有才气。一富一贫的家庭差异,早就埋下了二人爱情婚姻的悲剧种子。当二人步入婚姻的围城,其真实的性格才开始相互碰撞。金燕西所生活的环境也是造成其自身缺点的重要原因。婚后的金燕西本性难移,用情不专,例如他玩戏子,并且还与豪门女友白秀珠关系往来密切。他依靠着金家的权势,一直生活在养尊处优的环境中。或许最初金燕西对冷清秋的情感不过是出于对这个女子的新鲜感,当新鲜感褪去,才暴露出来他最真实的一面。后期金燕西失去了支撑着他的一切花销的金府,他内心深处认为冷清秋是帮不上忙的贫穷妻子,激发出来他内心深处的极深的阶级成见。在与冷清秋产生矛盾之时,他能够说出:"你照一照镜子,由头上到脚下为止,哪些东西是姓金的,哪些东西是姓冷的,请你自己检点一下。"由此,可以看出,在金燕西看来,冷清秋的生活是要靠他的家庭来养活,在他的眼中,她依附于金家,是没有经济独立能力的,带有一种轻视意味。看透后的冷清秋,说:"我看纨绔子弟,用在你身上倒是货真价实。"婚后心灰意冷的她选择趁家中失火毅然出走,决心离开内部环境,寻求外部环境求得生存。显然,二人由于身份差异较大,无法维持婚姻,进而造成婚姻悲剧。

所处生存环境的不同也必然会导致二人的思想观念存在一些差异。自小生活在总理府的金燕西长大成人后对冷清秋一见钟情,凭借着自己的家庭环境,可以在物质基础上花费很多金钱和精力去追求冷清秋。比如他不惜以高价租赁冷清秋隔壁家的房子拉近与冷家的关系,给人以好感。那么为何他会看上冷清秋?因为在金燕西看来,"若说交女朋友,自然是交际场中新式的女子好。但是要结为百年的伴侣,主持家事,又是朴实些的好。若是我把那个女孩子娶了回来,我想她的爱情,一定是纯一的,人也是很温和的,绝不像交际场中的女子,不但不能干涉她的行动,她还要干涉你的行动啦。就以姿色论,那种的自然美,比交际场中脂粉堆里跳出来的人,还要好些呢。"所以他选择冷清秋并非一时冲动,而是希望她不要干涉自己花天酒地的生活。涉世未深的冷清秋被打动后,选择与其结合。而冷清秋不喜欢与人交际和趋炎附势,喜静,从心底看不惯纸醉金迷的生活,所以在婚后的生活里,她也是每日待在屋子里看书,不像其嫂嫂一样靠着听戏打牌挥霍时间。此外,北洋军阀统治时期,当时正处于一个历史交替的时代,一些传统思想已经瓦解,西方思想已经流入,女性不再缠足,学堂也对女性开放,冷清秋得益于新时期能够接受新教育。如果没有遇见金燕西,冷清秋也许会嫁给一个普通人家,安稳余生。但是她受到新时期思想观念的影响,是一个清醒的女子,她追求独立。小说中的冷清秋清醒地道出她与金燕西的差异:这也很容易明白,根本上我们的思想不同——我不爱交际,不爱各种新式的娱乐,而且我劝他求学找职业,都是他不愿意听的。此外,我家穷,他现在是不需要穷亲戚了。由此体现出的是二人思想上的差异。法国作家巴尔扎克曾经说过:"夫妻间应由相互认识而了解,进而由彼此容忍而敬爱,才能维持一个圆满的婚姻。"在婚姻出现问题后,金燕西并没有积极地采取行动来找出症结所在,以解决问题,对妻子不满意就出去找情人。可以说此二人的婚姻悲剧是思想观念的差异无法得到容忍和妥协的结果。

小说表面上写的是一个权贵子弟的生活以及他与冷清秋的爱情生活,但深层里作者融入了女性的视角。小说中的冷清秋始终以一个平民女性的视角去看待高门中的一切,有羡慕也有鄙视,看透他们的虚伪。接受新时代洗礼的冷清秋,拒绝向旧时代的封建思想和行为妥协,在被抛弃之后没有一味地哭天喊地,而是朝着不断独立自强的方向前进。在面对危机之时,冷清秋表现出与金燕西不同的处事态度。她选择积极应对。在看清金燕西的真实面目之后,她选择借一场大火逃离金府。冷清秋是具有较强的自我意识的女性,在西方文明影响下,其追求思想独立、人格独立和自我价值,是一个名副其实的叛逆者,有文人的清高和孤傲。她虽出生于平民家庭,但嫁到金家那样的富家豪门后,仍坚守自己的平民性格,保持着人格的独立。"我为了自己的人格,我应回家去,吃穿用我冷家的,做穷人家的女儿。"当金燕西移情别恋后,她不是委曲求全,竭力维持无爱的婚姻,而是求得人身自由和人格独立。她可以说放手就放手,维护了自己的人格尊严,离开家庭、离开丈夫,冷清秋的举措不仅在张恨水的小说中具有开创意义,即便在整个五四新文学中,也颇有些新女性的特质。在抱着对婚姻的绝望离家出走后,冷清秋始终没有放弃金太太的身份,没有另嫁他人,而是与儿子相依为命。从这可以看出她对金燕西始终抱着从一而终的态度,她还是没有彻底摆脱封建思想的束缚。冷清秋也是一个既"旧"又"新"的女性,她的思想深处有浓厚的封建意识,同时她又是一个追求人格尊严、漠视封建伦理纲常的新女性。有评论者评价冷清秋说:"她可以说是二十世纪初叶我国传统道德与现代意识相结合的女性典型。她有林黛玉的才情、孤高和多愁善感……而更多的是现代知识女性对自由、平等的追求,对人格独立、经济自主的向往。"

张恨水是中国现代通俗文学大师,其在小说中塑造了众多生动的人物形象,几乎每一部小说中至少都有一个突出而鲜明的女性形象。其小说中的女性大都传统,带有更多的世俗倾向。在她们身上,驯服性远远大于叛逆性。在《金粉世家》中,张恨水以不同的笔墨,描写了众多不同性格特征的女性。在这部小说中最主要人物是才女冷清秋,张恨水将其塑造成美丽、知性的女性,拥有中国传统女性之美,同时她饱读诗书,也接受新型教育,身上拥有新时期女性独立的气息。小说也多次采用内心独白的方法来描写冷清秋从恋爱、结婚、被遗弃、委曲求全到最后痛下决心离家出走的心理演变过程。张恨水既拘囿于传统的"才子佳人"模式,表现出把玩女性、仇视新女性、否定女性解放的一面;同时,他又能超越"鸳鸯蝴蝶派"的作家们,流露出平等观念、平民化倾向和女性自立自强的端倪。

张恨水是现实的,他笔下的爱情婚姻观有理想的一面也有世俗的一面。现代的影视改编是张恨水小说传播的最主要方式之一,而其小说《金粉世家》也是通过电视剧,而被更多人知晓。《金粉世家》既是一部家庭小说,也是一部言情小说。金燕西有顽固的劣根性,而冷清秋则侧重于保守。爱情悲剧中蕴含着彼此家庭背景以及自身性格的差异。研究者们运用了多种方法对《金粉世家》进行研究,也从多个角度进行研究,成果显著,她们一方面妥协于男权社会,表现出依赖、柔弱的落后性;另一方面又大胆挑战和反抗男权社会,表现为人格独立、拥有强烈自尊心。进步性的女性意识在张恨水创作中还相当薄弱,张恨水过于拘泥于传统女性的塑造,这注定了他笔下的女性改变不了悲剧命运。每个悲剧性的结局也依旧是现实环境的作用成果。总而言之,《金粉世家》是一个悲剧,冷清秋的形象是一个悲剧,金燕西和冷清秋的结合是偶然的,却也是一个悲剧。一个富贵,一个贫穷;一个不学无术,一个才气过人,都是不属于彼此世界的人。

金燕西和冷清秋之间的爱情虽然突破了"父母之命,媒妁之言"的束缚,但是终究逃不出固有文化的影响,其爱情悲剧是由义化错位而产生的感情悲剧。男女主人公不同的出身、家庭背景、所接受的教育及二人的性格在一定程度上决定了他们的爱情悲剧。他们婚姻的失败并不是一个偶然的现象,而是具有时代的必然性,同时也在一定程度上反映了女性在新旧世纪交替的过程当中,所呈现出来的叛逆和反抗,体现了现代的批判精神,所以整部小说更具艺术力量和思想魅力。

参考文献

[1] 张恨水.金粉世家[J].长春:时代文艺出版社,2004.

[2] 韩立群.文化错位的爱情悲剧——《金粉世家》中冷清秋与金燕西爱情悲剧的文化内涵[J].聊城大学学报(社会科学版),2013(05):23-39.

[3] 潘荣妹.张恨水言情名作中女性命运探析——以《春明外史》、《金粉世家》、《啼笑因缘》为例[J].北方文学(下半月),2011(04):32-33.

[4] 马蓉,王美丽.妥协与反叛——《金粉世家》中女性命运与女性现代意识的分析[J].湖南工业大学学报(社会科学版),2009,14(01):56-60+159.

[5] 梁佰利.《金粉世家》中冷清秋形象解读[J].现代语文(文学研究),2011(07):35-36.

[6] 张艳丽.《金粉世家》婚恋观新探[J].名作欣赏,2012(05):71-72.

[7] 王敬文.漫论张恨水的小说创作[J].湖北大学学报(哲学社会科学版),1997(03):6.

[8] 姜友芝.略论张恨水小说中的女性形象[J].兵团教育学院学报,2001,21(06):48-52.

[9] 蔡译萱.浅论张恨水及他的《金粉世家》[J].文学教育(上),2013(05):35-37.

[10] 王雁雁.张恨水《金粉世家》的平民视角[J].名作欣赏,2007(02):65-69.

[11] 王少栋.独特的认识价值和美学意义——论《金粉世家》中冷清秋形象[J].商丘职业技术学院学报,2006(04):73-75.

[12] 雷霖.浅析《金粉世家》中冷清秋形象[J].河北能源职业技术学院学报,2010,10(03):13-15.

(作者单位:安庆师范大学人文学院硕士生)

从《啼笑因缘》看张恨水
对章回小说的继承与改造

宋培璇

张恨水是中国现代文学史上著名的"章回小说大家"和"通俗文学大师",在他一生的创作中,仅中长篇小说就有一百多部,张恨水的小说创作艺术成就显著,影响持久不衰,受到不同阶层读者的欢迎,他也被老舍先生称为"国内唯一的妇孺皆知的老作家"。作为一名接受传统文化教育的旧式文人,张恨水在其创作过程中一方面深受鸳鸯蝴蝶派、礼拜六派等中国现代通俗小说的影响,一方面又受到"五四"以来新思想、新文学的影响,这样的"两重人格"映射在其以《啼笑因缘》为代表的早期创作中,彰显出独特的创作风格。张恨水近乎固执地采用了章回小说这一旧小说形式,同时又自觉顺应时代潮流,在作品中加入"新"的因素,他大胆吸收和借鉴欧美翻译小说的表现手法,在小说内容上体现出鲜明的时代意识和现代精神,《啼笑因缘》在当时所引起的轰动足以说明张恨水对传统章回小说的继承与扬弃是积极且有效的,这也成功地将其创作推向一个崭新的阶段。

一、小说样式:保留传统章回小说之特征

张恨水自小接受传统私塾教育,熟读四书五经,深受传统文化和民间文化的影响,《儒林外史》《三国演义》《西厢记》《水浒传》《红楼梦》等中国传统小说都深得他的喜爱,这些小说的阅读经验、故事构思和文章结构在张恨水一生的文学创作中留下了不可磨灭的影响。他认为:"章回小说,有其缺点存在,但这个缺点不是无可挽救的,而新派小说,虽一切前进,而文法上的组织,非习惯读中国书,说中国话的普通民众所能接受。正如雅颂之诗,高则高矣,美则美矣,而匹夫匹妇对之莫名其妙",因此,"我们没有理由抛弃这一班人,也无法把西洋文法组织的文字,硬灌入这一批人的脑袋,窃不自量,我愿为这班人工作。"[1]这实际表明了张恨水的创作立场:他自创作之初就一直坚持章回小说的写作,并以普通市民为主要读者群体,创造了一个以"章回小说为主体的气象万千的艺术世界"[2]。

回目是章回小说的标志性特征,最能体现章回小说的特色,张恨水自然十分注重回目的制作。其早期作品以九字回目为特色,典雅工整、辞藻华丽,不仅能概括、提示正文内容,还能

制造悬念、引发读者思考,如《啼笑因缘》中的"邂逅在穷途分金续命,相思成断梦把卷凝眸""值得忘忧心头天上曲,未免遗憾局外画中人""星野送归车风前搔鬓,歌场寻俗客雾里看花"等回目对仗工整、平仄协调、富有诗意、自然浑成。由于《啼笑因缘》是在现代报纸《快活林》上连载,张恨水便在回目的制作上更具匠心,《啼笑因缘》各回的回目不仅发挥对本回内容的提纲挈领作用,还发挥了串联小说主题和各回故事情节的连缀作用[3],这样既保障了读者相对完整的阅读体验,又极大引发了读者的阅读兴趣,是促成《啼笑因缘》轰动的重要因素。

《啼笑因缘》中,张恨水还保留了套语等章回小说的话本特征。"要知……,下回交代""下回分解""却说"等套语的引用,一方面承接了上下文,另一方面也便于在故事紧要处分章、设置悬念,在小说连载过程中给读者带来新鲜的阅读体验。此外,诗词也是其小说创作的有机组成部分,张恨水有着扎实的国学基础,嗜好填词,并坚持以诗文入小说,如《啼笑因缘》二十二回以"毕竟人间色相空,伯劳燕子各西东。可怜无限难言隐,只在拈花一笑中"来表明樊家树的心境,前文也继承《红楼梦》《西游记》等文人小说的传统,引用了《垓下歌》《汉宫秋》《霸王别姬》等唱词,这充分展示出张恨水作为传统文人的审美意蕴和审美情趣,也成为表现人物性格的重要手段,为平铺直叙的章回小说增添了韵味。

张恨水并不认同"五四"文人反叛传统、扫荡旧学的激进态度,而是坚信"中国是五千年文物礼仪之邦,精神文明,谅非西人所及"[4],故他始终从积极正面的意义上来看待传统文化,坚守以传统文化为本位的心理定式,并注重对其进行继承与创新。张恨水从中国传统、民间文学中汲取营养,将自古典小说中学到的种种加以改造,融合进自己的创作,不断尝试章回体小说的改良,这造就了他在现代文学史上的独特意义。

二、主题内容:体现时代意识和现代精神

张恨水的生活阅历和文化构成注定了他无法完全逃脱传统思想文化、价值观念的束缚,可时代的发展及现代报人的身份又迫使张恨水调整过于传统的文化心态,以适应"五四"以来批判传统、走向现代的时代潮流。身为新闻工作者,他敏锐地注意到了社会的动荡,认为应直面黑暗、为民呼吁,他以新闻事实为创作素材,将章回小说的外壳与现代故事的内核创造性地结合起来,并考虑了各个阶层读者的阅读需要,展现出一种大众化、平民化、现代化的倾向,为普通大众提供了新的小说读本。

时代意识和现代精神是张恨水对章回小说进行改良的重要方面。"我的思想,时有变迁,至少我是个不肯和时代思潮脱节的人"[5],"到我写《啼笑因缘》时,我就有了写小说必须赶上时代的想法","我的所谓赶上时代,只不过我觉得反映时代和人民就是了"[6]。与传统章回小说相比,《啼笑因缘》融合"社会""言情""武侠"等多种表现题材,在描写男女爱情故事的同时,呈现出历史风云、时代变革、等级压迫、人性优劣,书中富家子弟樊家树与平民少女沈凤喜之间的跨阶级恋爱反映了当时婚姻自由的时代潮流,关氏父女除暴安良、劫

富济贫的侠义行为也使备受社会现实压迫的底层民众在心理上得到了替代性满足。可以说，张恨水的小说适时而准确地呈现了那个特定的"逐渐现代化"的社会中国市民心理、价值的分化与多元，抓住了当时都市大众的想象力，表达了一种新的价值倾向和故事内容，代表了他们的欲望要求、正义原则、道德规范，并与当时的社会时代心理形成了暗契。[7]

在小说内容上，张恨水抛弃了传统才子佳人式的爱情模式，将上层社会和底层社会结合起来，推崇新式思想，打破等级意识，在追求娱乐消遣的同时，兼以开启明智、鼓吹新知，作品具有鲜明的时代性。《啼笑因缘》将揭露的矛头对北洋军阀，通过讲述樊家树与三个性格迥异的女子之间的爱情纠葛，向读者展示了一幅贫富不均的社会图景，具有辛辣的批判意味。《啼笑因缘》还表现出具有现代色彩的人文主义意识和具有现代意义的平等、自由观念。主人公樊家树身为官宦家庭的少爷，为人处世却"没有公子哥儿的脾气"，品质高尚，待人真诚，他与出身微贱的关寿峰父女交往，在关寿峰生病住院时慷慨相助；又努力争取跨阶层的自由恋爱，即使在凤喜屈服于刘将军后也苦苦相劝凤喜与他一起逃走，这种无视封建等级、主张自由平等的观念具有一定的反封建意义。

另外，在进行小说创作的同时，张恨水也表达了对文化现代化的思考。其作品中的人物多具有双重文化人格，他们一方面接受了现代教育，具有民主、平等、自由等新思想，另一方面又承载着浓重的传统文化意识，深受传统婚姻观念影响，樊家树即为典型代表。《啼笑因缘》中，主人公樊家树对三位迥然不同的女性的选择实则寄寓了张恨水的文化理想和文化追求，在他看来，何丽娜野性外放而"不能成为同调"，关秀姑侠气豪爽却"未免不合"，只有沈凤喜娇憨伶俐又"惹人怜爱"，樊家树虽不计等级差异，与出身微贱、以唱大鼓书谋生的沈凤喜恋爱，甚至资助凤喜上学，却又不可避免地带有封建资产阶级的软弱性，他不敢反抗门第观念，一直隐瞒自己与沈凤喜的恋爱关系，且架不住哥哥嫂嫂对他与何丽娜的撮合，这是导致他与沈凤喜爱情悲剧的原因之一。

处在"鸳蝶派"文学和"五四"新文学斗争的十字路口，张恨水选择了积极投身于改造自身创作的行列[8]，虽然在启蒙主题、表现形式等方面有着诸多不同，但张恨水的通俗小说创作在很大程度上认同并表现了"五四"开创的时代主题，其作品反映了当时社会的价值观，满足了市民大众的心理欲求，并呈现出强大的生命力。

三、艺术手法：借鉴西方现代小说之优点

张恨水曾称自己是"章回小说的改良匠"，他对传统小说的弊端有着较为清醒的认知，"我觉得在写景方面，旧小说往往不大注意，其实这和故事发展是很有关系的。其次，关于写人物外在动作和内在思想过程一方面，旧小说也是写的太差，有也是粗枝大叶，寥寥几笔点缀一下就完了，尤其思想过程写的更少"[9]，所以在阅读欧美翻译小说过程中，张恨水"注意对比中外小说的不同及长短"，大胆借鉴、研究翻译小说对客观环境和人物心理活动

的描写方法,并自觉运用于小说创作。

《啼笑因缘》以樊家树和沈凤喜的爱情故事展开,却没有按照传统小说一见钟情、私订终身、最后大团圆的套路发展,而是在其中穿插了樊家树与何丽娜、沈凤喜、关秀姑等三位女子的爱情瓜葛,这段经典的四角恋爱关系的描写,在"五四"之后转变了的文学风潮中绽放出绚丽的色彩,在现代爱情小说叙写模式的转型中也具有重要意义。[10]同时,张恨水在小说创作中展现了出色的创造力和编排能力,利用巧合、误会、矛盾、悬念等艺术手法,在小说中加入了刘军阀抢占民女、沈凤喜贪财情变及关氏父女仗义相救等情节,所以整个故事情节跌宕起伏、引人入胜而又不落俗套。在叙事方式上,《啼笑因缘》继承传统章回小说的全知视角,并开拓性地使用了大量第三人称限知叙、倒叙、预叙等方法,多种视角交织使用,叙述焦点不断转换,突破了中国传统小说的叙事模式,活跃了叙事氛围,也拓展了叙事空间。

在塑造人物形象方面,张恨水也十分注重对传统章回小说进行改良,"我偶然买了一本《小说月报》看,对于翻译的短篇小说,非常的欣赏,因此,我又继续看林译小说,在这些译品上,我知道了许多的描写手法,尤其是心理方面,这是中国小说所寡有的"[11],故而在小说创作中,张恨水加入了大量的景物描写、心理刻画及动作细节,并以人物性格推动情节发展,这一点在《啼笑因缘》中已运用得十分娴熟,如樊家树在三位女子之间反复对比与犹豫、沈凤喜对刘将军从不屈到为金钱屈服的心理转变以及关秀姑对樊家树的情感变化等,这些心理描写丰富了作品中人物的性格,有力推动了故事情节的发展,同时也增强了章回小说的艺术底蕴。

张恨水还十分注重用环境烘托气氛,如十五回中"向来这里就带着秋气的,在这阴沉沉的夜色里,这院子里就更显得有一种凄凉萧瑟的景象""黑夜里虽不见雨点,觉得这雨丝,由树缝里带着寒气,向人扑了来""现在,家树只觉得一院子的沉寂,在那边院子里的打牌声一点听不见,只有梧桐上的积雨,点点滴滴向下落着,一声一声很清楚。这种环境里,那万斛闲愁,便一齐涌上心来,人不知在什么地方了",大段的景物描写将樊家树在遭遇"情变"后的烦闷落寞表现得淋漓尽致。

值得注意的是,《啼笑因缘》的结尾舍弃传统章回小说"大团圆"的结构方式,只以一个耐人寻味的场景结束:"那屋里的灯光,将一双人影,便照着印在紫幔上。窗外天上那一轮寒月,冷清清的,孤单单的,在这样冰天雪地中,照到这样春飘荡漾的屋子,有这风光旖旎的双影,也未免含着羡慕的微笑哩。"选择用暗示或开放性结尾供读者咀嚼回味的手法,在传统章回小说中是不可见的,却是符合"五四"以来现代美学的审美要求的。张恨水将传统小说情节的曲折性与现代小说结构的开放性结合起来,冲破了旧章回小说审美观念的束缚,为尝试将通俗小说纳入现代文学的轨道做出了努力。

结　语

"我们这部分中年文艺人,度着中国一个遥远的过渡时代,不客气地说,我们所学,未达到我们的期望。我们无疑地肩负两份重担:一份是承袭先人的遗产,固有文化;一份是接受西洋文明。而这两份重担，必须使它交流，以产出合乎我们祖国翻身中的文艺新产品。"[12]身处中外文化剧烈碰撞的动荡时代的张恨水，既不抱残守缺，也不盲目趋新，他在传统章回小说的基础上，顺应时代需求，自觉吸取新文学中"新"的元素，融合古今，兼收中外，并不断地对其进行整合与改良，由此改变了传统小说单一、封闭的形态，使小说呈现出更广大的意义，重新焕发出勃勃生机。

代表作《啼笑因缘》继承了传统章回体小说的体式，大胆借鉴欧美翻译小说和"五四"以来新文学的优点，既是中国传统通俗文学的延伸，又呈现出与传统通俗小说不同的现代性的特征。在张恨水的巧妙构思下，一个传统的言情题材一跃成为通俗小说中的问鼎之作，并成功地将张恨水的小说创作成就推向了一个新的高度。即使长期以来学界大都认为该部小说"要赶上时代，却还有一段较长的路程需要跋涉"[13]，但不可否认，处在《啼笑因缘》创作时期的张恨水正试图赶上文学演变的潮流，让自己的作品处在文学新潮的前列。张恨水有意识地对传统章回小说进行继承与改良，其小说创作及对现代通俗小说艺术理论的贡献在中国现代文学史上具有独特的意义和价值。

参考文献

[1] 张恨水. 写作生涯回忆[M]. 人民文学出版社,1982:90.

[2] 杨义.《中国现代小说史》第三卷[M]. 人民文学出版社,1986:713.

[3] 石娟.《啼笑因缘》缘何轰动[J]. 中国现代文学研究丛刊,2011(02):183-198.

[4] 袁进. 张恨水评传[M]. 湖南文艺出版社,1988:79.

[5] 张恨水. 写作生涯回忆[M]. 人民文学出版社,1982:29.

[6] 张恨水. 张恨水自述[M]. 河南人民出版社,2006:31.

[7] 温奉桥. 现代性视野中的张恨水小说[M]. 中国海洋大学出版社,2005:49.

[8] 张瀚文. 张恨水的国民启蒙和现代性想象——从《丹凤街》到《大江东去》[J]. 中国现代文学论丛,2020,15(02):112-126.

[9] 袁进. 张恨水评传[M]. 湖南文艺出版社,1988:49-50.

[10] 栾梅健. 追赶文学风潮的时髦人——重论《啼笑因缘》的文学史意义[J]. 中国现代文学研究丛刊,2018(08):83-95.

[11] 张恨水. 写作生涯回忆[M]. 人民文学出版社,1982:8.

[12] 张恨水. 张恨水散文(第四卷)[M]. 安徽文艺出版社,1995:227.

[13] 范伯群. 礼拜六的蝴蝶梦[M]. 人民文学出版社,1989:237.

（作者单位：安庆师范大学人文学院硕士研究生）

张恨水作品研究

《丹凤街》：一部隐含着
创作主张与抗战思想的作品

汪启明

　　《丹凤街》从序言到正文，从回目到内容，从人物言行到行动结果，从叙事人议论到书中人物的行为，从鼓词中的超现实性到现实的戏剧性，细探之均有或"大起小落"或"小起大落"等或大或小的"反差"的现象，这种"反差"正是其艺术张力之所在，给予读者丰富的想象空间，这其中隐含着的是作者武侠小说创作主张与全民族团结抗战的思想。

一

　　张恨水一生写过两部地道的武侠小说和四部侠义色彩浓厚的小说，笔者以为其中《丹凤街》最能体现他的武侠小说创作主张。张恨水能辩证地认识传统的武侠小说，他在《论武侠小说》一文中认为："中国下层社会，对于章回小说，能感到兴趣的，第一是武侠小说……中国下层社会里的人物，他们的思想，始终有着模糊的英雄主义的色彩，那完全是武侠故事所教训的。"在他看来，这种教训有极大的缺憾，即："第一，封建思想太浓，往往让英雄变成奴才式的。第二，完全幻想，不切实际。第三，告诉人斗争方法，也有许多错误。""总括的来说，武侠小说，除了一部分暴露的尚有可取而外，对于观众是有毒害的。"但他又认为："武侠小说，会教读者反抗暴力，反抗贪污，并且告诉被压迫者联合一致，牺牲小我。"他在《中原豪侠传·自序》中认为："中国是个积弱之邦，鼓动人民尚武精神的文字，在经过时代洗礼之下，似乎只应当提倡，而不应当消灭。"并指出创作该小说的原因。他说："第一，当时公开地写抗日小说是不可能的，我改为写辛亥革命前夕，暗暗地写些民族意识。也是由华北南下的人，所不免要发泄的苦闷。第二，我也觉得武侠小说，十之八九，是对读者有毒害的，应当改良一下，我来试试看。第三，那是生意经了，在下层社会爱读武侠小说的还多，我要吸引一部分观众读《南京人报》。这是我坦白的话。"如果说《中原豪侠传》是武侠小说之改良始，那么《丹凤街》则是武侠小说之改良成。《丹凤街》成功地实践了张恨水对武侠小说的主张："没有口吐白光，及飞剑斩人头之事。""小说而忽略了意识，那是没有灵魂的东西，所以我对武侠小说的主张，兜了个圈子说回来,还是不超现实的社会小说。"

《丹凤街》塑造的是一班"非商店中持筹码算盘者,即街头肩挑负贩之流"的市井小人物形象。童老五、杨大个子、赵得发、张三、吴小胖子是卖菜的小贩子,王狗子是卖酒酿子的,一个十四五岁的半小伙子高丙根是卖插瓶花的,洪麻皮是义和茶馆跑堂,李二是面馆里的伙计,李牛儿是三义和酒馆里跑堂的,余老头是铜匠,会收生的杨大嫂子是一小贩之妻。他们都没有"高明的技击",连"一点技击本领"都没有,小说通过王狗子形象的塑造,对武侠小说"飞剑斩人头"的套路进行了嘲讽。王狗子与丙根制造了"掷粪"的闹剧后逃跑时清醒认识到:"现在要像古来侠客那样飞出一道白光,老远地就把奸人斩首,那已是不可能。若不能飞出白光,仅仅是可以飞檐走壁,那也做不了什么大事,人的能力,还赶得上手枪步枪吗?"但在迷惑时又进入幻想的境界:"他最后想出了一个主意:学着那鼓儿词上的英雄,等着秀姐上马车的时候,硬跳了上前,一手把她夹了过来,然后使出飞檐走壁的本领,一跳就上了房顶,使展夜行功夫,就在房顶上,见一家跳一家,直跳出城外,见了童老五,把人交给他,若是有人追来,我就是这一镖打去。想到这里,身子随了一作姿态,腰歪了过去,右手一拍腰包,向外伸着,把镖放了出去。当的一声,面前一只茶碗,中镖落地,打个粉碎。茶水流了满桌,把共桌子喝茶的人,倒吓了一跳。"

小说塑造的还是一班思想意识有局限、性格上有缺陷的市井小人物形象。童老五看不清阶级本质,"姓赵的和我们无冤无仇,他有钱,他花他的钱,我们不能怪他。只是何德厚这东西,饶他不得,卖人家骨肉,他自图快活",且办事"冒失",遇事"逃避",还有赌钱的恶习;秀姐不分青红皂白去同情见利忘义的舅舅何德厚;杨大个子、王狗子虚有其表,外强中干,乃至这一班人办事往往是虎头蛇尾,甚至还有阿 Q 的精神胜利法,如"君子报仇,十年未晚",王狗子一拍桌子道:"对!姓赵的这个狗种!"杨大个子笑道:"他是你的种?这儿子我还不要呢"等。

叙事人却说童老五这班人是"丹凤街的英雄",并强调"凭他们的个性,是不会辜负这个名号的。现在,他们也许还在继续他们的英雄行为"。不难发现,叙事人对他们的"个性"和"行为"总体是肯定的。那么,这"个性"的内涵是什么呢?我们认为这"个性"说的就是英雄的特质。

1. 英雄特质之一:有血气

下层阶级的人,他们的道德观念,没有中庸性。……有的却是舍生取义,不惜为了一句话,拿性命和对方相搏斗。大路不平旁人铲。小说中杨大个子与童老五有这样一段对话说明了这点,杨大个子说:"我们交朋友,不交那没有血性的人。"童老五站着呆了一呆问道:"你是说我是个没有血性的人吗?我们交了这么些年的朋友,无论出钱出力,我童老五可比你退后过一步?怎么会是没有血气的人?"

为了教训许樵隐与何德厚(二人合谋将秀姐嫁给以前当过两任次长的赵冠吾做二房),王狗子和丙根夜里在许家门口向许樵隐掷了两瓦罐子粪。面对舅舅的"劝""骂""饿""诱",有骨气的秀姐暗下决心,自即刻起不吃舅舅的饭了,宁可到木厂外捡些木片、在菜市上捡菜叶子,这三十元钞票决计是不动的;为了阻止她舅舅何德厚和许樵隐告官抓童老五、王狗子,秀姐愿意牺牲个人,答应嫁给赵次长。为了阻止秀姐出嫁,童老五、杨大个子与何德厚开始冲突。当童老五想着这个地方住得没有什么意思了,无非是有钱有势、不要良心不要脸的人的世界,回去和老娘商量商量,收拾铺盖卷,另去找码头,在家搞一个朋友告别晚餐,却遭何德厚一网打尽的毒计时,秀姐又挺身而出以"就明天出嫁"替他们解困了。夫称"女男人",有股子男人脾气的杨大嫂对洪麻皮拒绝到赵次长表亲家当一名听差,伸手掌一拍大腿,向麻皮伸出了大拇指道:"好的,人穷要穷得硬。我们就是打算当奴才,低下身份,哪里找不到一个奴才去当,也不至于去做何德厚亲戚家里的奴才";面对房东家里收房租的陶先生骂她"也晓得要面子?也配要面子?"杨大嫂的一番话颇有英雄气概,她板了脸向他道:"陶先生,你莫看我们人穷,我们志气是有的。欠两个月房钱,大小不过是借了一笔债,还清就是了,这并不丢什么身分。一不当人家奴才,二不当人家走狗,不当娼,不做贼,为什么不配要面子?"杨大个子便瞪了眼向她道:"你那嘴可称得是一位英雄好汉!""嘴是好汉,我为人难道不算好汉?你以为恭维那姓陶的一阵,房东就可以不收房租吗?兵来将挡,怕他什么?他天大的本领,也不过要我们搬家。这不会像你们和童老五办的事一样,还要预备吃官司。"

笃信输理不输气,输气不输嘴。有道是人争一口气,佛受一炉香。面对姓陶的带警察来抓人,李牛儿的老婆"发动了",杨大嫂答应一定把孩子接下了,自己投案,三天不到案,加倍受罚。杨大个子到这区里来投案的时候,听说有个女人先来投案,觉得杨大嫂这分好汉做事好汉当的气魄,比自己还来得痛快。当从刘婆婆那里得知秀姐困在城南时,直心快肠的杨大嫂愤愤不平:"如若这事出在我身上,我一定拼了这条命,也要把这事弄穿来。怕什么?我们是个穷百姓,姓赵的是个次长。难道拼他不过?"于是扮缝穷,用了两天的时间,到城南打探到了秀姐的下落,开始了两步走的解救行动。

2. 英雄特质之二:重信义

仲尼有言:"礼失而求诸野。"意思是说当礼义丧失时就要到民间去寻找,礼义存在于普通的平民身上。小说中市井小人物身上的信义主要表现在三个方面。

一是讲信义。有一把蛮力、无事练把式玩的杨大个子说:"论到讲义气,我们帮人家的忙,是尽力而为。说到钱财上去,那决不含糊,就以我们三个人而论,当了衣服帮人的时候,那也常有。真遇到那样急事,非我们性命相拼不可,我们也不怕死。说来说去,这都和剑客,侠客,差不多。""我们出面来和何老头子对垒,为了什么呢?不就是为了朋友分上这点义气吗?"童老五为人热心,别人没有法子,他可以和朋友凑钱帮人家的忙,王老二的老子死了,他们几个朋友凑钱替他买的棺材。自己只有拼命多贩一些菜卖,又拼命地少用几个钱。得知秀姐因被其舅舅算计用了梁胖子这个杀人不见血的债主子三十块印子钱时,为了解救吞下"诱饵"的秀姐,他打算邀个五十块钱的会,于是丹凤街上的小商贩们慷慨解囊倾其所有凑会款,"到了挨饿的时候,就紧紧腰带,到要出力的时候,就预备多出两身汗,我们这一群人哪个也不会剩下三块五块留在枕头下过夜,还不都是要钱用就硬拼硬凑。我说这个拼,还是拼命的拼。"杨大嫂为了和人家去收生,自己家里人全不要了;在欠房东两个月房租下,见洪麻皮在城里混一场,空了两只手回去,"慢说是男子汉大丈夫,就是我们女人也不好意思"。便把六块银币塞到他手心里,"你不要客气,你只管带着,将来你还我就是了"。

二是讲孝义。秀姐、童老五均重孝义。秀姐清醒地看到先"断粮"再"送钱"这是他们的一个圈套,"不过他们做好了圈套,一定要把我套上,我也没有法子。我为什么没有法子呢?因为我饿得冷得,也可以受得逼。但是我这位老娘,苦了半辈子就指望着我多少养活她两天,我千不管,万不管,老娘不能不管",于是下决心把自己卖了;秀姐娘在逃离丹凤街时蹩着脚,童老五背着她上船,到了小客店,又用心服侍,还回家赶了一乘车子来接,周到的安排让她安心在乡下过太平日子,比秀姐娘的儿子还要孝顺些。

三是讲大义。童老娘为人颇有胸襟,看到老五有顾虑,对其说:"这样做,尽管说是侠义心肠,可是那不知道的人看起来,必以为我们存着什么坏心事,想占人家便宜",便说"人家肯求我,是人家看得起我,那还有什么话说?老五不去接她,我去接她。我们这里有两间房,分一间给秀姐娘住也毫不妨事。"并开导儿子说:"孩子,我比你还穷得硬呢。但是你要晓得这是人家来投靠我们,在我们这里避难,并非我们去请了她来。她来了,我们不但不会沾一点财喜,而且还要担着一分心呢。""你还有什么想不开的?既然和人家帮了一半的忙,你就索性帮忙到底。""鬼话!清者自清,浊者自浊,有道是事久见人心。"国难当头,信义便上升为民族大义,杨大个子、王狗子、李二、丙根他父亲参加了预备打日本的第一期为期三个月的全城壮丁训练,杨大个子、王狗子自信地说自己是将来打日本的英雄,童老五看到他们这副精神决定第二期受训,这班人有了"丹凤街的英雄"的头衔。

3. 英雄特质之三:有智谋

为了帮助秀姐,王狗子他们也懂得策略,知己知彼,百战百胜,让面馆伙计李二利用到许家送面的机会打听对方一些消息,那就方便有力使力,无力使智,凡事抢姓赵的一个先。秀姐是个聪明的女性,她是明知她舅舅设下的圈套往里钻,当得知许和何被人砸了屎罐子就推断他们要报复童老五一伙人,看到了姓赵的本质:他是官僚,他又是个流氓;她不满足眼前把她关在牢里当姓赵的玩物的生活,但要是跑得不好,还落在他手掌心里,那就是自己作死,还要连累着她的老娘,因此想找人想法子把她娘送到一个没有人知道的地方去住着,然后就可以远走高飞了。为了帮助秀姐实现计划,杨大个子到乡下邀童老五洪麻皮一班人,童老五既对秀姐有怨气又怕人家有闲话便拒绝了杨的邀请,于是杨便用激将法,道:"就凭眼前这件事,我把你看穿了。凭我老杨的面子,特意跑到乡下来请你帮忙。不问是帮谁的忙,你都不能回绝个干净吧?你就因为秀姐对你不好,所以你就不肯和她的母亲帮忙。这里面显见得你存有私心。其实仗义的人,是见人有危难,就要前去帮忙,私人的恩仇,倒应当放在一边。看你这个人,就做不到这种程度。本来我也可以不必和你说这些,你是不会明白的!不过你既追着来了,我要不把话对你说破,你倒不知道我究竟为什么走的。好了,再见了。"杨大嫂也是富有智慧的女性形象,为打探秀姐的住处,一连两天扮了个江北穷大嫂,见到一个本姓钱主人家倒叫王妈的老妈子,便套近乎谎称自己姓刘,从而获得进出的资格;在解救秀姐的过程中,杨大嫂尽展诸葛亮之才,担任"惊人导演",先派人到何德厚家成功将秀姐娘秘密地接到乡下安顿好,在解救秀姐前她挂帅点将,让童老五一班人去上小馆子,饱餐战饭,找个地方睡足了,第二天一大早全体出战。

《丹凤街》所塑造的侠义英雄,是取径司马迁的《游侠列传》,让侠义英雄形象回归到民间百姓,回归到有缺点有局限又有血性有骨气的市井小人物身上,回归到优秀文化品格与文化基因的传承上。

二

毛泽东在《论持久战》中强调"兵民是胜利之本",指出抗日战争胜利的唯一正确道路是充分动员和依靠群众,实行人民战争。"战争的伟力之最深厚的根源,存在于民众之中",要坚持抗日民族统一战线的总方针。张恨水是一位具有强烈爱国精神、国家意识鲜明的作家,是最先举起抗战文学大旗的作家。在《弯弓集·序》中,他指出:"夫小说者,消遣文字也,亦通俗文字也……今国难临头,必兴语言,唤醒国人……"自记叙日本帝国主义开始发动侵华战争而创作的《太平花》《九月十八日》,到记叙淞沪抗战而创作的《一月二十八日》,到记叙南京大屠杀暴行而创作的《大江东去》,到记叙日本侵略者对重庆的狂轰滥炸而创作的《巴山夜雨》;从记录国民党军队战场上节节败退,到描写雾都重庆发国难财五花八门的群丑图的《八十一梦》,到国统区民不聊生拼命寻找第二条路的《傲霜花》,张恨水在抗战期间共创作了30余部中长篇小说及大量散文、杂文、诗词对联,共计800万字,构成了一部形象的抗日战争史。他自抗日战争之始就在顿首高声呼唤中华大国魂,就在苦苦地探寻抗日救国的道路。1940年开始创作的《丹凤街》就隐含着作者的抗战思想。隐曲是张恨水小说思想的传递策略,《丹凤街》这部连载小说传递出中华民族要有血性要有反抗精神不当亡国奴的思想,传递出要重视民众力量的思想,传递出全民族团结抗战的思想。这与毛泽东的人民战争思想相吻合。当然,这也许可理解为张恨水在苦苦探寻中认同了毛泽东的人民战争思想。要知道,在国统区,在国民党顽固派连续掀起3次反共高潮的前提下,从一个作家凭着正义与良知在作品中表达坚持团结抗战的思想足见其胆识过人,这是张恨水爱国情怀的高度表现。小说中描写的民众力量主要在以下三个方面。

1. 民众反抗的力量

小说塑造的童老五、杨大个子、洪麻皮、王狗子、丙根、李二、李牛儿等男性形象,秀姐、杨大嫂、童老娘、秀姐娘、刘家婆等女性形象所代表的是正义的反抗力量,赵次长、许樵隐、梁胖子、陶先生等形象所代表的是社会罪恶势力。在这两股势力的斗争中,尽管社会罪恶势力占了上风,但作者看到市井小人物身上的反抗精神和反抗力量,由此看到了抗战的希望、国家的希望。人是感情动物,受着情感支配,贤愚都是一般,尤其读书无多的人,这情感冲动,更是猛烈。"男子汉头上三把火,要救人就救个痛快,大风大雨,拦得住我们吗?

我们要学孙悟空西天去取经,火焰山,我们也要踏了过去。"于是"断言""友朋之难,死以赴之,国家民族之难,其必溅血洗耻","顾予又知此辈受下层社会传统习惯,大半有血气,重信义,今既受军训,更必明国家大义,未可一一屈服,若再令其有机会与武器,则其杀贼复仇,直意中事耳。"进而直言,"舍己救人,慷慨赴义,非士大夫阶级所不能亦所不敢者乎?"

2. 民众团结的力量

丹凤街上男女老少不仅有血性,还重信义,他们大多有侠义心肠,秉承一个团结的理念:"我们这卖力量吃饭的人,在家孝父母,出外交朋友,大家要鱼帮水,水帮鱼。""有道是添一只拳头四两力,让我好歹帮一个忙。""大家都是老邻居,只要是我可尽力的,我无不尽力而为。""到要出力的时候,就预备多出两身汗,要钱用就硬拼硬凑。我说这个拼,还是拼命的拼。"小说通过李二自告奋勇打听消息、童老五邀朋友赴会、刘家婆和秀姐娘帮助杨大嫂、众人合力把秀姐娘接到乡下、解救秀姐、全城壮丁训练等情节展示了民众团结的力量。

3. 民众奋起的力量

"丹凤街的英雄"是有骨气的英雄,"不愿做奴才"是他们的特质。"你莫看我们人穷,我们志气是有的。……一不当人家奴才,二不当人家走狗,不当娼,不做贼,为什么不配要面子?"正因为如此,当自己的国家遭到侵略者入侵时他们更不愿当亡国奴。"平日视其行为,趋逐蝇头之利,若不足取。"但觉醒了的奋起的市井小人物们"一旦受军事训练,则精神奋发,俨然干城之寄",时势造英雄,"人之贤不肖,孰谓为一定不移之局乎?""人民的性格也一切变迁,就是所谓带有烟水气的卖菜翁,也变成别一类的人物了。"在民国二十三四年间,张恨水住南京丹凤街不远之住宅区,由"每夜半自报社工作归,见受训市民,于街灯尚明中,辄束装裹腿,成群夜校操练,心窃慕之。……且悉知其数,将达二十万名",进而类推出"私念一城之壮丁如此,全国可知。即此一事,将不患与倭人一战矣。""有此一念,当日便欲取其若干人物以描写之,借以示士大夫阶级。"就是告诉那些"士大夫阶级"要重视民众奋起抗日的力量,团结一切可以团结的力量,实现全民族抗战。这正是张恨水创作这部小说的目的。正是因为《丹凤街》这部小说隐含着全民族抗日的主张,即使在上海发表,他也怕敌人干涉,便将此小说名为《负贩世家》,不想敌人知道是抗战之作。

张恨水说过"作品接近人民,它自能千古"。在抗战最艰难的岁月,张恨水《丹凤街》中侠义英雄形象的回归与民众抗战力量的发现足以让作品接近人民,因而它自能受到读者的欢迎。

参考文献

[1] 张占国,魏守忠. 张恨水研究资料[M]. 天津人民出版社,1986:268-270.

[2] 毛泽东. 毛泽东选集第2卷[M]. 人民出版社,1952.

[3] 张恨水. 丹凤街[M]. 北岳文艺出版社,2019:1-2.

(作者单位:安徽省张恨水研究会)

"双城记"与"两都赋"：
张恨水笔下北京与南京的时空体

王 谦

在张恨水的写作生涯中，城市既是他主要的生活空间，也是他作为新闻记者的观察对象，进而成为他文学创作的叙述主体。从早期写北京的《春明外史》《金粉世家》到抗战时期写重庆的《巴山夜雨》《傲霜花》等，在他数十年所积累的作品中，北京、南京、上海、重庆、成都等城市都得到了精彩的呈现，其中尤以北京与南京最为典型：这两个城市都曾是历史上的都城，又先后是现代中国的国都，在转型时期的现代中国具有特别重要的典型意义，张恨水分别在这两个城市有长期的工作、生活经历，写北京的有《春明外史》《天上人间》《现代青年》等小说，写南京的有《满江红》《丹凤街》《秦淮世家》等，另外还有一组将北京、南京进行对比书写的散文集《两都赋》。从空间的角度考察张恨水笔下的北京与南京，能发现新闻记者眼中独特的现代中国"双城记"与"两都赋"；另一方面，张恨水的北京、南京书写又跨越了较长的历史阶段，从民国初年的军阀混战一直延续到国内战争，前后跨越近三十年，从时间性的角度分析张恨水笔下北京、南京在不同时期的呈现与记忆变化，能帮助我们认识现代中国城市、社会、文化的不同。张恨水笔下北京与南京的时空体，暗含着现代中国社会、历史、文化的转型与变迁。

关于张恨水的城市写作，学界取得了较丰富的研究成果，主要有：周成荫《城市制图：新闻，张恨水与二十年代的北京》(《书城》2003 年第 12 期)，罗燕琳《解读张恨水作品中的北京城市文化坐标》(《人文丛刊》2006 年)，季剑青《过眼繁华：张恨水的北京叙事——从〈春明外史〉到〈啼笑因缘〉》(《文艺争鸣》2014 年第 8 期)，凌云岚《垃圾堆上放风筝——张恨水小说中的北京城市贫困空间》(《北京社会科学》2018 年第 8 期)，袁昊《民国城市书写：〈丹凤街〉与南京》(《中山大学学报：社会科学版》2017 年第 1 期)，卞秋华《张恨水小说中的南京书写》(《中国现代文学研究丛刊》2013 年第 4 期)，李永东《论陪都语境下张恨水的重庆书写》(《中国文学研究》2009 年第 4 期)，朱周斌《张恨水作品中的乡村与城市》(中国电影出版社 2015 年版)等。这些成果有的只以张恨水的小说为考察对象，没有讨论张恨水散文中的城市书写；有的只是分析张恨水的单一城市写作，缺乏对比研究的视野。本文正是以现有的研究成果为起点，从空间旅行与对比研究的立场出发，结合共时与历时的研究方法，讨论张恨水小说与散文中北京与南京的文学书写。

一、"双城记":北京与南京的社会空间

在现代中国的文学书写中有很多"双城记",书写着"城市"与"人生"的双重记忆,如老舍笔下富含浓郁京味的北京与充满生活气息的济南、沈从文以"乡下人"的立场所观察的北京与青岛等,若就呈现"双城"空间的立体感与历史感而言,张恨水笔下北京与南京的"双城记"似乎更为突出、特别。① 在现代文学史上,能将国家的都城(北京、南京、重庆)都形之笔端的,张恨水是较突出的一个。北京与南京都是中国的文化古都,进入现代之后又先后是国家的首都,张恨水在这两座城市都有丰富的生活经历,因而能较大程度的重现"双城"的历史风貌与社会现实。张恨水笔下北京与南京的"双城记"既有延续又有不同,在展示"双城"独特的城市风貌与社会空间的同时还间接折射了现代中国的社会变迁。

张恨水早期写北京的几部长篇小说如《春明外史》与《金粉世家》,正值北洋军阀在北京轮流执政,张恨水生动地再现了北京作为传统城市在现代性与新兴政权的双重影响下所表现的光怪陆离,为读者呈现了不同于"摩登"上海的城市景观。不同于本土作家老舍对北京底层社会的精细刻画,也异于沈从文等京外作家对北京社会的印象式描绘,张恨水笔下的北京"城记"更接近"全景"式的扫描。

张恨水初至京城时所从事的新闻编辑工作,使他对北京采取一种"向上"的观察视角,以一种猎奇的手法来记录北京上层社会的日常与秘闻,特别注重挖掘北京作为国家政治中心的社会性。民国初年,张恨水虽身在千年古都,但作为新闻记者的他更乐于为读者描绘现代北京的城市"奇观",而不是那些象征古都北京的传统遗存。在张恨水早年的北京叙事中,频繁出现的是中央公园、城南游艺园、真光电影院、劝业场、青云阁、新世界等消费娱乐空间,这与民国初年北京的城市现代化进程是大体相符的。② 从底层胡同的妓女遭遇,到军阀、部长、议员、总理的生活秘闻,学生运动,妇女运动,都若有所据,民初北京的政界、学界、新闻界、娱乐界等通过新闻串联而成的社会空间,可与当时报纸上的新闻、广告所呈现的内容相参照,这种现时的实录笔法,是对民初北洋政府管治下北京社会的真实再现,以致有人谓之多有现实影射,将之视为民国北京的野史。③ 因此,张恨水小说中的北京"城记",并不完全是书写一个地方性的文化古城,而是并置了现代与传统的空间想象的综合体,特别是张恨水早期小说中的北京,极尽现代国都的繁华与热闹,在凸显北京的城市现代性上尤为用力,因而有学者说早期的张恨水是"描写北京都市现代性最为出色的作

---

① 有学者认为张恨水小说中的南京是与上海进行对比形成的"双城记",其立意与本文不同,见卞秋华《张恨水小说中的南京书写》,《中国现代文学研究丛刊》2013 年第 4 期。

② 关于近代北京的城市改造与现代化建设,可参见袁熹《北京城市发展史》(近代卷),北京燕山出版社 2008 年版。

③ 张伍:《我的父亲张恨水》,春风文艺出版社 2002 年版,第 102 页。

家"①。

相比之下,在张恨水南京的"城记"却呈现了另一幅社会面貌,南京的城市空间符号没有得到特别的突出,小说所呈现的南京城市空间、城市意象也是模糊的,城市的现代性退场,描写城郊及乡村空间的场景增多;城市的现时感也似乎故意被模糊了,尽管张恨水在南京时仍从事新闻记者工作,办有《南京人报》,但彼时作者面临的写作环境与在北京时已大不相同,在内忧外患中"苦撑"②。因此,在经历了十余年的国都北京生活体验之后,张恨水并未像早年书写北京"城记"那样将目光聚集在上层社会、政府秘闻,尽管作为"新首都"的南京不乏此类创作素材,他在《秦淮世家》中也揭露南京政府官员的腐烂与罪恶,在《燕归来》《秘密谷》等小说里,也写南京的都市青年、大学生的现代性生活,但张恨水更关心的不是南京的上层社会,而是一个底层的、世俗的南京。对底层社会与平民阶层的浓墨刻画,暗藏着张恨水对南京城市现代性的有意遮蔽与对南京社会现实的批判。《丹凤街》中的童老五在南京的生活难以为继,认为"这城里的人性可怕"③,只得带着老母亲躲到乡下去了,在茶馆里卖茶的伙计洪麻皮也因受不了老板的气,辞了工作回到农村。在童老五眼中,南京是一座"死城","死城"之名亦是数十年前徐志摩批评北京的称谓④,张恨水借底层平民之口来批判南京的社会现实。

在现代中国,曾作为国家的政治中心的北京与南京的"城记"书写不可避免地会涉及城市的政治象征问题。如何处理城市的政治性(国家性)与地方性的关系,表征了作家对城市文化与身份的认同与理解。张恨水早年观察北京的特殊视角,使他的北京书写意在突出北京作为国家首都的符号属性,而不关心作为地方北京的个体性,"国都北京"与"地方北京"两者之间多是重叠的,因此,张恨水的小说中存在两个北京,一个是以先农坛为表征的文化古都、以天桥为代表的地方性城市,一个是以国会、城南游艺园为代表的现代国都,这两者重叠、交织于张恨水的北京"城记"中。这也在一定程度上削弱了张恨水北京叙事的地域性与文学风格,当代学者宋海东认为张恨水未出版的北京题材小说《第二皇后》可归入"京味小说"⑤,赵园在《北京:城与人》一书中却将张恨水排除在京味作家之外,可见张恨水小说中的北京在城市形态、地域风格、文化品位等方面都存在着内在的紧张。⑥

张恨水在书写南京的"城记"时,民国政府已将国家首都由北京迁至南京。与张恨水早期北京叙事强化国都北京的现代性、政治属性不同,张恨水更注重南京的历史性——作为数代古都的文化价值,然而,现实的南京("新都")与历史的南京(文化古都)却在张恨水的小说中出现了分裂,新与旧、现实与传统都在张恨水的南京叙事中产生了落差。这种

① 季剑青:《过眼繁华:张恨水的北京叙事——从〈春明外史〉到〈啼笑因缘〉》,《文艺争鸣》2014年第8期。
② 张恨水:《写作生涯回忆》,北岳文艺出版社2019年版,第78页。
③ 张恨水:《丹凤街》,北岳文艺出版社2019年版,第100页。
④ 徐志摩:《"死城"(北京的一晚)》,《新月》1929年第11期。
⑤ 宋海东:《张恨水小说图志》,广陵书社2019年版,第127页。
⑥ 董玥在《民国北京城》(三联书店,2014年版)一书中讨论了知识分子、民俗学家与老舍的北京书写,但未提及张恨水的北京写作,不知是一种故意为之的论述策略,还是一种选择性遗忘。

落差在象征南京的典型城市空间上表现得尤为突出。在《满江红》中,由北方初至南京的青年画家于水村对南京的总体印象是"看不出六朝遗迹,倒真有些清凉意味"①。想象中的夫子庙在现实中被种种小摊包围,毫无古色古香的意味,而历史悠久的秦淮河"却是一条大臭阳沟"②,这明显不符合时人对于六朝古都的想象,也不符合张恨水对南京作为彼时国家首都应有气派的期待,在与曾为国都北京的对比中产生了心理落差。

如果说现代性与政治性表征了"城记"的外部社会空间,那么城与人的命运互动则是"城记"的内部灵魂。张恨水不像老舍的专写北京人,他笔下的人物大多是来自京外的寓京者、过客,或是像《啼笑因缘》中樊家树那样的来京求学的大学生,或是像《春明外史》中杨杏园之流寄居在北京各会馆的谋食者,要么就是像《金粉世家》中籍贯各异的大家族。在张恨水的早期小说中,各类典型人物相继登场,资本家、银行家、新闻记者、歌女、妓女、姨太太、公子哥、摩登女郎,这些处于转型时期的现代中国所特有的复杂人物并非北京所独有,但张恨水将之浓缩于民初的北京叙事,使其笔下的北京人呈现出万花筒般的多样斑斓。直到《天上人间》中张恨水才将视角转向底层平民,到后来的《啼笑因缘》《艺术之宫》《美人恩》《夜深沉》等则进一步加大对北京普通市民的着墨,诸如大学生、教授、女模特、戏子、捡煤核的穷人、车夫等,无所不包,近乎北京社会的人口百科全书。早期张恨水笔下的各色人物基本都是寓京的游客,《美人恩》的小南、《艺术之宫》的秀儿、《天河配》的白桂英、《天上人间》的玉子、《夜深沉》的王月容那样土生土长的北京人主要都出现在张恨水后期的作品中。不论是外省来京的过客,还是本土大杂院中的平民,都在北京城里讲述着"五方杂处"的北京"城记"。

张恨水的南京"城记"则专门着力于刻画南京的城市平民。在小说《丹凤街》中,张恨水并没有去发掘南京作为六朝古都的雍容华贵与悠久历史,而是把目光投向社会的底层,突出南京的"烟水气"与"铜臭气";张恨水对六朝人民的"优柔闲逸、奢侈及空虚的自大感"并无好感③,却对丹凤街上的市井平民饶有兴趣。一条市人逐利的丹凤街,就是南京世俗社会的缩影。在《秦淮世家》中,张恨水用"老夫子庙"与"夫子庙规矩"来指涉南京的平民社会,正是夫子庙的"规矩"维系着南京历史、民俗、地方社会的既有平衡,因此,当强买歌女的政府官员杨育权打破了这种"规矩"时,立刻引起了秦淮河平民的反抗。

张恨水对南京底层社会与平民阶层的刻画与老舍对北京的市民观察有异曲同工之妙,张恨水在《天上人间》《啼笑因缘》《艺术之宫》《美人恩》等小说也写北京的贫民,他写天桥的民间艺人、胡同里大杂院的贫民生活也能细致入微,但仍有一个北京上层社会与精英群体与之对应。在南京"城记"中,张恨水将社会底层平民作为小说的主角,形成了南京社会的平民群像。《丹凤街》最早以《负贩列传》之名登在《旅行杂志》上,"负贩"即为流动卖货的小商贩,小说以一条街道来统摄南京社会,与老舍以小羊圈胡同来象征北京社会如

① 张恨水:《满江红》,北岳文艺出版社 2019 年版,第 17 页。
② 张恨水:《满江红》,北岳文艺出版社 2019 年版,第 15 页。
③ 张恨水:《丹凤街》,北岳文艺出版社 2019 年版,第 1 页。

出一辙。为"小人物"作传,表明张恨水观察社会视角的转变,《丹凤街》中放印子钱的混混梁胖子,卖开水为生的田佗子,卖小菜的童老五、李牛儿,以及《秦淮世家》中夫子庙一带的王大狗子、赵胖子、刘麻子、毛猴子等,这些来自五行八作有姓无名的街巷市民们构成了张恨水笔下南京市民的群像。他们中有势利的小市民,有被迫害的歌女,有本性善良却被生活所迫去偷鸡摸狗的城市游民,有为救助朋友能挺身而出、不顾性命、颇有江湖侠义的无名小贩,张恨水通过一群平民的日常肖像绘制了南京的城市人文画像。无论是"负贩"聚集的丹凤街,抑或是仍守着旧时"规矩"的夫子庙,还是容留三代妓女谋生的秦淮河,都体现了张恨水对南京城市气质的真切理解。至此,张恨水的南京叙事显示了其不同于北京书写的独立风格。

从民国国都到故都北平,北京城的身份在变,张恨水的北京叙事策略也随之调整,从对国都北京现代性的凸显转向对古城北平的细节刻画。从早期的《春明外史》开始,到国都南迁后的一系列北京小说,张恨水的北京"城记"从早年的记者视角逐渐向北京本土视角转移,从政治视角(官场)转向平民视角(下层社会),所呈现的城市空间从早期的会馆、大酒店、商场、跳舞场等公共空间逐渐向胡同、大杂院等平民空间转变,写作立意从国家意识、社会意识向本土意识、地方意识转变,从而描绘出一个比老舍笔下更为整体、全面的北京社会,几乎可与城市史相对读,因此有学者认为:"假如从历史文化的角度、从城市生活的角度,通俗小说家很可能提供了更为精彩的细节。"①张恨水的北京小说无疑可以当成民国北京的社会文化史来读。及至张恨水南下至南京时,南京已成国家的"新都",外部环境与形势的变化使他已无暇去探查南京政权及其上层社会,转而将观察的目光移向了南京的街头巷尾,对南京的历史性、城市现代性的淡化,对市民阶层的浓墨重笔,再加上后期抗战因素的加入,使得张恨水的南京叙事夹杂了阶层对抗的情绪,而南京也成了一个充斥着压迫与反抗的"死城""愁城",至于后期的抗战小说如《大江东去》《八十一梦》,则使张恨水的南京"城记"弥漫了一层浓厚的民族主义情绪。

从北京到南京,从观察视角由"向上"向"向下"的转变,从囊括整个北京社会到侧重刻画南京的下层社会,从传统的言情笔法到向新文学靠拢,回顾张恨水笔下的现代北京与南京的"双城记",几乎可与巴尔扎克笔下的巴黎、狄更斯笔下的伦敦相对读,张恨水对现代北京、南京的刻画与描摹,以通俗现实主义的艺术手法对"双城"社会现实的全景透视,为我们展现了两座古城不同的城市面貌与社会空间,从侧面形象地记录了现代中国社会、政治的变迁,呈现了现代中国转型时期"双城"中形色各异的典型人物的特殊命运,勾勒了"城与人"的独特联系,在看似"实录"的笔调之下,隐藏着张恨水讽刺现实、批判社会的人文主义情怀。"双城"的记录,是现代中国转型时期社会空间的折射。

---

① 陈平原:《作为"北京文学地图"的张恨水小说》,《"新文化"的崛起与流播》,北京大学出版社 2015 年版,第 279 页。

二、"两都赋":北京(北平)①与南京的文化空间

如果说张恨水在小说中营构的现代中国"双城记"从社会、历史的层面上呈现了北京与南京的个性与差异,那么在散文的平淡叙述中,张恨水则为我们发掘了北京与南京的相通之处。在小说中,无论是北京还是南京,因为叙事的需要,因为塑造人物的需要,因为小说艺术形式的需要,城市本身未能受到特别的注意;反倒是当作者离开这两个城市之后,关于北京与南京的体验与记忆才在他散文的温情细语中逐渐清晰起来;在小说叙事的"双城记"中,张恨水更注重借助城市来挖掘北京与南京的社会空间,描绘人在社会、城市中的不同命运,城市本身是背景;在散文中,城市自身成为张恨水重点描绘的对象,城市由背景走向了前台。在这点上,张恨水体现出了与其他都市作家的不同。在老舍的城市书写中,北京既是背景,又是写作对象,在融合城市的叙事功能与彰显城市自己的文化特质方面,老舍笔下的北京是独一无二的。张恨水只有在《天上人间》《似水流年》《丹凤街》等少数小说中,用白描的手法把城市本身推向前台,在其他情形中,城市都是背景烘托。他的散文创作弥补了这一缺憾。

1936年底,张恨水为躲避战祸离开南京溯江而上,避居山城重庆。山河变异与故园之思的多重影响,唤起了他对北京、南京两处都城的生活记忆,他把这些鲜活的生命体验都写进了《两都赋》之中。《两都赋》写于抗战时期的重庆,共26篇回忆性散文,发表在重庆的《新民报》上。用"赋"名之,显然与班固的《两都赋》、左思的《三都赋》在命意上形成互文,表明张恨水对北京与南京在小说叙事之外采取了不同的书写策略;用"都"而不用"城",隐含着张恨水对两者的特殊情感。

"城"是一个空间概念,指向的是社会、经济、生活,"都"则暗含了时间与政治,承载着历史与文化。在现代中国,较早开始现代化进程的上海、天津、大连等都可称得上是现代化的"城",唯北京、南京、重庆三地能称为"都",但重庆之为"都"又过于短暂,无历史遗风。张恨水在临时陪都重庆来记忆、书写北京与南京两个旧都,不仅是历史的奇遇巧合,也是他经历了这几个城市空间体验之后对于都市现代化的重新理解而做出的文化选择。

"两都赋"②不同于"双城记"的鲜明之处是张恨水故意淡化北京与南京的政治象征功属性与社会差异,转而注重城市自身的细节,努力发现两地之间的共性。张恨水将"两都"并"赋",显然不同于在"双城记"中的实录手法与批判态度,而是在时空距离的现实中,在想象与记忆中对两个都城进行审美反刍,重新发现、体认"两都"的艺术性、乡土性与人

---

① 在现代中国的不同时期,"北京"有时亦称"北平",为了叙述的方便,本文除在专指时称"北平"外,其余都用"北京"。

② 下文讨论的内容主要包括但不限于张恨水的《两都赋》,还包括张恨水书写北京与南京的其他散文,因而泛指时用"两都赋",专指时用《两都赋》。

文性。

用"赋"的笔法来重新书写城市，表明张恨水观察城市、记忆城市的重心由原来的注重城市功能与都市现代性转变为注重城市的审美属性与艺术性。早在国都未迁南京之前，张恨水就在报上发表文章，批评北京的市政建设与城市卫生问题，彼时张恨水作为一名新闻记者，自然以"首善之区"的标准来评价北京，用现代都市的标准来衡量国都北京亦在情理之中；直到北京失去了国都的地位后，张恨水才逐渐静下心来发现城市自身的艺术价值。在写于 1930 年的小说《似水流年》中，张恨水就借外省青年黄惜时之口道出了北京城的独特美感："北京这市上，随时随地，很容易地发现东方之美，只是市政办得不好，无处不脏，把美点常是埋没掉了。"①

在《两都赋》之前，张恨水就曾在《天安门》一文中称赞天安门至中华门、正阳门一带独有的空间构图美以及古都建筑所代表的东方艺术美。② 这种对城市的审美回归与情感倾注在《两都赋》中变得更加强烈，在这 26 篇散文中，张恨水毫不掩饰自己对两个古都的欣赏与赞美，赞扬城市的风景与建筑，饱含情感地夸赞古都北京所保存的代表东方艺术风格的城市规划与传统建筑，比如，他在《冰雪北海》里要言不烦地铺陈北京独有的宫殿、城圈、公园、太庙、天坛、红色的宫墙、五色的牌坊所构成的艺术美，"觉得壮丽光辉"③，又在《翠拂行人首》中称颂北京普通四合院的艺术性，四合院的空间构造，绿油油的屏门，院中的石榴树、金鱼缸与夹竹桃、美人蕉等，都给人美的享受；④在《顽萝幽古巷》中深情地回忆南京由历代保留下来的砖墙、屋瓦，认为它们带来了"荒落、冷静、萧疏、古都、冲淡、纤小、悠闲"等复杂的审美体验，就是"那些冷巷的确也能给予我们一种文艺性的欣赏"⑤。当将两都对比时，则是"北平以人为胜，金陵以天然胜；北平以壮丽胜，金陵以纤秀胜，各有千秋"⑥，显然是把"两都"当作绘画艺术来看待了。就城市的独有资源而言，"两都"都有着丰富的历史园林与特色建筑，这些在张恨水小说叙事中的城市背景在"两都赋"里全都转化为对审美对象的怀念、欣赏，就是在北京的秋夜里看星星都是"很有诗意的事"⑦。北京的艺术性，不仅源于北京有琉璃厂这样可供文人发思古之幽情的艺术宝库，还有那些历史上留存下来的城市景观，都因为时空的转换，在"两都赋"中实现了艺术生成。

从审美的立场来欣赏城市的艺术性，也使张恨水在"两都赋"中更加注重"两都"的乡土属性。乡土性与现代性似乎是城市中不可调和的对立属性，以都市物质文明与消费文明见长的"摩登"上海在现代中国独树一帜，但张恨水并不喜欢"摩登"上海的繁华与热闹，甚至在南京的"城记"中对都市现代性的描述就有所节制，而对城市的乡土田园气息着墨

---

① 张恨水：《似水流年》，北岳文艺出版社 2019 年版，第 244–245 页。
② 张恨水：《天安门》，《张恨水散文》第二卷，安徽文艺出版社 1995 年版，第 237–238 页。
③ 张恨水：《冰雪北海》，《张恨水散文》第一卷，安徽文艺出版社 1995 年版，第 223 页。
④ 张恨水：《翠拂行人首》，《张恨水散文》第一卷，安徽文艺出版社 1995 年版，第 178 页。
⑤ 张恨水：《顽萝幽古巷》，《张恨水散文》第一卷，安徽文艺出版社 1995 年版，第 192 页。
⑥ 张恨水：《窥窗山是画》，《张恨水散文》第一卷，安徽文艺出版社 1995 年版，第 210 页。
⑦ 张恨水：《归路横星斗》，《张恨水散文》第一卷，安徽文艺出版社 1995 年版，第 186 页。

颇多,"试图通过构建都市乌托邦来连接和消融城乡的对立"①。在没有叙事功能的《两都赋》中,张恨水进一步放大了两座都城的乡土属性,在记忆中重构中国现代都市的乡土乌托邦。

张恨水在《两都赋》中建构乡土乌托邦的努力实际上是对都市现代性的反抗与批驳,他记忆中的北京与南京都近于一种田园城市,是过滤了现代性的都城。在城市空间上,张恨水分别选取了北京的城南与南京的城北来进行个性化的描述,突出两个都城的乡土意味。张恨水在南京时住在城北,而他创办的《南京人报》的社址则在城南,因此,他得以频繁地穿梭于南京全城而感受到城南、城北的差异,他明确表示要"歌颂"南京的城北,"过了鼓楼中山北路,带着两行半黄半绿的树影划破了广大的平畴,两旁有三三五五的整齐房屋,有三三五五的竹林,有三三五五的野塘,也有不成片段的菜圃和草地。东面一列城墙,围抱了旧台城鸡鸣寺,簇拥着一丛树林,和一角鼓楼小影,偶然会有一声奇钟的响声,当空传来。钟山的高峰,远远在天脚下,俯瞰着这一片城池"②。就是热闹、繁华的太平路花牌楼一带,张恨水也认为街道上的梧桐与刺槐压制了热闹的"动乱",不会产生上海霞飞路一带的"洋气"。竹林、树林、菜园、荒地、敞地、清凉古道等自然意象,南京城北特有的疏旷、爽达感,都使张恨水在记忆中明晰了南京的田园风光,确证了这座江南都城的乡土气息。相比之下,北京由四重城墙围合而成的都城虽没有南京一样的山水田园风光,缺乏南京一样的天然之胜,但张恨水亦能在记忆中发现北京的乡土风味。张恨水在北京先后有好几个住处,但最令他怀念的,还是北京的城南生活,他喜欢北京的田园气息,"每当人事烦扰的时候,常是一个人跑去陶然亭,在芦苇丛中,找一个野水浅塘,徘徊一小时,若遇到一棵半落黄叶的柳树,那就更好,可以手攀枯条,看水里的青天"③。在重庆郊外的"待漏斋"中,张恨水念念不忘的是北京幽静的胡同,栽种着大树的四合院,亲自栽养的菊花,都走进了张恨水的乡愁旧梦。④ 张恨水对北京的槐树尤为喜欢,一度把家里院中两棵高大的老槐当作深夜回家的坐标。⑤ 他甚至称北京是"碧槐城市","南京是无处不见柳,北平是无处不见槐"⑥。《两都赋》对田园风光的歌颂,对乡土精神的眷恋,使北京与南京两座古老的都城在城市现代性之外找到城市气质、精神的连接点与共通点。

与城市的乡土精神相关联的是张恨水对两座都城特有的城市文化与人文精神的发现与认同。作为有着悠久历史的古都,北京与南京在中国现代化进程中所呈现出的城市精神与城市文化受到张恨水的喜爱,《两都赋》注重的不仅是与"两都"身份相对应的历史空间符号与政治想象,还在记忆中努力还原两座都城的日常生活乐趣,发现与阐发的"两都"城市文化。张恨水所欣赏的,不仅有"两都"作为都城历史文化的厚重,还有笼罩于都城历

① 卞秋华:《张恨水小说中的南京书写》,《中国现代文学研究丛刊》2013 年第 4 期。
② 张恨水:《秋意侵城北》,《张恨水散文》第一卷,安徽文艺出版社 1995 年版,第 189 页。
③ 张恨水:《乱苇隐寒塘》,《张恨水散文》第一卷,安徽文艺出版社 1995 年版,第 195 页。
④ 张恨水:《黄花梦旧庐》,《张恨水散文》第一卷,安徽文艺出版社 1995 年版,第 208 页。
⑤ 张恨水:《归路横星斗》,《张恨水散文》第一卷,安徽文艺出版社 1995 年版,第 187 页。
⑥ 张恨水:《碧槐城市》,《张恨水散文》第二卷,安徽文艺出版社,1995 年版第 392 页。

史光环下的日常生活以及在此基础上形成的对平民文化的认同。于是,张恨水在对"两都"进行历史怀古与文化记忆之外,又对都城日常生活中的衣食住行津津乐道,比如,他十分赞赏北京人的"老三点儿","吃一点儿,喝一点儿,乐一点儿,就无往不造成趣味"①。这种悠久、安逸的生活习惯也是让张恨水留恋北京的重要原因。②张恨水兴致勃勃地回忆在北京的胡同生活,冬季深夜屋内煤炉上"水壶的响声"能带来写作的文思③,胡同里"唱曲儿的"与"胡琴弦子鼓板"的声音能激发写作的灵感。④此外,他在《碗底有沧桑》中写在南京夫子庙畔吃早茶的趣味,在《风飘果市香》里写中秋时节逛北京水果市场的轻松、愉悦,在《风檐尝烤肉》中回味在北京吃松柴烤肉的情景与风趣,在《市声拾趣》中回忆北平小贩幽默与凄凉的吆唤声所营造的"情调非常之美",在《翠拂行人首》中亲切地称北平的四合院是"小小住家儿的",无不流露出对"两都"市井街头所呈现的平民文化品格的深深眷恋。《两都赋》所呈现的北京与南京的日常生活,没有突出"两都"作为古都的厚重历史感与作为都城的崇高感,也没有渲染"两都"的都市现代性,而是在记忆中喃喃诉说着"两都"传统、安逸的生活方式以及在此基础上形成的城市文化。

总之,张恨水以《两都赋》为代表的记忆散文,在"双城记"之外另辟新径,书写了另一部现代中国的城市文化史。如果说"双城记"呈现了现代北京与南京的社会空间,借助通俗文学的叙事手法表现了现代都市的人物命运,那么"两都赋"则是对两座都城现代性的反思,进而发掘都市自身的美学与人文特征,营建了"两都"的文化空间。在"两都赋"中,张恨水以一个普通市民的眼光来观察、体验、感受两座都城的城市空间、生活方式,无论是北京的幽静、闲适,还是南京的疏旷、风韵,都显示出"两都"远离都市现代性的乡土气息、艺术风格与人文气质。然而,张恨水并不是一味地拒绝都市现代性,相反,他"享受着现代生活所带来的便利,沉迷于它所带来的幸福与安逸"⑤。不论是北京四合院中的电灯、煤炉、自来水,还是南京城南的繁华,张恨水都坦然处之。张恨水心目中理想的城市,是融合了传统与现代、历史与民俗、艺术与日常生活的复合体,因此,他津津乐道着北京的"北平风味",念念不忘于南京的"六朝遗风"。

张恨水在物质匮乏、生活困顿的"后方"重庆追忆"两都",表明"两都赋"背后隐藏着一部"三都赋",重庆虽然没有被凸显,但一直是张恨水记忆北京与南京的当下参照。在战时重庆书写和平年代的北京与南京,是张恨水在国家与民族受到外敌入侵的情形下,被长期压抑的爱国情绪与民族心理的感性释放。张恨水在《两都赋》的"序言"中明确表示,关于北平与南京的记忆含有"北马思乡之意"⑥。此时,流落于西南一隅的张恨水把北平与南

---

① 张恨水:《奇趣乃时有》,《张恨水散文》第一卷,安徽文艺出版社 1995 年版,第 182-183 页。
② 张恨水:《年味忆燕都》,《张恨水散文》第一卷,安徽文艺出版社 1995 年版,第 219 页。
③ 张恨水:《春生屋角炉》,《张恨水散文》第一卷,安徽文艺出版社,1995 年版,第 217 页。
④ 张恨水:《燕居夏亦佳》,《张恨水散文》第一卷,安徽文艺出版社 1995 年版,第 172 页。
⑤ 朱周斌:《张恨水作品中的乡村与城市》,中国电影出版社 2015 年版,第 151 页。
⑥ 张恨水:《张恨水散文》第一卷,安徽文艺出版社 1995 年版,第 170 页。

京视为自己的故乡,显然是他在"两都"失去了政治象征功能之后的心理补偿,即在抗战小说的宏大叙事之外,通过个人化的情感追忆,将对"两都"的热爱与留恋不动声色地融入了抗战文学的潮流之中。他反复宣告:"住家,我实在爱北平!"他在陪都追忆曾在"两都"的生活"是人在福中不知福"①。张恨水饱含情感地歌颂艺术化、乡土化、日常生活化的"两都",并不仅是为了建构现代中国的都市乌托邦,还为了在颠沛流离中重圆自己的家国之梦。"两都"的追忆,实则是家国情怀的隐现。

三、北京与南京的时空体

时空体是苏联学者巴赫金在研究长篇小说的话语形式时提出的一个理论范畴,它强调的是文学研究既要注重空间性,还要注重空间因素的社会历史的多样性、个性与特质。②因此,我们对张恨水作品中北京与南京的城市空间的考察,还应结合不同历史时期张恨水的创作处境、外部环境,将其文学创作视为一个完整的时空体。不论是张恨水对"城"的现实主义记录,还是对"都"的赋体铺陈,都应将时间因素考虑进来,在时间性的要素下考察张恨水的城市空间书写所构成的城市时空体。

在现代城市文学书写中,除了老舍笔下的北京呈现出历时性的空间变迁外,其他作家笔下的城市大多是即时、印象式的,比如林庚所观察的"南京马路长,上海人最忙,杭州山水好,北平最凄凉"③就是一种印象式的表达,而张恨水在陪都重庆所观察的城市则带有明显的社会内容,"在下江人的心目中,北京是首善之区,上海是一个繁华梦,南京是民族意识中的首都,重庆则充满着拜金主义"④,观看的立场由在民初北京的报社记者变为在南京的过客,再变为在重庆避难的"下江人"。张恨水观察城市的时空一直在转移,所以其笔下的城市空间呈现出历时的变化。

1919 年,北京爆发了影响深远的五四新文化运动,同年秋,张恨水来到北京,未及赶上新文化运动的精神浪潮,张恨水最初住在北京城南的翕县会馆、潜山会馆,随后,入《益世报》做助理编辑,开始了他的新闻记者生涯,自此设定了他观察北京社会的特殊视角。从 1924 年《春明外史》开始正面写北京,1932 年《满江红》写南京,到 1939 年《八十一梦》中最后两篇关于北京与南京的短篇小说,这二十余年间,张恨水从北京到南京再到重庆、成都,中间还经历了故意为之的西北考察之行,时间推移与空间旅行改变了张恨水书写城市的视角;这期间,北京经历了由民国国都降格为地方城市成为故都的变故,南京则由一个历

①　张恨水:《燕居夏亦佳》,《张恨水散文》第一卷,安徽文艺出版社 1995 年版,第 171 页。
②　巴赫金:《长篇小说的时间形式和时空体形式——历史诗学概述》,《巴赫金全集》第三卷,河北教育出版社 2009 年版,第 269–270 页。
③　林庚:《四大城市》,《论语》1934 年第 49 期。
④　李永东:《论陪都语境下张恨水的重庆书写》,《中国文学研究》2009 年第 4 期。

史古都成为民国新都,偏居西南的重庆在抗战后成为临时陪都,这些变迁的外部空间环境既是张恨水的描写对象,又是影响张恨水创作的历史现实。

1926年,张恨水写了一组名为"未来的北京"的杂文发表在《世界晚报·夜光》上,前后共计11篇,设想北京社会未来的变化,内容涵盖北京的市政建设、娱乐消费、就业、物价、政府政治、平民生活等方面,"用过去的事实,印证现在的事实,更推进一步,说到将来"①。彼时北京是民国的国都,正值国都现代化建设的转型时期。② 在国都时期,对社会政治的新闻式观察与对现代性的追求是张恨水观察、书写北京的主要立场,以《春明外史》《金粉世家》为代表的小说都围绕这一立场来编织故事。在这一时期,张恨水站在一个外乡人的立场把北京看成是国家的首都,而不是一个作为地方城市的北京,因此,在民国初年北京作为国都的背景下,张恨水关注的北京城市空间大多是市政改造与建立的新型娱乐消费空间,都是上层社会、文人阶层活跃的城市空间,而不是平民生存的城市角落。这就与同样以描写北京著称的老舍形成了鲜明的对比,但这并不表明张恨水强烈地赞同现代都市文明,张恨水对北京都市现代性的观察与体验,有一个明显的时间性界线。有学者认为:"民国十年(1921年)至十八年(1929年)北京的社会万象,才是《春明外史》所要表现的主要内容。"③还有学者认为张恨水早期的北京小说描绘了"一幅有时间性的地图"④,后来张恨水在回忆《春明外史》时甚至反思这种写作策略:"我太着重那一段的时间性。文字自不能无时间性,但过于着重时间性,可以减少文字影响读者的力量。"⑤张恨水试图突破时间性的限制来达到空间性的永恒,但充满了困难,他后来的北京书写也印证了这一点。

国都南迁至南京之后,张恨水的北京书写策略发生了明显的转变。他开始感叹于北京被"打入冷宫,废为庶人"⑥,历数国都南迁后北京的惨状,随后又接连在《世界晚报·小月旦》上发表杂文,关心北平的市政建设,大凡街道卫生、城市供水、电灯、交通等,商人的艰难、车夫的可怜、失业的平民,都加以关注;又以快照的方式鸟瞰"旧都"的"城市依然,人民已非"⑦,以一个报人的视角冷静地观察、评说着北平的落寞,语多无奈。1935年,张恨水为马芷庠编著的《北平旅行指南》作序,表示愿为介绍北京旅行指南"画一轮廓"⑧,足见其对北京情感的变化。北京由国都成为"旧都"后,张恨水的北京书写由前期的注重都市现代性、政治符号性转向注重北京城市的地方性、审美性与人文性。在小说中,张恨水加

---

① 张恨水《未来的北京(一)》,《张恨水散文全集·明珠》,时代文艺出版社2015年版,第107页。
② 民国初年任内务部长的朱启钤主导了北京城一系列的现代化改造工程,参见史明正《走向近代化的北京城——城市建设与社会变革》,王业龙、周卫红译,北京大学出版社1995年版。
③ 解玺璋:《张恨水传》,北京十月文艺出版社2018年版,第182页。
④ 周成荫《城市制图:新闻张恨水与二十年代的北京》,《书城》2003年第12期。
⑤ 张恨水:《我的写作生涯》,四川人民出版社1981年版,第39页。
⑥ 张恨水:《供兔儿爷及其他》,《张恨水散文》第四卷,安徽文艺出版社1995年版,第47页。
⑦ 张恨水:《危后北平市速写》,《张恨水散文》第二卷,安徽文艺出版社1995年版,第181页。
⑧ 张恨水:《序二》,《北平旅行指南》,经济新闻社1935年。

强了对北京下层社会、普通平民的叙述,由早期的宏大叙事向表现小人物的微小叙事转变,诸如写北京贫民的《天上人间》《美人恩》《夜深沉》,写城市青年的《天河配》《艺术之宫》《过渡时代》等,都显示出书写趣味的转变;在散文中,张恨水开始关注北京城市的审美属性,歌颂北京的城楼、宫宛等历史文化遗产,畅谈北京的胡同、四合院的优点,发现北京日常生活的美感,一度把北京当作自己故乡,早期作为外乡人的北京空间体验与视觉惊奇,在避居重庆之后成为挥之不去的乡愁。至1948年,张恨水在经历了上海、南京、重庆、成都等城市的生活体验后回到北京,称赞北京是"一座富于东方美的大城市"①,算是他对北京的总评之论了。

　　1936年,由于北京形势日趋紧张,张恨水举家南迁,将家眷送回故乡安徽,自己则选择留在南京,并创办了《南京人报》,"并非'爱住金陵为六朝',实在有其不利己在"②。相比在北京的生活经历,张恨水在南京生活的时间要短很多,查《张恨水年谱》③,张恨水在1936年正式定居南京之前,只有1933年曾在南京有约一个月的短住,其余只是在往返于故乡与北京、上海之间在南京有短暂的逗留,可见,张恨水在1936年之前的南京生活体验还称不上丰富。1937年底,因南京形势紧张,张恨水主办的《南京人报》停刊,他本人也离开南京沿江而上,结束了一年多的南京办报生活。张恨水在南京的生活前后总共不过一年之余,除了《泪影歌声》(1937,未完成)是写于南京之外,其他写南京的作品或写于北京,或写于重庆,都是想象与记忆之作,因此,张恨水笔下南京的时空体显得相对稳定,不似北京那般前后存在巨大差异。

　　张恨水到南京时,南京已是民国的"新都",正值人口汇集、城市建设大兴土木、现代化进程如火如荼之时,随着《首都计划》《市区建筑暂行简章》等政府规划的出台,南京在城市建设上主张"农村化""艺术化""科学化"。④ 耐人寻味的是,张恨水的南京书写并未采取早期北京书写的策略,没有将都市现代性作为叙事的主要目标,也没有刻意关注上层社会的政治逸事与豪门秘闻,而是着重呈现南京的历史遗韵、平民阶层与乡土气息,在《丹凤街》《秦淮世家》《石头城外》等小说叙事与《两都赋》的散文描写中,基本都遵循了这种书写策略。有所不同的是,由于作者在南京时已面临外敌入侵的风险,因而作为"新都"的南京就难免让人产生民族国家的想象,对南京的政治象征功能有所期待。张恨水初至南京时,因为觉得"南京士大夫阶级,很能保持'六朝金粉'的作风,看他们的恳嬉无事,不亚于上海"⑤,对南京产生了不好的印象。因此,在描绘南京的都市乡土性之余,张恨水又试图通过强化南京的历史性、平民性来充实南京书写的抵抗意味。在《秦淮世家》中,张恨水通过汪老太、唐大嫂、唐小春三个不同时代在秦淮河上卖艺的女人来象征南京的历史变迁;

①　张恨水:《五月的北平》,《子曰丛刊》1948年第2期。
②　张恨水:《忆南朝金粉》,《上下古今谈》,北岳文艺出版社2019年版,第366页。
③　参见谢家顺《张恨水年谱》,安徽文艺出版社2014年版。
④　董佳:《首都营造与民国政治:南京〈首都计划〉研究》,《学术界》2012年第5期。
⑤　张恨水:《写作生涯回忆》,北岳文艺出版社2019年版,第75页。

《丹凤街》中诸如杨大个子、童老五等不知名的商贩、平民在官员赵次长的迫害之下最后都加入了南京的壮丁训练,成了积极抗战的民族英雄。可见,在张恨水的南京书写背后隐藏着国家主义的意识,他对南京这个"新都"的不满延续到抗战胜利之后,认为南京逃不出"温柔乡"的历史命运,反对再建都南京。① 无论是在南京的现时书写还是在重庆时的战时记忆,张恨水笔下的南京在平民立场之外都带有一定的国家意识,融合了"六朝金粉"与民国"新都"的双重想象。

从北京城南的会馆到南京城北的唱经楼,从北京的胡同到南京的"冷巷",从北京的八大胡同到南京的秦淮河,不论是居住空间还是社会空间,张恨水在近三十年的时间里体验、观察、书写着北京与南京这两座有着一定共性的都城。张恨水笔下的北京与南京并不是平面、僵固的形象,而是在历史的不同轴线上呈现出不同的空间形态,城市形象存在内在的张力,有学者认为张恨水的作品"显示出一个渐进的过程,即社会历史视野逐渐扩大,与时代联系日益紧密,现实主义精神日趋强化"②,实际就是对张恨水笔下城市时空体的另一种概括。在现代中国的数十年历史变迁中,军阀的混战,现代性的渗透,政治中心的转移,都影响着张恨水北京、南京书写的叙事策略与价值取向,进而影响二者时空体的生成。

时空体的观察视角能发现张恨水对于都市现代性的特殊态度。从"城"的记述而言,张恨水早期的小说突出的是北京与南京在现代中国的都市现代性,在描绘城市空间、社会空间的基础上,分别分析了"双城"的政治语境、社会形态,在不同的历史阶段,通过凸显不同的城市风物与市民,使"双城"都表现各自的独特风貌。张恨水早期的散文、杂文亦以都市现代性与国家政治想象为立场,作为观察、评价"国都"社会的主要价值标准,比如,他认为"北京的世界,说是官世界,其实是少爷世界"③,细致地剖析国都北京的社会结构,但张恨水又以在北京现代化的沥青马路上看到古老的骡车,认为"天演论不适于北京"④,对北京的城市现代性表示怀疑;至后期以《两都赋》为代表的散文则对北京与南京两座现代"都城"进行了想象性重构,在淡化"两都"现代性与政治符号性的同时,放大了两者的审美性、乡土气息与人文精神,"两都"时空体前后的变迁路径亦很鲜明。

可以说,张恨水笔下北京、南京时空体的一个重要特征就是对都市现代性的抵抗,也表明了他对现代都市文明的鲜明态度。与对北京、南京的时空体的复杂性相比,张恨水对代表着现代都市文明的上海一直持批评的态度,他曾明确表示:"我以为上海几百万人,大多数是下面三部曲:想一切办法挣钱,享受,唱高调。因之,上海虽是可以找钱的地方,我却住不下去。"⑤上海在张恨水的眼中始终是"洋""外来"的代表,从他对上海的物质化、消费化、利益化的批评看,从他对北京、南京的城市遗产、城市文化与乡土气息的赞许看,张

① 张恨水:《忆南朝金粉》,《上下古今谈》,北岳文艺出版社 2019 年版,第 366 页。
② 周斌:《张恨水与市民文化》,《复旦学报(社会科学版)》1995 年第 2 期。
③ 张恨水:《少爷之写真》,《张恨水散文全集·小月旦》,时代文艺出版社 2015 年版,第 67 页。
④ 张恨水:《骡车走沥青油马路》,《张恨水散文全集·小月旦》,时代文艺出版社 2015 年版,第 68 页。
⑤ 张恨水:《我的写作生涯》,北岳文艺出版社 2019 年版,第 68 页。

恨水对都市现代性的批判立场是基本成立的,因而有人认为:"在三十年代,张恨水很可能是当时中国对都市物质文明带来的'异化'最敏感的作家之一。他看到现代文明束缚人的自然本能,繁华的市面掩盖着一个虚伪的世界。"①在与批评上海的对比中,张恨水指出了北京与南京在抵抗现代性上的共通性。如果试图通过城市的时空体来看现代中国的社会文化变迁,上海无疑是一个观察现代中国的特殊窗口,但张恨水似乎不太愿意去打开这扇窗户,而更热衷于书写北京与南京这样更保守、更具乡土气息的传统都城,去观察、体验、发现传统都城在现代性渗透后的矛盾与张力。

1939 年,张恨水在重庆完成了包括 23 篇中篇小说的《八十一梦》,其中一篇写北京,一篇写南京,北京是梦回民初国都时期,南京则想象抗战胜利之后,这两个短篇,可以视为张恨水笔下北京、南京时空体的定型之作,是张恨水经历了北洋军阀混战、国家内战、抗日战争等不同历史阶段后重新记忆、想象两座都城的产物,对民初北京的回忆与对抗战胜利后南京的展望使张恨水笔下北京、南京的时空体成为窥视现代中国社会的一个窗口,为我们理解现代中国的社会变迁提供了另一个参照的维度。

另一方面,从时空体的角度来重新审视张恨水的北京、南京书写,将他笔下的城市空间与时间、历史性综合考察,为我们构建了一个新的衡量、评价张恨水作品的框架,即不再以"革命史观"或"启蒙"为主要的评价标准,而是把张恨水的创作放到城市/乡村、现代/传统的社会结构与历史进程中来评判,这样既可以避免简单地把他划入"鸳鸯蝴蝶派"或是都市言情作家之列,也有助于重新认识张恨水在文学史上的真正价值。

(作者单位:安庆师范大学人文学院)

---

① 袁进:《张恨水评传》,湖南文艺出版社 1988 年版,161 页。

《纸醉金迷》中的田佩芝人物形象探究

王彦力

　　抗战已经接近尾声的重庆,已经初步具备商业化都市的特征。虽然战况吃紧,但是对于大后方的重庆,没有特别大的影响,依旧是歌舞升平,一派摩登气象。上流社会依旧在娱乐、消遣,重庆宛如一座与世隔绝的充满荒诞与欲望的极乐都市。生活在这样环境下的人,人性的欲望不断地吞噬着他们,他们面对这座商业化都市的奢靡,欲罢不能,拜金主义早已成为他们信奉的圭臬。为了追求内心的欲望,填补欲望的沟壑,他们由此陷入欲望的漩涡,越陷越深,就此堕落也是在所难免的。

　　田佩芝在进入重庆之前,一直在读书。战争的来临,打破了她的生活,改变了她的人生。她也没有办法成为一名严格意义上的知识分子。这突如其来的变故,使她的身份发生了翻天覆地的变化,变成了颠沛流离的难民。在逃亡的过程中,其与公务员魏端本偶然相遇,开始了同居生活,再次成为"抗战夫人"。在重庆与魏端本的同居生活中,黄金梦搅乱了她本该平稳的生活。为了"黄金梦",她抛弃了自己的家庭、孩子和丈夫,与发国难财的资本家们苟合在一起出卖身体和灵魂。到最后,朱四奶奶看中了田佩芝,携她入局,圆了她的"黄金梦",但同时,她也失去了最基本的尊严,已然开始堕落。

　　田佩芝原本是富家小姐,受过教育,是青年知识女性。原生家庭环境对她性格的养成有着巨大的影响,她爱慕虚荣,吃不了苦。在学校的学习经历又使她具有女性的主体意识,对于爱情是向往自由与平等的。在逃亡的路上,她遇到了有公务员身份的魏端本。同是天涯沦落人,田佩芝与魏端本的相同处境,使无依无靠的田佩芝自然而然地生出对魏端本的好感。田佩芝与魏端本都是青年知识分子,共同的身份与经历,使两人有同病相怜、惺惺相惜的好感。基于这份好感,再加上奔波的逃亡生活,田佩芝对魏端本心动也是在所难免的。在那个年代,年轻有为的公务员是许多人梦寐以求的神仙伴侣。魏端本也一样,看见田佩芝貌美如花的容颜就动了恻隐之心,欺骗田佩芝说自己没有家世与其同居,让其没有回头路可走。田佩芝选择魏端本虽然是被其蒙在鼓里,遭到了欺骗,但是更多的还是其主观意识,想要自由自主地选择恋爱对象。她认为年轻的公务员一定会有成就,事业上有发展,自己能够成为官太太,有享不尽的荣华富贵和福气。但是,战争扰乱了一切的发展和田佩芝的美梦。她没能依仗魏端本成为阔太,反而生活很拮据、落魄。她为了自己的

"阔太梦"，与自己的家族断绝联系，付出了沉重的代价，而这一切已经无法挽回。她与魏端本生了两个孩子，她的回头路已经看不到了。

也正是她的虚荣心造成了她无法回头的局面。她并未深入地了解魏端本这个人，就贸然地与其同居，并生下了两个孩子。她从小的生长环境就让她吃不了苦，看见魏端本的外在条件就被迷了双眼。虽然战争的到来是人力无法控制的，战争使魏端本的公务员身份毫无用武之地，升迁也遥遥无期，这是使田佩芝美梦破灭的客观因素。她从小就养尊处优，在面对生活难境时，她不由自主地露出贪婪、虚荣的本性，致使她面对危机时自主反应就是以牺牲人性、尊严，选择堕落换取自己想要的物欲人生。

她面对经济危机和政治危机导致的市民生活危机的第一步做法，就是靠赌博获取物质上的钱财和心理上的满足。魏端本的薪水本是可以维持两人的生计，甚至家中还请得起保姆。这其实已然是超越普通百姓的生活，但是田佩芝接触的都是阔太，其他阔太的优越物质生活使她眼红，心生嫉妒。她拿着魏端本给她的零花钱用赌博的方式寻求物质和精神上的双重慰藉，但是以失败告终。本性就贪婪、虚荣的田佩芝在接触赌博以后也是愈发不可收拾，陷入其中，无法自拔。也正是赌博使得田佩芝整个人生发生了翻天覆地的变化，甘愿深陷欲望的沼泽。

田佩芝不甘心沦落为平凡人，想通过赌博过上自己梦想的奢靡生活。田佩芝想依靠赌博的方式发家致富本就是不可取，再者，她自身的牌技有限，输光本钱的的确是家常便饭。不思进取的田佩芝非但没有悔过之意，甚至偷盗了自己丈夫的公款，使丈夫难以交代，甚至影响前程。田佩芝对此虽有愧疚，但是内心的欲望早已吞噬了她，她还是选择了继续靠偷盗钱财去赌博来满足自己的欲望。从此，便一发不可收拾，这也是导致她堕入深渊的最直接导火索。她每次经过那些阔太、上层阶级的住所时，感到全世界都在挑拨与诱惑她，她羡慕之余，更多的是攀比的心理。她自认为自己的花容月貌不比住在高级别墅中的人差，甚至还比她们貌美得多，理应住在那种高级住所里面，和她们一样享乐。她的心里不平衡，郁郁不得志，这背后的一切，其实就是享乐主义在作祟。

整个重庆都被黄金浪潮冲刷时，田佩芝也不例外，被"黄金梦"迷了心窍。她先是通过赌博的方式筹备买黄金的本钱，她不仅没能保下本来用于买黄金的二十万法币，甚至还赔掉了丈夫的公款。无奈之下，她只能铤而走险，盯上了发国难财的范宝华。她偷偷潜入范宝华的办公室，将范宝华抽屉里的钱拿走，还安慰自己偷盗发国难财的商人的钱并没有不对。田佩芝并不知道，自己早已被范宝华盯上，被范宝华一步步引入设计好的圈套中，成了无法挣脱的猎物。虚荣心又再次作祟，范宝华非但没有责怪她的偷盗行为，没有将她抓捕投入监狱，反而让她成为富商的情妇，再也不用为钱担忧，整日只要负责貌美如花，就有大把大把的钱挥霍。田佩芝初期心理虽然挣扎、难熬，愧对于自己的丈夫，后悔自己的所作所为，但是在金钱的诱惑下，她最终还是妥协了，心安理得地享受范宝华的钱。因此，她再也无法回头，对魏端本的愧疚也好，背叛也罢，利欲熏心的她已经从此时此刻彻底放下了家庭，抛弃了丈夫和孩子。"在强人的贪欲面前，缺少实际行动的内心挣扎显得尤为苍白与无力,不仅不能阻止她掉入堕落的深渊,更是脆弱和不堪一击的。"[1]

田佩芝首先是为了阔太梦,选择以与家庭决裂的代价与魏端本同居,希望有朝一日可以梦想成真。抗战的爆发,导致她美梦破灭,不得不成为"抗战夫人"。她梦想靠着自己的姿色可以笼络有钱男人过上奢靡生活,却在赌桌上屡屡失利,被迫选择偷盗还清欠款。她不仅没能靠自己的姿色抓住男人的心,还把自己的生活变得一团糟。田佩芝自以为偷盗做得天衣无缝,实则是范宝华精心为她设计的圈套。田佩芝的这一番经历,使她彻底堕落,与家庭决裂,丧失人性和做人的最后尊严。

魏端本银铛入狱以后,田佩芝变本加厉地堕落。她原本还带着对丈夫的愧疚之情,心理反复挣扎、较劲。但是丈夫入狱以后,范宝华在公开场合和酒局饭桌上都称她为夫人,她已经由暗地里的情妇转变为范宝华的正牌情人。田佩芝也理所当然地向范宝华要钱、要珠宝。他们之间更多是物质、利益和金钱的交易。而范宝华将田佩芝当作"礼物"献给洪五爷时,虽然田佩芝当时心中略有不快,但是想要可以有物质方面的增益,她便也不计较那么多了,欣然地接受了这个事实。虽然经历了感情危机、经济危机和生活危机的田佩芝面对生活时,已然堕落,但是选择成为范宝华的情妇,选择出卖自己的色相和身体则是在堕落的道路上更加前进了一步。此时的她早已将自己的丈夫抛在了脑后,完全丢弃了作为妻子的责任和做人的尊严,成了人人可夫的交际花。从她问心无愧地成为范宝华情妇的那一刻起,就注定了她不会只有范宝华这一个"依靠"。果不其然,在这之后,她与洪五爷不仅成了有利益往来的情夫情妇,又重蹈覆辙偷了洪五爷大笔的钱来填堵赌博欠下的债,这也是她投靠朱四太太的间接因素。

朱四奶奶需要一个能够管账的有知识的年轻漂亮女性为自己所用。田佩芝刚好完美符合要求,同时田佩芝此时已经是一个堕落到物欲中的交际花。朱四奶奶正是利用了田佩芝这点,拉拢其加入自己的团体,靠性交易赚取上层阶级男性的钱。朱四奶奶允诺田佩芝可以偿还她欠下洪五爷的钱,房间除了自己所住的那一间外,其他房间任其挑选。在田佩芝初上手时,并不懂得其中的要领,是朱四奶奶一路开导、指引。这时的田佩芝则恍然大悟,在赌桌上赚钱越赌越输,而在性交易中,她则靠自己的年轻美貌和知识分子身份如鱼得水,使得男人都甘心为她花钱。

田佩芝走到这一步,在堕落的道路上又更深了一步。从与富商交往,以获得金钱上的满足,到甘心成为以牺牲色相诱骗男性,坑蒙拐骗无所不用其极的"自由之花",享受着这种金钱至上、奢靡、没有道德下限的生活。田佩芝可以说是当时社会,一个良家妇女堕落到极致的典型。

田佩芝在朱四奶奶设计的情色交易场上的不听话,使得朱四奶奶对她颇有怨言。朱四奶奶设计好让田佩芝引诱徐经理,再通过法律途径控诉徐经理有抗战夫人在先,敲诈一笔。"为了突出她的麻木,张恨水在那些人黄金梦破碎后设置了她与徐经理打官司,弄巧成拙的是魏端本看到报纸以为是找他的,就带着孩子去和田佩芝交谈。"[2]田佩芝敲诈不成,反而引来了魏端本带着两个孩子指认母亲,而此时的田佩芝早已不再是当初的田佩芝,她眼中只有金钱。当众否认是孩子的亲生母亲,否认自己是魏端本的丈夫而引得众怒,责骂和唾弃。她的行为已经不单单是为了生存而被逼无奈的被迫之举,而是无视伦理道德和亲情的卑劣之举。她背弃自己的丈夫,她的自主意识曾经是追求自由、平等的婚姻和爱情,现在却追逐利益、金钱和享乐,甚至不惜以亲情、婚姻和责任为代价。田佩芝的灵魂早已被金钱和利益扭曲,这已经从个人与家庭的对立斗争上升到灵魂与道德层面的批判。这是青年知识分子的灵魂被金钱和物欲扭曲的精神异化之旅的真实写照。

田佩芝和魏端本都为了金钱不惜出卖灵魂,但是他们为了金钱出卖自己灵魂的程度并不相同,他们的结局也不一样。田佩芝获得了肉眼可见的财富,而魏端本却带着两个孩子沿街乞讨为生,丢掉了自己公务员的饭碗。

田佩芝在面对范宝华时,又忍不住要起了情色场的老手段,也终究没能忍住,偷了范宝华的钱,携巨款而逃,却被早已埋伏好的洪五爷半路截下。田佩芝的美梦再一次打了水漂,她勾引了范宝华的同时,也打乱了朱四奶奶的计划。朱四奶奶本意是让东方曼丽设计诱惑范宝华,使其就范,而田佩芝的出现则使东方曼丽的计谋未能得逞,也使朱四奶奶大捞一笔的计划泡汤。田佩芝本是朱四奶奶的得意秘书兼助手,却又一次不听从朱四奶奶的安排,彻底触怒了朱四奶奶。盛怒之下的朱四奶奶直接踢田佩芝出局,给了田佩芝三十万便叫其远走他乡,自求谋生路。

随着战争的转变,重庆的经济也随之发生变化,政府决定只兑换黄金储蓄券的六折,这使得想靠黄金发国难财的各路神仙都陷入了绝境。田佩芝未能从范宝华身上捞到一笔,反而被洪五爷截和,逼得田佩芝不得不辗转回重庆,到公馆找朱四奶奶请求援助。而回到朱四奶奶住处的田佩芝却惊讶地发现,朱四奶奶已然身死,害怕警察追责的田佩芝,落荒而逃。再次见到田佩芝,是魏端本看见田佩芝从洗澡堂的"家庭间"出来。魏端本不愿意相信却又无可奈何,劝说田佩芝,说:"你为什么还是这样沉迷不醒?你是个受过教育的女子呀,洗澡堂的家庭间,你也来!"田佩芝却毫无愧疚之情地回答道:"我现在是拜金主义。我在歌乐山输了一百多万,谁给我还赌账?"田佩芝的灵魂被金钱彻彻底底地异化了,她的人性也早已泯灭。

田佩芝的结局也不难预料,与朱四奶奶一样,这是追求金钱至上、享乐主义的必然结局。"造成这惨败结局的必然性,固然包括性格方面的主观因素,但以金钱为本位的物质主义价值观统治及其官商一体以发国难财为表征的战时重庆环境则是决定性的社会因素。"[3]

田佩芝作为青年知识女性,她的堕落经历令人费思,不得不引起我们的深思。马克思在论述人的本质时说:"人的本质不是单个人所固有的抽象物,在其现实性上,它是一切社会关系的总和。"[4]田佩芝追求纸醉金迷的生活,无法抵抗金钱和物质的诱惑,在其追求的过程中,把自己的欲望无限放大。在享乐主义的美好滤镜下,不断依附男人、依靠性色交易,一步步坠入欲望的织网中,越缚越紧,最终难逃悲惨境遇。虽然其已经有了自主、独立的意识,但是在社会生存中,仍然面临着巨大的生存难题与抉择。这对于处于当代环境下的女性来说,无疑也是一次警醒与警钟。

参考文献

[1]张若琳.理性的迷失——《纸醉金迷》中的三类人物形象探讨[J].长春理工大学学报(社会科学版),2013,26(02):187-189.

[2]夏金兰.同样的时代,异样的人生——《纸醉金迷》典型人物塑造分析[J].四川职业技术学院学报,2013,23(01):24-26.

[3]韩立群.理想幻灭后的彷徨与堕落——张恨水《傲霜花》《纸醉金迷》中的女性主人公[J].东方论坛,2020(03):40-53.

[4]袁贵仁.马克思的人学思想[M].北京师范大学出版社,1996:18.

(作者单位:安庆师范大学人文学院硕士研究生)

地域文化视域下皖江乡土世界的书写

——张恨水小说《天明寨》①文化解读

谢家顺

再现"乡土",是中国现代文学史上的一种现象。最早被确认为"乡土文学"的,应该是鲁迅,他在为《中国新文学大系·小说二集》作序时说:"凡在北京用笔写出他的胸臆来的人们,无论他自称为用主观或客观,其实往往是乡土文学,从北京这方面说,则是侨寓文学的作者。"并强调"侨寓"的作品大都是"回忆故乡的",因此"也只见隐现着乡愁"。王德威则将"故乡"视为一种时空向度的指标,作为文化、意识形态力量的聚散点,认为"故乡"不仅只是地理上的位置,它更代表了作家所向往的生活意义源头,以及作品叙事力量的启动媒介,那"今昔的对比,传统与现代的冲突,往事'不堪'回首的凄怆,体现了时间消磨的力量",从而他们的作品是在"时序错置"与"时空位移"之中追逐"原乡神话"。这里,他们均表达了隐藏在乡土作品中的时间介入因素,指出了"回忆"中时光所占据的主导地位,重点突出作家在"乡土""已失"并"难再复得"的往事追怀背后所蕴含的"乡愁"。张恨水即是这样一位"在城思乡"的报人作家,一种有别于20世纪30年代那些热衷于书写文化与政治形而上的宏大命题,而注重对城乡日常真实生活及其关系的思考。

张恨水的这种乡土的书写与抒情其实潜藏着现代与前现代的时空对话,其乡土叙事呼应着曾经逝去的乡梦图景。这种复调性质的文本结构或显或隐地回旋着现代性与前现代的"双声对话"。

作为一位从皖江走出、北漂至京城,身为报人且具有传统文化情怀的张恨水,社会身份与文化因袭的冲突引发了他对城乡问题的思考,这种思考最明显地体现在以皖江文化②为背景的小说《天明寨》中,其在艺术再现乡村生活的同时进而进行审视性思考。

《天明寨》1935年1月1日至1936年7月31日连载于《中央日报》副刊《中央公园》,

① 《天明寨》是一个文学隐喻。在张恨水故乡安徽省潜山市余井镇黄岭村的故居右边的长春水库旁,有座山峰叫蜡烛冲天(又称天明山、天明寨),半山腰曾有一石壁寺,张恨水第一次新婚之夜的逃婚地点即是此寺。

② "皖江文化"作为一种地域文化,最早提出这一概念的,是桐城派著名文人朱书(1654—1707)。他的《告同郡征纂皖江文献书》一文里,有"吾安庆,古皖国也。其岳曰皖山,其渎曰大江,其川曰寻潜,其浸曰雷池,其镇曰大龙。灵秀所钟,扶舆郁积,神明之奥区"。

其写作、发表年代正处于全面抗战前夕。关于这部小说的创作缘由,张恨水曾经如此表述:"开始,我是无意在《中央日报》写稿的,因为我不会党八股。那时总编辑周邦式,是《世界日报》老同事,再三的要我写,我就只好答应下一篇。为了适合人家的环境,我写的是太平天国逸事。那几年,我特别喜欢看太平天国文献,所以有此一举。这书里说了许多天国故事,还很能引起读者的注意。书完了,《中央日报》又要我写,我就写了一篇义勇军的故事,以北平为背景,叫《风雪之夜》。"①从中可以看出,按照张恨水所一贯秉持的中立政治立场,其实并不愿意为《中央日报》写稿。而《风雪之夜》的最终被"腰斩"②,反衬了《天明寨》的曲笔,其用意不仅仅是张恨水所说的"太平天国逸事"——小说内容表达的是关于乡绅如何组织队伍的故事,隐约地体现了一种尚武精神,地方武装保卫家乡的历史现象。这正与1931年"九一八"事变后改写《太平花》③的心理,以及1937年底在武汉汉口向国民政府呈文回家乡安徽组织游击队抵抗日本侵略者的行为相契合。④因此,我们完全可以将《天明寨》视为一部抗战小说。

天明寨本是张恨水家乡的一座山,这里,需要指出的是,这部小说不仅仅包括了抗战主题,张恨水将这部小说的叙述背景及故事中的风物安排在自己的故乡,借用"天明寨"这个临时避难所来探讨太平天国革命如何在这乡土世界内部发生,借助这一事件,在向我们呈现古典的乡村世界的同时,来展现前现代乡村社会的自我瓦解,亦即现代世界是怎样从一个前现代或古典世界中诞生的过程。

一、怀念祖父:从家族发展历程到文学表达的构想

在阅读《天明寨》过程中,我们应该注意的一点就是,当张恨水创作这部小说时,实际上太平天国这一历史已经相距六七十年。就太平天国对后代的深远影响而言,张恨水正是太平天国战争中幸存者后代中一员,对于他来说,这一事件的特殊性在于,他的祖父张开甲曾经勇敢地站了出来,直面了太平天国的冲击并立下了战功。就此而言,张恨水必须承担这份精神与思想的遗产。就在他回忆太平天国的时候,太平天国已经开始变成一种"正确的"运动和话语。张恨水对自己的祖父一直怀有深深的敬意,少年时代即以祖父为荣:"愿学祖父跨高马,配长剑。"那么,他该如何去评价自己的祖父曾阻击过的太平天国运动呢?应该说,他一直在回忆这场运动,却苦于找不到合适的方式来说出自己的立场与

---

① 张恨水:《写作生涯回忆》,人民文学出版社1982年版,第58页。
② 《风雪之夜》是继《天明寨》之后,于1936年8月1日开始在南京《中央日报》连载。小说以北平为背景,写义勇军的故事。仅连载上集第一章至第十二章,计166次即被腰斩,于1937年3月1日被中止连载。用张恨水自己的话说,叫做"奉命停刊"。
③ 张恨水:《写作生涯回忆》,人民文学出版社1982年版,第45页。
④ 张恨水:《写作生涯回忆》,人民文学出版社1982年版,第61页。

判断。

"人物之渊薮也。"之语,从地域范围角度指出了皖江包括安庆府六邑,皖江文化就是安庆文化。

1919 年他在芜湖《皖江日报》步入新闻编辑生涯伊始,就经历了五四运动反礼教的洗礼,并受其感召而至北京,成名后又受到新文学阵营持久的排斥,却在广大城市读者那里广受欢迎。此时,他已经具备了足够的人生经验与反省的力量。当20 世纪30 年代国家受到日本入侵而发生战争时,张恨水终于找到了创作《天明寨》的机会,来回溯自己祖父的人生经历,并以此为写作对象,根据他对历史和现状的理解,以"礼"与"反礼教"来重新思考中国前现代世界与现代世界的关系。

然而,张恨水在某种程度上从一出生就是"城市人"——从江西南昌而至安徽潜山,再从潜山而至北京等城市;但他又在某种程度上永远是"潜山人"——一个乡土世界的象征。正是这双重身份与认同塑造着他,成就着他。城市与乡村两个世界及其之间的关系,成了他诸多作品的表现对象。张恨水一直以"安徽潜山人"自居,其原因既与父亲在江西南昌病故后其再度回到安徽潜山、经历难忘的人生低谷有关,更与他本来就是潜山人有关,这"本来"正源于他的祖父——是祖父张开甲从安徽来到了江西,并将家庭从世代务农的家族,一变而为官宦之家。对此,张恨水在其长篇回忆录《写作生涯回忆》中并未谈到祖父的影响,而在同样反映太平天国事件的小说《剑胆琴心》的序言中,详细叙述了祖父对自己的影响:

先是予家故业农,至先祖父开甲公生而魁梧有力,十四龄能挥百斤巨石,如弄弹丸。太平天国兴,盗大起,公纠合里中健儿,惟获一乡于无事。无何,清军至,迫公入伍,公出入战场十余年,死而不死者无数。及事平,于山河破碎之余,睹亲友流亡之惨,辄郁郁不乐。而清室将帅病其有傲骨。不因巨功而有上赏,临老一官,穷不足以教训子孙也。恨水六岁时,公六十四龄矣。公常闲立廊庑,一脚蹺起二三尺,令恨水跨其上,颠簸作呼马声曰:儿愿作英雄乎? 余曰:愿学祖父跨高马,佩长剑,辄令两老兵教驰驱射舞之术于巨院中。恨水顾盼自雄,亦俨然一小将领也。明年,公乃谢世,予虽幼,哭之恸。公有巨鞭,粗如人臂,常悬寝室中,物在人亡,辄为流泪。先父讳钰,纯粹旧式孝子也,睹状乃益哀,谓儿既思祖父,当有以继祖父之志。儿长时,我当有以教之也。盖先父丰颐巨,生而一伟丈夫。读书时即习武于营伍间,为不负家学者,而生性任侠,苟在救人,虽性命有所不惜。予稍长,读唐人传奇及近代侠义小说,窃讶其近似,受课余暇,辄疑之而请益。先父曰:予曩欲儿习武,今非其时矣,予宜曩稍补,当欲奔赴海外学科学也。卒不语。因之恨水于家传之武术,遂无所得。然灯前月下,家人共语,则常闻先人武术之轶闻以为乐。

在这段"自序"里,张恨水着重强调了其祖父的事迹:清军至,迫公入伍,公出入战场十余年,死而不死者无数。及事平,于山河破碎之余,睹亲友流亡之惨,辄郁郁不乐。而清室将帅病其有傲骨。不因巨功而有上赏,临老一官,穷不足以教训子孙也。这里,他使用了

"迫"字来暗示祖父参加清军的无奈。接着强调祖父在清营中的经历与处境。

在另一篇文章《我曾祖用的闲人》里,张恨水又对自己的家族作了如下的描述:

> 我的曾祖是乡间一位实业家。他种田、造林、养牲口、开槽房、染坊,并拥有一爿杂货店,事务多,出力的人自然不少,家里雇工多到七八十人。我祖父是个武术家,十四岁就在曾国藩部下当兵。偶然回家,看到雇工在大树荫下围了石头坐着打纸牌。他向曾祖说,似乎用的人工太多了,不然,他们哪有工夫打牌?曾祖说:"我岂不知这些?这里面有些是饭桶,又和我沾点亲友关系,我不养活他们,他们更没有饭吃;有些是很调皮的东西,养活了他们,他们就不会偷我们的庄稼,坏我们的生意了"。我祖父虽不敢驳回,却也怪我曾祖太仁慈。后来他打了十九年仗,出生入死多次。因为不是湘军,天下太平,闲得几乎饿饭。直熬到六十四岁,以代署参军终其身。临终之前,他说:"我父亲说的话是对的。人不能作坏蛋,就去当饭桶。不然,没饭吃。"①

这里较详细地讲述了自己曾祖到祖父这一代的具体情况。从中我们可以发现,无论是较为优裕的家境,还是祖父自身可以自由地回家探望父亲这一细节,都向我们清楚地表明,张恨水的祖父参加清军,似乎并非什么外在的被迫因素造成的。

上述两段文字,张恨水均着力强调祖父的刚正与忠厚,以及由此给他带来的仕途上的艰难——郁郁不得志。至于不得志的原因,不仅源于其祖父的"傲骨"性格,更重要的是制约于清朝的政治体制。

为了说明这个问题,此处再引述民国二十四年(1935年)重修潜阳《张氏宗谱》里记载的两段文字:

> (一)兆甲:行二,字开甲,号教(校)书,又号黎卿。军功力保花翎协镇衔,两江尽先补用参府,调署江西莲花营委带井镇保安营兼代越边大臣。公魁梧奇伟,磊落光明。十五成文章,二十握军符,随曾文正公南北征战,汗马一生,二郎河与苏州、南京之战,公皆与焉,历建奇功。历任江苏飞划营统领、保安军统领、开信军统领,钦命头品顶戴,赏穿黄马褂,硕勇巴头鲁,奉旨免骑射。光绪中年实授广信府饶州参将,光绪二十七年,任袁州(今江西宜春市)协镇都督府。卒于光绪二十七年辛丑正月十四酉时,赠威武将军。

> (二)黎卿公讳开甲,字校书,先伯石渠公之贤子,吾之仲兄,族之伟人,江右之有功臣也。石渠公以武库发轫,为皖潜院绅,孑然以正直称,最诞孕吾兄束发受书抗怀远志,卓有父风。厥后奥匪猖獗,奋然以剿贼为任,遂投本县兆营桑梓之邦,沾恩者不知凡几,故县令叶公以青眼目之,即荐于曾公保握重兵,当良将敌忾勤王恢复天下,兄之力诸多,由是锡以厚位,始署莲花营都阃,继任景德镇保安军,行年六十,复以超迁特授广信参府,武功巍然,以王事者竟以王事终,迄于今公既逝矣,公之政绩脍炙江右人民之口,究与公以俱逝。吁如公上能光前,固宜下足启后德配,丁夫人贞静幽闲,诞育四子,桂茂兰芬其三子名庚圉

---

① 张恨水:《我曾祖用的闲人》,1939年3月9日重庆《新民报》。

者,现宦游豫章,接差救次,颇振门楣,孙路人谝于新政,又为沪上警务长,将来进境俱未可量,似此子称跨灶孙能绳武,微公之厚德乌足衣食报于无穷也哉。兹因家乘告竣,爰撮大概以载编,然予非敢谓见而知之之为幸,抑俾后之未及见知者与有闻,焉知为幸云耳。弟忍书敬述。(《张氏宗谱·列传》之《贤兄校书传》)

作为族谱,其叙述重心与张恨水的表述有明显区别。在族人眼里,张开甲是一位显赫人士。

而且称太平天国为"贼",在清末民初是允许的,这和张恨水回忆祖父的20世纪30年代的历史语境已迥然不同。对于张恨水来说,其困境在于,在辛亥革命、清王朝覆灭之后,要如张兆甲的堂弟兆师那样正面肯定湘军的事业,实际上已经变得困难重重。更何况,他回忆祖父的时候已经是一个民族危亡及革命意识高涨的年代,革命正在成为主潮,无论是从民族还是从革命本身的正当性来看,洪秀全正在逐步成为历史歌颂的对象。

正是在这样的情境下,张恨水个人对祖父的叙述,不得不采用"被迫"这样的表述,在关于祖父对于家族带来的巨大改变上,也采取了缄默的态度。对于张恨水及其家族来说,祖父跟随曾国藩军队,是影响至深的事件,它深刻地影响着张恨水的个人前途,直至影响着他的小说创作,无论是《剑胆琴心》还是《啼笑因缘》,都有向祖父那一代致敬的因素,他一直在以各种形式力求使自己回到这一生命的源头。从这一角度来说,我们完全可以说《天明寨》是一部以张恨水自己家族的历史为蓝本创作的作品。

二、内外矛盾:奏响前现代皖江乡村世界的挽歌

从小说文本结构来看,《天明寨》围绕乡绅集团之间的对立和差别而展开,为我们构筑了一幅前现代的乡土世界图景。这个乡村世界是一个乡绅阶级与官府阶层互相依赖又互相斗争的世界。

小说故事围绕汪家父子(汪孟刚、汪学正)、李家父子(李凤池、李立清)、曹金发父子以及丁作忠(县太爷的小舅子,是被委派到乡下征军饷的委员)展开。另外还有黄执中,一个曾做过汪学正的武术教师,他代表太平天国推动了汪学正加入太平天国阵营。这群乡绅既是小说的叙述对象也是小说所认为的历史动力与阻力。在小说的叙述过程中,乡绅成为矛盾发展的主角,因为他们直接就是乡村世界运转的主轴。这就导致了小说所描绘的前现代乡村世界的内部矛盾,直接体现为汪家与曹家的冲突——汪家代表的是正直、被陷害的一方,曹家代表的是徇私枉法、迫害人的一方。正是这种错综复杂的关系,尤其是不同的乡绅,基于各自不同的利益和价值选择,与官府之间所形成的不同利益纠葛,生动体现了一幅前现代皖江乡村世界的内部图景。

小说中矛盾焦点的爆发,是汪学正无意中听到了丁作忠和乡绅曹金发私下商量两万担米的方案内容,并在公众场合告诉了父亲,从而引起了汪孟刚对曹氏恶劣行径的当场斥

责,从而给自己带来牢狱之灾。家庭的变故教育了父子二人,他们从为了乡里人利益的立场上,转变到"革命"的立场,而这一"革命"唯有委身于"太平天国"这一符号的阵营中才能找到它的归宿。我们可以通过曹金发家两个佃农的控诉,发现他们"革命"的原因。

> 佃农胡二狗:"什么人的仇,我都放得过去,曹老头子,我不能饶他。去年秋收,他好厉害。他逼着我的租稻收了进去,只欠几斗租尾子,怎么也不放过,把我家一口小养猪要拖了去。没有法子,我只好照给了。其实去年我种的那些田,除给了它的田租,我只收到两三担稻子,牛力种籽,够哪一样?只好望今春的麦季了。"胡二狗的控诉引起了另一个佃农毛小木更为强烈的控诉:"你这是吃小亏,算什么?前两年我借了他五两银子,是租稻折的,就占了我的便宜。月息二分,利上滚利,三年以来,他糊里糊涂一算,滚成了十五两多,不知道他是怎么一个算法?我问他,他说到是按月滚的,不是按年滚的,不信,你自己去算。他明知道我算不来这个疙瘩帐,出了一个按月滚利的算法来憋住我。没有法子,我只好认了。五两银子还十五两多,而且他是租稻折的,没拿出一文制钱来,去年年底,我现掏十五两白晃晃的银子给他大儿子的时候,我真恨不得打他两拳,咬他两口。我哪有钱还债?怕是再要一卷利,连妻儿老小都卖了,还不够呢?"[1]

在此处的文本叙述中,值得关注的一点是,在佃农胡二狗的控诉之后,叙述者直接跳出了小说的叙事内容,转而专门加了段括号,对"只好望今春的麦季了"这句话进行说明:"安庆归六属佃制,田里于秋季收定例之稻,春季麦则归于佃农自有。"这句补叙至少包含两层含义:第一,小说里的叙述并非完全虚构,是建立在真实的历史及其相应阶段的制度基础上的;第二,这一制度本身并非残酷无情,它仍然在一定程度上赋予了佃农以有限的自主权,以期保证佃农最为基本的生存条件,也可以理解成一种虚伪的同情。这里的话题涉及了土地、租税、高利贷等中国社会的基本问题,从某种角度看,向我们提前呈现了土地问题对于中国革命这一绕不过去的问题,事实上,他甚至采取冷静的叙述,来呈现革命的暴力。在这个意义上,张恨水对于佃农同地主关系的描述,与研究中国农村20世纪二三十年代的理论家们的观察非常一致。在此处境里,汪学正以绅士之子的身份,准备投身太平天国,趁机率领以前受过曹家欺负的佃农们一起去曹家找曹金发。而这场战争的结果,不但使曹金发本人受到了最终的惩罚,而且"曹金发六个儿子和几个大孙子,都让黄执中和一班庄稼人,在堂屋里了结了。杀得尸横遍地,血染满堂"[2],房子也被烧了。

尽管从现代革命包括太平天国运动自身角度分析,这种对立与冲突最终需要用一种暴力式的手段加以解决,但是在李凤池所代表的乡绅阶层看来,这并不是解决社会矛盾冲突的最好方法。中国在相当早的时候,就已采用和解来解决争端,以避免纠纷的人群以兵戎相见,并避免对簿公堂;整个帝制时代长达两千年以上的历史,都延续着这种方法。……时代愈晚,帝制政府也愈来愈不再倚赖它所设立的专门官吏,而愈来愈倚仗正常

---

① 张恨水:《天明寨》,北岳文艺出版社1993年版,第195页。
② 张恨水:《天明寨》,北岳文艺出版社1993年版,第205页。

的地方行政官员与地方居民本身来执行古代调人的工作。正是基于这样的秩序结构,小说中才有不同乡绅与政府官员之间的关系,李凤池才会迫不得已率众踏上天明寨以对抗太平天国。这种秩序结构晚清已经开始分崩离析,并产生不同乡绅和不同社会力量之间的矛盾与冲突。正是这些矛盾,推动了乡村世界的自我瓦解,为太平天国运动的发生创造了可能和条件。《天明寨》的重要性在于,它坚持书写了家国一体的乡村世界的伦理秩序观,用前现代的政治正当性去衡量太平天国的价值体系。我们完全可以认为,《天明寨》选择了一个特定的历史时段,一个远离了作者的时代,却依然影响作者个人和时代的人物和故事,将现代与前现代并置去探讨现代人生存境遇的命题。而从小说太平天国逼近天明寨的故事开端和其中人物的结局与命运,以及张恨水祖父最终的历史选择来看,这部小说既具有家族史色彩,又体现着对前现代中国乡村世界的重新建构。

参考文献

[1] 鲁迅. 鲁迅全集(第6卷)[M]. 北京:人民文学出版社,2005.

[2] 刘保亮. 道家文化与乡土文学[J]. 河南社会科学,2013(7):92.

[3] 张恨水.《剑胆琴心》自序[N]. 北平:新晨报,1930:8.

[4] 萧公权. 迹园文录[M]. 中国人民大学出版社,2014:74–76.

(作者单位:池州学院通俗文学与张恨水研究中心池州学院文学与传媒学院)

略论新旧文化叠合影响下的婚恋观

——《春明外史》的另一种读法

熊 玫

张恨水先生的长篇小说《春明外史》以报人杨杏园为经,勾勒了北京城二十年代民生百态。《春明外史》在书写二十年代北京城里上至总理下至妓女生活的过程中,全面地展示了新旧两种文化的冲突和嬗变。

新旧文化的碰撞过程并非以你死我活。中国文化中几千年来的根底并不会在一夜之间彻底流失。在整体国民性尚未发生激变的前提下,新文化的进入过程必然是缓慢的。从文化生成、流变的历史来看,锁闭性本身为其特性之一。而新文化自身尽管具有狂飙突进的精神,但本土化确实需要一个漫长的过程。在新文化试图代替旧文化的过程中,其与民间的隔阂也是显见的事实。以精英文化面目出现的新文化,一方面必然因为新奇性受到某些阶层的欢迎,另一方面在本土化的过程中势必遭遇来自既定文化基因的排斥。

从广义的角度来看,文化在外延层面具有强烈的包容性。所谓的文化节点并非十分清晰,大多数人更多的是不自觉地被席卷于时代大潮之中。此被动的过程印证了文化自身的包容性。具体到小说叙事,文化则落实在主人公具体的言行之中。在此,必须正视的是,对文化理解的大前提必然是取消文化偏见本身。倘若先入为主地对不同质地的文化进行褒贬,在此基础上展开的所有观照都无疑具有强烈的非理性色彩。判断上的偏颇就有可能先天性地存在。而规避迷失的有效方式则是坚定文学的本体性责任,即重视文学和文化对人的成长、建设所起到的正面作用。

《春明外史》所叙写的故事发生于中国现代中西文化的交汇期,两种文化在不同群体中被选择重组并以不同的面目出现。所谓碰撞并不一定是激烈对立,在实际的文化场域,文化的碰撞可能产生更为复杂的现象。《春明外史》就产生于此背景之下,民生百态在不自觉的过程中混杂了文化的多样形态。"而五四新文化运动正是以对家庭伦理道德的抨击,作为改造社会的突破口(这在世界上也许是绝无仅有的,西方社会的变革往往以皇权和教权的消灭为标志)。"[1]文化的有效性检视力量是人性所能获得的力量和抵达的世界,而并非文化的自足性本身。

(一)滥欲的官场情色交易

从小说书写的实际情况来看,《春明外史》多次涉及了官场官员工作以外的生活。虽然并不是整体板块的书写,但分布于小说不同篇章的描述又高度同构性地表现了民国时代社会动荡状态下官场官员在婚恋观念上的形态。这些观念并非通过语言文字直观呈现,而是透过实体性的行为用无声的语言将其更为客观实体化地展现出来。"生活以身体为目标,身体的力量和意志创造了生活,生活与身体的关系就此发生了置换:生活成为身体的结果,生活被身体的权力意志锻造和锤炼,在身体的激发下,生活成为一件艺术品。"[2]从文体学的角度来看,小说更多地通过感性的情节感染读者,理性作为感性的沉淀则属于读者和叙述者通过文本对话的层面。所以,对于官场人员婚恋的态度和观念,小说可谓不着一字尽得风流。行动所表达的价值溶解了基本的态度观念,读者在此所需要做的不过是再次进行萃取而获得回到时代现场及人物内心世界的工作。对于小说而言,官场的婚恋观可能只是副产品,但多线索的集体行动的确在暗处展示了彼时官场人士对于婚恋所持的一般心态。副产品所起到的作用不可小视。第一,作为影像的存在,它触及了社会行进状态中的重要对象及事实,可作为对于社会进行深层理解的通道。第二,从文学修辞的视角来看,对比和映衬手法的使用在表现自我的过程中也将自身作为存在物,凸显了系统中不同对象的特征。小说所涉及的官场人士从一般的底层买办到大权在握的总理,可谓涵盖面极广。由点而面的辐射具有整体的透视作用,其覆盖面之广可以作为强大的证明材料,以示事情的普遍性而非偶发性。

官员们在情场中有几大突出表现:抽大烟、赌钱、捧戏子、招妓女。前二者和婚恋情感似无关系,但又密切地发生绞合关系。抽大烟及赌钱等行为在文本中作为官场与情场相结合的重要象征物而出现。"人不再生活在一个单纯的物理宇宙之中,而是生活在一个符号宇宙之中。"[3]象征物的选取本身即蕴含着价值与态度,正常理念下的负能量在官场的声色世界意外获得了高贵的身份,其反思性不言而喻。在颇具象征意味的意象系统中,官员们精神生活的空虚程度可见一斑。从官员的身份机制来看,作为公务人员,最核心的心力应当和国家社会整体正向发展相结合,其行为及形象都应为国家形象而代言。而小说的描述与理想形态相去甚远,由此至少可以得出以下结论,其一,小说叙写的官员形象完全和其职业定位相违背;其二,国家的内部稳定性及外在形象性正处于坍塌的风险之中。与此同时,情场混迹的检验法则也体现了整体社会风气的败坏。实际上,所谓的情场已无情可言,不过以自我堕落的方式换取时代所追捧的媚俗体系。

在新旧文化的博弈关系中,官员显然处于相当尴尬的局面。对于他们而言,外来的新事物不能和他们的陈旧思维相结合,唯有鸦片作为精神镇静剂独立地支撑他们的精神世界。在婚恋层面,官员阶层固守了极为陈旧的以女性为玩物的封建传统思想。"成为一个女人"并不意味着生物性别(sex)与社会性别(gender)的对立,而是关乎女性利用其自由的方式"[4]文化的建构及建设性作用并未发挥出来。更或者,所谓文明开化的现代思想并没有进入他们的思维,而仅仅作为倡议者的虚幻想象浮现于时代空气的外层。在面向现代思想进入的过程中,首先获得官员认可的只是麻醉自我的物质形式,文化的更新换代根本就无法进入其思维阵营之中。因而,当新文化的战士振臂挥舞之时,一切不过成了先行者的空白式表演,也预示着新思想落地之艰难。从婚恋情感系统的视角来看,其被卷入这一股风潮也必然遭遇漫长的外在化时期。小说中,官员们的真实婚姻家庭状况被虚化处理。虚化的缘由不外乎以下考量:第一,传统格局的婚恋毫无新鲜之处,并无进入小说文本的必要性。第二,传统格局的婚恋只是官员阶层生活中一个极为微小的层面,根本不能进入官员主流的生活景观或者价值景观当中得以呈现。那么,本质上的传统甚至落后就成为官员婚恋观念的基本形态。

然而,并非传统就一定需要否定,无论是传统还是现代,必然包含着双向的内质和因素。"在 20 世纪,文明之间的关系从一个文明对所有其他文明单方向影响所支配的阶段,走向所有文明之间强烈的、持续的和多方向的相互作用的阶段。"[5]中国传统婚姻中仍然包含诸多稳定性及诗性因素,如若官员阶层尊重礼法,安守传统婚姻的本分,作为文学表现的对象其意义依然可循,而小说作品呈现的却是反诗学意义的官场婚姻形式。传统婚恋中的诗学因素包括:在情与礼当中进行合乎法度的调试,在家与国之间进行有层次的认同,在内与外之中进行有效的选择。而小说中描绘的官场人士的婚恋法则显然已非传统文化自身的问题,而是文化自身的不在场抽空了官场人士的精神内存。传统文化也好,现代文明也罢,其根本的不同在于对人性的理解。而官场官员真正的问题在于在接收不同形态文化信息的过程中只选择自我个体性无限膨胀的入口。从严格意义上说,其行为颇有投机主义的嫌疑。文化形态不过是其个体欲望借以发泄的入口和契机,他们的行为文化的元宗性并不发生必然的联系。无论是传统文化还是现代文化于其不过是一重外在的借口,官员们在文化的碰撞中寻找到缺口,并在权力的运作下以普通阶层不可能享有的特权分享声色犬马带来的刺激。因而,关键的问题在于权力所滋生的腐败。或者说权力的无所节制所催生的官员婚恋观念的极度腐朽与堕落的现实。

《春明外史》中的官员阶层个人素养普遍较低,因此整体上未体现劳心者治国安邦的理想和动机。而他们并不因此放弃通过包括女色在内的各种方式去获得权力,女性作为中介力量仅仅成为其消耗剩余精力并获取更多权力或欲望的手段和工具。也就是说,官员阶层在婚恋被搁置的前提下并无心进行真正意义的情感经营。那么,显见的事实则是,在权力意识的驱使之下,官员阶层同时丧失了理性及其感性的边界,自身的主体性处在极其模糊的状态。从经世致用的哲学视角来看,其偏离以及偏颇已经显现了核心价值观念的崩塌,某种程度上也预示着整体封建集权末路的到来。

官员所玩弄的女性大多为妓女和戏子。她们的共同特征即为主动迎合官员阶层对自身的身体能量的榨取。从身份角色来看,这些女性的思维方式完全处在封建文化女性无主体性的格局当中。她们对于自身的身体优势具有明显的省察,并且在职业的训练中懂得充分使用自己的身体性优势并进而获取相应的价值。官员和妓女、戏子们作为互惠互利的角色更多的是通过资源进行交换进而各取所需。从二者的意愿层面来看,他们似乎并未损害他者的利益,一切建立于等价的交换原则。而事实并非如此,首先,大面积的情色交易对社会思想层面起到了负面的影响。自上而下的连环信仰机制的匮乏必然产生。

就社会影响力而言,官员所起到的作用自然更具有渗透力。"暴力在经济上所起的作用,比在马克思学说发生影响以前人们所认为得大得多了。"[6] 其次,官员并不自动生产价值,所有的利益交换的资金来源都意味着对老百姓的变相盘剥。实写的纸醉金迷背后必然存在一个为纸醉金迷提供资源的世界。这个世界在物质并不极大丰富的时代极有可能呈现的是极端破败的景观。因而,在转型社会当中,官员阶层在婚恋情感上的集体失节隐喻了社会基石的松动和紊乱。开放社会的现代元素并未对其产生正向影响。自我封闭所产生的错误价值判断致使其更加肆无忌惮地进行穷途末路的淫欲表演。"近代中国的'主权'意识是在国际商战及其对关税壁垒的保护性需求中诞生的,这生动地说明了市场社会体系与民族国家的内在的、决定性的关系:民族——国家和民族——国家体系乃是现代国际和国内市场的上层政治结构。"[7]

（二）持重的儒者情感思虑

就主人公杨杏园的情感世界而言,三位女性占据了重要的位置。

其一为梨云。杨杏园和梨云并不长久的交往过程展现了儒者犹豫和暧昧的一面。一方面,杨杏园的确为梨云之外在所打动,但从身份级差来看,杨杏园又有所顾忌。古典文化形态中,勾栏瓦肆乃文人流连之地,而杨杏园毕竟未及失意不得志的地步,因而对于妓院多半抱了不予认同的态度。小说在前二十回就彻底完结了杨杏园和梨云情感发展的可能性。梨云之死毫无疑问成了卸下杨杏园精神负荷的良好结局。在无结局的两性关系中,以生命结束的方式收尾能使小说叙事达到较高层次的可信度。小说的情节安排无疑为杨杏园作为传统文化代言人的形象腾出了位置,而且更为将其塑造为"儒者"的形象留下了可供发挥的空间。"所谓想象,便是生于现实与回忆的这方天地,它从感觉和真实中、从模糊的记忆和直觉的预感里获得滋养。"[8] 梨云死后杨杏园的表现可圈可点。而从二者的关系来看,杨杏园的深情和忠贞毕竟来得有些空穴来风,小说并没有足够的情节引入就直接奔赴了杨杏园"道德性"的塑造。在此,人物被安排的痕迹明显因为过于外在而显得失实,因而也缺乏真正撼动人心的力量。小说中的人物设置显然并非出自真实的人性,其更多遵循的是礼法的规约。杨杏园的大尺度表现又逾越了传统文化的礼法,被塑造的成分显然要高于文化自身的稳定性。从杨杏园与第一位女性梨云的交往来看,文本完成的是杨杏园人格高度圣人化的第一步书写。

从儒家文化的角度来看,礼胜于情。儒家的信念基本为杨杏园找到了退路。在对于梨云的矛盾性情感之中,叙事者巧妙地将矛盾进行隐匿和转化,进而为主人公的塑造找到了正名的依托和凭据。从文化归因的角度而言,杨杏园在小说文本中的独特意义和价值性被烘托出来。

梨云之后,李冬青的出场顺理成章。从角色定位来说,李冬青和杨杏园颇有古典情韵中男才女貌、门当户对之感。因而,杨杏园的感情在此便投合了传统文化的深刻定位。然而,小说的结局却未如人愿。由于史科莲的介入,李冬青的形象由纯粹的个体人上升为社会人。从大写的人的角度来看,女性解放的潮流使之获得了个体性更强大的力量,但另一方面却看出其脆弱之处。李冬青的强大演绎了一个现代女性在走出闺阁后所承担的社会责任。尽管不无慷慨之气,却多少缺失一份女性化的意味。从某种意义而言,女性的解放如果以失去自身的女人性为代价实则未必是进步的表现。从小说情节发展的逻辑来看,杨杏园之死与李冬青的单方面出走不无关系。对于杨杏园这样一个旧式传统文人,骨子里期待的自是李冬青这样清雅的女性。所以,李冬青的大义之举违背的却是真正意义上的人学价值观念。

从一般的思维逻辑的视角来看,大团圆的结局从最初便显现了端倪。而半路杀出的史科莲则以被动的形态破坏了故事的整一性。实际上,直至史科莲最后的出走小说都有疑团未能打开。杨杏园因为李冬青的关系对史科莲倾囊相助,而史科莲设宴却单请杨杏园一事为小说的召唤结构。从后来史科莲的出走来看,设宴一事从史科莲的角度来看并无关于婚姻的期待。史科莲与杨杏园并非站在可对话的线索发生交往关系,双方均未表现出对于情感及婚姻的向往姿态。而外在力量却忽视情感本身,仅仅从生活的实在立场出发,撺掇并无情感的男女关系转向婚姻。在此,传统文化中媒妁之言起到了根本性的支撑作用。

梨云作为妓女,骨子里多的是依靠心理,此依靠心理完全来源于中国旧式青楼文化。传统的禁锢使其将逃离作为改变命运的救命稻草。尽管梨云主动出击,杨杏园仍然无法从固有的文人传统中突破既成的格局。因而,梨云之死一方面为传统文化自身的死角划分了疆界,另一方面又为整个小说的叙事开辟了空间。杨杏园的死从深层来说和李冬青的离去不无关系,伤情而伤身,最终导致了生命的郁结和结束。何剑尘作为一位报人却在婚姻生活上如鱼得水。

两相比较,杨杏园欠缺的正是从传统话语中走出的勇气。被锁闭的思维使得其过于关注社会层面的外在评价,而忽略人性自身的基本欲求。一个大写的人最终失掉的是人本身。尽管性别有异,追求不同,两位走向死亡者共同的思想倾向在于其个体性观念的欠缺。传统观念的牵制使其无法自救,因而不可避免地走向死亡。

李冬青的出走是中国传统文化"侠义"精神的另类体现。"由于文化是一个永不停息的社会地创造意义的过程,所以它会适应、变化和变异成新的形式。"[9]与现代社会格格不入的传统女性被包装为行侠仗义的男性面孔,但又并未取得人格放大的效果。如果侠义不是建构在己所不欲的范畴,那么人物就有极度失实的可能性。从小说文本来看,文本并未铺垫任何李冬青成为侠女的前期条件。那么,极有可能的一种情况即为创作创新的驱使。《春明外史》虽为通俗小说,但在报纸连载八年,光靠传统叙事未必能夺人眼球。因而,在传统叙事中有所超越才能获得市场的持久占有率。因而,李冬青为史科莲代言的身份更多可能缘于小说超越传统叙事的人为安排。小说在此虽出新招,但明显违背了小说作为审美艺术样式的内在规律,因而也就显见了通俗文学超越大众口味的艰难。

史科莲的出走意外地绽放了独特的光彩。杨杏园在情感上的坚决态度最终刺激并改变了史科莲对既成生存态度的看法,并义无反顾地选择了出走。史科莲的出走和李冬青的出走完全不同。李冬青的出走是内隐的一种仪式,其目的在于改变情感关联的既成现实。史科莲的出走是自我外扩的行为表达,其目的在于改变诸多现实舆论的压力。李冬青的出走有退路,有着落。史科莲的出走却空有豪情而无具体的方向指向,兼具着纯粹性与壮烈性的双重特征。鲁迅先生先前关于娜拉出走的质疑或许可以再一次成为对史科莲的叩问。不论结局如何,传统女性依附性的特点在史科莲处发生了重要的逆转,其作为独立女性的光辉在出走"宣言"中获得了智性的表达。

如果说杨杏园和梨云的死亡更多地囿于传统文化的制约,而李冬青和史科莲的出走则更多地决定于新文化的召唤。杨杏园追求传统士大夫在婚姻上的雅致关系,因而至死才肯作出不可能实行的反悔。梨云病重不肯去西式医院就医也显示了其骨子里对新文化形态的抗拒。天生的依附关系导致了其身体和精神双重的幻灭。李冬青虽然并不新潮,在婚恋关系上却作出了新时代女性才有的决绝姿态。或许,这也是张恨水先生在创作的过程中预设潜在读者的权宜之计。彼时,新文化运动高潮已过,但在新旧文化叠合的过程中最有张力的形象无疑是具有革命性的角色,而非在传统的视野中无法跳脱出来的传统思维方式。死亡和出走的限度泾渭分明,死亡意味着终结,出走并不一定意味着新生,但意味着多元的可能性。因而,旧文化和新文化的张力就判然有别。无论张恨水个体对于新旧文化的态度如何,在新旧文化冲突的过程中,其高低实际上已经显现了基本的脉络。

(三)开放的校园婚恋变奏

《春明外史》用了很多的篇幅讲述彼时大学校园师生之间的情感及婚恋故事。从通俗文学的基本立场来看,这无疑是一个讨巧的写作策略。"1906 年,慈禧面谕学部兴办女学,早年外国教会和维新人士在民间开办的女学随之得到承认。虽然当时能够享受教育权利的女子数量极为有限,但男子进入仕途的科举通道已被废除,表面上男女进入政治、经济、文化等社会公共空间的权利平等了。"[10]校园作为新文化运动的重要阵地已然发生着深刻的裂变。但无论从受众的阅读期待还是从大学生青春期特征的视角来看,以婚恋为切入点对文化的激荡进行回应无疑是极为有效的叙事策略。而且,文化的变动本身也孕育在对象的情感心理的活动之中。再则,在整体五四新文化运动的冲击下,个性独立思潮在知识分子群体中的实践情况也需要得到相应的检视。在通俗大众和象牙塔内的师生之间进行连接的最有效由头莫过于婚恋故事。在整体婚姻价值观念变迁的时代,校园群体婚恋观的书写反而具有了别样的意味。因为,校园乃求学之处,理当以求学为重,这也符合中国传统儒家文化的基本理念。而张恨水从这样一重理念中突围,还原校园文化生态的真实因子,无疑为传统校园进行了祛魅似的书写。

张恨水的叙事并不因为新角度的切入而显得生涩。尽管,在通俗情感故事基础上建构的校园恋爱对于张恨水而言不仅仅是空间变幻的问题。情感背后的文化通约已然发生着悄然的变化。因而,就创作思路而言,对于校园婚恋的书写实际上承担着承前启后的新功能。小说在展现 20 年代校园婚恋观念的过程中并未遮掩,20 世纪 20 年代的校园婚恋也未呈现出象牙塔般封闭的特点。相反,自由以及开放作为新文化运动的折射物在校园系统里找到了巨大的释放可能性。这和彼时新文化运动的刺激充满了同构关系。

《春明外史》中的校园婚恋多以闹剧的形式收场。所谓的大团圆结局或者罗曼蒂克的书写都成了不可企及的追求。小说在诉及校园婚恋的过程中完全挣脱了一般观众关于青春的基本想象。之所以如此,可能和以下因素相关:

第一,读者基础性想象本身脱离校园情感发展的实际情况。校园内部师生情感的书写一直以来未得到足够的认识和了解。其中的原因和中国文化体制以及学校建制有关。男女生同读一所学校尚发生在晚近,因而发生情感故事的可能性先天性被体制所阻隔。在此背景下,校园被想象成象牙塔的历史在短期内并不容易发生跳转。国民对于学校的基本期待和预设跳脱原始想象的过程需要一段时间。而接受了新思想新文化的师生群体处在青春勃发的生命时期,新文化极有可能作为有力的武器代其向传统文化发起挑战。大学生同居彼时已成为极为时髦的现象。而民众却不予认可,校方亦不能接受,因而才会发生自杀的闹剧。那么,问题就自然地凸显出来。新文化涌入,西风东渐,不同群体的接受机制完全不同。选择的基础囿于个体的基本需求。因此,与其说文化在改变人,不如说人在再造文化。而最大的问题莫过于人与人之间的冲突而非文化自身的冲突。或者说,文化的冲突本身就是人的价值观的冲突。因此,不可忽视的问题是,因为人的价值观念、思维取向的不同,文化便被撕裂为具有多元意味的实存。矛盾发生的根本原点在于集体意志或者素养的形成问题。小说形象地再现了不成熟的公共空间中广泛存在的私人化的扭结形态。"我称之为社会想象的那种东西超越了直接的背景式的理解,那种理解赋予我们的特殊实践以意义。"[11]所以,根本的问题是国民性的改造问题。这一点和整体的新文化运动保持了高度的一致性。也就是说,所谓文化的对抗实际始终尚未超越人性的劣根性本身。从小说的角度来看,小说越是具有大尺度的表现,越是具有越位的表现,越能建立表象与阐释之间的互动关系。

第二,在新旧文化的叠合过程中,新文化成为一种理想并未和中国社会的现实土壤取得充分融通。知识分子群体是最早接触并践行新文化的一个族群。而新文化在引进的过程中正如鲁迅先生所言,是一个不断唤醒"沉睡者"的过程。与此相伴生的情况必然是新文化作为新面孔必须不断在中国社会的现实土壤中寻找居所。因而,最初的新文化运动在既向内又向外发展的过程中不断产生摆荡并在不同的群体当中找到各自的结合点。而二十年代本身就是一个新文化精神不断适应本土社会的过程。适应就要找到点与点、面与面的结合,因而呈现在婚恋观念即行动上,二十年代校园里的情感高频词不啻为离异、同居、再婚等富有挑衅性的激烈字眼,中国人的婚恋观念似乎在一夜之间开启了破旧立新的新征程。但必须确证的问题是新形式背后的道德合法性。似乎在新运动、新风气的影响下,个体不受约束的行为就意味着接过了新文化的接力棒。实际上,这完全是一种误解,在哲学领域内,所谓新意味着内核上所具备的生命力,而不仅仅是在形式上的离经叛道。何况,旧文化形态当中亦有离经叛道者。从一己的视角来看,其更可能和个体性的心性及追求密切相关。因而,要获得文化上的进步,更为根本的要义在于厘清人与人的关系。唯其如此，根植于健康人性及人际关系的文化才具有文明的属性。如此，也有益于识别诸多文化外衣掩盖下的人性纰漏。文化因此才能回归其正宗位置。

第三，现代知识分子毕竟是一个逐渐生成的过程。"我们可以猜想现代性的战斗（既指理智上的也指实际的）远未结束。"[12]从时间的单纯角度审视一个群体的生成往往容易脱离事物实际的发展序列。任何事物的生成发展都需要经历比单向度的时间裂变更为复杂的情况。中国社会在由传统向现代转型的过程中，知识分子的角色定位并不是简单因袭西方社会现代知识分子的基本定位，毕竟东西方文化地域性存在较大差异。知识分子在从传统走向现代的过程中存在着转换对接的问题。表现在小说叙写的婚恋故事中的一个明显事实则是在知识文化维度的幼稚性和在婚恋方式上的前卫性。例如，小说第四回讲述到的陈国英与陆无涯的师生恋。两人皆有家眷，而师生不断逾越出身份的本位，最终酿成了向传统婚姻告别的所谓现代镜像。实际上，作品并无将其处理为现代知识分子的丝毫指向，故事背后显见的依然是"伪知识分子"的嘴脸。当然，比起传统知识分子的禁欲，为人师之陆无涯反而可以借着时代的东风破除旧束缚自身的藩篱，多少体现了现代性中最为表层的个人姿态。其借取新文化的外衣行个人欲望之实的做法也显示了文化定位的弹性以及个体自身的人性归附。

第四，作品批判现实的基本立场决定了小说校园婚恋书写的基本走向。小说以报人杨杏园为叙事线索展开全篇。透过杨杏园的眼睛看到的民国国民的生存图景充满了破败腐朽的气息。小说整体批判现实的格局决定叙事者在描述校园婚恋系列的过程中不可能出现和整体小说基本倾向不同的情节。因此，像大学生甘愿做男妓、捧戏子之类的描述在作品中出现并非作为猎奇的场景，而仅仅作为叙事者表现20世纪20年代社会整体看法的案例支持。"对身体的爱憎，影响到了一切现代文化。身体在被作为卑贱的东西而遭到叱责和拒斥的同时，又作为禁止的、对象化的和异化的东西而受到了追求。"[13]事件本身以感性的方式对于社会自身的惰性进行了有力度的批判。小说诸多事件共同钩织了细密而结实的网络系统。

综上所述，小说《春明外史》通过人物婚恋情感故事及片段的书写总体构架了20世纪20年代北京城里的文化模态。表层的婚恋叙写暗合了实际上已经发生的交织叠合的新旧文化结合体。文化视野及视角固然决定着个体甚或是群体在情感的价值走向，但主体人性所认可的价值尺度对于情感则起着更为深刻的决定作用。因而，人与文化形成良性的双向互动关系有利于人性与文化内质的提升。

注释：

[1] 王宇. 性别表述与现代认同：索解20世纪后半叶中国的叙事文本[M]. 上海：上海三联书店，2006：26.

[2] 汪民安. 身体的文化政治学[M]. 郑州：河南大学出版社，2004：125.

[3] [德]恩斯特·卡西尔. 人论[M]. 甘阳，译. 上海：上海译文出版社，2013：43.

[4] [英]伊丽莎白·赖特. 拉康与后女性主义[M]. 王文华,译. 北京:北京大学出版社,2005:109-110.

[5] [美]缪赛尔·亨廷顿. 文明的冲突与世界秩序的重建[M]. 周琪,等译. 北京:新华出版社,2010:32.

[6] [英]伯特兰·罗素. 权力论[M]. 吴友三,译. 北京:商务印书馆,2012:83.

[7] 汪晖. 死火重温[M]. 人民文学出版社,2000:145.

[8] [法]让-马里·古斯塔夫·勒·克莱齐奥. 文学与我们的世界[M]. 许钧,译. 北京:译林出版社,2018:155.

[9] [英]阿雷恩·鲍尔德温,等. 文化研究导论[M]. 陶东风,等译. 北京:高等教育出版社,2004:16.

[10] 杨联芬. 性别与中国文化现代转型[M]. 北京:东方出版社,2017:83.

[11] 许纪霖. 公共空间中的知识分子[M]. 南京:江苏人民出版社,2007:51.

[12] [美]马泰·卡林内斯库. 现代性的五副面孔[M]. 顾爱彬,李瑞华,译. 北京:商务印书馆,2002:346.

[13] [德]马克斯·霍克海默,西奥多·阿道尔诺. 启蒙辩证法[M]. 渠敬东,曹卫东,译. 上海:上海人民出版社,2006:216.

（作者单位:南昌师范学院文学院）

女性作为一种"工具"？

——张恨水与五四新文学作家笔下不同的女性书写

徐先智

在当代中国文学史的书写中，张恨水在很长一段时间内是一个"失踪者"，作为一个在民国时期"国内唯一的妇孺皆知"①的作家，这无疑是文学史的编撰本身出了问题。走过庸俗社会学文学评价的时代，人们才逐渐对张恨水作品的价值给予较为客观的看待，虽然总体上人们仍是把张恨水圈定在"通俗文学"的范畴之内，但因对"通俗文学"本身的重视，张恨水的意义得到了一定程度上的"重新发现"。然而，在恢复事物本来面目的同时，总有一些矫枉过正，在对张恨水的评价上亦是如此。

在当下的学界，有一种观点认为，张恨水作品的价值是超过五四的那些怀抱启蒙思想的作家的，尤其是在对女性的书写方面，张恨水甚至超越了鲁迅："鲁迅并不了解这些女性的琐碎生活，他只是着力刻画她们在封建礼教的束缚下女性悲惨的奴隶生活，但还未对造成她们奴性心理的原因进行揭示就停笔了。而在此继续写下去的张恨水对女性的奴性意识的成因作了精细剖析。"②为什么两者有如此差异，因为"鲁迅在描写中国农村妇女时，多是以女性的悲惨命运来实现他的批判目的，并没有为女性问题而写女人。在男权主导的社会，鲁迅终究也不能超越时代的局限性，他同样是以外向化的'忏悔'性的男性视角来描写的，对于女性内在的痛苦是基本回避的，鲁迅的女性观不可避免带有男性启蒙立场的印迹。"③然而，与鲁迅不同的是，"张恨水笔下的女性已不再是被男性叙说的对象，而是跟男性一样，她们也有自己的痛苦与欢乐。这正体现着张恨水小说对男女双线平等叙事模式的接受"。在这种观点中，女性在以鲁迅为代表的五四新文学作家笔下，是被"工具化"了的，他们并没有真正地理解过女性的内心痛苦，也并不关注女性本身的生命体验，而只是把"女性"作为他们表现所谓封建礼教压迫下人们悲惨命运的一个"工具"。这样一来，所谓"女性解放"不过就是新文学作家们编织的一套虚幻的话语，因为人的解放的标志是主体性的确立，而被"工具化"的女性，是不可能有什么主体性的。

相比而言，张恨水作品中的女性则"不再是被男性叙说的对象"，而是有着与男性一样

---

① 老舍：《一点点认识》，《张恨水研究资料》，张占国、魏守忠编，知识产权出版社，2009 年版，第 88 页。
② ［韩］薛熹祯：《现代与传统视域中的雅俗之辨——鲁迅和张恨水》，北京大学博士论文，2014 年，第 211 页。
③ ［韩］薛熹祯：《现代与传统视域中的雅俗之辨——鲁迅和张恨水》，北京大学博士论文，2014 年，第 191 页。

的"自己的痛苦与欢乐"。显然,在这种看法中,张恨水已经超越了鲁迅等人,笔下女性形象已经建立了自己的主体性。这样一来,在张恨水笔下,中国文学便终于完成了女性形象里程碑式的现代性书写。

那么,这种看法是否公允? 这是对张恨水的"重新发现"还是误读?

一、不同的"女性"

在五四新文学作家的笔下,女性一直是他们极为关注的,在他们的启蒙主义视野里,传统中国是延绵几千年的"男性社会",在这样一个社会传统中的女性往往都是失语的,甚至是被隐形的。这显然违背了他们现代性的人道观念,所以,这些作家的作品中,往往有对病态社会中女性命运的关注,以便"揭出病苦,引起疗救的注意"。然而,八十年代末女性主义在中国兴起之后,情况悄然发生了一些变化。

一些学者在习得西方女性主义文学理论后,突然发现现代中国的那些经典作家有重大问题,尤其是对女性形象的处理上。这些学者认为,女性不过是这些作家借以表达某种理念的"工具"而已,在新文学这些启蒙主义话语中,"女性"只是一个被表达的、被借用的符号,并不具有自己的主体性与文本中的独立意义。在他们看来,新文学作家塑造女性形象,"并不是要给你留下一个难忘的发人深思的性格审美形象,而以她们的苦难印证封建历史的非人性,再现社会的罪恶,而以她们的麻木来衬托这罪恶的不可历数。在某种意义上,她们的肉体、灵魂和生命不过是祭品,作品的拟想作者连同拟想读者,都在她们无谓无闻无嗅的牺牲中完成了对历史邪恶的否决和审判"①。这种说法,自然是触到了中国现代启蒙思想的痛处,即现代中国启蒙先驱们普遍都有一种居高临下"先知觉后知"的高姿态,一种"从我者先进开化,不从我者落后愚昧"的独断思维。但是,这种看法也低估了那些现代中国的思想者们,其实在他们的笔下,有女性的悲惨与男性的专横,但也有女性的专横与男性的悲惨,男性与女性一样,都是被表述的对象,都有自己独立的意义,针对的也不是性别,而是专制性,无论这种专制性是体现在女性身上,还是体现在男性身上。而且,中国现代文学之所以"现代",一个重要的原因便是隐没在几千年历史中的"女性"在这些新文学作家笔下,终于被表述了。

在国内学界,这些学者的影响越来越深,当贬抑鲁迅等新文学作家"工具化"女性需要一个坐标系时,张恨水就不幸成了一些论者笔下的"工具"。那么,张恨水笔下的女性到底是与新文学作家们的书写有什么不同呢? 其实,张恨水笔下的女性虽然不像新文学作家们作品中的那样苦大仇深、愚昧麻木,但也同样多是命运多舛。他笔下最常见的女性形象就是妓女、戏子、歌女一类风月娱乐场所中的女子,这些女子要么性格活泼,要么虚荣贪

---

① 孟悦、戴锦华:《浮出历史地表——现代妇女文学研究》,中国人民大学出版社,2004年版,第37页。

利，要么清雅脱俗，然而大多都因家境贫寒而不得不在这样的场合求得生计。比如《夜深沉》中聪明伶俐的王月容，《春明外史》中玲珑可爱的梨云，《啼笑因缘》中真情懦弱又爱慕虚荣的沈凤喜等，这些女性性格主动，往往也精明能干。但是，她们并没有那个年代的新女性如"女学生"形象（张早期作品中也有一些女学生形象）那样，在与社会环境的激烈冲突中形成强烈的自我诉求与鲜明的主体意识，她们所做的就是用自己在娱乐场所练就的精明练达，尽快地适应周围的环境，甚至与环境融合，以便取得生活的稳定与舒适，仅此而已。这当然是一种非常世俗的文学书写。

世俗书写的形象自然摆脱不了文本中无处不在的世俗环境与世俗眼光，世俗人物与世俗环境往往能融合得很好，只是，这些人物并不是世俗社会的主人。在作品中，这些女性因其社会身份，最后的命运往往并不好：梨云香消玉殒，凤喜被逼发疯，而《欢喜冤家》中的白桂英，因为戏子的身份，被婆家嫂子另眼看待，干最重的活，吃最大的苦，却又最不被人尊重，在婆家人眼里，她给自己家带来的只有耻辱："弄这样一个女人进门来，真是家门的不幸，我们祖传几代，那有一个不字给人家说，于今弄这样一个女人进门，把几代的清白，都糟蹋了。我早就听见人家说过，唱戏的人家，不许做官不许上谱，这样一来，将来我们家里人，也要弄得不能做官不许上谱了。"①显然，在张恨水的笔下，女性的苦难也是被充分地表述的，也就是说，按照中国女性主义文学理论的批评逻辑，在张恨水的作品中，"苦难的女性"与"女性的苦难"同样是一种"工具"，女性同样被"工具化"了，这些女性并没能在作品所展示的生存环境中获得独立的存在空间。而且，在人物性格上，虽然这些女性活泼主动，但并没有摆脱自身的依附性，并没有获得真正的主体性，张恨水也从未想过对他笔下的女性进行任何形式的主体性建构。

其实，张恨水用他自己独特的眼光，在新文学作家以理性为标杆反映出的女性悲惨、麻木的视野之外，写出了庸庸碌碌而又实实在在的世俗生活中，那些普通女性的欲望与挣扎。在世俗的生活里，这些女性很难说是麻木不仁，她们就是世俗生活的产儿；她们的苦难也很难说是制度性的生活不公，她们就是那世俗生活本身。但要说张恨水对女性的书写已经超越了鲁迅等新文学作家们，似乎并不公允，那些认为张恨水笔下女性已摆脱"被作者叙述"，具有自己独立性地位的评论，无疑是一种不可思议的误读。

二、市民社会与女性书写

张恨水是一个贴近世俗市民生活的人，对青楼瓦舍、寻常巷陌自然甚是了解，他作品中的女性自然也大多来自市民阶层，而且他作品的预期读者也是市民阶层。可以说，是中国现代市民社会孕育了张恨水及其作品，他笔下的女性形象有传统女性温婉和清雅，也有市民社

---

① 张恨水：《欢喜冤家》，中国文联出版社，2004年版，282页。

会的精明与物质,在性格的塑造这点上的确要比新文学阵营大部分作家单一性格的女性形象要圆融与合理。"张恨水小说基本上违反了'女性主义'者设定的两性关系模式与修辞。他笔下的女性绝非'纯洁、忠贞、专一的性道德遵循者';也绝非'服从男性、追随男性、为男性奉献爱情的从属角色'而已。张恨水也没有'建立男性话语的牢笼',而让女性'处于客体的丛书位置'。在此'始乱终弃'的是女人、受骗者却是男人;救人者是女人,待拯救的反而是男人;感情主动自主果决的是女人,被动犹豫的反而是男人。"①虽然自晚清以来的通俗小说,一般情况下主人公都是女性,但这些通俗小说中的女性大体与传统小说中女性,在角色定位还是一致的,即处于被动状态,等待被男性拯救。张恨水的小说改变了这一点。

然而,这并不意味着张恨水小说中的女性形象已经形成了主体性,并在社会结构中占据了主导地位。事实上,张恨水本身对笔下的女性仍是一种传统小说中的上帝式"欣赏",《春明外史》第一回梨云出场:"只看她一张鸭蛋脸儿,漆黑一条辫子,前面的刘海,疏到眉毛上,越显得这张脸雪白。身上穿了一套月白华丝葛夹袄夹裤,真是洁白无瑕,玲珑可爱,不愧梨云二字。"②后面的对梨云的描写,也是"淡雅宜人",书中对梨云的描写最多的用词就是"淡雅"。显然,这是传统小说中对女性的审美定位,尤其是风尘女子,越是"风尘",越是要"淡雅",如此方显处于审视地位的男性眼光之不同凡响,凸显其审美品格。在这种叙述中,女性自然是沦为"被看""被欣赏"的位置。

另外一方面,张恨水对于新文学作品中的"改造社会,拯救女性"的话语,也并没有多少兴趣,他的作品当然有强烈的社会批判性,但作品本身并不以改造社会制度为主旨,其笔下女性的道德沉沦与生存危机大体都是因为自己的性格弱点甚至是人性本身的弱点,比如对金钱物质、虚荣归宿的追求等。张恨水对改变传统男女定位的"新女性"往往是不以为然的,在《巴山夜雨》中,有个奚太太,就是个"现代女性",文中她对李南泉说:"我们家奚敬平,是被我统治惯了的。慢说轨外行动他不敢,就是喝酒吃香烟,没有我的许可,他也不敢自己作主。你看他由城里回来,抽过纸烟没有?"③当有人玩笑说要在她老公前面说点什么"报复"她,她立马说:"那不是吹,你报复不了。老奚见了我,像耗子见了猫一样。"④然而,当她老公后来真有了外遇之后,竟也只是成天哭哭啼啼,除了哭闹也没有什么,颇有点讽刺。

所以在某种意义上,在张恨水的作品中,男女关系并不脱离传统的范畴,《巴山夜雨》中有点"女权"色彩的奚太太和石太太,在日常世俗的生活中,都是性格上的"强势",并不是真的意识到了自己应该成为独立的个体,从而摆脱以"男权"面貌出现的专制权力,她们在本质上还是依附在男性身上。这样一来,一旦男性出轨,作为"附件"的女性立马感到危机,却总是对这种危机终归是无可奈何。再者,这些精明的女性有时会将安全感从"男性"身上转移到"金钱"上,但最后金钱所能给予的并不是自由,而是又一重的奴役,致使这些

---

① 赵孝萱:《世情小说传统的继承与转化:张恨水小说新论》,台湾学生书局,2002年版,第236页。
② 张恨水:《春明外史》上册,北岳文艺出版社,1993年版,第7-8页。
③ 张恨水:《巴山夜雨》上册,北岳文艺出版社,1993年版,第32页。
④ 张恨水:《巴山夜雨》上册,北岳文艺出版社,1993年版,第43页。

女性的结局往往甚为不幸。

显然,在这个意义上,张恨水与新文学作家无疑是有区别的。这种区别并不是有些论者所说的,张恨水找到了新文学作家们苦苦思考的"娜拉出走后怎么办"的答案:"张恨水笔下的女性同张恨水一样生活在城市的街道小巷,处于社会的中下层,每天算计着柴米油盐。她们受着西方资本主义思想的熏陶,在传统道德伦理和现代女性观念中挣扎。张恨水的关注点在于女性出走封建家庭之后自觉意识的形成。他打破了鲁迅所说的'要么要么'的二元论,而真正为出走的女性打开了一条独立自强的新的活路。"①上文所述,张恨水笔下的女性其实并没有形成什么"自觉意识",但比新文学作家们笔下女性更加关注日常生活中的"柴米油盐",则是对的。这些女性自然不是麻木不仁的,但很难说她们"既对现实保持清醒,又不在世俗中迷失",很难说她们找到了什么"新的活路",更不要说是"一条独立自强的新的活路",她们根本无所谓新文学作家意义上面对专制权力时的"清醒"与"迷失",她们只是市民社会的产物,她们只是现代消费逻辑的一环。这注定她们必须重视物质,必须遵循消费社会的文化逻辑,所以她们精明、生存能力强,同时依附性也更强。她们的"正视现实",并不代表她们在现实面前确立了自己的主体性,正好相反,她们的"正视现实"在大多数情况下其实是向社会妥协,而无论这个"社会"是否黑暗!

在"正视现实"与"现实妥协"之间,存在着人物自我意识是否觉醒的问题,存在着一个人物主体性是否确立了的问题。张恨水笔下的女性形象与新文学作家笔下的女性形象,在思想史的意义上还是有着一定距离的,鲁迅等新文学作家们写出了女性向现实妥协却依然无法改变的悲惨命运,而且这种妥协是不得不甚至是不自知的妥协。上文已述,张恨水笔下的女性也还是依附性的,所以,在他作品中的那些主动活泼的女性,其实际上的生活依旧是被动的,仍旧是这种生活的"他者"。

张恨水笔下的女性,自有其独特的"世俗"意味,在现实面前也能"正视",但不能就此认为张恨水解决了娜拉的出路问题。只要没有形成现代性的自我意识,只要还是社会的"附件",这种女性书写就不可能真的"走过了"鲁迅,而是远在鲁迅面前就停下了。至于到底有多远? 伊恩·瓦特在其《小说的兴起》一书中引笛卡尔为例:"笛卡尔的伟大主要在其方法,在其怀疑一切的决心的彻底性……据此,对真理的追求被想象成为完全是个人的事,从逻辑上说,这是独立于过去的思潮传统之外的,实际上,正唯与过去的传统相背离,才更有可能获得真理。小说是最充分地反映了这种个人主义的、富于革新性的重定方向的文学形式。"②与无"个人"思潮的传统相背离,普遍强调个人价值、确立个体自我意识的小说,才是现代小说,不然,则是传统小说。

（作者单位:安庆师范大学人文学院人文学院）

---

① [韩]薛熹祯:《现代与传统视域中的雅俗之辨——鲁迅和张恨水》,北京大学博士论文,2014 年,第192 页。
② [英]伊恩·P. 瓦特:《小说的兴起——笛福、理查逊、菲尔丁研究》,生活·读书·新知三联书店,1992 年版,第5–6 页。

论张恨水散文的雅致之美

许 江 任 亿

　　张恨水不仅是通俗小说大家,而且是一位出色的散文家,后者甚少受到关注。他的散文崇尚清新自然,还原本真的自我,表现生活的诗情画意,于朴质冲淡之中,有一股清新隽永之气,温婉自适的情调中略带感伤的心境。从抒情中可以体味作家修身养性的闲适,在议论中可以感受到张恨水浓厚的家国情怀。他的散文将传统文人闲适雅逸的生活情趣与知识分子心忧国家、社会的责任感和使命感和谐统一,真正地做到了在"雅"的视域下进行自我书写和自我表达。

一、朴素典雅的诗性语言

　　张恨水的散文语言将文言语体融于散文创作中,使散文的语言典雅庄重,在现代散文中可谓独树一帜。张恨水深受古典文学的浸润,对古典散文、诗词尤为喜爱,对文言持肯定态度,所以他更喜爱也更习惯用文言语体来创作散文,《游山怀旧录》《东行小简》《山窗小品》等散文集便是用文言书写完成。虽是文言形式,却是"浅易文言",是大众化的文言,接近白话文的语感,又不失典雅风格,增强了散文的雅致美感。

　　这种大众化的、"浅易的文言"简洁雅驯、通俗平易、句式简短,富有节奏感和质感。如《晚晴》写道:"谷中早阴,西风瑟瑟吹人衣发,暑气全消。仰望山峰,一角为斜阳所射,深草疏木,若镀黄金,有樵人刈草其间,亦随山羊两头,同入此黄金世界。而俯视全谷,幽暗转甚,炊烟二三缕,出入此上明下暗之空谷中,其意境殊非俗手西洋画家所能写。"[1]作者先写山谷的温度渐凉,进而集中描绘山谷在斜阳的照射下,如同进入黄金世界一般,塑造了一幅明暗对照的图画,使晚晴的意境跃然纸上。再如《断桥残雪》,作者描写山谷中雪后的景色,用"山断续罩白纱"形容雪笼罩山峰,如白纱一般朦胧;"竹枝堆白绣球花无数"描写雪落在竹枝上将枝条包裹的美丽之景;"断桥铺白毡寸许"描写门口的"断桥"被白雪覆盖,如同铺上白毡一般。比喻的修辞手法更是增添了语言的形象性和艺术的美感,"白纱""白绣球""白毡"等都是比喻修辞的喻体,作者将它们放入浅易文言中,使整篇散文的语言既简洁,又富有想象力。

张中行在《文言和白话》一书中提道:"《三国演义》正是运用'浅易的文言',是章回小说家为力求美感而采用的。"[2]浅易的文言可以增强语言的美感,张恨水选择文言语体,也恰恰是运用了这种优势,加强散文语言的表现力和感染力,使语言朴素典雅,使文章庄重雅致,充满浓厚的文人气息。同时,作者也有意地加入现代汉语词汇,如"挂号信""象征""调剂""装饰品""记忆力"等词。现代词汇的加入,在一定程度上调适了文言过于严肃的形式,在张恨水的散文作品中,这种"文白结合"的呈现,自然流畅而不矫揉造作,使得散文语言不觉其旧,反而充满新意,同时也增添了作品的古典韵味。可以看出张恨水一直采用温和的手法进行文学改良,由传统逐渐向现代过渡。在散文语体的选择上,既保留了文言书写的形式,又有对现代白话的渗透,使散文呈现出了庄重典雅的审美艺术。

韦勒克提出:"每一件文学作品首先是一个声音的系列,从这个声音的系列再生出意义。"[3]虽然是针对诗歌而言的,但也同样适用于散文。叶圣陶曾说过:"声音之美,不只及与诗,也当及与文;不只及与古文,更当及与今文。"[4]张恨水的散文语言也是具有诗性语言的音乐美感,呈现出一种雅致和谐之美。如《冰雪北海》一文写道:"只有北平这个地方,有高大的宫殿,有整齐的街巷,有伟大的城圈,有三海几篇湖水,有公园、太庙、天坛几片柏林,有红色的宫墙,有五彩的牌坊,在积雪满眼、白日晴天之时,对这些建筑,更觉得壮丽辉煌。"[5]作者用了多个"有"开头的排比句,造成了近似于诗歌的音乐性和节奏感。又如《面水看银河》,作者描写夕阳下的景色时,语言优美生动、诗趣横溢,"金红色的云形""墨绿色的叶子""西藏式的白塔""黄琉璃瓦的楼阁"等,处处色彩绚丽,使人迫不及待地想要去欣赏他笔下的美景。

张恨水的散文大量运用四至六字的短句,不仅使得散文语言古色古香,而且节奏鲜明富有音乐性。如《冬晴》中作者多用四字短句,追求句式结构的对称美,如用"小柏孤松""青影团团""枝叶纷披""独作浓翠"等描写冬日暖晴的松柏,语言简约至极,句式整齐对称,读起来和谐并富有节奏,使散文呈现出一种回旋往复的韵律美。在《月下谈秋》一文中,作者更是连用八个四字短语来描写与友人在中秋傍晚月下谈秋悠闲舒适的场景。文章写道:"焚一炉香,煮一壶茗,横一张榻,陈一张琴,小院深闭,楼窗尽辟,我招明月,度此中秋。"[6]语言简洁干练,含蓄雅致,句子节奏平稳,富有音乐的美感,同时也展现了古典的韵味。正如美学家克罗齐所说:"一切艺术都是音乐,因为音乐不但表现了作家的内心生活,而且他凭借其优美入耳的旋律直接渗透到鉴赏者内心。"[7]张恨水散文的音乐性就较为充分地显现了这一点。他的散文不像诗歌那样,具有固定的旋律,但是张恨水很注意运用散文舒放自如的特点,通过完美的语言形式,抒发作者内心的情感,使文章简约精练,又雅趣别致,充满诗性色彩。

二、情景交融的诗化意境

散文的意境是作家用形象思维进行艺术创作的结晶,是作品具有持久魅力的艺术生命,也是作家抒发情感的重要手段。说到意境,我们会想到朱自清笔下优美的荷塘月色,沈从文心中充满纯真的湘西世界,孙犁笔下所描绘的清新秀雅的荷花淀,他们都在散文的创作中营造了韵味无穷的意境,给读者留下了深刻的印象。黑格尔说:"艺术的最重要的一方面就是寻找引人入胜的情境,就是寻找可以显示心灵方面的深刻而重要的旨趣和真正意蕴的那种情境。"[8]这里所说的"情境",其实就是散文的意境,是散文独特的审美特征,是散文内情与外境所创造出来的美妙和谐的艺术境界。

走进张恨水的散文,始终有一种雅韵弥漫在整个作品中,这就是作家在创作散文时所营造的意境。张恨水散文的意境显示出"淡"而"雅"的特征,作者用平和温润的叙事方式,将内心深处的情感凝于笔端,给灵魂的自由留下了广阔的空间,让读者能感受到作家内心的情思,领悟宁静之下的寄寓,参透景物背后隐藏着的深刻内蕴和作家想说又说不尽的感慨。

张恨水的散文无论是对山川河流的描写,还是对花鸟鱼虫的刻画都透着性灵之意蕴,生活之情趣,给人一种灵趣相偕的情韵。如《虫声》一文中,作者描写重庆山村里虫叫的声音,用"小叩金铃"形容虫声的美妙,但他认为更妙的是声小,又能间断也。作者在这里营造了一个灵趣和谐的意境,使得寂寥的夜晚充满情趣,并发出了"此非城市人所知,亦莫能得此境遇"[9]的感慨。在张恨水的笔下,小小的生物都透着自然的灵性和生命的活力。在描写时,作者更是有意地表达了对虫等自然生物的喜爱之情。在意境的营造中,作者将自己的主观情思融入客观景物的描写之中,产生了情与景的水乳交融,物与我的浑然一体,使得散文中处处浸润着浓浓的诗意和情韵,营造出一种"看似无境似有境"的艺术境界。在《竹与鸡》中,作者描写了在中午群鸡伏卧休息之时,一只红冠雄鸡与邻村雄鸡争相鸣叫,互不相让的有趣场面,并时而伴有树上蝉声呜呜,树下微虫吱吱的声音。意境的营造是靠作者描写物象的细致逼真所创造出来的,如"雄鸡独不睡,翘然立竹跟","邻鸡引颈长鸣以应之"等描写,微处落墨,丝丝刻画,几笔最传神的点画,展现出一幅富有生机活力的画卷。

张恨水善于在日常生活中捕捉灵趣的景物,并通过心灵的映射,描绘出一个个色彩绚丽,琳琅满目的灵趣意境,形成了他散文既自然随意又诗意盎然的艺术美感。《冬晴》一文中,作者更是独抒性灵,写出了冬意初现的景象,群山被雾气笼罩,松柏傲然独立,更有瘦竹独作浓翠,整个景色给人一种幽远深邃之感。作者通过化景物为情思的艺术方法,运用"孤柏""瘦竹"等词,隐约地表达对故乡的思念之情,文中虽没有一句直接描写情感的句子,但是意蕴深厚,给人感觉又似乎每一句都在抒情。这种含蓄意境的营造,增添了散文独特的情韵,使得散文呈现出"言有尽而意无穷"的审美境界。

王国维说:"大家之作,其言情也必沁人心脾,其写景也必豁人耳目。"[10]的确如此,优秀的散文不仅描写景色优美,更能融情于景,创造出深厚的意蕴,和谐的意境。张恨水的散文集《山窗小品》中,包含了许多意境优美独特的篇章。这部散文集是作者在重庆避难时期创作的,由于战事的困扰,巴蜀地区极为贫困,但是贫穷的巴蜀在张恨水的笔下,却变成了意境优美的自然公园,让人非但无贫穷之感,而生向往之情,这大概就是作家创作的艺术魅力。《建文峰》中,对山峰的刻画精彩绝伦,将山峰的位置、山形、峰中林木一一描写,给人一种登山览胜,而赏幽寂之静的美感,令人心驰神往,未登其山,却有一种身临其境之感,这就源于作家对意境的营造。再如《雾之美》中,作者着意刻画重庆雾的景色,更是用"秋云"和"烟雨"形容雾气朦胧之美,尽显情韵。《断桥》中,作者描写携竹椅与友人在桥上闲谈的情景,写了断桥傍晚的优美景象,"清风拂衣""人影落涧""溪岸草中虫鸣""竹丛瓜蔓缠绕",将夜色描绘得生机盎然,营造出诗情画意的氛围,酝酿出美的意境,同时也表现出了作者对自然的喜爱,饱含着生活的趣味,使散文具有独特的艺术感染力。《涧溪》《蒲草》《珊瑚子》《昼晦》等篇中,作者对自然景物的描写也寄寓着生命的律动和情调,渗透着灵趣和情韵,无一字不秀雅,增添了散文的情致,给人以审美愉悦之感。意境的营造是作家将主观情感移情于客观事物上,使得散文中蕴含"象外之象""言外之意""意外之情",达到物与我浑然一体的审美艺术。张恨水正是在散文中将景物的灵秀与个人的情感融为一体,创造出灵趣相偕的情韵,淡雅深邃的意境。朱光潜在《诗的意境——情趣与意象》中提道:"意境创造的精髓就是在刹那间见终古,在微尘中显大千,在有限中寓无限。"[11]张恨水散文虽不言情,却让我们在不言中体味到艺术的底蕴。

"诗情地熔铸就是意境的创造"[12],张恨水散文意境的营造往往充满诗情画意,给人一种诗意盎然的审美感受。走进张恨水的散文,仿佛走进一片诗意的乐园,浓浓的诗韵弥漫在整篇散文中,增强了散文的雅致。这是由于张恨水从小接受古典文学的熏陶,有着较高的国学素养,所以他的散文中经常引用古典诗词,或将古典诗词的意境巧化入文,或借用古典诗词来营造意境。如在《月下谈秋》中,描写中秋节与友人赏月的情景,作者列出了十五幅秋景图,每一幅中都是以诗词入画,营造出诗情画意的优美意境,展现出了张恨水身上所具有的诗人气质。这篇散文的结尾也是化用李白的《静夜思》中的句子,写出了:"君不忆抬头见明月,低头思故乡之句乎?"诗情地熔铸隐约地流露出作者对故乡的怀念之情。再如在《鸡鸣声中》一文,作者写出了夜晚不眠时,观察老鼠摸索爬桌的有趣动作,又描绘了清晨人们各种忙碌的生活图景。如屠夫宰豚的声音,行人背箩担绳的吱吱声,同时还伴有鸡鸣犬吠之声,这是一幅充满烟火气息的生活画卷。颇有一种陶渊明笔下"暧暧远人村,依依墟里烟"的闲适之意境,尤其是结尾处的"夜阑闻远语,月落如金盆"诗句地熔铸,更是将散文的意境进行了升华,使得散文具有诗化的色彩。张恨水的多篇散文中都洋溢着扣人心弦的诗意美,散文中所展现出来的优美的景色、深厚的情意,给人营造了一种只可意会、不可言传的缥缈的诗意氛围。在《天河影下》篇中,作者更是通过牛郎织女的神话故事,来表达内心的故园之思,整篇散文诗意盎然,尤其是在文中加入了幻想,营造出虚实合一的审美艺术。如作者幻想"一云裳倩影"与"一孤独少年"在柳树下相会,描绘牛郎和织女的两地相思之情,于是写出"一水迢迢,别来无恙","三秋渺渺,未免有情"的诗句,这种诗情的呈现是作者内心情感的映射,深邃的意境寄托着作者的情思。

《白门之杨柳》是张恨水散文集《两都赋》中的重要篇章,作者对南京的杨柳描写更是充满诗意,既写了扬子江边的杨柳,又写了秦淮水上、水郭渔村的不成行伍的杨柳,用作者的话就是"随时随地都是诗意"。整篇文章营造出一种绵渺幽思的意境,将古城的悠久、寂寥以及作者的思古之情传达出来。作者将自己对人生的体悟、对历史兴亡的感慨和理性的思索都融入眼前的景物之中,虽是诗意盎然,但在这种诗意的情感背后,我们可以清楚地感受到一份厚重的历史和现实的负载。张恨水用平淡自然的手法构建了散文中的意境,并在意境营造中将灵趣相偕的情韵和浓郁的诗情熔铸在散文中,使得散文呈现出幽雅的意蕴,灵动的色彩。现代美学大师宗白华先生认为:"艺术意境的创造是从直观感相的描写,活跃生命的传达,再到最高灵魂的启示。"[13]张恨水散文完美地实现了从客观景物的描写到主观个人情感的融合,营造出了独特幽雅的散文意境。

三、闲适冲淡的诗意基调

闲适冲淡是张恨水一直坚持的散文创作理念,也是张恨水散文风格的基调,它反映了作家独特的艺术追求和写作路径。张恨水深受道家超然脱俗的精神追求和审美理想的影响,他笔下的散文也是温婉闲适,给人一种舒服自在的诗意美感。"闲适"是指创作主体的心闲意适,它是对一种超然古典境界的向往,是安静平和、追求雅趣风格的文人的表现,同时也是独立的,隐士式的境界的体验。日本学者鹤见祐辅在《思想·山水·人物》中说过:"没有闲谈的世间,是难住的世间;不知闲谈之可贵的社会,是局促的社会。"[14]

的确,"闲"在社会的发展中起到很大的作用,那么同样"闲适",运用得恰到好处,散文也会呈现出独具特色的审美风格。"冲淡"作为一种高雅脱俗的审美趣味,在传统美学中受到了许多学者的高度推崇。张恨水认为散文的特质就是"冲淡",在形式上要朴素平易,自然、不落痕迹。但冲淡绝不等同于平淡,冲淡也是一种雅,是一种形式和内涵兼具的雅。

张恨水散文风格的闲适冲淡不同于徐志摩那种文辞华丽的雅,也不同于梁实秋散文中幽默风趣的雅,它是一种从容不迫的淡雅。作家在创作中不刻意去追求艺术的技巧,对于情感的抒发,也不是以大波大涛的形式展现,而是以温婉平和的方法。在写作时随意自如、舒徐自在,情感自然地流泻,故其笔下的散文有一种和谐淡雅之美。例如,其散文集《山窗小品》就是闲适冲淡风格的代表作品,散文取材于作家在抗战时期客居重庆八年时期的日常生活,作者的书写有意回避时事政治、社会现实,而是将创作的笔触伸向山村的"草木鱼虫"之中,极力刻画自然和天然的纯净景象,带有返璞归真的美感。其实只要粗略地浏览一下这本散文集的篇目文题,诸如《短案》《竹与鸡》《种菜》《虫声》《秋萤》等,就已见其相当明显的冲淡闲适的格调了。在文风上张恨水主张"淡"的风格,他不喜欢华丽的语言,不热衷于浓烈的色彩,只是在冲淡的叙述中表达着个人的情致。他性格安然淡泊,习惯于写"竹篱茅舍""小桥流水"这样的文字。所以在张恨水的散文中我们很少听到时代的风雷和抗战的炮声,感受到的更多的是作家"采菊东篱下,悠然见南山"般宁静质朴的快乐。作者笔下的珊瑚子、金银花、小野菊等山间花草，雄鸡、斑鸠等乡野禽鸟，以及卖茶人、吴旅长等寻常人物，无须刻意地雕琢，只是在平和冲淡的叙述中就自然地刻画出来，并且逼真传神，充满趣味。作者所描绘的生活意境和闲情逸致，并非博大精深、深厚高远、雄浑气魄的书写，而是有一种陶渊明式的安逸、静谧、和谐和洒脱。可见生活的诗意焕发出了作家的灵感，给了张恨水新颖的思想和深切的感受，因此，其笔下的文字才会充满诗的韵味，散文才会营造出诗意的基调，艺术的美感。

张恨水是真正做到了"冲淡才是艺术的极致"，散文集《两都赋》中更是延续了他冲淡温婉的艺术风格，作者以日常清谈式白话行文，回忆曾经居住在南北两旧都时的点滴生活。北平热闹的琉璃厂、充满诗意的陶然亭、满街飘香的果子市、独具特色的小胡同，南京中山陵、秦淮河、梧桐树，在作者闲适平和的笔调中充满诗情画意，清淡秀雅之中透露出作家的闲情逸致。他在整篇小说的行文叙述中可谓是娓娓道来、从容不迫，尤其是在抒写自己的情感时，好像是经过了一种艺术的淡化处理，从而将蕴蓄于心中的情感有节制地，隐而不显，含而不露地表现出来。如在《归路横星斗》一文中，作者虽没有用夸张的笔墨去叙写对曾经居住的北平的怀念，只是在开头淡淡地说："可是在初秋的夜里，我依然感到在北平看星星，还是一件很有诗意的事。任何一个初秋，前门大街，听过了两三个小时的京戏，满街灯火，朋友约着，就在大栅栏附近，吃个小馆儿。"[15] 在这舒缓平静的叙述中可以感受到他对北平故乡的怀念和眷恋之情。接下来，作者又回忆了曾经在北平时夜晚漫步在琉璃厂的场景，更是流露出一股思乡之情。《两都赋》中的《碗底有沧桑》《风檐尝烤肉》《窥窗山是画》等篇中，风格与《归路横星斗》大抵相似，平和蕴藉，文字中流动着冲淡隽永的神韵，耐人寻味，这就是冲淡闲适所带来的美学效果。

文章至难之境是"本色"，文章的最高标准是"简单。"[16] 这是周作人对文章"本色美"的阐述，这也让人想起作家巴金在《随想录》中曾说过："艺术的最高境界是无技巧。"这是十分深刻的见解，所谓"无技巧"，并不是作品中真的没有任何技巧，而是指作家的技巧运用已经到达"化境"，出神入化，运用自如，给人以质朴、和谐、悠远之感。张恨水冲淡闲适的文风正是这种"无技巧"的呈现。他的散文令人感受不到作者内心极度热烈的情感释放，感受不到不可遏抑的爱憎表达，总是以"小桥流水人家"式的笔调描摹着自然景物和风土人情，看似普通、平常，实则意蕴深厚，让人能在冲淡平和的文风中读出生活的艺术，这就是作家在散文书写时一种雅致化的呈现。文如其人，闲适冲淡在张恨水那里，不仅是一种散文风格的独特表征，也是作家在纷繁的社会中所标举的人生态度和人文精神。张恨水为人的质朴高雅，也决定了其笔下的散文呈现出清新隽永、温润淡雅的美学格调。

参考文献

[1] 张恨水. 山窗小品[M]. 长春：时代文艺出版社，2015：52.

[2] 张中行. 文言和白话[M]. 北京：人民出版社，1988：161.

[3] 韦德克，沃伦. 文学理论[M]. 北京：生活·读书·新知三联书店，1984：166.

[4] 陈剑晖. 诗性散文[M]. 广州:广东教育出版社,2000:219.

[5] 张恨水. 两都赋[M]. 长春:时代文艺出版社,2015:191.

[6] 张恨水. 山窗小品[M]. 长春:时代文艺出版社,2015:89.

[7] 陈剑晖. 诗性散文[M]. 广州:广东教育出版社,2000:225.

[8] 黑格尔. 美学. 第一卷[M]. 北京:商务印书馆,1986:254.

[9] 张恨水. 山窗小品[M]. 长春:时代文艺出版社,2015:50.

[10] 王国维. 人间词话[M]. 北京:台海出版社,2017:188.

[11] 朱光潜. 诗的意境——情趣与意象[M]. 武汉:武汉大学出版社,2012:75.

[12] 付德岷. 论现代散文的审美特征[J]. 渝州大学学报,1994(2):1.

[13] 宗白华. 美学散步[M]. 上海:上海文艺出版社,1981:176.

[14] 鹤见祐辅. 思想·山水·人物[M]. 北京:人民文学出版社,1973:572.

[15] 张恨水. 两都赋[M]. 长春:时代文艺出版社,2015:165.

[16] 周作人. 本色[M]. 北京:中国文史出版社,2018:237.

(作者单位:辽宁师范大学文学院)

论张恨水小说中爱情悲剧的书写

——以《啼笑因缘》为例

杨文强

张恨水,人称"皖中才子",在中国现代文坛上的地位举足轻重。在近半个世纪的创作生涯中,他创作了《春明外史》《金粉世家》《啼笑因缘》《八十一梦》等120余部中长篇小说。他的文学创作形式多样,数量超前,共计三千余万字。由于其创作内容多涉及男女艳情,题材多为沿袭明清章回体小说样式,故张恨水的作品在新中国成立初期并不受人们待见。直到八九十年代,改革开放的新风席卷了中华大地。广大读者破除旧思想,对张恨水的研究开始火热起来。《啼笑因缘》作为张恨水"言情小说"中的重要作品,体现了作家尝试挖掘女性在自我意识觉醒、个性独立方面的努力,讲述土匪横行、官商勾结的年代男女爱情的曲折。唱大鼓书的沈凤喜、大家闺秀何丽娜、卖艺为生的关秀峰之女关秀姑,三者代表了三种不同的权力地位。小说的结尾樊家树最终选择了真正的爱情,他坦然说道:我们的爱情绝不是建筑在金钱上,这是一句口号,也是作者表达人间自有真情在的肺腑之言。然而,无论是沈凤喜,还是何丽娜或关秀姑,无疑,在这场爱情的漩涡中,都是作为悲剧者而存在着。张恨水的《啼笑因缘》创作于军阀混战、民生凋敝的20世纪30年代,因而对于此篇小说的解读不仅要考察以樊家树为主要人物的男女情感关系的发展脉络,更要关注到历史因素在推动或阻碍人物情感发展中起到的作用。

我们在研究小说的悲剧问题时,必须考虑到人物所处的社会历史背景、身份地位以及人物经历的具体事件等。很显然,从这个角度分析,《啼笑因缘》作品中的三名女性都是悲剧性的存在。本文试图从沈凤喜、何丽娜与关秀姑的爱情悲剧入手,分析其背后的深层原因,为当代女性在婚姻生活中维护自身权益作出一点微薄的努力。

一、男权制在传统婚姻爱情中的重要影响

纵观中国的历史,我们可以清晰地看到,在漫长的一段时期,男性在中国社会阶层中,是权力的象征。汉代董仲舒提出"父为子纲、君为臣纲、夫为妻纲"。"三纲"明确了男性在家庭和政治中的地位与威望。在这种思想下,女性一度成为男性的附庸。在中国古代社

会,女性的婚姻是由父母包办而成,父亲在女儿的婚姻中起着决定性作用。女性在结婚前通常是不能随意走出家门的,因而有"闺女"一说。在名门望族中,女孩子的行为举止要求则更为严格,"大家闺秀"是男性期待女性的目标。可见,女性在婚姻中的地位是极其卑微的。

张恨水的小说《啼笑因缘》尝试为女性发声,突破"古老伦理制度"对女性的制约,但限于历史,从男性为主导的权力在传统婚姻爱情中产生的影响,其深刻度无法抹去。《啼笑因缘》中塑造了一位受过西方现代教育熏陶的男性形象,樊家树身处优裕的家庭环境中,家庭定期给的零花钱就是沈凤喜大半辈子的生活费,经济上没有后顾之忧。受家庭环境的影响,他接触的人物多像何丽娜一样的大家闺秀,也就不难理解表兄嫂陶太太为家树与何丽娜做媒。尽管陶太太认错了照片中的沈凤喜,但在陶太太眼中,只有何丽娜一样的人物才能与樊家树般配。樊家树的生活圈子十分狭窄,接触的都是富商官员家的小姐。也只有在听差刘福的推荐下,才到天桥下的水心亭游玩,获得与沈凤喜见面的机会,成就"我们的爱情绝不是建筑在金钱上"的一段佳话。也就是说,樊家树从小生活在众星捧月般的环境中。

就其婚姻爱情而言,樊家树虽说在内心也受到一些挫折,樊家树始终把握着婚姻的主导权。在与沈凤喜的交往过程中,樊家树扮演的是大哥、父亲、接济人之类的形象。他给予沈凤喜母女经济援助,让沈凤喜从天桥、街头表演走向了更高的舞台,也改变了她们母女的生活环境,提高了她们的生活质量。后来,其让沈凤喜摆脱唱大鼓书的命运,并进入学校学习。此时的沈凤喜沉浸在爱情的蜜汁中,将自己完全托付给樊家树,对樊可谓百依百顺。因此,我们可以认为在沈凤喜与樊家树的前期爱情经历中,樊家树掌握着绝对的主导权。后来,樊家树与沈凤喜准备结婚,樊母大病,樊家树只好回家看病。沈凤喜在军阀刘国柱的金钱诱惑下,背叛了樊家树。此时,沈凤喜对樊家树仍饱含一分真情,与樊诀别也是无可奈何。她认为自己已经失身于刘将军,就像白布被染黑了一样,觉得这是可耻的一件事,不好再嫁家树。凤喜只好掏四千块钱给家树,感谢他这些年来对于自己的帮助。此时的沈内心备受折磨,在家树看来:爱情是相互的,既是她贪图富贵,就让她去贪图富贵,何必强人所难?不可否认,凤喜最初与刘将军走得很近,是因为钱。但她也曾退回刘将军的钱,只不过刘将军威逼利诱,软硬兼施,迫使凤喜嫁给自己,一个普通百姓,哪里是官府的对手。可以说,沈凤喜的命运,尤其是婚姻,几乎是掌握在男性手中。此外,文中未直接提及凤喜的父亲,也就是说,凤喜的生活是缺少父亲的存在,男权制给予凤喜的影响还是相对较少的,这就是为什么凤喜性格中带有一些野性。但从文本中可以看出,在婚姻方面凤喜大多遵从的还是传统婚姻观念,尤其是跟了刘将军之后,家树向其解释不在乎她失身于刘将军,但在她的观念中,这是做不到的。明显,在她的生活中,沈母承担了父亲和母亲的双重角色,一方面,沈母一个人把她拉扯大付出了巨大的努力,另一方面,在生活中,尤其是婚姻上沈母也承担了教育的责任。在凤喜与家树的恋爱中,沈母最初是赞同他们在一起,那时沈家十分贫困,生活无依无靠,家树的到来给这个家庭带来了希望,于是沈母极力撮合凤喜和家树的婚姻。后来,家树回家探母,凤喜遇到了刘将军。此时,沈母一改之前的态度,转而撮合女儿与刘将军的婚事。我们可以看到:沈母对于女儿凤喜的爱情是不负责任的,其实这正是父亲权力缺乏的结果。如果凤喜的父亲在,或许他就不会赞同凤喜与刘将军的婚事;如果凤喜的父亲与沈三玄一样是个无赖,凤喜的婚姻或许会更糟。

关于何丽娜和关秀姑的爱情,其实也在一定程度上受到男权制的影响。何丽娜的父亲何廉与沈国英同为政府部门重要官员,对何丽娜与家树的婚姻表示赞同,与家树的叔叔一起敲定了二人的婚姻大事。试想,如果何丽娜钟情的对象不是家树,何廉会答应吗?在选择女婿的过程中,何廉有没有考虑门户相对的因素?尽管何廉也算开明,没强迫女儿的婚事,但在结婚这件事上何廉作为父亲,起着至关重要的作用。当然,在与樊家树的交往中,何丽娜也处于被动的状态。帮助家树隐瞒他与凤喜的关系,对家树十分热情却能不到回应,甚至有时候会被拒绝。文章中虽未提及二人最终是否走到了一起,但按照两个人的性格特点来说,走到一起的概率比较小。或者按照读者的心愿,二人走到了一起,想必丽娜在婚姻生活中对于家树也是迁就的,矛盾肯定少不了。也就是说,何丽娜的婚姻爱情也是受到男权制约。关秀姑,侠客关寿峰的女儿,与父亲相同,一身侠骨义胆。可以说,她的感情也深受父亲的影响。在关寿峰生病时,樊家树对父亲和自己的关照,以及多日的相处,使得关秀姑爱上了家树。后来了解到樊对沈的一番真情,关秀姑只好退出苦守佛经。可就是这样的男人,秀姑还是屈身到刘府看望"情敌"——凤喜,后来解救家树于匪徒之手。父亲侠客的身份给了秀姑很深的影响,她在爱情中选择了退让、隐忍,所以说,秀姑的婚姻爱情也是受到了男权制的影响。

此外,沈凤喜的二叔沈三玄、刘将军也对女性的婚姻产生了重要影响。沈三玄在文本中是一个无赖的懒汉形象,他借助凤喜获得了经济来源。在朋友黄鹤声的唆使下,他把凤喜出卖给刘将军。一个连自身都不保的懒汉无赖都能决定女性的婚姻大事,刘将军身为政府高官,却霸占他人女友,玩弄女性,可以看出男权制在当时的社会有多大的影响。

综上所述,尽管当时社会已经开始在一定程度上思想解放,出现了樊家树这样的新式青年。但在婚姻爱情方面,男权还是起着决定性作用。男性对女性的尊重与否,直接影响了婚姻爱情的幸福程度。从全文看,在男性话语下的时代,沈凤喜的市民俗态、何丽娜的欧化气息以及关秀姑的侠肝义胆……最终在爱情方面走向了悲剧。

二、女性自我意识觉醒在《啼笑因缘》中的体现

张恨水先生的《啼笑因缘》是一部伟大的作品,其中重要的原因之一就是,在文本中作者对于女性在爱情婚姻中的主动作为、清醒认识与传统女性在婚姻爱情上的被动接受、漠然置之形成了鲜明的对比。在这部作品中,女性虽然在爱情上没有决定权,但作者已经让她们拥有了发言权、选择权。这是对于传统女性权利不足的痛恨和批评,对于女性自我意识觉醒的张扬。文本中出现了多个女性形象,主要有:陶太太、沈母、沈凤喜、何丽娜、关秀

姑。她们各具特色,且都在一定程度上展现了自我意识的觉醒。

首先,沈凤喜出场时,张恨水先生是把她作为理想的女性来刻画的。凤喜给读者最初的感受是一种传统的纯情的女子形象。樊家树初次到凤喜家,临走时,凤喜主动送照片,表达爱意。后来,二人关系慢慢加深,凤喜和母亲开始慢慢依赖家树了,但这并不影响她自我意识觉醒的过程。最初与家树相处,凤喜感到自卑,她认为自己只是水心亭下唱大鼓书的普通女子,而家树却是富商高官子弟,所以不敢在爱情上有所希冀。然而,随着时间慢慢流逝,加上沈母的撮合,凤喜已经对自己与家树的感情有把握了。于是,凤喜敢于在生活上依靠家树,去学校后找家树买手表、眼镜、戒指等。戒指一事,凤喜最初解释道,戴在小指上,代表守独身主义。而后,当家树买好送给凤喜时,她却戴在了无名指上,代表对樊的纯洁忠贞的爱情。在与樊家树的交往过程中,凤喜并未表现出传统女性那种依附关系,而是一种自由活泼的状态呈现,反倒是家树有点被凤喜牵着走的意味。后来,樊母生病,家树回家探望,沈凤喜耐不住金钱的诱惑与军阀刘将军走到了一起。虽然凤喜与刘将军的恋情在一定程度上来自母亲的贪好钱财和刘将军的欺骗,但当樊家树回到京城,凤喜选择与家树诀别。尽管一边是自己心爱的和深爱着自己的家树,一边是十恶不赦的大坏蛋刘将军。试想,如果凤喜对刘国柱一点都不动心,刘将军何以小计一施,便使凤喜离开深爱自己的家树,所以凤喜在心中有自己的爱情标准,尽管这种价值观可能不被他人接受,但至少她在爱情中忠实于自己的想法,拥有了自主选择的权利。当然,这种选择无疑是要付出沉重的代价,但是我们不能否定这是女性自我觉醒的重要标志,在婚姻上拥有了自主权。从全文来看,沈凤喜占据较大篇幅,是作者重点刻画的人物之一。沈凤喜家境一般,敢于攀附权贵,与樊家树和刘将军产生恋情。虽说最后的爱情是悲惨的,但与命运抗争,在爱情上把握了一定的自主权,在女性自我独立与觉醒方面产生了积极意义。当然,如果从启蒙意义上说,凤喜代表的是新旧文化交替阶段,未完全受到启蒙的女性形象,因而在与家树和刘将军的爱情纠葛中,凤喜的行动和思维都受到不同程度的限制。

何丽娜是新时代摩登女郎的典型代表,家境殷实,是受过现代教育的知识女性。她的思想先进,接受新知识,追求新事物,懂人情世故。在何丽娜的身上,我们看到了很多新女性的特征。她是财政总长的女儿,与樊家树的表哥陶伯和相识。起初,受过新教育的家树对丽娜并无好感,甚至有些厌恶。在家树眼里,何丽娜花枝招展、挥金如土,让人难以接受。"大概总差不多呢,这儿大小姐很爱花,一年总要做我千儿八百块钱的生意呢。"这段描写,作者张恨水试图借何丽娜的身份披露当时社会的奢靡之气。此外,作者还在文本中叙写何丽娜社会交往广泛,开宴请客,经常出席舞会等,这也是当时人们不可接受的一个方面。然而,正是这种不被认可的行为,表现出了何丽娜与众不同,是其自我觉醒的特征。纵观社会发展规律,经济基础决定上层建筑。女性只有把握了经济大权,才能在政治上和个人权利上得到翻身。

何丽娜深处豪门,在经济上获得自由,这为其性格的养成和自我觉醒打下了坚实的基础。何丽娜的意识觉醒具体表现在以下几个方面:其一,社会交往广泛。旧文化背景中的女性往往待在闺阁之中,很少结交朋友,尤其是异性。何丽娜经常出席舞会,与商界政界人士相互往来。因此,我们可以认为何作为新式女性,在外在形式上获得了与男性同等的权利。其二,表现为爱情上的退让与追求。当何丽娜知晓樊表嫂陶夫人认错照片上的沈凤喜时,主动帮家树圆场。当何了解樊深深爱着凤喜时,主动选择退出爱情的角逐,并祝愿樊家树与沈凤喜能够幸福。当凤喜成疯魔时,何丽娜主动给予温暖,最终与家树走到了一起。其三,不依赖于男性,有自己的主见。在爱情上主动作为,不依赖父辈的决定,不把自己完全托付给男性。最终,何丽娜与樊家树终于有了机会。可以她的性格,两个人最终能否修成正果,还得看何丽娜。总而言之,何丽娜是文本中表现新文化背景下新女性的典型代表,她自我觉醒的意识值得我们关注。

文本中还有一位关键的女性形象——关秀姑,其在文本中虽不是主角,但在感情、友情上都给读者留下了深刻印象。作为侠客,她在感情上也是十分仗义,懂得进退。父亲关寿峰在性命垂危之际得到樊家树的慷慨救助,因此捡回一条性命。家树对关家父女诚心相待,让秀姑误认为家树对自己有意才对自己这么好。后来明白家树对凤喜的情谊后黯然失落,从此俯首读佛经。相较于凤喜,秀姑对家树没有过分依赖,进退有度。把爱情的选择权交给家树,不依赖不可求,实现最大的自由。对于友情,秀姑更是为朋友两肋插刀。樊家树将凤喜托付给关家父女二人,秀姑以身涉险,化身仆人进入刘府为凤喜通信。而后,设巧计引刘国柱落入圈套,在西山将其杀害,为民众除去一大祸害。总而言之,秀姑身上有一股英勇侠义之气,也有柔情似水的一面,勇敢有担当,自立自强,是新文化下的女性代表。

当然,关于女性的觉醒,在文本中其他女性身上也有或多或少的体现。比如沈母、陶太太等,她们身上也或多或少体现出女性觉醒的特征。

三、爱情悲剧原因的分析与思考

不容置疑,文本中三位女性的爱情都是一场悲剧。沈凤喜外表与何丽娜极其相似,性格截然不同,关秀姑一身侠骨义胆。这三人背景、身份、性格等多方面不同,是什么造成了他们在爱情上的悲剧呢?纵观全文,我们大致可以总结以下四点。

其一,家庭背景的因素。沈凤喜出身于贫苦的底层大众家庭,"木格扇下摆了一只秽水桶、七八个破瓦钵子、一只破煤筐子,堆了秽土,还在隔扇上挂了一断脚板凳。隔扇有两三个大窟窿……"生活条件艰苦,并没有接受多少教育,靠唱大鼓书谋生。生活在这样家庭中的沈凤喜,追求的只是生活得到基本的保障。因此,与樊家树的交往过程中,沈凤喜主动出击,在家树这里得到了生活的保障,甚至摆脱唱大鼓书的命运,前往学校接受教育。沈母推波助澜,为家树和凤喜创造机会,也是攀附依赖家树的想法。然而,家树因母亲生病回家探望。刘国柱将军小施一计,便让凤喜跟着他走。很显然,沈凤喜对刘国柱没有感情,同时刘国柱的计策也并没有把沈凤喜逼到绝境。沈凤喜自幼生活在艰苦的环境中,她最初接触家树也只是把家树当作自己的摇钱树。所以,后来碰到金主刘将军,凤喜在母亲的推波助澜下选择了屈从,放弃深爱的家树,也是能够理解的。这是作者张恨水借助凤喜表达对当时文化背景下,资本势力渐渐侵蚀底层劳动大众的恶行,表达了作者对人们贪婪本性的愤恨与批判。最终,凤喜为自己的贪婪付出了代价,被刘将军打疯直至死亡。同理,何丽娜的爱情悲剧很大程度上也受其家庭背景的影响。她外表与凤喜十分相似,家庭背景却大不相同,出身于富贵家庭,父亲是财政总长。她经常同陶太太出席盛大的舞会酒会,结交贵族子弟。"家树像不必看她那人,就闻到一阵芬芳馥郁的脂粉味,自己虽不看她,然而心里头,总不免在那里揣想着,以为这人美丽是美丽,放荡也就太放荡了。"樊家树初次见何丽娜,便觉她是放荡之辈。且不说他的第一印象是否准确,何丽娜一身贵族气息是可以肯定的,这是家树所厌恶的。因而,最终何丽娜排除了沈凤喜和关秀姑在她爱情路上的障碍,但是否能收获幸福的爱情,我们表示怀疑。关秀姑在文本中是活得最洒脱的一个人,家庭背景对于她爱情的影响主要体现在性格特点方面。

其二,性格特点的原因。众所周知,性格特点对爱情的影响是巨大的。在文本中,沈凤喜、何丽娜和关秀姑的性格在很大程度上是她们爱情悲剧形成的重要元素。在上文中,我们提到沈凤喜出身贫苦的家庭,在三位女性中,她的家庭条件是最差的。在这种艰苦的条件下,凤喜没有接受多少正规的教育,其思想被沈母左右,贪婪的本性暴露无遗。樊家树初次听凤喜唱大鼓书就送上一块大洋,成功引起了凤喜的注意。之后,凤喜便设法留住家树。在沈母的帮助下,二人感情得以升温。自此,买新房子,进学校以及家里的生活开支,全靠家树一个人支撑着。可是凤喜并没有满足,而是耍小姐脾气,买眼镜、钢笔、戒指……最后嫁入刘府。也许是命运使然,凤喜最终还是落得封魔,她的贪婪、依赖等性格受到了惩罚,爱情陷入了悲剧之中。在本文的结尾,何丽娜与樊家树终于有了在一起的机会。可是,他们能够走到最后吗?我们要打上一个大大的问号。何丽娜出身很富贵,在她的社交圈里,都是一些富家子弟。她的生活常态已经被资本裹挟,生活中处处离不开铜臭味、脂粉气,以至于家树对她的评价是放荡。其次,因为家庭的原因,在日常生活中何丽娜的要求总能有求必应。因而,当她喜欢上家树时,就会想尽一切办法接近他。最初两人相识,家树对丽娜的印象并不好,因而常常寻找借口躲避何丽娜,但何丽娜并不选择放弃,而是一次又一次相邀。我们知道,感情是强求不来的。以何丽娜的家庭背景和身份条件,很多男性追求还来不及,但家树对其并不太感兴趣,家树喜欢的是凤喜那种活泼天真充满自由浪漫的女孩,而不是何丽娜这种大家闺秀。所以,何丽娜的这种努力在感情上并不能得到家树的好感。虽然最后两个人在一起少了很多障碍,但因为性格原因,两人在一起依旧困难重重。关秀姑无疑是读者钟爱的形象之一,她一身侠骨,为朋友冲锋陷阵,哪怕献出生命,也在所不辞;她柔情似水,对家树充满了爱慕之情;她进退自如,在爱情上果断退出,为家树与凤喜的爱情以及后来家树与丽娜之间创造机会。可是爱情毕竟不是友谊,不是商品交换。爱情需要主动,需要两情相悦。当家树感受不到秀姑的爱时,家树就会走向凤喜走向丽娜。当家树不爱秀姑时,秀姑努力也是白费了气力。其实,在文本中,凤喜遭遇不测之时,与家树决绝之时,家树曾考虑过秀姑。如果此时秀姑能够主动站出来,或许二人能够有一个美满的结局。因而,关秀姑因为性格的原因,只能俯首读佛经,陷入爱情悲剧,也因为性格的原因为朋友献出了自己宝贵的生命。总之,三位女性的性格特点深深影响了她们的命运和爱情。还有一点值得注意的是樊家树的性格缺陷也深深影响了她们的爱情。首先,樊家树只是一个学生,没有自己的工作。尽管家庭条件不错,每个月有自己的零花钱,但这毕竟不是自己挣的,也不稳定。在这种情况下,家树选择照顾凤喜,为其买房子补贴家用,存在很大的经济风险。其次,家树家境很好,在经济上依赖家里和表兄,感情上却瞒住家人。因为他深知,凤喜与自己的家境相差巨大,家里人肯定不会同意二人的婚事,可是他还是打算走一步算一步。这说明他对自己的家人不负责任,对凤喜的感情也不负责任。从这一点看,凤喜离开家树也是有情有可原的。其三,家树在张恨水笔下表现出了强烈的反传统父母包办婚姻的民主意识,结交朋友不分金钱地位,贫富贵贱。但他性格懦弱,在感情上游离不定,没有责任感。尽管自己深深爱着的是沈凤喜,但是怕表兄和表嫂以及家人知道,故意隐瞒。后来表嫂把凤喜错认为是丽娜,家树也不解释,还好何丽娜解了围。哪怕何丽娜知道了照片中的女孩是沈凤喜,并且为家树解了围,家树依然选择牺牲何丽娜,哄骗自己的表兄表嫂。明知自己喜欢的是凤喜,也不排斥丽娜和秀姑,在三人中来回游走。因而,我们可以认为樊家树虽然是富家子弟,没有富家子弟的架子,自己的爱情也是一种悲剧。但同时,他自己的性格特点也造成了三位女性的爱情悲剧。

其三,社会转型、思想启蒙刚开始,新旧交替下,旧势力雄厚也是他们爱情悲剧的重要原因。在社会转型的时代背景下,青年一代在寻求自己的爱情过程中获得了很多自由,但与此同时,长辈对于他们的指导远远不够或者进行错误的指导,比如沈母让凤喜追名逐利,选择贪婪抛弃真爱。部分还未被时代扭转思想的家长依旧抱有陈旧的思想,对儿女的婚事霸占主导权,比如樊家树的父母希望樊找一个像何丽娜般的大家闺秀。当然比较重要的还是男权制的影响,樊家树在文中是以一个心智不成熟的学生身份出现的,他还没有真正进入社会。而沈凤喜、何丽娜、关秀姑都是久经社会历练的女性,在社会经验和爱情观方面相对樊而言,可谓轻车熟路。可是,她们三位在感情上却始终让樊占据主导,沈相对自由一些,却也难逃刘将军的恶爪。总之,我们可以看出,社会发展缓慢,人们的思想还没有完全转化,这对于当时女性的生活与爱情产生了很多负面的影响。

结　语

当我走进张恨水纪念馆时,不禁被先生的经历与作品所深深折服。《啼笑因缘》作为张恨水先生的代表作之一,深刻反映了男权制社会下女性爱情的悲剧现实。纵观全文,我们可以观察到在爱情这座神圣的高山上笼罩着一层阴暗的云朵。那是男权对于女性的侵略与剥夺，是黑暗社会丑陋的面纱。此外，我们还曾看到人性的阴暗面，在神圣的爱情面前，官府政治权力的干扰力量也是巨大的。再者，人性的贪婪、懦弱等也是阻碍爱情的重要因素。在当代社会经济高速发展的今天，离婚已经渐渐成为一种普遍的现象，我们不得不反思，究竟怎样处理两性之间的关系，才能在爱情中获得一个相对完美的结局。因而，研究这篇小说的意义就显而易见了。

参考文献

[1] 单亚东.张恨水研究综述[J].史教资料,2010(18):57-59.

[3] 马贝.啼笑因缘》中的女性主义意识[J].青年文学家,2021(30):72-73.

[4] 谢家顺."张恨水与重庆"学术研讨会综述[J].池州学院学报,2016,30(02):20-24.

[5] 魏珂.男权社会下的婚恋悲剧——《金粉世家》与《安娜卡列尼娜》的比较研究[D].西北大学,2017.

[6] 宋昕玥.试比较张恨水笔下的爱情悲剧成因——以《啼笑因缘》《金粉世家》为例[J].今古文创,2020(19):23-24.

（作者单位:安庆师范大学人文学院研究生）

《啼笑因缘》与《分家》
爱情模式建构及其现代性

张　媛

在普罗大众的印象中,张恨水(1895—1967)是中国通俗小说大家,赛珍珠(1892—1973)是获得诺贝尔文学奖的美国作家,两者似乎风马牛不相及,因此少有研究者将其相提并论,遑论进一步的比较研究。但事实上,同为被中国现代文学史忽视甚至遗漏的作家,二者存在着很多相似处,不仅生活的时代相同,在文学创作上也有很多相似处。笔者曾在《赛珍珠中国题材小说的通俗化特征及价值重估》中对赛珍珠小说的宏观特征进行过论证,本文拟从微观层面对张恨水《啼笑因缘》(1930)与赛珍珠《分家》(1931)的爱情模式展开比较,以此探讨民国时期新型婚恋模式所折射出的大众审美、思想、社会及生活方式诸方面的现代性,拓展张恨水研究与赛珍珠研究。

一、爱情模式设置的形同

民国时期文学作品里的爱情模式已经成为巨大社会变革的符号与风向标,新旧思想的冲击融汇造就了异于过去的恋爱模式。张恨水的社会言情小说《啼笑因缘》与赛珍珠诺贝尔文学奖获奖小说《大地三部曲》第三部《分家》都聚焦1930年代中国新旧社会变革期的城市生活,采用"经以国事,纬以爱情"的现实主义创作模式[1]书写时代洪流裹挟下的芸芸众生。恢宏的传奇叙事中掺杂着爱情线,以爱情桥段丰富故事,小说中的爱情叙事都具有模式化倾向。从表层形式看,张恨水《啼笑因缘》与赛珍珠《分家》爱情模式在结构、人物形象塑造上都存在某种相似性。

(一)结构上的相似性

因其矛盾关系的纠缠与冲突对故事情节的助推作用,三角恋爱甚至多角关系是通俗小说爱情模式的常见形式,其中富家子弟爱上贫家女儿的剧情更是通俗小说爱情模式的现代翻版。

《啼笑因缘》采用一男三女的爱情模式为故事的核心结构,杭州青年学生樊家树旅居北京备考大学,因缘际会之下偶遇侠女关秀姑、唱大鼓书的贫家女沈凤喜及部长千金何丽娜。樊家树先后与三位女郎产生情感纠葛。樊家树最初遇到的是正直豪爽的江湖卖艺女关秀姑,樊家树的儒雅谦和赢得了秀姑的好感与暗恋。樊家树不拘于狭隘的门第之见,钟情于沈凤喜并资助她上学,助其脱离贫贱的卖唱生活,用实际行动表示其爱情绝非建筑在金钱之上。沈凤喜利诱之下嫁给军阀刘国柱后被逼迫疯癫,樊家树不计前嫌帮助其治病,其间与何丽娜日久生情,最终缔结婚姻。

《分家》同样择取一男三女的多角恋爱模式。王源先后与导师的女儿美国姑娘玛丽("他常常注意到她的美丽")、梅琳(王源父亲王虎另一位太太收养的一个弃婴)、孟的同志革命姑娘发生感情纠葛。王源也曾钟情于梅琳,少爷恋上家里的下人,与樊家树钟情于沈凤喜几乎是同一模式。

两部小说均采用全知视角第三人称叙事模式,是典型的单一线性叙事结构。作者设置复杂曲折的故事情节,人物之间的感情历程饱受挫折,但起承转合严丝合缝,环环相扣,至结局形成完整闭环,缔造具有传奇色彩的恢宏故事。

(二)人物形象塑造上的相似性

《啼笑因缘》男主人公樊家树与《分家》男主人公王源有着相似的家庭背景与行为模式。男主人公个人条件优越,都是青春儒雅、年轻有为的青年才俊,也都是接受了一定新思想、具有平民意识与家国情怀的青年学生。樊家树是20世纪20年代小资产阶级的代表,"在大襟上挂了一个自来水笔的笔插",他与"高大健壮,青春焕发","高个子,皮肤非常黑,有两道浓眉,但是他的嘴唇很柔和,红红的","买了一支其他学生都有的外国自来水笔,并把它别在外衣的边上"的王源在人物身份、外形装束几近雷同,符合20世纪二三十年代中国文坛流行的塑造进步青年学生形象的时代潮流。

《啼笑因缘》中来自杭州的樊家树,出生在政商界颇有影响的富贵家庭。这种优裕的家庭出身,使他具有小资产阶级不可能避免的软弱性、动摇性。当与沈凤喜的爱情受外界形势所迫夭折时,樊家树虽然为情所困、心有不甘,但最终还是娶了与其家世相当但自己并未倾心相爱的何丽娜。

《分家》中的王源是王虎之子、王龙之孙,出身于军阀家庭,由于祖辈发达由农民阶级跻身地主食利阶层,进而从戎,同样拥有优裕的家庭环境与物质条件。家族拥有一定的权势与社会关系,使他能够进入军校学习并前往大都市上海游历,从而接触妹妹爱兰的一众女性朋友、孟的同志革命姑娘。而革命姑娘被捕后,因王源的退缩冷漠而因爱生恨,自愿供出了他,"说源是他们中间最富有反叛精神的一个",入狱后的王源得到家族的倾力解救,偷天换日流亡美国,结识导师的女儿玛丽,产生莫名情愫,但若即若离的感情最终随着王源归国无疾而终。兜转之后王源牵手同自己一样既珍视旧传统又接受新思想的梅琳。

《啼笑因缘》与《分家》的男主人公樊家树与王源都是中华民族转型时期的小资产阶级青年知识分子,恋爱双方阶层层级属性上具有相似性。

二、爱情模式建构的实异

（一）背景设置方枘圆凿

《啼笑因缘》1930年3月到11月在上海《新闻报》副刊《快活林》连载，1931年12月由上海三友书社出版单行本。作品以民国初北洋军阀统治下的北平为故事展开的时代背景，带有地道的中国特色与地域特征，显现出中国传统通俗文学形态，具有显著的京派小说特点。《分家》于1935年由雷纳尔与希契科克公司出版[2]，主要以1930年代中美最为繁华的都市上海与纽约为故事生发地，与初期具有"现代质"的海派小说类似，带有明显的洋场特色与异域风情。

（二）结构艺术优劣有别

《啼笑因缘》是张恨水对通俗小说进行雅俗合流的创新之作，兼具从传统到现代的过渡特征。这部转型之作继承通俗小说的文类传统，采用传统章回体小说的体式，运用传统小说的写作套路和叙事手法。为适应新的时代环境，借鉴西方小说的优长，真正做到了活学活用，使得作品内含了丰富的"现代"意蕴。可以说，张恨水的小说是"传统"和"现代"兼容并蓄。某种意义上甚至可以说，传统与现代元素在《啼笑因缘》中互相包容、并行不悖，是成功的故事重构。

首先，从小说的形式来看，《啼笑因缘》是一部"地道"的韵味十足的章回体言情小说。小说共二十二章，章节题目工整对仗，完全符合传统章回体小说的体式要求。从读者接受的角度考虑，章回体是符合国人传统审美习惯的小说体裁，易为普罗大众接受。作为职业小说家与报人的张恨水，毫无疑问必须考虑潜在的读者市场。民国中后期章回小说的发展主要体现在言情和武侠两种主流路线上，"其中言情作品以作家张恨水的《金粉世家》《啼笑因缘》和林语堂《京华烟云》成就最高，成为民国章回小说的代表。"[3]《啼笑因缘》更多地加入"社会"成分，倡导"经以国事，纬以爱情"的现实主义创作模式，是社会与言情的有机结合，可以称之为"社会言情小说"。

其次，由小说创作的技法论，《啼笑因缘》主要采用了传统小说的写作套路与叙事手法。对此，张恨水在"《作完〈啼笑因缘〉后的说话》对读者一个总答复中有明确的交代："凡是一种小说的构成，除了命意和修辞而外，关于叙事，有三个写法：一是渲染，二是穿插，三是剪裁。……我的笔很笨，当然做不到上述三点，但是作《啼笑因缘》的时候，当然是极力向着这条路上走。"作品除了熟练地使用"渲染""穿插""剪裁"等叙事手法外，还灵活地运用了"巧合""误会""悬念"等传统小说的常用的"戏码"和"桥段"来推动故事情节的发展，既使小说的叙事节奏更加紧凑和富有张力，又增添了作品"跌宕起伏"的审美效果。

范伯群先生认为张恨水是"由鸳鸯蝴蝶派向新小说过渡的代表性作家"。

《分家》则是赛珍珠力图淡化《大地三部曲》前两部《大地》《儿子们》浓厚的乡土气息

与地方色彩而着力打造的城乡融合空间,更是其探索中西文化交流互通之途的实验之作。《分家》在形式上是《大地三部曲》的收官之作,肩负将王龙一族三代家族史完整结局的重任,虽意在呈现上海都市的现代性,但由于赛珍珠对于中国传统技法的把握和对中国文化、风土人情、社会习俗的把握上存在先天的欠缺,在"传统"与"现代"的把握上是无法与本土作家张恨水相提并论的,这从小说的形式、小说创作的技法看都是如此。

(三)人物形象塑造的高下不同

《啼笑因缘》中的樊家树是接受过"五四"新思想熏陶,具有平民意识的进步青年。樊家树对爱情抱有理想主义观念,出于教育与启蒙目的,他送心仪对象沈凤喜上学,"等她上学之后,再加上一点文明气象,就越发的好了"。小说中的樊家树性情稳定,由始至终展现出一以贯之的高尚道德情操,对待感情始终秉持本心、坚定不移。

《分家》中的王源对爱情缺乏认知,在感情上摇摆不定,这源自从小接受的家教,"王虎用种种旧的道德观念以及他对一切女性的憎恨哺育了源,因此源从未梦想过女人……他知道,自己有朝一日也会像其他所有男人那样体面地娶妻生子"。进入十里洋场上海接触到众多姑娘后,热血青年青春萌动,"但是一睡着,他的脑海里就充斥着那么多色情的意象,以至他梦醒后每每因为羞愧而浑身冒汗。"犹豫纠结的迷茫状态使王源在女性面前不知所措,对待自己同父异母的妹妹爱兰的女性朋友进退维谷,"当他搂住一个姑娘轻盈的腰肢,把姑娘的手握在自己手中时,总会产生一种自责;合着音乐的节拍,他和姑娘轻移舞步,他脸颊上感受得到姑娘那温热的鼻息,这时他心里总会滋生一种他既喜欢又畏惧的甜蜜的忧愁。源是循规蹈矩的,他从来不抚摸他握着的姑娘的手,也不像许多恬不知耻的男人那样拼命地想朝姑娘的身上靠。"王源时常心猿意马,"他从她们中挑出了最喜欢的两三个。其中一个是一位王爷的女儿。这位上了年纪的王爷自清王朝被推翻以后,就一直在这座城市里避难。他的女儿是源见过的最娇小妩媚的姑娘,美得无可挑剔,使源时时想见到她。另一位姑娘年纪稍大,她喜欢源的年少英俊。她一面起誓不结婚,要终生从事她的事业——经营一家专售妇女服装的商店,一面又喜欢同别人打情骂俏。源很得她的欢心,他了解这一点,而她的绝顶漂亮、婀娜多姿以及一头富有光泽的乌发也使他迷恋不已。他思念这两位姑娘,也许还有一两位。这短暂的想法使他感到内疚。"

对待孟的同志、喜欢自己的革命姑娘王源抑郁苦闷,"他之所以气闷烦恼,是因为他不想得到他并不爱的一位姑娘,是因为他既想得到这位姑娘奉献给他的东西却又不可能爱她"。因为同志关系的接触需要,王源无法摆脱革命姑娘的纠缠,"那位姑娘会像往常一样跑来指责他。她有时激动,甚至气愤地恳求,而过了一天又会变得冷淡、讨厌。一种奇怪的同志关系把源同她联系在一起,他感到厌倦,他不爱她。"

(四)立意不同

从作品内容看,《啼笑因缘》采用一男三女的爱情模式为故事的核心结构,是传统"才子佳人小说"的延续。在故事情节上,该作相较于传统的通俗小说创新性有限,并未实质性地突破传统"才子佳人小说"的窠臼。但《啼笑因缘》"真正欲讲述的是中国现代社会不同阶层对话的可能性。一男三女分属两个阶层，但内在又存在密切的关联"[4]，旧话新说。

《分家》虽然也是采用一男三女的爱情模式为故事的表层形式，但真正欲讲述的却是当时流行的"革命+恋爱"的反封建反传统故事，反对包办婚姻也成为《分家》推动故事发展的重要情节及小说的另一层立意，"我不会按他的意旨回家结婚"。为了反抗父亲王虎的包办婚姻，王源参加了革命，并在懵懂不知的状态下接受了革命姑娘，"她爱他，这使他如痴如醉。因为她就在他面前并且握着他的手，他顿时感到自己就是他们中的一员。"

（五）爱情模式接受度的差异

《啼笑因缘》1929 年在上海《新闻报》副刊《快活林》上连载，立刻热卖，一时间洛阳纸贵，次年由上海三友书社结集出版，此后数十年间有多种版本面世，被改编成戏剧、评弹、电影等多种文艺形式。《啼笑因缘》充满纠葛的爱情模式将言情与武侠传奇融汇，使其在小说艺术上技高一筹，当时就赢得了"新旧咸宜"的美誉。

《分家》只能说是借《大地》余热而逆袭的《大地三部曲》尾声，本应是压轴之作，却因小说刻意追求中西融合的生硬、逻辑层面的割裂（如未学过英语的王源如何能与玛丽交流）以及中国人爱情模式的西化等硬伤而反响平平。中国文艺界与报刊界对《分家》的推介及评论文章寥寥无几，仅有《时事类编》1935 年第 3 卷第 21 期刊载《文坛消息：赛珍珠女士的新小说》，《文艺月刊》1935 年第 2 卷第 3 期刊载白李的署名文章《赛珍珠完成她的三部曲》，《图书展望》1935 年第 3 期"文化简讯"栏刊载《出版琐闻：赛珍珠女士之新小说》，对《分家》的出版进行介绍。

三、同与不同的深层原因分析

《啼笑因缘》与《分家》爱情模式形同实异，与张恨水、赛珍珠的身份、文化背景密切相关。

（一）同：同为通俗作家的身份

《啼笑因缘》与《分家》结构上、人物形象塑造上的相似性，与张恨水、赛珍珠同为通俗作家有关：采用一男三女的爱情模式为故事的核心结构，富家子爱上贫贱女的形象塑造，都是通俗文学的惯用套路。

（二）不同：文化背景的不同

张恨水、赛珍珠虽然同为通俗作家，同为笔耕不辍的多产作家，既创作小说，也编报、撰写文章，但对中国文化了解的深度与广度有着云泥之别。

张恨水深受中国传统文化影响，谙熟中国社会的风土人情、文化心理及社会生态，因此选择民国初北洋军阀统治下的北平为故事展开的时代，他采用自己擅用的章回体小说形式，熟练运用伏笔照应、抑扬、对比反衬、铺垫等叙事技巧，为故事增添现代元素，破除"才子佳人小说"固有的程式化叙事模式，赋予陈旧素材以新意。

赛珍珠对于中国传统文化的了解,大多来自幼时接触的说书艺人与家中的保姆与佣人,对于中国社会的文化心理、风土人情的了解浮于表面,大多带有浮光掠影的性质,再加上其本身的西方文化背景以及镇江、宿州、南京、上海等地的生活、旅行经历,使其选择华洋杂处的上海为故事展开的背景,在小说的形式、小说创作的技法、作品内容上都带有东西杂糅的特色,她的婚恋观念在作品中的反映也常常聚焦于中西文化取长补短、跨越民族、种族的爱情构成。

鲁迅论及赛珍珠及其作品时曾言:"她亦自谓视中国如祖国,然而看她的作品,毕竟是一位生长在中国的美国女教士立场而已,所以她之称许《寄庐》,也无足为怪,因为她所觉得的,还不过一点浮面的情形。"[5]对中国民情土俗、思想观念理解、把握的深入性和广泛性与张恨水这种根在本土的作家更是不可同日而语。20世纪最重要的美国评论家马尔科姆·考利承认《分家》的价值在于赛珍珠逼真地再现了中国。[6]但这只是西方人站在白人中心主义立场上的片面观点。

四、新型婚恋模式中的现代性

巴尔扎克认为,"小说在细节上不是真实的话,它就毫无足取了。"[7]1930年代的中国正处于近现代化整体发展与曲折前进阶段,其时作家创作小说的艺术真实决定其必然对此有所反映。在中国通俗小说现代性建构的表现方面,张恨水与赛珍珠都提出了各自的现代性想象,作出了各自的努力与贡献。

如果将《啼笑因缘》与《分家》的爱情模式建构放在中国通俗小说的长河中比较,其现代性建构特点更为明显。

《莺莺传》《杜十娘怒沉百宝箱》是著名的通俗爱情小说,在结构上采用的是始乱终弃的单一爱情模式,人物形象塑造上是痴情女子负心汉的单一模式,立意也相对单纯。

相较而言,《啼笑因缘》与《分家》婚恋模式具有更多现代性:

一是在结构上显得更为复杂——多角关系。《啼笑因缘》在小说的形式、小说创作的技法上都有突破,前面有论述,不赘言;《分家》在恋爱模式上,也创造和实践着中西酌盈剂虚、和合融汇的理想爱情模式。

二是人物形象塑造上更为多样化,男主人公樊家树与王源的形象明显有别于张生与李甲负心汉形象,女主人公无论是侠女关秀姑、唱大鼓书的贫家女沈凤喜及部长千金何丽娜,还是玛丽、梅琳、沈凤喜,都与崔莺莺、杜十娘明显有别,带有更多现代性色彩。

三是立意相对多元。张恨水的通俗小说更多地加入"社会"成分,《啼笑因缘》倡导"经以国事,纬以爱情"的现实主义创作模式,是社会与言情的有机结合,可以称之为"社会言情小说"。《分家》中的王源承担了中西文明亲历者与交流媒介的角色。在五四反帝反封建运动及抵制外国的潮流中,王源本能地持中立态度,"他也觉得,为了国家的缘故,自己也许确实应该憎恨那些白人,但事实上他做不到"。纵观全文,西方自由价值观伴随着王源全部的爱情体验,现代性也在作者赛珍珠在书中极力倡导的现代婚恋模式中得以呈现。

综上所述,《啼笑因缘》与《分家》爱情模式建构的同与不同,现代性呈现的高下之分,与张恨水、赛珍珠同为通俗作家的身份与职业素养有关,也与他们文化背景的不同密切相关。两部作品主人公凸显现代性的婚恋态度与价值追求,都是以充分肯定个人价值为基础的。恋爱关系当中的现代性体现在对彼此个人价值的充分尊重上。

参考文献

[1] 程勇攀.被隐藏的恋爱观——解读《啼笑因缘》中樊家树形象[J].名作欣赏.2014(12):42-44.

[2] BUCK,P B A House Divided[M].New York:Reynal & Hitchcock,1935.

[3] 汪春成.百年中国章回体小说的历史演进[J].出版发行研究,2019(1):109-111.

[4] 熊玫.论幻象叙事之断裂生成——重读张恨水长篇小说《啼笑因缘》[J].现代中文学刊,2020(3):32-38.

[5] 鲁迅.鲁迅全集:第12卷[M].北京:人民文学出版社,1981:272-273.

[6] 马尔科姆·考利.王龙的孩子们[N].新共和,1939-05-10:24-25.

[7] 伍蠡甫.西方文论选(下册)[M].上海:上海译文出版社,1979:173.

(作者单位:江苏科技大学外国语学院)

身份焦虑与身份认同

——《金粉世家》冷清秋的人物分析

周　江

  《金粉世家》是张恨水在 20 世纪二三十年代连载于《世界日报》的社会言情小说,作品在讲述家庭伦理婚姻的通俗剧情之上,因为特定的历史环境以及大量的女性心理独白,让读者清晰的感知女性的身份焦虑,而作家张恨水更是高瞻远瞩,在百年前就对女性走向身份认同做出细致的描绘,给予现代读者深刻的启示。

  《金粉世家》以北洋军阀统治时期为背景,这一时期国外帝国主义通过扶植代理人以求掌握我国领导权,在一定程度上,助推了经济的加速发展,教育的更高普及,同时报纸、杂志等为代表的公共媒体逐渐增多,西方思潮加速传播,社会出现了急剧变化,传统社会那种稳定的生活和人的稳定身份渐渐消失。但是由于这一阶段清王朝推翻时间较短,传统的封建思想仍影响着人民,所以中西思想混杂,传统与现代生活方式并行。在此日新月异、变化无定地走向现代国家的社会文化背景下,人越来越丧失自我,越来越难以确定自己的身份,身份焦虑与身份认同的种种问题随之出现。

  冷清秋作为《金粉世家》的女主角,在这样自由又保守,新式又传统的社会环境中成长,她的身上既有传统中国女性"以夫为纲",成为贤妻良母的渴望,又有西式教育下独立平等,自尊自爱的高贵品格。从故事开头,冷清秋对于金燕西的追求摇摆不定,到嫁进金家后,处处小心,希望能与众人和睦相处,到最终看透金燕西的本质,决心离婚,自力更生,整部小说贯穿了冷清秋对于身份认同的焦虑以及寻求认同的不断挣扎。

一、身份焦虑的体现

  从字面意义来看,"身份"是指个人在社会中的位置,虽然重点本应该在于现代个体的自我意识,但目前更受重视的是个人在他人眼中的价值和重要性。"焦虑"是指忧虑、紧张、恐惧和担心,是人在长期生存过程中,发展出来的一种保护性情绪反应。简单来说"身份焦虑"是指人的内心所潜藏的对自己身份的一种担忧或焦虑。这种担忧往往体现在我们当下所处的社会地位较低,甚至有可能堕落至更低;又或者体现在,我们表面上已经同社会设定的成功典范处于同一地位,但实际仍然不受重视,时刻有被夺取尊严和尊重的可能。以婚姻为冷清秋人生的分水岭,在特定的历史时期,以及家庭环境下,我们可以清楚地看到对于冷清秋这一形象身份焦虑的具体呈现。

1. 婚前

冷清秋出生寒门,父亲过世,与母亲在落花胡同居住。母亲看似关爱女儿,实际毫无原则。金燕西求取冷清秋抄写的经书,冷母急应"你就把那个送金先生吧";韩妈取回金燕西送的珠圈,冷母见冷清秋爱不释手,"不忍扫她的兴,没有说收下,也没有说退还"。而偶尔上门的舅舅宋润卿,不负责任、爱占小便宜,以至于金燕西初见他,不由心想:"那样一个清秀人儿,怎样有这样一个舅舅?"在随后的交往过程中,宋润卿也极尽丑态,为了结交燕西,不惜将外甥女作为物件加以推销。处在这样的原生家庭中,冷清秋不可避免地产生了身份焦虑。她与母亲、舅舅相依为命,始终保持落落大方、朴素忠厚的个人特性,而金燕西的出现,让她见到了不一样的生活方式,也对豪门爱情产生向往。

根据英国作家阿兰·德波顿的观点,焦虑起因分为5点:渴求身份、势利导向、过度期望、精英崇拜、制约因素。其中渴求身份即追求显耀的身份,在物质上体现为祈求财富与扩大影响,精神上则表现为对爱的渴求。冷清秋在与燕西交往的过程中,产生身份焦虑最明显的原因即在此处。

从物质上来看,金燕西送来的珠圈,冷清秋舍不得退回,一天挨一天,也就模模糊糊收下了;金燕西送来的绸缎礼物,她婉言拒绝一次后,就开始畅想做出衣服后穿在哪些场合;金燕西送来取鞋的礼票,她心中觉得凑巧,但却不加怀疑,坦然接受。从精神层面来看,冷清秋很快就为金燕西的"爱"而折服。虽然阿兰·德波顿《身份的焦虑》中的"爱"特指个人求之于社会,并受之于社会的诉求,但在《金粉世家》中,金燕西对于婚前的冷清秋,意味着整个上层社会的缩影,所以在此处可以进行类比。对于冷清秋来说,"爱"让她感到身份的自信与安全。作为总理之子的金燕西对她保持时刻的关注,注意她的出现,倾听她的意见,紧张她的情绪,宽宥她的过失,满足她的需求。这样不加掩饰的偏爱,让冷清秋克制不住地沉沦,甚至一改骨子里的矜持,与金燕西同游郊外,留宿宾馆。而在与金燕西情意相通后,她不可避免地感到彷徨无措:对于燕西的昂贵礼物,收下之后总是觉得内心愧疚,因为无法还以同等价格的礼物;与燕西同宿之后,她急切地想得到燕西的承诺,一次次的进行辩论、商议⋯⋯

贫穷的家庭出身,以及亲人的见风使舵,让冷清秋充满了对身份的焦虑。她已见识了上层社会的安逸舒适,快意人生,又如何安于原本的贫寒家庭,平凡平庸地走完一生。但她自小接受传统文化教育,养成了矜持的性子,并不甘心在追求财富、渴求身份的过程中,沦为虚荣的现代人。肖瓦尔特在建构女性主义批评时,提出女作家进行创作时经常具有创作焦虑,一方面渴望成功,另一方面又深感此种行为"不像女人",所以不得不匿名进行创作。婚前的清秋也是如此,她一方面渴望成功,想要通过与燕西结合,获得更高地位,以减轻身份焦虑;另一方面,又充满焦虑,沉溺于孤独与自省,觉得追求成功的自己不符合自我认知,为身份的不确定性感到深深担忧。

2. 婚后

威廉·詹姆斯曾在《心理学原理》中写道:"如果可行,对一个人最残忍的惩罚莫过于如此:给他自由,让他在社会上逍游,却又视之于无物,完全不给他丝毫的关注。"这句话用来形容冷清秋的婚后生活是再合适不过的了。

与燕西的婚姻让冷清秋脱离了原生家庭,在某种程度上的确改变了她的身份地位。但她所面对的是一个更加庸俗无耻的环境。金燕西本来就是个纨绔子弟,结婚之后也不再掩饰自己的三心二意,隔三岔五就外出约会跳舞,留清秋独守空房。三嫂玉芬因为白秀珠的原因,与冷清秋成为天然的敌人,时而在大嫂面前挑拨离间,时而在聊天中夹枪带棒,性格软糯的冷清秋毫无招架之力。更有一些仆人用出身来论长短,对于嫁入豪门的她,并不上心,以至于她母亲到场,都不加以理会,听到她们母女之间的闲话,甚至暗骂:她不配。

写至此处,张恨水借大嫂佩芳之口说出了女性面对不幸婚姻的正确之举:他既不钟情于我,我又何必钟情于他?一个女子要去委曲求全地仰仗丈夫,那太没有人格……但即使是背靠母家的佩芳,仍然没能像她说的那样与鹏举干净利落的一刀两断,更不用说势单力薄的冷清秋了。

家庭生活已经让冷清秋在婚前倍感孤独沮丧,婚后金燕西的转变、三嫂的为难、琐碎的流言以及众人的推波助澜,进一步加深了她的身份焦虑。她极力与金家众人和谐相处,答应与金母一起吃饭,惹得三嫂玉芬不快,她在床上辗转难眠,想跟燕西打听明白;金母询问关于燕西的事,她不仅不埋怨,甚至帮燕西圆谎,得到金母嘉奖的同时又招惹了大嫂佩芳的不满;她规劝燕西出去找事做遭到拒绝,而想自己出去工作,也被金家以有失富贵人家体面为由强烈反对。一次次的碰壁让她越发意识到自己在金家格格不入,她不像妯娌都是富贵人家的小姐,背后有母家可依靠;也不像小怜能找到矢志不渝的爱人,愿意为她抛弃一切重新开始。于是清秋只能沉溺于内心,顾影自怜,感到自己前途茫茫,来日大难,对于身份的焦虑达到顶峰。

无论是婚前还是婚后的生活环境,都让清秋无法得到认同,并且产生身份焦虑。但张恨水笔下的冷清秋兼具传统美德与现代意识,她既有走向婚姻,经营小家庭的细心与信心,也有理想破灭,面对一地鸡毛重拾自尊,自力更生的勇气。我们可以看到面临身份的焦虑,她并没有完全放弃自己,反而进行了走向认同的多次尝试。

二、身份认同的尝试

前文已说到,"身份"与个人、社会等概念相联系,揭示的是生活在社会中的个体与社会的关系,所以"身份认同"必须是在社会结构与社会情境中通过自我与他人的互动而形成的,既是指个人与特定社会文化的认同,也是个人对自我身份的确认。简单来说,身份认同包括追求与他者相似或相异,也包括个体对自我意识的认知,其中"他者"既可以是人,也可以是一种制度、思潮等。冷清秋对于身份认同进行了两次尝试,第一次以婚姻为跳板,通过与燕西结婚,达到与上层社会的相似,第二次以自我意识为主,通过自救,得到真正的身份认同。

1. 他救

原生家庭的贫寒让冷清秋对于高门子弟金燕西有着天然的好奇心。初见他时,不由地心想,"哪里来这样一个时髦少年";及至舅舅宋润卿说到要教燕西写诗,她看似瞧不上的腹诽,"那个姓金的真也有眼无珠",实际是小女儿家的娇俏;直到收到金燕西的回礼以及暗信,她开始有意无意地隐瞒母亲,与燕西私交。燕西为她准备好出行的汽车,给她提供美丽上流的服饰,邀请她来金家做客。在金燕西的有意呈现之下,清秋见到了金家的排场生活,在与金家小姐们的交往过程中,误以为金家人都是和气宽容的性子。除此之外,燕西毫不掩饰对她的赞美,夸她字写得很好,请她为折扇题字,让内秀安静的清秋感受到异性明目张胆地的偏爱,不由得心生窃喜。

从物质到精神,金燕西步步为营,极尽手段,没有恋爱经验的清秋也就毫无防备的轻信了他的承诺,将金燕西当作人生之光,将与燕西的结合视为逃离原生家庭,获得更高身份的救赎。在金燕西看来:爱情这样东西,不分哪层阶级,都是需要,也都是自己能发挥的。他求娶清秋,不过是为了婚后仍能花天酒地,所以与清秋留宿宾馆后第二天,照样能捧着戏子白莲花,还抽空与白秀珠打牌。而冷清秋在发现自己怀孕之后,急切地来找燕西商议,一个心急如焚,一个吊儿郎当。清秋提出堕胎,燕西却觉得这"有伤天地之和",清秋就相信了燕西确实是爱她、敬她的,也就等着成婚之后理想的美好生活了。

这场结合,于清秋而言,是脱离原生家庭的跳板,她通过婚姻走向上层社会,确定了自己新的身份地位。但从一开始,他们二人的恋爱就是不平等的,由于阶级地位,清秋注定落于下风。在与金燕西的交往里,她必须一直承担不添麻烦、不生事端、不加打扰的责任,无法干涉燕西交什么朋友,甚至任由金燕西消失好几天,来无影去无踪,两个人的谈话看似在商量,实际永远由燕西拍板。将他人当作依靠的交往,不仅难以持久,更会伤害自己。这一场"他救"不仅让清秋失去爱情,饱受创伤,更使她重又陷入深深的身份焦虑之中,无法认同任何社会身份,变得越来越孤独憔悴。

"个人无法找到在集体生活中的归属感,从而导致认同无法完成。由此带来的,是'我'与他人之间关系的破裂。自我主动自觉地与他者疏离,主动抛弃作为自我认同之对照物的他者,因此造成信任感的丧失和认同的焦虑。"赵静蓉老师在著作《文化记忆与身份认同》中的这一段话就能准确地体现出清秋婚后的心路历程及行为动机,而正是由于这一次的认同无法完成,冷清秋再一次进行寻求身份认同的尝试。

2. 自救

婚后,热恋中的爱意悄然褪去,随之而来的是无尽的分歧与争吵。金燕西曾说:要结为百年的伴侣,主持家事,还是朴实些的好。因为这种女子性格温和,爱情纯一,全心全意待你,却不会干涉你的行动。所以在成婚之后,清秋以为自己拥有了更高的身份,可以约束丈夫不再花天酒地、不务正业时,金燕西却痛斥她不再是婚前乖巧可欺的性子。而婚后在金家的日子,也更加让清秋意识到自己的格格不入。大嫂佩芳总是"事不关己高高挂起";三嫂因为白秀珠的关系,总是对她抱有恶意;金太太表面疼她,实际不过是给儿子面子;能说得上话的几个姐姐,还有梅丽,又都是人微言轻,不能帮她走出困境。金家大宅像一座牢笼,无数花一样的少女在此地浪费光阴,成为无自我的空壳。

个人想在集体生活中获得归属感,要么把"我"认同成"他者",完全放弃自己,消融于环境中;要么坚持自我,却不得不和众人保持紧张兮兮、冷冰冰的关系。清秋有着强烈的自尊心,结婚是选择他救的途径,却不是走向认同的唯一途径。所以在和燕西的婚姻产生危机后,她强忍心痛,进行理智的反思,在与平辈聊天中表示:我为尊重我自己的人格起见,我也不能再去向他求妥协,成一个寄生虫。她为爱情的消失难过,但更重要的是自愧:即使读了很多书,还是会意志薄弱,被物质迷了眼。金太太带着润之、梅丽等人前来宽慰她,表示不会让燕西胡来,定会想办法将他们夫妻间的矛盾解决。清秋毫不退让,表示夫妇是由爱情结合,没有爱情,倒不如彼此放手,言辞间,已有了离婚之意,并且不在乎与金家的关系。从这些描写中我们可以看出,清秋并未选择与庸俗环境同流合污,而是保留了自我意志,正视长久以来困扰自己的那些因素,反思因虚荣作祟而获得的婚姻,最终找回本心,战胜了软弱担忧,继续寻求身份认同。

后来,金燕西口出恶言,冷笑问她:由头上到脚下为止,哪些东西是金姓的,哪些东西是姓冷的。这是男权社会下,大男子主义的体现,也是金燕西作为上层阶级对出生贫苦的清秋赤裸裸的欺凌,清秋骨子里的清高让她无法接受这样的侮辱,也终于对燕西毫无期待,最终提着包袱登上了高楼,画地为牢再不与金家众人见面,走上了漫长的自救之路。闭楼封居的日子里,清秋每餐只吃素菜,隔着格子门与道之、金夫人告罪。大火过后,她携子出走,寄来决绝书,与金燕西恩断义绝,从此自谋生活。

原生家庭本已使清秋卑微小心,颇为孤独,金家众人意料之外的嘲笑与冷漠、金燕西的纨绔花心,更使她无法认同婚后生活,清秋意识到:女子们总要屈服在金钱势力范围之下,实在是可耻。在与燕西决裂后,冷清秋选择了独居高楼,并在大火之后出走,自力更生,以高傲不容折辱的姿态来维护自尊,向燕西展示自己品格的高贵与不容侵犯。这一次,她通过自救的方式,向外界展现了自我品格的优越性,将自我投射到理想的身份之中——自力更生的现代女性,不仅走向了自我身份认同,更从依赖他人的身份转变成不容侵犯的独立个体。

关于自我的认识,加拿大哲学家查尔斯·泰勒在《自我的起源——现代认同的形成》中指出:"自我的认同是由承诺和自我确认所规定的,这些承诺和自我确认提供了一种框架和视界,在这种框架和视界之中我能够在各种情景中尝试决定什么是善的,或有价值的,或应当做的,或者我支持或反对的。换言之,它是这样一种视界,在其中,我能够采取一种立场。"在父权制社会中,女性对自我的认同向来无足轻重,因此冷清秋以"他救"为途径的第一次寻求认同,以失败告终也显得并不意外。但在经历了自我怀疑、自我憎恨等阶段后,她开始了第二次挣扎。这一次,她在自我确认的框架和视界中,采取自救的方式,走出了身份的焦虑,迎来了全新的自我,无论是采取自救方式的勇气还是获得自我认同的结果都彰显了女性个体的巨大力量。

三、总结

《金粉世家》作为社会言情通俗小说的代表作品,对其的研究向来很多,而关于其主人公冷清秋的形象分析也不在少数。学界上向来将冷清秋视为兼具传统美德和现代思想的女性形象,并对她所具有的独立自主、追求自由平等的现代新女性意识加以赞赏。但笔者认为,冷清秋的形象不仅在于其意识觉醒,更在于张恨水描写过程中凸显了女性在特定时代所具有的身份焦虑困境,以及寻求身份认同的难度,并且暗示了他救并非正确的救赎途径,唯有自救才能走向身份认同。这一思想,历久弥新,在当今社会仍有参考价值:女性囿于社会、家庭或者自身的意志不坚定而将人生寄托于他人并不可憎,只是要想获得平等的话语权,受到公正的对待,需要警惕来自既得利益者的诱惑与欺骗,若是发现他救无法实现身份认同,要毫不畏惧地选择自救,通过自我的拼搏与努力,必能走向身份认同,得到灵魂与身体的双重解放。

参考文献

[1] 张恨水. 金粉世家[M]. 南京:江苏文艺出版社,2002.

[2] 赵静蓉. 文化记忆与身份认同[M]. 上海:生活·读书·新知三联书店,2015.

[3] 阿兰·德波顿. 身份的焦虑[M]. 陈广兴,南治国,译. 上海:上海译文出版社,2009.

[4] 梁佰利.《金粉世家》中冷清秋形象解读[J]. 现代语文(文学研究),2011(07):35-36.

[5] 王宁. 叙述、文化定位和身份认同——霍米·巴巴的后殖民批评理论[J]. 外国文学,2002(06):48-55.

[6] 王莹. 身份认同与身份建构研究评析[J]. 河南师范大学学报(哲学社会科学版),2008(01):50-53.

[7] 陶家俊. 身份认同导论[J]. 外国文学,2004(02):37-44.

[8] 崔应会. 觉醒的出走——《金粉世家》中的冷清秋人物形象解析[J]. 河南工业大学学报(社会科学版),2010,6(04):87-90.

[9] 张涛甫. 试论张恨水的名士才情与市民趣味[J]. 苏州大学学报,1997(03):60-67.

(作者单位:安徽大学文学院硕士研究生)

皖江文化长廊的"山水奇观"

——试论著名作家张恨水的人品文品与皖公山品的关联

郑炎贵

与黄河齐名的另一大中华母亲河长江浩浩荡荡,横贯万里。在其中下游之间,可以自"江上望皖公山"(天柱山),那位立身于中国唐诗高峰上的李白曾眺望之并发出由衷的赞叹——"奇峰出奇云,秀水含秀气。青冥皖公山,巉绝称人意。"

一千一百多年后,一位略带头巾气的青春少年离开家山天柱,投身大江畔,走向新闻生涯第一站——皖江日报社,因报著文,以文兴报,从此笔耕不辍,并且常常以"水"署名,在中国现代新闻史与文学史上演绎出由报人而作家、个人创作最高产的"张恨水现象"。

人是环境产物,故乡的水土滋养,才使作家真正地获得启蒙,那种地缘和血缘的纽带,那种不可替代的早期生活基底永远是拨动作家创作的无形之手。

著名爱国作家、通俗文学大师张恨水同样有着自己的故乡脐带,以至于终身的文学创作都打上了不可磨灭的皖文化印记。

于是,那拔地擎空的皖公山(天柱山)的山品,特立独行的恨水人品,高产超群的恨水文品,便成为后人玩味不尽、至今追问不止的一道充满文化诗意与哲理的命题。

一、名誉之奇

张恨水,原名张心远,安徽潜山人,谱名张芳松,属芳字辈,1914 年离开潜山只身外出求学,秋后赴汉口投奔本家叔祖张犀草,每日为小报补白,"读南唐李后主词,……有一句'自是人生长恨水长东'……就取了'恨水'作笔名"①。

如此署名久了,本名反而湮没了。先生取此笔名,在于表达愁思之外珍惜光阴与某种愤世嫉俗之意,不料随着写作声名的提升,其作品署名竟为人误解而演绎出"恨水不成冰"的传奇故事,说是先生与著名作家冰心相恋不成而生恨水之意,为此恨水先生于 1927 年 1

---

① 张恨水:《我的创作与生活》,原载《文史资料》1980 年第 70 期。

月31日在世界日报上刊文《答知一君问——题'〈关于张恨水〉'》一诗,诗曰:"欠通名字不关渠,下列刘蕡自腹虚。正似一江春水绿,此君有恨恰何如",表白笔名与冰心无关,倒是如唐朝诗人刘蕡一样,不免有所愤世嫉俗而已。翌年他又在《世界晚报》进一步解释说不愿随波逐流,欲洁身自好之意。

随着恨水作品的一发而不可收,终于在50多年间写出了一百二十多部中长篇小说,还有近5000篇散杂文字,内容上至政府要员、军阀权贵,下至里巷贩夫、匠人歌女、农人布衣、佛门僧侣,各色人物无不揽入笔下,京沪宁汉渝蓉等诸多大都市的民国时期生活以及皖赣城乡乃至西北甘肃诸省的乡风民俗,均为之展示无余,几乎成为一种百科全书式的生活再现,先生为市民百姓的喜怒哀乐着笔,为劝善嫉恶张目,在某种意义上相似于古罗马诗人维吉尔引导人们巡视观察血与火中的各种人相,正如其老友张友鸾所云:"他的作品刻画入微,描写生动,文字浅显,口语自然……内容主要在反对封建、反对军阀、官僚的统治,反对一切社会不良现象"①。对于张氏这种金字塔式的庞大创作数量,著名学者杨义誉之为"文学奇观","这在文学史上似乎难以找出第二家"②。

应该说张恨水是一位从旧营垒走向新文学、由鸳蝴派走向现实主义的大作家、大小说家,有人誉其为中国的狄更斯;报界誉其为民国第一写手;文论有称其为抗战文学第一人,通俗文学高峰;民间誉其为"文字机器""推磨驴子""徽骆驼"。

二、山水之恋

这山即天柱山,又名皖公山,水即张恨水,从天柱山走向安庆,从安庆走向全国,张氏故乡潜山人引以为自豪的就是"一山一水总关情"。

作为大别——霍潜山脉伸向东南的余脉,入潜山市境后,陡然群峰拱围,一峰擎空如柱,故名天柱山;又因主峰潜藏于千山万壑之中,故又名潜山。山势逶迤,峰峦峻峭,风光旖旎,张恨水礼赞为"潜山万笏又清虚,烟树人家绣不如"。

天柱山(潜山)处在中国南北过渡带上,既有北山之雄,又有南山之秀,其峰体大多敦厚雄浑,壮实峥嵘,既巍然顶立,又硕然稳重,既阳刚又丰柔,似乎独具某种沉稳郁勃的品格,这与传统儒释道文化相契合,便蕴孕出一种敦仁坚毅与淳朴厚道的民俗民风,史家评论这里"人物忠敢""风气近厚"③。因春秋时皖国的皖伯大夫在此广施德政,后人为纪念他便尊称天柱山为皖公山,安徽省简称"皖"即源于此。同时,天柱山又是古时帝王巡守的古南岳,史载"风土清美,米薪饶便"④。正是这样一个山川独秀之地日益成为中国传统文

---

① 张占国、魏守忠主编:《张恨水研究资料》,天津人民出版社,1986年10月第1版,第118页。
② 杨义主编:《张恨水名作欣赏》,中国和平出版社,1996年10月第1版,第1页。
③ 胡朴安·《中华全国风俗志》,河北人民出版社,1986年12月第1版,第66页。
④ 民国九年《潜山县志》。

化发育积淀之所——"古皖之墺区"①,进而逐渐形成了一个由潜岳天柱山发脉、涵盖皖西南一方、从大山走向大江的皖江文化带,一个拥有相似的物质文化传统与习俗、以皖为号的紧密凝聚体,享有"皖省渊源、潜岳圣境、禅宗祖地、戏曲之乡"之誉。这种深厚淳朴的地域文化或通过家学门风而潜移默化,或因先生自我意识的成熟而逐渐被认知,终于在先生身上形成了一种血浓于水的故土情结与美德,并赋予新的内涵与表达。

1. 笔名直白寄乡愁

恨水先生一生所用笔名大约四十多个,其中与故乡相关联的有十多个,如"潜山人""我亦潜山人""一生不发达的潜山人""天柱山樵""天柱山民""天柱""天柱山人""天柱峰旧客""程大老板同乡""百忍"等。

先生自取笔名的意图不外乎这样几种情况:或代表职业、身份;或体现时代特征;或寓意个人情趣爱好。而体现故乡情结的笔名竟然有着这样一大摞,既挑明了自己的家世由来,又寄予了游子天涯不变于心的赤子之情。一生中用得最多且最终定格的笔名——恨水,虽取自南唐后主李煜词句,但作者往往还在此笔名前加上"潜山"二字,如《啼笑因缘》序言落款即是,足见先生对故里是如何的看重。

所以屡以"潜山"或"天柱山"等相关意思为自己笔名,显然是对"安徽源头山"与"千秋古南岳"的文化崇拜与礼赞。法国文艺批评家丹纳在其名著《艺术哲学》中指出,"一个民族永远留着他乡土的痕迹";恨水先生十分钟情于家乡的风物民情,常常落笔于天柱山水,写作了《潜山人说潜山》《潜山出头了》《故乡的小年》等数十篇散文以及《天明寨》《天河配》《冲锋》《现代青年》等一系列以潜山为地理背景的中长篇小说。恨水先生还深为如此秀甲一方的山水"湮没不彰"而感叹,为自己未能使之发扬光大而悔恨②。

"程大老板同乡"是张恨水刻成闲章而使用的另一笔名。所谓"程大老板"者,乃京剧鼻祖程长庚也。张恨水一反当年蔑视伶人戏子之旧观念,竟以与程长庚同乡为荣,这在当时是够反传统的。对于程长庚后人中做官者"讳言程后,且将潜山别作泉山"之举,先生撰文斥云:"官果贵于伶欤? 予深鄙其陋"③。1934 年张恨水参加京剧名角杨小楼在北平的收徒大典,亲自听杨氏说"家在王家河不远","因大喜,谓不期于此得见名同乡"。④ 先生对故乡潜山厚重的戏曲文化及人才推崇有加,曾撰文指出"据旧京潜山人调查,昔四大徽班北上,伶人十之八九为安徽籍,潜山人尤多。百年来,其子孙流寓北平,因职业所系不能归,最近一代,则多入燕籍,盖数典而忘祖矣"。⑤

---

① 民国九年《潜山县志》。
② 张恨水杂文《潜山出头了》,载于 1938 年 6 月 20 日重庆《新民报》副刊《最后关头》。
③ 张恨水杂谈《杨小楼系安徽潜山人》,载于 1935 年《南京人报》副刊《南华经》。转引自张明明:《回忆我的父亲张恨水》,百花文艺出版社,1984 年 11 月第 1 版。
④ 张恨水杂谈《杨小楼系安徽潜山人》,载于 1935 年《南京人报》副刊《南华经》。转引自张明明:《回忆我的父亲张恨水》,百花文艺出版社,1984 年 11 月第 1 版。
⑤ 张恨水杂谈《杨小楼系安徽潜山人》,载于 1935 年《南京人报》副刊《南华经》。转引自张明明:《回忆我的父亲张恨水》,百花文艺出版社,1984 年 11 月第 1 版。

经查,先生在 1927 年 7 月 14 日北平《世界晚报》上发表杂评《又是一个太上纪元》时署名为"百忍",这一笔名亦源于作者的故土情结。原来,张氏祖先系元末由江西迁徙而来,家训中有"毋以小隙而构大怨,毋以小忿而结大仇"之说,与人为善遂成家风。张恨水所属房头祖先,因拾到安庆一下乡收账先生的马褡包且原封不动予以奉还而闻名乡里,人们由此想到张家远祖张公艺九代同居以百忍传家的美德:所谓百忍乃是张公书写的百余忍字,言下之意是:父子不忍失慈孝,兄弟不忍外人欺,妯娌不忍闹分居,婆媳不忍失孝心……当年唐高宗为之感动,并亲书"百忍义门"。张恨水祖上落户潜山后,便将堂屋自号为"百忍堂",张恨水便取了个笔名叫"百忍后人",这一笔名用意显然不在于无原则妥协,而是主张在家庭、邻居、同事中相互谦让,持忍而求和谐,可见张恨水故土情结中深深渗透着皖地久远的文化精髓。

2. 写故乡与文学原乡

张恨水虽出生在父亲工作地江西,但在 11 岁半至 23 岁之间先后 6 次回乡,其中或长住两年,或短住几月,曾在故乡进私塾,读五经,看家藏旧书小说。特别是 17 岁时父亲暴病而终后,恨水随母举家迁回老家潜山,这在尚属未成年人的恨水心中打下了认祖归宗的深深烙印,因家庭废学,退居在依山靠水的乡下,于心不甘,外出寻求机会,因病重回故乡,一心作文学的梦,终日坐在一间黄泥砖墙的书房里,只是看书做稿,遭到乡下人的批评,"乡党认为我是个不可教的青年"①。在体会到某种势力白眼之后,不免流露出某种抱怨不平之气,"直到二十四岁时才找到了饭碗"②,到芜湖皖江日报当编辑,不久又上北京,以写作谋生,吃笔杆子饭,逐渐由皖籍作家变成了华夏名家,但故乡仍然是他的写作风景线,故乡的记忆成了他精神上的一片栖息地,成为一口情感的富井,缕缕乡愁,梦魂萦绕,故乡描写或成为作品的主题,或成为主要环境背景,故乡的土地河流、树木庄稼、花鸟虫鱼、痴男淑女、伪君子与奸商人、英雄好汉与布衣农夫统统进入了他的小说之中,在自己创作的 120 余部小说中,约有十七八部是从故乡生活中取材的,如《天明寨》《秘密谷》《潜山雪》均直接以故乡地域冠名;而《现代青年》《天河配》《满江红》《似水流年》《剑胆琴心》等均涉笔潜山乡村生活,字里行间透露着对底层民生的深深悲悯情怀,即使在《啼笑因缘》《满江红》《大江东去》等作品中也能窥视出作者把故乡形象进行迁移化用为文化原乡的意味。在其涉笔城市生活时,同涉笔乡村主题一样,作者总是对小人物充满同情感。总之,皖山厚重、民风厚道、民性向善的地域文化特征,通过理解、认同与汲取,已经形成了张恨水创作个性中浓浓的乡土意识与平民意识。

山岳精灵,善生义厚。抗战之初,张恨水曾在 1938 年 6 月 20 日重庆《新民报》发表《潜山出头了》的文字:"别辜负了这伟大的古时南岳吧!我希望卫国的健儿做一番地灵人杰的事"!1941 年先生又在《旅行杂志》第十五卷第一号刊文《潜岳引见记》,对天柱山有

---

① 张恨水:《写作生涯回忆》,时代文艺出版社,2015 年 8 月第 1 版,第 278 页、第 315 页。
② 张恨水:《写作生涯回忆》,时代文艺出版社,2015 年 8 月第 1 版,第 278 页、第 315 页。

十分精到的描写：

"……一线天似华山之千尺幢,削壁中裂……画眉架又似华山之猿见愁,直崖微
倚……丹灶苍烟似黄山之朱砂峰,一柱迎天……剪子坳似泰山之南天门,山梁高起,下临
无地,至黄山之石,泰山之松,庐山之瀑布云雾,莫不俱有……达三步两道桥,……对面为
潜岳主峰笔架尖(亦云笋子尖,皆以形取名),下临绝壁,……其上石壁峻峭,若瘦小的金字
塔,双剑倚天,拔地万仞……桂林独秀峰,一柱突起,奇矣,而太渺小。在华山南峰横空栈,
望对壑秦岭余峰,情境险骇似矣,而又无此神奇……总之,凡称山之好形容词,潜岳固尽有
之矣。"

尤让作者感慨的是"此山厄运,明清以来,其胜迹为人渐渐荒疏将及三四百年","中国
旅行社将来如有意开发此山游境,予固乐为之助焉"。

三、人文之美

古人云:文如其人。作家气质、禀性、人品、情操,对于作品的艺术风格有着制约作用,
张恨水的为人与为文堪称人文之美。

1. 老实敦厚,守正不阿

潜山在明清以来"男耕女纺,质朴无他务"[1],人们生活起居饮食皆"清淳朴素",尤其
是"近世(指清末——编者注)以来,兵燹之后,乘以灾歉,生齿众而食艰"[2],故而养成勤俭
之风。张恨水先生不论是在十四年抗战艰难时期还是在收入渐丰的日子,始终是克勤克
俭,以牛马精神自学成材,又以笔耕所得供养家人,流自己的汗,吃自己的饭,当"推磨驴
子""写作机器"。他曾说:"予生平有三事不能,一饮酒,二博弈,三猜谜"[3]。新华日报负
责人罗承烈说他"一生只写文卖文,并非半点非分之想与丝毫不义之得"[4];司马訏(即程
大千)称赞他"未尝做官,亦不要钱"[5]。据张的子女回忆,(先生)"一生对饮食衣着都极其
随便,自奉甚俭"[6],他始终保持着家乡人喝绿茶的习惯,特爱吃家乡风味的清蒸豆腐:"用
一只小饭碗放点猪油、葱花、辣酱、豆腐,等米饭快熟的时候放在饭锅上一蒸","很下

---

① 民国九年《潜山县志》。
② 民国九年《潜山县志》。
③ 张占国 魏守忠主编:《张恨水研究资料》,天津人民出版社,1986年10月第1版,第181页、第113页、第114页、第260页、第253页、第34页,第253页、第34页、第40页。
④ 张占国 魏守忠主编:《张恨水研究资料》,天津人民出版社,1986年10月第1版,第181页、第113页、第114页、第260页、第253页、第34页,第253页、第34页、第40页。
⑤ 张占国 魏守忠主编:《张恨水研究资料》,天津人民出版社,1986年10月第1版,第181页、第113页、第114页、第260页、第253页、第34页,第253页、第34页、第40页。
⑥ 张伍:《我的父亲张恨水》。

饭"①,"还有一种菜,肉丝炒千张……这也是父亲平常爱吃的家乡菜"(同前)。据张恨水之子张伍回忆:有一回,母亲为了调剂口味,特地买了冬笋,价格还挺昂贵,可张恨水感叹地对儿子说:"冬笋在北京算是山珍,可是在我们潜山,只是穷人才吃它,孩子一看吃笋就要哭! 因为在北京用肉丝和香油去炒它自然又脆又嫩,在山里没有别的菜,只有笋,天天吃不用油炒只用水煮的竹笋,又麻又涩,孩子能不哭","同是一样的东西,在此处是美味,在彼处却是贱食,就看你怎么对它"②。

(1)乡音不改,方言入文张先生一生走南闯北,足迹达十一个省,近半个中国,但总是以爽朗的笑容与夹着浓浊的"安徽"口音而给人以特别的感官形象,先生的口语中被人认为是"徽腔"者,其实应该称"皖腔",就是"潜山腔"或者"安庆腔"。自古以来,安庆一方语音相近,因处于楚语、赣语与江淮方言等几大方言区的边缘,故而形成了一种掺杂演化后的独有的语音色彩,词汇语法方面也部分地别具一格,这些带有地域特色的方言熟语常常见之于张氏作品之中,使其语言艺术更具个性,亦更生动有韵味,如作者说到散文的两种风格时,这样写道:"辛辣的写不好,是一团茅草火,说完就完";在描写重庆郊外"待漏斋"的艰难生活时写道:"过了黄昏摸黑坐","乡下冬天,煨被窝早睡"。至于在小说创作中,以方言入文且恰到好处者则俯拾皆是,《满江红》写到李太湖后悔自己错过了一次与女友秦小香见面机会时,这样写道:"猛然抬起手来,在头上打了两个爆栗"。这"爆栗"自然不是锅里炒熟而爆开的板栗,在安庆潜山方言里是说把手指弯曲起来磕人脑壳。

(2)爱惜羽毛,直言务实。张氏身上毫不奇怪地拥有皖地人敦直务实的性格倾向,否则也就不可能那么踏实地一个字一个字地写出三千万言的"金字塔"。在新旧文化发生激烈碰撞年代,张恨水自觉高扬起民族传统旗帜,担当起通过改良挽救通俗文学的使命,自言要对那些不习惯读新派小说的人负起责任,为那一班人写现代事物的小说,以免他们继续看侠客口中吐白光、才子中状元、佳人后花园私订终身的故事。如果说,在五四维新之后,张氏因为对正义道路的"识力"而被引向现实主义,那么这"识力"也应建立在诚实正直的品格基因之上。纵观先生一生中最为拿手的言情类小说,其中虽不乏早期因图利养家的敷衍之作,也不乏消闲意味居多之作,但终究没有以供人消遣为己足,始终不作纵欲肉感的低级趣味,总体上还是以言情为纬,社会为经,以写社会小说为应尽天职,走的是现实主义创作之路,并由旧图新,以俗入雅,通俗而不庸俗。先生刚入北平时就抱定了不造谣、不拆烂污主义的信念,写第一部具有轰动效应的长篇《春明外史》时就坚持了"决不超现实"③的写作原则,使"故事中人如在眼前"④;反省另一部巨著《金粉世家》的写作得失时也意识到在冷清秋身上"虽可找到一些奋斗精神之处,但并不够热烈",自以为"这是受故事

---

① 张明明:《回忆我的父亲张恨水》,百花文艺出版社,1984年12月第1版,第212页。
② 张伍:《我的父亲张恨水》,春风文艺出版社,2002年1月第1版,第359页。
③ 张占国　魏守忠主编:《张恨水研究资料》,天津人民出版社,1986年10月第1版,第181页、第113页、第114页、第260页、第253页、第34页、第253页、第34页、第40页。
④ 张占国　魏守忠主编:《张恨水研究资料》,天津人民出版社,1986年10月第1版,第181页、第113页、第114页、第260页、第253页、第34页、第253页、第34页、第40页。

的限制,没法写那种超现实的事",并由此声明自己"未能给书中的人物一条奋斗的出路"是"太老实"的缘故①,可见张恨水一方面有着正直坦白的人品,"明朗如一片玻璃"(司马评语),一方面过于朴素地恪守正统本分,创作思想上尚未真正达到同时期批判现实主义大师的理想高度。

先生一生安贫乐道,不入仕途,不经商,连作文也是在民办报纸上发表,尽量不与官办报纸有涉;一生重友谊、尚侠任、自奉廉而对人厚,这与其"不义之财不可得,非分之财不可要"②的家传思想是分不开的,亦与潜山天柱山地区民众"率性真直、贱商重农"③之风有关。张恨水外表温文尔雅,憨厚老实,不善周旋,但其内在有着不事权贵,坚守正义,看重气节的坚毅情操,有着威武不能屈,富贵不能淫的精神,即外柔而内刚,这种烙有皖地人文底色的品格因先生不断追随时代前行而日益发扬光大。

2. 申明大义,孝义立身

孝为德之本,百善孝为先。孔孟的孝道思想在潜山皖地乃至安庆一方是影响久远的。自明清以来,历次所修《潜山县志》中皆有"孝友篇",并为之立传,目的就是"愿我父兄子弟,善葆我淳朴古处之风,而相勉为孝弟力田之民也"(民国九年《潜山县志》)。明代潜山入志的孝子有19人,至清代则多达145人,一个父慈、子孝、兄友、弟恭的风气蔚然乡间,县城五厢及周边四乡曾立孝子牌坊多座,张恨水在潜三房家族孝悌故事亦有所传闻。张恨水作为闻名乡里的"大孝之子",与其受家乡孝文化的影响是分不开的。

弱冠罹难,孝母友爱弟妹,不失"长兄为父"风范。父病死,母亲带六个儿女回到潜山老家,面对世态炎凉,先生以孝心感动亲人,把母亲从死亡线上挽回;几经求学与漂泊坎坷,终于得一故乡前清秀才帮助,到芜湖跨入报界,从此当"新闻苦力",成"写作机器",以笔耕所得供养母亲,抚育三个弟弟及两个妹妹上学,直至帮助他们成家立业。十四年抗战期间,母子分离,一在重庆,一在安庆,先生曾写新诗《花瓣儿洒了一身》表达对远方老母的刻骨思念,后因自己中风,未能为母亲送终而极为不安,逢年过节均要按家乡习俗祭敬。

3. 同情弱小,蔑视权贵

传统儒家"仁义"思想与皖地厚道之风对张氏影响深远。面对半封建半殖民地的浮世百态,跟上时代的先生逐渐明确了一个立场,即民主的立场,正是从这样的立场出发,作者对那个身心同时受到社会与家庭迫害腐蚀、沦为罪恶社会牺牲品的沈凤喜寄予了深切同情,并予以善意的批判;对《丹凤街》中的平民英雄为救秀姐而表现出来的疾恶如仇、舍己为人、慷慨赴义的美德高唱赞歌;为《艺术之宫》《夜深沉》《换巢鸾凤》中的平民主人公的坎坷遭遇大鸣不平;相反,对于权贵及走狗则视之为魑魅魍魉,从官场政客到贵族之家,上

---

① 张占国　魏守忠主编:《张恨水研究资料》,天津人民出版社,1986年10月第1版,第181页、第113页、第114页、第260页、第253页、第34页、第253页、第34页、第40页。

② 潜阳张氏百忍堂民国二十四年镌《张氏家谱》首卷。

③ [宋]乐史撰:《太平寰宇记》,第一百二十五卷,《舒州·风俗》,中华书局,2007年11月第1版。

至国务总理,下至地痞恶棍,一一揭露曝光,发抒正气,讥斥淫腐,表现了浸润于文人气息中的惩恶扬善的传统道德理性。特别是1934年西北之行后,创作《燕归来》《小西天》等作品,体现出自己思想与文字面貌的大变,以沉痛至极之情向人们真实地描述着陕甘地区人民的苦难,以切齿痛恨之心抨击了所谓开发大西北运动的种种丑恶行径,即使在重庆新闻检查极为严厉的日子,作者也不放弃以曲笔影射之法来鞭挞罪恶,讥刺权贵,《八十一梦》是这方面的扛鼎之作,而《上下古今谈》则通过大谈贾似道的半闲堂来讽喻孔公馆,以批和坤来暗讽当时的贪官污吏,以"雾"来象征重庆的政治污浊,"提到狗坐飞机,便说起淮南王鸡犬升天",从而令读者在会心的微笑中得以感情上的憎恶宣泄。

4. 敬祖爱国,坚主抗战

恨水先生在1960年写《元旦示儿》诗云:"涉园须解怜花草,敬祖才能爱国家"。自小在家中受到"忠恕、仁义、善勇"等传统文化的熏陶,十分向往跨高马、佩长剑、当英雄,历史演绎的结果并没成全幼年张恨水的理想,时势倒是造就出一个具有头巾气、才子气、书生气的副刊圣手,其外表虽温文尔雅,憨厚老实,不善周旋,但其内在有着不事权贵、坚守正义、看重气节的坚毅情操,有着威武不能屈,富贵不能淫的精神,即外柔而内刚,这在十四年抗战过程中表现得非常明显。民溺犹己溺,民饥犹己饥,国难生齿危急之时,先生决定投笔从戎,主动向国民政府请缨回大别山打游击。当这一请求遭拒之后,先生并不气馁消沉,转而以笔弯弓,伐敌报国,发出"国如用我何妨死"[1]的誓言。先生提出:"今国难临头,必以语言文字唤醒国人"[2],"抗战时代,作文最好与抗战有关,这一原则自是不容摇撼"[3]。自作《健儿词》以明大道之志:"书生顿首高声唤,此是中华大国魂",积极创作了大量的抗战小说,据统计,自九一八事变至抗战胜利后的1946年,先生创作作品达800万言,约占其一生全部总量的三分之一,其主体部分是抗战小说与国难小说。发表于香港的《大江东去》第一次出现了对日本侵略者屠杀南京人民的血腥暴行的描写;全景式地表现常德保卫战过程的小说《虎贲万岁》是中国小说史上第一部军事纪实小说。虽先后有三部作品被当局腰斩,但先生坚主抗战之志不变,直接讴歌义勇军而作小说《风雪之夜》,支持抗日游击队而作《前线的安徽、安徽的前线》。

与此同时,张恨水对不利于抗战的大后方种种黑暗面极尽揭露讽嘲之能事。正如著名学者杨义所云:"在四十年代很难找出几位作家对陪都重庆的政治经济弊端或社会生存方式的艺术展示,能够比得上张恨水的《八十一梦》《魍魉世界》和《纸醉金迷》,对接受大员的贪污腐败的暴露能够比得上张恨水的《五子登科》"[4]。

---

① 张占国　魏守忠主编:《张恨水研究资料》,天津人民出版社,1986年10月第1版,第181页、第113页、第114页、第260页、第253页、第34页,第253页、第34页、第40页。

② 张占国　魏守忠主编:《张恨水研究资料》,天津人民出版社,1986年10月第1版,第181页、第113页、第114页、第260页、第253页、第34页,第253页、第34页、第40页。

③ 张占国　魏守忠主编:《张恨水研究资料》,天津人民出版社,1986年10月第1版,第181页、第113页、第114页、第260页、第253页、第34页,第253页、第34页、第40页。

④ 杨义主编:《张恨水名作欣赏》,中国和平出版社,1996年10月第1版,第11页、第12页。

综上所述,张恨水先生的大智慧、大写家的成就原因很多,但与家乡皖江文化的底蕴滋养是分不开的。以文化的三个维度看,古皖一方的思想文化与艺术文化较为发育,实用文化包括商业文化则属软肋,这种沃土之上产生像张恨水以及京剧鼻祖程长庚、杂技皇后夏菊花、黄梅戏新秀韩再芬之流是不足为怪的。

（作者单位:安庆市皖江文化研究会　张恨水研究会）

寻找第三条路

——论张恨水小说中女性形象的反抗与"出走"

唐金菊

一九二三年,鲁迅先生在北京女子高等师范学校一次题为《娜拉走后怎样?》的演讲中讲到,认为娜拉只有两条路:要么堕落,要么回来。[①] 并由此分析了原因,当然是与经济有关系,但也并不是在家庭里"战斗"了经济主动权,就能真正自由平等了,而是要社会的经济制度发生改变,然而当时社会经济形态并没有给女性提供就业岗位的机会,那可不是出走后的女性,"要么堕落,要么回来"吗? 鲁迅先生是深刻的,一针见血地发现到了事物的本质。

在此20世纪20年代后,中国大地开始发生一些巨大的变化,这时五四精神更加深入人心,社会经济也出现了一些可以提供给女性就业的机会。张恨水先生的小说诞生在这样的社会背景下,因此,张恨水先生小说中塑造的女性形象不仅有反抗意识,勇敢地走出家庭,自谋职业,"养活自己"张恨水直接回应"五四"个性解放的浪潮,打破了鲁迅对女性出路提出的"二元论",并书写女主人公走出的"第三条路",即女性在接受教育之后,还要能用自己所学得的知识在社会上立足。

《春明外史》中的李冬青是出身贫寒的有骨气的才女,李冬青演出了"五四"出走的戏剧,她跟"娜拉"不同的是,她不仅要养活自己,还要承担起家庭的责任,但却并没有向黑暗现实屈服,她依靠传统文学的修养,做了家庭教师。她全凭自己的专长坚持在社会上生存,从而具备了现代女性的独立自强的思想,坚决反抗男权社会的权威。同时,她还劝妹妹史科莲进职业学校学习现代职业技术,依靠自己的技术来谋生。这显示了她独立自尊的个性和自我生存的勇气。张恨水在这些善良又聪明的女性身上,寄托了内心深处的某种向往。

《金粉世家》中的冷清秋是个充满矛盾的反抗者形象。她既有传统女性的优良品格,又有强烈的现代意识。她身上充满着追求自由幸福的渴望,但她又是软弱的。[②] 冷清秋的

---

① 鲁迅. 坟[M]. 桂林:漓江出版社,2001 版.
② 薛熹祯. 传统与现代视野中的身体想象与女性解放——论鲁迅与张恨水小说中的女性形象[J]. 廊坊师范学院学报(社会科学报),2014,30(6):10-15.

主要矛盾是由既想追求自由平等的婚姻又渴望嫁入豪门的虚荣心所造成的。原本做着许多美梦的她,在金家的腐败生活方式中,逐渐意识到自己婚姻的危机。她在暗淡生活中,清楚地看到了自己婚姻的本质。金钱—玩物—人格丧尽—离婚,这种思维逻辑更加唤起了冷清秋现实意识的觉醒。在这样的气氛下,张恨水在冷清秋身上体现出了旧式女性主体的反抗精神。冷清秋在金家的腐朽生活中,并没有变得像嫂子佩芳,慧厂和玉芬那样因循守旧。她认为,"夫妻是完全靠爱情维持的,既没有了爱情,夫妻结合的要素就没有了,要这个名目上的夫妻何用反是彼此加了一层束缚"①。从这里可以看到,冷清秋要的不是挽救痛苦的婚姻,而是恢复独立人格与尊严。她又感慨地说:"我为尊重我自己的人格起见,我也不能再去向他求妥协,成一个寄生虫。我自信凭我的能耐,还可以找碗饭吃,纵然找不到饭吃,饿死我也愿意。他娶我,是我愿意的,上当也是我自己找上门的,怎能怪他?我心里难过,就为了我白读书,意志太薄弱了。"②她从反抗意识中开始觉醒,并选择了以"家"为反抗的突破口。冷清秋的离家出走行为带有一定的反封建的意义,这是挣脱封建枷锁、寻求独立和解放的某种表现。她身上充满着经济独立的思想和人人平等的现代观念。离家出走后,冷清秋却不靠金家,而靠诗才出众在社会上谋职。因此,冷清秋被视为中国文学史上独立自强女性的典范。

《燕归来》中的杨燕秋原本是西北穷师的女儿,一家逃荒到西安时不幸走散。杨燕秋在家破人亡时得到贵人相助,后来自卖为奴,又被收养,从丫头变为小姐,最终来到南京上学。奈何好景不长,等到做官的养父去世,兄嫂不愿再收留她,杨燕秋又变成了多余的人。因此,她决定重新返回故乡西北寻找失散多年的家人,顺便利用自己受过的现代教育为开发穷山恶水的西北做出一份贡献。杨燕秋在生活上划清爱情和理想事业之间的界线,她的执着使身边男生对她产生了仰慕之情。在艰苦决战的过程中,她幸好遇到从外国留学回来投身于西北开发的奉献者程力行,他最后成为杨燕秋共同实现理想事业的伴侣。于是他们留在西部,继续为国家奋斗。这种对情感的处理方式已经成为民国二三十年代新式青年的普遍现象。作者有意塑造了一个坚强独立的现代女性,这个女性已经不再是仅仅为了个人生计而谋求职业的女性,而是带有救亡图存精神的新女性,这无疑比其他女性在思想上更进步了。

综上所述,女性坚持独立自尊是要有前提的。那就是靠自己的本事谋求生活的物资。李冬青绘画作诗,以此为职业;冷清秋靠写对联来谋生;杨燕秋受过新式教育,以自己的本事为国为民服务。而《金粉世家》里的小怜,虽出身低微,却也是一位勇于追求自己幸福的女性,他和柳公子的爱情两次受到大阻碍,她都只能去寺庙寻求躲避,而没有想到寻找一分职业来养活自己,他们的爱情令人惋惜,人生命运令人叹惜。这是个不彻底的新女性形象。这也许是作者想告诉我们,只有寻找到第三条路,才能真正地"出走"。

---

① 张恨水.《金粉世家》(下卷)[M].武汉:长江文艺出版社,2008,605.
② 张恨水.《金粉世家》(下卷)[M].武汉:长江文艺出版社,2008,603.

张恨水先生这一系列女性积极谋生的作品,在一定程度上是对女人"出走"以后怎么办的解答。从女性立场去书写女性内在的精神创伤。真切地告诉了我们,女性要独立要坚强,面对生活中的苦难依然要保持勇敢和坚韧。适应新生活、新时代,要利用自己的资源求生存,要经营这份职业,才可能真正地独立起来。当然,要得到这份可以经营的职业,也要社会经济发展给女性提供了就业岗位,在20世纪三四十年代,该时期比之于五四时期人的思想更为开放,社会就业机也增多,为女性出路的探索提供了文化和经济基础。

参考文献

[1]鲁迅.坟[M].桂林:漓江出版社,2001.

[2]薛熹祯.传统与现代视野中的身体想象与女性解放——论鲁迅与张恨水小说中的女性形象[J].廊坊师范学院学报(社会科学报)2014年12,30(6):10-15.

[3]张恨水.《金粉世家》(下卷)[M].武汉:长江文艺出版社,2008:605.

[4]张恨水.《金粉世家》(下卷)[M].武汉:长江文艺出版社,2008:603.

(作者单位:南昌理工学院传媒学院)

新课标背景下中小学阅读张恨水作品之浅见

徐　赟

2022 年 4 月,教育部颁布了新一轮义务教育课程标准,加上之前颁布的普通高中语文课程标准,在这两个新课标背景下,如何进行"广泛阅读""跨媒介阅读""个性化阅读"以及落实"欣赏文学作品"等,在中小学开展张恨水先生作品阅读,我认为是值得积极探究的。

一、在中小学能不能阅读张恨水作品？

如果有人问"在中小学能不能阅读张恨水作品"的问题,其实这不成问题。

因为,任何一个作家的作品,只要是大众的、民族的、优秀的甚至划时代的,其中不乏经典的,他的读者也会是大量的、广泛的、不分地域甚至国籍的,不以人们的某种意志为转移的。

香港《国文》教材的中学一年级里把张恨水《山窗小品》里的短文《雾之美》一直选作课文,就是值得内地学习的。

我们看 2022 年版语文新课标在第四学段(7—9 年级)"阅读与鉴赏"中的最后一条(第 9 条):"能利用图书馆、网络搜集自己需要的信息与资料,帮助阅读。学会制定自己的阅读计划,广泛阅读各种类型的读物,课外阅读总量不少于 260 万字。"这句话主要强调了信息化阅读和广泛阅读。信息化阅读,主要是学会利能用馆网信息,学会搜索,帮助阅读,目的还是为了广泛阅读。而广泛阅读需要制定计划,各种类型,达到阅读总量。

毫无疑问,张恨水先生的作品是可以列入其中的。尽管从目前来看,各级官方的中小学课外阅读推荐书目里暂时还没有出现过张恨水的作品,但我们中小学一线老师可以做一些探索与尝试。张恨水先生作品文体丰富多彩,既有大量的新闻类稿件,也有诗歌、散文、小说,而主要以通俗文学的长篇小说著称,这些各类体裁的作品都是可以给中学生阅读的,也是适合中学生阅读的。

张恨水是著名报人,同时也是通俗文学大师、章回小说大家,当年不仅广大的读者喜欢读张恨水的小说,连大文豪鲁迅先生的母亲也非常喜爱读张恨水的小说而嘱咐鲁迅尽快买回家来看呢。

从理论上说,新课标关于中小学学生阅读的有关要求尤其是"广泛阅读"原则来看,读点张恨水作品,理当属于"广泛性"之内的;从实践上来看,目前全国不少高校文学院开设了张恨水作品与研究的课程,不少硕士、博士的学位论文就是以研究张恨水为题的,在大学生中可谓已经存在"广泛性",而在中小学也没有被划为"禁区",因此在新时期新课标背景下,在中小学课外阅读一点张恨水先生的作品,当然是可以的,也是合适的,更是可行的。

再从教育心理学的"近水发展区"来看,张恨水先前主要生活、读书与工作过的江西黎川、南昌,安徽潜山、芜湖,南京、重庆、上海、北京等地,张恨水生前发表、连载或出版作品的地址更多,还有香港等地,张恨水先生的足迹遍布大半个中国,有关张恨水的传闻也较多,在这些地方首先阅读张恨水作品,无疑更具有一种特殊的人文情结。尤其是我们身处张恨水先生故乡安庆潜山,带头发起与推动阅读张恨水先生的作品,探索与实践中小学阅读张恨水作品,更具有特殊的文化自信意义。

二、在中小学阅读张恨水作品有何作用?

在解决了可不可以读的问题之后,如果还有人会接着提出"中小学阅读张恨水作品有何价值和意义呢"的问题,其实这个问题也是不难回答的。

张恨水先生的作品渗透了积极的人生观,表达了强烈的爱国热情,他歌颂真善美,揭露假丑恶,挖掘人性的光辉,尤其是许多抗战作品,"弯弓射日",揭露黑暗和罪恶,鼓舞人民,影响深广,同时张恨水先生还热爱家乡,勤奋写作,"流自己的汗,吃自己的饭",具有"徽骆驼"精神,这些都无疑是值得我们学习的。当今青少年学生阅读这些作品,可以落实新课标有关要求,从而提升自己的思想素养,陶冶美好情感。

一个作品的价值和意义,会随着时间的流逝而不断地彰显出来,一个作家的影响也会随着历史的进程而不断展现出来。改革开放以来,随着学术界对张恨水研究的越来越深入,张恨水先生的文学史地位越来越高,影响也越来越大。因此,阅读张恨水先生的作品,就不能当作消磨时光的浅阅读,而要真正走进作品,尽量做到深阅读,甚至沉浸式阅读。

从落实新课标的有关要求来看,是有积极意义的。2022 年版义务教育语文新课标在第四学段(7—9 年级)"阅读与鉴赏"第 4 条指出:"欣赏文学作品,有自己的情感体验,初步领悟作品的内涵,从中获得对自然、社会、人生的有益启示。能对作品中感人的情境和形象说出自己的体验,品味作品中富于表现力的语言。"阅读张恨水的作品,同样存在这些作用。

从具体的细节看,阅读张恨水先生的诗歌作品,如《剪愁集》《茅屋诗存》《集外集》

《病中吟》《闲中吟》《何堪词》等诗词集,会学习到张恨水诗词创作的才情与语言表达的技巧;阅读《山窗小品》散文小品集,会感知他所提出的散文创作的两条路径——"辛辣"与"冲淡";阅读张恨水抗战小说,能了解时代、勿忘历史,激起我们的爱国热情;阅读张恨水的《我的写作生涯》,会了解与学习张恨水先生关于写作的经历与作品主要特色等等,另外可阅读有关作者写的张恨水传记等作品,也能增进我们对张恨水人生历程与文学成就的了解。所有这些,对促进中小学生的成长都无疑都是具有积极作用的。

三、在中小学如何阅读张恨水作品呢?

依据新课标关于中小学生阅读的要求,我们可以对张恨水作品由浅入深进行有效阅读,进而高效阅读。

一是积累性阅读。如小学高年级与初中起始年级,阅读张恨水有关诗词作品,可以背诵积累一些诗词名句。这种接触性阅读,可不做过高要求,为提高阅读积极性打基础。

二是专题性阅读。如阅读《山窗小品》,了解与学习散文"辛辣"与"冲淡"两种写作路径,仿写有关散文小品。还可以阅读张恨水抗战小说等专题。这类阅读,可写出读后感,做一点读书卡片或摘录等笔记。

三是课内外拓展延伸比较阅读。如教学《小石潭记》《三峡》等课文后,可以选择《山窗小品》里的《雾之美》《秋萤》《虫声》《金银花》《蕨菜花》《小紫菊》《断桥残雪》等作品,在比较中学习,在鉴赏中升华。这类阅读侧重在教师的举一反三,点拨引导。

四是背景介绍式阅读。如,教学毛泽东《沁园春雪》,可以穿插介绍毛泽东赴重庆谈判期间,柳亚子索得毛泽东这首词,张恨水时任重庆《新民报》经理期间,该报首次刊载这首著名的诗词,引起山城轰动效应的史料,阅读当时有关《沁园春》唱和诗词。教学《水浒传》节选与《孔雀东南飞》等,可阅读张恨水改编的相关作品。这类阅读,有利于拓宽视野,开阔思维,比较赏析。

五是探究性阅读。阅读张恨水有关长篇小说,探究其相关专题,如"社会底层女性命运""故乡风土人情""心理活动描写典型案例浅析""人物对话典型案例赏析""场景描写典型案例简析"等等。这类阅读,侧重教师引导,学生各抒己见,畅所欲言,注重实效。

六是思辨性阅读。义务教育语文新课标第四学段7~9年级和普通高中语文课标都强调了思辨性阅读,这对阅读张恨水作品有了方向性指导。这类阅读,侧重教师指导,注重互动反馈,激活创新思维。

七是跨媒介阅读。有条件的还可以阅读张恨水作品的改编本,或观看改编拍摄的电影、观看演出的改编黄梅戏等。这类阅读,强调个性化,激发积极性。

八是读写结合式阅读。教师指导学生选择张恨水小说某个精彩片段,在小说单元改写为课本剧活动中,将其改写再创作为课本剧并分角色演出,侧重于教师指导,充分发挥学生自主性、合作性、研究性，充分展示学生的读、写、改、演的才华。

目前，潜山市教研室与余井中心学校开展的张恨水作品校本阅读，取得了可喜的成效，是一项很好的探索与实践活动，是值得大力提倡与推动的。

总之，张恨水先生百余部小说及其诗词散文等三千万言的作品，是一座丰富的宝藏，可谓取之不尽的。在新课标背景下开展中小学阅读张恨水作品，是一项开拓性的创举，对培养学生的文化自信与核心素养，长期坚持就会收获多多。

（作者单位：安徽潜山市三妙中学）

张恨水作品影视剧
改编研究

《啼笑因缘》改编电影中的女性形象

何瑾琳

张恨水是中国"鸳鸯蝴蝶派"的代表作家,《啼笑因缘》是其代表作之一。这是一部以一男三女的多角恋爱为主题的长篇言情小说,其中三位女主角的人物形象刻画给人留下了深刻印象。她们三位女主人公分别来自不同的社会阶层,有着不同的出身和性格,而在结识了男主人公樊家树后,她们各自的人生都发生了很大的变化,从她们的个人选择可以看出她们每个人不同的形象特点。小说《啼笑因缘》的火爆也使得小说改编的戏剧、电影相继出现,在客观上促进了小说的进一步传播。本文以《啼笑因缘》中的三位女性形象以及 1975 年版的改编电影《新啼笑因缘》中的三位女性形象为研究对象,从女性主义思想的角度切入进行研究,探讨文本所呈现出的女性主义思想的三种存在状态以及电影对此改编的优劣得失。

一、沈凤喜:一生被压迫的底层女性

沈凤喜无疑是小说最主要的女主人公,同时也是女性主义思想还未曾萌芽的底层女性形象的代表。相比何丽娜与关秀姑而言,她在小说中占据的篇幅更多,她的故事也是小说的重要主线之一。在小说中,沈凤喜是个爱慕虚荣,有着市井之中的小聪明,但又天真软弱的女子。初见樊家树时,她便从樊家树的打扮中看出他不是会在这种杂耍之地出现的人,"她一面支起鼓架子,把鼓放在上面,一面却不住地向家树浑身上下打量。看她面上,不免有惊奇之色。以为这种地方,何以有这种人前来光顾"[①]。她第一次见樊家树就对他别有关注,在唱戏的时候"她那一双眼睛,不知不觉之间,就在家树身上溜了几回"[②],"目光却在那深深的睫毛里又向家树一转"[③],引得樊家树"不由得心里一动"[④]。一曲完

---

① 张恨水:《啼笑因缘》,北岳文艺出版社 1994 年版,第 15 页。
② 张恨水:《啼笑因缘》,北岳文艺出版社 1994 年版,第 15 页。
③ 张恨水:《啼笑因缘》,北岳文艺出版社 1994 年版,第 16 页。
④ 张恨水:《啼笑因缘》,北岳文艺出版社 1994 年版,第 16 页。

毕，樊家树赏了一块现钱，沈凤喜看到后更是"目不转睛地只向家树望着"①。从这些细节看来，沈凤喜此时已隐隐感觉到了樊家树是个有钱少爷，对他动了心思，也因此会在他赏完这一块现钱后悄悄让二叔询问樊家树贵姓。沈凤喜的性格形成离不开她母亲和二叔的影响，沈母就是一个十分势利之人，说话不懂分寸，她与樊家树第一次见面就打听他的身份背景，说话间处处透着巴结之意，与前面因投缘而结识关寿峰形成了对比。而沈二叔又是个懒惰和得过且过之人，一拿到樊家树的赏钱就立刻跑去喝酒，连戏也不唱了。有这样的母亲和二叔，沈凤喜后来的堕落也是有迹可循。张恨水曾说她"不过是一个聪明绝顶，而又意志薄弱的女子"②，她家境贫困，生活寒苦，要靠唱大鼓词为生，但生活的困顿并没有给她带来对人生与苦难的思考，甚至在樊家树资助她上学以后也并没有在思想上有任何进步，反而激起了她对物质的欲望和贪婪。沈凤喜就是一个未受到过良好教育，也未曾想过女性也可以靠自己独立自强。她曾经是一个唱大鼓书的艺人，还可说是自给自足，靠自己赚钱，而她遇到樊家树后，就毫不犹豫地选择了投靠他，甚至后来因为二叔的牵线半推半就地攀附上了更有权势的刘将军。但这并不完全是沈凤喜的错，当樊家树资助她上学后，沈凤喜的生活由靠自己唱戏为生变成了完全依附于樊家树，这样的关系就已经决定了他们之间是不可能平等的，她的生活不管是在前期与樊家树相恋，还是后来嫁给刘将军，最后被沈国英养在家中，其本质上都是一样的，都是得靠着男人生活。表面上看，沈凤喜的家庭背景决定了她自身的局限性，她不像关秀姑那样自小习武、成熟独立，也不似何丽娜是家中独女、衣食无忧、受过良好教育，她接触不到新思想，意识不到自己是独立于他人之外的人，轻易就被物质上的享受扭曲了人格。而往更深一层说，沈凤喜的悲剧更是父权制社会中底层女性的悲剧，是被男性压迫的结果。她的一生始终得不到自立自强的机会，永远都离不开男性的压迫与包围。

而电影将沈凤喜的势利和看重金钱的特点去掉了，只保留了美丽、善良、单纯的特点，更像是一个"完美版沈凤喜"。这从电影的几点改编可以体现出来。首先是沈凤喜和樊家树的初次相见被进行了简化处理，他们之间仅在樊家树打赏后有简短的一段眼神交流，并无交谈，更没有交换住址，而是在樊家树第二次去听戏时从别人口中得知沈凤喜的住处。这样的改编弱化了沈凤喜的势利特点，使得她与樊家树的感情更为纯洁。此外，沈凤喜在原著中虽然在最终拒绝了刘将军，但她并不是没有犹豫过，只因在刘将军身上能获取更多的利益，是威胁加利诱的结果，如小说中写道："到了睡觉的时候，在枕头上还不住地盘算那一注子钞票。"③"次日清晨，一觉醒来，连忙就拿了钥匙去开小箱子，一见钞票还是整卷的塞在箱子犄角上，这才放了心。"④表现出了沈凤喜在金钱的诱惑面前摇摆不定的心。而到了电影里，她变成刘大帅的姨太太则是因为刘大帅以她母亲的性命要挟她喝酒，在灌醉

① 张恨水：《啼笑因缘》，北岳文艺出版社1994年版，第16页。
② 张恨水：《作完〈啼笑因缘〉后的说话》，《啼笑因缘》，北岳文艺出版社1994年版，第12页。
③ 张恨水：《啼笑因缘》，北岳文艺出版社1994年版，第168页。
④ 张恨水：《啼笑因缘》，北岳文艺出版社1994年版，第168页。

她后对其实施了强奸,与她本人的意愿是完全相悖的。她被骗去和刘大帅打麻将赢了不少钱回家,也是惴惴不安,立刻就与母亲商量要退还回去,可见她是完全不在意金钱的。电影美化了其人格,反而少了一番原著的沉重和唏嘘意味。

二、关秀姑:超出性别局限的侠义女性

关秀姑是书中最具有新女性独立气质的人物。她自小习武,有着习武之人身上的侠客气质。她虽不像何丽娜般接受过良好的新式教育,但在她的潜意识中已经存有女性主义的发展苗头,她的行为举动无不显示出女性的自主意识。小说中,关秀姑是樊家树来到之后结识的第一个女性,从初见面就一直是以一种落落大方的态度与樊家树相处,即使"自认识樊家树以来,这颗心早就许给了他"①,但她没有像何丽娜那般直接主动地追求,而是选择将心意藏在心底。她对樊家树的感情也并不像沈凤喜那样掺杂了太多金钱与利益的因素,她对他的喜欢更单纯,是在与樊家树的一次次交往中感受到他的正直、善良与热心,并在樊家树对她们父女不计回报的主动帮助下产生了误会才明确了自己对樊家树的心意。当她发现樊家树另有喜欢的人,她虽有伤心但也没有自叹自怜,而是转向佛道寻求解脱之法,坦然面对,并不强求。她的感情一直是内敛而又沉默的,只会默默地为心上人付出,最后也只是通过留下自己的相片和头发这种含蓄的方式来表明自己的心迹。关秀姑的爱是非常动人、美丽与无私的,在她的这份感情里,她和樊家树两个人是独立而又平等的两个个体,她从不因爱上樊家树而失去自我,不刻意去迎合樊家树喜欢的样子,这与何丽娜心甘情愿为樊家树改变自我形成了鲜明对比。关秀姑在知道了樊家树的心意后,还积极撮合他与他爱的人,她的帮助并不仅仅是想让自己爱的人得到幸福,同时还是一种对他人真正的关心和保护,她在看到沈凤喜的悲惨处境时,毫不犹豫就伸以援手,即使没有樊家树的请求,她也会做出同样的选择。关秀姑虽然只是一名女子,却拥有不输给男性的力量和胆识。她能把关寿峰这样一个常年习武的成年男性打横抱起,"面不改色的,从从容容将寿峰送上汽车"②;为了打探沈凤喜的消息冒着危险去刘将军家当女仆,帮樊家树传递纸条,还在刘将军鞭打沈凤喜时大胆上前制止。

秀姑是个有勇有谋之人,她从不轻举妄动、鲁莽行事,在被刘将军调戏时恨不得拿茶壶劈过去,但当她看到院子里有几个武装兵士在走来走去,她便"默然无语,将手缩了回来"③;刘将军要收秀姑做填房,秀姑则将计就计将刘将军引上西山实行暗杀;在后来抗战爆发后勇敢奔赴前线最终死在战场上。秀姑的人物形象超出了性别的局限,展现了女子也能做到以往常被认为只有男性能做到的事,她是那个社会下女性主义思想发展中的代

①　张恨水:《啼笑因缘》,北岳文艺出版社 1994 年版,第 285 页。
②　张恨水:《啼笑因缘》,北岳文艺出版社 1994 年版,第 56 页。
③　张恨水:《啼笑因缘》,北岳文艺出版社 1994 年版,第 265 页。

表。但秀姑也有着自身局限性,她并未意识到女性主义思想最重要的一点,即男女的平等,她有着不输给男性的能力,但她仅仅将自己的能力用在解救他人困境之上,"没有将解决困难的方法和女性要自立要追取社会平等的观念表现出来"①,她虽然体现出了女性主义的思想,但她并没有意识到自己的行为是一种女性主义思想的体现,这也是她一个的局限性。

电影对关秀姑的人物形象也做了较大的改编,关秀姑在电影里没有了小说中的沉着冷静、落落大方,反而是变得冲动鲁莽。首先,同样是被人调戏,关秀姑在小说中是采用迂回的方式躲避或是忍让,而在电影中她被军阀调戏时则是直接动手反击。前者表现出关秀姑在遇到危险或是侮辱时审时度势,不会轻举妄动,而电影里秀姑明明看到了军阀背后站着的十几个部下依然毫不犹豫一脚把要流氓的军阀踹开,被激怒的军阀要把他们都抓起来,若不是被男主人公拦下,关秀姑与她哥哥必然不会有什么好下场。从这场戏的改编来看,关秀姑不再像小说中那般有勇有谋,而是有勇无谋。此外,关秀姑在小说中沉稳内敛、不轻易袒露感情的特点到了电影中却会因偷听到樊家树说已有心上人而失脚摔落楼梯继而大哭,这与小说中的关秀姑形象简直是截然不同。小说中关秀姑到刘将军家打探沈凤喜消息是小说中非常精彩的片段,而电影将她机智应对刘将军的几处高光时刻都省略了,只保留了她计划杀害刘将军的桥段,使得秀姑的足智多谋和善良果断也被弱化了不少,毋宁说表现关秀姑的坚毅与机智的性格特点。

三、何丽娜:拥有旧思想的新式女性

作为小说中最晚出场,同时家世背景最优越的女主人公,何丽娜展现着与沈凤喜、关秀姑完全不同的人物特质,是既"新"又"旧"的女性形象。何丽娜身世显赫,良好的家境养成了她开朗外向的性格。她穿衣大胆,与人相处大方自然,热衷于跳舞聚会等西式的娱乐活动,从这些特点可以看出她接受过西方新式教育,是一个有着独立思想的新式女子。然而,从何丽娜对樊家树的"追爱"过程来看,她虽接受了新思想的熏陶,在行为上却仍然被传统与保守规训着,不自觉地把自己主动放在了低男性一等的位置,自愿接受着来自樊家树的男性凝视并自愿被驯化和改造。比如当她知道樊家树不喜欢跳舞,她便不去跳舞了,在外形打扮上也改变了自己一贯的风格:"她只穿了一件天青色的直罗旗衫,从前披到肩上的长发,这是家树认为最不惬意的一件事……这话于家树动身的前两天,在陶太太面前讨论过,却不曾告诉过何丽娜。但是今天她将长发剪了,已经改了操向两鬓的双钩式了,这样一来,她的姿势不同了,脸上也觉得丰秀些,就更像凤喜了。"②樊家树对何丽娜的印象

---

① 王宁:《从〈啼笑因缘〉看张恨水的女性主义意识》,《知音励志》,2017 年第 5 期。
② 张恨水:《啼笑因缘》,北岳文艺出版社 1994 年版,第 221 页。

是爱慕虚荣的女子，认为她"交际场中出入惯了，世故很深"①，但实际上，何丽娜的家庭条件决定了她的生活方式，她的出手阔绰也是在她的经济能力允许的范围之内，如果要她如社会底层人士般精打细算、紧绷绷地过日子，岂不是一种道德绑架。樊家树对何丽娜的偏见让他只记住了何丽娜的放荡、奢侈，却放纵沈凤喜在上学后膨胀的物质欲望以及索求无度，只因为沈凤喜的索求在他的掌控之内，而何丽娜的各方面条件都比樊家树要好，这样的女子对樊家树来说难以把握，不像沈凤喜般可以满足他"被需要"和"被仰视"的需求。他喜欢沈凤喜，也不仅仅因为沈凤喜的美貌，不然他为何看不上与沈凤喜长得相似且家庭环境与他更匹配的何丽娜呢？沈凤喜与何丽娜的根本区别在于她出身底层，在各方面都处于弱势的她事事都仰仗着樊家树，她的娘家更是只靠着樊家树在养，这样的女人更能满足樊家树的"被仰视"需求，更容易让他享受到被人依赖和感激的快感，正如书中他的内心独白："我手里若是这样把她栽培出来，真也是识英雄于未遇，以后她有了知识，自然更会感激我。由此想去，自觉得踌躇满志，在屋里便坐不住了。"②正因如此，原本各方面都处于劣势的沈凤喜却因得到了樊家树的青睐而成为了客观上条件更优秀的何丽娜的效仿对象，樊家树不仅是她们心爱的人，更是当时以男性为中心的社会中男性的一个缩影，而"何丽娜通过改造自己的灵魂，成为灵与肉都接近沈凤喜的女性来取悦男性凝视，试图获得爱情。"③何丽娜在小说的第一部中出现的次数相比关秀姑和沈凤喜而言较少，如果说沈凤喜对樊家树有情是因为樊家树把她从贫穷的生活中拉了出来；关秀姑对樊家树的有意是因为在樊家树的一次次无私帮助下被他的正直与善良打动，那么何丽娜若仅仅如小说中所说"见的都是些很活跃的青年，现在忽然遇到家树这样的忠厚青年，便动了她的好奇心"④，实在难以解释像她这样一个独立开放的新式女性为何对樊家树一往情深以至于为他改变自己的价值观和放弃自己的兴趣爱好。小说中对于她的心路历程是几乎没有呈现的，她的这种自我阉割式的付出与她原本开放洒脱的形象存在着明显的矛盾，让她成了一个看似新潮独立实质温顺驯良的人物。而考虑到作品的时代背景，何丽娜对樊家树的这种顺从或许正反映了当时新旧交替的思想环境下一批所谓新派女子在恋爱时的"守旧心态"，就像书中所说，"我想一个人要纠正一个人的行为过来，是莫过于爱人的了"⑤。作者在《作完〈啼笑因缘〉后的说话》中所言，樊家树是不大爱何丽娜的，但在不大爱之中，又有两点使他不能忘怀，其中一点就是"何丽娜太听他的话了"，这表明何丽娜将自己改造成"第二个沈凤喜"后满足了樊家树的女性想象，这才使得樊何二人的恋爱成功。

　　何丽娜与樊家树之间的情节在电影中被大量地简化，使得电影中何丽娜的人物形象与小说相比显得较为单薄。比如电影中樊家树和何丽娜的第一次相见仅仅只是在家中见

　　① 张恨水：《啼笑因缘》，北岳文艺出版社 1994 年版，第 221 页。
　　② 张恨水：《啼笑因缘》，北岳文艺出版社 1994 年版，第 67 页。
　　③ 王柳依：《何丽娜：双重男性凝视下的女性想象》，《名作欣赏》第 29 期。
　　④ 张恨水：《啼笑因缘》，北岳文艺出版社 1994 年版，第 25 页。
　　⑤ 张恨水：《啼笑因缘》，北岳文艺出版社 1994 年版，第 118 页。

面互相通晓了姓名便匆匆结束了这一场景,并没有小说中在舞场的交谈,也没有后来樊家树看到何丽娜打赏舞厅工作人员两元钞票时心理受到的一大刺激。小说中樊家树与何丽娜的初次相见篇幅是很长的,不仅有详细的对何丽娜的外貌与穿着的描写,更有樊家树受到刺激后的心理描写,从这些描写中可以看出何丽娜给樊家树留下的初印象并不算太好,这也为他们后来的发展埋下了伏笔。而到了电影里这些情节都被删减成了一次十分简短的对话,且樊家树从不会跳舞变成了会跳舞只是不轻易请人跳舞,不像小说中的不喜欢跳舞,也就没有了小说中何丽娜的新式作风与樊家树的守旧观念之间的冲突了。此外,电影对何丽娜最重要的改编在于何丽娜不再为了樊家树改变自己,她依旧保留了自己的新式作风,同时为了成全樊家树的爱而退出了樊家树的生活,这与原著中她勇敢追爱从不轻易放弃的形象不同,使得何丽娜原本那种热情的魅力有所减少。

书中的三位女主人公除了都对樊家树心有所属以外,她们还有着一个共同点,即她们在爱情关系中都处在被动的位置。都要接受来自异性的打量和审视。波伏娃曾提出"女人不是天生的,而是后天形成的"①,这句话的意思即是指女人的地位并不是生来如此,而是由男人和社会赋予她第二性的地位。樊家树对三个女人的态度和选择的权力就是对这句话的一个例证。沈凤喜美丽、娇憨、温柔、小家碧玉,完全符合男性想象中的完美女性形象,此外她在社会地位和学历见识上都处于低于樊家树的位置,这也充分满足了他作为男性的"保护欲"。这也解释了关秀姑爱情的失意,是因为她不符合男性对女性的标准,缺乏男人眼里的女性气质,很难得到男性的认可。她相貌平平,比起沈凤喜的小家碧玉和何丽娜的万种风情更显得毫无特色,即使樊家树感动于她的深情,却依然没有钟情于她,只因"无论如何,男子对于女子的爱情,总是以容貌为先决条件的"②。关秀姑更多是一种"侠客"气质,而这种气质以往更多是与男性相联系的,她的身上确实更多显示出超越性别固有的印象,拿得起放得下,坦荡又坚毅,体现了超前于那个时代的女性主义思想。何丽娜原是三位女性中最具有自主选择空间的人,从她的衣着习惯和行为举止来看她已经与传统旧式女性有了很大的区别。可当她爱上樊家树后,她却甘愿为了心爱的人变成了恪守传统的保守女人,扼杀了自己原有的自主性。电影对这三位女主人公都做了较大程度的改编,沈凤喜不再爱慕虚荣,关秀姑没有了"侠客"气质,何丽娜也不再为爱牺牲,相较原著来说这样的改编使得电影的叙事更加方便,然而却使人物形象变得更扁平化了。

影视艺术与文学是两种不同的表达媒介,两者之间有着很大的差异性。影视改编给原本只能靠文字想象的文学作品赋予画面和声音,把文学作品内在的魅力通过影像艺术表达出来,是一种视听艺术,比起文学作品更具有直观性,这也使得影视艺术与文学相比更多了表演、剪辑、摄影、配乐等影响作品优劣的因素。比如电影中沈凤喜演唱的主题歌和出现在一些特别的情节背景里以烘托气氛的纯音乐,极大地丰富了电影的表现力和感

---

① [法]西蒙娜·德·波伏娃:《第二性》,郑克鲁译,上海译文出版社 2011 年,第 603 页。
② 张恨水:《啼笑因缘》,北岳文艺出版社 1994 年版,第 290 页。

染力。文学作品一般不受长度的限制,字数只取决于作者的安排;而影视作品则有时长的限制,如电影的时长一般是一个半小时至两个小时,受电影时长的限制常常都需要对原著的情节进行删减或糅合。比如《新啼笑因缘》中何丽娜情节的大量简化,以及关秀姑营救被绑架的樊家树情节的缺失等,原本为了塑造人物形象的情节被删减后也导致了人物的形象特点及他们之间的关系呈现都有所弱化,许多原著的细节也被省略,使得原著中的女性思想内涵有所缺失,这也是电影的一个遗憾。

(作者单位:安庆师范大学人文学院硕士研究生)

浅谈《啼笑因缘》中人物形象的影视改编艺术

洪何苗　武迎新　刘宇

张恨水作为中国章回小说大家和通俗文学大师,一生中创作了120多部中、长篇小说,主要以社会言情小说为主。1930年3月17日张恨水在上海《新闻报》副刊《快活林》上连载的《啼笑因缘》让其声望达到顶峰。根据张伍先生的著作《忆父亲张恨水先生》及《我的父亲张恨水》记述,《啼笑因缘》总共被搬上银幕12次,一度创造了近百年来中国小说影视改编史上的最高纪录。因为《啼笑因缘》被搬上银幕较多,笔者在此浅谈《啼笑因缘》中人物形象的影视改编艺术,仅以安徽电影家协会影视中心,内蒙古电视台、珠海电视台联袂搬上荧屏的十集电视连续剧《啼笑因缘》中人物形象的影视改编艺术为例。该剧在改编小说大家张恨水的同名长篇小说时,对原著以及其中的人物形象的影视改编中不仅没有随意增删改造小说中的人物塑造,而是在深刻理解,准确把握人物形象的基础上,结合当下观众的审美眼光和影视剧的表现,进行人物形象的屏幕开拓和再造,使得该小说作品通过影视剧改编,获得了升华与成功。为现当代文学作品的影视剧改编,提供了有意义的参照和借鉴。

《啼笑因缘》中张恨水用他独特的眼光塑造了一系列生动丰满的人物形象。如樊家树、沈凤喜、关氏父女等,都因生动鲜活、个性突出给读者留下了深刻的印象。值得注意的是,这些人物形象在中国现当代文学史中,没有像《阿Q正传》中阿Q、《子夜》中的吴荪甫、《雷雨》中的周朴园、周萍、繁漪等人成为经典的人物形象。究其主要原因还是因为张恨水在人物形象塑造过程中对人物性格的意蕴开拓深度不够,思想境界的高度不够。安徽电影家协会影视中心,内蒙、珠海电视台联袂搬上荧屏的十集电视连续剧《啼笑因缘》,编者围绕主要人物进行了再度创作,在深刻理解和准确把握原著中人物精神面貌的基础上,按照主要人物固有的性格逻辑进行了再挖掘和银屏的重塑,使电视剧中的主要人物,在没有失去旧有风貌的同时更增加新的品格,同时提升思想的境界。

一、人物塑造减少鸳鸯蝴蝶派的趣味

张恨水的《啼笑因缘》保留了鸳鸯蝴蝶派的趣味,反映到人物塑造上面,主要是增加相当雕琢的误会、巧合,还有一些生硬的武侠传奇。如在小说创作当中:沈凤喜、何丽娜的容貌相同,而且小说中反复提到一张照片,一错再错。这在人物塑造当中不但没有起到刻画人物强化主题的作用,反而是觉得使人觉得人物形象缺少真实感。在电视剧改编当中,虽然沿用了沈凤喜与何丽娜容貌相同的情节,但是减少鸳鸯蝴蝶派的趣味,增加现实主义元素,如电视剧中删除"寒宵飞弹雨"等武侠传奇情节。关氏父女在小说中营救沈凤喜,展现出好侠仗义的性格特征,如原书当中由于作家对鸳鸯蝴蝶派趣味的偏爱,关氏父女之所以这样做,是为了报答樊家树的知遇之恩和救命之恩。小说这样塑造人物形象时,关氏父女的思想高度和性格光彩大打折扣。在电视剧改编中对此进行了重铸,在电视剧一开始,增加了关寿峰在天桥茶馆警告收税地霸的细节;在电视剧中穿插了关氏父女对军阀社会强烈不满的画面;在电视剧的结尾,还有关秀姑除奸前脑海中闪现出沈凤喜遭遇迫害的种种场景的镜头。这使得关氏父女二人的侠义行为不再单单是为了报答樊家树的恩情,而是为了声张人间正义,使得这两个人物形象具备了更加积极的社会意义。

二、增加人物性格的社会性

任何一个人物的成长都离不开社会的大背景、所处的时代、潮流、意识对各自的人生轨迹产生不可磨灭的影响。比如张恨水的《啼笑因缘》,比如包天笑的《沧州道中》等,或多或少的抨击了当时社会的黑暗面,讽刺了当时社会的种种弊端,借才子佳人或凄婉或悲凉的恋爱故事,抨击了当时社会的男女不平等、贫富不均匀等种种丑恶。特别是关寿峰父女远走东北,参加义勇军,壮烈牺牲在东北的战场。把小说放到了"中华民族到了最危险的时候",歌颂了中华儿女手挽手站起来,筑成血肉的新长城。从辽河西岸到松花江畔,从长白山到兴安岭,抗日义勇军在各处浴血奋战。体现了伟大的爱国主义的情怀。张恨水的《啼笑因缘》在当时来说,与其同时代的一些极端宣扬封建复辟、迷信邪说的文学作品相比,是具有一定进步意义的。但是由于文学观念依旧受到鸳鸯蝴蝶趣味主义的影响,在今天看来,小说的人物创作还存在一定的缺憾,如沈凤喜这个人物。在张恨水的笔下沈凤喜具有双重的性格。既有少女的纯真善良活泼美丽,又具有小市民的虚荣、贪利、圆滑和软弱。

在小说中,沈凤喜的爱慕虚荣在其还是个唱大鼓的贫寒丫头时,还未显现出来,但是当她接受樊家树的救助后,生活安定下来后,她爱慕虚荣的小市民心理展露无遗。樊家树出钱让沈凤喜上学学习知识,然而沈凤喜刚上学没几天,便和同学攀比起来,要求樊家树买手表、高跟皮鞋和白纺绸围巾,不出两天又要买自来水笔和玳瑁边眼镜,完全不管自己是不是需要这些。又说自己的同学中,十个有七八个人戴了金戒指,要樊家树给她买金戒指。

当她被刘德柱关押在房里,面对刘德柱提供的巨大诱惑,她爱慕虚荣的心理使她放弃了关寿峰的救助,放弃了抵抗。关寿峰救她时却看见"盒子也有揭开的,也有关上的,看那盒子里时,亮晶晶的,也有珍珠,也有钻石。这些盒子旁,另外还有两本很厚的账簿,一小堆中外钥匙……刘将军将手指着桌上的东西道:'只要你乐意,这大概值二十万,都是你的了。'……刘将军向下一跪,将账簿高举起来道:'你若今天不接过去,我就跪一宿不起来。'凤喜靠着沙发的围靠,倒愣住了。停了一停,因道:'有话你只管起来说,你一个将军,这成什么样子?'刘将军道:'你不接过去,我是不起来的。'凤喜道:'唉!真是腻死我了!我就接过来。'说着不觉嫣然一笑。正是:无情最是黄金物,变尽天下儿女心。"即使被关着,即使心里还挂念着樊家树,沈凤喜面对金钱与地位的诱惑,出于内心对物质的极度渴望,还是妥协了。而这份妥协虽满足了她爱慕虚荣的心理,却也直接导致了她命运悲剧的发生。小说中这样的创作,将沈凤喜,后来的悲剧命运归结于她的人物性格,却忽略了当时的社会因素,削弱了作品中人物形象的影响力。

而在电视剧的改编当中。针对沈凤喜的人物形象,保留了沈凤喜的双重性格,但是更加侧重于将沈凤喜这个人物的性格展示,放置在她成长的社会背景当中。通过电视剧中的大量场景,展示当时社会黑暗腐败,军阀残暴狡诈的社会背景。保留原来"还珠却惠""迫入刘府"中的原有情节,增加了"刘府绝食""夜思家树"等场景,表现了沈凤喜在强权和暴力的压迫下,不得不向刘将军这样的军阀势力就范的悲惨命运,从而把批判的锋芒指向了当时的社会,当时的黑暗的军阀势力,使人物形象更具有感染力。

三、减少人物塑造中的才子佳人情感纠葛

关秀姑是张恨水小说中唯一一位侠女形象。关秀姑的父亲关寿峰是位武林高手,身手不凡,是义字当头的侠义之士,关寿峰的朋友们也是这类重义气的人,秀姑从小随着在这样的环境下成长,不仅有好身手,性格也十分重情重义。关秀姑不管是对生活还是感情,她都拿得起放得下,有柔情似水的儿女情,又有侠肝义胆的柔肠骨。

在小说创作当中,张恨水以大量的笔墨侧重于樊家树与沈凤喜、关秀姑和何丽娜之间复杂微妙的情感纠葛当中,几乎占整个篇幅的2/3。如在关秀姑和樊家树的感情当中,对关秀姑有这样的描写,初始时,关秀姑也像一位陷入爱的泥沼的小女孩那样多愁善感,但当她得知樊家树与沈凤喜之间的关系后,心情苦闷,"先倒在床上睡了片刻,哪里睡得着。想到没有梳头,就起来对着镜子梳,原本想梳两个髻,梳到中间,觉得费事,只改梳了一条辫子。梳完了头,自己做了一点水泡茶喝,水开了,将茶泡了,只喝了半杯,又不喝了,无聊得很,还是找点活计做做吧。于是把活计盆拿出来,随便翻了翻,又不知道做哪样是好。活计盆放在腿上,两手倒撑起来托着下颌,发了一会子呆,环境都随着沉寂下来。"但是关秀姑很快从这段感情跳脱出来,将自己的感情束之高阁,将自己的信念寄托于佛祖,将自己的一片痴心化作肝胆相照。关秀姑明白樊家树的心意后,主动与他疏远,有意对樊家树

冷淡，樊家树来家中做客，关秀姑也是主动不与樊家树交谈，"秀姑是始终低了头修剪指甲的……家树半晌没有说话，秀姑也就半晌没有抬头"将自己的感情束之高阁。这种在爱情中知进退懂分寸、拿得起放得下的性格是诚然可贵的。同样是知遇之恩，但是关秀姑从未向樊家树索取过任何东西，相反，关秀姑一直在为樊家树默默付出。在他需要的时候给予帮助，在他难过时给予安慰，在他陷入危险时舍身相救。在她身上，既有小女子的痴情，也有作为侠女的大爱。

樊家树走后，沈凤喜被暴戾凶残的刘德柱用金钱诱惑，做了姨太太。为了报答樊家树对自己与父亲的恩情，关秀姑以身涉险，假扮女仆，待在刘府中，一边为樊家树通风报信，一边保护沈凤喜不被责打。面对刘德柱提出与她结婚时，关秀姑从容镇定，勇敢无畏，立即想到了法子："我倒不在乎这个，就是底下人看不起。我倒有法子，一来你可以省事一点，二来我也免得底下人看不起……若是叫我想这个法子，我也想不出来。我想起从前有的人也是为了省事，就是新郎新娘一同跑到西山去；等回来之后，他们就说办完了喜事，连客都没有请，我们要是这样的办才好。"三言两语间，既没有让刘德柱起疑心，又顺势将刘德柱引至西山，随后关秀姑作为正义的化身，将其铲除。虽然表现了关秀姑的侠女大义，但是关秀姑人物形象塑造始终与情感纠葛紧密相连，甚至有些情感设计喧宾夺主，影响了全书的结构和人物形象。

在电视剧中编者把关秀姑杀死刘将军的行为和发生在同一时间、另一空间的"十三妹能仁寺有志除恶僧"相穿插相交替，凭借影视剧的画面穿插，突出了好女子见义勇为替民除害的可贵精神，更加强化了人物形象中关秀姑的侠义之气。

结　语

《啼笑因缘》奠定了张恨水通俗大师的地位，问世多年仍被称为经典著作，被世人反复阅读回味。吸引读者阅读兴趣的除了曲折故事情节的设置，还有张恨水的《啼笑因缘》让故事情节、人物形象更贴近生活，更多的在于书中个性鲜明的人物角色性格的设定。而电视剧的创作则通过减少鸳鸯蝴蝶派的影响，调动影视艺术的种种优势，凸显社会时代画面，增加地域色彩渲染。在人物塑造时，升华人物精神境界，丰富人物的典型意义。

（作者单位：蚌埠学院文学与教育学院）

张恨水作品的传播学审视

——以《啼笑因缘》为例

秦 婧

    张恨水"通俗文学大师"的身份和"章回小说大家"的荣誉已经被我们所熟知,正如老舍先生评价他为"是国内唯一的妇孺皆知的老作家"[1],然而张恨水还有另外一重被大众所忽略的身份——报人。张恨水从 1918 年在芜湖《皖江日报》任编辑开始,先后在《时事新报》《益世报》《工商日报》《今报》《世界晚报》《世界日报》等报纸任编辑和总编辑,有着长达 30 年的报人生涯。张恨水作品成功的原因与张恨水曾作为报人的经历无不有重大的相关性,而张恨水作品家喻户晓的传播效果也与他长期从事新闻工作这一职业紧密相关,张恨水的报人身份使对他作品的研究与传播学有着天然且不可分割的关联度。随着科技的发展,传播媒介由印刷媒介发展到电子媒介,再到今天的新媒介,在传播媒介发展的同时,也随之兴起了对张恨水作品改编与传播的热潮,媒介对文学作品传播的重要影响印证了加拿大学者麦克卢汉所说的"媒介即讯息"。1948 年,美国学者拉斯韦尔在题为《传播在社会中的结构与功能》的论文中,首次提出了构成传播过程的五要素,简称"5W",即"Who"(谁)、"Says what"(说了什么)、"In which channel"(通过什么渠道)、"To whom"(向谁说)、"With what effect"(有什么效果),也就是"传播者""受传者""讯息""媒介"和"反馈"。[2]本文将基于这五个要素,从媒介的变革来对张恨水的作品《啼笑因缘》进行传播学的解读。

一、印刷媒介——报刊

    印刷技术的发展为报刊的出版提供了技术支持,近现代商品化的发展为通俗小说的发行提供了现实基础。张恨水长期从事新闻工作,先后主编北京的《世界晚报》副刊"夜光"、《世界日报》副刊"明珠"、《新民报》副刊"北海",上海的《立报》副刊"花果山",南京的《南京人报》副刊"南华经",重庆的《新民报》副刊"最后关头"。在采、写、编中练就的文字功底使他在写小说的时候也能够游刃有余地运用文字,他改良了章回体,语言通俗易懂、幽默风趣、雅俗共赏;情节曲折多变、引人入胜;人物描写精致细腻,重视心理描写;叙事上采用平民化的视角。副刊以刊登软新闻为主,重视娱乐性和趣味性,他的长篇小说《啼笑因缘》就刊登在《新闻报》的副刊,他本人也非常重视作品的趣味性,他曾在报纸上提出批评:"任何事情,必须有趣味,才能进步""趣味是事业之母"。[3]在作品发行前期,宣传非常重要,《啼笑因缘》在《新闻报》副刊"快活林"上连载前,严独鹤在"编者按"中写道:"长篇小说,自明天起,刊载张恨水先生所著的《啼笑因缘》。张君在小说界极负声誉,长篇小说尤擅胜场。他的作品分见于北方各大报及本埠上海……"[4]以此营造声势和吸引读者。张恨水作品的受传者是"匹夫匹妇",在创作中立足于市民,写市民的生活,传达市民的心声。在内容上,通俗文学面向市民,就必须迎合大众的审美趣味,于是他言情和武侠相结合,与此同时,他也意识到要跟读者引起共鸣就必须写他们所经历的真实世界,于是又将社会现实加入文本的创作。在《啼笑因缘》中,既有樊家树、沈凤喜和何丽娜的爱情纠葛,又有对军阀黑暗统治的抨击,还有关氏父女的侠义豪情,结合了大众喜爱的言情、武侠和社会题材为一体的作品,既具现实性,又具斗争性和进步性,还没有落入才子佳人大团圆的俗套,必然会受到市场的认可和喜爱。此外,副刊连载的发行方式决定了"卖关子"尤为重要,而作为报人的张恨水深谙制造悬念和戏剧化冲突的技巧,正如张恨水在《我的小说过程》中所说:"大概对于全部的构成以至每人个性的发挥,我都使他有些戏剧化"[5]。这样就激起了受众强烈的好奇心,促进了报刊的销量的增长,也拓宽了作品的传播范围。同时作为报人的张恨水,有着"铁肩担道义,妙手著文章"的新闻人的责任感,希望通过自己改良章回体的文学表达方式和作品中传达出的男女平等和婚姻自由的意识,使市民摆脱封建思想的束缚,对军阀的抨击体现了他的创作立足于国家和人民的高度,体现了他的爱国情怀。在作品传播路径的反馈中,《啼笑因缘》开设与读者的"互动专栏",让读者参与到作品的评价和创作,"无论对待什么样的'来信',编辑们都是恭敬有加,认真对待读者心声,重视他们的需求,按照他们的口味,不断调整,积极寻求改进"[6],体现了市场化驱使下"受众为中心"的传播导向。张恨水《啼笑因缘》的传播过程体现了著名的传播学理论"使用与满足","把受众成员看作有着特定'需求'的个人,把他们的媒介接触活动看作基于特定的需求动机来'使用'媒介,从而使这些需求'满足'的过程",《啼笑因缘》从受众定位到内容的确立,再到反馈的过程,体现了受众的"使用与满足"。

二、电子媒介——电视与电影

根据传播学家哈特的媒介系统分类,到20世纪初,媒介系统已经由示现的媒介系统到再现的媒介系统,再到电影和电视这样借助机器传播的机器媒介系统。自20世纪30年代以后,随着电影、电视的兴起,张恨水的作品再次兴起了改变和传播的热潮,电影和电视作为可视化的媒介,延长了媒介使用的时间和空间,使扩大张恨水作品的受众成为可能。

《啼笑因缘》先后改编成影视剧的有 1945 年和 1957 年香港同名电影,1965 年《故都春梦》《京华烟云》香港电影,1975 年《新啼笑因缘》、1974 年香港同名电视剧,1987 年香港同名电视剧,1989 年台湾电视剧《新啼笑因缘》,2004 年,由胡兵、袁立主演,在央视八套播出的同名电视剧。张恨水作品之所以成为影视剧改编的宠儿,是由于作品本身时间、空间等多重因素交叉的叙事技巧形成了电影中的"蒙太奇"效果;情节的引人入胜和曲折多变易造成戏剧化的矛盾和冲突;叙事画面感强烈、肖像描写精致细腻。通俗文学改编成电视和电影代表着文化生产与消费的高度集中,意味着"受众即市场"导向的形成,也就是受众作为文化产品的消费者,是影视剧制片方争夺的市场,以盈利为目的影视剧文化产业决定了传播者——影视剧的制片人对作品的改编必须尽可能迎合受众的喜好。改编后的电视剧与原著相比,加重爱情的呈现分量,削弱对军阀的批判力度,情节由以凤喜的命运为主线变成以男女主人公的爱情为主线——经历多重磨难最终修成正果,并贯穿了错综复杂的多角恋,迎合了观众的期待;军阀刘德柱的形象也从残暴好色到"铁血柔情",这样的反差也容易激起观众的想象;凤喜也由活泼善良和贪慕虚荣的双重性格变成对家树从一而终,为爱牺牲的坚贞女子,将主人公完美化,树立观众理想的正面人物形象;结局也由悲剧结尾变成受众向往的传统中式大团圆……这些都无不体现了文化资本驱使下迎合受众的改编。但以无限逐利为目的的影视媒介很容易使文化产品落入"文化工业"的标准化和伪个性化,迎合消费者好奇心、窥私欲和匮乏感等欲求的剧情大多如同机械复制和工厂化的批量生产,个性化的旗帜也往往是为了掩盖剧情的标准化、格式化和风格的千篇一律,比如以往的"才子佳人"模式在影视化中变成"深情王子爱上落难灰姑娘"的模式,而值得注意的是,完美的主人公和令人向往的大团圆幸福结局是供应文化快感和幸福承诺的伪升华,用伪审美和假升华遮盖和麻痹人性压抑的真实,正如霍克海默和阿多诺在《启蒙辩证法》中所提到的:"文化工业不是纯化愿望,而是压抑愿望。"[7]影视化后的《啼笑因缘》削弱了原著中对残暴军阀的抨击,消解了真实历史中的痛苦,违背了人性复杂的伦理。影视化在以受众接受和获得受众满足的同时,也应该有求新、求异的审美需求,展现出作品的与时俱进和创新才能创作出真正优秀的文艺作品,长久得留住观众。制片人也应该有使命感,呈现时代性和真正能代表人民的作品,努力使经济效益和社会效益相统一。

三、新媒介——移动终端

随着移动互联网的发展,再次拓宽了文学经典的传播方式,除了海量的电子书以外,还有以"腾讯""优酷""爱奇艺"为主的移动终端这样的综合视频网站进行影视的传播,而在众多新兴的移动网络传播方式中,势头最猛的要数各类有声读物 App 和短视频平台。喜马拉雅 FM、懒人听书和蜻蜓 FM 牢牢占据了有声读物市场的头部地位,引入知名文化学者和专业播音演员这类优质主播为听众提供有品质的内容,在喜马拉雅 FM 上,有著名配音演员张震为张恨水的小说《啼笑因缘》演播;在传播内容上,与诸多出版商合作保证有声读物内容的来源;在传播渠道上,打造与人工智能相结合的小雅 AI 音响,还通过智能家居以及穿戴设备的语音播放,拓宽有声读物的适用场景。保罗·莱文森认为:"我们选择媒介的依据是:它们在多大程度上延伸我们生物有机体传播的能力,在多大程度上维持我们面对面交流的能力或前技术传播的能力。麦克卢汉也提出了"媒介是人的延伸。"借助媒介的使用突破生物人体的感官局限,达到实现人类需求的最终目的。有声读物 App 利用碎片化时间汲取资源,符合人们当下数字化的生存。根据中国互联网信息中心 CNNIC 发布的第 49 次《中国互联网络发展状况统计报告》数据显示,截至 2021 年 12 月,我国网络视频用户规模达 9.75 亿,较 2020 年 12 月增长 4794 万,占网民整体的 94.5%,影视长剧短视频化也可以说是符合当下网络生态的趋势。在消费主义和后现代主义的裹挟下,网民更趋向于食用数字"快餐"——碎片化阅读。新媒体赋权下,"人人都有麦克风",大量 UGC 和 PUGC 内容兴起,各类自媒体影视剪辑与解说类媒体账号的异军突起,主要是对影视剧中的"高能"片段:泪点、笑点和痛点进行剪辑和包装,实现对影视剧的解构和建构。"X 分钟带你看完 X"是影视剧视频化火热的包装方式之一,例如抖音账号"有书快看"发表的"五分钟看完《啼笑因缘》一男三女的爱情故事",正如尼尔·波兹曼(Neil Postman)所言:"人们想看的是有动感的画面—成千上万的图片,稍纵即逝却斑斓夺目"[8],短视频"短平快"的特点改变了影视长剧冗长拖沓的节奏,符合用户碎片化浏览的需求。在短视频对《啼笑因缘》进行二次加工,激活和创作符合互联网生态的热"梗",以此为《啼笑因缘》持续引流,提高作品热度或许可以作为再度兴起"张恨水热"的传播途径。短视频拓宽了文学经典的传播方式,但"快餐"式浏览有着先天不足的缺陷,断裂的信息难以还原作品本身的艺术审美价值,此外,更是面临着侵犯影视剧版权的风险。受众应该清醒地意识到短视频追剧只是一种多元影像时代新的视听观看模式,它可以作为一种补充性的视听满足和主观读解,但无法作为文学和影视剧的替代品。

随着媒介的一轮又一轮革新,从印刷媒介到电子媒介再到移动终端,张恨水作品的改编与传播也经历了解构、建构和再构的过程。新媒介的发展,拓宽了文学经典的传播路径,使张恨水的文学作品不断掀起热潮,这种现象也同时表明了张恨水作品具有极高的审美价值,只有经得起时代考验的文学作品,才能在媒介变革中顺流而上。

参考文献

[1] 老舍. 一点点认识[N]. 新民报晚,1944-05-16.

[2] 郭庆光. 传播学教程[M]. 北京:中国人民大学出版社,2011.

[3] 袁进. 张恨水评传[M]. 长沙:湖南文艺出版社,1988

[4] 刘少文. 大众媒体打造的神话——论张恨水的报人生活与报纸话文本[M]. 北京:中国社会科学出版社,2006.

[5] 张恨水. 写作生涯回忆录[M]. 太原:北岳文艺出版社,1993.

[6]李媛君.接受视域下张恨水社会言情小说创作——以《春明外史》《金粉世家》《啼笑因缘》为例[D].宁夏大学,2010.

[7][德]马克斯·霍克海默,西奥多·阿多诺.启蒙辩证法:哲学断片[M].渠敬东,曹卫东,译.上海:上海人民出版社,2006.

[8]尼尔·波兹曼.娱乐至死[M].章艳,译.北京:中信出版社,2015.

(作者单位:安庆师范大学人文学院硕士研究生)

张恨水小说中的音乐元素
及其在影视作品中的呈现

王　韵

　　通俗文学大师张恨水一生创作各类小说多达 160 余篇①,其中《春明外史》《啼笑因缘》《金粉世家》等长篇章回体小说自出版以来风靡大江南北,被老舍称为"国内唯一的妇孺皆知的老作家"②。不同于一般的畅销小说家,张恨水的作品不仅在当时家喻户晓,在他逝世后依然陆续有新的小说版本出版,其影响不减反增持续至今,甚至辐射到话剧、戏曲、影视等艺术领域,出现了各种不同版本的改编作品。

　　在张恨水的作品中可以发现音乐与电影对作者小说创作的重要影响。纵观张恨水的小说创作不难发现,音乐是其诸多作品中十分重要的元素之一,甚至成为推动小说情节发展的主要动力之一。张恨水将自身对音乐的理解认知融入小说创作语境中,不仅为读者展现了一幅幅生动鲜活的音乐活动画面,也通过音乐元素深化小说的思想内涵,扩展了小说艺术价值的维度。另一方面,电影也是张恨水十分喜爱的艺术形式之一,在 20 世纪 20 年代"每个星期至少看三张新片子"③,阅片量不可谓不大。如此之多的观影体验也反过来影响到张恨水的小说创作,因而在他的小说中也常常使用多"动作"而少"说话"的"电影化"的描写手法。或许正是因为张恨水小说的"电影化"特性使得其作品被导演编剧所青睐,不断被改编成各种不同版本的影视剧作品。

　　目前学界对于张恨水小说从音乐性以及影视改编两方面各有一定的研究成果:前者包括谢家顺《张恨水戏剧观综论》《论张恨水小说的戏剧人物形象》、黄静《论张恨水小说的戏曲叙事》、徐阳《张恨水小说中的音乐描写》等论文,主要研究张恨水原著小说中的戏剧元素以及作者的音乐观念,认为张恨水具有专业戏曲理论知识并有丰富实践经验,小说中的人物和剧情发展常常借用戏曲来呈现;后者如张燕《张恨水〈啼笑因缘〉的多元改编历史与香港文化呈现》、杨惠《人性的证明——论张恨水小说〈夜深沉〉电视剧改编的思想深

---

　　①　根据谢家顺著《张恨水年谱》所载,张恨水共发表长篇小说83部、中篇小说27部、短篇小说45部,此外还有小小说6篇、传记3篇。

　　②　老舍.老舍散文集[M].长春:吉林出版集团股份有限公司,2019:61.

　　③　张恨水.张恨水散文全集明珠[M].长春:时代文艺出版社,2015:224.

度》、周丽娜《论视觉消费文化语境下张恨水小说的电视剧改编》等论文,从不同角度分析张恨水小说影视化改编的特点。然而我们也应该注意到,作为张恨水小说中重要的音乐元素在影视化改编作品中如何呈现的相关讨论也是十分有趣的选题,因此笔者从张恨水小说中的音乐元素入手,梳理不同时期影视作品的音乐呈现特点,试图展现张恨水小说传播过程中的另一个侧面。

一、小说中的音乐元素

通过对张恨水小说中的音乐元素进行梳理,主要包括戏曲与曲艺、器乐、流行音乐、西洋音乐等四个方面。

（一）戏曲与曲艺元素

戏曲与曲艺,尤其是京剧是张恨水小说中最为突出的音乐元素,他在多部小说中都将女性主角设定成唱戏为生的歌女,通过歌女的不同遭遇折射出当时的社会矛盾。笔者将此类小说中主要歌女角色归纳如下。

表1 张恨水小说中的歌女角色

出版年代	小说名称	歌女角色
1929 年	《斯人记》	梁寒山、张梅仙
1930 年	《啼笑因缘》	沈凤喜（京韵大鼓）
1932 年	《满江红》	李桃枝
1932 年	《欢喜冤家》	白桂英
1936 年	《夜深沉》	杨月容
1939 年	《秦淮世家》	唐小春
1940 年	《赵玉玲本记》	赵玉玲
1947 年	《五子登科》	田宝珍

从表中可以看出,这些小说出版时间主要集中在20世纪30年代,正是张恨水创作的鼎盛时期。作者在这些小说中塑造了一个又一个性格鲜明的歌女形象:《夜深沉》中卖唱女子中杨月容在金钱诱惑和权贵逼迫之下迷失自我逐渐堕落,《满江红》中秦淮歌女李桃枝为救心爱之人葬身火海……虽然她们的命运与结局各不相同,但大多以悲剧收场,张恨水通过对旧社会底层女性艺人众生相的描绘揭露了当时社会的黑暗面,"逼近了社会生活的某些本质……在一定程度上有助于人们加深对当时社会黑幕和种种病态的认识。"[1]

---

[1] 谢家顺. 论张恨水小说的戏剧人物形象[J]. 中国戏剧,2005(03):32.

张恨水对戏曲元素的独到运用还体现在小说中对许多戏曲场景的描述。得益于早年的戏曲演出经验和多年来在报刊上发表戏曲评论，张恨水在展现戏曲表演的场景时描写得十分细致生动。如小说《欢喜冤家》第一回开始描写了一个旧式戏馆后台的纷杂场景："一个扮演杨贵妃的角色，穿了宫装，戴了凤冠，站在上场门后边，手上夹了一支烟卷在抽着。她面前站了两个扮太监、六个扮宫女的配角，簇拥着一团。"[①]各个人物间的对话也体现出不同的人物性格特征：杨老板的高傲、佟老板的不忿，以及后台管事田宝三的圆滑世故在张恨水笔下一一呈现，读者通过阅读文字即可在脑海中浮现出一幅鲜活的戏曲后台画面。

值得一提的是，在一众京戏女伶当中以唱京韵大鼓为生的沈凤喜显得格外突出。京韵大鼓是由河北省沧州、河间一带流行的木板大鼓改革发展而来，在天津、北京为主的华北和东北地区广泛流传的一种曲艺曲种。京韵大鼓用北京语音声调吐字发音，唱腔上以刘宝全的"刘派"最具代表性，主要伴奏乐器为三弦和四胡，演唱者自击鼓板来掌握节奏。相比较于以唱、念、做、打的综合表演为中心的戏曲，京韵大鼓则是更加平民化的艺术形式而植根在底层人民之中。因此张恨水在描写沈凤喜的出场时首先将场景放在杂耍聚集的北京天桥附近，沈凤喜婉转的歌声配合三弦凄楚的音调令樊家树不由得心里一动，从而引出后面的故事。

（二）器乐元素

张恨水小说中的器乐元素主要有两种使用场景。第一种是作为歌女演唱时的伴奏乐器，乐器的出现预示了歌女的出场。如《啼笑因缘》樊家树初见沈凤喜的场景中是这样描写的：

"那个弹三弦子的，在身边的一个蓝布袋里抽出两根鼓棍，一副拍板，交给那姑娘。姑娘接了鼓棍，还未曾打鼓一下，早就有七八个人围将上来观看。"[②]这段文字是在描写艺人演唱京韵大鼓前的准备工作，文中交代的"三弦""鼓棍""拍板"都是唱京韵大鼓所用的伴奏乐器。当这些乐器一亮相人们便知道接下来要唱京韵大鼓，于是引起了人们的围观，自然也吸引了樊家树的注意。

第二种是作为一个重要符号贯穿小说当中，这种情况下器乐往往不依附于其他素材，而是作为一个独立要素代表某个具体的意象，典型的例子如小说《夜深沉》。《夜深沉》原本是京胡曲牌名称，出自昆曲《孽海记·思凡》唱段《风吹荷叶煞》的首句唱词，后"经梅雨田、杨宝忠、李慕良、徐兰沅等历代琴师的非凡创造，成为一首刚劲优美、结构严谨、布局合理的优秀乐曲。"[③]常常用在京剧《击鼓骂曹》和《霸王别姬》中，也经常单独作为器乐曲表演。

张恨水将小说名称取为《夜深沉》，本身已显示出这首乐曲在小说中的重要地位。胡

---

①　张恨水.欢喜冤家[M].北京：中国文史出版社，2018：1.
②　张恨水.啼笑因缘[M].北京：人民文学出版社，2009：26.
③　王宇琪.一曲多变　变不离宗——京剧曲牌[夜深沉]版本比较[J].乐府新声，2020（01）：41-47.

琴打奏的《夜深沉》多次在小说中出现,剧中主要角色杨月容与丁二和的情感纠葛也都由此曲所引出。如丁二和与杨月容的初次相见,"在巷子转弯的所在,有一阵胡琴板声绕了院子处走着,乃是一把二胡一把月琴,按了调子打着板,在深夜里拉着,那声音更是入耳。正到这门口,那胡琴变了,拉了一段《夜深沉》,那拍板也换了一面小鼓,得儿咚咚,得儿咚咚地打着,大家立时把谈话声,停了下去,静静儿听着。"①当丁二和与田家二姑娘新婚当夜,忽闻院子前面响起了胡琴声,配和小鼓的声音,"这声音送到耳朵里来是太熟了,每个节奏里面,夹了快缓不齐的鼓点子,二和不由得啊哟叫了一声道:'这是《夜深沉》呀!'"②故事结尾处丁二和在风雪交加的夜里躲在一个胡同角落里等待月容演出结束,此时"隔着戏馆后墙,咿唔咿唔,胡琴配着其他乐器,拉了《夜深沉》的调子,很凄楚的送进耳朵。"③此外,小说中每次出现《夜深沉》均是在夜晚,与乐曲本身凄婉哀怨的情绪相契合,奠定了小说深沉、悲凉的基调,暗示了小说人物的悲剧性命运。

(三)流行音乐元素

除了传统音乐外,张恨水还在小说中加入时代曲、歌舞表演等一些流行音乐元素。中国的流行音乐发源于1920年代的上海,由"民间小调和地方戏曲的基础上,吸收了美国爵士乐、百老汇歌舞剧等西方流行音乐发展而来。"④这类歌曲又被称为时代曲,歌曲内容以爱情为主,通俗易懂,具有商业性,一定程度上迎合了当时市民阶层的娱乐审美趣味。张恨水小说中也提及了当时较为流行一些时代曲,如《满江红》中李桃枝"两只脚垂在床沿下,如打秋千一般,一来一去。口里便把时髦的小调,哼着唱起来道:'小青青,不要你的金。小青青,不要你的银。奴奴只要你的心。哎呀哟,你的心。'"⑤这里李桃枝所唱的歌曲名为《毛毛雨》,是中国第一首流行歌曲,由"中国流行音乐奠基人"黎锦晖于1927年创作完成。这首歌曲以中国民族音乐语言和西洋音乐编配手法结合而成,歌词以女性的口吻大胆表露对心上人的真挚爱意,反映了"新文化运动"以后女性在思想意识上的觉醒。李桃枝唱《毛毛雨》意在表达她对心上人于水村的情意,也是对以婶娘孙氏为代表的封建旧势力的反抗。

除上述三种音乐元素外,张恨水小说中还有一些作为背景的音乐元素,如《啼笑因缘》和《纸醉金迷》中常常出现的歌舞场、《银汉双星》中李旭东编创的歌曲以及李月英的舞蹈剧《无愁仙子》《斯人记》开头的南曲散套、《满江红》中的歌舞剧《满江红》《天上人间》等,对音乐元素多样化的运用成为张恨水小说中的一大特色,让音乐与文学有机结合塑造出鲜活的人物形象,展现出20世纪上半叶中国社会风貌的真实写照。

① 张恨水.夜深沉[M].北京:人民文学出版社,2009:2.
② 张恨水.夜深沉[M].北京:人民文学出版社,2009:281.
③ 张恨水.夜深沉[M].北京:人民文学出版社,2009:407.
④ 尤静波.中国流行音乐简史[M].上海:上海音乐出版社,2015:1.
⑤ 张恨水.满江红[M].南京:江苏文艺出版社,2004:94.

二、影视作品分期

张恨水的小说不仅受到广大读者的喜爱,也成为影视行业热衷改编的对象,从第一次被改编的电影《银汉双星》(1931 年)算起,至今共有 12 部作品改编成各种影视作品累计39 部(见文后附录)。笔者通过梳理将张恨水小说的影视改编分成三个时期。

第一阶段(1931—1949)为电影时期。民国时期的上海是中国电影产业最为发达的城市之一,"据统计,1925 年前后,上海有一百四十一家制片公司,占全国所有电影公司的80% 以上。"①联华、明星、天一、华侨等影业公司纷纷看中张恨水小说的热度和人气,相继推出了改编自小说的电影作品。这一阶段从改编小说的数量上来看是最多的,共有《银汉双星》《啼笑因缘》《落霞孤鹜》《满江红》《欢喜冤家》《美人恩》《秦淮世家》《夜深沉》《金粉世家》《现代青年》等 10 部小说被改编成电影。

第二阶段(1950—1999)为影视过渡时期。1945 年以后由于大量内地影人移民香港使得香港的电影产业迅速崛起取代上海而成为新的电影产业中心。新成立的华侨、邵氏、电懋等电影公司将张恨水的小说重新改编成电影,其中即有延续早期传统的国语电影也有保持本地特色的粤语电影。1970 年代电视机的普及催生了电视剧产业,改编的方向也逐渐从电影转向电视剧。香港、台湾和内地出现了多个不同版本的电视剧改编作品,有粤语片、国语片,甚至是黄梅戏版本的电视剧作品,呈现出百花齐放的局面。这一阶段改编的作品有《纸醉金迷》《啼笑因缘》《落霞孤鹜》《金粉世家》《夜深沉》《满江红》《似水流年》《秦淮世家》等 8 部小说,其中《啼笑因缘》被改编达 11 次之多。

第三阶段(2000 至今)为电视剧改编时期。21 世纪以来,张恨水的小部又再度成为电视剧改编的热门选择。2003 年由李大为执导,董洁、陈坤、刘亦菲等人主演的电视剧《金粉世家》在中央电视台热播,由此掀起新一股的"张恨水影视剧"热潮。到 2008 年的短短六年时间内就有《金粉世家》《红粉世家》(即《满江红》)《啼笑因缘》《夜深沉》《纸醉金迷》《梦幻天堂》(即《现代青年》)等六部电视剧问世。

三、影视作品中的音乐呈现

在过去影视技术不发达的年代,张恨水小说中许多的音乐元素只能依靠作者精彩的文字描绘传达,缺少更加直观的声音表达。然而"在不断更新的技术手段的支持下,人们

---

① 张仲礼. 近代上海城市研究[M]. 上海:上海人民出版社,1990:1112.

对文学所传达的'现代'意识的接受,事实上更多的不只是'看',而主要是借助于'听'"①。因此作为听觉艺术的音乐在影视作品中发挥出更重要的作用,更加立体地呈现张恨水小说的全貌。通过对不同时期影视作品的梳理与分析,音乐元素的呈现主要表现为以下四个特征。

1. 时代性与地域性

张恨水小说改编的影视作品年代跨度较大,其中音乐的呈现也体现出不同时期人们的音乐理念与审美偏好。如第一阶段集中反映出 20 世纪 30—40 年代中国电影音乐创作的特征,其中以电影《银汉双星》最为典型。

《银汉双星》是张恨水于 1930 年应《华北画报》之邀而作,故事讲述了同在银汉公司的电影明星李月英与杨倚云之间的情感纠葛。作为 20 世纪早期中国无声歌舞电影的代表之一,电影由萧友梅、黎锦晖、金擎宇、李士达等人担任音乐顾问,影片中李月英所唱歌曲以及歌舞表演均出自黎锦晖及其所带领的联华歌舞班之手。电影在力求不破坏原著的基础上加以改编,用更加符合时代气息和吸引观众的方式来叙述。如原著中李旭东的身份是擅于作词谱曲的中国传统文人,介绍人物背景时写道:"住在北京城里,有一位诗人李旭东先生,读书之余,无可消遣,常常自己编了一些词曲,谱入丝管,自歌自唱,倒也有趣。因为它的体裁,套自《西厢》一类的文字,只重白描,不重辞藻,却也雅俗共赏。"②在描述他编曲时也常用"琵琶笛鼓"一类传统乐器,可见在小说中李旭东是一个典型的懂音律的中国传统文人形象。而在电影中李旭东却变成了一个南海音乐家,平日身着西装坐在钢琴前弹琴谱曲,这样的设定符合当时主张推崇西洋先进音乐文化的社会思潮。而另一方面,女主角李月英在影片首尾演唱的明清时调《叹十声》,却是一首"反映了清末民初女性(既包括下层社会女性,亦包括上层社会女性,既包括烟花女子,亦包括良家妇女)的不幸命运及遭际,反映了处于新旧思潮激烈冲突中的女性的挣扎和毁灭,是考察当时女性生活的重要文献"③。除此之外影片中的音乐元素还包括李月英演唱《楼东怨》、振华女中表演的舞蹈《娘子军》、李月英表演的舞蹈《埃及舞》以及庆功会上节月英和杨倚云跳的探戈。如此多的音乐元素集中出现在一部电影中,使得本片虽然在题材上未能摆脱传统才子佳人的套路,但却在表现形式上给人以耳目一新之感。

1950 年代起制作公司由上海转为香港,因此这一时期的影视作品开始带有浓烈的香港地域特色。1957 年由李晨风执导、华侨影片公司出品的电影《啼笑因缘》将故事的发生地北平整改为了粤港观众更为熟悉的广州,沈凤喜卖唱的场所也由在户外的天桥改为香港人更熟悉的茶馆。20 世纪 50 年代香港粤剧盛行,并催生出以粤语演唱的粤曲歌坛,深受港人喜爱。因此影片中所有京韵大鼓部分都改为粤曲演唱,配以三弦、大鼓和竹板伴

---

① [日]平田昌司,贺昌盛编译."看"的文学革命·"听"的文学革命——1920 年代中国的听觉媒介与"国语"实验[J].长江学术,2017(1):5.
② 张恨水.银汉双星·一路福星[M].北京:中国文史出版社,2018:4.
③ 李秋菊.基于时调的清末民初中国社会之考察——以"叹十声"时调为考据[J].求索,2012(07):115.

奏,即保留了原著中京韵大鼓的演出形式,同时也体现出香港的地方音乐特色。1995 年胡莲翠导演的电视剧《啼笑因缘》则选择了广大人民群众喜爱的黄梅戏形式来展现原著小说。该剧由剧作家金芝编剧、黄梅戏作曲家徐代泉作曲,在保留黄梅戏戏曲语言特征的同时又借助电视剧对空间构造、镜头转换的特点推进原著中复杂曲折的剧情,使文学、戏曲、影视三者完美融合,达到和谐的统一与平衡。

2. 高度还原小说场景

早期和中期改编的影视作品中对原著中描绘的音乐场景都进行了较为准确的还原。1931 年由上海明星影片公司拍摄的电影《啼笑因缘》力求展现小说中的真实场景,由主创团队"亲赴北平前门、天桥等地取景,竭力为观众带来最真实地道的感观体验"①。1964 年邵氏兄弟(香港)有限公司将小说《啼笑因缘》重新改编拍摄成电影《故都春梦》,其中电影开场对旧时北平天桥热闹的卖艺场景作了生动细致的描绘。在顶缸、摔跤、相声等民间曲艺的氛围渲染下,在戏园里的沈凤喜唱着字正腔圆的京韵大鼓《大西厢》,让观众身临其境地感受到了原汁原味的老北京风情,成为整部影片的一大亮点。1990 年版的《夜深沉》采用同名京剧曲牌作为片头主题曲,贴合作品的主旨。值得一提的是,该剧扮演杨月容的演员雷英当时是天津市青年京剧团的一位专业京剧演员。雷英早年学习梅派唱腔,后师承张派创始人张君秋先生。她的嗓音清亮甜美、扮相端庄秀丽,于 1987 年荣获"第四届中国戏剧梅花奖"。正是有了扎实的戏曲功底,雷英在电视剧《夜深沉》中"唱念做打"无一不备,"出色地塑造了一个由十几岁到三十几岁的挣扎于旧社会的京剧艺人的动人形象"②。

3. 大胆革新重新设计

新世纪推出的六部改编电视剧为了迎合观众欣赏口味的变化在角色、剧情等方面都有较大的改动。如 2003 年版的电视剧《红粉世家》中,桃枝由秦淮河边茶楼卖唱的歌女变成了美琪歌舞团的舞蹈演员。原著中歌剧舞《满江红》仅在第十三回和最后一回出现,对小说情节的推进并不产生多少影响。而电视剧中这部歌舞剧成为贯穿全剧的一个关键因素,第一集便是桃枝与歌舞团出演《满江红》的画面,随着剧情的发展水村与桃枝的多次对话也围绕《满江红》展开。原著中秋山的另一位朋友莫新野原是一位琵琶演奏家,书中形容他的琴声"急的时候,如狂风暴雨,缓的时候如小石鸣泉,一定是琵琶名手,绝非出自平常街头唱曲人所作"③,而在电视剧中或许是为了视觉呈现上的考虑,也将这一设定改为笛子演奏家,剧中莫新野出现的时候总是伴随悠扬的笛声,另有一番飘逸与洒脱。2006 版《夜深沉》将杨月容虚构成了一个京剧演员转变成电影明星的传奇命运,因此电视剧中除了保留大量的京剧唱段外还出现了杨月容为了成为演员学习钢琴、声乐、舞蹈的桥段,最后凭借她出色的演技和嗓音成了上海的著名电影明星。剧中杨月容多次演唱自己主演的电影《情天恨海》的主题曲,似乎是对自己坎坷爱情之路的写照,让观众对她最后的悲剧性

① 张燕,钟瀚声. 张恨水《啼笑因缘》的多元改编历史与香港文化呈现[J]. 民族艺术研究,2021(05):16-17.
② 方芳. 美哉!雷英"散花"[I]. 中国戏剧,1989(03):39.
③ 张恨水. 满江红[M]. 南京:江苏文艺出版社,2004:6.

命运产生共鸣。

4. 电视主题歌的影响

在电视剧作品中还有一个不容忽视的方面是主题歌的影响。1974 年由王天林执导、香港电视广播有限公司(TVB)出品的《啼笑因缘》是张恨水小说的第一个电视剧版本。该剧的热播不仅引发全港轰动,其中由歌手仙杜拉演唱的主题歌《啼笑姻缘》也大受欢迎,并且直接导致一年以后邵氏兄弟(香港)有限公司再度将此故事搬上大银幕,并取名为《新啼笑姻缘》。影片开场由仙杜拉演唱《啼笑姻缘》引出故事,很显然也是希望凭借电视剧主题曲的热度来吸引观众。2003 年电视剧《金粉世家》在央视热播,其中由陈涛作词、三宝作曲的主题歌《暗香》也成为经典影视歌曲之一。歌曲旋律起伏跌宕,流行与古典结合的编曲手法展现出气势宏大的音效,配以沙宝亮独特的嗓音,使得歌曲一经推出便大受欢迎。在电视剧中该歌曲也穿插其中,成为渲染气氛、烘托主题形象的主要手段之一。

结　语

"予旧日酷嗜皮簧,近则极爱电影。"①这是张恨水对自己爱好的介绍,而这两点也正是张恨水小说的独特标签。他之所以在作品中如此频繁地使用音乐元素,得益于常年对音乐的关注以及在报纸上发表的乐评。张恨水祖籍安徽潜山素有"戏曲之乡"之称,这里曾经走出过京剧鼻祖程长庚,黄梅戏、弹腔等多种戏曲均在此发展传承。那里浓郁的戏曲氛围滋养着张恨水,二十岁时他便在堂兄张东野的介绍下参演了多部戏剧,有时甚至是担任戏中的主角。此外,从他多年来在报纸杂志上发表的多篇有关于戏曲的评论文章多达 127 篇,其中包括京戏、川戏、黄梅戏、大鼓戏、倒七戏、粤曲、昆曲七个戏种。内容涉及戏曲基本知识、舞台布置、观众体会、剧本内容、演员表演等多个方面②,从中亦可以看出他有着较高的音乐素养并影响到日后的小说创作。

"激动人心的故事总是被隐没在浩如烟海的作品之中,唯有影视改编才能让它们'浮出历史地表',被更多的人所看到。"③影视行业的不断发展让一部部张恨水小说呈现在屏幕上,小说中精彩生动的音乐描写也以更加立体直观的方式呈现给观众。然而也应该看到目前在的影视作品中普遍存在音乐与画面不一致、演员口型与声音对不上等问题,这些应该引起相关从业者的重视,在今后的拍摄中更加严谨地对待作品中的音乐呈现,给大众带来更加优质的影视改编作品。

---

① 张恨水. 张恨水散文全集明珠[M]. 长春:时代文艺出版社,2015:235.
② 徐阳,谢家顺. 张恨水的跨界乐评人身份和乐评[J]. 江淮论坛,2019(02):176.
③ 文爽. 新世纪二十年文学作品影视改编的观察与思考[J]. 创作评谭,2021(04):44.

附录1：根据张恨水小说改编的影视作品（按作品分类）

小说	影视作品	年代	主演	导演	发行公司
《啼笑因缘》 （改编14次）	电影《啼笑因缘》	1932	胡蝶、郑小秋、夏佩珍	张石川	上海明星影片公司
	电影《啼笑因缘》	1941	李立华、梅熹、余琳	孙 敬	上海艺华影业公司
	电影《啼笑姻缘》	1952	白燕、张活游	杨工良	香港银城影片公司
	电影《啼笑姻缘》	1957	张瑛、梅琦、吴楚帆	李晨风	香港华侨 电影企业公司
	电影《爱情与金钱》	1958	小艳秋、黄英	王天林	香港华侨 电影企业公司
	电影《啼笑姻缘》	1964	葛兰、赵雷	王天林	香港电懋电影公司
	电影《故都春梦》	1964	李立华、关山、凌波	罗 臻	邵氏兄弟（香港） 有限公司
	电视剧《啼笑因缘》	1974	李司棋	王天林	香港电视广播 有限公司
	电影《新啼笑因缘》	1975	井莉、宗华、李菁	楚 原	邵氏兄弟（香港） 有限公司
	电视剧《啼笑因缘》	1987	王惠、孙启新	王新民	安徽电影家协会 与内蒙古电视台
	电视剧《啼笑因缘》	1987	米雪、苗可秀	梁志成	香港亚洲电视数码 传媒有限公司
	电影《新啼笑因缘》	1989	冯宝宝、汤镇业	叶 超	台湾宝树传播公司
	黄梅戏电视剧 《啼笑因缘》	1995	周莉、张弓	胡莲翠	安徽电视台
	电视剧《啼笑因缘》	2004	袁立、胡兵	黄蜀芹	中国电视剧 制作中心
《金粉世家》 （改编4次）	电影《金粉世家》	1941	周曼华、吕玉堃	张石川	上海国华影片公司
	电影《金粉世家》	1961	张瑛、白燕、夏萍	李晨风	香港华侨 电影企业公司
	电视剧《京华春梦》	1980	刘松仁、汪明荃	王天林	香港电视 广播有限公司
	电视剧《金粉世家》	2003	董洁、陈坤、刘亦菲	李大为	广东强视影业 传媒有限公司
《夜深沉》 （改编4次）	电影《夜深沉》	1941	周璇、韩非	张石川	上海国华影业公司
	电影《夜深沉》	1962	张瑛、白燕	左 几	香港华侨电影 企业公司
	电视剧《夜深沉》	1990	雷英、王福友	李文化	烟台电视台 天津影艺公司
	电视剧《夜深沉》	2006	陶虹、何冰	姚晓峰	中国国际电视总 公司、北京时代东华 文化传播有限公司

（续表）

小说	影视作品	年代	主演	导演	发行公司
《秦淮世家》（改编3次）	电影《秦淮世家》	1940	孙景璐、舒适、龚稼农	张石川	上海金星影片公司
	电影《秦淮世家》	1963	张瑛、白燕	左几	香港华侨电影企业公司
	电视剧《秦淮世家》	1990	雷汉、陈开慧	吴天忍	上海东华电影电视制作公司
《满江红》（改编3次）	电影《满江红》	1933	胡蝶、龚稼农	程步高	上海明星影片公司
	电影《满江红》	1962	张瑛、白燕	左几	香港华侨电影企业公司
	电视剧《红粉世家》	2004	佟大为、孙俪	李大为	中国国际电视总公司
《现代青年》（改编3次）	电影《现代青年》	1941	严化、李绮年	马徐维邦	上海艺华影业公司
	电视剧《秋潮》	1992	村里、佟瑞欣	高正	上海东华电影电视制作部
	电视剧《梦幻天堂》	2008	明道、李曼	李大为	北京天寰新宇国际传媒有限公司
《纸醉金迷》（改编2次）	电影《纸醉金迷》	1951	张活游、白燕	俞亮	香港中英影片公司
	电视剧《纸醉金迷》	2008	陈好、罗海琼、胡可	高希希	东方在扬文化传播有限公司
《落霞孤鹜》（改编2次）	电影《落霞孤鹜》	1932	胡蝶、龚稼农	程步高	上海明星影片公司
	电影《落霞孤鹜》	1961	张瑛、白燕	左几	香港华侨电影企业公司
《银汉双星》（改编1次）	电影《银汉双星》	1931	金焰、紫罗兰、高占非	史东山	上海联华影业公司
《欢喜冤家》（改编1次）	电影《欢喜冤家》	1934	陈玉梅、李英	裘芑香	上海天一影片公司
《美人恩》（改编1次）	电影《美人恩》	1935	陆丽霞、周璇、张振铎	文逸民	上海天一影片公司
《似水流年》（改编1次）	电影《似水流年》	1962	张瑛、白燕	左几	香港华侨电影企业公司

附录2：根据张恨水小说改编的影视作品（按年代顺序）

作品名称	年份	主演	导演	发行公司
电影《银汉双星》	1931	金焰、紫罗兰、高占非	史东山	上海联华影业公司
电影《啼笑因缘》	1932	胡蝶、郑小秋、夏佩珍	张石川	上海明星影片公司
电影《落霞孤鹜》	1932	胡蝶、龚稼农	程步高	上海明星影片公司
电影《满江红》	1933	胡蝶、龚稼农	程步高	上海明星影片公司

作品名称	年份	主演	导演	发行公司
电影《欢喜冤家》	1934	陈玉梅、李英	裘芑香	上海天一影片公司
电影《美人恩》	1935	陆丽霞、周璇、张振铎	文逸民	上海天一影片公司
电影《秦淮世家》	1940	孙景璐、舒适、龚稼农	张石川	上海金星影片公司
电影《夜深沉》	1941	周璇、韩非	张石川	上海国华影业公司
电影《金粉世家》	1941	周曼华、吕玉堃	张石川	上海国华影片公司
电影《啼笑因缘》	1941	李立华、梅熹、余琳	孙敬	上海艺华影业公司
电影《现代青年》	1941	严化、李绮年	马徐维邦	上海艺华影业公司
电影《纸醉金迷》	1951	张活游、白燕	俞亮	香港中英影片公司
电影《啼笑姻缘》	1952	白燕、张活游	杨工良	香港银城影片公司
电影《啼笑姻缘》	1957	张瑛、梅琦、吴楚帆	李晨风	香港华侨电影企业公司
电影《爱情与金钱》（《啼笑因缘》）	1958	小艳秋、黄英	王天林	香港华侨电影企业公司
电影《落霞孤鹜》	1961	张瑛、白燕	左几	香港华侨电影企业公司
电影《金粉世家》	1961	张瑛、白燕、夏萍	李晨风	香港华侨电影企业公司
电影《夜深沉》	1962	张瑛、白燕	左几	香港华侨电影企业公司
电影《满江红》	1962	张瑛、白燕	左几	香港华侨电影企业公司
电影《似水流年》	1962	张瑛、白燕	左几	香港华侨电影企业公司
电影《秦淮世家》	1963	张瑛、白燕	左几	香港华侨电影企业公司
电影《啼笑姻缘》	1964	葛兰、赵雷	王天林	香港电懋电影公司
电影《故都春梦》（《啼笑因缘》）	1964	李立华、关山、凌波	罗臻	邵氏兄弟（香港）有限公司
电视剧《啼笑因缘》	1974	李司棋	王天林	香港电视广播有限公司
电影《新啼笑因缘》	1975	井莉、宗华、李菁	楚原	邵氏兄弟（香港）有限公司
电视剧《京华春梦》（《金粉世家》）	1980	刘松仁、汪明荃	王天林	香港电视广播有限公司
电视剧《啼笑因缘》	1987	王惠、孙启新	王新民	安徽电影家协会 内蒙古电视台
电视剧《啼笑因缘》	1987	米雪、苗可秀	梁志成	香港亚洲电视数码传媒有限公司
电视剧《新啼笑因缘》	1989	冯宝宝、汤镇业	叶超	台湾宝树传播公司
电视剧《秦淮世家》	1990	雷汉、陈开慧	吴天忍	上海东华电影电视制作公司

（续表）

作品名称	年份	主演	导演	发行公司
电视剧《夜深沉》	1990	雷英、王福友	李文化	烟台电视台 天津影艺公司
电视剧《秋潮》	1992	村里、佟瑞欣	高　正	上海东华电影 电视制作部
黄梅戏电视剧《啼笑因缘》	1995	周莉、张弓	胡莲翠	安徽电视台
电视剧《金粉世家》	2003	董洁、陈坤、刘亦菲	李大为	广东强视影业 传媒有限公司
电视剧《红粉世家》（《满江红》）	2004	佟大为、孙俪	李大为	中国国际电视总公司
电视剧《啼笑因缘》	2004	袁立、胡兵	黄蜀芹	中国电视剧制作中心
电视剧《夜深沉》	2006	陶虹、何冰	姚晓峰	中国国际电视总公司 北京时代东华 文化传播有限公司
电视剧《梦幻天堂》（《现代青年》）	2008	明道、李曼	李大为	北京天寰新宇 国际传媒有限公司
电视剧《纸醉金迷》	2008	陈好、罗海琼、胡可	高希希	东方在扬文化 传播有限公司

（作者单位：池州学院通俗文学与张恨水研究中心　池州学院艺术与教育学院）

流淌在小说语境中的无声音乐

——张恨水小说《夜深沉》中"乐"之考论

徐　阳

　　张恨水是中国现代文学史上著名章回体通俗小说大家,在其百余部中长篇小说和其他形式的文学作品中"音乐"是一个颇多出现的写作素材。依据《张恨水年谱》①中统计,张恨水曾发表 127 篇之多相关音乐方面的乐评,内容丰富,题材广泛。而小说作品中,各种歌女、女伶、戏子等人物形象的塑造,以及与这些人物所对应的音乐表演活动、音乐种类、乐器、音乐作品等内容也比比皆是。目前已有相关学术研究从作品中罗列梳理与音乐相关的人物形象、论证张恨水颇有戏剧渊源、张恨水乐评人身份界定以及阐述小说作品中存在的音乐描写现象等内容,由此可见,"音乐"在张恨水作品中不是一个个别现象,也不是偶然而为之。所以,研究音乐在张恨水作品中的艺术体现是具有拓展学术研究空间维度价值的,而且从音乐学视角研究其作品也是具备基础学术理论观念支撑的。

　　小说《夜深沉》②是张恨水众多作品中音乐元素使用较为丰富的一部,该小说写于 20 世纪 30 年代,是张恨水处于创作鼎盛时期的作品。此小说从连载到单行本的推出,在读者中不仅产生过广泛影响,并于"1940 年至 1990 之间被多次拍成同名电影或电视剧"③,然而评论界却较少提及此作。"第一个对《夜深沉》作出高度评价的是六十年代的台湾旅美学者夏济安"④,肯定了此小说高水准的创作质量,另有少数学者虽有类似论证,但都基于其他研究中的片面提及,并未全方层面挖掘此部作品的学术价值,这无疑是张恨水研究中的缺憾一角。小说《夜深沉》以曲牌为名,采用四十一回的章回体叙述体式,讲述了一位卖唱女子和车夫的情感纠葛以及二人的曲折人生。从音乐视角来说,此部小说中音乐元素所占文本比例偏多,音乐是小说一个发展的动机也可以说是契机,促使了整篇故事源于音乐,发展与音乐,戏剧色彩立意于音乐,故事落幕仍回旋于音乐。本文选此小说为研究对象,从音乐学视角切入,在小说语境中观乐、味乐、悟乐,探讨分析音乐在此部小说中的艺术特征、艺术形态、艺术表现与艺术创作。

---

①　谢家顺. 张恨水年谱[M]. 合肥:安徽文艺出版社,2014.
②　张恨水. 夜深沉[M]. 天津:百花文艺出版社,1987.
③　徐传礼,董康成,徐泉. 张恨水与通俗文学研究(中)[M]香港:香港新闻出版社,2017.
④　陈子善. 导言,张恨水. 夜深沉[M]. 上海:复旦大学出版社,2006.

一、观乐:再现真实音乐

所谓观乐,即观察小说文本中直观、明确、具体的音乐陈述表达,诸如作品名称、形式、种类、乐器、表演等内容。以此参照观乐,可以有效把握小说文本中显性音乐素材的准确性和全面性。小说《夜深沉》显性音乐素材主要体现在以下两个方面:

1.《夜深沉》再现诠释

《夜深沉》是一个京剧曲牌,"源于昆曲《孽海缘·思凡》折中[风吹荷叶煞]歌腔片段,经由京剧表演艺术家谭鑫培与其琴师梅雨田首创核心曲调后,在历代琴师的精雕细琢和非凡创造下,成为一首经典乐曲"①。此曲牌被许多剧种借用为过场曲牌,但较多运用在京剧《击鼓骂曹》和《霸王别姬》中,作为祢衡击鼓和虞姬舞剑等场面配乐,京胡演奏,所以它也是一首器乐曲牌。张恨水以此曲牌命名小说,在标题上就直观凸现了音乐元素,同时除标题外,小说文本中也多次出现京剧曲牌《夜深沉》,具体可见表1:

表1 京剧曲牌《夜深沉》呈现方式

章回目录	曲牌运用京剧剧目	演奏形式	原文描述概况
1	《击鼓骂曹》	胡琴、鼓演奏	那胡琴变了,拉了一段《夜深沉》,那拍板也换了一面小鼓,得儿咚咚,得儿咚咚地打着……那个《夜深沉》的牌子完了……王傻子笑道:"怪不得刚才你们拉胡琴拉《夜深沉》了,是《骂曹》的一段。"②
	《霸王别姬》	胡琴演奏	正是《霸王别姬》,唱完以后,加上一段《夜深沉》的调子,这是虞姬舞剑那一段音乐。③
3	《霸王别姬》	口唱旋律,手打节拍	正是自己所爱听的一段《霸王别姬》……直等这一段南梆子唱完了,接着又是一段嘴唱的胡琴声,滴咯滴咯儿隆,隆咯隆咯儿咚,这岂不是《夜深沉》!在唱着胡琴腔的时候,同时有木板的碰击声,似乎是按着拍子,有人在那里用手指打桌沿。④
14	无说明	口唱旋律	口里念着《夜深沉》的胡琴声,咯儿弄的咚,弄儿弄的咚,唱得很有味。⑤

① 黄钧,徐希博. 京剧文化词典[M]. 上海:汉语大词典出版社,2001.
② 张恨水. 夜深沉[M]. 天津:百花文艺出版社,1987.
③ 张恨水. 夜深沉[M]. 天津:百花文艺出版社,1987.
④ 张恨水. 夜深沉[M]. 天津:百花文艺出版社,1987.
⑤ 张恨水. 夜深沉[M]. 天津:百花文艺出版社,1987.

章回 目录	曲牌运用 京剧剧目	演奏形式	原文描述概况
31	《击鼓骂曹》 （依据文本前后形态 描述对比本章回， 可确定此处剧目）	胡琴、 鼓演奏	随着这胡琴，还配了一面小鼓声……每个节奏里面，夹了快缓不齐的鼓点子，二和不由得啊哟叫了一声道："这是《夜深沉》呀！"①
32	无说明	胡琴演奏	丁二和听到了《夜深沉》的调子，就以为是月容所拉的胡琴②
35	无说明	胡琴演奏	将胡琴斜按在身上，拉起《夜深沉》来。③
36	《霸王别姬》	胡琴演奏	月容道："改唱《别姬》得了，请你拉一段舞剑的《夜深沉》。"……好容易熬到月容唱过了那段舞剑的二六板，以后没有了唱句，大家放心了。接着是加紧舞剑的情调，胡琴拉着《夜深沉》。④
	《霸王别姬》 （承接本章回剧情， 可确定此处剧目）	胡琴演奏	在唱戏之后，还让场面拉了一段《夜深沉》。⑤
41	《霸王别姬》	胡琴演奏	横书有《霸王别姬》四字。王傻子将麻花儿一放，手按了桌子道："又卖弄这一段《夜深沉》，该随着胡琴舞剑了。"⑥
	《霸王别姬》	胡琴演奏	胡琴配着其他乐器，拉了《夜深沉》的调子……一会儿工夫，戏馆子里《夜深沉》的胡琴拉完了，这便是《霸王别姬》的终场。⑦

　　由上表可见，从数量上看，曲牌《夜深沉》在文本其中八个章回当中共出现 11 次。其中 2 次作为京剧《击鼓骂曹》中曲牌，6 次作为京剧《霸王别姬》中曲牌，另有 3 次虽未明说，但依据演奏乐器、前后剧情以及作者倾向，应当是京剧《霸王别姬》中曲牌；从音乐描述上看，《夜深沉》的每次出现是由乐器演奏，强调了乐器胡琴与《夜深沉》之间的重要关系，说明了小说中的《夜深沉》是一段器乐旋律；与现实中事实音乐对比来看，"《夜深沉》这个

① 张恨水. 夜深沉[M]. 天津:百花文艺出版社,1987.
② 张恨水. 夜深沉[M]. 天津:百花文艺出版社,1987.
③ 张恨水. 夜深沉[M]. 天津:百花文艺出版社,1987.
④ 张恨水. 夜深沉[M]. 天津:百花文艺出版社,1987.
⑤ 张恨水. 夜深沉[M]. 天津:百花文艺出版社,1987.
⑥ 张恨水. 夜深沉[M]. 天津:百花文艺出版社,1987
⑦ 张恨水. 夜深沉[M]. 天津:百花文艺出版社,1987.

曲牌最早用在传统京据《击鼓骂曹》里作为打鼓时的伴奏",①而"《霸王别姬》是京剧表演艺术家梅兰芳、剧作家齐如山等人于1921年据明代沈采所著《千金记》传奇改编而成的京剧古装新戏"②,当中将伴奏音乐《夜深沉》与舞蹈虞姬舞剑相配,获得演出成功后,从而定型为固定搭配,开创了梅派剧目先河。二者虽为同一曲牌,但在演奏速度、节奏、情绪处理上有很大区别。由此可见,张恨水小说中的京剧曲牌《夜深沉》属于现实真实音乐。

2. 文本音乐素材呈现

除京剧曲牌《夜深沉》外,小说文本中还有其他音乐素材呈现。在笔者之前公开发表论文《张恨水小说中的音乐描写》中已做初步统计,"有中国传统乐器9件,京剧曲目18首以及部分与音乐相关的专业词语"③,但此文只是横向罗列名称,注重数量统计,并未纵向梳理音乐素材之间组合联系,对此本文结合纵横关系梳理,具体可见表2:

表2 文本音乐素材

章回目录	音乐作品、人物	乐器	其他与音乐相关的词语
1	青衣戏:《贺后骂殿》《霸王别姬》《凤还巢》 胡子戏:《珠帘寨》《四郎探母》《击鼓骂曹》 胡琴拉奏:《夜深沉》 其他:小调、京戏、整套的大鼓	胡琴、月琴、二胡、小鼓、拍板	大嗓、小嗓、南梆子
3	《霸王别姬》(南梆子)、《夜深沉》	胡琴	胡琴腔
5	无	无	开口跳、说戏、鼓儿词
6	青衣腔调:《六月雪》的二簧	胡琴	身段、唱戏、吊嗓
7	无	无	打炮戏、戏馆子、戏票、捧角、捧场、
8	悲剧:《六月雪》 喜剧:《玉堂春》	无	二簧、倒板、戏码、喊嗓、吊嗓、二簧、开锣、门帘彩、上场彩、下场门、戏码、台风、中轴子、喝彩、名伶、捧场、戏园子、戏票、戏台、后台
9	无	无	戏码、行头、中轴子、挑帘儿红、戏馆子、青年捧角家
10	老生、青衣合作:《宝莲灯》《贺后骂殿》 单唱:《女起解》《卖马》	无	身段、对词、扮戏、青衣台柱子、压轴子、大轴子、吊嗓、回戏、行头、戏报单、上场门、过场、捧角

① 梅兰芳口述、许姬传记. 舞台生活四十年[M]. 北京:中国戏剧出版社,1987.
② 梅葆玖,林映霞. 梅兰芳演出曲谱集(2)[M]. 北京:文化艺术出版社,2015.
③ 徐阳. 张恨水小说中的音乐描写[J]. 淮北师范大学学报,2020(1)32-38.

章回目录	音乐作品、人物	乐器	其他与音乐相关的词语
11	《贺后骂殿》	无	快三眼、板眼、扮戏、戏码、配戏、行头、捧场、扮相、戏评
13	唱片:《玉堂春》《贺后骂殿》《凤还巢》(梅兰芳唱) 演出:《鸿鸾禧》《捧打》《定军山》	无	腔调、拍板、唱法、票友、夜戏、日戏、捧角、戏馆子
14	生角、青衣合作:《汾河湾》 胡琴拉奏:《夜深沉》	胡琴	无
15	古装花旦戏:《天女散花》	无	压轴子、棒场
21	京剧演员:鲜灵芝、刘喜奎、金少梅	无	大鼓书场
27	《翠屏山》	无	戏词
31	胡琴拉奏:《夜深沉》	胡琴、鼓	无
32	《霸王别姬》《夜深沉》(胡琴拉奏)	胡琴	打炮戏
35	《夜深沉》(胡琴拉奏) 军乐(婚礼配乐)	胡琴	清唱、小过门、弦子、板眼、西皮、二黄、大鼓小曲儿、大戏
36	《霸王别姬》《贺后骂殿》《玉堂春》《卖马》《夜深沉》(胡琴拉奏)	胡琴、喇叭、箫、笛、鼓	清唱、坤角、唱工、扮相、压轴子、票友、梨园行、戏名、戏码、玩票、黑杆、道白、二六板
37	《二进宫》(扮演皇娘一角)	锣、鼓、胡琴	清唱、配戏、唱工戏
38	无	胡琴	反二簧、梨园行、坤角、女戏子
41	《霸王别姬》《夜深沉》(胡琴拉奏)	锣、鼓、胡琴	坤角、戏名、捧角

由上表可见,共有21个章回中有音乐素材,占全本小说章回比例的一半,不仅类型丰富,还体现了作者高水平的音乐素养。其中,音乐作品方面,除《夜深沉》之外,几乎每个章节都有新的音乐作品出现,所有作品以京剧为主,虽有提及其他曲艺种类,但没有相对应的具体作品。较为值得注意的是,部分作品清晰表达了作品分类、演艺角色、行当合作等细节问题,让作品在小说中的呈现,变得更加立体饱满、形象生动;乐器方面,主要分为弦类乐器和打击乐器,虽然不是每个章回都会出现,但在出现的章回中都较为统一,这也是由于音乐作品都是同一京剧类别范畴;与音乐相关的词语方面,内容广泛,用词颇有专业深度,不仅包含戏曲专业术语,还包含了音乐拓展范围相关用语,体现了张恨水广博的学识;与现实中事实音乐对比来看,所有音乐作品、乐器、专业术语以及文中所提三位京剧演员,均有现实事实考证依据,都属现实真实音乐。

二、品乐:无声胜有声的音乐流动

所谓品乐,即体会、鉴赏、追味小说文本中音乐的艺术表现。诸如,音乐艺术呈现结构、形式、风格、品位等内容。以此参照品乐,可以有效把握小说文本中音乐素材的感观性和艺术性。小说《夜深沉》音乐素材艺术表现主要体现在以下两个方面:

1. 音乐场景

在如何定位音乐场景范畴之前,先需了解"场"的概念。《说文解字》中:"祭神道也。一曰田不耕。一曰治谷田也。从土、易声。"①即"场"意为祭神平地,一种说法是闲置空地,另一种说法是农家翻晒粮食及脱粒之地,而其引申意为具有空间,能够多人聚集或活动的场地、场所、空地。"场景"概念定义较为复杂,从传播学角度来说,"可以广义包含情境、场景一词,同时涵盖基于空间和基于行为与心理的环境氛围"②。从影视学角度来说,"指在一定的时间、空间内发生的一定的任务行动或因人物关系所构成的具体生活画面"③。对于以上概念的界定,本文所指音乐场景,是以包含与音乐相关的人物行为、音乐活动内容以及音乐活动发展过程中的阶段性展示,简单来说,就是一个音乐活动在某个时间、空间的开展,从而形成音乐活动的场面景画效应。在小说《夜深沉》文本中有很多音乐场景方面的描写,具体可见表3:

表3　文本音乐场景

规模	音乐场景	地点	其他概况	章回目录
小	街边卖唱	走街串巷	按曲目数量议价,观众数量少	1、31、35
	音乐技艺练习	演员家中	演员平常自我技艺训练	6、10
	话匣子(留声机)听乐	富人家居休闲娱乐物品	需要唱片播放	13
	个人娱乐	不限场地	个人情感抒发	3、14

---

① (清)段玉裁撰. 说文解字注[M]. 北京:中华书句,2013.
② 彭兰. 场:移动时代媒体的新要素[J]. 新闻记者,2015(3):20-27
③ 沈贻伟. 现代传播·广播电视传播:影视剧创作[M]. 杭州:浙江大学出版社,2012.

规模	音乐场景	地点	其他概况	章回目录
大	音乐会	戏馆子 戏园子	具有专业设备表演场地,能容纳较多数量的演员、观众和服务人员,需要购买戏票观看演出,演员需舞台装扮演出	7、8、9、10 11、14、15
		市场清唱社	没有专业设备表演场地,能容纳较多数量的演员、观众和服务人员,演员无需舞台装扮	36、37、41

由上表可见,小说文本中描写的音乐场景在章回目录中占据较大篇幅,从形式上看,类型多样,不拘一格,从路边到专业舞台,从现场演出到留声机的播放,不同的形式、层次、规模的场景促使了音乐感观性的多样化;从内容上看,包罗万象,面面俱到,如此丰富多彩的音乐场景呈现,让音乐活动的开展不限于单调重复,促使了与音乐相关的人、物有了多重化艺术风格展示;从结构上看,各种音乐场景的构建,让音乐活动有了时间与空间的联系和互动,在时间中音乐风格和品位有了艺术性的递进,在空间中音乐形态有了多维而立体的艺术化呈现,促使了音乐艺术表现的流动性。

2. 与音乐相关的人

"音乐,作为一种人文现象,创造它的是人,享有它的也是人。音乐的意义、价值皆取决人。"①而对小说这种文学体裁来说,人更是小说创作的重要核心元素。张恨水在他的众多小说作品中非常注重人物形象的刻画,成功塑造了很多经典人物,比如他曾对《金粉之家》小说创作这样解说:"《金粉世家》的重点,既然放在'家'上,登场人物的描写,就不能忽略那一个人。而且人数众多,下笔也须提防性格和身份写的雷同。所以在整个小说布局之后,我列有一个人物表,不时地查阅表格,以免错误。同时,关于每个人物所发生的故事,也都极简单的注明在表格下。这是我写小说以来,第一次这样做的。起初,我也觉得有些麻烦。但写了若干回之后,自己就感到头绪纷如。"②张恨水延续了这样的习惯,小说《夜深沉》亦是如此写法。

音乐虽不是此小说的主题,却是非常重要的存在元素。小说初始于一段乐,因为乐让两位主人公有了交集,后又因为乐让更多的人物彼此建立了不同的关系,乐作为媒介将所有人物串联,所以我们在小说中看到了不同参与音乐活动的人物角色,以及这些人对音乐的不同感官。从而也让音乐艺术呈现出丰富多样的结构形式,精彩纷呈结的品位风格。如:"这晚的《玉堂春》,却是一出喜剧,三堂会审的一场,月容把师傅、师母所教给她的本领,尽量地施展开来,每唱一句,脸上就做出一种表情,完全是一种名伶的手法,因之在台

---

① 郭乃安. 音乐学,请把目光投向人.[M]. 山东·山东文艺出版社,1998.

② 张恨水. 写作生涯回忆[M]. 太原:北岳文艺出版社,1993.

下听戏的人,不问是新来的,还是昨晚旧见的,全都喝彩叫好。那戏馆子前后台的主脑人物,也全都得了报告,亲自到池子里来听戏。"①这段描绘中就塑造了六类人物角色对一部音乐作品感观,起因是一位普通的表演者成功的演出让自己有了与行业最著名的表演者一样的风采,从而吸引了台下普通新老观众,同时也吸引了业类观者,能有如此高超的技艺源于平常师傅师母的悉心教导和自己的勤学苦练,基于这样以人来衬托乐的描写即使没有实际的音响效果,也能感受臆想到现场音乐的精彩绝伦。这都源于不同听众身份的递进参与,让音乐不局限于静态片面化,凸显了层次感以及延伸流动的走向。

再比如,"这宋小五也不知有什么感想,月容在外面唱一出戏,她就在上场门后,听一出戏。果然台下的叫好声,都是随了月容的唱声,发了出来的。尤其是她唱快三眼那段,小五抬起一只腿,架在方凳上,将手在膝盖上点着板眼,暗下也不免点点头。那台上听戏的人,却也如响斯应的叫出'真好'两个字来"②。(在这段描绘中接连了台前、台后、台下三个地点中不同人物对"乐"在同一时间点的感观和呈现。当台上的演员的表演赢得了台下观众的喝彩时,这两种人物已经呈现了音乐动态发展活动,然而后台第三人物的同时段加入,让音乐的感观呈现又多了一种氛围,这是来自后台的关注,也就是同行的关注,他的肯定与否将会给音乐带来戏剧化和多元化的艺术色彩,让音乐变得生动立体化。所以这里实际的音响效果不在重要,因为不同空间的人物在相同时间里的同一状态,让音乐有了超越音响的延展性表现,这里的音乐是更加生动、逼真、立体的艺术活态感观。

综上两个方面,小说《夜深沉》中音乐的艺术表现不是直白的陈述,而是一种极具特色的情与景的交融。景即音乐场景,情则是与音乐相关的人,景中有人,景才会生机盎然,人在景中也有了别样的风采。正因如此,当音乐立意于二者之中时,不同的音乐场景给音乐活动提供了不同的环境氛围,让音乐有了多重维度的感官空间,而不同的人物赋予了音乐不同的情感,让音乐有了戏剧化的艺术特色,成就了无声胜有声的音乐流动。

三、悟乐:以小见大,艺术释美

所谓悟乐,即思考、提问、感知小说文本中音乐的存在价值和文化内涵。诸如,艺术精神、艺术品质、艺术审美、艺术情感等内容。以此参照悟乐,可以有效把握小说文本中音乐素材的本真性。观悟小说《夜深沉》中的音乐素材可体现以下两个方面:

1. 以小见大

中国哲学和艺术理论中,有一种重要的思想,就是以小见大。小中看世界,小中味人生,小中寻真理,在小说《夜深沉》中的音乐艺术表现也是如此。文本中很多的音乐描写,

---

① 张恨水. 夜深沉[M]. 天津:百花文艺出版社,1987.
② 张恨水. 夜深沉[M]. 天津:百花文艺出版社,1987.

不是直白阐述这是什么音乐,而是通过各种形态各异、颇具色彩的小元素,诸如人、物、环境等其他元素的组合,构成一个完整的音乐状态或音乐表达,从而让我们看到一场场精彩纷呈的音乐盛宴。如,王傻子道:"来就来了。咱们凑钱,唱两支曲儿听听,也花不了什么。喂,怎么个算法?"那人道:"一毛钱一支,小调、京戏,全凭你点。要是唱整套的大鼓,有算双倍的,有算三倍的,不一样。"①在这段描绘中从细致而具体的价格元素,让我们看到听众生活的不易,需要凑钱才能看演出。从多种曲艺类型元素的陈列,看到街边艺人亦是生活不易,需要才艺全能才有机会谋得生活。当这些小元素合在一起时,就是一幅老百姓休闲听乐、街边艺人卖艺谋生的社会音乐画卷;再如,"在茶社的清唱小台上,她半低了头站着,台底下各座位上,满满的坐着人,睁了眼昂着头向台上看着。在月容旁边场面上的人,手里打着家伙,眼睛也是睁了向月容身后望着。每到她唱着一句得意的时候,前台看客轰然一声地叫着好,拉胡琴的,打鼓的,彼此望着微微一笑。在他们身后,有一排花格子门隔着,两旁的门帘子里,和窗户纸里,也全有人偷着张望。随了这一片好声,在花格子底下的人,也都嘻嘻地笑了起来"②。这段描绘中包含了较多的人物角色元素,有演员、乐器伴奏人员、面对面的观众以及偷望的观众,其中演员的一举一动牵动了其他人物元素的变化,而其他人物元素的变化则反映了音乐表演的生动,这些人物元素依据各自的身份聚集在一场正在进行时的音乐活动当中,构成了一幅小众而热闹的音乐聚会画卷。

以上是小说中音乐艺术表现的以小见大,纵观小说整体创作规模也同样如此,这一点在张恨水小说序言中可寻考证。"这里所写,就是军阀财阀以及有钱人的子弟,好事不干,就凭着几个钱,来玩弄女性。而另一方面,写些赶马车的、皮鞋匠以及说戏的,为着挽救一个卖唱女子,受尽了那些军阀财阀的气。因为如此,所有北京过去三十年的情形,凡笔尖所及,略微描绘了一些。"③如序言描述所见,此小说中,张恨水要描写的人物形象很多,分布社会各个阶层并从事不同的职业,若要准确而生动地表达这些人物实属不易,因此需要张恨水在北京三十年的生活经验与观察,通过这些小经验、小观察,点点滴滴塑造充实人物形象,从而构成一部大戏《夜深沉》,这就是张恨水的以小见大,也契合了张恨水报人角色的职业素养和习惯。

2. 艺术释美

"艺术美是美的高级形态,是由艺术家的审美意识而产生、艺术家按照美的规律并为着美的目的而创造的作品美。"④小说《夜深沉》中对音乐美的艺术诠释主要体现在两个方面。首先是文本方面,文本中所有出现的音乐场景、音乐作品、音乐表演形式、演员表演状态、观众观看习惯与反映等元素都是现实存在的,当这些元素聚集于小说当中时,就是艺术真实。这些艺术真实是经由张恨水筛选后符合内在逻辑的,能显示音乐艺术本质,同时

① 张恨水.夜深沉[M].天津:百花文艺出版社,1987.
② 张恨水.夜深沉[M].天津:百花文艺出版社,1987.
③ 张恨水.夜深沉[M].天津:百花文艺出版社,1987.
④ 王宏建.艺术概论[M].北京:文化艺术出版社,2000.

具有审美价值的真实。将这些艺术真实立意于小说故事创作中时,艺术美就诞生了。这是小说语境中的音乐,是小说中人物彼此分享的音乐,是小说中人物演绎了音乐艺术美的感观、价值,而这一切,都是张恨水对音乐美的再次创作和诠释。

其次从张恨水个人喜好方面,张恨水非常喜爱戏曲,简单概括即"学过戏、演过角、追过星、写剧本、发评论,颇有成就"①,所以小说《夜深沉》中大量戏曲音乐素材的呈现,足以见证张恨水对戏曲的喜爱程度以及对戏曲艺术美的诠释。除此之外,值得关注的是,张恨水对京剧曲牌《夜深沉》有着特别的艺术美诠释,不仅以此为名,小说中也多次出现此曲牌的多种艺术形式及音乐场景,尤其以《霸王别姬》中的《夜深沉》居多。为何张恨水如此执着于《霸王别姬》也不是没有渊源。《霸王别姬》是梅兰芳的代表作,张恨水初到北京就有了"倾囊豪举",观看"民国三大贤"梅(兰芳)、杨(小楼)、余(叔岩)联袂演出,是他引为平生得意之事;而后在"《梅兰芳不带女性了》《梅兰芳渡关与男扮女问题》《关于霸王别姬》《梅兰芳留昆绝唱》《梅兰芳与周作人》文章中称赞梅兰芳的表演艺术,尤其当时戏剧界有人对梅兰芳男扮女装的批评,张恨水从京戏表演艺术的角度给予了实事求是的评价。"②"当1958年,梅兰芳先生率团在京演出,家人买票,张恨水没去,说是:"梅兰芳已经是60多岁的老头子,再演小姑娘恐怕是不适宜的了,我要留一个美好的梅兰芳在脑子里,所以就不要看了。"③由此说明,张恨水对梅兰芳的喜爱及美好印象。《霸王别姬》是梅兰芳的成名之作,尤其对曲牌《夜深沉》的运用,梅兰芳将其称为"移步不换形",这是中国传统音乐在传承流变中一贯的美学原则,崇尚一曲多姿,反对千曲一面。张恨水也很好地借用了这一美学原则,用文学的方式,再创造了《夜深沉》的表现形式,旋律还是人们记忆中熟悉的主调,但戏中人物已变,这是王月荣与二和所演绎的《夜深沉》,是张恨水所谱写的《夜深沉》。张恨水赋予了旋律另外一种艺术再现——小说创作,是作为一名资深票友对梅兰芳的艺术追捧,也是作为一名小说作者对《夜深沉》作品全新艺术美的诠释。

四、结语

丹纳曾说:"艺术家本身,连同他所产生的全部作品,都不是孤立的。它们必须包括在一个大的总体之中,即艺术家所属的时代精神和风俗概况。作为艺术家,能够成功在其作品中展现他所处的时代,就足以在历史中留下名字;如果还能再深挖一层,找到跳脱于民族之外的人类共性,那么就更加了不起。"④张恨水就是这样一位艺术家,就小说《夜深沉》而言,在结构上,文本中所有音乐元素内容的描写都不是孤立的,它们彼此互动联系,构建

① 徐阳,谢家顺. 张恨水的跨界乐评人身份和乐评[J]. 江淮论坛,2019(2):176-181.
② 谢家顺. 张恨水戏剧观综论[J]. 中国戏剧,2005(2):29-31.
③ 张伍. 我的父亲张恨水[M]. 沈阳:春风文艺出版社,2002.
④ 丹纳. 艺术哲学[M]. 北京:人民文学出版社,1963.

不同的组合结构,又容纳于同一部作品空间;从时代属性上,小说作者已是言明,创作素材皆源于生活所见所闻;从人类共性上,小说中的音乐素材皆为真实音乐,张恨水选取典型用于创作,不仅塑造了艺术真实,也唤起了大众共鸣,如曲牌《夜深沉》的运用就是最好证明,利用大众熟知的音乐作品,讲述大众熟知的爱情故事。同时,也变相地记录和延续了部分社会音乐文化的人类共识。这就是对小说《夜深沉》中"乐"的解读。

本文是以音乐学视角切入的,只是解读了小说中"乐"的素材层面,相较于整部小说来说,还有更多的层面有待解读。因为顾颉刚先生曾说:"旧小说不但是文学史的材料,而且往往保存着最可靠的社会史料,利用小说来考证中国社会史,不久的将来,必有人从事于此。"[1]小说《夜深沉》正体现了这一点,虽然讲述的是社会言情,但从乐的角度来看,这不是张恨水能够天马行空,臆想创作的,是张恨水提炼了一个群体在长期过程中的音乐欣赏习惯,约定俗成的一种民族文化心理。这个文化心理建设在特定的时代文化语境之中,而这种文化语境与特定时代的文化模式息息相关,所以对小说《夜深沉》中"乐"的解读,不能表象或单一,更多是透过"乐"管窥张恨水时代的文化、历史、社会等方面,以便科学而有效地拓展张恨水学术研究。

参考文献

[1] 谢家顺. 张恨水年谱[M]. 合肥:安徽文艺出版社,2014.

[2] 张恨水. 夜深沉[M]. 天津:百花文艺出版社,1987.

[3] 徐传礼,董康成,徐泉. 张恨水与通俗文学研究(中)[M]香港:香港新闻出版社,2017.

[4] 陈子善. 导言,张恨水. 夜深沉[M]. 上海:复旦大学出版社,2006.

[5] 黄钧,徐希博. 京剧文化词典[M]. 上海:汉语大词典出版社,2001.

[6] 梅兰芳口述、许姬传记. 舞台生活四十年[M]. 北京:中国戏剧出版社,1987.

[7] 梅葆琛,林映霞. 梅兰芳演出曲谱集(2)[M]. 北京:文化艺术出版社,2015.

[8] 徐阳. 张恨水小说中的音乐描写[J]. 淮北师范大学学报,2020(1)32-38.

[9] (清)段玉裁撰. 说文解字注[M]. 北京:中华书句,2013.

[10] 彭兰. 场景:移动时代媒体的新要素[J]. 新闻记者,2015(3):20-27

[11] 沈贻伟. 现代传播·广播电视传播:影视剧创作[M]. 杭州:浙江大学出版社,2012.

[12] 郭乃安. 音乐学,请把目光投向人[M]. 山东:山东文艺出版社,1998.

[13] 张恨水. 写作生涯回忆[M]. 太原:北岳文艺出版社,1993.

[14] 王宏建. 艺术概论[M]. 北京:文化艺术出版社,2000.

[15] 徐阳,谢家顺. 张恨水的跨界乐评人身份和乐评[J]. 江淮论坛,2019(2):

---

① 顾颉刚. 当代中国史学[M]. 上海:上海古籍出版社,2002.

176-181.

[16] 谢家顺. 张恨水戏剧观综论[J]. 中国戏剧,2005(2):29-31.

[17] 张伍. 我的父亲张恨水[M]. 沈阳:春风文艺出版社,2002.

[18] 丹纳. 艺术哲学[M]. 北京:人民文学出版社,1963.

[19] 顾颉刚. 当代中国史学[M]. 上海:上海古籍出版社,2002.

（作者单位:池州学院通俗文学与张恨水研究中心　池州学院艺术与教育学院）

张恨水作品的话剧改编探析

——以长篇小说《小西天》为例

曹冬艺

戏剧与文学联系紧密。中国艺术研究院话剧研究所所长宋宝珍认为："作为一度创作的剧本,本身就是文学的一种样式。"①在中外著名文学家中,很多都具有较高的戏剧艺术造诣。

我国现代通俗文学大师张恨水即是如此,他不仅在审美上对戏剧艺术有所偏爱,在文学创作中也融入了戏剧元素。事实上,张恨水小说中的一部分已经被改编成戏剧作品,如《啼笑因缘》,就"化身为数十种舞台剧及曲艺形式,尤其是在话剧舞台上频频被改编"②。

然而,目前为止,改编剧作多选择代表作,改编形式以曲艺为主,尚未充分展示张恨水作品的文化特质。基于此,本文从话剧改编视角,以张恨水写于 1934 年的长篇小说《小西天》为例,对张恨水与话剧的渊源、《小西天》改编的可行性及新时代张恨水作品改编策略进行分析,进而探究话剧再创造延续张恨水作品艺术魅力的现实路径。

一、张恨水与话剧的渊源

张恨水在青年时代曾参与话剧表演,甚至一度担任主角,积累了一定的话剧艺术实践经验。1914 年秋,19 岁的张恨水在汉口经族兄介绍加入话剧团,1916 年冬离开,他在《写作生涯回忆》一书中写道:"话剧社里有两位知名的话剧家,一位是演生角的李君磐,一位是演旦角的陈大悲。我去了也参加演出,头一场演《落花梦》,派我一个生角,是半个重要的角色,大家认为我演得还不错。""在这团里久了,所谓近朱者赤,我居然可以登台票几回

---

① 中国艺术研究院话剧研究所:《让小说里的人物活在话剧舞台上——关于小说改编话剧,话剧研究所如是说》,《艺术评论》2019 年 08 期,第 114 页。

② 宋海东:《话剧戏单上的〈啼笑因缘〉》,《"张恨水研究与新时代"学术研讨会论文集》,黄山书社,2020 年 12 月,第 447 页。

小生,我还演过《卖油郎独占花魁》的主角。"①

话剧艺术实践对张恨水文学创作产生了深远影响。一是丰富了小说创作技法:"我喜欢研究戏剧,并且爱看电影,在这上面,描写人物个性的发展,以及全部文字章法的剪裁,我得到了莫大的帮助。"②二是形成了话剧式的写作习惯:"我的书桌上常有一面镜子的,现在更悬了一面大镜子在壁上,当我描写一个人不容易着笔的时候,我便自己对镜子演戏给自己看,往往能解决一个困难的问题。"③

这种影响形成了张恨水作品鲜明的戏剧化特征:故事架构丰满、人物塑造典型、戏剧冲突集中、动作性描写显著等。据记载,张恨水作品很早便被改编成话剧。1920 年,张恨水以安徽自治运动为主题写成长篇小说《皖江潮》,在芜湖《皖江报》连载:"芜湖的学生,却利用了这小说里的故事,一度编为剧本,并曾公演。我的文字搬上舞台,这要算是初次了。"④

可以说,张恨水倾向于在创作中融入戏剧化表达方式,作品易于进行话剧改编。以下将以小说《小西天》为例进行具体阐述。

二、《小西天》话剧改编的可行性

《小西天》是张恨水在 1934 年考察西北后写下的长篇小说,共 24 回,约 26 万字,在上海《申报》副刊《春秋》连载。小说以难民朱月英在"小西天"旅馆被迫卖身最后恢复自由为主线,串联起"小西天"里投机钻营的小人、飞扬跋扈的官僚、正直的知识分子、贫苦的劳动人民等不同人物发生的故事,展示了 20 世纪 30 年代大西北中下层社会的真实景象。在这部小说里,正反两类人物对立关系明显,冲突集中,情节一波三折,张恨水之子张伍在《忆父亲张恨水先生》中将它称为"戏剧化的小说"。

1. 集聚型结构

亚里士多德认为戏剧具有六个决定性成分:情节、性格、言语、思想、戏景、唱段,其中最重要的是情节。情节构成与铺展的方式称作"结构"。情节与结构是戏剧的"肉体",是戏剧存在之可感知的物质外壳。⑤ 分析《小西天》的文本结构,主要故事情节均发生在"小西天"旅馆内,场景高度集中;贫女朱月英是中心人物,其他人物虽然各有叙述,但这些人物通过朱月英的遭遇联结;故事有一定的时间跨度,但跨度不大,情节在紧凑的时间线推动下发展;首尾呼应,以朱月英恢复人身自由结局。

---

① 张恨水:《写作生涯回忆》,北岳文艺出版社,2019 年 1 月,第 129 页,第 28 至 29 页。
② 张恨水:《写作生涯回忆》,北岳文艺出版社,2019 年 1 月,第 6 页。
③ 张恨水:《写作生涯回忆》,北岳文艺出版社,2019 年 1 月,第 6 页。
④ 张恨水:《写作生涯回忆》,北岳文艺出版社,2019 年 1 月,第 36 页。
⑤ 董健,马俊山:《戏剧艺术十五讲(修订版)》,《北京大学出版社》,2012 年 2 月,第 114 页。

这种时间、地点、行动的完整划一在戏剧中，称为古典主义"三一律"原则下的集聚型结构。我国著名剧作家曹禺创作的四幕悲剧《雷雨》便是严格遵循"三一律"要求的经典之作。《雷雨》的全部场景为周公馆和鲁家，情节在一昼一夜之内由八个互相关联的人物推动达到高潮最后完结，《小西天》和《雷雨》在场景、人物关联性、情节发展节奏上的共性显而易见。与《雷雨》不同的是，《小西天》中的人物众多，仅直接与故事主线相关的人物就有十五人，描绘了西北人物群像，这又兼有曹禺《日出》、老舍《茶馆》话剧结构的"人像展览式"功能。

总之，《小西天》适合集聚型结构的话剧改编，在"三一律"结构的基础上吸收"人像展览式"结构优势，让剧作更有张力和广度。

2. 对立的人物塑造

话剧中，人物与情节密不可分，甚至在俄国文学批评家别林斯基看来："人是戏剧的主人公，在戏剧中，不是戏剧支配人，而是人支配事件。"[1]那么，是不是只要有人物塑造就具有话剧特性呢？这就涉及另一个问题：话剧最重要的特性——戏剧性，到底指什么？

一般来说，戏剧性来自人的意志冲突，没有冲突就没有戏。[2] 而意志冲突源于人与人之间的对立关系。因此，人物间的对立关系主导戏剧性情节发展，没有对立的人物塑造便谈不上话剧创作。

《小西天》中的正面人物包括：朱月英、程志前、王北海、张老汉、周县长及夫人等。反面人物包括：贾多才、张介夫、李士廉、胡嫂子、杨浣花、蓝专员及夫人等。朱月英是小说的中心人物，她与母亲、祖母逃难来到西安，暂住在"小西天"后门穷巷子里的舅妈胡嫂子家。胡嫂子想让朱月英卖身换取金钱，与"小西天"的旅客——银行投机商贾多才谈妥条件。这里，贫女朱月英和商人贾多才构成了小说的中心对立关系，贾多才奸诈冷酷，买下朱月英后强迫她与家人断绝来往，如第十九回写到朱月英得知奶奶重病，向贾多才哀求看望奶奶，却被"大骂一顿"，朱月英"越想心里越难过，所以哭了"，贾多才"这就生气，用力一推"，把朱月英"推跌在地上"；[3]第二十回写到朱月英奶奶抱病来到小西天，朱月英"看到老太太，向前正奔了过来"，大声喊"我的奶奶"，然后"跑到了老太太面前，两只手抓了老太太的衣襟只管乱摇撼着"。[4] 朱月英作为穷苦的社会底层人民，力量自然无法与商人贾多才抗衡，但她依然进行着反抗，这种反抗便是对立关系冲突的表现。

在朱月英与贾多才对立关系发展的同时，"小西天"中的其他旅客也形成对立关系。正直教师程志前的学生王北海同情朱月英的遭遇，憎恶贾多才的行径，小说中有多处对立关系的描述。如第十五回写到王北海听到胡嫂子和贾多才商量朱月英的卖身价，"紧紧地

① ［俄］别林斯基：《别林斯基选集》（满涛译）第3卷，上海译文出版社，1982年，第14页。
② 董健，马俊山：《戏剧艺术十五讲（修订版）》，北京大学出版社，2012年2月，第67页。
③ 张恨水：《小西天》，北岳文艺出版社，2019年1月，第199页。
④ 张恨水：《小西天》，北岳文艺出版社，2019年1月，第208页。

咬了牙齿","两只手捧着的报纸,嗤的一声,竟是自动地裂开了";①第二十三回写到贾多才被发动女权运动的太太们围困,北海"用话讥讽",贾多才"瞪了眼"向北海说,"你是什么人,敢用言语来冒犯我",北海"似乎是预备了一种步骤来说话的,扯扯自己的衣襟,依然是笑着",从容地回答,并且"一阵哈哈大笑把右手抬着一扬",走到后院去了。②

此外,求官发财的张介夫与李士廉、在"小西天"出卖色相的杨浣花与贾多才、霸道官员蓝专员与张介夫等也形成了对立关系。《小西天》中人物对立关系互相交织,戏剧化情节在环环相扣中推动。

3. 强烈的戏剧化表达

《小西天》不仅塑造了对立的人物关系,产生了戏剧性情节,并且极具紧张性,情节发展一波三折,是一种强烈的戏剧化表达。

如第十七回写到朱月英卖身后,贾多才限制朱月英的人身自由,杨浣花探望朱月英的情节:"可是到了那里,却见房门紧闭……月英将门开着一条缝,向外张望了一下,才放了浣花进去……(杨浣花)因笑道:'好端端地坐在屋子里,关着门干什么?'月英皱了眉道:'贾老爷出去的时候,他还要把门锁起来呢……'接着有了脚步响走到门口,就问道:'咦!门怎么没有关呢?'随着这话音,就是贾多才进来了。他一走进门,月英立刻站了起来,身子是紧紧地靠着床,将头低下去。"③这里,朱月英的心惊胆战无疑让读者产生了心理上的紧张感。

又如写到张介夫与蓝专员攀交情的情节,当张介夫自作聪明在"小西天"贴满欢迎标语,并声称与蓝专员有交情,引来旅店上下争相趋奉的时候,读者便会产生气愤之感,之后情节发生了突转,张介夫满怀欣喜等待蓝专员赏赐,却不料被蓝专员训斥并被惩罚将标语在一夜之间清除,读者的心理感受也随之变得畅快,接下来,情节再一次转变,蓝专员和夫人用官威欺压旅客,被众人围攻,张介夫替二人解围并与蓝专员攀上了交情,看到这里,张介夫见机钻营的丑陋嘴脸在一波三折的情节中最终让读者啼笑皆非。

4. 丰富的动作性描写

话剧是一门表演艺术,话剧作品通过话剧演员的动作演绎,文学作品若缺少动作性描写将难以实现话剧作品的转换。《小西天》延续了张恨水小说一贯的叙述风格,善于用动作突出细节,塑造典型人物,画面感十足。朱月英祖孙的弱小无助、胡嫂子的见钱眼开、贾多才的狡猾冷酷、蓝专员的仗势欺人、王北海的正直善良……都是通过动作性描写得以展现,丰富的动作性文字让这些人物能够从小说走上话剧舞台。

这里援引上例:第十七回杨浣花看望朱月英,朱月英听到杨浣花的声音后,"将门开着一条缝""向外张望了一下""皱了眉道:'贾老爷出去的时候,他还要把门锁起来呢……'""立刻站了起来""身子是紧紧地靠着床""将头低下去";第十五回王北海因朱月英的卖身

① 张恨水:《小西天》,北岳文艺出版社,2019年1月,第153页。
② 张恨水:《小西天》,北岳文艺出版社,2019年1月,第239页。
③ 张恨水:《小西天》,北岳文艺出版社,2019年1月,第174页,第175页。

价而气愤,"紧紧地咬了牙齿","两只手捧着的报纸,嗤的一声,竟是自动地裂开了"。一连串生动的动作描写,便可以直接转化为话剧演员的肢体表演和对白,将处于社会底层的贫女和正直善良的学生形象表现出来,引起观众的共情。

三、新媒体时代张恨水作品话剧改编策略

回望中国话剧发展的历史,话剧艺术自从西方传播而来,甫一诞生就与中国文化的深厚底蕴相融合,它在中国革命与改革的历程中成长,经历了曲折,经受住考验,形成了中国话剧特有的风格。在21世纪,新媒体传播方式渗透到社会生产与生活的各个领域,人们的消费喜好也受到深远影响。如今,电影、电视剧、网剧等影视创作虽然是热门改编方式,但话剧依然是张恨水作品改编需要守住的阵地。新媒体时代,如何推动张恨水作品与话剧艺术结合,让张恨水作品的魅力在话剧舞台上绽放艺术光彩?

1. 深入挖掘张恨水作品的时代价值为话剧改编注入灵魂

话剧是一门古老的艺术,同时又是一门历久弥新的艺术。说它古老,是因为话剧在古希腊时期就初具雏形;说它历久弥新,是因为时至今日,话剧舞台依然存在,并且在电影、电视等新兴艺术载体中延伸。著名戏剧理论家马丁·埃斯林就认为,从戏剧的全部表达技巧所产生的感受和领悟的心理学的基本原则来说,电影、电视剧等仍然是戏剧,并且是机械录制的戏剧(在西方,戏剧通常仅指话剧)。

从话剧的本质看,话剧是人们创造的一种精神文化产品,它"扩大和优化人的生活空间,丰富和诗话人的生活内容"①,是一种高雅的艺术形式。

张恨水着笔世情世态,写尽人世间的善恶美丑,他不断跟上时代,深入劳苦大众的生活,作品中蕴含强烈的平民意识。在《小西天》中,张恨水表达了对西北社会底层人民的同情和对社会群丑、粗暴官员的嘲讽,赞扬了扶弱济困的行为,寄托了对西北发展的期待,集中体现了他的爱国爱民思想、正道直行的品格、精进不已的奋斗精神,同当下培育社会主义核心价值观相适应,是群众精神文明建设重要的力量来源,这让张恨水作品与时代接轨,是话剧改编的灵魂,也是话剧改编永不褪色的魅力。

2. 铺展张恨水作品的地域风貌为话剧舞台增色

张恨水作品还具有典型的地域特征,他的创作脚步深入北京、南京、重庆、成都、安徽、江西等地,地方特色显著,反映出不同的地域文化。《小西天》地域特色浓郁,小说对"小西天"旅馆布置、窑洞构造、穷人吃黑馍蘸白糖等空间环境及生活场景的描写以小见大,展现了20世纪30年代西北地区独特的社会风貌,将其复刻至话剧舞台,能够以浓浓的西北风味为话剧表演增色,为观众铺展一幅西北风俗画卷。

① 董健,马俊山:《戏剧艺术十五讲(修订版)》,北京大学出版社,2012年2月,第25页。

2019年,张恨水以南京为故事背景创作的小说《丹凤街》被改编成话剧,在南京国民小剧场上演,让南京人在南京韵味中寄托情怀,大获好评。张恨水作品中的地域特征与中国文化的深厚底蕴相连,沉淀为一种文化吸引力,具有不随时代变迁的价值。

3. 借力新媒体传播焕发张恨水作品的话剧舞台生命力

在互联网信息技术迅速发展的时代,传播方式也在经历一轮又一轮更新。当代话剧要突破舞台的局限,必然将与新媒体技术结合。话剧现场性、一次性的传统表演方式对观众的吸引力,在新媒体传播力量的加持下,有了被放大的可能:当有限的观众在剧院中观赏一场话剧表演时,更多的观众可通过云剧场、云舞台等直播、录播平台在不同的时空身临其境,为相同的艺术所浸润。张恨水作品的话剧改编也应将新媒体作为话剧表现的载体,整合线上线下两种观剧路径。

另一方面,话剧艺术也能借助新媒体技术手段创新创作与表演方式,拓展视听感知,带给观众新的审美体验。张恨水作品搬上话剧舞台后,布景、灯光等舞台设计会变得多样化,舞台效果更加丰富,作品的思想精神也就能以更接近受众的方式表达。

结　语

张恨水一生写下三千万言,是民国最为高产的作家,也是当之无愧的畅销小说家。他创作的小说取材于广阔的社会生活,人物刻画生动,故事戏剧氛围浓厚,深受各阶层人民喜爱。作家张爱玲在散文集《流言》中写道:"我喜欢张恨水。"鲁迅曾多次为其母亲购买张恨水的小说。然而,张恨水用通俗语言为人们讲述通俗故事的同时,却一直在表达对人类质朴情感的赞美,更担负起进步作家的责任,倾注心血声援抗战。可以说,张恨水作品通俗化的外壳下,有着高尚精神品格的内核。这与话剧艺术的高雅特性相契合。毋庸置疑,在娱乐文化盛行的今天,我们需要强大的精神力量来获得净化与抚慰,而张恨水作品与话剧舞台的结合正能创造出这样的一片灵魂憩息之地,让我们坚守中华民族的精神高地。

参考文献

[1] 中国艺术研究院话剧研究所:《让小说里的人物活在话剧舞台上——关于小说改编话剧,话剧研究所如是说》,《艺术评论》2019年08期,第114页。

[2] 宋海东:《话剧戏单上的〈啼笑因缘〉》,《"张恨水研究与新时代"学术研讨会论文集》,黄山书社,2020年12月,第447页。

[3] 张恨水:《写作生涯回忆》,北岳文艺出版社,2019年1月,第129页,第28至29页。

[4] 张恨水:《写作生涯回忆》,北岳文艺出版社,2019年1月,第6页。

[5] 张恨水:《写作生涯回忆》,北岳文艺出版社,2019年1月,第6页。

［6］张恨水:《写作生涯回忆》,北岳文艺出版社,2019 年 1 月,第 36 页。

［7］董健,马俊山:《戏剧艺术十五讲(修订版)》,《北京大学出版社》,2012 年 2 月,第 114 页。

［8］[俄]别林斯基:《别林斯基选集》(满涛译)第 3 卷,上海译文出版社,1982 年,第 14 页。

［9］董健,马俊山:《戏剧艺术十五讲(修订版)》,北京大学出版社,2012 年 2 月,第 67 页。

［10］张恨水:《小西天》,北岳文艺出版社,2019 年 1 月,第 199 页。

［11］张恨水:《小西天》,北岳文艺出版社,2019 年 1 月,第 208 页。

［12］张恨水:《小西天》,北岳文艺出版社,2019 年 1 月,第 153 页。

［13］张恨水:《小西天》,北岳文艺出版社,2019 年 1 月,第 239 页。

［14］张恨水:《小西天》,北岳文艺出版社,2019 年 1 月,第 174 页,第 175 页。

［15］董健,马俊山:《戏剧艺术十五讲(修订版)》,北京大学出版社,2012 年 2 月,第 25 页。

(作者单位:安徽省张恨水研究会秘书处)

张恨水及其作品当代传播路径研究

——以江西农业大学图书馆为例

高国金　吴青林

张恨水是一位多产作家,著作等身,创作了 107 部中长篇小说,85 篇短篇小说,以及 5000 余篇散文杂文、几千首诗词,共创造了 3000 余万字作品。张恨水是民国时代国内妇孺皆知的老作家。张恨水及其作品,不仅在民国时代深受读者欢迎,亦受到当代读者喜欢,对张恨水及其作品当代传播路径进行研究颇具价值。

一、张恨水及其作品民国时代传播路径

民国时代,文学作品传播主要依靠报刊。张恨水连载生涯长达 30 年,通过连载,不断满足报刊及读者之需求,其创造活力始终未减。张恨水往往同时写几部作品,充分显示出其扎实的文学底子及活跃的创作思维。通过报刊连载,张恨水及其作品影响越来越大。在报刊上将整部作品连载至终稿,一方面是报刊的利润所需,另一方面更显示出其人、其作品深受读者关注和喜爱。张恨水实为报人,其曾长期做过记者及编辑等工作,更懂得报刊连载对谋生活及提升作品传播影响力的重要性。张恨水于文学领域取得成功,除了其所写作品艺术成就外,也在于其成功地利用了民国时代大众传媒这一传播新载体,报纸文艺之副刊作为新文学载体,传播便利,辐射广,为作家与作家、作家与读者架起了沟通桥梁,颠覆了文学传统之流通方式,使文学变得通俗、大众,不再是少数人垄断的工具,通过在《世界晚报》《益世报》《新民晚报》等报刊副刊上持续连载,张恨水向读者呈现出一部部作品,最终汇成其创作长河,深刻影响着民国的文坛,也深刻影响着各阶层读者的阅读趣味。

二、张恨水及其作品当代传播路径

对于张恨水及其作品当代传播路径研究,有助于通过发挥多种途径多种方式,进一步

挖掘民国大师张恨水及其作品在当代的文学价值。

（一）图书出版

新中国成立后，出版了《梁山伯与祝英台》（1954）、《八十一梦》（1957）、《五子登科》（1957）、《白蛇传》（1956）、《啼笑因缘评剧》（1957）、《秋江》（1955）、《落霞孤鹜》（1956）、《磨镜记》（1957）、《孔雀东南飞中篇说部》（1958）、《孟姜女中篇说部》（1957）、《中篇说部孟姜女》（1957）、《啼笑因缘》（1955）、《山窗小品》（1965）等张恨水作品，通过这些出版图书，丰富了新中国文化宝库，促进了张恨水及其作品在当代的传播；改革开放后，张恨水作品更是出版较多，一直未曾间断，20世纪八九十年代，《张恨水全集》面世；21世纪，张恨水作品也一直在出版，尤其2019年出版了《上下古今谈》《记者外传》《孔雀东南飞凤求凰》《秦淮世家》《虎贲万岁》等上百部作品。图书的不断出版，使得张恨水及其作品在当代读者中得到更大范围的传播。

（二）影视改编

《啼笑因缘》（1957年）、《故都春梦京华烟云》（1965年）、《金粉世家》（1961年）拍成电影，《京华春梦》（1980年）拍摄的电视剧，《啼笑因缘》（1974年、1989年等）多次拍成电视剧；此外，《梁山伯与祝英台》《白蛇传》《孔雀东南飞》《夜深沉》《满江红》《水浒新传》《纸醉金迷》《现代青年》等拍成电影或电视剧，这些影视剧保留了原著的语言风格和思维特色，对读者充满了吸引力，仿若跨越到那个多情的民国时代，极大地促进了张恨水及其作品在当代的传播，使读者和观众更能领悟原著的文学魅力。

（三）新媒体传播

微博、QQ、微信、抖音、快手、爱奇艺、哔哩哔哩等新媒体，使一个个分散的观众形成网状用户群体，观众们可以在留言等相关平台上畅所欲言，共同探讨阅读、观看体会。如张恨水研究在线微信公众号就开展得很好，里面包括张恨水其人、恨水研究、恨水文物等内容，其中恨水研究包括张恨水研究动态、张恨水纪念活动，恨水文物包括恨水故里、恨水旧居，对张恨水及其作品进行了系统介绍，并进行动态报道，对张恨水及其作品当代传播起了一个很好的引领作用；又如抖音中有张恨水故居、张恨水剧院、张恨水研究会、张恨水陈列馆等介绍，还有不少关于张恨水及其作品的视频，以及张恨水作品拍成的电影及电视剧等，也非常有利于扩大张恨水及其作品的影响力。

新媒体中的短视频非常快捷，便于快速了解一个作家的生平及其作品。通过短视频，张恨水及其作品当代传播更为迅速，犹如民国时更是达到妇孺皆知。如抖音中，"老舍先生谈张恨水——真正的文人"，短短一分二十二秒，便将一个真正的文人张恨水呈现在观众面前。通过情景化方式，观众更易接受、理解，并会主动将自己所看所思所想与别人交流，张恨水的爱情、家人、生活等更为观众津津乐道，其作品也得到更大范围更快速的传播。

（四）研究协会传播

同行之间互相探讨，传播新思想、新观点、新方法、新内容，有利于张恨水及其作品的当代传播。张恨水研究会由热爱张恨水研究各界人士自愿组成的非营利性学术性社会团体,为安徽省社科联团体会员。安徽省张恨水研究会自1985年9月在安徽桐城派学术研讨会上发起,1986年10月于张恨水故乡安徽潜山协商成立了由安徽省人大常务副主任魏心一为主任的筹委会。1990年2月,安徽省社会科学界联合会批准成立安徽省张恨水研究会。同年5月,在安徽大学召开成立大会,讨论通过张恨水研究会章程,协商选举产生由魏心一同志任会长的领导机构。1992年4月,由安徽省民政厅颁发《安徽省社团法人登记证》,张恨水研究会是三级(省、市、县)所有,县为基础,秘书处设在潜山。张恨水研究会广泛开展了关于张恨水其人其作的宣传;多方面收集了张恨水的资料和遗物,兴建了张恨水陈列馆;组建了研究队伍,积极开展,不断深化张恨水学术研究;联络、组织、支持专家学者撰写、出版关于评介、研究张恨水的专著;举办了张恨水百岁诞辰纪念活动;举办了首届张恨水文学奖评选活动。通过张恨水研究会的努力和研究,推倒了强加于张恨水身上种种不实之词,确立了他在中国文学史上应有地位和作用;出版了《张恨水研究论文集》《闲话张恨水》《张恨水评传》《忆父亲张恨水》《张恨水传》等,先后在省内外或海外出版问世,进一步扩大了张恨水及其作品在当代的影响力,促进了其更快速地传播。

(五)海外传播

张恨水作品的海外传播整体来看,因受语言限制,多局限于华人圈:主要包括港台及东南亚华侨文本阅读;港台及欧美大学现代文学教学与图书馆藏书(美国国会图书馆、哈佛燕京学社亚洲部藏各种版本及研究著作和论文近千种,普林斯顿大学藏1932年版《春明外史》、密西根大学藏民国版小说15种、哥伦比亚大学藏1947年版《水浒人物论赞》)。1961年,香港华侨影片公司改编拍摄《金粉世家》;1980年,汪明荃主演香港电视剧《京华春梦》等。张恨水作品的外文译本最早出现在民国时期,迄今已有大半个世纪。海外传播很大程度上促进了张恨水及其作品在海外的影响,但外文译本始终停留在低水平线上徘徊,未引发翻译活动的热潮,有待有志人士积极参与,促进其海外传播。

(六)学校传播

学校作为文学讯息生产地及集散地,在文学现代传播机制上占有十分重要之地位。一位作家及其作品的宣传离不开学校教育,无论中小学、大学还是职业院校均应重视学生文学素养的培育。中小学教材中,至今未见涉及张恨水及其作品的相关内容,应将其文学作品中之精华内容融入教材之中,使孩子从小就了解张恨水及其作品,了解通俗小说演变,有利于其长大后更深入地了解和学习张恨水及其作品,有利于爱好文学的孩子在文学大道上不断成长;在提升学生技能水平同时,职业院校也应积极注重文学教育,通过张恨水文学作品陶冶学生情操,从而提高学生综合素质;大学更应如此,没有经过文学熏陶的学生,大学生涯必然会存在巨大遗憾。在张恨水及其作品当代传播上,江西农业大学图书馆无疑是做得最好的一个。张恨水先生是江西农业大学杰出校友(1910—1912年就读于江西农业大学前身江西高等农业学堂中等农林科,1912年7月改为江西农林专门学校甲种农林科,1912年秋因父丧离校),现代著名报人、高产作家,有"民国第一写手"之称。

1. 读书月推广活动传播

张恨水作品阅读与品鉴已成为江西农业大学近年来读书月的品牌内容。江西农业大学第六届(2015 年)、第九届(2018 年)、第十届(2019 年)、第十一届(2020 年)、第十二届(2021 年)和第十三届(2022 年)共六届读书月均开展了关于张恨水及其作品的阅读推广活动。

第六届读书月开展了纪念校友张恨水系列活动,包括张恨水作品展、我读张恨水(校园百家讲坛)、张恨水研究专题报告、张恨水征文大赛、张恨水专题数据库等活动。"情系张恨水"征文大赛,围绕着张恨水其人其文,面向全体师生开展征文活动,活动收到征文 77 篇,包括读后感、书评、诗歌等体裁,经过评选,林学院 2014 级研究生李雪云写的《烟雨纷繁,负你一世红颜——读张恨水散文有感》获得一等奖。由江西农业大学读者协会主办的校园精品活动——校园百家讲坛确定了以"我读张恨水"为主题,经过初赛、复赛和决赛,最终两名同学代表江西农业大学参加第七届昌北高校校园"百家讲坛"总决赛。

第九届读书月开幕式开展了"不一样的张恨水——张恨水之孙解读张恨水"报告,张恨水之孙张纪(高级记者,资深媒体人,曾任《中国人口报》编辑部主任、《北京劳动就业报》总编辑、北京吉利大学新闻与信息传播学院兼职教授,著有《我所知道的张恨水》)介绍了张恨水相关事迹及作品;并开展了共读《啼笑因缘》活动,包括书评、读后感等活动,设置了相关奖项;闭幕式开展了真人图书馆(看会行走的书,读有故事的人——谢家顺寻访张恨水足迹的故事)活动,参加真人图书馆有谢家顺(时任池州学院音乐与教育学院党总支书记、教授,安徽省张恨水研究会副会长,著有《张恨水年谱》)、史南平(江西农业大学退休教师,张恨水的外甥女)、人文院评委老师、读后感获奖作者、文学爱好者(限额 40 人,按报名顺序确定参加人员)等人员,每个人的经历都是一本书,谢家顺教授通过讲述自己寻访张恨水足迹的故事,分享自己的人生,读者以一种面对面沟通的形式来完成"图书"的阅读。2018 年 5 月 25 日晚,张恨水的侄女张一莉教授在江西农业大学人文学院音乐厅作了一场题为"国如用我何妨死书生顿首唤国魂——我所知道的张恨水"的专题讲座,她强调:张恨水先生一共写了二十多部抗战小说,800 多万抗战文字,被评论为"抗战小说第一人"。时任江西农业大学图书馆馆长颜玄洲教授因组织以推广张恨水作品阅读为重点的江西农业大学第九届读书月系列活动成效显著,被评为"2018 年度江西省优秀社科普及工作者",十五名仅有一位图书馆人。

第十届读书月开幕式上,开展了北岳文艺出版社赠送江西农业大学图书馆张恨水全集(二十五周年纪念版)仪式,南昌理工学院燕世超教授做了专题报告《从少年励志到家国情怀——解读一代文学大师张恨水的生命历程》;开展了共读张恨水作品《水浒新传》(毛泽东说:"这本《水浒新传》写得很好,等于在鼓舞大家抗日。")活动,开展了书评、读后感等活动,并设置了相应奖项。

第十一届读书月开展了"张恨水抗战文学"作品分享线上交流会,主讲人为谢家顺教授,参与师生达一千余人。谢教授以"书生顿首唤国魂——张恨水抗战小说及其《虎贲万岁》"为主题,从"必要的回顾与认识"和"笔尖上的英雄:《虎贲万岁》解读"两个方面展开。只有怀揣祖国荣辱、心中藏有国家的作家,才能将《虎贲万岁》写得如此情真意切、真实感人。

第十二届读书月开展了张恨水研究书籍捐赠仪式、张恨水专题讲座暨恨水书屋揭幕仪式。张恨水研究书籍捐赠仪式上,朱显亮(安徽省张恨水研究会秘书长)代表安徽省张恨水研究会向江西农业大学图书馆赠送张恨水研究书籍。谢家顺教授和江西农业大学图书馆领导参加了恨水书屋揭幕仪式。谢家顺教授开展了专题讲座"张恨水与赣文化渊源及其当代意义",主要包括赣文化特征表述、张恨水江西生活足迹扫描、赣文化对张恨水的主要影响、张恨水对赣文化的贡献及其当代意义等内容。

第十三届读书月开幕式上,谢家顺教授开展了"北雁南飞话江西——张恨水小说《北雁南飞》赏析"专题报告会,近七百名师生参加。他从关于《北雁南飞》、创作背景与故事梗概、主题与艺术特色、江西民俗及其意义、一部中国版的《伊豆舞女》、结束篇等六个方面与读者对《北雁南飞》进行了一次漫旅式赏析。《北雁南飞》不仅是一部中国版的《伊豆舞女》,也是作者张恨水描述的一种梦里江南。

在关于张恨水及其作品阅读推广活动上,离不开江西农业大学团委、校党委宣传部及学院等部门的支持和配合。校团委对于参加活动的学生不仅给予 PU 学分奖励,并积极通过其百草青年等微信平台进行宣传、发动;校党委宣传部通过校园网进行大力宣传和发动;学院积极发动师生参加活动,并对活动获奖者进行综测评分奖励。

通过读书月丰富的活动,进一步提升了张恨水作品的借阅率,促进了张恨水及其作品在江西农业大学的传播,也通过师生读者进一步扩大了张恨水及其作品在校外的影响。

2. 多媒体传播

在超星学习通江西农业大学图书馆的主页上建立《共读张恨水》专题,形成"永不落幕"的张恨水作品展,包括原著(《啼笑因缘》《纸醉金迷》《春明外史》等作品)电子版、张恨水研究、讨论组等栏目,并通过江西农业大学图书馆积极发动和指导,校广播站播音员录制了《啼笑因缘》《山窗小品》《新水浒传》等音频,这些作品为国内高校首次录制,《新水浒传》音频甚至是国内首次录制,并通过读书月活动及江西农业大学图书馆微信公众号进行音频和文字版传播,读者可以休闲地躺在床上聆听音频,同步阅读其电子书,更利于张恨水及其作品的当代传播。

3. 展览传播

江西农业大学逸夫图书馆大厅展览面积有 200 多平方米,将各种途径搜集来的张恨水作品集中在大厅摆放,作为张恨水作品展示的基本陈列,读者既可以随手翻阅,又可以借出去阅读。2015 年是江西农业大学建校 110 周年,也是张恨水先生 120 周年诞辰,在图书馆大厅举办了张恨水作品展,既通过 20 面展板全面系统展示了张恨水先生的生活历程,又展示了 350 册他的作品及评论、传记,大部分作品都在展览过程中被读者借阅。这是图书馆第一次举办人物作品展,向读者推荐阅读,时任校党委书记曹国庆、副校长贺浩华等来到现场参观作品展,对展览表示赞许,并要求图书馆继续深挖校友资源,丰富特色馆藏。在江西农业大学校史馆固定展览中对张恨水人物及作品进行了专门介绍,占了不小的篇幅。2021年4月,在江西农业大学图书馆新馆七楼特藏书库专门设置了恨水书屋,收藏张恨水的作品及评论、传记的相关图书资料。

4. 专题数据库传播

江西农业大学图书馆组织人员建设了张恨水专题数据库,包含图书2206种、期刊论文2215篇、学位论文116篇、会议论文12篇、报纸文章574篇、视频167个,全面展示了张恨水先生的生活历程、创作道路、一生著述及评论研究,属国内首创。

5. 社团及学习委员QQ群传播

读者协会、墨韵书画协会为江西农业大学图书馆指导的两个校级社团,在张恨水及其作品传播上,两个社团充分发挥了会员与学生密切联系的优势,加上学习委员QQ群学习委员积极将相关活动传达至每个同学,每次活动参与学生均较多,张恨水及其作品传播已成为江西农业大学一张名片。

6. 新闻报道传播

2018年5月23日,《张恨水侄女忆伯父:他是位有良知的作家》在人民日报发表;《张恨水作品线上接力赛开跑千人共享阅读盛宴》《江西农业大学顺利举办"张恨水抗战文学"作品分享线上交流会》《一场寻访张恨水足迹的真人图书馆大戏在江西农大上演》等十余篇新闻报道发表在《江西新闻客户端》等省级媒体上。通过这些新闻报道的发表,江西农业大学进一步扩大了张恨水及其作品在省内、国内传播的影响力。

7. 出版教材传播

张恨水作品已列入全国硕士生招生考试的汉语言文学专业的必考范围,江西农业大学人文和公共管理学院副教授孙尊章博士在主编《大学语文》(黎瑛、夏成、孙尊章主编)教材过程中,通过征询张恨水研究会有关专家的意见,将张恨水代表作《金粉世家》节选编入教材,并由高等教育出版社正式出版。

8. 研学传播

2015年3月,江西农业大学图书馆和档案馆组织人员前往安徽省潜山县,拜谒了张恨水先生墓,参观了张恨水纪念馆,进一步确认了张恨水先生在江西农业大学前身就读的相关情况。

2017年7月,江西农业大学图书馆吴青林老师受邀前往安徽省潜山县参加"2017中国恨水文化旅游节",张恨水故居开放仪式、张恨水文化学术报告会、纪念张恨水逝世50周年座谈会同期举行。

2017年8月,张恨水外甥女史南平和江西农业大学图书馆吴青林老师受邀前往江西省黎川县参加"张恨水国际文学研讨会暨张恨水(黎川)国际文学周"活动,参加张恨水旧居揭牌仪式、电视剧《新金粉世家》启动仪式。

2018年8月,张恨水外甥女史南平、江西农业大学人文学院孙尊章博士和江西农业大学图书馆吴青林老师接待安徽省张恨水研究会副会长谢家顺教授和西南大学中文系李婕博士来江西农大进行张恨水专题研学,并陪同他们参观校史馆。

2019年11月,江西农业大学图书馆副馆长吴青林和人文学院张欣、金怡老师受邀前往安徽省潜山市参加"张恨水研究与新时代"学术研讨会,吴青林被聘为安徽省张恨水研究会第五届名誉理事(共八名)。

张恨水及其作品的当代传播,有助于进一步形成、把握通俗文学的审美规范和内在规律,使之上升为理论,从而更好地指导当前通俗文学的创作实践,促进社会主义文学事业的繁荣与发展。张恨水及其作品的当代传播无疑对当代文学的发展颇有裨益。

参考文献

[1] 老舍. 一点点认识[A]. 张占国,魏守忠. 张恨水研究资料[C]. 天津:天津人民出版社,1983:110.

[2] 孟鹏. 从报纸连载小说看民初"报纸文学"的嬗变——以张恨水作品为核心[J]. 国际新闻界,2010,32(08):117-121.

[3] 安徽省张恨水研究会[J]. 中文自学指导,2008(04):81-82.

[4] 安徽省张恨水研究会. 学会简介[EB/OL]. http://www.zhsyjzx.org/a/about/jianjie/,2022-08-27.

[5] 谢家顺,宋海东. 国际化:张恨水作品海外传播及其路径探究[J]. 新文学史料,2018(03):155-159,201.

[6] 胡鹏林,彭万荣. 文学的现代传播秩序:学校、社团、报刊出版与知识阶层之众声喧哗[J]. 湖北师范学院学报(哲学社会科学版),2011,31(04):22-27.

(作者单位:江西农业大学图书馆)

大众文化语境下张恨水小说电视剧改编研究

古小舟

　　王一川的《大众文化导论》中将"大众文化"定义为："以大众媒介为手段,按商品规律运作、旨在使普通市民获得日常感性愉悦的体验过程,包括通俗诗、通俗报刊、畅销书、流行音乐、电视剧、电影和广告等形态。"①在中国,"大众文化"作为一种文化概念从西方引入是在20世纪70年代末,并且随着中国改革开放的进一步推进,以及市场经济的发展,大众文化在20世纪90年代以后迅速扩张,"在多元化的文化格局中登上了霸主的宝座,成为文化的'主频道',并借助传媒实现了它的信息化、商业化和产业化"②。21世纪以来张恨水小说的影视改编便是基于大众文化蓬勃发展的时代背景之下而产生的,在大众文化商品性、流行性、娱乐性以及类型性等特征的影响下,借助电视剧这一传播媒介,张恨水小说在新世纪得以焕发出新的生机。学界现有的针对张恨水影视改编研究的论文中,大部分是针对单部作品而进行的改编得失分析,针对张恨水作品改编所做的整体性、宏观性研究中,或从张恨水小说的影视特质入手进行分析,或从史学角度讨论各个影视版本的流变,还有学者从文化研究的角度进行论证,如杜学敏《消费文化语境下我国文学经典的影视改编——以张恨水小说的电视剧改编为例》③、周丽娜《论视觉消费文化语境下张恨水小说的电视剧改编》④等,但总体来看,新世纪前十年张恨水的影视改编热潮还并未与彼时盛行的大众文化相联系起来,而被学界所研究和讨论过。

一、改编的可能性：大众化的创作姿态

　　以《皖江潮》被学生搬演上舞台为始,张恨水小说开始成为戏剧影视改编的目标对象,

---

①　王一川. 大众文化导论第3版[M]. 北京:高等教育出版社,2015(04):8.
②　王衡霞. 试述大众文化背景下的中国当代文学的特征[J]. 唐山师范学院学报,2004(01):12-15.
③　杜学敏. 消费文化语境下我国文学经典的影视改编[D]. 华中师范大学,2015.
④　周丽娜. 论视觉消费文化语境下张恨水小说的电视剧改编[J]. 烟台大学学报(哲学社会科学版),2014,27(02):74-79.

1931 年《啼笑因缘》曾因电影拍摄版权问题而打官司,足以见得张恨水小说在影视圈中的受欢迎程度。21 世纪以来,随着《金粉世家》电视剧(2003 年)的走红,相继有《啼笑因缘》(2004 年)、《红粉世家》(改编自《满江红》《秦淮世家》,2004 年)、《夜深沉》(2006 年)、《纸醉金迷》(2008 年)、《孔雀东南飞》(2009 年)、《梦幻天堂》(改编自《现代青年》,2011 年)等陆续上映,共同构成了 21 世纪张恨水"荧屏热"。究其根本,由张恨水小说掀起的影视改编热潮,实际上是影视与文学之间的互动与双向选择。

作为中国近代通俗小说大家,张恨水一生笔耕不辍,将自己自比为"推磨的驴子",在长达半个世纪的写作生涯中,张恨水创作的中长篇小说多达 100 余部,杂文近 5000 篇,洋洋洒洒 3000 万言,是中国近现代文学史上名副其实的多产作家,为影视改编提供了充足的可开发资源。除此之外,张恨水的作品还拥有庞大的读者群,老舍曾称张恨水为"国内唯一的妇孺皆知的老作家",深受市民大众的喜爱,"海内外几乎凡有华人社会的地方,都曾流传过张恨水的小说"[1],张恨水小说的书迷遍及全国各地,更是形成一部分固定书迷,即"张迷",张恨水小说所拥有的巨大市场影响力与感召力成为被影视改编所青睐的重要原因。

张恨水作为通俗小说创作者,为获得读者市场的青睐而始终保持的大众化立场,市场性、商业性写作策略,也与影视文化所追求的娱乐性、大众性、和商业性不谋而合,使得张恨水小说成为影视改编的热门选择。张恨水的大众化创作立场体现在对大众的审美趣味的重视,无论是内容的书写、形式的设计还是语言的运用上都始终服务于读者群,坚持为"匹夫匹妇"工作。一方面,积极融入世俗、为大众的写作姿态在写作时便体现为采用娱乐性、通俗性较强的题材,如《现代青年》《满江红》的"书生艳遇",《啼笑因缘》《夜深沉》中"将军与戏子",《金粉世家》中的"灰姑娘与王子",以及穿插在其中的"侠义"情节、"多角恋爱"结构等,都带有人民群众喜闻乐见的娱乐因素,能使读者在阅读过程中得到情绪的宣泄,从现实中的烦恼与苦闷中超脱出来,以获得精神上的某种替代性满足。另一方面,大众化的创作立场使得张恨水在处理情节时格外讲究"奇、险、趣、巧",一些巧合、误会、错过等情节的设置往往能作为故事开展的"调味料",调动起读者的情绪,满足读者猎奇涉趣的心理。如《满江红》中于水村和李桃枝之间兜兜转转,由丢捡箱子、遗落手帕、雨天借宿等一连串的巧合而相识、相知,却因片面之言彼此误会、心生嫌隙,最后彼此错过、双双殒命。故事环环相扣,将一段缠绵悱恻的爱情故事演绎得跌宕起伏、扣人心弦。

张恨水写作的时期恰逢电影传入中国并逐步占据大众视野的时期,故而张恨水有机会观看到数目可观的电影作品。在电影行业如火如荼的时候,作为"影迷"的张恨水称自己"每星期至少看三张新片子",并且发表过《银幕春秋》《银灯杂记》《明星小史》《明星小评》等近 60 篇影视评论短文。张恨水不仅喜欢看戏、研戏,还对戏剧的叙事手法产生了兴趣,甚至养成了在创作人物时对镜先行表演的习惯。张恨水曾大方承认:"我欢喜研究戏

---

① 袁进. 张恨水评传[M]. 长沙:湖南文艺出版社,1988.07:2.

剧,并且爱看电影,在这上面,描写人物个性发展,以及全部文字章法的剪裁,我得到了莫大的帮助。"①因而我们得以在他的作品中找到影视叙事的蛛丝马迹。

早在1981年严独鹤为张恨水《啼笑因缘》写的序言中,便指出"第三回凤喜之缠手帕与数砖走路"之类"小动作","具为神来之笔"②。戏剧影视不同于文字,对人物的心理活动刻画往往通过面部神态、以及"小动作"来进行表现,"小动作"的使用不仅避免了仅从对话与静态特写等叙事手段带来的单一性,还能将人物内心活动更加传神地表现出来,《金粉世家》中佩芳发觉私房钱误打误撞放给了凤举,先是"把壁电一扭,放亮了一盏灯",而后在凤举的提示下方"将电灯关了,才去按电铃",一开一关之间,虽说是极小的动作,但却将佩芳内心的忐忑、紧张一表无疑。再如《夜深沉》中丁二和看到杨月荣来到自己家,笑着跑去和母亲讲,没留心脚下台阶"撞在门风上",二和对月荣到来的兴奋和欢喜在这一"撞"中便不言自明了。如果说,重视人物的动作性与话剧、戏剧等现场艺术有不可分割的关系的话,张恨水小说中出色的景物、人物描写则更多地带有电影中的"镜头"影响,如《金粉世家》中金燕西与冷清秋一家"歌台得小聚同坐归车"一回,在写及金燕西无意瞥见清秋之脚时,先只切人物的半身景,描写燕西与清秋对坐时的羞涩,随着金燕西"见人家不好意思,也就跟着把头低了下去",镜头随之下摇,聚焦到对清秋脚上鞋子上,继而前推,取景范围由大变小,通过金燕西的视角对清秋鞋子进行特写:"见她穿着是双黑线袜子,又是一双绛色绸子的平底鞋,而且还是七成新,心里不住地替她叫屈。"使读者在阅读时获得了如同看电影时身临其境的画面感。在小说开头,男主人公出场前,张恨水总是惯于先用远景渲染环境,再推至近景对男主人公形象进行一番描绘,而后镜头便跟随这一主人公一路前进,直至遇到女主人公后推为近景,以男主人公视角表现女主人公外貌。如《金粉世家》开头先写西直门景致、后写骑马少年金燕西,再写金燕西眼中"玉雪聪明的女郎"冷清秋;《满江红》开头先写人头攒动的铁路、轮渡,再写提箱青年于水村,再写于水村眼中"很有些风致"的李桃枝。带有影视化因素的写作技巧"不仅能够丰富小说文本内涵,调动读者阅读兴趣,提高受众审美趣味,而且使小说具备了改编成电影的条件"③,正是在小说创作与影视改编的双向选择之下,才有了21世纪以来以"荧屏热"为表征的张恨水研究新热潮。

张恨水自觉服务于读者的大众化写作立场,一方面使他在创作中自觉地采用世俗性、趣味性强的题材,一方面又基于对电影艺术的兴趣而采纳带有影视因素的写作技巧,而这些努力都如愿换来了读者群的持续关注与支持,使得张恨水能够始终在通俗文学市场上保有一席之地。影视文化作为大众文化中的一种形态,与通俗文学一样,都具有类型化、娱乐化、商业化等主要特征,这也就使得影视改编自然地与通俗文学亲近,从中获取改编资源;而影视改编所具有的创造性又使得改编剧在原著基础上进行了一系列带有时代特征的改造。

---

① 张恨水.写作生涯回忆录[M].北京:中国文联出版社,2005.01.

② 张占国,魏守忠.中国文学史资料全编 现代卷 张恨水研究资料[M].北京:知识产权出版社,2009.09:244.

③ 姜友芝.论张恨水小说的电影化技巧与特质[J].中国现代文学研究丛刊,2011(11):183-191.

二、改编的创造性：内容与形式的当代化改造

（一）内在旨归：娱心、劝善的双重强化

鲁迅曾指出："俗文之兴，当兴二端，一为娱心，一为劝善。"①强调通俗文学的娱乐性与思想性的和谐统一，以达到寓教于乐的作用。通俗文学与影视文化作为大众文化中两种不同的表现形式，既有相通之处，也有异于彼此的地方，表现在张恨水小说与影视改编的互动中，双方以相通的大众化创作立场为连接点，电视剧改编作品在此基础上基于自身媒介的特点对原著内容进行生发、改造，最终创造出别有风味的全新作品。具体来看，21 世纪以来由张恨水小说改编而成的电视剧作品从形式到内容上都实现了"娱心""劝善"两重功能的强化。

电视文化作为一种重视感官愉悦性的文化形态，以满足观众闲暇时间的休闲娱乐需求为目标，娱乐性是电视文化的基本特征之一。新世纪以来张恨水小说的影视改编首先是一个娱乐化的过程。一方面，电视剧在故事内容中增加具有消遣性和娱乐性的因素，例如《金粉世家》将原著中的爱情部分加以生发、渲染，将原著"以言情为经，以社会为纬"的"世情"小说改造为高扬"爱能打败一切"的民国言情剧。为了突现"情"字，电视剧中采用了带有"套路"性质的情节模式，例如《金粉世家》中家境殷实却情有独钟的"白马王子"金燕西，对清贫善良的"灰姑娘"式女孩冷清秋一见钟情，并通过带有"水晶鞋"功能的背影照片四处寻人。为了表现爱情的坚定不移，电视剧广泛采用"多角恋爱"模式，通过对"情敌"角色的增设为爱情故事的展开增加波澜、增设考验，如《金粉世家》中的欧阳于坚、《红粉世家》中的方紫烟和玲子等都是电视剧改编时新增的角色。另一方面，在人物塑造方面，将作为电视剧主要表现对象的男女主角进行人设完美化处理，删除金燕西与冷清秋之间的物质往来、以及"未婚先孕"等情欲书写的内容，将杨月荣对物欲的贪恋改为精神上对梦想的追求，将丁二和打磨成毫无怨言的守护者等，过滤掉情欲、物欲的熏染，还原大众心目中"白日梦式"的完美爱情。此外，在结局方面，将原著中带有的佛道一切皆"空"的悲观、消极成分进行改造，为满足大多数人对于"大团圆"的期待，电视剧改编时往往选择淡化悲剧气氛，采用开放式结局或直接暗示未来向好的发展走向。《红粉世家》中桃枝火里逃生，《夜深沉》中二和没有像原著中一样放弃斗争，而是勇敢地拿起手中的刀决绝地刺向罪恶的刘明德。

除了一味地追求娱乐，大众文化还以其渗透性而成为国家机器借由传播国家统一意识形态及整个社会的主导文化精神的途径，"大众是在大众文化对自身生活的那种贴近感

---

① 鲁迅. 中国小说史略[M]. 北京：北京大学出版社,2009.

中不自觉地、潜移默化地接受意识形态的,因而大众文化是一种真正的'寓教于乐'的文化"①。

21世纪以来由张恨水改编而成的电视剧大部分都是借由国家官方媒体平台,即央视,于夜间黄金档进行播出,剧本在宣扬社会价值观等"劝善"层面进行了一定程度上的改造。首先是在整体叙事脉络上,电视剧改编本几乎无一例外地增加了支线,与主线索构成纵横交错之势。一方面扩充了文本的表现空间,展现了更加广阔的社会生活画面,另一方面又为男女主人公的爱情主线索增加波折,使故事表达更加曲折。《金粉世家》中增加的学生运动、政治斗争,《啼笑因缘》中的军阀派系斗争,《红粉世家》《梦幻天堂》中的商战等,以及《夜深沉》中官商势力对于下层群众的压迫,反映了民国时期的黑暗现实,都带有主流意识形态色彩。其次,在电视剧的主题思想中,还加入对青春与奋斗的正能量的宣传。如将原著中冷清秋、杨月荣等受物质诱惑委身于人的悲剧女性改造成拥有独立思想、敢于以行动反抗、拥有奋斗精神的新女性形象,《红粉世家》中则将关注点由"为艺术家鸣不平"转移到一群志同道合的年轻人不向恶势力低头、勇敢追寻自己梦想的奋斗故事。

(二)外在包装:视觉、听觉的双重盛宴

在大众文化中,还有一种独特的形态,即视觉文化,随着大众传播媒介对于图像式叙事符码的偏爱,以及现代视听技术的日益发达,使人们的日常生活中日益充斥着大量的视觉化现象与视觉化符号。王一川的"视觉凸显美学"便指出在大众传媒的影响下,"视觉画面及其愉悦效果凸显于事物再现和情感表现意图之上,从而体现独立审美价值"②,在此影响下,作为接受主体的大众群体在光影刺激下被诱惑着接受一次又一次"视觉消费"。在由张恨水小说改编而成的电视剧中,大到场面的铺排,小到人物造型,无不体现着视觉文化的辐射。在营造燕西与清秋恋爱时诗意浪漫的氛围时,电视剧《金粉世家》剧组斥重金在北京郊区承包下大片向日葵地,《红粉世家》中于水村所住竹楼则以数以万计的梅花为点缀,营造世外仙境之感。21世纪以来改编而成的几部影视剧,在选择主要角色时无一例外地以模样姣好的俊男靓女为对象,从《金粉世家》中的董洁、陈坤、刘亦菲,到《啼笑因缘》中的胡兵、袁立,《夜深沉》中的陶虹、冯绍峰等,为观众带来一场场美轮美奂的视觉盛宴。另外,电视剧还擅长运用画面感极强的道具来象征人物性格,如《金粉世家》中冷清秋的出场总是伴随着代表纯洁、忠贞的百合花,金燕西则几次将清秋带到象征着热烈、自信的向日葵地,《红粉世家》中多次出现的芦苇地,既是水村和桃枝爱情生发的见证,又象征着桃枝坚毅的性格。

电视剧除了从视觉上吸引观众的注意,还打造了一批与剧情相关的影视原声大碟,在剧情推进的过程中插播不同的曲目,烘托整体氛围,强化视听刺激,使观众获得更加身临其境的视听感受。《金粉世家》主题曲《暗香》中"如果爱告诉我走下去,我会拼到爱尽头"同样宣告了剧中人物的爱情立场,用花谢后的暗香、灰烬中的重生、春风下的新绿来表明

① 金民卿. 当代中国大众文化简论[D]. 中共中央党校,2000.
② 王一川. 全球化时代的中国视觉流《英雄》与视觉凸现性美学的惨胜[J]. 电影艺术,2003(02):10-15.

爱情的长存长生,与电视剧的主题思想一脉相承、彼此映照。这些依附于电视剧而创作、传播的歌曲基本上属于流行歌曲范畴,它们从本质上来看都是带有大众性、通俗性与娱乐性的大众文化产品,既借助电视剧这一媒介实现自身的传播,又以自身的形式特点和优势为电视剧的传播助力。

除了视觉文化的影响,新世纪几部影视剧在外在包装中还受到了广告文化的辐射。作为商品经济的衍生物,广告自诞生起便担负着宣传与诱导的作用。电视剧带有的商业特性使得创作团队自觉地向市场靠拢,在剧集正式播出前,为了保证收视率,制片方往往会采取广告式营销来为播出造势。世纪初的《金粉世家》在播出前,便借助"张恨水同名小说""民国时代的《红楼梦》"等来制造记忆点。在《金粉世家》大获成功后,导演李大为趁热打铁,利用《金粉世家》的余热打造"同系列"作品,即《红粉世家》《香粉世家》《梦幻天堂》等,借助类似于大众广告文化中的"品牌效应",将几部作品在无形中"捆绑"起来,从而引诱观众的消费行为,实现自己的经济效益。

张恨水小说作为现代通俗文学作品,其大众化立场与影视文化产生共鸣,使得影视改编成为可能;电视剧作为典型的大众传媒则在改编过程中从内容到形式上均强化了"为大众"的立场,使改编剧产生脱胎换骨的变化;在张恨水小说的影视改编背后,实际体现了文学与影视的互哺共生,在二者的良性互动下,"张恨水热"的文化意义逐渐凸显,在新世纪再度兴盛。

三、改编的互动性:文学与影视的互哺

纵观张恨水百年创作与接受史,学界公认的三次"张恨水热",分别为20世纪二三十年代以《春明外史》《金粉世家》《啼笑因缘》为代表的"作品热";20世纪80年代对张恨水其人及作品的重新评价而掀起的"研究热";以及21世纪初伴随着《金粉世家》的央视改编版本热映而形成的"荧屏热"。

张恨水的作品跨越世纪,却能在不同历史阶段,在不同年纪的读者群中不时地焕发生机,保持其旺盛的艺术生命力,不得不说是文学接受史上的一个奇迹。接受美学强调读者在阅读过程中的主观能动性,而作家在写作过程中留下的文学文本往往以"召唤结构"的状态吸引读者参与进来,继而完成对文学文本中"空白"的补充。英伽登便指出作品中包含有明显特性的"空白",即各种"不确定的领域",吸引着观赏者一步步"填补不定点",在这个过程中不断地重新"解释"和"重建"作品,从而使艺术作品一步步走向"具体化"。正如"一千个读者心中有一千个哈姆雷特",在接受主体的身份、学识、经历、视野等诸多方面的影响下,由"艺术家和观赏者"共同创建出的"具体文本"便各不相同。文学经典之所以常读常新,便在于它们乐于并且善于为接受者提供多重阐释空间,因而无论是在张恨水小说的接受史上、还是在影视、戏剧改编的接受史中,我们都能看到针对相同文本对象,随着

地域、时代等因素的变化而产生的不同改编版本。

首先,张恨水小说中的"不定点"首先表现在人物性格的矛盾复杂上。《啼笑因缘》中沈凤喜单纯却虚荣,何丽娜独立却痴情;《金粉世家》中的冷清秋既有现代民主思想,却在行动上唯唯诺诺、甘愿做豪门里圈养的"金丝雀";《满江红》中的李桃枝既有精明干练、敢于反抗权贵的勇敢的一面,却也有被翩翩公子诱骗而轻易委身于人的脆弱一面。这些复杂多样的人物性格都为后续改编留足了改造空间。

其次,张恨水小说中对于写作背景的有意模糊,也在一定程度上为后世改编留有阐释余地。在早期的创作中,尽管张恨水多次声明小说人物与现实人物毫无关系,身为畅销作家的张恨水曾多次因书中人物对现实的影射遭到政客的威胁,张恨水曾坦言"小说就是小说,何必去惹下文字以外的枝节。所以我所取《金粉世家》的背景,完全是空中楼阁"①。作为职业作家,为了保住"饭碗",张恨水无意直面攻击政界黑暗,故而在小说中含沙射影,做人物、情节背景的模糊化处理,这些都为不同时期的影视改编留下了空间。

最后,张恨水小说在结尾处往往处理得意味深长,如《夜深沉》中丁二和在俱乐部门外进行一番思想斗争后收刀离开,故事戛然而止,对于杨月荣的处境、二人今后走向不做过多解释,留给读者自行体会;《啼笑因缘》原著中,凤喜发疯,关氏父女离开,家树与丽娜是否重归于好,几人今后还有无交集,都为后世改编留下了发挥的空间。

总体来看,张恨水的小说以其丰厚的内涵、巧妙的编排,为后世的二次改编提供了体量庞大的资源,使得张恨水作品得以在不同时代的改编下焕发新的生机;另一方面,制作方借助张恨水"妇孺皆知"的影响力来为电视剧造势,使得观众形成对电视剧质量的心理保障。这些因素都促进了张恨水影视改编在市场性和商业性上始终保持着热度,以《金粉世家》为例,一经播出便收获央视当年年度收视冠军,无论是接受度还是讨论度方面都大获成功,并因此捧红了一众男女主角,由沙宝亮演唱的主题曲《暗香》在二十年后的今天依然为人所广泛传唱。

琳达·哈琴的《改编理论》中说道:"被改编文本不是什么被复制的东西,而是被解释和再创造的东西——通常在一个新的媒介中。它是理论家可能称为一个包含操作指南、剧情、叙事和价值论的蓄水池的东西,改编者可以使用或者忽略,因为改编者在成为创作者之前是一位阐释者。"②故而我们得以看到在不同时期、不同地域的制作团队的改编下,影视改编剧作为原著的"超文本",总能为小说注入新的内容。作为张恨水最具代表性的小说作品,《啼笑因缘》自初登文坛与读者见面之时起便获得了极大的关注,"上海市民见面,常把《啼笑因缘》中故事作为谈话题材,预测他的结果;许多平日不看报的人,对此有兴趣,也订起报来了;预约改戏,预约拍制电影的,早已纷至沓来",直接导致"张恨水成了《新闻报》的财神,读者崇拜的偶像"③。在众多被翻拍成影视作品的小说中,《啼笑因缘》无疑

① 袁进. 张恨水评传[M]. 长沙:湖南文艺出版社,1988.07:2.

② (加)琳达·哈琴(Linda Hutcheon). 改编理论[M]. 北京:清华大学出版社,2019:58.

③ 张友鸾. 章回小说大家张恨水[J]. 新文学史料,1982(01):74-87+73.

是被改编次数最多的一部,除了被改编为"话剧、京剧、沪剧、黄梅戏、河北梆子、越剧、评剧、粤剧、曲剧、评弹、评书、大鼓、锡剧、甬剧、滑稽戏、木偶戏等16种"①戏剧而搬上梨园舞台以外,还先后13次被改编为电影、电视剧作品。虽然改编次数多,但在不同改编者的手下,每个版本都有着自己独特的风貌。首先,根据不同的艺术样式进行带有不同艺术特征的改编。如戏曲改编中加入了"唱念做打"等戏剧程式,灯光、布景等舞台效果,具体到不同的剧种则有不同的风格表现,如在以"唱词的音乐性与抒情性为主要特征"的越剧中强化沈樊爱情、增加诗意化唱词;在讲究书场艺术的评弹中,则吸收各种方言特点,"将生动的韵白与清晰的吐字以更为平民化、通俗化的方式表现出来"②,增强表演的幽默性和感染力。其次,不同的改编版本有着时代、地域的差异。关于张恨水小说的影视改编,大陆、香港、台湾都有诸多版本,改编团队根据自身所处的时代背景、文化风向以及受众接受情况等进行二次创作,如《啼笑因缘》1974、1987年香港版本的电视剧中为适应香港观众的接受习惯,不仅台词以粤语做念白,连沈凤喜唱的大鼓书也均以粤语歌曲为替代,相比之下,央视2004年播出的版本则无论从演员的独白、场景的布置,还有沈凤喜一角地道的京韵大鼓表演技巧等方面都透露出浓浓的"京味"。新世纪被改编的张恨水小说大多都是民国时期题材,在如何引起大众的广泛共鸣的问题上,创作团队做出了思考和尝试,即引入"当下热点"题材,如《金粉世家》中的商战因素、《夜深沉》与《梦幻天堂》中的炒股因素,回应当下时事热点,使当代观众与剧中人物展开一场跨越时空的"对话",增添了时代内涵。

四、结语

在中国,1980年中央电视台播出的《敌营十八年》使得"电视连续剧"这一传播形态第一次步入大众视野,随后电视剧行业便如雨后春笋般逐步发展壮大。在大众传媒日益发达的21世纪,面对影视剧制作的巨大市场,不少影视制作公司仍旧时常将目光投向文学领域,特别是拥有良好读者基础的通俗文学市场,更是备受出品方的青睐。同一经典文本在不同时代、不同改编者的手中获得了不同解读、焕发出新的活力,同时文学经典也以其深厚的读者基础、日积月累的品牌效应等为影视改编剧带来了关注度与收视率。影视改编对于经典作品的跨时代传播与推广有着不可忽视的作用,21世纪以来张恨水作品改编带来的一股"荧屏热"便是有力证明。

但必须承认的是,在市场经济与大众文化的影响下,影视改编中难免过度受到商业性、娱乐性、消费性等因素的渗透和诱导,从而造成电视剧内容低俗化、人物平面化、取向媚俗化、情节模式化等不良后果,既降低了电视剧自身的艺术水准,又误传了原著的价值

---

① 谢家顺. 论张恨水小说《啼笑因缘》的戏剧改编[J]. 中国戏剧,2005(04):28-30.
② 储雯.《啼笑因缘》的改编与传播[D]. 苏州大学,2013.

取向,造成影视与文学的两败俱伤。由《金粉世家》《现代青年》等世情小说演绎成的"青春偶像剧"在学界评价中毁誉参半。如何在尊重原著的前提下,根据文字与影视的两种不同叙事媒介的特点进行合力转化,遵循光影艺术的规律为小说这一时间性叙事文本赋以更加生动的表现形式,继而利用大众文化特质创造出艺术性与市场性兼得、内容与形式兼美的作品,依旧是摆在今后文学经典改编面前的一道难题。

参考文献

[1] 王一川. 大众文化导论第 3 版[M]. 北京:高等教育出版社,2015(04):8.

[2] 王衡霞. 试述大众文化背景下的中国当代文学的特征[J]. 唐山师范学院学报,2004(01):12-15.

[3] 杜学敏. 消费文化语境下我国文学经典的影视改编[D]. 华中师范大学,2015.

[4] 周丽娜. 论视觉消费文化语境下张恨水小说的电视剧改编[J]. 烟台大学学报(哲学社会科学版),2014,27(02):74-79.

[5] 袁进. 张恨水评传[M]. 长沙:湖南文艺出版社,1988.07:2.

[6] 张恨水. 写作生涯回忆录[M]. 北京:中国文联出版社,2005.01.

[7] 张占国,魏守忠. 中国文学史资料全编 现代卷 张恨水研究资料[M]. 北京:知识产权出版社,2009.09:244.

[8] 姜友芝. 论张恨水小说的电影化技巧与特质[J]. 中国现代文学研究丛刊,2011(11):183-191.

[9] 鲁迅. 中国小说史略[M]. 北京:北京大学出版社,2009.

[10] 金民卿. 当代中国大众文化简论[D]. 中共中央党校,2000.

[11] 王一川. 全球化时代的中国视觉流《英雄》与视觉凸现性美学的惨胜[J]. 电影艺术,2003(02):10-15.

[12] (加)琳达·哈琴(Linda Hutcheon). 改编理论[M]. 北京:清华大学出版社,2019:58.

[13] 张友鸾. 章回小说大家张恨水[J]. 新文学史料,1982(01):74-87+73.

[14] 谢家顺. 论张恨水小说《啼笑因缘》的戏剧改编[J]. 中国戏剧,2005(04):28-30.

[15] 储雯.《啼笑因缘》的改编与传播[D]. 苏州大学,2013.

(作者单位:安徽大学文学院硕士研究生)

论影视改编对张恨水小说文学性的弱化

姜友芝

　　小说与影视分属于不同的艺术种类,小说孕育和滋养了影视艺术的产生与发展。张恨水小说在我国影视改编进程中促进了中国影视艺术的发展。他一生著作等身,创作的中长篇小说达110多部。从张恨水小说出版之日起就掀起了改编热潮,一直风靡至今。20世纪三四十年代《银汉双星》《似水流年》《欢喜冤家》《啼笑因缘》《满江红》《落霞孤鹜》《美人恩》《秦淮世家》《夜深沉》《金粉世家》等被改编为电影。进入21世纪,《金粉世家》《啼笑因缘》《夜深沉》《纸醉金迷》等被改编为同名电视剧,《现代青年》被改编成电视剧《梦幻天堂》《满江红》被改编为电视剧《红粉世家》。特别是《啼笑因缘》,改编的次数最多,差不多5年一次,前后共14次改编后搬上荧屏,这可能是百年来中国现代小说创下的最高纪录了。张恨水是中国现代文学史上公认的通俗文学大家,改编的影视倚仗张恨水的知名度来提高卖点,保证票房。但与此同时,影视改编对张恨水小说也起到宣传与推广作用,加速张恨水小说进入读者的阅读视野。

　　然而在影视改编的过程中,为了追求商业效益,影视改编弱化了张恨水小说的文学性因素。“文学性”一词(literariness)最早由俄国形式主义文论学家雅各布森提出,强调文学研究的重点在于使文学成为文学的特殊素质,结合索绪尔的语言学理论,对文学的形式、体系、结构等方面加以分析。文学性是由文学的叙事方式、表现形态所体现出来的独特的审美特征。下面就小说《金粉世家》《啼笑因缘》《现代青年》的改编来探讨影视对张恨水小说的想象性、主题的多义性及叙事方式的多样化等文学性因素的弱化。

一、想象性的弱化:限制想象替代自由想象

　　小说和影视是两种不同的艺术形式,二者之间存在不同的表意媒介。小说依靠的是书面语言文字,语言文字的丰富性使得小说在人物的心理活动、场面细节的描写、情感的抒发、思想主题的表达等方面更加深刻,更加富有内涵,往往给读者带来想象空间,使读者根据自身理解揣度出作者多元创作意图。影视主要依靠影像图片的连缀,当形象生动的

画面不足以表情达意时,才用文字(旁白)辅助表达,且影视台词往往比较情绪化、口语化,多使用短句,往往限制了观众的想象。

想象是最重要的文学性因素之一,可以说小说审美就是通过文本激发人的联想与想象的过程。对小说的欣赏就是通过充分调动读者的想象去填补作品中空白的过程。

文字的定型性,保证了小说欣赏中想象的自由性。小说欣赏过程包括言(文字)——像(形象)——意(意蕴)三个阶段。其中文字是想象的起点,读者通过文字的描述在头脑中形成形象,这是想象展开的一个重要领域,不同的人会根据自身的经历,形成对文字不同的形象再构,这也是一千个读者有一千个哈姆雷特的原因。形象形成之后,读者再根据自己的理解对形象展开联想,做出自己的审美价值判断。在这一系列的过程中,小说为读者提供了一个想象的场所,使读者在大脑中形成了一个个具体可感的人物形象。语言文字以深度的意义为追求,往往给人带来理性的思考,使读者能够揣度出作者多方面的意图,读者可以通过想象对自己形成的对作品中的人物形象进行不断的修正,最后形成千姿百态的人物形象。

但是,"影视的最大特征在于他是诉诸观众视听感觉,尤其是视觉的银屏艺术。所以任何进入剧作家改编领域的素材,都应该以此为取舍的第一标准"[1]导演就往往用直观画面造型来诉诸观众,通过画面和声音来感染观众。不管是画面还是声音,影视视听材料都是影视制作者文本阅读的产物,观众以此为中介去窥探文本的原意,这种阅读已经属于二次阅读。由于影视直接给欣赏者提供了影像和声音,对它的审美过程缩减为影像(包括声音)——意(意蕴)两个过程。观众在审美过程中缺少了一个通过文字形成形象的想象环节,观众的阅读期待视野受阻,有可能产生影像信息覆盖文本理解的效果。由于缺少了一个从文字到形象的想象展开的环节,影视大大限制了观众的想象力。影视对想象力的限制主要表现在这样三个方面:首先是缺少了一个从文字到形象的想象展开的环节;其次是想象的起点从文字转换为影像;最后是审美的效果改变了,依据文字所想象出来的形象一般只是一个依稀模糊却又大致确定的轮廓,而影视所形成的形象却清晰具体。

"文本是意识形态发生作用的一个动态的和开放的表意过程。"[2]影视限制了观众对小说文本的自由想象。小说《金粉世家》中,有大段的金燕西与冷清秋心理活动的描写。当金燕西决定进一步追求冷清秋时,有一段心理独白:"若说交女朋友,自然是交际场中新式的女子好。但是要结为百年的伴侣,主持家事,又是朴实些的好。若是我把那个女孩子娶了回来,我想她的爱情,一定是纯一的,人也是很温和的,绝不像交际场中的女子,不但不能干涉她的行动,她还要干涉你的行动啦。"[3]这一段心理独白把金燕西追求冷清秋的动机交代得很清楚,他不仅是贪恋她的容貌才华,还因为她不会干涉他的行动。这样充分暴露了金燕西纨绔子弟的本质。《金粉世家》多处用内心独白的方式描述了冷清秋从恋爱至结

① 王晓玉,杨海燕,崔彩梅.影视文学写作[M].上海:上海外语教育出版社,2006:150.
② 周根红.现代名著电视剧改编的怀旧消费与文化认同[J].中国电视,2012(09):26.
③ 张恨水.金粉世家(上)[M].南京:江苏文艺出版社,2011:1101.

婚再到离家出走这一情感历程中的心理变化。如第九十回冷清秋面对燕西的冷漠态度，"想起去年他们刚认识的时候，两人你情我浓，好不甜蜜。嫁入金家后，以为自己的幸福有了依靠，什么都不用怕。不曾想，当初的想法和选择害了自己。以前的家里虽然穷苦一些，也有为钱发愁的时候，不过，精神上倒是自由的，用不着提防谁，敷衍谁，也不会遭人背后非议。而如今，说话、走路都得费尽思量，这样的日子，虽然衣食无忧，可浑身不自在，如同戴着枷锁生活，得不偿失啊。……自己原本是个有一定识见的女子，却因为抵不住物质与虚荣的诱惑嫁与燕西。现在都提倡社交公开，一些女子交朋友往往不择手段，如果燕西肯花钱没有不受他引诱的少女吧？女子们为什么最终屈服于金钱的压迫，实在是可耻。凭我自己的能力，完全可以自立生活，为什么要在这家里受尽人家的这种藐视？他们不高兴，就觉得你是讨厌虫，高兴呢，也不过是他们身边的玩物罢了。不管感情好与不好，如果女子作了纨绔子弟的妻妾，那就是人格丧尽。"①这大段的内心独白既有对燕西花心的怨，又有对爱情骤失的痛，还有对自己当初贪恋虚荣的悔，更有一种对婚姻绝望后的清醒。正因为有这么一番心理活动，冷清秋的个性表现很到位，人物形象变得更立体化。这些认识，读者靠着自己的想象力可以达成的，但这些心理独白就不适宜表现在以感性诉求为主的影视上。《啼笑因缘》第十五回，学校末考临近，家中却因为表哥表嫂约了人打麻将而吵闹不已。烦闷不安的家树只好托着病体踱步到内院看月色。"不料只一转身之间，梧桐树叶上的月亮不见了，云块外的残星也没有了，一院漆黑，梧桐树便是黑暗中几丛高巍巍的影子。不多久，树枝上有噗笃噗笃的声音落到地上……抬头观望，正是下了很细很密的雨丝。……这雨丝，由树缝里带着寒气，向人扑了来……忽然有一株梧桐树无风自动起来，立时噼里啪啦，水点和树叶，落了满地。"②这段描写渲染了一种凄风苦雨的氛围，将樊家树落寞、凄冷的心境在梧桐、残月、细雨、寒风组成的意境中表现出来。读者读完这一段，定会感同身受。影视作品难以达到。再如第11回凤喜在面对两种选择的挣扎"在先农坛唱大鼓书的时候他走过来就给一块钱，那天他绝没有想到和我认识的，不过是帮我罢了。不是我们找他，今天当然还是在钟楼底下卖唱。现在用他的钱培养自己成了一个小姐，马上就要背着他做对不起他的事，那么，良心上说得过去吗？那刘将军那一大把年纪又是一个粗鲁的样子，哪有姓樊的那样温存……凤喜一挨着枕头，却想到枕头底下的那一笔款子。更又想到刘将军许的那一串珠子，想到雅琴穿的那身衣服，想到尚师长家里那种繁华，设若自己做了一个将军的太太，那种舒服，恐怕还在雅琴之上。……想到这里，洋楼、汽车、珠宝、如花似锦的陈设，成群结队的佣人，都一幕一幕在眼面前过去。"大段的心理描写深刻地揭示出鼓妓出身的凤喜面对金钱的痴迷，不能自拔的心态以及其爱慕虚荣、贪图富贵的性格特征。《现代青年》原著中，张恨水用大量的笔墨描述一些细节来表现周计春初入大城市心理的波动。父亲周世良不远千里送他到北京读书时，为表孝道，他带着父亲去逛

---

① 张恨水．金粉世家（下）[M]．南京：江苏文艺出版社，2011：1031–1033.
② 张恨水．啼笑因缘[M]．西安：陕西师范大学出版社，2012：176–177.

公园。但是偶遇自己曾一见倾心的孔令仪,让她看到了自己寒酸的老父,他心里很不是滋味,因此一路闷闷不乐。他的父亲不明所以,但依然对他慈爱有加。这些刻画生动细致,让人读来感慨颇深。但这样有着深刻韵味的内容不易在电视剧中表现,只存在于读者心中,"只可意会不可言传"。类似这些人物的心理活动在小说中可以借助读者的自由想象去理解去领悟。张恨水对心理描写的运用更为成熟,老到,手段多样化。要么直接抒发内心独白,要么以梦来表现人物心理,或者借助"小动作"传达,抑或插入诗词、书信。

如此避免了单一化的心理描写,使小说富有立体感。在电视剧《金粉世家》《啼笑因缘》《梦幻天堂》中,人物的心理活动难以用画面表现,限制了读者想象,极大地降低了原著的艺术魅力。

二、主题的弱化:泛爱情化主题削弱批判主题

张恨水创作生涯贯穿了20世纪上半叶,对中国芸芸众生的社会有了敏锐的捕捉与独到的书写,呈现了一代社会的流变过程,可谓是一部"社会发展史"。"《春明外史》中的很多故事,上年纪的人一读就能联想到当时的社会……不管怎么说,这部小说的确是'野史',而并非只谈男女关系等。其所以能够流传久远,道理即在此。"①张恨水小说极少有泛爱情化主题的,除了早期《北雁南飞》等描写少年爱情的小说有"鸳鸯蝴蝶派"的影子,中后期作品多是取决于叙述人生、批判社会,是"以社会为经,言情为纬"。他笔下的男女,尽管有些也爱的痴缠,但朝秦暮楚者多,从一而终的少。例如《金粉世家》中的金燕西和冷清秋,尽管开始也如佳偶天成,但金燕西难改其放荡纨绔的本质,婚后与多位女性暧昧不清,对冷清秋的感情也由浓转淡,最终劳燕分飞。《啼笑因缘》中沈凤喜对樊家树的喜爱,一开始就不那么单纯,从她不断向樊家树索要物品就可以看出。后来因爱慕虚荣、贪恋钱财而放弃家树投入军阀刘德柱的怀抱也是符合其小市民性格的。《现代青年》中,从头至尾都没有发现周计春和孔令仪有什么真挚的感情,不过是一对爱慕虚荣的男女的逢场作戏。反而是作为配角的菊芬,在照顾病中的计春时那一段发自肺腑的告白令人动容,真情流露。

实际上,张恨水是将他的笔触延伸到社会各阶层,写尽人生百态,洞察复杂之人性,微妙刻画金钱与人之间之关系,思考人类爱情之复杂性。张恨水小说的主题不以爱情为主,而是借言情来描绘他所生活的冷暖人间,带有很强的批判意识。这是张恨水超越其他"鸳鸯蝴蝶派"作家的主要原因。

但是在张恨水小说改编的电视剧中,男女主角的情感纠葛始终是贯穿全剧的重头戏,爱情是观众可感觉到的唯一主题。《金粉世家》以金冷、柳怜的悲剧爱情故事为主线,《啼

---

① 笑鸿. 春明外史·是野史(重版代序)[M],北京:中国新闻出版社,1985:1.

笑因缘》以樊、沈一波三折的爱情故事为主线,《梦幻天堂》以周、孔二人的爱情纠葛为主线。剧中描写的爱情是纯粹的、浪漫的、美好的,除了《金粉世家》以悲剧结局外,其他都是喜剧结局。《金粉世家》中金冷二人最后虽劳燕分飞,但金燕西一直对妻子念念不忘,甚至去火车上追她。金、冷二人的爱情是贯穿全剧始终的主题,甚至最后金燕西和冷清秋的分手也是因为金家败落,燕西找不到好的工作变得颓废而与其分手,剧中将他们的爱情悲剧归结为家族原因,而维护了金燕西痴情的完美形象。金燕西直至他们二人的婚姻走向破裂,还斩钉截铁地说:"我从来没有爱过除清秋外的其他女人。"编剧以这样的表现手法维护了他们爱情的纯粹性、美好性,可见爱情才是其主题。

从某种意义上来说,张恨水小说的社会意义大于它的言情意义,他在创作中以言情为主线,把目光更多的投向了言情背后的社会。他在其通俗小说中向读者展现了当时社会中的市侩,军阀,封建大家庭……所有这些拼成了一幅旧中国的群丑图,这种对于小说言情背后的社会根源的关注使得张恨水的小说能够在当时的文坛脱颖而出。张恨水是一位富有强烈的社会责任感和时代使命感的作家,这是他创作高品位作品的真正原因。作为一代多产作家,作品在艺术上难免会有一些粗疏,但他绝不会牺牲作品的艺术感与社会效应来换取所谓的经济效益。正如他自己所言:"小说而忽略了意识,那是没有灵魂的东西。"①

张恨水的小说,多为"社会言情"小说,是披着言情的外衣,行批判社会之实。《金粉世家》是张恨水创作高峰期时的代表作之一,描写民国初年总理金铨一家的生活,淋漓尽致地表现了上层社会大家族骄奢淫逸、腐败堕落的寄生虫式生活,折射出权贵家族内部的各种矛盾,也从侧面反映了北洋政府官员的尔虞我诈、钩心斗角。该书有一百多万字,出场人物众多,人物关系复杂,是一部史诗般的鸿篇巨制。身为新闻记者的张恨水经常有机会出入上流社会,对统治阶级的家事耳闻目睹,因此《金粉世家》取材于活生生的社会现实,意在批判上层阶级腐朽、堕落的生活。张恨水在谈《金粉世家》时曾经说:"大概我的写作,总是取决于叙述人生的。"②

另一方面,张恨水深受《红楼梦》影响,写作《金粉世家》的初衷,是想与《红楼梦》一样,表现封建大家族在政局动荡的背景下由兴盛到衰落的悲剧。《金粉世家》虽然以金、冷二人的爱情故事为小说的主线,但张恨水所描写的是在风雨飘摇的民国,醉生梦死的金氏家族从兴盛走向衰落的家族悲剧。同时《金粉世家》通过冷清秋形象塑造也打上了时代精神的烙印。冷清秋是一个自觉独立意识较强的知识女性,知书达理、洁身自好,在看透了金燕西的虚伪浮华之后,深刻的反省到"我为尊重我自己的人格起见,我也不能再去向他求妥协,成为一个寄生虫。我自信凭我的能耐,还可以找碗饭吃;纵然找不到饭吃,饿死我也愿意。"冷清秋的悲剧人物形象的塑造,反映了五四时期人类个体自主意识的觉醒,家族

---

① 张恨水.写作生涯回忆[M].太原:北岳文艺出版社,1993:78.
② 王满新.报刊编辑视角下的张恨水研究述评[J].编辑之友,2011(05):16.

悲剧是酿成个人悲剧的客观原因。但是改编后的电视剧却由揭示家族悲剧变成了描写爱情悲剧,凸显的是"门不当户不对的爱情不会有结果"的主题,淡化了五四时期个体觉醒意识,削弱了批判意识。

《啼笑因缘》是张恨水早期的代表作之一,该书延续了张恨水言情之名,行批判社会之实的写作模式。通过描写旅居北京的杭州青年樊家树与天桥上唱大鼓书的贫贱姑娘沈凤喜的爱情悲剧,从侧面表现了北洋军阀统治下我国社会的黑暗、动乱,有力鞭挞了残暴军阀对平民百姓的摧残,如今读来依然有一定的震撼力。改编后的电视剧添加进大量新的人物与故事情节,从而失去了原作的韵味。许多新添的角色让人感到陌生,拖沓冗长的剧情使一部有着思想深度的小说演变为一个庸俗不堪的多角恋故事。作者对军阀的批判,对小市民哀其不幸怒其不争的怜悯在电视剧版中完全得不到体现,改编者将原著中跌宕起伏的情节转化为男女主角爱情道路上受到的艰难险阻,历经磨难最终修成正果,迎合了观众对于爱情主题的观影期待,却大大削弱了原著的批判力度。

例如在第 12 集中,凤喜因不堪侮辱而跳楼,刘德柱无比紧张,请来了全北平最好的医生救治,为了讨她欢心还答应救身陷囹圄的家树。以其残暴的性格,这样的情景在原著中是不可能出现的。18 集中,刘德柱为了让凤喜唱头牌,满口答应凤喜提出的诸多苛刻的要求,仿佛是自己围着凤喜转的奴仆,而他做这一切的原因是"因为爱情"。第 19 集中他对凤喜的深情告白甚至让观众对这个"铁血柔情"的军阀有了些许好感。在第 14 集中,为了营救被土匪劫持的家树,他置生死于不顾,亲自去山寨和土匪谈判。这样大义凛然的"军阀"不仅在原著中不可能出现,在真实的民国社会,出现的概率有多低,读者也可以去想象。编剧罔顾历史真实,为了塑造观众心中完美的痴情男二号,将原著中作者批判的对象作此大幅度的改编,背离了原著的主旨。电视剧版本的凤喜,保留了原著中纯真可爱的一面,去除了她贪慕虚荣的部分。例如,原著中写她屈从于刘德柱是其威胁恐吓加金钱诱惑的结果,电视剧中是因为刘德柱拿樊家树的生命作威胁,凸显了她为爱牺牲的精神。原著中,凤喜嫁给刘德柱后为了自保,对家树就不再有感情,甚至拿钱买断家树与她之前的感情,可见她的势利。电视剧版中,她被迫嫁给刘德柱后依然对家树念念不忘,为了救他不惜与刘德柱翻脸。通过这样的改编,原著中那个真实的小市民形象不见了,取而代之的是一个纯洁、善良、坚贞的女子。电视剧《啼笑因缘》努力挖掘原著中各种各样的爱情故事,将之演绎成一部以爱情为主题的多角恋故事,凸显泛爱情主题,大大削弱了原著的批判力度和思想深度。

《现代青年》是张恨水中后期的代表作之一,描写了农家子弟周计春因天赋异禀,勤奋好学,其父倾家荡产供其读书,他却在五光十色的都市生活中迷失自我、放纵堕落的故事。菊芬与计春青梅竹马,是计春的初恋对象和父亲指定的未婚妻人选。到了北平,计春沉醉于声色犬马的生活而迷恋上孔令仪,遂将之抛到脑后,私自毁了婚约。爱情并不是小说写作的重点,对复杂人性的刻画才是其目的。编剧们基于收视率的考虑,淡化了原著中周世良对儿子周计春的舐犊之情,放大周计春与孔令仪之间的爱情,使之演化成一个幽默时尚的民国校园爱情轻喜剧。

电视剧《梦幻天堂》着重描写了计春、菊芬、令仪和陈建廷等人的多角恋故事。计春对菊芬的爱是专一的,当孔令仪欲将其包装成时尚的现代青年时,为了摆脱其纠缠竟回老家去和菊芬提前完婚,被赶来的孔令仪破坏。后来孔令仪被家人赶出来,计春与之相濡以沫,患难中见真情,竟然爱上了她;而阴险狡诈的商界大亨陈建廷竟然爱上了善良、纯朴的菊芬,与之结为伉俪。这一系列眼花缭乱的爱情故事在原著中是不可能出现的。

某种意义上说,任何影视都是对文学文本的一次改写,它只是影视制作者根据文学文本的一次再创作,因而它本身就是一个新的艺术文本。在这个艺术形式的转换过程中,创作者会根据自己的理解和影视艺术形式的要求对主题进行改写与定型。越是优秀的作品就越具有主题的多义性,但影视受时空与表现手法的限制,往往不能表现出文学文本主题的多义性,而只能对其主题进行简化或转移原著的主题思想。影视对文学文本主题的处理更多表现为改写,有时有所舍弃而偏重某方面,有时又对某一点加以发挥。张恨水小说改编在主题上就是削弱了批判主题而指向泛爱情主题。

三、叙事的弱化:简单叙事情节取代繁复叙事情节

小说是一种历时性的艺术,它的篇幅自由度比较大,往往可以包含比较丰富的内容,因而叙事情节是繁复的;而影视是一门综合艺术,它通过演员的表演、声音的配合、色彩与画面的渲染等手段来塑造人物,叙述故事。影视往往会有时间的限制,不可能太长,因而往往会对叙事情节有所取舍。

影视能否吸引观众提高收视率就成了判断影视剧成败的关键,而吸引观众的关键又在于故事情节设计。"情节是人物与人物,人物与环境之间在矛盾冲突中所形成的一系列有因果关系的、追求特定审美效果的艺术事件的集合。"[1]

在影视剧本的创作过程中,情节是剧本创作的中心环节,可以说是一部影视作品能否取得高收视率或票房的关键。所以,影视中的情节必须具有新颖深刻的内容和充满巧妙独特的编排设计,使剧中的情节在曲折运动中发展。这不仅影视艺术的本体要求,也是观众视觉心理所必需的。所以,编剧在选择改编的小说素材时,就会更喜欢去选择那些具有曲折流动性画面内容的素材,重视情节复杂、冲突激烈、悬念巧妙的小说,然后根据改编者的思想和艺术趣味对小说的情节进行取舍。张恨水小说能一次次吸引编剧,把他的小说从语言叙事转译为影像叙事,从文字改编成图像,充分说明了小说中蕴含着大量的适于影视改编的元素。

在叙事性作品中,结构的突出功能表现在情节的组织安排上。从这个意义上说,张恨

---

① 李胜利. 电视剧叙事情节[M]. 北京:中国广播电视出版社,2006:37.

水小说的改编首先是情节的改编。张恨水在安排叙事情节采用虚实结合的手法,这一点,严独鹤评价张恨水的叙事艺术时提到,"小说中的情节若笔笔明写,便觉太麻烦,太呆笨。艺术家论作画,说必须'画中有画',将一部分的佳景,隐藏在里面,方有意味。讲到作小说,却须'书外有书'。有许多妙文,都用虚写,不必和盘托出,才有佳趣。"①由于张恨水从小深受中国传统文化的熏陶,在创作小说时有意识地将深厚的文化内涵植入其中。例如在张恨水小说中,常将诗、词、对联融入小说当中,与小说故事情节有机地融为一体。虚实结合的写法在一定程度上增添了小说的诗意美,增强了小说故事情节的繁复。但改编的影视作品就情节改编上就无法通过诗、词、对联充分体现出叙事情节的繁复性。

就小说在故事情节设置上,《金粉世家》以金燕西对冷清秋始乱终弃为主线,其间穿插了他与众多女子调情的细节,如与富家女白秀珠、电影明星邱惜珍、风尘女子白莲花、白玉花姐妹,甚至男优都有暧昧不清的关系。在这条主线之外,描写了金铨家族众多子女奢靡的生活。大少爷金凤举背着妻子在外面养小老婆,妻子佩芳私自放高利贷。三少爷金鹏振是个资深戏迷,经常花大价钱捧戏子。四女道之的丈夫从日本回来,带回一个日本小老婆。金家子女每个游手好闲,不学无术,混迹赌场戏院,为金家后来的败落埋下了伏笔。小说在故事情节的主线上穿插了一众多细枝末节,并未对小说叙事产生冲击或威胁而显得混乱。因为小说有意设置了"楔子"和"尾声"两部分,对人物结局的来龙去脉有了清晰的交代,故事的叙述也就不混乱了。

电视剧版《金粉世家》用大量的篇幅描写了金、冷二人的爱情,从金燕西对冷清秋的一见钟情,到热烈追求再到大气唯美的婚礼,以及他们相爱结婚直至分手的过程。为了增加二人爱情的戏剧效果,还设置了一个小说中没有的人物——欧阳于坚,他外表不俗,才华横溢,思想先进,还暗恋着清秋,成为金燕西追求冷清秋道路上的一个劲敌。叙事情节这一设置,无疑增强了电视剧的戏剧效果,也契合了女性观众的观影心理。即使这样,电视剧《金粉世家》的故事情节线索没有小说情节线索繁复,仍是简单的。

电视剧版《啼笑因缘》故事情节的设置也与小说大不相同。小说以沈凤喜的命运为主线,描写了她与家树相遇、相恋,又被军阀刘德柱抢去虐待至疯的悲惨命运,用大量篇幅描写了凤喜的生活细节以及她的心理活动。而电视剧版则以家树与凤喜的爱情故事为主线,描写他们历经各种磨难最终修成正果的过程。穿插其间的是家树喜欢凤喜、丽娜、秀姑喜欢家树、陶屹如、快刀周喜欢秀姑,沈国英喜欢丽娜……不一而足,错综复杂的多角恋是贯穿全剧始终。多角恋爱故事似乎很复杂地表现出来,但故事情节着重表现在爱情上,其他方面涉及极少,相对小说而言,电视剧《啼笑因缘》的故事情节是简单的而不是繁复的。

《现代青年》一方面写周计春贪恋孔令仪的钱财和美貌与之交往,而孔令仪肯花大把的钱供周计春使用不过是为了与前男友斗气,而且年轻相貌好的周计春让她在好友袁佩

① 严独鹤. 啼笑因缘序[M]. 西安:陕西师范大学出版社,2012:7.

珠面前很有面子。另一方面写周世良为了供儿读书,他抛弃家乡的产业来到城市谋生,老弱之躯勤勉劳动,只希望有一天周计春能够出人头地,不再过劳苦的生活,对儿子倾注了全部的心血。当他得知计春在北平胡作非为时,为拯救儿子,他再次倾家荡产北上,在心酸失望中凄惨离世。电视剧《梦幻天堂》没有这么复杂的故事情节,而是用大篇幅描写了周计春如何利用聪明的头脑与股票大亨陈建廷斗智斗勇,并最终赢得孔令仪的芳心。

四、结语

从小说到影视,其本身就是一种艺术形式的创新。小说是一种文字文本,呈现出的意蕴是完整的、连贯的,其所有要表达的内容都可以用文字展现。因此,小说强调的是读者对作品的审美距离和关照经验。而电影、电视是视听文化产品,追求画面的刺激或唯美,侧重的是对观众情感的直接冲击,销蚀观众的关照经验。

小说与影视二者相互影响,共同促进。诚如托尼·本尼特所言,"对于绝大多数读者/观众而言,是先看了电影,然后才看小说。这表明,对大多数读者来说,电影已经构成了一种规定,这在评价它们与小说之间关系以及阅读小说方式时必须考虑进去……相关的电影被看作是对小说资源的创造性转化"①小说的影视传播不仅创造了小说的影像形态,强化了受众对经典的推崇,而且推动了小说原著的发行量,并提升了作家的知名度与影响力。影视改编拉近了张恨水小说与大众的距离,提高了张恨水作品的认知度,使更多的不同层次的受众走进张恨水小说。这是个不争的事实。但,综上所述,张恨水小说在改编的过程中,改编者运用偶像剧模式、多角恋模式等一系列流行的电视剧叙事模式,忽视小说的想象性、主题的多义性及叙事方式的多样化。这一改编无疑弱化了张恨水小说的文学性,大大降低了小说的艺术价值,观众看到的是一个个肤浅的爱情故事。

参考文献

[1] 王晓玉,杨海燕,崔彩梅.影视文学写作[M].上海:上海外语教育出版社,2006:150.

[2] 周根红.现代名著电视剧改编的怀旧消费与文化认同[J].中国电视,2012(09):26.

[3] 张恨水.金粉世家(上)[M].南京:江苏文艺出版社,2011:1101.

[4] 张恨水.金粉世家(下)[M].南京:江苏文艺出版社,2011:1031-1033.

[5] 张恨水.啼笑因缘[M].西安:陕西师范大学出版社,2012:176-177.

[6] 笑鸿.春明外史·是野史(重版代序)[M],北京:中国新闻出版社,1985:1.

---

① [英]托尼·本尼特.文化与社会[M].桂林:广西师范大学出版社,2007:107.

［7］张恨水.写作生涯回忆［M］.太原:北岳文艺出版社,1993:78.

［8］王满新.报刊编辑视角下的张恨水研究述评［J］.编辑之友,2011(05):16.

［9］李胜利.电视剧叙事情节［M］.北京:中国广播电视出版社,2006:37.

［10］严独鹤.啼笑因缘序［M］.西安:陕西师范大学出版社,2012:7.

［11］［英］托尼·本尼特.文化与社会［M］.桂林:广西师范大学出版社,2007:107.

（作者单位:池州学院通俗文学与张恨水研究中心　池州学与文学与传媒学院）

張恨水作品影视剧改编研究

黄梅戏传承的青春基质

——以黄梅戏《金粉世家》为例

柯　妍　王　夔

著名文化学者王长安先生曾在《作为青春基质的黄梅戏——关于黄梅戏美学定位的思考之三》一文中说到,"看黄梅戏常常会引发某种"生命激动",常常会"遭到"某种"鲜活亮丽"之景的裹卷。这其实正是对黄梅戏青春文化基质的准确的感受型描述"①。黄梅戏历史不长,正因其节奏轻快、语言浅显易懂,好像生来就与观众有了一种天然亲和力,体现出独具魅力的青春基质。安庆再芬黄梅艺术剧院创演的黄梅戏《金粉世家》,正是以这种浓郁的青春气息,吸引了大量年轻观众为之喜爱,引发了年轻黄梅戏受众持续而漫长的"生命激动"。该剧选材依托经典、大胆改编、浓缩精华,敢于创新,其年轻的原创团队采用了真实、活泼、"无程式化"的表演风格,最重要的,还有黄梅戏本身热情洋溢的青春基质,加之青年时期张恨水先生豪门贵族兴衰史的青春想象、青春情怀,他笔下旧时女子新式现代的青春意识,无疑不让观众感受到别样的青春基质。黄梅戏《金粉世家》诗意的青春表达,也让传统戏曲在这个时代凤凰涅槃、大放异彩。

一、青春的邂逅——从小说到戏剧的改编

2020 年,黄梅戏《金粉世家》在再芬黄梅艺术剧院排练场正式建组并开始创排工作,安庆再芬黄梅艺术剧院另辟蹊径,让这部改编自张恨水先生的同名小说的原创黄梅戏,以"歌舞演故事"的方式呈现在黄梅戏舞台上,让观众在两个小时内体验到了浓缩的精华,感受到了别样的青春文化基质。

不管是移植同名越剧《五女拜寿》,还是名著改编《仲夏夜之梦》、真人真事改编《鸭儿嫂》,近年来安庆再芬黄梅艺术剧院的作品都能体现出其大胆创新、兼容并蓄的理念风格。黄梅戏《金粉世家》的改编,既保留了张恨水原著中的主体情节,又浓缩精华,以"歌舞演故

---

① 王长安. 作为青春文化基质的黄梅戏——关于黄梅戏美学定位的思考之三[J]. 黄梅戏艺术,1994( ):17-30.

事"的方式进行讲述,更加适应戏曲舞台表演的抒情性和叙事性,在样式改编上,敢于突破,融入了音乐剧的歌舞形式,与传统戏曲相结合,碰撞出别样的火花,结合时尚新颖的艺术表达,让青春洋溢的"青年团"尝试名著改编剧目,激发了青年演员的创造力和想象力,对于任何守正创新中的戏曲样式来说这无疑是一次别开生面的舞台形式。

（一）依托经典　忠实原著

一个好的作品,他的思想是可以超越时代、超越地域、超越空间,张恨水的《金粉世家》这部在《世界日报》副刊"明珠"上刊载了 5 年零 3 个月的长篇小说,用洋洋洒洒 100 万字,带我们走进了一场豪门夜宴,让我们看到了人生的冷暖、虚无、辛辣和嘲讽。值得注意的是,张恨水是在自己 37 岁时作下此笔,年仅 37 岁的他,在如此的年龄为我们勾勒出了一个故事结构严谨、情节曲折复杂、人物描写细致入微的高墙大宅的生活图景和社会底层市民的生活景象,这种诗意的、抒情的长篇手笔,把张恨水的青春想象和青春情怀抒发得淋漓尽致。

张恨水是个新闻记者,有强烈的正义感,一生向往自由民主,他善用白描的手法,把大小人物刻画得栩栩如生、惟妙惟肖,他的作品通俗易懂,雅俗共赏,高雅而不失民间情趣,既能在文人中广为流传,又能被平民接受并喜爱,让他的青春想象有了无限的群众基础和传播空间。青年时代的张恨水既受惠于五四运动带来的新文化洗礼,又难脱传统观念的束缚,在对峙与博弈中,他自己不"新青年",也不"旧才子"的双重性格使得他在人物刻画、情节安排上,有了如此丰富而庞大的关系织网。他对于金燕西的人物塑造,也夹杂着这样新与旧的碰撞,一位现代都市的富家子弟,却因游手好闲、不断算计而与"现代"二字格格不入。很多人说《金粉世家》是民国版的《红楼梦》,在《金粉世家》里,张恨水笔下的青年,充满了时代的朝气,对旧时代持批判的态度,冷清秋的离家出走,在那个时代,有一定的反封建意义,敢于反抗,追求自我,也是挣脱封建枷锁、冲破传统观念的一种觉醒,这种洋溢着青春情怀的创作意识,也赋予了人物真实性和典型性。而这些鲜明、生动、年轻、富有朝气的人物形象,有血有肉,鲜明独特,让张恨水笔下的《金粉世家》有了更为广泛的青年群众基础,有了更独特的艺术表现风格,有了更多元的青春基质。这些"鲜活亮丽"的人物形象经久不衰,让一代又一代青年在看到时,都会迸发出一种"生命激动",久久不能忘怀。

（二）删繁就简　聚焦主线

张恨水笔下的《金粉世家》讲述了民国时期一个世家大族的兴盛衰败过程。全剧以"王子与灰姑娘"般的爱情切入。贵为北洋军阀内阁总理七公子的金燕西在一次郊游中,与出身贫寒的平民女子冷清秋不经意地相遇了。从此,各种花式追求技巧轮番上阵。年轻的冷清秋哪里经历过这种高频"轰炸",毫无悬念地就沦陷了。此时的金燕西是一个单纯、痴情、执着的"白马王子",毅然决然地拒绝门当户对的白秀珠。小说以他们从恋爱、结婚到反目、离异的婚姻为主线,描绘了高墙大宅的生活图景和社会底层市民的生活景象,揭露了封建官僚及其妻妾子女堕落腐朽的生活。

基于张恨水先生原著经久不衰的沉淀,导演何培与编剧张泓在经历了两年的讨论和磨合后,达成了忠实原著、深挖现代生活借鉴意义的一致性。小说《金粉世家》被称为"民国版红楼梦",全书一百一十二回,一百多万字,人物众多,情节复杂,庞大的文学作品体量为从小说到戏剧的改编,奠定了良好的基础和丰富的选择空间。既然是小说改编,理应在尊重原著的基础上,创造新的艺术价值,文学小说篇幅长,章回多,叙事节奏缓慢,而戏剧要求中心事件矛盾冲突强烈,贯穿行动节奏紧凑,最高任务明确清晰,那么,删繁就简,聚焦主线就成了重中之重。戏剧和小说在基本定位上是一致的,但浓缩和虚构必不可少,原著中,金燕西尽显花花公子"见异思迁"的本性,而冷清秋成也才华,败也才华,流落为"遇人不淑"的人间悲剧,整体成批评立场。而戏剧改编将原著中冷清秋"物质虚荣"背后的"冲破枷锁",金燕西"见异思迁"背后的"挣脱束缚"放大,将小说中的批判和指责化为了深重的同情和无限的悲悯,最终以二人的感情为主线,呈现出了:遇、追、定、婚、伤、离六场戏,将白秀珠"第三者插足"的戏完全的删除。

(三)直抒胸臆 以情动人

从小说到戏剧的改编,导演何培一直强调要"赋新",黄梅戏《金粉世家》的艺术风格与小说是匹配的,情节是流畅的,结构是合理的,原著小说诗意的、抒情的长篇手笔,正是黄梅戏所擅长的抒情叙事风格。再芬黄梅剧团创作的青春版《金粉世家》之所以获得成功,是因为它艺术的春到了原著的情感意识和史诗般的审美意境,编剧张泓在原著100多万字中寻找切入点,直接剖开立面切入二人一见钟情,给观众带来如自我救赎般的爱情体验中,让人情真意切,难以忘怀。相较于原著中两人的结合让新思潮和封建传统观念被批判和审度,黄梅戏改编的《金粉世家》则把目光聚焦在了"人应该活出最好的样子"这一主题,"这是从原小说中提炼出来的,是人类社会永恒的追求,是每个个体的自我期许,超越了时代、地域、阶层……这让人物容易赢得观众的真正关注。"①正是由于导演和编剧删繁就简的大胆创新,将一百万字浓缩为两个小时的戏曲剧本,把戏剧矛盾、中间事件着重聚焦于《金粉世家》的感情线中,直抒胸臆,以情动人,让观众在感受一段令人唏嘘的爱情故事时,有了对于自己青春的追溯和回忆,引发了观众强烈的情感共鸣。

二、青春的想象——从文本到舞台的转换

黄梅戏《金粉世家》的导演何培,2012年执导自己的第一部导演作品青春版《五女拜寿》,该戏将八对夫妻性格迥异的百态搬上舞台,讲述了一个忠孝故事。两年后,何培赴上海戏剧学院进修,回团后,他重组青年团队,将黄梅抒情喜剧《仲夏夜之梦》搬上舞台,该剧既保留了原著浪漫主义的喜剧风格,又添加了舞台表演的抒情性,是青春力量的大胆尝试,是青春风采的全新演绎,是青春基质的完美外化。有了前面的积淀后,何培又将目光

---

① 何培.黄梅戏《金粉世家》创作札记[J].黄梅戏艺术,2021(4):82-83.

聚焦到了 21 世纪初一部火爆荧屏的电视剧《金粉世家》上,一群俊男靓女的倾力出演,让这部剧红极一时,在依托经典、大胆改编后,何培积极投身二度创作,完成了从文本到舞台的转换。

（一）兼容并蓄的"民国新画风"

有人说,《金粉世家》是《红楼梦》的翻版,无论是《金粉世家》还是《红楼梦》,一个成功的剧本改编必须要营造原著的经典意象。

从黄梅戏《金粉世家》的整体呈现上看,这出"西装旗袍"戏与黄梅戏有一种天然的契合,清新、靓丽、婉约、浪漫,再芬黄梅剧院的请青年演员们用一道靓丽的风景线将这部"民国版红楼梦"搬上戏曲舞台,用现代舞蹈、现代音乐和现代理念去探索、发掘、丰富传统戏曲,从而进行美学意义上的诗意化再现。从整体基调上来说,黄梅戏《金粉世家》清新、淡雅而不失复古,站在庭院中的西装革履的金燕西、身穿古典旗袍腰线突出的冷清秋,隐约可见的走廊、竹帘透露出的含蓄和包容,让"民国新画风"这一诗意气质,外化在观众眼帘,这种清雅隽秀、如梦如幻的诗意美,让人感受到一种兼容并蓄的雅致之风。

（二）诗情画意的"黄梅音乐剧"

导演何培与编剧张泓在编创前,致力于忠实原著,并在此基础上深挖现代生活借鉴意义的一致性,在大胆创新后的二度创作中,我们能看到导演和编剧在忠实原著基础上的"生命激动"和青春情怀。在《金粉世家》排练过程中,导演何培不断强调,要排演一出既充满诗情画意,载歌载舞的"黄梅音乐剧",又不能丢失戏曲本身的独有魅力。黄梅戏历史年轻,本就吸收了民间茶歌、渔歌等花腔小调逐渐发展起来,其节奏轻快优美,其形式通俗易懂,好像黄梅调生来就与观众有了一种纯天然的亲和力,无论是语言的浅显易懂,还是腔调的淳朴平滑,都为黄梅戏积攒了广泛的群众基础,也让黄梅戏贴上了一种独特的青春基质。黄梅戏《金粉世家》中一改传统念白风格,将语言通俗化,"四目相对,好不尴尬,头儿稍低,脸泛红霞"语言精练,却情真意切,让年轻观众直呼过瘾。导演何培对唱腔的整体要求是"洋气",剧中三场令观众印象深刻的化装舞会,还涉及了布鲁斯音乐和爵士乐,完全破除了"看唱词写唱腔"的传统习惯,既保留了黄梅戏的自身风韵,又不显老腔老调,极大地满足了现代人的视听审美。除此之外,配器的多元化、弥补了民乐队的单一,更有主旋律烘托主人公的人物形象,这种将现代音乐融入传统戏曲的形式,让古典与现代,传承与青春,梦想与现实紧密地融合在了一起,在某些方面,这些创新与改变,也潜移默化的带动着青年观众关注黄梅戏,爱上黄梅戏,产生了某种"生命激动"。

（三）多元可塑的"无程式化"

黄梅戏历史较短,又来源于农村,其舞台表演形式自由,不受约束,以演员的真情实感为基准先体验再体现。这种真实、活泼、自然的"无程式化"流露,无疑给黄梅戏注入了青春、纯真的活力,而这种"无程式化"的表演风格,摒除了京剧、越剧、昆剧中完整的程式化体系,充分借鉴了话剧、影视剧的表演形式,融合创新,这种由繁至简的过程,让黄梅戏更生活化、更年轻化,不仅满足了观众的审美趋向,也更好地适应了时代的发展。

"无程式化"的表演风格也对演员虚拟性的身段动作提出了更多要求,由于舞美的开放性,四把椅子又是场上唯一的道具,演员需要以"椅"为支点,将"打麻将""送布匹""隔墙倾诉"等情节通过虚拟身段抒情地呈现。黄梅戏《金粉世家》中,摒弃了很多缺乏人物个性的表现和对复杂心理的刻画,丢弃了其他戏曲形式中很多脸谱化、类型化的人物,打破了演员程式化的表现生活,充分运用了舞台的假定性,也为演员的表演,提供了多元化和可塑造性,让演员生活、青春、有自己独特标签地立在了黄梅戏的舞台上。

三、青春的绽放——从恢宏史诗到"生命激动"的聚焦

黄梅戏《金粉世家》可谓为再芬黄梅青年团量身打造,从演员到作曲、舞美设计、灯光设计都是剧团年轻骨干,这批主创团队不仅在这次《金粉世家》的创牌中堪当重任,同样在《五女拜寿》《仲夏夜之梦》等剧中有出色表现,青年一代的崛起,让再芬黄梅充满了新鲜血液和青春活力,也让这部洋洋洒洒一百万字的恢宏史诗巨作,聚焦到属于青春的"生命激动"中来。

（一）青年演员的激情碰撞

之前在《天仙配》《牛郎织女》中有过多次合作的马腾和陈邦靓分饰金燕西和冷清秋,两人无论是从青春样貌还是服装设计,都给人以无限的青春基质。黄梅戏《金粉世家》,摒弃了传统古装戏的程式动作,没有了折子水袖,全部以浪漫唯美的西装旗袍入戏,整体服装造型搭配现代青春气息浓郁,色彩淡雅清新,又不失民国复古风韵,传统之中透露出现代审美。人物形象更加丰满,性格特征更加鲜明,去除了传统戏曲作品中脸谱化式的人物形象,给人以耳目一新之青春快感。

饰演冷清秋的陈邦靓,在《五女拜寿》《仲夏夜之梦》中都担任主演,从古装戏到抒情喜剧到民国风,陈邦靓不仅在外形上塑造了三种不同类型的青春形象,也同样经历着青年演员的机遇与挑战。陈邦靓饰演的冷清秋,相比于原著中那个传统女性,多了追求自由、平等、尊严、认可的现代女性形象。饰演金燕西的马腾,在《五女拜寿》和《仲夏夜之梦》中也同样塑造了经久不衰的人物形象,在《金粉世家》中,作为主演,他所肩负的"一见钟情"的浪漫主义色彩和"激情褪去"后的责任义务,以及"情感触礁"时的反思与蜕变,无不体现着现代青年的思想价值观和人生观。黄梅戏演员以其年轻之心体验人生百态、社会冷暖、世事无常,从而使黄梅戏与其他剧种相比,有了一种青春的文化基质。不管是陈邦靓饰演的冷清秋,还是马腾饰演的金燕西,年轻艳丽,富有青春活力,摒弃了传统舞台上,多有老生老旦等传统形象的面貌,这种公主王子的梦幻际遇,这种纯真浪漫的爱情故事,足以使观众勾起过往回忆。

（二）青年作曲的耳目一新

既然是"黄梅戏音乐剧",那整部剧对于音乐的选用则起到了举足轻重的作用。曾在

《鸭儿嫂》《大别山上红旗飘》中担任作曲的何春旺认为，"黄梅音乐剧"既不能慷慨激昂，又不能悲壮哀怨，整部剧的音乐基调应该悠扬婉转，既要体现爱情的美好纯真，又要有些许叹惋和深思。主题曲《情问三叠》中"茫茫情海里，轻轻一声问，何方觅佳侣，怎识有缘人，何将万般意，惜取一颗心……"婉约而悠扬的旋律，与《金粉世家》有一种天然契合，音乐一起，已经把观众达到了那个年轻悸动的岁月，现代而不失典雅，给人耳目一新之感，诗情画意般的铺开了一幅浓墨重彩的民国年代故事。除此之外，作曲何春旺完全破除了"看唱词写唱腔"的传统习惯，整体音乐风格既保留了黄梅戏的自身风韵，又不显老腔老调，加之配器的多元化、布鲁斯音乐和爵士乐的多元融合，弥补了民乐队的单一，他将现代音乐融入传统戏曲，极大地满足了现代人的视听审美。

（三）舞台美术的诗情画意

黄梅戏《金粉世家》舞美设计朱文政，先后设计呈现了十几部整本大戏和大型晚会的舞美，从《仲夏夜之梦》到《金粉世家》到《鸭儿嫂》，梦幻灵动的舞台让人记忆犹新，点睛之笔给黄梅戏注入了新鲜的血液和无限的想象空间。现代戏曲舞台上，舞美成为了戏曲"青春化"道路上的重要传送带，除了演员的基本服装造型外，舞美的视觉艺术不仅可以创造典型环境，还可以塑造典型人物，激发导演二度创作。朱文政善于理解剧本，很好地将传统文化的内涵与现代观众审美情趣相结合，致力于强调舞台的诗意化和抒情性，让演出现场达到了"诗情画意"的全新青春气息。

从舞台呈现来看，黄梅戏《金粉世家》用简单的舞台美术架构出了规定情境，六块移动片、四把椅子，左边金府的西式大门和右边冷府的四合院小门构成了全部的舞台布景，这些移动的景片配合剧情不断变化，不仅有时空变迁的流逝感，也有虚实结合的空间感，简约而不单调，浪漫而不失雅致，没有束缚，敢于尝试，简约之处，留白恰到好处，青春质朴，彰显着无穷活力。

（四）灯光设计的匠心独具

舞台灯光设计作为舞台美术一个组成部分，既能体现剧中人物特征，又能暗示剧中情节发展方向。青年灯光设计刘涛匠心独具，开头淡蓝色的灯光深浅有加，深蓝铺底，淡蓝晕染，加上一轮圆月高空挂，将"云破丽日秋光悄洒"时的如梦似幻的"一见钟情"刻画的诗意盎然，既突出了青年演员的人物塑造，又衬托了当时诗意的氛围。而舞会片段，玫红色暧昧的灯光打在高挑的背景板上，加之投影灯光画龙点睛的水晶玻璃吊灯和琉璃雕花窗户，一曲《玫瑰玫瑰我爱你》的音乐下，现代西服与古典旗袍的碰撞，6对青年男女的现代歌舞，融入了青春时尚气息的黄梅戏舞台，激发了观众无限的青春想想和青春力量，这也是传统戏曲舞台上几乎少见的形式碰撞。

黄梅戏《金粉世家》从导演、演员、作曲、舞美设计、灯光设计，再芬黄梅剧院的主创团队年轻化、自主化、不断创新剧本、开拓不同风格的作品种类，给人以耳目一新、生机无限的青春期待，也体现着黄梅戏传承的青春基质。

四、结语

戏曲是中华民族优秀的文化瑰宝,时代在变迁,各种传统戏曲形式也不断改革和创新,以适应于时代的步伐和受众不断更迭的审美诉求。安庆再芬黄梅艺术剧院创演的黄梅戏《金粉世家》,将传统精神与时代审美相结合,在改编上大胆创新、独树一帜,在二度创作中形式独特、匠心独具,在团队选用上不拘一格、青春洋溢,再加上张恨水的青春想象和青春情怀,把黄梅戏传承的"生命激动"跃然舞台之上,让人体验了一把属于黄梅戏的青春文化基质,给人以耳目一新的视听觉冲击,推陈出新,与时俱进,是一部极富青春正能量的现当代优秀剧作。

(作者单位:安徽大学艺术学院)

张恨水文创产品开发现状与构想

李彩霞　沈　琳　郑文慧

引　言

　　创意经济在推动技术创新、促进社会就业、创造经济价值等方面的成果显著,已经成为当前推动人类社会与经济可持续发展的巨大力量。近些年作为创意经济重要组成部分的文化创意产业市场规模不断扩大,文化创意产品的价值愈发凸显,人们对其要求也越来越高,更加注重其独特性及其所承载的文化内涵,将文化内涵创造性地融入文创产品之中成为文创产业发展的关键。张恨水的文学作品问世之后,曾在20世纪前半叶成为畅销作品,因此而改编的影视剧也成为文创衍生的方向。近年来,利用名人做文创产业也成为商界的一条发展路径。因此,在拓展张恨水研究的传统视阈之外,有必要研究开发利用张恨水文化资源,借助文创产业的无穷潜力,对张恨水创作的文学作品以及所包孕的文化精神的传播将能更上一层楼。目前学术界对于张恨水的研究多集中于其个人及作品,如对其文学作品、个人事迹、精神内涵的研究比较多,对于其相关文化资源如何加以利用的研究还较为匮乏,对于其相关文创产品如何更好地开发利用的研究更是少之又少,不利于张恨水相关文化在全社会层面的有效传播。通过对张恨水文创产品的开发现状进行研究总结,有针对性地提出能够推动张恨水文创发展的建议,不仅能够带动潜山市经济的发展,而且能够充分发掘利用张恨水相关文化资源,对推动张恨水优秀文化作品、精神内涵的传播具有重要意义。

一、张恨水文化资源及价值

　　文化资源是创制文创产品的基础,在考量张恨水文创产品之前,首先应梳理与张恨水相关的文化资源及其价值。目前学术界对于文化资源的概念还没有较为统一的界定,不同学者对文化的理解不同,对文化资源的界定也就不同,这也使得对文化资源的分类有所差别。笔者在本文对文化资源概念及分类的论述统一采用牛淑萍在《文化资源学》一书中的界定。牛淑萍认为文化资源是指凝结了人类劳动成果的精华和丰富思维活动的物质的、精神的产品或者活动,在此基础上她将文化资源分类为语言文字、图画文字、文化观念、遗存资源、精神文化、知识资源、科学技术、艺术产品资源、文化组织资源、习俗资源、人力资源、文化市场资源共十二类。① 通过调研,笔者认为张恨水文化资源主要为语言文字、文化观念、遗存资源、艺术产品资源四类。

(一)张恨水文化资源类型

1. 语言文字

语言文字是文化和思想的载体,对于作家来说,由语言文字凝结而成的文学作品就是他们生命的表达与延续。张恨水为我们留下了宝贵而丰富的文学作品,其作品涉猎范围十分广泛,有表现言情题材的《似水流年》《夜深沉》,有反映家族变迁的《金粉世家》,有体现抗日爱国激情的《八十一梦》《冲锋》,有讽刺抨击时弊的《春明外史》《纸醉金迷》,还有描绘社会现实和底层人民生活的《丹凤街》。这些作品都为设计开发张恨水文创产品提供了丰富的资源库。

2. 文化观念

文化观念影响着一个民族的内心世界和精神信仰,包含价值观、人生观、世界观等诸多方面。张恨水的价值观念及精神信仰在他的人生经历及作品中有着极为鲜明的展现,如被称为新闻界"徽骆驼"的孜孜不倦的敬业精神,一生践行"流自己的汗,吃自己的饭"的踏实勤勉的人格品质,自费出版《弯弓集》想要"以语言文字,唤醒国人"的拳拳爱国之心,不断拓展章回体功能追求新潮不甘落伍的勇于创新意识等。

3. 遗存资源

遗存资源既包括人们活动留存的物品也包括人们活动过的场所,是历史的见证、认同的根基,具有极高的历史价值与审美价值。作为遗存资源的张恨水文化资源有黎川、潜山等地的张恨水故居及其生活用具,有安徽省唯一文学纪念馆——张恨水纪念馆,这类文化资源往往可以使人们在参观过程中产生强烈的精神共鸣,使人们对张恨水及其精神理念产生更加直观且深刻的认知。

4. 艺术产品

使用思维和艺术创造出来的产品被称为艺术产品,是意向物态化的存在,包括电影、电视剧、绘画、雕塑等,旨在给人们以美的感觉,使人们达到精神上的愉悦。张恨水的许多作品都被改编成了电视剧和电影等形式,《啼笑因缘》被改编为电影、电视剧、曲剧电视剧、黄梅戏电视剧;《金粉世家》《秦淮世家》《满江红》《纸醉金迷》等作品被改编为电影、电视剧;《黄金时代》《欢喜冤家》等作品被改编为电影。张恨水的作品通过不同形式的改编、不

---

① 牛淑萍. 文化资源学[M]. 福建人民出版社,2012:10–17.

同版本的演绎,有了更加鲜活的生命力,从而能够被更多人所接受,能够更久远地的流传下去。从某种意义上说,这类艺术产品也是文创产品,是在张恨水文学作品的基础上衍生出的创意形式。

（二）张恨水文化资源的价值

文化资源在人类历史文化发展过程中形成、积累,深刻影响着人们的物质生活与精神生活。张恨水文化资源具有的经济价值、社会价值与文化价值全方位地影响着人们的生活,其经济价值影响着人们物质生活,通过实现经济价值实现财富积累,提高人们的物质生活水平;其社会价值与文化价值影响人们的精神生活,通过张恨水文化资源中所蕴含的价值观念与文化内涵,满足人们日益增长的精神文化需求。

1. 经济价值

文化资源可通过一定的生产转换过程转变为文化资本,文化资本进入市场后以物质财富和精神财富的形式产生文化价值积累[1],这种积累能够引起产品和服务的不断流动,带来增值效应。张恨水文化资源经过生产转化过程、管理经营过程能够产生巨大的经济价值。从张恨水及其作品的地位来看,张恨水文化资源有着巨大的潜在消费市场,这也就意味着张恨水文化资源可以通过科技、创意赋能等方式进入市场并实现产业化,实现由资源向产品的转化,从而产生可观的经济效益。

2. 社会价值

张恨水的价值观念及精神追求是张恨水文化资源的重要组成部分,对张恨水文化资源进行保护开发也就必然伴随着对张恨水所追求的价值观念的宣扬,不论是主动学习还是被动接受,其敬业、勤勉、爱国、勇于创新等优秀品质都会对受众产生或多或少的正面影响,潜移默化地提高人们的思想道德素质,此外其高质量的文学作品还能提高大众的文化素养和文化品位,从而有利于扼制不良习气与低俗文化的传播,形成和谐良好的社会氛围。

3. 文化价值

文化资源的文化性是人类有意识的创造活动所赋予的,这种创造活动与人类的思想观念联系在一起,因而被赋予了某种精神内涵[2]。张恨水被誉为中国"通俗文学大师"第一人,其很多作品都以大众喜闻乐见的方式反映了当时的社会背景,是张恨水精神的升华和智慧的凝结,在展现其精神追求的同时也体现出了特定的文化观念。张恨水文化资源所承载的丰富的文化内涵附着于文化产品之中,通过文化消费等形式为更多人了解,能够引导更多人关注我国优秀文化资源,提高对文化资源保护的自觉性与积极性,从而促进对我国优秀文化资源的保护与传承。

基于张恨水文化资源的文创产品开发,是对张恨水文化资源价值的进一步挖掘和延伸,既能有效传播张恨水文学精神,也有助于推动地方经济和文化的发展。

---

① 冯煜雯. 文化历史资源开发对区域经济发展的影响研究[D]. 西安工业大学,2010.
② 张胜冰. 文化资源与文化产业[M]. 长沙:湖南文艺出版社,2008:11.

二、张恨水文创产品开发现状

文创产品是文化创意产品的简称,是文化创意产业的重要组成部分,关于文创产品的明确定义目前学术界还未有较为统一的界定,本文采用《2010 台湾文化创意产业发展年报》对文创产品的定义:文创产品是可以传达意见、符号及生活方式的消费品,不一定是可见触的物体,具有文化性、精选性、创意性及愉悦性,是文创产业中相当重要的一环①。据此考量,张恨水文创产品业已出现,处于初期开发状态。

(一)已开发的张恨水文创产品概况

潜山市已开发的张恨水文创产品按照其所运用的元素可分为以下四类:

一是对张恨水纪念馆字样及 LOGO 的简单利用,如张恨水纪念笔(图1)、笔记本(图2)。

二是对张恨水姓名、笔名元素的利用,如作为公司品牌名称的"恨水茶业"(图3)、余井镇中心学校的教学楼——心远楼、长春水库边的"心远亭"等。

图1　张恨水纪念笔　　　图2　张恨水纪念笔记本　　　图3　恨水茶业

三是对张恨水肖像的利用,如印有张恨水头像的笔筒(图4)、镇纸(图5)等。

图4　天柱山名家荟萃笔筒　　　图5　天柱山镇纸彩色紫铜镀银镇纸

---

① 陈晓彦.台湾文化创意产业政策及其启示[J].台湾研究,2013(06):35-40+46.

四是对张恨水文学作品的简单利用,如余井中学用张恨水作品名为教学楼赋名——"春明楼""虎贲楼""弯弓楼",印有张恨水代表作的折扇(图6)、印有张恨水作品中经典语句的挂画(图7)等。

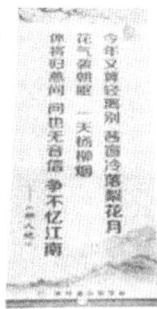

图6　张恨水折扇　　　　　图7　张恨水作品挂画

(二)张恨水文创产品的销售情况

目前为止,张恨水文创产品主要以线下销售为主,主要分布在潜山市的张恨水纪念馆中,分为商业性和公益性两类,商业性文创产品以学习用品为主,包括笔筒、笔、折扇、笔记本、镇纸等,每件产品利润相对较低,销量不高,市场化程度不高,公益性文创产品主要用作会议纪念,包括带有张恨水相关标识或印花的T恤、包等。

以当前主要的购物平台淘宝为调研对象,以"张恨水文创"为关键词进行搜索,并未出现相关产品,以"张恨水"或"恨水"为关键词进行搜索,出现的主要是张恨水的文学作品、影视剧录音录像带,还有"恨水茶业"销售平台,可见张恨水文创产品目前暂时还并未全面进入线上市场。

由上可以看出,张恨水文创产品处于初级阶段,不论是出于地方经济发展的需求,还是对张恨水文化进行宣传保护的需求,都应该重视对张恨水文创产品的进一步开发。

三、张恨水文创产品存在的问题及原因

张恨水文创产品的开发与销售整体还处于初步发展阶段,相较于同类型且已然较为成熟的鲁迅文创产品来说还存在较多问题,根据张恨水文创产品的开发现状,我们不难看出当前张恨水文创产品主要存在三大问题:一是缺乏市场调研,忽视年轻人的消费需求;二是形式单一,缺乏创意;三是对文化内涵的挖掘不够,产品科技含量较低,附加值较低。

(一)缺乏市场调研,忽视年轻人的消费需求

随着经济科技的不断发展,年轻一代正逐渐成为当今社会生产消费的主力军,据北京大学文化创新与传播研究院2019年《中国文博文创消费调研报告》数据显示,90后消费者在整体文创产品消费者中的比重超过了53%,其中95后占比更是达到了30%,由此不难

看出我国文创产品的消费者群体正呈现出更加年轻化的趋势,他们不仅追求更多元的审美、更具品质的产品,也更强调产品的新颖独特,他们的种种需求正在重新定义着消费市场,精神上的愉悦和心理上的满足成为消费时首要考虑的因素,对于缺乏创意、缺乏内涵的产品不再轻易买账。

就目前开发的张恨水文创产品来看,笔筒、折扇、镇纸、钢笔、笔记本、挂画等,其产品样式、色彩及风格更倾向于中老年消费群体,很难引起正在兴起的年轻一代消费群体的消费欲望。所以,开发什么样的张恨水文创产品,必须要从满足当前市场和主要客户群体的需求出发。当下研学游兴盛,大中小学生将会成为文创产品的主要客户群,如果不通过市场调研去了解客户需求,就很难为文创产品的开发准确定位及统筹设计,不仅会使张恨水文创产品失去吸引力,而且会给消费群体留下不好的印象,对口碑的积累及产品的宣传造成障碍,不利于张恨水文创产品消费市场的扩大与进一步发展。

(二)产品形式单一,缺乏创意

张恨水文创产品已开发的一些产品形式及功能较为单一,以一些基础性的学习用品及生活用品为主,这种类型的产品一般具有较多的相近替代品,人们往往对这类产品具有较高的需求弹性,一旦消费者在产品上感受不到特点且产品价格没有优势,就很容易转向消费其他其他商品。

随着时代的发展,越来越多的年轻人愿意在闲暇之余将更多的精力放在自我发展与自我娱乐上,这也导致了人们对于产品独特性、趣味性的要求更高,生产力水平的提高及网络电商的快速发展使人们每天都被各色各样的产品包围,基本上已经应验那句"只有你想不到,没有你买不到",在这种发展背景下,未来绝大多数产品将会一直处于买方市场,文创产品需求市场不断扩大的同时,各色产品的供应也需要更加丰富多样,没有特色的产品在其中就像是汪洋大海里的一条小鱼,张恨水文创产品如果不能生产出更具创意和特色的产品将很难在繁复多变的文创市场中立足。

(三)文化内涵挖掘较浅,产品附加值低

当前的张恨水文创产品以张恨水相关元素的简单转换利用为主,如带有张恨水元素印花的笔筒、折扇、笔记本以及以恨水为名的"恨水茶业",从表层看是因为文创产品缺乏创新所致,从深层次看是缺乏对张恨水文学作品的内涵文化的挖掘,对张恨水相关文化资源的运用流于表面,对文化内涵的挖掘程度不够,导致产品缺乏新意。

艺术和文化承载着过去,科技和设计连接着未来,当前张恨水文创产品的科技含量较低,对张恨水相关文化资源的创造性转化产生限制,大部分都是一些基础性设计,这在很大程度上降低了张恨水文创产品的独特性。文化内涵挖掘不足与科技含量不高均使得张恨水文创附加值较低,从而导致产品的经济效益不高,容易进入经济效益不高-研发投入不足-产品缺乏吸引力-经济效益不高的恶性循环。

综上可见,张恨水文创产品从内容到形式再到市场都存在问题,究其原因,没有市场化是制约其发展的根本,潜山市博物馆、张恨水研究会没有力量来开发张恨水文创产品,从潜山市几家博物馆的文创产品销售来看,最大销售去向是单位定购定制,这就很难形成规模化的设计、生产和销售,在文旅发展的今天,张恨水文创产品走市场化是必然趋势。

四、张恨水文创产品开发构想

针对前述问题,本文尝试对张恨水文创产品的开发提出一些构想。

（一）做好市场调研及定位

张恨水文创产品要走市场化的第一步就是要进行细致的市场调研,通过调研确定张恨水文创产品的主要目标客户群体,根据调研结果分析客户群体共性与个性需求,在市场调研的基础上强化张恨水文创产品的顶层设计,站在未来的角度对文创产品开发设计的总体规划进行考量,做好产品定位与产品体验。

一方面厘清客户分层。根据目标客户群体特征制定详细的发展规划,从供给侧精准发力,设计更加符合客户群体需求的文创产品。根据调研,对张恨水文创产品比较感兴趣的消费者多为张恨水文学作品的爱好者,以中老年读者为主,近年来随着研学游的推进,年轻读者成为文学消费的主力,老中青幼四代同消费,消费需求必然存在差异。因此了解其差异才能精准发力,有的放矢。

另一方面以客户的需求为基础,以客户的喜好为导向,强调"以人为本",重视客户体验,推出个性化定制等功能,使客户能够获得更加独特、贴合自身喜好的产品。随着大众日益追求日常生活审美化的发展,产品在设计时越来越注重审美性与实用性、趣味性的结合,为此应根据老中青幼不同需求进行统筹规划设计。

（二）产品形式多样化

笔者以当前做得较为成熟的同类型文创——鲁迅文创产品为例,通过观察总结其受欢迎的产品类型、特点,为张恨水文创开发更加符合市场需求的产品提供借鉴。当前年轻人为文创产品的主要消费群体,网上购物数据可以较大程度上反映出其购买偏好,以淘宝数据为例,鲁迅文创销量较为靠前的产品为挂件、书签、笔记本、钥匙扣、台历等,其中又以与《觉醒年代》联动的产品居多,总体看来,鲁迅文创中销量较高的文创产品类型主要为学习用品、生活用品、装饰用品及纪念用品,主要是借鲁迅文创中所承载的鲁迅先生的精神去激励自己或他人,通过观察对产品的评价,精致性、趣味性及实用性是吸引消费者的关键因素,产品价格多在 20 元以内,但是绝大多数消费者对质感与创意好的产品有更高的价格接受度。通过对淘宝平台鲁迅文创的小调研,笔者以销量靠前的四种文创产品类型——学习用品、生活用品、装饰用品、纪念用品为例,分别为张恨水文创产品提出开发构想。

1. 学习用品

美璟新价值研究院数据中心对 2019—2020 年文化创意产品市场的调研报告显示,

2020年3-7月学习用品销量相较其他类型整体处于较高水平,这类商品属于快消品,整体价格区间相对便宜,市场需求旺盛。张恨水为我们留下了非常多的优秀作品,这些作品不仅是指他的小说散文,也包括他自己创作或临摹的画作(图8),自己写的一些具有地方特色的诗(图9)等,这些作品都具有较高的艺术价值,其中的很多元素都可以很好地融入学习用品设计中,如张恨水很多作品的封面(图10)设计都非常精美,这些图案可以应用到笔记本封面、书本保护套、书签、明信片等一系列产品中,出自他手的画作、诗句也是如此,此外还可以将其中比较有特色的元素单独裁剪出来做成贴纸、胶带等手账用品,便于消费者自行DIY,满足他们个性化的消费需求。在进行元素选择前可以发起网络投票,让消费者票选出自己更感兴趣的元素,以便从供给侧精准发力,设计出更符合大众消费偏好的产品,还可以在产品上附加两个二维码,一个聚焦于产品,便于消费者了解更多产品信息以及进行意见反馈,另一个二维码聚焦于张恨水文化,便于消费者查阅张恨水相关文学作品,对张恨水文化有更多了解,这一点也可以广泛用于所有的张恨水文创产品。

图8　张恨水作《松树图》　　图9　《潜山春节》　　图10　张恨水作品封面

2. 生活用品

针对张恨水文创产品形式单一的问题,设计开发种类丰富的产品形式,在原有基础上,拓展生活用品的开发,设计高中低档产品形式。

张恨水文创生活用品在设计时可以考虑两种方式,一种是将张恨水元素附着于日常生活用品之上,使得日常用品能够体现出张恨水的文化观念,另一种是将张恨水曾经的用品进行仿制,如张恨水曾经用过的茶壶、花瓶等(图11、12),通过将张恨水的生活事迹与这些物品联结在一起,使这些物品能够在一定程度上反映出张恨水的精神内涵,这些产品也可以因此获得更高的附加值。文创生活用品在开发设计时也要注重审美性与实用性相结合,即产品不仅要美观,还要能真正融于人们的日常生活,即文创产品不应该被销售场所范围局限,也不应局限于静态陈列销售。张恨水文创不应该只局限在纪念馆中进行展陈销售,还可以与当地民宿、酒店等人员流动性较强的地方进行合作,将张恨水文化赋予到一些常见常用的日常生活用品中去,如洗漱用具、毛巾拖鞋、茶包饮品、台历、扇子等,通过对张恨水文化进行提炼并融入产品中,使得这些日常用品也能够体现出张恨水的"人格魅力"。这类产品相对来说成本较低,酒店、民俗可以向前来居住的客人免费提供部分或系列用品并设置销售点,只要在此居住休息,就可以接触并购买到张恨水文创相关产品,亦可以选择人流量较大的地方设置公益性体验点,在体验过后觉得喜欢、有意义便可以进行购买,通过将产品与公益性活动相结合,可以很好地对张恨水文创及张恨水文化进行宣传。

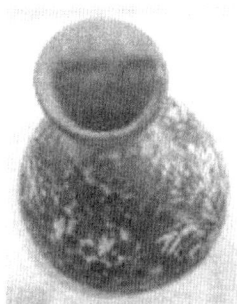

图 11　方口茶壶　　　　　　　　图 12　珐琅彩小花瓶

3. 装饰用品及纪念用品

装饰用品、纪念用品主要用作观赏、留念,其文化价值、情感价值相较于其他类型的产品来说也就更为重要,这就要求其产品必须能够与相关文化资源有更深层次的融合,不仅要体现文化内涵,还要让消费者产生情感共鸣。鲁迅文创产品中有一个富有创意且制作精美的摆件(图 13),是热门 IP《觉醒年代》中鲁迅先生的经典造型与台词"我不干了",同时商家还准备了体现鲁迅先生精神的其他语录与一个可供消费者自行填充的牌子,让消费者可以根据自己的喜好更换人物摆件上的语录,消费者对其评价很高,认为这个产品可以对自己产生激励,这就是消费者从该文创产品中产生的情感共鸣。张恨水勤勉踏实、勇于创新、爱国敬业的精神特质在当前时代仍然熠熠生辉,反映到当前社会中便是对社会主义核心价值观的写照,通过借鉴鲁迅文创中"我不干了"摆件这种形式,将这些精神特质

图 13　鲁迅文创创意摆件

创造性地融入文创产品中,为文创产品赋予鲜明的特色和鲜活的生命力,使消费者与产品产生更加紧密的情感联结。当今时代大众既是文创产品的消费者,也是文化创意的参与者、文创产品的生产者,张恨水文创在进行开发设计时还应该积极鼓励消费者参与到产品中来,把产品与人的沟通放在重要的位置,把消费和创意体验结合在一起,文创产品采用体验型方法之后,可以通过多维度感官刺激唤起消费者对该产品所代表的文化记忆[①],张

---

①　刘平,杨杰.“互联网+”背景下文创产品的设计趋势及方法[J].大众文艺,2018(19):121-122.

恨水文创在设计时可以从产品与用户之间的互动入手,通过提供张恨水相关元素,采用拼图、积木等形式,给消费者自行设计的空间,让消费者可以亲自动手打造自己喜好的产品,将用户情感融入产品设计中,将不可触摸的经历用可感知的方式加以保留,创造出既独一无二又与消费者有强情感联结的产品,可以在刺激消费的同时加深消费者对张恨水文化的理解。

(三)深度挖掘张恨水文化资源内涵,打造系列文创产品

文化资源是文创产品的基础,文创产品的开发应当立足于文化资源本身,通过对文化资源表面形制的利用和深层内涵的提取为文创产品赋予鲜明的特色和鲜活的生命力。通过对张恨水相关文化资源进行整合,找出张恨水文化资源中富有代表性的文化特征,从中提取分离出其可进行创造性转换的元素,进行创意设计,结合现代的表现手法与创新思维,进行科学合理的融合与延展①,打造出独具"恨水"特色的系列文创产品——人格系列、言情系列、潜山风情系列等,将张恨水及其文学作品的价值内涵巧妙地融入文创产品,提高文创产品附加值,从而提高经济效益,同时让人们在购买张恨水文创产品的时候不单单能享受到购物的愉悦还能接受到文化的熏陶。

1. 人格系列

张恨水的人格体系中,敬业勤勉业界有名,被誉为新闻界的"徽骆驼",母亲评价他为转动不息的"文字机器",子女则说他是"文人中的劳动模范,报人中的拼命三郎",他曾说过:"我是一个推磨的驴子,每天总得工作,除了生病和旅行,我没有工作就比不吃饭还难受。"他的"吃自己的饭,流自己的汗"业已成为影响子女后代的精神财富。

当前大多数消费者认为文创产品的吸引力体现在其有用或者有趣,张恨水文创产品可在此基础上推出"人格"主题系列文创,比如,将"吃自己的饭,流自己的汗""我不工作就比不吃饭还难受"这些既体现张恨水人格魅力又富有激励性的话语运用到文创产品中,打造出一系列实用的学习、工作用具,也可以将业界及其母亲、孩子对其的评价做成Q版"恨水"形象——徽骆驼恨水、文字机器恨水、拼命三郎恨水等,运用到摆件、挂件之中,让年轻一代消费者在轻松愉悦的心境下获得激励。

2. 言情系列

张恨水是以言情小说家蜚声文坛,其对于不同阶层爱情的刻画生动感人,涉及言情主题的长篇小说《金粉世家》《啼笑因缘》等多次被改编成电影、电视剧等形式,并成为影视经典。爱情是人类永恒的话题,在张恨水的笔下,"爱情的局面,一千个人一千个样子",他笔下的人物情感细腻,情节跌宕起伏,其中也不乏绵绵情话,比如"眼睛和爱情一样,里面掺不得一粒沙子。"(《啼笑因缘》)张恨水文创产品可将张恨水言情主题作品中的经典人物及经典台词进行整合,通过纪念画册、人物台词表情包等有创意的形式,打造言情系列文创产品。鼓励人们重温经典,重新体味张恨水笔下跌宕起伏的爱情故事,体味埋藏在曲折

---

① 朱红红. 金陵十二钗人物形象设计与文创产品应用研究[J]. 大众文艺,2018(19):115-116.

故事情节下的张恨水的爱情观。

3. 潜山风情系列

张恨水祖籍安徽潜山,虽一生中有很长一段时间都在外工作生活,但对家乡深沉的爱从未改变,这一点在他的笔名与作品中有极为鲜明的体现。

张恨水通过与故乡有关的笔名表达对故乡的怀念,他的笔名中有直白的"天柱山下人""潜山人""潜山张恨水""我亦潜山人",也有极具趣味性的"程大老板同乡""一生不发达的潜山人"。

张恨水亦会通过文字抒发对故乡的思念,如展现潜山过年风俗的诗词《潜山春节(十首)》,描画故乡风物人情的散文《潜山人说潜山》《故乡的小年》等。这些笔名与作品是对潜山风情最直观的展现,是外地人了解潜山的桥梁,是潜山人与故乡的情感联结,以潜山人为主要客户群体,将张恨水文化资源中的潜山元素提炼出来做成潜山风情系列文创,通过挂画、冰箱贴、文具、T恤衫等形式融入日常生活当中,睹物思乡,让该系列文创成为潜山人对家乡热爱的展现,成为不能及时归家的游子思念家乡的精神寄托。

除上述系列之外,其他主题系列也可以设计,设计什么样的主题,与对张恨水文化资源价值挖掘有关,只有挖掘到位,熟悉市场,才能设计出兼具审美性和实用性的系列文创产品。

五、总结

张恨水文创产品想要获得更加长远的发展,就必须走市场化的路子,这就要求其产品必须符合当前的市场需求,因此张恨水文创在发展时首先应进行细致的市场调研,通过调研确定张恨水文创产品的主要目标客户群体,根据调研结果确定其主要的产品类型及风格,结合人们的日常生活,在注重实用性同时体现趣味性,在产品销售过程中重视客户反馈并及时进行改进,注重体验型设计文创产品的设计,增强消费者与文创产品间的互动;在进行产品设计时找出张恨水文化资源代表性的文化特征,并从中提取分离出其可进行创造性转换的因素,进行创意设计,将文创产品与张恨水文化进行更深层次的融合,使产品更具文化内涵,打造兼具实用性与审美性的系列文创。通过以上措施设计出更高品质的产品,让人们在购买张恨水文创的同时接受文化的熏陶,在商品化开发的同时做到对张恨水文化的保护与传承。

参考文献

[1] 牛淑萍. 文化资源学[M]. 福建人民出版社,2012:10-17.

[2] 冯煜雯. 文化历史资源开发对区域经济发展的影响研究[D]. 西安工业大学,2010.

[3] 张胜冰. 文化资源与文化产业[M]. 长沙:湖南文艺出版社,2008:11.

[4] 陈晓彦. 台湾文化创意产业政策及其启示[J]. 台湾研究,2013(06):35-40+46.

[5] 刘平,杨杰."互联网+"背景下文创产品的设计趋势及方法[J]. 大众文艺,2018(19):121-122.

[6] 朱红红. 金陵十二钗人物形象设计与文创产品应用研究[J]. 大众文艺,2018(19):115-116.

（作者单位：安徽农业大学人文社科学院）

名著改编为电视剧的得与失

——以电视剧《金粉世家》对同名小说的改编为例

李国平

2003 年 3 月,根据张恨水同名小说改编的电视剧《金粉世家》在央视电视剧频道黄金档全国首播。这部由陈坤、董洁、刘亦菲等主演的民国爱情剧掀起了一阵"金粉世家"热,也引发了张恨水小说改编电视剧的热潮。但是,电视剧《金粉世家》获得了超高的收视率并蝉联两年的收视冠军,却没有得到现代文学研究界的好评。张恨水研究会副会长徐传礼认为"电视剧《金粉世家》的主创人员公然打出'以琼瑶的言情风格演绎张恨水名著'的招牌","把张恨水的品位降低了"。以文化学、社会学和民俗学的视角去考察,张恨水是一座蕴藏量极高的富矿。遗憾的是,电视剧《金粉世家》没能体现出张恨水作品的精华。据他了解,《金粉世家》的改编工作没有征求任何张恨水研究人员的意见。而张恨水的孙子张均则说:"只有片头上'金粉世家'四个字是熟悉的,其余一切都是新鲜的。"

那么,电视剧《金粉世家》对原著的改动究竟有多大,这些改动是否合理和必要?即使在当下也仍然是一个值得探讨的问题。

一、从文学叙事到影像叙事

19 世纪末 20 世纪初印刷技术的发达,曾经极大地促进了书籍、报刊出版和阅读的普及。尤其是遍地而起的报刊,为 20 世纪中国知识分子建构了一个前所未有的政治舆论和学术文化空间。随着 20 世纪初报刊的大量涌现,包括通俗文学在内的中国文学也进入了一个以报刊为中心的繁荣时代。也正是在此背景下,创作了被公认为"章回小说大师"的张恨水,出现了《春明外史》《金粉世家》《啼笑因缘》等脍炙人口的通俗小说。

与此同时,电影逐渐走向大众生活,而电视这一对公众生活影响深远的传播媒介也诞生了。而中国影视剧与小说尤其是通俗小说又存在着难以分割的联姻关系。纵观 20 世纪中国影视剧发展史,根据文学名著改编的影视剧比比皆是,而颇多通俗文学作品也从影视剧的表现形式汲取了灵感。而张恨水小说,早在 20 世纪三四十年代,就有《银河双星》

《落霞孤鹜》《啼笑因缘》《黄金时代》《美人恩》《秦淮世家》《金粉世家》《现代青年》《夜深沉》等多达十余部被拍成电影,而《啼笑因缘》《金粉世家》更是有多种电影版本问世。进入21世纪,自2003年根据张恨水同名小说改编的电视剧《金粉世家》热播后,一度出现了张恨水小说改编电视剧的热潮。2004—2008年,《金粉世家》《啼笑因缘》《夜深沉》《纸醉金迷》等改编自张恨水作品的电视剧,并取得了可观的收视率。

在某种意义上,通俗小说被改编为影视剧,堪称通俗小说与影视剧的双赢。一方面,通俗小说为影视剧创作提供了绝佳的素材,孕育和滋养了影视艺术(把那些脍炙人口的通俗小说改编为影视剧也有助于保证这些影视剧的票房和收视率)。另一方面,影视剧的观众也有可能转化为通俗小说的潜在读者,为作品找到更多知音。即便不考虑影视剧观众向通俗小说读者的转化,改编为影视剧至少也有利于这些小说的传播。因为在当下,随着生活节奏的加快、媒介变革的推进和文化娱乐消费方式的更新,影视剧、网络视听作品早已超越印刷媒介,表现出越来越强大的影响力、辐射力。通俗小说若能以影视为媒介,无疑能够获得更深广的传播,以更轻松活泼、更贴近大众审美的方式彰显其文学价值、思想价值、艺术价值,以期惠及更广泛的受众。

当然,尽管通俗小说的影视改编对双方来说都不无益处,但根据文学名著改编的影视剧并不总是能够为观众所认可。因为影视改编的实质上是一次跨媒介的二次创作,是两种不同叙事方式的转换,即由文学叙事向视听叙事的转换。小说的故事是被"讲述"的,无论是第一人称还是第三人称;而影视剧的故事有时是被"讲述"(有人讲述)的,有时则是被"呈现"(无人讲述)的。小说之所以能为读者所欣赏,靠的是文学语言,是一种线性的、静态的、抽象间接的、感性的媒介语言;而影视剧靠的是视听语言,是一种多维立体的、运动的、具象直接的、逼真的媒介语言。文学语言的基本组成要素是文字,依托于视觉,具有视觉性的属性。而视听语言的基本组成要素是影像和声音,依托于视觉和听觉,兼具视觉性和听觉性的双重特征。

小说和影视剧依靠的既然是不同的叙事方式,由小说改编为电视剧就不可能、也没必要原封不动地照搬,改动也就是必然的了。

二、电视剧《金粉世家》对小说的改动

具体到电视剧《金粉世家》对张恨水原著的改动,大体上是以下三个方面。首先是人物方面,有小说中原有人物的改变,也有新的人物的增加。

金燕西的性格是与小说中相比有巨大的改变。小说中的金燕西是一个典型的纨绔子弟。他初遇冷清秋就有一种"惊艳"之感,"只见那女子挽着如意双髻,髻发里面,盘着一根鹅黄绒绳,越发显得发光可鉴。身上穿着一套青色的衣裙,用细条白辫,周身来滚了。项脖上披着一条西湖水色的蒙头纱,被风吹得翩翩飞舞"。金燕西被这位女子深深地吸引住

了,因为他"生长金粉丛中,虽然把倚红偎翠的事情看惯了,但是这样素净的妆饰,却是百无一有"。

"他这不看犹可,看了之后,不觉得又看了过去。只见那雪白的面孔上,微微放出红色,疏疏的一道黑刘海,披到眉尖,配着一双灵活的眼睛,一望而知,是个玉雪聪明的女郎。"[1]金燕西甚至一直"苍蝇沾血似的"追着冷清秋的人力车,连仆人金荣都认为"真不像个样子"。对于冷清秋,金燕西是抱着一种"猎艳"的心态来追求的。他靠的不是真挚感情的投入,而是金钱攻势。他以金钱来贿赂冷家的仆人韩妈,以拜师为名结交冷清秋的舅舅宋润卿,对冷清秋处处投其所好,通过重金置屋、赠送锦盒、游山表白,最终以花言巧语加金钱俘获了冷清秋的芳心。当然,即使是在追求冷清秋的过程中,金燕西与诸多男女的暧昧交际从来不曾停止,从白秀珠、邱惜珍等时髦女子,到花玉仙、陈玉芳、白莲花、白玉花等戏子,再到金家的丫头,都是其感"性趣"和疼爱的对象。甚至在金铨去世守丧期间、在冷清秋刚生过孩子时,金燕西还大肆挥霍捧白莲花和白玉花,还醉心于同白秀珠的交往,甚至为了得到其兄长白雄起的帮助对其低三下四。可以看出,这是一个十足的纨绔子弟。对这样的花花公子,张恨水是极力批判的。

但是在电视剧中,金燕西作为浪荡公子的一面被遮蔽了,他成了一个敢爱敢恨的痴情种子。初见冷清秋,他就为冷清秋的素雅之美所打动。随后看到冷清秋从花店出来,他冒着大雨追逐冷清秋的车,甚至因此生了一场病。为了接近冷清秋,他倚仗权势成为仁德女中的国文教师,借机向冷清秋表白。此后,他多次排挤、报复对冷清秋有好感的欧阳于坚,两人甚至大打出手。对冷清秋,则借一次次郊游的机会一再表白,更在仁德女中上演了一出当众示爱的好戏,让冷清秋和欧阳于坚都被其"真诚"所感动。直至冷清秋在一场大火中失踪之后,金燕西仍然宣称:"我从来没有爱过除清秋之外其他的女人,从来没有过。""我从来没有改变过,只是周围的环境改变了。我曾经试图改变自己去适应它,有太多的事我不明白了,所以我失败了。"当然,如果反观金燕西对冷清秋所说的那句话:"你在镜子里面好好看看,从头到脚,哪一样不是金家的,哪一样是冷家的? 看啊!"金燕西的"真诚"显然是不可靠的,其形象也是有矛盾的、不统一的。对金燕西有意无意地"美化",不能不说是电视剧的一大败笔。

为了增加爱情故事的曲折性,电视剧中平添了两个角色:一个是在金燕西追求冷清秋的过程中,出现了一个冷清秋的爱慕者、仁德女中国文教师欧阳于坚,把小说中的三角恋爱变成了白秀珠、金燕西、冷清秋和欧阳于坚之间的多角恋。欧阳于坚的母亲欧阳倩是金铨的表妹,二十年前金铨和欧阳倩之间竟然还有一段类似于曹禺《雷雨》中周朴园和鲁侍萍的始乱终弃故事。由此,剧中金冷的爱情故事由巧合—误会—分手—复合—结婚—外遇—出走—错失等情节铺设展开,中间夹杂了一系列的巧合冲突,这些巧合冲突的设置制造了爱情的噱头,成功吸引了观众的眼球,但却冲淡了爱情的真实感,金冷二人爱情的悲

---

① 张恨水:《金粉世家》第 1 册,上海:世界书局,1932 年版,第 27 页。

剧意识很大程度上被消解。二是在金府丫鬟小怜和豪门公子柳春江之间,设置了一个深爱柳春江的豪门千金林佳妮,林佳妮是柳春江父母为其选定的未婚妻,最终柳春江还如《红楼梦》里的贾宝玉一样,为父母所骗,稀里糊涂地与林佳妮举行了婚礼。电视剧应和了"戏不够,爱情凑""戏不够,私生子来凑"的俗套,戏剧性倒是大大增强了,但是因为这两个人物身上有明显的借鉴的因子,没有原创性或者新意可言。

其次是主题的改变。

1927年2月,长篇小说《金粉世家》开始在北京《世界日报》连载,直到1932年才结束。按照张恨水本人的说法,他写《金粉世家》是有明确想法和目标的。在《金粉世家》之前,张恨水曾经在《世界日报》连载过一部小说《荆棘山河》。张恨水希望"使人读我之小说而有益",所以他创作《荆棘山河》时采取的方法是"摘取人生事实之一部分,现身说法痛加针砭,启聋振聩,借镜将来"。但是,作家随即就发现,"剑拔弩张,都非穷措大所以自处者",这样的小说很容易触怒当局,因而下笔时他只能"于立意而曲为漾洄",根本无法做到"以我之心,运我之手,以我之手,运我之笔"。"人所仇恨者为穷苦,人所欢迎者为娱乐,吾既写遍地荆棘不得,又曷不一易笔锋,而写满目升平景象乎?"①《金粉世家》通过1920年代北洋军阀统治下国务总理之子金燕西与寒门才女冷清秋由恋爱、结婚到反目的故事,反映了金家这个"高门巨族"由盛而衰的过程。在小说中,张恨水吸取了《荆棘山河》"写遍地荆棘不得"的教训,"把重点放在这个'家'上"②。小说意在通过柳春江和小怜二人的喜剧结局来衬托金冷二人爱情之悲,并通过金府由盛而衰的家庭悲剧来加重爱情悲剧。即使对国务总理金铨,也仅限于其在这个"金粉世家"中的言行,对其在政界的活动则有意回避。

但是在电视剧《金粉世家》中,各色人物的政治活动大大增加了。电视剧不光浓墨重彩地去表现总长白雄起的倒阁、金铨的隐退和复出,还让金铨因为受到白雄起的刺激而导致旧病复发,终致一命呜呼。而白雄起,在小说中原本是一个更多身处幕后的不算重要的角色,在电视剧中也走到了前台,对金铨忘恩负义、恩将仇报直至取而代之。③

同时,金润之的未婚夫在小说中是门当户对的发过留学生方游,在电视剧中则改为新诗人浩然。浩然同时也是学生运动领袖,再后来干脆带着润之一起到南方参加了革命。而欧阳于坚也多次参加了学生们的游行示威,还因为被军警逮捕而使得其母亲被迫去向金铨求助。

---

① 《金粉世家·上场白》,见1927年2月14日《世界日报》副刊《明珠》。关于《荆棘山河》在《世界日报》刊载的曲折经过,谢玺璋曾做过较为详细的考察,见谢玺璋《张恨水传》,北京十月文艺出版社,2018年版,第192–193页。

② 张恨水:《写作生涯回忆》,北岳文艺出版社,1993年版,第40页。

③ "白雄起他是一个退职的师长。现在在部里当了一个欧洲军事调查会的委员,又是一个大学校的军事学教授。"(《金粉世家》第2册,上海:世界书局,1932年版,第340页)即使到金铨病逝后,白雄起逐渐得势,也不过是"况巡阅使的灵魂"(《金粉世家续集》第5册,上海:世界书局,1933年版,第2477页),也远不是能够在政坛呼风唤雨的人物。按:世界书局于1932年出版了《金粉世家》第1–6册(第1–56回,又称第一集、第二集……),1933年出版《金粉世家续集》1–6册(第57–112回,又称第七集、第八集……,第十二集),续集页码接续第6册。

这样,小说表现社会的方法"从家庭透视社会"俨然变成了"从家庭走向社会"。电视剧《金粉世家》在政治观念表达上较之小说有明显的强化,但是金铨与白雄起的政治斗争、学潮运动以及"革命+恋爱"的模式节,却与张恨水当时的思想出入很大,甚至是曲解了作者的政治观念。张恨水在《金粉世家》自序中说:"而吾所言,或又不至于陷读者于不义,是亦足矣。主义非吾所敢谈也,文章亦非吾所敢谈也。吾作小说,令人读之而不否认其为小说便已毕其使命矣。"这里不无自谦之意,但是张恨水 1920 年代的小说创作以社会言情为主,直至抗日战争时期,其后期作品中才逐渐加入了有关民族、政治的时代话语。1920 年代的张恨水在本质上仍是一个改良文学家并不是一位激进的革命文学家。张恨水在回顾《金粉世家》的创作时也说:"就全文命意说,我知道没有对旧家庭采取革命的手腕。在冷清秋身上,虽可以找到一些奋斗精神之处,并不够热烈。这是在我当时为文的时候,我就考虑到的。但受着故事的限制,我没法写那种超现实的事。在《金粉世家》时代(假如有的话),那些男女,除了吃喝穿逛之外,你说他会具有现在青年的思想,那是不可想象的。"[1]张恨水并没有像鲁迅等新文学作家那样以笔代刀,以启蒙的姿态对他笔下的人物进行人性解剖,更没有上升到政治层面的革命诉求,他只是以一个报人的身份去发现问题,本着"叙述人生"的写作观念进行创作,作品中体现的是一种平民意识。所以,《金粉世家》才被称为"民国的《红楼梦》",作为"民国时期《青春之歌》"的电视剧《金粉世家》与张恨水无关!

在电视剧中,不少人物的结局也与小说中大相径庭。在小说中,金燕西跟姐姐一道去欧洲读书,后来成了电影演员,而主人公冷清秋与母亲一道带着孩子相依为命。而在电视剧中,冷清秋带着孩子乘车离开了北京,金燕西也在同时到了车站。"一代豪门金粉世家,就这样解体了!……曾经生离死别的恋人,从此擦肩而过。他们带着伤感和悔恨,随着南来北往的滚滚车轮,沿着各自的人生轨迹,溶入时代的洪流!"如前所述,让金燕西和冷清秋"溶入时代的洪流"绝非张恨水所能写出,恐怕也不符合这两个人物的性格。

小说《金粉世家》是以金冷的爱情为主要线索而以柳怜的爱情为次要线索,并以柳怜二人的圆满结局来衬托金冷二人爱情之悲。而在电视剧中,小怜出家,柳春江吐血而死,两人的结局同样是悲剧性的。

三、电视剧改编的得失

从小说到电视剧的改编过程,是故事从文字到图像的"涅槃–更生"的过程。电视剧《金粉世家》,把叙事的结构中心从原作中对"家"的表现,改为以主要人物金燕西、冷清秋的情感变化为主,这样小说通过"楔子"和"尾声"来"转述"的金冷爱情悲剧,转为由电视剧中主要人物的表演和行动完成,让人物直接出场,用"场景"呈现故事,发挥了电视剧的

① 张恨水:《写作生涯回忆》,北岳文艺出版社,1993 年版,第 40～41 页。

叙事特长。在改编的过程中,电视剧不仅要增强故事性和视觉效果,同时也必须适合电视媒体的特点和观众的欣赏习惯,使故事结构线索清晰。

反观电视剧《金粉世家》对张恨水原作的改动,大多不符合故事发生的时代或者剧中人物的性格特征,甚至不合情理。白雄起走向前台,学潮一再出现在电视剧中,都使得《金粉世家》不再局限在这个豪门世家之内,违背了张恨水的本意。而金冷二人之间增加欧阳于坚这样一个"障碍",只能是让金燕西的蛮横无理表现得更突出,明显有悖于电视剧中其"痴情种子"的人设,实属"蛇足"。而欧阳倩与金铨的关系更是破绽百出。按照欧阳倩的说法,二十年前两人相爱,却被金铨的母亲横加阻拦赶出家门,从此欧阳倩带着腹中的孩子背井离乡。但是二十年前欧阳倩被赶出金家时,金太太已经生下了金凤举等兄妹六人(欧阳于坚与金燕西年龄相仿),金太太又怎能对此事一无所知?这样的情节是经不起推敲的!

同样,金燕西从纨绔子弟变成痴情种子,学潮、革命等诸多政治活动的增加显然是违背张恨水原意的,也是不符合金燕西、金润之等人性格特征的。

更为致命的是,电视剧中还出现了诸多常识性的错误。文学常识方面,电视剧第二集欧阳于坚在上课时给同学们讲《诗经》,却把名篇《蒹葭》的诗句写成了"绿草苍苍,白露茫茫,有位佳人,在水一方"①。而金燕西在代课期间先是提问《琵琶行》,接下来提问的是新诗,可谓莫名其妙。而冷清秋的回答居然说:"我喜欢徐志摩写的新诗,譬如说他写的《雪的快乐》《匆匆》,还有《乡村里的吉他》。"徐志摩的诗名《雪花的快乐》,并非《雪的快乐》,而《匆匆》则是朱自清的作品,《乡村里的吉他》则是查无此诗(《徐志摩诗全编》中有一首《乡村里的音籁》)。更不可思议的是,冷清秋随后背诵的徐志摩诗,第一段出自《乡村里的音籁》,后两段则出自《我有一个恋爱》,竟然并非出自同一首诗。第18集里,欧阳于坚和冷清秋背诵朱自清的《匆匆》②也与朱自清的原文有不少出入。而欧阳于坚还问冷清秋:"你也喜欢这首诗吗?"冷清秋点点头,欧阳于坚大谈其对于这首诗的理解:"真正的好诗在乎白描……"果真如此,恐怕两人都不应该把《匆匆》中的诗句记错了吧?不光是文学方面,电视剧编剧的历史常识和文化常识也不敢恭维。电视剧第1集中,白雄起向金铨禀报,说是"南方来势汹汹,步步紧逼,频频来电逼总统退位","燃眉之急是……启用几个新党人物方可挽回大局"。其实"新党"是对晚清康梁等维新人士的称呼,1920年代所谓的"南方"当指孙中山先生领导下的广州国民政府,而广州国民政府矢志北伐,是不可能因为北洋军阀政府"启用几个新党人物"就放弃革命的。再则,电视剧中,金铨隐退后,白雄起如愿以偿当上了副总理,这同样是对历史不了解的信口开河,因为北洋政府时期从来没有设过副总理这样的职位!其三,电视剧中金铨称白雄起为"伯言兄"。在中国传统礼仪中,

---

① 这是根据琼瑶同名小说改编的电影《在水一方》插曲的歌词,后来又作为同名电视剧的主题曲,歌词的创意来自《诗经》中的名篇《蒹葭》,但有很大的改动。

② 《匆匆》现在更多被认为是散文诗,但是在最早收入诗文集《踪迹》时,朱自清是把它和众多诗歌编在一起的,称之为"这首诗"并无不可。

一般称呼对方的字或号以示尊敬。但是,白雄起竟然自称"伯言",堪称咄咄怪事!

凡此种种,都表现出电视剧编剧的文化素养堪忧,这不能不导致电视剧在精神上的"贫血"。

要之,尽管电视剧以炫目唯美的场景打造和人物造型(样式繁复又精美的服装)为重点带给观众以巨大的视觉冲击,还不无创意地以淡雅的百合花和奔放的向日葵来象征剧中的两个主人公冷清秋和金燕西,抓住了观众猎奇的心理,为观众奉上了一道视觉盛宴,也满足了大量观众的娱乐性需求。但是,电视剧对小说爱情悲剧的弱化处理、对其中极为丰富的社会容量的忽视,却导致了电视剧艺术性的缺失。电视剧增设的欧阳于坚、欧阳倩、林佳尼等人物难逃俗套之讥,而"革命+恋爱"也了无新意。电视剧在文化素养方面的诸多失误更难免贻笑大方! 可以说,电视剧《金粉世家》的高收视率代表了娱乐至上主义的胜利,却是电视剧改编文学名著的失败之举。

(作者单位:河南大学文学院)

浅析新形势下县级图书馆
如何创新阅读推广工作

——以张恨水文学作品为例

聂玲慧

开展阅读推广工作是县级图书馆的重要任务,是实现全民阅读、创造学习型社会的关键一步,也是完善公共文化服务体系的重要抓手。潜山市图书馆历年来十分重视阅读推广工作,并且结合潜山的地域文化开展了一些颇具特色的阅读推广工作,这其中包括了文学大师张恨水文学作品的阅读推广工作,既为潜山公共文化事业的发展提供了良好的支持,也能增强地方文化自信。为了更好地推进县级图书馆阅读推广工作,需要对张恨水文学作品进行深度挖掘,结合新形势背景下的实际情况进行分析,创新阅读推广工作的方式方法,实现特色资源的优质培育,让"张恨水"这一文化招牌,成为潜阳大地乃至全国有影响力的"经典阅读"。

一、新形势下创新张恨水文学作品阅读推广工作的必要性

面对新形势下读者阅读习惯、阅读方式的转变,作为县级图书馆应该重新审视自身社会地位和社会公共服务价值,并综合利用资源优势对图书馆的综合服务工作进行合理化地创新,确保能发挥资源优势,提高县级图书馆公共文化服务工作的整体效果。张恨水是潜山的文化"名片"。在中国现代文学史上,张恨水是一位多产作家,50 多年的写作生涯中,他写下了 3000 多万字的文学作品,中长篇小说达 110 部以上,最为重要的是,他的作品具有相当鲜明的作家个性特征,作品大都取材于城市下层市民生活,主要反映处于社会底层穷知识分子和被侮辱、被损害者的不幸遭遇和悲苦生活,对制造社会黑暗的封建统治者及反动军阀,给予了揭露、讽刺和鞭挞。正因为这种很强的平民意识和正直文人的强烈正义感,他的作品深受各阶层读者的喜爱。潜山市图书馆曾经对读者的阅读需求进行分析,《金粉世家》《啼笑因缘》《北雁南飞》等小说都是借阅的热门书籍。借阅的群体有老年人,

青年,也有中小学生,可以说张恨水文学作品的阅读,是老少皆宜。近年来,随着张恨水文化研究会对张恨水文化的社科普及推广,对张恨水文学作品的需求明显的增强,作为基层公共图书馆,潜山市图书馆亟须对目前张恨水文学作品阅读推广工作进行改革创新,从而为县级地区公共文化服务事业的发展提供智力支持,为乡村振兴的文化自信贡献自己的力量。

二、新形势下创新张恨水文学作品阅读推广工作的方法

在正确定位当前阅读推广工作需求的情况下,想要发挥张恨水这一特色品牌在阅读推广方面的优势和价值,潜山市图书馆需要整合所在地区的社会文化服务工作资源,对张恨水文学作品的阅读推广工作进行改革创新,构建全新的阅读推广工作模式,实现张恨水文学作品阅读推广服务工作与群众需求的有效对接,真正彰显阅读推广的工作价值,以及张恨水的文化品牌价值,为县级地区社会公共文化事业的发展创造条件。

1. 丰富张恨水书籍资源,开设恨水文库

近年来,随着国家高度重视全民阅读工作,加上互联网信息技术的广泛应用,群众接触社会文化信息的渠道逐渐增多,人们对于精神文化的需求也显著提升,对于地方名人张恨水的文学作品,阅读的渠道不仅局限在文字,电影、电视、网络都能实现"阅读"。也是因为渠道的多元化,让张恨水文学作品的阅读在大众普及化的道路上更加便捷。但同时,这也给潜山图书馆带来了挑战。想要满足群众对张恨水文学作品日益增长的精神文化需求,为县区范围内的群众提供更加丰富的张恨水文学作品书籍资源,必须要加强基础资源建设,加强与张恨水文化研究会、各出版社、高校等地的联合,建立张恨水文化的地方文献书目数据库、展厅,在优化组合、服务到位目标的指引下对推广服务工作进行创新,确保能真正按照读者需求开展阅读推广服务工作,提供优质的、多元化的服务,增强阅读推广服务工作的综合效果。

此外,还可以通过与张恨水文化研究会、高校实现跨机构、跨领域的合作,加大对张恨水文学作品转变为电视剧、电影资源的搜集和整理,实现数字资源的共享,助力智慧图书库的扩模增容,从而为读者提供更丰富、多彩的阅读服务。

2. 搭建线上线下平台,延伸服务触角

目前,在互联网的深度影响下,各地的县级图书馆正朝数字化和智慧化的方向发展。在此背景下,多样化的信息技术成为图书馆发展的重要引擎。

在开展张恨水文学作品阅读推广工作的过程中,作为县级图书馆要转变传统服务工作的理念,结合信息技术的应用对服务工作进行改革创新,搭建现代化的服务平台,借助互联网信息技术载体将阅读推广服务工作向群众的生活延伸,利用图书馆的官方网站、微信公众号等平台提供多元化的阅读咨询图书查询和电子书下载等服务,整合线上线下阅

读推广服务资源,确保能最大限度地优化阅读服务工作,最终使县级图书馆自身服务效能得到全面发挥,也能让张恨水文学作品的推广达到最优化。

随着大数据的不断发展,语音识别、智能标引、知识图谱等技术日趋成熟。这些智能化的技术能够加强图书馆的管理和服务,提高图书馆自动化水平,这也要求潜山市图书馆在智能化进程中,要集合多方力量,利用张恨水水文化资源,建立张恨水文化资源智慧图书库。一方面,智慧图书库能够更加快速准确捕捉读者对张恨水文学作品的需求,读者也可对图书服务效能进行即时反馈与评价。读者可通过移动设备或智能移动平台将个人体验、应用满意度等信息反馈给图书馆,以便其更好地优化自身功能。另一方面,实行线上与线下的联动,增加阅读推广的效能。潜山市图书馆要将线上信息推送与线下阅读活动有机融合,比如,借助微信、抖音、H5 等媒体推荐张恨水文学作品的书目。

3. 拓展多维空间,提供个性服务

在开展张恨水文学作品阅读推广工作的过程中,潜山市图书馆要对潜山市范围内不同层面的服务对象阅读需求进行系统的调查和分析,在整合数据资源的基础上了解具体的服务需求,设计开展多类型、多元化的公共活动,从而使服务主体的个性化需求得到满足。如可以针对张恨水小说爱好者提供多种小说方面的书籍,并组织开展小说鉴赏、分享等交流活动,使读者能分享自己的阅读感受和阅读体验;针对专业研究张恨水文化的读者,可以推荐关于张恨水散文、诗歌论文的书籍,并邀请高校专家组织开展一些语言鉴赏、散文鉴赏的沙龙;针对广大青少年,可以联合学校在张恨水故居、长春水库等地开展亲子阅读活动、朗诵比赛等活动,为他们提供"浸润式"阅读。此外,还可以针对残疾人阅读开辟张恨水文学作品有声听书渠道,使张恨水文学作品的阅读推广工作能够为各类别的服务主体提供个性化服务,呈现出广覆盖、深层次、精密度的阅读推广工作的综合效果。

4. 加强馆际交流,实现资源共享

想要实现张恨水文学作品阅读推广服务工作的创新,需要的是多方力量的交融叠加,产生 1+1>2 的效果。一方面,潜山市图书馆要勇于探索与其他图书馆之间的合作交流,吸收市级图书馆、省级图书馆以及其他地区(如张恨水曾经生活过的江西、重庆等地)图书馆在阅读推广方面的工作经验,拓展现代化信息交流渠道,确保能最大限度地促进张恨水文学作品的信息沟通和交流,在信息资源共享的支撑下优化本潜山市图书馆对张恨水文学作品的阅读推广工作效果,这样才能更好地为当地读者群体提供最优化的服务,使本地区全民阅读推广工作呈现恨水品牌化的效果。另一方面,在构建现代化信息交流体系的作用下,潜山市图书馆还应综合利用电影、电视剧、话剧等信息资源,让读者掌握信息的渠道呈现多触角发力的成长空间,借此刺激潜在的阅读兴趣,激发他们的阅读需求信息,从而让阅读推广工作呈现出更加旺盛的生长力,为县级图书馆实现不断螺旋上升的创新服务能力提供永恒动力。

结　语

　　综上所述,在潜山图书馆发展过程中,创新张恨水文学作品的阅读推广工作是一项任重道远的任务,需要在综合分析读者需求的实际情况下,实施更加精细化、人性化、个性化的方式方法,综合利用智能化、数字化,重塑阅读空间,拓展共享机制,从而实现潜阳大地恨水文化的根深叶茂。

（作者单位:潜山市图书馆）

黄梅戏《金粉世家》与张恨水原著比较谈

芮立祥

2020年11月,安庆再芬黄梅青年团成立十周年之际,根据张恨水先生同名小说改编的六幕黄梅戏《金粉世家》在安庆再芬黄梅戏艺术剧院首次开演。

《金粉世家》系张恨水先生于20世纪20年代创作的逾百万言的经典小说,被誉为"现代版《红楼梦》"。以韩再芬为出品人,张泓为编剧,何培为导演的创演团队将《金粉世家》以黄梅戏的形式进行演绎,是一大创举,也取得了积极的社会反响。安徽省张恨水研究会及时组织部分专家学者观看首演,并适时进行了座谈研讨。

黄梅戏《金粉世家》与张恨水先生创作的长篇小说《金粉世家》相较有哪些不同呢?我以为,黄梅戏《金粉世家》主要有以下几大特点:

一是主题赋"新"。

小说《金粉世家》有反封建的可贵抗争精神,又有"齐大非偶"的认知局限。而黄梅戏《金粉世家》在主题上做了全新的拓展,特别是突破原著"齐大非偶"的认知局限,挖掘出"每个人都要活出自己最好的样子"的新主题,契合了当代性。

二是结构赋"简"。

小说《金粉世家》以金燕西冷清秋爱情为主线,以内阁总理金铨一家兴衰为副线,经纬交织,人物众多,头绪纷繁。而黄梅戏《金粉世家》大胆删繁就简,只突出主线,以"金冷情变"一以贯之,从"一见钟情"到"离恨别情",六幕演绎,紧凑凝练,有节奏明快之效。

三是形式赋"特"。

黄梅戏,是舞台艺术,有时空限制。无疑,黄梅戏《金粉世家》是对小说《金粉世家》的再创作。编剧紧扣黄梅戏之"特",台词、唱词、声腔、舞美、服饰、道具等按照黄梅戏表演的审美规范,精心创作,可圈可点,既兼顾了20世纪二三十年代的北京风情,又结合了当下的生活情境,特别是在运用戏剧舞台艺术手段的同时,还吸纳了当代影视艺术表演元素,让时空在瞬间转换,拉近了与观众的距离,审美特色鲜明。

黄梅戏《金粉世家》,是一次大体量经典题材的全新"换装",这种根据当代人特别是年轻人审美趣味变化的全新实践,体现了"创造性转化、创新性发展"的时代要求,"三赋"可嘉,是"守正"与"创新"再芬黄梅理念的一次有益探索和实践,是应予点赞的。

但从改编者当最大限度地忠实原著的角度,尚有一些值得商榷的地方。

笔者通过对黄梅戏《金粉世家》和张恨水先生小说《金粉世家》原著的比较,觉得尚有以下两点缺憾,兹不揣浅陋提出并供专家和以后改编者参考。

一是丢了"原汁"。

《金粉世家》是现代小说家张恨水创作的一部长篇小说,被誉为张恨水"四大代表作"之一,家喻户晓,影响很大。该小说始于1927年2月14日,连载于《世界日报》副刊"明珠",至1932年5月完成,历时5年又3个月,共112回,约100万字。小说以北洋军阀内阁总理金铨封建大家族为背景,以金铨之子金燕西与平民女子冷清秋由恋爱、结婚到反目、离异的婚姻为主线,揭露了封建官僚及其妻妾子女空虚、堕落的精神世界和没落腐朽的生活。应该说,原著的反封建思想和社会批判主题十分鲜明,可以说开启了现代小说"封建大家庭批判"题材的先河。张友鸾说:"社会上注意这部小说,是想知道那些大官僚的家庭生活,官场秘闻。而具有一般文化的妇女们,包括老太太群在内,也都加以欣赏。……对于反封建,这部小说深入人心,发挥了一定的作用的……"①冷清秋是一个旧式才女,出身于书香门第,自幼受到封建礼教的熏陶,但她又在新式学堂读过书,接受过资产阶级个性解放的启蒙教育,追求人格尊严和平等自由,具有可贵的反抗精神。当初,她为金燕西千方百计的求爱行为所惑,嫁到金府后,逐渐认识了金燕西作为纨绔子弟的真面目,最后毅然决然地冲破封建礼教的束缚,离家出走,维护了自己的人格尊严,走上了自由新生之路。没有爱情的婚姻是不道德的婚姻。冷清秋这种对于"出嫁从夫"对于"三纲五常"的背叛,虽然尚不能视之为自觉追求个性解放的现代女性,但其反封建的文化经典意义,不可抹去,甚至在时间的长河中回看那个时代的叛逆女性,尤为可贵。可黄梅戏《金粉世家》展示的主题却是"每个人都要活出自己最好的样子",虽然契合当代性,但偏离了原著的核心思想,虚化了特定时代背景的叙事旨归,有"剥离""掏空""肢解"之感,丢失了原"汁"。正如刘扬体先生所说的"名著被搬上荧幕(舞台),对原有的人物性格和人物关系做适当删减或补充,并非不可以,但这应在主要人物性格、主要故事情节和原著思想与艺术精粹得到充分尊重的前提下进行"②,黄梅戏《金粉世家》却与原著的主题大相径庭,此一大憾也。

二是淡了"原味"。

黄梅戏《金粉世家》与原著《金粉世家》均紧扣了金冷爱情这条主线,但黄梅戏《金粉世家》在金冷情感发展的情境铺垫、演绎上却有局促、平淡、苍白之感,舞台手段还没有整合起来,场景联动表现力尚欠火候,有"有情缺境""有境无趣"之败笔,因而有趣味不浓、戏性不足之憾。

而张恨水原著《金粉世家》却侃侃道来,环环相扣,趣味盎然。比如,"一见钟情":金燕

---

① 张友鸾:《金粉世家序》,安徽文艺出版社,1985年版,第13页。

② 刘扬体:《苦涩的辉煌》,北京时代弄潮文化发展有限公司,2017年5月版,第42页。

西初遇冷清秋,被这种素雅味十足的平民知识女性所吸引。原著中的"一见钟情"写得摇曳多姿:

> 刚走了三五家人家的门面,只见对面来了一个蓝衣黑裙的女学生,对着这边一笑,这人正是在海淀遇着的那一位。燕西见她一笑,不由心里扑通一跳。心想,她认得我吗?手举起来,扶着帽子沿,正想和人家略略一回礼,回她一笑。但是她慢慢走近前来,看她目光,眼睛往前看去,分明不是对着自己笑。接上后面有人叫她,"大姑娘,今天回来可晚了",那女学生点头略笑了一笑,燕西的笑意,自脸上十分之八呈现出来了。这时脸上一发热,马上把笑容全收了起来。人家越走近,反觉不好意思面对面看人家,便略略低了头走了几步,及至自己一抬头,只见右手边一个蓝衣服人一闪,接上一阵微微的脂粉香,原来人家已走过去了……①

> 燕西在一边听着,搭讪着,四维看院子里的树木,偷眼看那个女子,正是自己所心慕的那个人儿。这时,她穿一件窄小的黑衣裤,短短的衫袖,露出雪白的胳膊,短短的衣领,露出雪白的脖子,脚上穿一双窄小的黑绒薄底鞋,又赔上白色的丝袜,漆黑的头发梳着光光的两个圆髻,配上她那白色的面孔,处处黑白分明,得着颜色的调和,越是淡素可爱……②

金燕西,作为内阁总理的七公子,一旦情动于中,便立马展开追求。于是"官二代追美妹"的攻略组合拳开打:金燕西首先以办诗社为名租赁到冷宅之邻,然后不停地套近乎,取悦冷清秋和她的家人。送了冷家许多礼物:搬入落花胡同先送了点心+酒;以拜师为名送了鱼翅酒席;绸缎料子若干件套;一双鞋子;看戏的包厢票+看戏回来的酒席;一幅画;珍珠项链;金戒指;给其舅舅推荐差事……原著中,金燕西送礼的情境不同,心理活动也各不相同,其心理描写、情境展示十分具体生动细腻。如:燕西送来绸料。清秋嘴上推辞不要,其实心里早接受了。小说通过清秋家人一段对话道出:

> 冷清秋道:"那么,我们就不要收他的吧!"冷太太道:"你不是看见人家穿一件藕色旗袍,说是十分好看吗?我想就留下这件料子,给你做一件长衫吧……"清秋拿着绸结,悬在胸前比了一比,她自己还没有说话,韩妈又是赞不绝口,说道"真好看,真漂亮"。清秋笑道:"下个月有同学人家结婚,我就把这个做一件衣服去吃喜酒吧"……③

再如:"金冷情变"。原著也写得扣人心弦。

小说中金冷感情首次生"变",纯属误会。金府一天之内,添了两门男丁,金太太决定庆贺俩孙子的诞生,委托七公子金燕西安排戏班子来家里唱大戏。燕西发挥自己的社交特长,安排妥帖。可正当大家热热闹闹观看演出时,坐不住的金燕西悄悄带着花玉仙、白莲花俩女戏子去参观自己的书房。纨绔子弟的习性难免发生不雅举动:

---

① 张恨水:《金粉世家》,北岳文艺出版社,2019年版,第19-20页。
② 张恨水:《金粉世家》,北岳文艺出版社,2019年版,第39-40页。
③ 张恨水:《金粉世家》,北岳文艺出版社,2019年版,第39-50页。

燕西恰好一只手挽了白莲花的脖子,一只手挽着花玉仙的手,同坐在沙发上……①

燕西这些不雅举动被冷清秋撞了个正着。原来冷太太来几次金府未曾来过燕西书房,或是看戏腻了,中途开溜,悄悄叫清秋带她看看燕西书房。清秋兴冲冲地上前推开门,却撞见这一幕,赶紧返回。可恼的是,燕西以为是清秋故意跟踪监管。于是,燕西叫人到戏场叫回清秋,"情战"开打:

燕西忽然将脚一顿,地板顿得冬的一响,哼了一声道"你要学她们(嫂子)那种样子,处处都要干涉我,那可不行!"清秋已是满肚子不舒服,燕西倒先生起气来,便冷笑道"你这是给我一个下马威吗?我想我很能退让的了,我什么事干涉过你?"燕西道"你说下马威就是下马威,你怎么样办呢?"……②

不同场合的情境设置,不同的心理铺垫,为人物的情感提供酝酿、发展的势能,这种势能产生跌宕起伏的情节,使小说妙趣横生。而黄梅戏是舞台表演艺术,人物情感、心理活动、情节发展主要是通过舞台动作、通过唱词,通过灯光、道具、色彩等的设置向观众做直观的展演。遗憾的是由于其综合手段配置有待进一步优化,"金粉"味与"世家"味均觉不够。同时,黄梅戏《金粉世家》除了时有"有情缺境""有境无趣"之外,尚有"有主无衬"之憾。

张恨水先生以"社会为经,言情为纬",在世道世情的宏阔视野中洞幽烛微,因而他演绎的人情爱情厚重而富有底蕴。小说《金粉世家》中20多个重点人物的鲜活故事,散而不乱,相互衬托,深受读者喜爱。我们在原著中看到金燕西对冷清秋的追求,不是偶然的,而是有"衬"的。如:燕西大哥大嫂借债奢华请客而各自算计、吵闹不已。金燕西听后有一段心理独白:

燕西听后,便去思忖他们(大哥大嫂)所以如此的缘故……若说交女朋友,自然是交际场中新式女子好;但是要结为百年的伴侣,主持家务,又是朴实些的好。若是我把那女孩子(冷清秋)娶了回来,我想她的爱情一定是纯一的,人也是很温和的,决不像交际场中的女子,不但不能干涉她的行动,她还要干涉你的行动呢。就以姿色论,那种自然的美,比交际场中脂粉堆里跳出来的人,还要好些呢……③

又如,原著中柳春江与小怜的爱情是剧中的次要线索。小说中小怜本是大房的丫鬟,一次代表"少奶奶"出席亲友婚礼,不意被富二代柳春江看中。当柳得知小怜的真实身份后,是真爱,还是假爱,自是一个考验。最后二人打破世俗障碍,大胆追求爱情而私奔成功,结成美满婚姻,使有情人终成眷属。作者将金府的丫鬟与富户子弟相识相恋作为副线,此副线与主线形成比较衬托,使小说丰满而灵动。同时,原著中金家几个公子依仗祖

①　张恨水:《金粉世家》,安徽文艺出版社,1995年版,第811页。
②　张恨水《金粉世家》,安徽文艺出版社,1995年版,第812页。
③　张恨水:《金粉世家》,北岳文艺出版社,2019年版,第30页。

上庇荫,总理靠山,不思进取,不学无术,游手好闲,醉生梦死,或逛窑子一掷千金,或捧坤角花天酒地,或暗算计勾心斗角,使各种矛盾交织一起,为人情与世情的充分展示提供了广阔的舞台,可谓"戏"味十足。而黄梅戏《金粉世家》没有副线,没有衬托,只有"爱情",没有"世情",只有金冷一条线索,显得单调、纤秀,与原著之磅礴厚重、丰富充沛的社会言情语境相比,明显单薄,淡了"原味"。

如何弥补缺憾? 张恨水生前好友,作家张友鸾先生说:"《金粉世家》如果不是章回小说,而用现代语,那么,它就是《家》,假如写的不是小说,而是戏剧,那么它就是《雷雨》。"①剧组同仁可否参照话剧《雷雨》场景设置,对黄梅戏《金粉世家》再来一次改编:主题更扣紧一些;场面场景更宏阔一些;舞台手段更丰盈一些。此外,可否学习张恨水尊崇的"程大老板"程长庚演"大轴子戏"的做法,以演三国系列剧的方式,对原著进行多场景多幕剧的系列改编,在忠实原著的基础上汲取现代戏剧元素,使"守正"与"创新"在更有长度的黄梅戏舞台展示中实现更完美的融合。

(作者单位:安徽省张恨水研究会)

---

① 张占国,魏守忠《张恨水研究资料》,天津人民出版社,1986 年版,第 132 页。

在交融与重构中创新

——论张恨水小说与电视剧改编的关系

孙卓然

引　言

　　文学作品与影视艺术之间,尽管存在着本质化的差异,但随着大众传媒时代的到来,二者之间也呈现出愈发紧密的互动关系。从理性的概念叙事转向感性的视听叙事,是对于小说文本内蕴与编剧改编策略的双重挑战。在这一路径上,"现代通俗文学大师"张恨水的作品取得了两全其美的成就。早在民国时期,张恨水的小说创作就赢得了广泛的读者市场,他本人更是被老舍誉为"国内唯一妇孺皆知的老作家"。进入新世纪以后,随着消费主义意识形态的深化与现代影视艺术的传播,张恨水的言情小说也成为较早进入电视剧翻拍领域的先驱,接连收获口碑与收视的双丰收。他的代表作《金粉世家》成为流传多年的经典剧作,至今"暗香残留";除此之外,《啼笑因缘》《夜深沉》《纸醉金迷》等民国背景下的社会言情故事都在电视剧二创中取得了不俗的成绩,收获了大批年轻人的喜爱;甚至连《现代青年》《欢喜冤家》这类知名度略逊一筹的冷门小说都备受编剧与导演的青睐,得以在大屏幕前与观众见面。张恨水的作品何以从语言叙事过渡到影视叙事后,依旧具备一呼百应的号召力? 归根结底,是文学与影视之间同舟共济、相辅相成的关系在起决定作用。首先,张恨水小说本身就蕴含着丰富的影视元素,文本创构与影视文艺的相关特征一脉相通;在此基础上,他还自觉借鉴影视手法与技巧,将其巧妙地融入小说创作之中,给受众群体呈现出更为直观的视听效果;最后,在电视剧改编的过程中,编剧立足于现实,遵循文化市场规律与艺术审美标准的要求,对原著文本进行了合理的重构与再创造。

一、张恨水小说蕴含的影视元素

(一)迎合大众市场的故事策略

张恨水小说的文本策略与内容形态,深受读者需求与市场规律的制约,呈现出大众性与通俗性的本质特征;这一点与隶属于大众文化的电视剧艺术形式相得益彰。大众文化这一概念最早出现于西方理论中,改革开放后,逐渐衍生出强烈的本土性质与民族色彩,并成为文艺工作者从事创作的基础与导向。通俗来讲:"所谓大众文化,是指在现代都市化工业社会中产生的,主要以现代都市市民大众为消费主体的,通过当代影视网络新媒体、报刊书籍等大众传播媒介传播的,不追求深度的,易复制的、按市场规律生产的文化产品,其明显的特征是主要是为大众消费而制作。"①因此,在大众文化的影响下,当代视听类节目要求通俗易懂,极大地迎合了观众的审美趣味。这一点与重视读者市场的通俗文学一脉相承;作家兼报人的双重身份使得张恨水早就勘破了通俗文学遵循的市场规律:"新派小说,虽一切前进,而文法上的组织,非习惯读中国书,说中国话的普通民众所能接受。正如雅颂之诗,高则高矣,美则美矣,而匹夫匹妇对之莫名其妙。我们没有理由遗弃这一班人,也无法把西洋文法组织的文字,硬灌入这一批人的脑袋,窃不自量,我愿为这班人工作。"②明确了受众群体,张恨水也就在创作过程中融入了充分的读者意识。因此,张氏小说持续沿用"社会+言情"的写作策略,将市民阶级喜闻乐见的社会新闻、武侠情节融入错综复杂的"多角恋"叙事模式之中,辅以鞭挞军阀黑暗丑恶、批判资产阶级为富不仁、歌颂底层百姓善良品质的意旨。此类作品贴近市民文化心态、坚持雅俗共赏的美学追求、关注底层百姓疾苦,因此受到了读者群体的广泛拥护。因其文化策略与大众文化规律的高度契合,使得他的作品在夺取读者的同时,也为后续的影视改编打下了坚实的基础。

(二)符合戏剧特征的情节设置

"戏剧性与情节性,是故事叙述不可或缺又相互补足的二元审美特质,共同构成叙事艺术的核心审美范畴。它们的表现强弱和价值优劣,往往决定着电视剧作品艺术水准的高低。"③张恨水在小说创作中运用的布局方式和艺术手法,就在情节创构上展示出了极利于影视呈现的"戏剧性"特征。这一点首先体现在悬念的设置上;"所谓悬念,主要是指编剧和导演利用观众对故事发展和人物命运前景的关切与期待心理,在剧中设置悬而未决的矛盾现象,从而引起观众的关注,并急切期待解决的后果,以便吸引和集中观众的注意力与观赏兴趣,诱导观众迅速进入剧情,以达到饱和状态的欣赏效果,在接受中享受审美的快感。"④电视剧作为长篇叙事,极容易受到广告插入与分集打断的影响,因此悬念设置就成了叙事节奏的重中之重;一点失误都可能造成情节拖沓、故事断层,继而流失观众市场。这一点与民国时期盛行的小说连载制度有异曲同工之妙;为构建生动曲折的情节、获得长久的经济效益,张恨水的小说分章总在重要关头戛然而止,留下十足的悬念;《金粉世

① 陈旭光,车琳.中国电影的主流化与主流电影的大众化:文化、美学与限度[J].上海大学学报(社会科学版),2012(04):12-21.
② 张恨水.写作生涯回忆——总答谢[M].长沙:北岳文艺出版社,1993年.
③ 李轩.戏剧性与情节性:电视剧审美接受的二元思辨[J].重庆邮电大学学报(社会科学版),2021(03):134-142.
④ 王心语.希区柯克与悬念[M].北京:中国广播电视出版社,1999年.

家》102 章,金府起火,燕西遍寻清秋不获,隐约听见孩子哭声,见一人影逃遁却看不真切。当读者都为清秋母子生死未卜而捏一把汗时,作者却倏忽完结此章,令人欲罢不能。其次,张恨水小说情节架构的精妙之处也得益于巧合与误会的调动,以《夜深沉》为例:丁二和与杨月容从两情相悦到彻底离散,看似源自金钱的引诱,实则离不开巧合与误会的推手;月容受宋信生蒙骗,本已痛定思痛,拒绝物质诱惑;但当她下定决心寻回二和时,二和却因为邻里误会举家搬迁。面对房东的无礼催账,月容刚刚负气搬走,二和就找到了月容的住处,此时早已人去楼空。故事情节一波三折,结局可谓出人意料。最后,文本的隐曲、暗示等手法也与后续情节遥相呼应,起到了预设与象征的作用;《金粉世家》里清秋无意间打破的铜镜预示了夫妇离心、兰因絮果的结局;《夜深沉》中,丁家祖传的铜床本是二和父母两情缱绻的纪念,象征喜结良缘的美好与欢愉;最终却被拆成一堆破烂零件,并在刘经理的恶毒设计下,成为彻底离间二和与月容的工具。此类暗示手法不胜枚举,《啼笑因缘》中断裂的琴弦、《美人恩》中奄奄一息的笼中鸟、《杨柳青青》中杨桂枝百般小心依旧不慎打翻的茶杯等诸多意象都在冥冥中起到了暗示故事结局,呼应情节起伏的戏剧化效果。

二、张恨水小说技巧与影视技法的交融

(一)叙事技巧与蒙太奇手法的交融

张恨水在小说创作中受到新文学技法影响,很早就开始自觉突破传统小说的全知叙事模式。自《金粉世家》伊始,他就已经逐渐在创作中削弱了"以一人一事为贯穿线索"的模式比重,转而开发从一、三人称视角出发的限制叙事模式。这种叙事技巧进入影视创作之中,则与蒙太奇的艺术手法有异曲同工之妙。

"蒙太奇"一词,本为法语 montage 的音译,为建筑学术语;其后在视听语言领域被广泛应用,在影视作品中表现为镜头片段的拼接与剪辑。通常,从功能上将其分类为叙事蒙太奇与表现蒙太奇两种类型。前者功能在于叙事、后者则侧重抒情;张恨水小说中叙事视角的限制性与转化性,大部分呈现出的是表现蒙太奇式的艺术效果。"表现蒙太奇主要是通过镜头之间的呼应产生强大的艺术表现力,将内心情绪外化,以增强影片的表现力和感染力的艺术形式。"[①]《现代青年》中周世良孤身一人前往北平劝转堕落的儿子,却在饥寒交迫的折磨下重病缠身,而此时的周计春却沉迷声色,乐不思蜀。"当周世良卧病在小客店里魂销魄散,几乎要死的时候,他儿子周计春,同舞女陆情美,却坐一辆汽车,走回她的私寓,却也魂销魄散,几乎死去,不过这两种死法,有些不同,一种是悲的,一种是乐的罢了。"[②]此段叙述运用了表现蒙太奇中的"对比蒙太奇"形式,通过父子截然相反的处境强

① 孙琳. 浅析影视蒙太奇的视觉表现[J]. 艺术评鉴,2017(17):153-154.
② 张恨水. 现代青年[M]. 北京:团结出版社,2008.

化了世良的凄苦与计春的顽劣,更令读者感叹城市对文明的异化程度之深。除此之外,以梦境、回忆等闪回式片段突出人物内心感情的叙事技巧则与"心理蒙太奇"的艺术手段融会贯通,极大地刺激了受众的共情能力。《金粉世家》中,清秋火遁、宅院烧毁,燕西在破败的庭院捡到一面破碎的相框,回忆起两人新婚之际拍下的合照,此刻却已残损枯焦。旧日的甜蜜当下的凄凉形成鲜明对比,更引读者唏嘘。

(二)视觉描写与镜头运用的交融

"影视的最大特征在于它是诉诸观众视听感觉,尤其是视觉的银屏艺术。所以任何进入剧作家改编领域的素材,都应该以此为取舍的第一标准。"①画面作为最能给予观众冲击力的成分,是影视剧图像叙事特征的第一要素。张恨水的小说从艺术价值上来讲并未到达炉火纯青的地步,但却能反复进入改编领域、热度不断;这与其作品造型直观、画面感强的特征息息相关。这种直观的画面描写转化为镜头语言,也增强了影视叙事的画面感。

从环境背景来看,张氏小说首先具备鲜明的地域特色。张恨水热衷于将小说的地域背景实体化;在前期的社会言情创作中,北京这座集历史与民俗为一体的古老城市就曾多次出现。西山、颐和园、八达岭等著名景区,也成了小说中人物消闲娱乐、谈情说爱的背景板。同时,会馆、胡同、四合院等颇具民俗特色的建筑也增添了小说环境的真实性与直观性。此类环境描写进入影视改编,则为剧组取景提供了相当的便利。在影视改编前期,剧组前往实地取景的方式相较于后期的绿幕特效,显然会令观众更觉真实,更有代入感。

除了环境的真实性,张恨水在具体的场景描写中也致力于建构显著的画面;他在小说中时常精准捕捉场景镜头,引领读者在场景与叙事之间反复穿行,营造身临其境的氛围,领略人物当下的心境。此类单纯勾勒场景、不涉人物与叙事的描写与影视语言中的"空镜头"一脉相承。②空镜头最大的作用,就在于营构独特的意境。《金粉世家》之中,燕西与清秋同游西山,完美展现了"空镜头"式场景描写的作用所在。"山上的高低松树,树叶格外苍老了。树中所夹杂的各种果树,叶子都有一半焦黄,风吹着树叶,沙沙地响起来……就是那些草,也就东倒西歪,黄绿相间。阳光射着,便觉得一带山色,黄的成分比绿的成分居多。"③这一场景直观地向读者交代了秋气渐深的时令,营造出生机犹存但已美人迟暮的凄冷意境。在展现西山秋景的同时,也起到了寓情于景的作用,传达出了人物内心的真实思绪。面对同一场景,清秋感叹韶华易逝,燕西却道更应及时行乐;这暗示了两人不同的人生观,为将来夫妇离心埋下伏笔。除此之外,张恨水还热衷于在场景描写中融汇"长镜头"与"摇镜头"式的镜头运用技巧,在作品起首处循序渐进,以景入情;④《啼笑因缘》开篇即写樊家树与关寿峰的初遇;以游历的樊家树为中心,连续不断地摄录了北京天桥的风土

---

① 王晓玉等. 影视文学写作[M]. 上海:上海外语教育出版社,2006.
② 空镜头:即只有景物的镜头.
③ 张恨水. 金粉世家(全二册)[M]. 北京:人民文学出版社,2009.
④ 长镜头:指摄影机一次较长时间的连续摄录。有的长镜头长达10分钟,甚至更长。在营造意境上效果显著.
摇镜头:指摄像机中心位置不变,向纵横各方向摇摄.

人情。从鳞次栉比的小摊贩、南边的芦棚店、北边的大宽沟,到遍布柳树的旷野之地;越过南北两头的平板木桥,平民百姓消遣娱乐的茶棚便豁然开朗。樊家树正是在此地落座喝茶时,结识了以武会友的关寿峰。一连串长镜头生动鲜明地展现出了下层民众的生存、娱乐状态,极富民俗色彩。《夜深沉》在起首处同样采用了这种镜头方法,从大杂院中的男男女女、上转至天空中的闪烁星斗、再回到院角倭瓜与牵牛花的细藤、最后重新落在院里的破旧马车上;这一串"摇镜头"将极富情趣的夏夜景致与一心纳凉的劳动人民形成鲜明对比,使读者身临其境地感受到底层百姓无心风月的辛劳程度。

在人物描写上,张恨水则更加重视镜头感的呈现。通过对人物某一局部特征的放大,便可以在细节中锁定此人的生活处境与性格特征。在影视语言中,此类描写属于"特写镜头"的范畴。[①]"她扶了筷子的手,虽然为了工作太多,显得粗糙了一点,却也不见得黄黑,而且指甲里面,不曾带了一丝脏泥"[②]。从这句话中,即可管窥这双手的主人公勤奋、操劳、爱干净的特征;这是家境贫寒,像丫鬟一样伺候师父师娘的王月容。"这个时候,有一个十七八岁的女子,穿了葱绿绸的西洋舞衣,两只胳膊和雪白的前胸后背,都露了许多在外面"[③]。西方教育下的大胆与开放跃然纸上;这是富家千金、摩登女郎何丽娜。由此观之,这种"特写镜头"式的人物细节描写,展现出的感染力属实非同一般。

(三)心理描写与独白技术的交融

在叙事技巧与画面勾勒之外,张恨水还在自己的小说中加入了细致的心理描写,使人物内心情感得以充分传达。"于改良方面,我自始就增加一部分风景的描写和心理的描写,有时也特地写些小动作,实不相瞒,这是得自西洋小说。"[④]心理描写在影视创作的领域,隶属于声音元素,在对白与旁白之外,以内心独白的形式担当视觉画面的重要补充。"独白通常采用的是第一人称方式表述心中真实的情感,而这种情感是片中其他角色所没有察觉的,这种创作方式是为了让观众更好的理解电影内容,明白导演的创作意图,观众也只有读懂创作者设计的人物'独白',才能更好地揣摩影片中的人物在特定情境下的真实感受,从而理解影片中人物的心境。"[⑤]以冷清秋为例,作为一个钻研旧学、深居简出的传统女子,她不仅娴静柔顺、谨小慎微;嫁入金府后对于燕西寻花问柳的行为,也始终秉持放任主义的态度。若只从清秋的外在言行观察,她似乎和其他妯娌勉强维系婚姻的做法并无不同。但从她的内心刻画来观测,足见清秋独特的感情观念:"一个人当父丧未久的时候,还能这样花天酒地的闹,那世界上还有什么事,再可以让他伤心的? 我就再悲苦些,他

① 特写镜头:简称"特写"。电影中拍摄人像的面部,人体的某一局部,一件物品的某一细部的镜头。特写镜头是电影艺术创作史上的一个重大发展,最早由美国早期电影导演格里菲斯等人创造、使用。它的出现和运用,丰富和增强了电影艺术独特的表现力,历来是电影美学。

② 张恨水.夜深沉[M].上海:复旦大学出版社,2006.

③ 张恨水.啼笑因缘[M].重庆:重庆出版社,2019.

④ 张恨水.写作生涯回忆[M].江苏:江苏文艺出版社,2012.

⑤ 刘丽倩.浅谈影视艺术声音中的独白[J].中国文艺家,2018(12):25.

能正眼看一看吗?"①金铨死后,清秋彻底看清了燕西的凉薄本质;"女子们总是要屈服在金钱势力范围之下,实在是可耻。"②回忆起燕西追求自己时一掷千金的情景,清秋开始反省自己的虚荣与摇摆;"凭我这点能耐,我很可以自立,为什么受人家这种藐视? 一个女子做了纨绔子弟的妻妾,便是人格丧尽!"③随着她的心理一层逼近一层,离婚的想法最终成为她坚定不移的信念。这种心理描写进入影视改编领域,不仅通过"言为心声"的独白手段丰富了人物情感的表达,更是真正做到了传播与接受之间的"零距离",让观众与屏幕中的人物产生强烈共鸣,以此提升影视作品的艺术价值。

三、影视文化语境下电视剧改编对原著情节的重构

改革开放以后,随着市场经济的发展,以消费主义为主导的新社会形态趋于成熟。"消费社会就是一个消费欲望无穷生产的社会,而消费欲望的无止境同时包含了对视觉快感的无尽追索。"④电影、电视剧等媒介都是消费欲望下的视觉文化形式。受其趋利的商品属性影响,影视作品必须适应视觉消费语境,保证收视率等经济效益。与此同时,也要接受艺术标准的衡量与观众审美的严格监督。因此,在当下的消费文化市场中,如何在保留张恨水小说传统气质的同时发掘其与当下文化语境的契合点,兼顾商品性和艺术性的双重价值,成为当下改编策略面临的重要挑战。

(一)叙写唯美爱情

自古以来,爱情就是文艺作品永恒的主题。从古典小说中的"才子佳人"到新世纪风靡一时的"青春偶像剧",人们始终对"真爱无敌"的叙事模式青睐有加。这体现了视觉消费语境下大众追求愉悦和快感、拒绝深刻说教与理性反思的主流趋势。而张恨水的社会言情小说相较于爱情描写,更加重视社会教化。故事中的男欢女爱通常以悲剧收尾,流露出作家内心深处"无情最是黄金物,变尽天下儿女心"的批判意识。这种叙事策略在当时深受市井百姓欢迎,但已不适应当下的文化市场。因此,改编者们努力从张氏小说中挖掘出爱情故事的外在框架,并将其进一步填充与渲染,最后呈现出矢志不渝的爱情童话。使用这种改编模式取得最高成就的作品,当属陈坤、董洁主演的电视剧版《金粉世家》;在小说中,张恨水强调的是"齐大非偶"的世俗婚姻悲剧;金冷婚后,截然相反的价值观使得两人的感情日渐疏远,直至彻底熄灭;但在剧中,虽然金燕西依旧难脱纨绔少爷的陋习,但他与冷清秋之间的爱情却始终坚贞不渝。燕西最终在幻觉中与清秋重逢,二人在火车站紧紧相拥;而实际情况却是两相错过,金粉飘零。看着呼啸而去的火车,燕西深情地亲吻手

① 张恨水. 金粉世家(全二册)[M]. 北京:人民文学出版社,2009.
② 张恨水. 金粉世家(全二册)[M]. 北京:人民文学出版社,2009.
③ 张恨水. 金粉世家(全二册)[M]. 北京:人民文学出版社,2009.
④ 周宪. 视觉文化的转向[M]. 北京:北京大学出版社,2008:132.

中清秋的婚戒,电视剧就此收尾;这种亦真亦幻的对比将爱情主题贯穿始终,因此成为很多观众心中的"意难平"。与之类似的还有袁立、胡兵主演的电视剧版《啼笑因缘》(2004)。在原著里,爱慕虚荣的沈凤喜背叛了樊家树的感情,但在军阀折辱下精神崩溃,形状疯癫。樊家树放下执念后,与何丽娜走到了一起。但在电视剧中,樊家树与沈凤喜历经误会与磨难,有情人终成眷属;何丽娜也接受了沈国英的追求,成全了"樊沈之恋"。电视剧结尾,樊沈二人携手前往大喜胡同,在冬日的暖阳下并肩走远。这种唯美、浪漫的"大团圆"式叙写满足了观众企盼美好的精神需求与纯洁浪漫的爱情想象,因此广受观众追捧,风靡一时。

(二)美化人物缺陷

"塑造经典的人物形象是包括电视剧在内的叙事文学的主要任务,富有个性色彩的人物形象是电视剧艺术创作的核心追求之一。"[①]由此可见,影视作品的人物设置在推动情节发展、诠释作品主题等方面,都起着不可或缺的重要作用。打造丰满合理、符合观众审美期待的人设,是影视作品能否打动人心的关键所在。而张恨水小说中的人物性格特征尖锐,善恶界限分明。因此,在改编过程中要尤其规避"过犹不及"等系列问题。

纵观张恨水小说的电视剧改编状况,可以发现编剧们在人物设置调整上做出的努力。一是淡化男性角色的凉薄特征;在《金粉世家》原著中,金燕西见异思迁、无情无义;清秋临盆之际,他正在外寻花问柳;归家拿钱时,他对病中的妻子冷嘲热讽;清秋火遁后,他没有丝毫的愧疚,反而为自己甩掉了家庭负累而暗自庆幸。电视剧版本虽然也延续了燕西放浪形骸的特质,保留了他花天酒地、引发夫妻争吵的大量情节。但在剧中,他既能在金母动怒时挺身而出,为清秋求情;又能精心布置烛光晚餐缓和夫妻矛盾;清秋离开后,他深刻忏悔,顿悟自己"从未爱过除了清秋以外的任何女人"。相较于原著文本中没心没肺的负心汉形象,剧中的人物设定为角色增添了可爱之处,赋予了这一人物更多性格魅力。在小说《啼笑因缘》中,樊家树被沈凤喜伤透了心,即便得知她已形迹疯癫、生活悲苦,也不愿意去看她一眼。但在电视剧中,家树学成回国后的第一件事,就是寻回凤喜。就连小说《纸醉金迷》中的投机商人范宝华,在电视剧中也成了饱含抗争意识的爱国商人,且与女配袁园发展出了真心的感情线。原著文本中男性群体凉薄、自我、趋利等特性在影视改编中得到淡化,提升了观众的接受程度。二是赋予女性独立自主的现代意识;相较于张氏小说中易受物质引诱而丧失自我的旧式拜金女,电视剧呈现的女主角大多高洁傲岸、独立自强。电视剧《金粉世家》在改编过程中刻意忽略了文本中冷清秋接受昂贵礼物、与燕西未婚先孕等情节,并把她最终的结局由落魄艰难、卖字为生改为乘车南下、迎接新生活。针对难抵金钱诱惑而不慎失足的女性角色,编剧也为她们设置了各自的"难言之隐";电视剧《啼笑因缘》中沈凤喜接受刘将军,并非贪慕将军府的钱财,而是刘将军以樊家树的性命为要挟逼迫凤喜就范。《夜深沉》中杨月容与宋信生私奔,不仅建立在两人真心相爱的基础上,

① 张雨露. 论电视剧中反面角色人物设定[J]. 传播力研究,2020(01):63-64.

更是因为宋信生许诺给月容灌唱片,从中流露出一个戏曲艺人对于戏剧艺术和人生理想的追求。从小说中的"被动依附"过渡到影视剧中的"自主意识",人设的丰满与美化不仅增加了情节的戏剧化与延宕性,也符合当下主流意识形态的要求,因此成为视觉消费文化角度下的固有模式。

(三)丰富故事支线

"《春明外史》,本走的是《儒林外史》《官场现形记》的路子。但我觉得这一类社会小说,犯了个共同的毛病,说完一事,又递入一事,缺乏骨干的组织。因之我写《春明外史》的起初,我就先安排下一个主角,并安排下几个陪客。这样,说些社会现象,又归到主角的故事,同时,也把主角的故事,发展到社会的现象上去。"①这一创作手法被张恨水日趋成熟广泛地运用在后续社会言情小说创作之中。虽然这种"以一人眼光看世界"的叙事模式修正了古典小说结构的松散,但也存在着单调、乏味等不可避免的缺陷。纵览张恨水的小说,会发现戏份的重中之重都在主要人物身上。"陪客"们的故事即使对主角的人生选择有重大影响,也往往被一笔带过。而这样的叙写有时并不足以支撑起宏大的故事框架,也会令受众存在一定程度的审美疲劳。因此,在张恨水小说的电视剧改编过程中,编剧们绞尽脑汁完善了配角人物的故事支线,力图呈现出"绿叶更绿,红花更红"的双赢式艺术效果。

"影视剧从本质上来说是要表现生活中的冲突,并将这种冲突放大和戏剧化,这种'冲突'除能造成强烈戏剧效果的暴力情节外,还包括整个社会中无时无刻都存在的善与恶、贫穷与富贵、美丽与丑陋以及创新和守旧之间的矛盾,这种矛盾有可以被转化和化解,有的则是不可调和。"②论及戏剧效果的呈现,成就最为显著的仍绕不开一部《金粉世家》;在小说中,故事主线围绕着金冷姻缘与家族生活展开,针对家庭之外的社会风云以及金府牵涉的政治派系斗争则置若罔闻。最终随着金铨的暴毙,金府轰然倒塌。这样的结局虽是一种必然,但因缺乏前期伏笔,而令读者觉得节奏过快、难以适应。因此,电视剧中增添了学生运动、政治派系角逐等外部社会概况;最终,以白雄起为首的军阀势力斗倒了金铨所处的派别,这也成为金府大厦倾颓的重要原因。除此之外,电视剧版本的《金粉世家》在情感线的勾勒上,也强化了金燕西与白秀珠之间的纠缠,打造出观众百看不厌的"多角恋爱"叙事模式;在原著小说中,金冷离散的根本原因,是清秋认清了燕西自私薄情的本质;虽然书中也存在第三方情感插足的相关描述,但这一现象对于清秋觉醒所起的作用并不关键。况且,书中的燕西除了与秀珠幽会以外,更是难改见一个爱一个的本质,频繁与戏曲艺人白莲花、白玉花姐妹来往,为她们一掷千金地捧角。但在改编过程中,编剧将金冷婚后的种种矛盾集中到白秀珠这一人物身上;她深爱燕西不得,产生了扭曲的报复心理。在金冷婚后引诱燕西,发誓要让清秋也尝尝秋扇见捐的滋味。但秀珠在故事的最后又无比清醒,报复目的达成后,她同样放下了对燕西的执着,独自前往德国结婚。在这场错综复杂的关

---

① 张恨水.我把人生看透了[M].江苏:江苏凤凰文艺出版社,2019.
② 于田田.基于情节冲突的影视剧交叉蒙太奇艺术手法分析[J].西部广播电视,2018(09):96+99.

系中,处处都是转折与遗憾;令观众在为之扼腕叹息的同时,也在跌宕起伏的剧情设置中直呼过瘾。

除了追求商业效果的暴力冲突,也有编剧从社会价值的角度出发,设置了极具讽刺意味的支线情节,增强了意识形态领域的教化意义。2008年播出的电视剧版《纸醉金迷》是这一路径的杰出代表。相较于原著文本中摩登太太在物欲中沉沦、投机商人大发国难财炒黄金的简单设置,电视剧在丰富故事情节的基础上,大大提升了作品的思想价值。编剧将原著中的田佩芝、袁三(袁园)、东方曼丽设定为同一所学校的进步学生;三人在文艺汇演时被日军的炮火冲散,由此走向了截然不同的人生轨迹;不同于田佩芝与东方曼丽在纸醉金迷的世界中彻底堕落,袁园却能顿悟朱公馆的生活与行尸走肉无异;最终,她毅然决然地奔赴前线、也奔向了自我救赎之路。袁园最终壮烈牺牲的结局与深陷泥淖、死不悔改的田佩芝形成了鲜明对比,传达出作品强烈的批判意识与"人间正道是沧桑"的主题思想。除此之外,《啼笑因缘》《夜深沉》等电视剧改编也增添了军阀迫害与人民反抗等一系列情节,展示了对社会黑暗现实的强力控诉与批判,以视觉形式更加直观地强化了张恨水小说力图"文以载道"的思想艺术价值。

四、结语

综上所述,张恨水小说在电视剧改编领域取得的成就,得益于小说文本与影视剧艺术形式之间互相扶持、共勉共济的良好关系。在保留原著思想内蕴的基础上,努力发掘小说传统气质与现代文化价值的契合点,以张恨水作品为原型的影视改编才得以具备长久的动力。但文学与影视的关系,必将随着媒介环境与文化观念的改变过程中而不断调整、更新。因此,新时期张恨水小说的影视改编策略,势必会面临更加严峻的挑战。据悉,当年热播的《金粉世家》已经迎来了再度翻拍,策划以《金粉世家之梦》《金粉世家之飘》上下两部的形式更为翔实的重现民国时期豪门望族轰轰烈烈的爱情故事。编剧将如何在不断更新的文化语境与交错复杂的市场规律之间采用适当的改编策略,实现文本概念艺术向视觉感性艺术的蜕变,兼顾商业性与艺术性的双重价值,令人满怀期待。

参考文献

[1]陈旭光,车琳.中国电影的主流化与主流电影的大众化:文化、美学与限度[J].上海大学学报(社会科学版),2012(04):12-21.

[2]张恨水.写作生涯回忆——总答谢[M].长沙:北岳文艺出版社,1993年.

[3]李轩.戏剧性与情节性:电视剧审美接受的二元思辨[J].重庆邮电大学学报(社会科学版),2021(03):134-142.

[4]王心语.希区柯克与悬念[M].北京:中国广播电视出版社,1999年.

[5] 孙琳.浅析影视蒙太奇的视觉表现[J].艺术评鉴,2017(17):153-154.

[6] 张恨水.现代青年[M].北京:团结出版社,2008.

[7] 王晓玉等.影视文学写作[M].上海:上海外语教育出版社,2006.

[8] 空镜头:即只有景物的镜头.

[9] 张恨水.金粉世家(全二册)[M].北京:人民文学出版社,2009.

[10] 长镜头:指摄影机一次较长时间的连续摄录。有的长镜头长达10分钟,甚至更长。在营造意境上效果显著.摇镜头:指摄像机中心位置不变,向纵横各方向摇摄.

[11] 特写镜头:简称"特写"。电影中拍摄人像的面部,人体的某一局部,一件物品的某一细部的镜头。特写镜头是电影艺术创作史上的一个重大发展,最早由美国早期电影导演格里菲斯等人创造、使用。它的出现和运用,丰富和增强了电影艺术独特的表现力,历来是电影美学。

[12] 张恨水.夜深沉[M].上海:复旦大学出版社,2006.

[13] 张恨水.啼笑因缘[M].重庆:重庆出版社,2019.

[14] 张恨水.写作生涯回忆[M].江苏:江苏文艺出版社,2012.

[15] 刘丽倩.浅谈影视艺术声音中的独白[J].中国文艺家,2018(12):25.

[16] 周宪.视觉文化的转向[M].北京:北京大学出版社,2008:132.

[17] 张雨露.论电视剧中反面角色人物设定[J].传播力研究,2020(01):63-64.

[18] 张恨水.我把人生看透了[M].江苏:江苏凤凰文艺出版社,2019.

[19] 于田田.基于情节冲突的影视剧交叉蒙太奇艺术手法分析[J].西部广播电视,2018(09):96+99.

(作者单位:安徽大学文学院硕士研究生)

论张恨水小说的影视剧改编

——以电视剧《夜深沉》为例

张欣宇

从 1924 年在《夜光》上连载第一部长篇小说《春明外史》起,张恨水共创作了一百多部中长篇小说,这些小说故事情节曲折多变、人物命运坎坷多舛、情感表达细腻真挚、语言描写雅俗共赏,一度吸引了各个阶层读者的眼球。张恨水擅长描写人物的命运,他的作品故事情节波澜起伏,充满着误会与错过,结局回味悠长。其众多作品已经脱离了传统小说的"大团圆"结局,多用虚实相济的语言将小说未尽的空间放大,以此达到耐人寻味的目的。由于张恨水小说人物形象刻画直观、环境描写画面感较强、故事情节一波三折,这与影视剧的叙事特征不谋而合,故其小说受到一众影视剧导演的青睐。自 20 世纪 30 年代始,张恨水的小说就不断被改编成影视剧,《夜深沉》可谓是其中改编较为成功的一部作品,无论是选角还是布景都较大程度的贴合原著,将故事的主线叙述得更加完整,在故事情节的推进方面,电视剧《夜深沉》显然更加合理。

一、小说与电视剧的文本对比

小说依靠单纯的文字描述,能够带给读者巨大的想象空间。而电视剧作为一种视听艺术,省略了观众在大脑中将文字转换为画面的过程,更容易被大众理解。小说中的细微之处可以通过电视剧的画面镜头和各种拍摄技巧得到更有效的表达,因而使得电视剧的改编极其考验创作者的水平。《夜深沉》以马车夫丁二和与女伶杨月容的感情纠葛为主线,以此带出北平小市民的生活状态。电视剧《夜深沉》在忠于原著的基础上又对小说进行了极大地丰富与创造,总的来说还是延续了张恨水一贯的社会批判精神。

在人物形象的设置方面,电视剧与原著有较大的区别。枣花、宋信生这两位人物的形象在剧中得到了一定程度的美化。此外,电视剧《夜深沉》还增加了龙少爷这一人物形象。小说中,田家妹子作为刘经理的姘妇对丁二和并没有太多真挚的感情,甚至连具体的名字都没有出现,此人物向读者呈现的更多的是利用和算计。而在电视剧中,田家妹子枣花与丁二和是有一条清晰的感情线的,枣花对二和芳心暗许,对于月容的敌意皆由爱而生。虽在刘经理的算计和龙少爷的引诱之下怀孕,但她有情有义,在人物成长的历程中也展现出人性善的一面,算得上是一个有血有肉的人物形象。小说中宋信生则是一个十足的纨绔子弟,对杨月容始乱终弃,将她当作玩物,出卖给赵司令。在电视剧中,宋信生却摇身一变成为温柔深情的公子,他对月容一见钟情,不惜忤逆父亲也要和月容厮守。虽然他和小说中一样身上带着公子哥的恶习,但他对月容仍有一份真挚的爱。剧中宋信生这一人物形象对于展现月容的成长也起到了至关重要的作用。宋信生在月容逃回北平后仍旧对其死缠烂打,巧言令色较之之前更甚。他给月容买衣服、买金项链,带着月容下馆子,串通张三媳妇给月容租院子……但此时月容并不为之所动。她说:"我这刚刚从火坑里跳出来,没那么急着跳回去。"而当初杨月容就是被艳丽的衣服、精致的西餐、每天接送的汽车所迷惑,一步一步走向宋信生的圈套中。由于虚荣心作祟,杨月容走进一个又一个的圈套,在经历九死一生之后,她得到了飞速的成长。此时的她无比的清醒,虽身陷囹圄,但仍挣扎着做一个清白自立的女性。可黑暗的社会并没有给她生存的空间,作为一个戏子,她无论如何挣扎都摆脱不了受人摆布,遭人践踏的命运。电视剧对于枣花和宋信生的美化显然更加迎合观众的审美心理,枣花、丁二和、杨月容的三角恋更是吊足了观众的胃口。

作为在原著中并未出现过的人物,龙少爷一出场就是一副猥琐的浪荡子形象。他整日游手好闲,仗着父亲的身份四处拈花惹草,玩弄女人是他生活的一大乐事。龙少爷是众多富家子弟的一个缩影,这一人物形象的设置使得电视剧《夜深沉》的社会批判色彩更加浓厚。在家庭的庇护下,他胆怯、懦弱,没有丝毫的责任心。在姐夫家百无聊赖,他打起了枣花的主意,为了讨枣花的欢心,他偷盗姐姐价值不菲的耳环送给枣花。事发之后,他立马仓皇逃跑,留下枣花一人面对凶恶的姐姐。正是由于他的愚蠢和怯懦使得他走进姐夫设计的圈套,任由刘明德摆布,最终如丧家之犬般匆忙逃离北平。龙少爷的出现使得刘明德的丑恶嘴脸得到了更加具象化的展现。他为了获取投资的原始资本设计龙少爷强奸枣花,在成功敲诈龙少爷一笔巨款之后,却恐吓田家人,只甩给田家人两百块钱了结此事。上流社会的无耻与丑恶被刘明德这一人物表现得淋漓尽致。在剧中,穷人与富人有着鲜明的对比。穷人虽生活在社会的底层,但他们始终保持着一颗赤诚的心。丁二和、丁老太、王大傻子等人虽然过着清贫的生活,但遇到处于水火之中的杨月容却依旧伸出援手,仗义相助。而富人如奸诈狡猾的刘明德、无情无义的丁大和、贪权好色的朗司令、赵司令之流,他们虽然生活在社会的上层,过着养尊处优的生活,但仍旧贪得无厌,尽显上流社会的卑鄙与龌龊。

电视剧《夜深沉》在故事情节的设置上也与原著有较大区别。小说主要以北平为背景,只有在月容受到诱惑跟随宋信生出走后才夹杂一些关于天津的描写。而电视剧增加了在上海的故事情节,这是在小说里完全没有出现过的。电视剧以北平、天津、上海三个城市为背景,前半段以北平为中心,后半段以上海为中心。这一改编无疑使得故事情节的发展更加跌宕起伏,能够引起观众更大的观看兴趣。在电视剧的场景设置中,北平是平和而温馨的。对于杨月容来说,在大杂院的生活经历是她一生中不可多得的温暖。大杂院的摆设充满着老北京的生活情趣,充斥在其中的人们大多豪爽热情、善良大度。天津是一个过渡期,是杨月容梦想中完成跨越的第一步,天津的生活既真实又虚幻。导演姚晓峰在接受采访时说:"按照人物命运的发展逻辑,天津是月容梦想中的一个世界,这个世界是时尚的。它介于时尚和生活之间,因此,我追求的是半洋半土的风格。"①杨月容为了电影明星梦随刘明德来到上海,上海是灯红酒绿的,充满着聚会,让人眼花缭乱。电影本身就是造梦的机器,而杨月容在上海的经历更像是生活在梦里一样。值得注意的是,天津这一故事背景在小说和电视剧中所占比例大有不同。小说中,杨月容在宋信生的诱惑下先是去了汤山洗澡,后又随他去了天津,花天酒地的日子没过多久,宋信生就被父亲送往山东乡下,而杨月容也被迫蜗居在北平的一个小院子里,所以天津这一故事背景在小说中所占比例并不多。而在电视剧中,灌唱片、偷古董、被出卖、虎口逃生这些情节全部发生在天津。杨月容出走天津并不是稀里糊涂的,她是为了灌唱片才去的天津,这个理由显然更加的合理。在张三夫妇手下备受欺凌的杨月容在投奔杨五爷座下后得到了登台的机会,她越唱越红,得到了大家的关注,成了戏园子的焦点。这对于从小孤苦无依的杨月容来说太难得了,她渴望得到别人的爱、渴望成为名角。宋信生的出现无疑满足了她的一切渴望。宋信生英雄救美、送她精致的项链、带她吃西餐、大雨中仍给她捧场,真诚地向她表白,这对于杨月容的内心无疑造成巨大的冲击。饱受磨难的杨月容在宋信生的赞美下逐渐失去自我,她认为自己可以一步登天成为名角。在对成功的强烈渴望中她奔赴天津,一步一步落入圈套。

由于电视剧增加了在上海的故事情节,所以小说与电视剧的结局也大相径庭。在小说中,杨月容在刘经理的引诱下逐渐堕落,只看她那一副架子,就可知她会变坏。二和在准备与刘经理拼个鱼死网破时,听到屋内有人道:"有钱什么也好办。登台第一宿的角儿,刘经理就有法子把她弄了来玩。"②故事到这,杨月容的结局可想而知,在钱能支配一切的社会中,哪怕你再洁身自好,最终也逃不掉被吞噬的命运。丁二和与杨月容几经周折,在各种巧合和误会中最终也未能相见。杨月容虽然机敏自强,但最终也逃不过沦为有钱人玩物的结局,未免引人唏嘘。在电视剧中,杨月容随刘明德去上海追逐电影梦。在得知丁家遗嘱的真相后,她以身犯险去偷盗证据,在刘明德与丁二和的打斗中被误杀,最终落了个香消玉殒的结局。在提到此处的改编时,导演姚晓峰解释道:"月容只是想追求自己的理想,想改变命运,她坏吗?不坏。当然,在实现理想的过程中,她走了很多弯路,她被骗过,也在无意中伤害过别人,但她本身是善良的。这和现在的很多女孩是一样的。我的道德观是,你要是伤害了别人,那你必须为此付出代价,这就是后来我们为什么设计月容要死去的原因,同时,从情感上来说,也是完成了女性的一个梦想。"③这一结局不仅凝结着导演本人的道德观,从中我们也能感受到小说与电视剧的差异。小说是文字文本,所以小说更加注重意境,作者在写作中追求言有尽而意无穷的效果,借此给读者留下较大的想象空

---

① 赵莹,许敏. 不露痕迹的生活流——访电视剧《夜深沉》导演姚晓峰[J]. 中国电视,2007(2).
② 张恨水. 夜深沉[M]. 长沙:岳麓书社,2014.
③ 郑崇选. 镜中之舞——当代消费文化语境下的文学叙事[D]. 上海:华东师范大学,2005.

间。而电视剧是视听艺术，更加追求画面的刺激和感官的冲击。在改编过程中，为了争取更多的观众，难免将当时流行的视觉消费文化融入电视剧的创作中。

二、小说与电视剧改编差异的原因

跨文化与跨媒介的传播是造成小说与改编电视剧版本差异的重要原因。21 世纪初，张恨水的小说被大量进行改编搬上荧幕。此时，随着中国加入世贸组织，西方国家的物质文化产品大量涌入中国，随之而来的消费文化也对我国的本土文化造成了巨大的冲击。人民生活水平的提高也带动了消费水平的提高，在此时代语境下，我国的电视剧发展也发生着巨大的裂变。"与七八十年代比，九十年代中后期以来我们感受到的是截然不同的荧屏文化，一种由教化为主的功能向为受众提供视听刺激、情感抚慰、感官享受的功能变迁，背后是消费主义这股无形力量的推动。"①仔细研究由张恨水小说改编而来的影视剧，我们不难发现模式化的影子。《夜深沉》以丁二和、杨月容、枣花三人的爱情纠葛为主线；《金粉世家》以金燕西、冷清秋的悲剧爱情为主线；《啼笑因缘》以樊家树、沈凤喜跌宕起伏的爱情故事为主线。在电视剧中，主角的情感纠葛成了电视剧的重头戏，爱情掩盖了对社会的批判和对人性的洞察，明显对于小说想要表现的主题有所偏离。张恨水的小说将世间百态展现给读者，其对于人性的细致洞察，对人与人之间关系的微妙刻画令人叹为观止。其小说虽为社会言情小说，但小说的重点却不在爱情上，而是借着爱情故事来展现当下的社会风貌，以达到鞭笞丑恶的目的。在消费文化时代的影响下，文学的叙事策略受到当时时代语境的压迫与渗透，文学的审美性和严肃性逐渐被娱乐性所消解。作为流行于大众中的一种文化产品，电视剧是最不具有独立的审美价值的。它依附于观众的需要，受制于当时的审美情趣和娱乐导向。归根结底，电视剧是以盈利为目的的文化产品，只有其占领了更多的市场，才能实现利益的最大化。在电视剧生产供大于求的现实情况下，电视剧的创作必须迎合观众的期待，在有意无意间凸显其娱乐功能。在电视剧《夜深沉》中，导演格外重视女主角杨月容的着装。在杨月容不断唱红的过程中，其服装也逐渐变得华丽，色彩越来越明艳。杨月容被骗从天津回到北平后，其服装也变成黑色，这恰恰映衬了人物当时的心境。当杨月容到上海成为电影明星后，其服装更是使人眼前一亮。随着其境遇越来越好，杨月容的服装也越来越时髦。不难看出，导演姚晓峰在服装造型、场景布置等方面都下足了功夫，这恰恰迎合了观众图新鲜、爱热闹的娱乐心理。

小说《夜深沉》最初于 20 世纪 30 年代在上海《新闻报》连载，而电视剧《夜深沉》在 2006 年才与广大观众见面。从 20 世纪到 21 世纪，中国社会的面貌发生了极大的改变，人民群众的物质生活水平也得到了巨大的提升。因此，电视剧的改编必将反映新世纪的时

---

① 王原全. 笔墨与影像的互通——论张恨水小说中蕴含的影视元素[J]. 安徽文学,2011(1).

代文化特点。小说《夜深沉》创作于 20 世纪 30 年代,这一时期西方启蒙思想不断传入中国,新文化运动造成了中国社会范围内巨大的思想解放,封建思想的统治地位被动摇。但当时的人民仍处在新旧交替的境地,一面对旧思想进行批判,另一面又对新思想感到无所适从。在张恨水的笔下时常出现受到新旧文化交替影响的人物。例如《金粉世家》中女主角冷清秋是一个受到良好传统教育的平民女子,在她的身上既保留着中国传统文化的消极影响,又能展现出现代性的一面。令人遗憾的是,在小说中充满着时代印记的人物到了电视剧却换了一副面孔。如《夜深沉》中的宋信生在小说中本是一个彻头彻尾的纨绔子弟,拿着家里的钱去玩弄女人,对于杨月容并无真心可言。但在剧中宋信生由青年演员冯绍峰饰演,他英俊伟岸,真诚的追求杨月容,虽然是个不成器的富家子弟,但仍旧捕获了一众观众的芳心。宋信生这一人物形象显然是为了满足年轻人的偶像崇拜心理进行改编的,杨宋二人的爱情纠葛也充满着偶像剧的套路。虽然电视剧《夜深沉》已经尽量做到忠实于原著,但在消费主义的时代语境下,创作者必然要舍弃一些原著中的叙事策略,这样才能迎合当下的市场,从而获取更大的利益。

三、当下张恨水小说影视剧改编的出路

在中国现当代文学史的进程中,张恨水的小说历经时代的淘洗仍旧展现出自己独特的魅力,其本身具有极高的审美价值。但由于其传播媒介的限制,小说的受众范围并不够广泛。在新时代,对于张恨水小说的影视剧改编使得其小说能够走出书本,借助大众媒体获得更高的知名度,这对张恨水小说的推广有着举足轻重的作用。同时,由于其小说本身具有较高的艺术价值,在创作者将其进行影视剧改编后其广泛的读者基础自然而然的转化为影视剧的观众基础,能够为创作者减少宣发成本,因而张恨水的小说得到众多导演的青睐。应该注意到,其小说虽在诸多方面符合影视剧的创作需求,但小说与影视剧剧本之间仍然有较大差异,需要创作者进行创造性的转化。在改编过程中创作者必须抓住原著的艺术精髓,完整的展现出原著的艺术魅力。不能被消费文化牵着鼻子走,在进行商业化运作的同时更应该注意影视剧改编的审美属性。

当下张恨水小说的影视剧改编要想取得艺术与利益的双丰收,其创作者必须要深入挖掘两个时代的文化契合点,找到商业维度与艺术维度的平衡。由于所处时代背景的差异,影视剧的改编无法做到绝对的忠实原著。张恨水的小说距今已有近一百年的时间,这期间创作的文化背景发生了翻天覆地的变化,这种文化的变迁势必要表现在电视剧的改编上。但真正有价值的思想是可以超越时空的局限为大众所接受的,张恨水的小说中也有许多普世的价值。如《夜深沉》中杨月容在黑暗社会中的挣扎,在电视剧中得到了强化。在我们对杨月容的忘恩负义进行谴责时也应该看到她身上的闪光点。在上海追逐明星梦时,她渴望凭借自己的能力闯出一番天地。杨月容身上萌发的自强意识与她积极向上的生活态度

恰恰符合新时代独立女性的要求,观众在感慨时代对底层人民的压迫时也能与剧中的主人公共情,从而使得电视剧取得良好的收视效果。再如《现代青年》中周计春的父亲与其老师对于青年读书意义的拷问,到现在仍然有研究的价值。这与当下社会"读书有用论"与"读书无用论"的争辩不谋而合。无论是小说还是影视剧,要想经得住时代的考验,其内容必须要有相当大的广度与深度。如果只是为了商业价值,以讨好观众为目的进行改编,其结果必然是昙花一现。影视剧要想有长久的生命力,不能单纯地搬运小说的故事情节,而要掌握原著中的精髓,做到既得其形又得其神,在再现文学故事的同时进行艺术的传承。

结　语

作为由经典小说改编而来的电视剧,《夜深沉》在思想内涵、场景设置,故事情节的发展上面都有较好的表现。虽然在人物形象的构造上受到消费文化的侵蚀,特别是在杨月容与宋信生的感情纠葛中我们不难看出当下偶像剧模式的影子。但瑕不掩瑜,其中呈现的社会批判意识、对人性的拷问以及女性独立意识的闪现等皆能引发观众的思考,符合当下影视剧创作的主旋律。可以说电视剧《夜深沉》是一次较为成功的改编。今后对于张恨水小说的影视剧改编也应以此为鉴,在文字媒介影像媒介中进行有效的转换,更好地将传统与现代、商业与艺术进行统一,为文学经典的有效传承做出贡献。

参考文献

[1] 赵莹,许敏.不露痕迹的生活流——访电视剧《夜深沉》导演姚晓峰[J].中国电视,2007(2).

[2] 张恨水.夜深沉[M].长沙:岳麓书社,2014.

[3] 郑崇选.镜中之舞——当代消费文化语境下的文学叙事[D].上海:华东师范大学,2005.

[4] 王原全.笔墨与影像的互通——论张恨水小说中蕴含的影视元素[J].安徽文学,2011(1).

[5] 杨惠.人性的证明——论张恨水小说《夜深沉》电视剧改编的思想深度[J].贵州大学学报,2011(4).

[6] 杜学敏.消费主义文化语境下我国文学经典的影视改编——以张恨水小说的电视剧改编为例[D].湖北:华中师范大学,2015.

[7] 温奉桥,李萌羽.论张恨水小说的若干特点[J].中国现当代研究丛刊,2005(3).

[8] 徐阳.张恨水小说中的音乐描写[J].淮北师范大学学报,2020(1).

(作者单位:安庆师范大学人文学院硕士研究生)

《欢喜冤家》电影重拍的现实意义

张艳丽

一、怪象：力作畅销与改编电影的清冷

《欢喜冤家》于1932年9月初连载于上海《晨报》副刊《妇女与家庭》，至1933年9月23日刊载完毕。1933年，张恨水从上海回到北京，与四弟牧野创办美术学校并在此教授国文。学校给张恨水一座院落，名为校长室实则写作室，他对此很满意："这房子是前清名人裕禄的私邸，花木深深，美轮美奂，而我的校长室，又是最精华的一部分，把这屋子作书房，那是太好了。"①良好的写作环境及与周南婚后和谐的家庭生活使张恨水迎来了创作高峰，其好友张友鸾称，"这一时期，客观上是他南北驰名，约他写小说的报社函电交至；主观上却正精力充沛，一天不写小说就一天不痛快。"②《欢喜冤家》便是此时力作。小说连载后，"颇也蒙受社会人士予以不坏的批评"③，这是张恨水一贯自谦的说法，其实，小说不仅赢得众多报刊读者，并于1940年11月由香港晨报社初版后畅销，后又被多次盗印，热销于沪港等地。盗版书流转到重庆后，张恨水"觉得对男主角的转变之由，还写得不够"④，于1944年3月重新增订改名《天河配》，9月由南京建中出版社初版。

1934年，上海天一公司看中了这部小说，改编成无声影片《欢喜冤家》，由邵醉翁监制，裘芑香导演，陈玉梅、张振铎、李英等主演，在上海南京大戏院、黄金大戏院、卡尔登大戏院等知名戏院上映，上海《申报》连续多日刊登影片宣传广告："人才之盛，一时无两！情节之佳，无出其右"，并将该影片定位为"天一公司本年份最巨片"，称其为"全部对白歌唱有声电影"。在无声影片向有声影片过渡的1930年代，有声歌唱形式作为"前沿"与"时尚"无

---

① 张恨水. 张恨水研究资料[M]. 北京:知识产权出版社,2009:45.
② 张友鸾. 章回小说大家张恨水[J]. 新文学史料,1982(1).
③ 张恨水. 天河配(序)[M]. 太原:北岳文艺出版社,1993.
④ 张恨水. 天河配(序)[M]. 太原:北岳文艺出版社,1993.

疑对上海观众更具吸引力。但电影上映后备受批评,"在本部南京大戏院开映只有五日而辍,收入仅两千余元,然广告费已花掉了五千余元,实为蚀本之生意。"①此事引发争议,而裘芑香也心灰意冷,向天一公司告假,最终离开了公司。

| (南京大戏院 电影宣传广告) | 《欢喜冤家》剧照, 《金城》1934 年 第 1 卷第 4 期 | 1934 年 11 月 18 日 《申报》本埠增刊 | 1934 年 11 月 3 日 《申报》本埠增刊 |

小说的畅销与电影的萧条形成鲜明对比,究竟什么原因导致这一怪象呢? 就导演而言,裘芑香 1926 年即在天一公司任导演,1930 年代导出了《兰谷萍踪》《追求》《挣扎》等多部著名影片,尤其《挣扎》自 1933 年拍摄成后一炮打响,使裘芑香成为大上海著名的导演;就演员而言,参演《欢喜冤家》的均是实力派演员,尤其女主角为时称"电影皇后"的陈玉梅;就宣传而言,不仅上海各大戏院、报纸大张旗鼓宣传,1934 年间,《美术生活》第 2 期、《影画》第 7 期、《礼拜六》第 552 期、《良友》第 100 期、《电影画报》第 11 期、《时代电影》第 2 期、《青青电影》第 1 期、第 3 期,《金城》第 4 期等知名杂志均刊登了《欢喜冤家》相关剧照。《欢喜冤家》改编电影为何备受责难呢? 从时人对这部影片的评价中或许可以发现些许端倪。

《电声(上海)》1934 年第 26 期刊登过一篇影评,开篇将张恨水称为"鸳鸯蝴蝶派旧势力",认为影片故事"是一幅彷徨在封建势力和资本主义势力中间没出息而无知觉的小市民的生活写实。"②继而指出陈玉梅和马东武夺照片的细节,"导演的处理不善,更使这多余的噱头显得生硬儿戏。又如表示时间的经过,有时候用了极不需要的字幕,但是剧情上正需要说明的时候,导演偏又卖弄聪明来这么一套花开花谢的象征手法来暗示,这就是劳而无功的实证。"③这一批评针对导演,犀利而尖锐;接下来又对演员与情节设置表达不满:"演员方面,最不行的是陈玉梅的国语……胶片的浪费实在无以复加,那长长的戏中戏《还荆州》,机械的动作,机械的镜头,机械的笑,机械的彩色……一切都告诉我们这是硬在做

---

① 川. 欢喜冤家之广告费价[J]. 影画,1934(1).
② 评《欢喜冤家》[J]. 电声(上海),1934(26).
③ 评《欢喜冤家》[J]. 电声(上海),1934(26).

戏……"①从行文可以看出作者为新派知识分子,代表了当时大部分进步知识分子的观点。《社会新闻》1934 年报道天一拍《欢喜冤家》时称:"明星来了一次张恨水的啼笑因缘,如今天一又来张恨水的欢喜冤家了,在今日的中国,礼拜六的文人仍旧是占势力的。"②扣上"鸳鸯蝴蝶派""礼拜六"的帽子后,他们先入为主地视张恨水作品为"传统的旧势力",加之改编电影歪曲了原著主题,更做实了此观点。此外,导演在电影情节的处理、戏中戏的设置方面,都违背了观众的审美意愿。这篇影评固有一定道理,但只能代表当时新派知识分子的观点,其对小说题材的定位、对演员国语的挑剔以及对戏中戏的批评都是出于"新文化"的标准,不能代表所有观众的观点。为深入挖掘怪象根源,我们还须聚焦电影本身。

二、聚焦:《银汉双星》的存留与《欢喜冤家》的流失

在笔者搜集资料过程中发现,《欢喜冤家》原片今已遗失。究其原因,1930 年代电影拍摄时主要用硝酸纤维素胶片,这种胶片在老化后易燃易爆,存在很大的安全隐患,保存起来很困难。所以,影片播放后,若是票房不高,便被认为毫无商业价值,就会草草收存,甚至完全不存,《欢喜冤家》很可能属于此种。与之相反的是,1931 年联华公司史东山导演的《银汉双星》不仅存留至今,而且得到时人高度认可,认为该作品"有丰富的艺术表现,而不因配声以使剧情牵强。剧中有风景宜人的郊景,亦有堂皇富丽的室内布景。有热闹之处,亦有凄怨之处。编剧者朱石麟和导演者史东山能把这许多复杂的情节融合起来成一贯的思想,确有周密计划才克臻此。"③另有署名"寄病"的作者虽对演员颇有微词,但认为该影片"布景之佳,尤为国产片中巨擘"④,电影的上映同时带动了小说的热销。1931 年 12 月 3 日、12 日、16 日的《申报》多次刊登小说售卖信息,如"张恨水先生原著银汉双星说部及紫罗兰女士所唱楼东怨唱片本院及香港路第六号 A 联华公司有代售"。这种电影带动小说销售的局面形成了多种媒介互通的良性循环。两部电影的命运大相径庭,是小说文本所致,还是另有其因? 我们不妨将二者作一对比研究。

就小说题材而言,两部作品均来源于现实生活,一个是电影明星,一个是优伶名角,人物影响力及故事吸引力各有千秋。有学者考察指出,"电影女明星黎明晖与张恨水小说《银汉双星》中的李月英便有着千丝万缕的联系。"⑤如果说《银汉双星》取材于电影女明星的经历,《欢喜冤家》则取材于女戏子的故事。张恨水曾坦诚,"本书的故事,大部分是有的,只是书中女主角的下半段演变,与事实相反而已。当这故事发生的时候,我还住在北

① 评《欢喜冤家》[J]. 电声(上海),1934(26).
② 天一拍《欢喜冤家》[J]. 社会新闻,1934(10).
③ 和甫. 中国的银星艳史——联华公司的有声歌舞新片《银汉双星》[J]. 银幕周,1931(7).
④ 寄病. 新片小评[J]. 甜心,1931(27).
⑤ 李婕,谢家顺.《银汉双星》女性形象与电影明星黎明晖[J]. 新文学史料,2021(11):118.

平,见闻逼真……"①由此可见,两部小说的选材都具有现实性,对市民百姓也有很强的吸引力。

就主题而言,《银汉双星》不过讲述了一个上海娱乐界痴情女子薄情郎的故事,而《欢喜冤家》则通过重情重义的女戏子的婚恋悲剧提出女性在现代社会如何生存的严肃问题,显然比《银汉双星》主题更为深刻,也更具现实意义。但是在电影改编过程中,两部作品的主题发生了翻转。《银汉双星》的编剧朱石麟能够大刀阔斧的"适足削履",不仅将杨倚云这个薄情郎塑造为深情男子,而且将故事悲剧根源指向封建礼教,将电影立意定为"情与礼的冲突"。尤其在电影结尾,李月英隐匿乡间孤独终老,老年后的杨倚云有心去探望,走到门口听到心上人的歌声颇为动容,但他最终没有敲门,带着遗憾悄然离去。看似绝情却深情,虽是深情却无奈,从主人公悲情的眼神与婆娑的背影中,可以感受到传统礼教对人一生的束缚,这一幕场景使观众深受震撼,也引发了情感共鸣,票房大卖也便水到渠成。《欢喜冤家》改编电影故事情节大变,尤其对结尾的改编显得突兀而不切实际。小说原著本以玉和远不堪妻子卖艺而离家出走、桂英因生活所迫不得不携幼子留在天津登台为结局,而在电影中却改为桂英与玉和回乡过起了养鸭的农村生活。显然,这一结局的处理不仅脱离现实,而且削弱了作品的问题意识,观众不买账也在情理之中了。

1934年7月,张恨水观看电影《欢喜冤家》后于《立报》的《花果山》撰文表达对电影改编的质疑:"原来他们除仅仅用了百分之七八我的故事之外,而片子的命意,完全和我相反。我们相信一个小官僚,一个红女伶,能抛开城市的一切繁华,到乡下去养鸭?我不知这是幻想,或者是写实?……并不曾用我的原著,偏要说是我的原著,这是开玩笑呢,还是另有作用?公道不公道,自有天知道了。"②1935年《影舞新闻》这篇文章改名为《欢喜冤家天知道》③转载。张恨水之所以对电影改编不满,不是在于它没有忠于原著,而是在于作家与影片制作人的创作观不同。张恨水曾强调小说是"叙述人生",而非"想象人生"④,电影《欢喜冤家》结局采用的则是浪漫主义的想象方式,更倾向于表达童话般的幻想,与社会现实严重脱节。相较于《银汉双星》对封建礼教的控诉与抨击,《欢喜冤家》的改编未免流于消极与肤浅了。

为何进步导演裘芑香会突然转向呢?对此,有论者指出,"1933年前后,虽然左翼文化运动高涨,但电影的商业性仍旧是'天一'的目标,因此,裘芑香不得不走一条与《挣扎》相背离的道路,去迎合邵醉翁的商业策略。"⑤原来,天一公司老板邵醉翁的商业投机制约了裘芑香的电影制作,致使电影的艺术性与现实性难以被顾及。《银汉双星》的投资力度很大,"闻该片只用于这一样布景的价值,已费去六千元云。在制国片中,这个数目确可惊人

① 张恨水. 天河配(序)[M]. 太原:北岳文艺出版社,1993.
② 张伍. 忆父亲张恨水先生[M]. 北京:十月文艺出版社,1995:176-177.
③ 欢喜冤家天知道[J]. 影舞新闻,1935(13).
④ 张恨水. 啼笑因缘(自序)[M]. 上海三友书社,1930.
⑤ 程波,何国威. 裘芑香重回天一影片公司的有声片研究[J]. 当代电影,2021(06):95.

了。"①而《欢喜冤家》断无这样的大手笔,在场景布置上,"最后的一个结束,除了那大群的鸭子在地面上浮游的一个场面给了观众一些深刻的印象外便没有什么……"②由于商业投机的策略及思想主题的肤浅,导致《欢喜冤家》改编后无法满足大众心理期待,宣告了一味追求商业利润的失败。

此外,《欢喜冤家》改编时没有考虑张恨水忠于原著立意的声明,而《银汉双星》是张恨水的小说第一次改编为电影,他本人也参与了改编工作,所以电影不仅较大程度地遵循原著,而且在主题、立意及人物性格方面进行了高于原著的改编,有力控诉了封建思想对青年男女的迫害,满足当时大众的心理诉求,也在民国史上留下了浓重的一笔。

聚焦两部电影可以看出,一部小说改编电影的成功,需要原著作者和电影制作者在艺术追求上达成一致,倘或不然,至少在创作观上具有一定的共通性。美国传播学者约翰·菲斯克认为,"在文化经济中,流通过程并非货币的周转,而是意义和快感的传播。"③电影虽然属于商业文化,但其并非直接实现商业价值的流转,而是在与观众的沟通交流中产生共鸣,进而传达并引导大众的文化取向。因此,无论原著作者还是电影制作者,需要把服务于社会作为首要目标,遵循艺术的真实,而不应把商业谋利作为第一追求。事实上,当一部作品的艺术性、现实性与时代性相结合,商业获利不过是水到渠成的事。

三、《欢喜冤家》电影重拍的可行性与大众期待

基于《欢喜冤家》小说的畅销与1934年改编电影的失败及影片的遗失,新的电影改编就显得尤为重要。对此,我们一方面从理论上探讨这部小说电影重拍的可行性,同时向各个年龄段的各阶层群众作了问卷调研,考察大众对这部作品的兴趣度及对《欢喜冤家》改编电影的了解程度及看法。我们根据不同年龄、学历、职业、性别占比选取了500名群众展开问卷调研,结果如下:

第10题《欢喜冤家》讲述了戏剧名伶白桂英为追求爱情告别戏台又迫于生活重操旧业的悲剧故事,对女性如何平衡家庭与工作,如何在社会上谋生提出了思考,号称"民国版的我养你"。您对这个故事感兴趣吗?对它1934年改编的同名电影有了解吗?〔单选题〕

选项	小计	比例
A. 感兴趣,有了解	151	30.2%
B. 感兴趣,不了解	231	46.2%
C. 不感兴趣,有了解	41	8.2%

① 和甫. 中国的银星艳史——联华公司的有声歌舞新片《银汉双星》[J]. 银幕周报,1931(7).
② 评《欢喜冤家》[J]. 电声(上海). 1934(26).
③ [美]约翰·菲斯克. 理解大众文化[M]. 王晓珏,宋伟杰,译. 北京:中央编译出版社,2001:33.

（续表）

选项	小计	比例
D. 不感兴趣，不了解	77	⬛️ 15.4%
本题有效填写人次	500	

第 12 题　您觉得《欢喜冤家》讲述的故事是否已过时？对当代社会有启发意义吗？有重拍影视剧的必要吗？［单选题］

选项	小计	比例
A. 不过时，有启发意义，有必要重拍	317	⬛️ 63.4%
B. 有点过时，无启发意义，出于娱乐需要可以重拍	138	⬛️ 27.6%
C. 已经过时，无启发意义，没必要重拍	45	⬛️ 9%
本题有效填写人次	500	

第 15 题　您觉得《欢喜冤家》讲述的故事对当代女性的人生道路选择、生活观念和生活态度有启发意义吗？［单选题］

选项	小计	比例
A. 有	187	⬛️ 37.4%
B. 有一定的启发意义	272	⬛️ 54.4%
C. 没有	41	⬛️ 8.2%
本题有效填写人次	500	

在抽样调查的 500 名群众中，有 30.2% 的人表示对《欢喜冤家》感兴趣且对 1934 年改编电影有了解，46.2% 的人对小说感兴趣但对 1934 年改编的电影不了解，对这部作品感兴趣的人共计 76.4%；63.4% 的人认为这部作品不过时，对社会有启发意义，应该重拍电影；另有 27.6% 的人认为这部作品有点过时，但出于娱乐需要可以重拍，支持电影重拍的占比高达 91%。另外，从 2018 年到 2022 年，微博、知乎、抖音、腾讯等网络平台陆续出现《欢喜冤家》朗读音频、网友评论及书评，这部小说因其对女性生存命运的关注被称为"民国版的'我养你啊'"可见这部作品的故事题材与当前社会女性生存状态依然有较强的相关性，共计 91.8% 的人认为这部作品对当代女性人生道路选择有启发意义。

由问卷可知，当前大众对《欢喜冤家》这个故事选材具有浓厚的兴趣，对 1934 版电影改编了解甚微。鉴于当前社会生活压力的加剧及人们对女性生存状态的关注，无论是出于导启意义还是出于娱乐目的，大众对这部作品电影重拍都具有充分的支持度。此外，就小说本身而言，《欢喜冤家》也具有适宜电影改编的一系列特征：

第一，小说人物选材的新奇性与独特性。这部小说以市民读者颇为好奇的女戏子为主角，一反大众对戏子无情的普遍认识，塑造了一个重情重义、爱情至上的女戏子形象。在小说中，白桂英的性格发展是渐进性的，从一开始舍弃公司职员陈子实而主动投靠军阀汪督办到委身于小公务员王玉和并与其同舟共济，她对感情的认识越来越清晰，对自由、爱情的追求也越来越坚定，为大众树立了一个"理想女性"的模板。在当下"民国热"的文化氛围中，白桂英不仅以"民国女戏子"的身份吸引观众眼球，而且以其独特的经历展示出传统女性在现代社会逐渐蜕变的心灵历程，对当前社会女性思想发展也具有启发意义，她对真诚、平等、自由之爱情的追求也更易于和当今时代女性产生共鸣。在问卷调查中，有 75.84% 的观众表示对这一人物题材很感兴趣。电影是一种大众文化，其首要特点便是传播的全民性。因此，观众基础与收视率是衡量其开拍可行性的重要因素，就《欢喜冤家》的人物选材来看，改编成电影后的观众基础是扎实的，收视率也会因此提升。

第二，故事情节的传奇性与戏剧性。大众文化的显著特征是消遣娱乐性，《欢喜冤家》故事情节曲折传奇：小说开篇便制造了戏剧名角白桂英息演嫁人的悬念，此一奇；白桂英婉拒影迷林子实，奔赴天津欲嫁汪督办却遭拒，此二奇；桂英返京与林子实擦肩却偶遇王玉和并与之相爱，林子实闻讯返京向桂英求婚却遭拒，此三奇；玉和在与桂英大婚之际丢掉工作，桂英得知后陪他回农村老家生子，此四奇；玉和在老家被嫂子排挤，携幼子返京后为生活所迫，桂英不得不重操旧业，玉和意外离家出走，此五奇。小说运用误会、巧合、悬念等手法，使故事情节异象环生又在情理之中，一个个意外牵动读者的心，不仅极大满足了读者的阅读期待，也引发了读者与小说主人公的共鸣。茅盾曾批评鸳鸯蝴蝶派"在艺术形式上是原始的，然而恰恰合于文化水准低落的大众的口味。"[1]这正印证了张恨水小说传奇性与大众口味的合拍。诚如有论者指出："正是《天河配》以故事为主导，把作品的各种形象都纳入到故事航道上去，形成一种完整而又丰富、生动而又曲折的故事体系，从而使作品以故事所特有的震荡力强烈地吸引着广大读者，在读者的审美阅读市场以一种载道文学的生活形态和纯美文学的心理形态所无可匹敌的审美竞争力而令载道文学和纯美文学望洋兴叹、莫可奈何。"[2]可以说，这部小说实现了载道文学与消遣文学的统一，达到了严肃文学难以实现的艺术成效，其改编电影若能忠实于原著，或在原著基础上有时代性的升华，也必能产生同样的艺术效果。

此外，小说情节具有鲜明的戏剧冲突。一开篇，两位台柱子的迟到就制造出一种紧张矛盾的情节，直至主角出现，戏园老板终于松口气，却即刻又被告知桂英也将离开舞台，紧张的气氛又开始蔓延；舞台矛盾刚结束，家庭矛盾又显现：桂英厌恶戏子生活而母亲让她唱戏赚钱，这一家庭矛盾贯穿了小说始终。接下来，桂英两次与陈子实擦肩而过，包括巧

---

① 茅盾．文艺大众化问题[M]//茅盾全集(第 21 卷)．北京：人民文学出版社，1991：357.
② 万兴华、陈金泉．奇幻：张恨水小说的审美特质[J]．南昌教育学院学报，2002(01)：16.

遇陈子实带新夫人来访,制造出新的戏剧冲突,并非二人无意,实乃造化无情,尤其在桂英重操旧业后,陈子实夫人公然向桂英叫板,使人物的情感冲突达到高潮。小说中这种戏剧冲突俯仰皆是,满足了电影戏剧性的需要。

第三,小说场景的画面性与直观性。小说一开场,便描写了旧式戏馆的后台:扮杨贵妃的戏子在抽烟卷,扮高力士的丑角要早餐,管事儿的田宝三发现程白二人迟到急忙找人垫戏……一幕热闹、杂乱的戏馆后台向观众呈现出来。幕后本是观众少见的场景,小说将这一场景描述的生动热闹,有助于电影的拍摄。此外,桂英内室的场景、程秋云新房的场景、火车二等、三等包房和头等包房的场景、桂英在饭馆应酬的场景以及玉和回农村老家的场景等等,小说无不描述的细致入微,具有直观的画面性。

第四,小说语言的表演性与情感性。张恨水酷爱看电影,他说:"我喜欢研究戏剧,并且爱看电影,在这上面,描写人物个性发展,以及全部文字章法的剪裁,我得到了莫大的帮助。关于许多暗示的办法,我简直是取法一班名导演。所以一个人对于一件事能留心细细地观察,就人尽师也。我的书桌上常有一面镜子的,现在悬了一面大镜子在壁上,当我描写一个人不容易着笔的时候,我便自己对镜子演戏给自己看,往往能解决一个困难的问题。"[1]张恨水对戏剧、电影的学习使得他的小说语言不仅生动形象,而且具有戏剧化的表演性与真实的情感性。比如玉和看到小报对桂英轻薄的谣言时出离愤怒:"玉和两手捧了一张小报,那小报抖得瑟瑟作声。他也不知是何缘故?伸手在桌上一拍道:'放他的狗屁!'"[2]寥寥几句把玉和的动作、神态、情绪准确表达出来,形象而逼真。再如玉和在告别信中对桂英的肺腑之言,使人读来不禁潸然泪下:"话又说回来了,人有旦夕祸福,万一发生不测,我能教你永远等着吗?三年以后,我若不回来,你就另找良缘吧。桂英,我说出这种话来,我知道你一定是十分伤心的,可是事实逼着我们走到了这步境地,我有什么法子呢?"[3]朴素真诚的语言将一个被现实逼迫将生死置之度外的年轻人对爱妻的复杂情感表达得淋漓尽致,这种情感性的语言在电影中也具有强烈的感染力。因此,《欢喜冤家》满足了电影文化传播的核心要素,具有重拍的可行性。

四、从"吃饱饭"到"有尊严":《欢喜冤家》的现实意义

张明明曾说,"父亲的小说是以言情为纬、社会为经的,爱情不过是穿针引线的东西,他所要表现的是社会上真真实实的存在,发生过的事情,应该属于社会小说,记述的是民初野史。"[4]此语道出了张恨水后期的小说创作观。如果说1920年代的创作还因家庭重担

① 张恨水. 写作生涯回忆[M]. 太原:北岳文艺出版社,1993:5.
② 张恨水. 天河配[M]. 太原:北岳文艺出版社,1993:357.
③ 张恨水. 天河配[M]. 太原:北岳文艺出版社,1993:424.
④ 张明明. 回忆我的父亲张恨水[M]. 天津:百花文艺出版社,1984:61.

而逐利的话,到了 1930 年代,张恨水已无须为生计发愁。1930 年 4 月 24 日,他在《世界日报》上发表了《告别朋友们》一文:"为什么辞去编辑?我一枝笔虽几乎供给十六口之家,然而好在把生活的水平线总维持着无大涨落,现在似乎不至于去沿门托钵而摇尾乞怜。"①从中可看出张恨水作为独立文人的创作姿态与自由意识。自此,张恨水的社会责任意识愈加强烈,1934 年,张恨水自费进行了西北游历,他说:"我的游历,是要看动的,看活的,看和国计民生有关系的。"②游历归来,张恨水创作的《燕归来》《小西天》均以西北生活为小说题材,可见其创作观向社会现实的转变,张恨水对国计民生的关注使其作品产生了独特的生命意识。关于生命意识,有学者认为是"人类对自我存在价值的反思与认识。"③也有学者指出,生命意识是"生命个体对自己或对他人生命的自觉认识,其中包括生存意识、安全意识、死亡意识等。"④笔者以为,生命意识的首要内涵便是生存意识,表现在作品中为对民生的关注,对人生存状态的关切;在此基础上,对人自我存在价值的反思是对生命高层意义的认识,属于生命意识在灵魂层面的彰显。张恨水的小说不仅探讨生存问题,也在更高层面上描摹人对生存尊严的需要,这是更深层的生命意识的彰显。《艺术之宫》里的裸体模特李秀儿向警察提出这样一个问题:"我要找一个有事情做的地方,凭我卖力气换钱,值多少钱给多少钱,我绝不计较。可是有一层,我不能再受人家的欺侮。要受人家的欺侮,我就不干。你说,向哪里走吧?"⑤这个质问代表了旧社会平民女性共同的呼声。如果说《燕归来》《美人恩》强调的是"吃饱饭"的生命需求,那么《欢喜冤家》《艺术之宫》则发出了"有尊严"的灵魂呐喊。从"吃饱饭"到"有尊严",多层次地体现了张恨水小说生命意识的独特性与丰富性。

1934 年,张恨水曾撰文强调《欢喜冤家》的立意:"(一)中国人提倡作官,作官人便是以官为业。除了官,士农工商全不能干。(二)人人都说到农村去好,可是真到了农村,就不能过那淡泊的生活。(三)女伶自是一种职业,可是不免受人侮辱。许多人为了这侮辱,要跳出火坑去,可又往往不能跳出去。这是一个社会问题。这样的叙述,至少是一种问题小说。"⑥张恨水自觉地把《欢喜冤家》定位为"问题小说",旨在提出女子自谋"有尊严"的职业之艰难的社会问题,与《艺术之宫》有异曲同工之妙。

1944 年,张恨水将《欢喜冤家》改名为《天河配》,在序言中再一次强调了这部小说的创作目的:"我觉得女子谋职业,实在不易,尤其作伶人,很难逃出社会的黑暗层。"⑦这句话提出女子在现代社会的求职问题,显示出他对女性生存状态的关注。事实上,在张恨水的小说创作中,平民女性在社会上的生存问题始终是一个重要主题。无论是《春明外史》中

① 张占国,魏守忠,张恨水研究资料[M]. 北京:知识产权出版社,2009:166.
② 张占国,魏守忠,张恨水研究资料[M]. 北京:知识产权出版社,2009:47.
③ 童盛强. 宋词中的生命意识[J]. 学术论坛,1997(5):86.
④ 曾道荣. 论叶广芩动物叙事中的生命意识[J]. 文艺理论与批评,2010(6):116.
⑤ 张恨水. 艺术之宫[M]. 中国文联出版社,2004:358.
⑥ 张恨水. 天河配(序)[M]. 太原:北岳文艺出版社,1993.
⑦ 张恨水. 天河配(序)[M]. 太原:北岳文艺出版社,1993.

的李冬青、《金粉世家》中的冷清秋、《啼笑因缘》中的沈凤喜,还是《燕归来》中的杨燕秋、《艺术之宫》中的李秀儿,张恨水都在塑造理想女性形象时探讨其在社会中生存的可能性,这正延续了1926年鲁迅提出的"娜拉出走之后怎样?"的提问。鲁迅断言娜拉出走后要么堕落,要么回来,张恨水却在他的小说中探讨第三种途径。李冬青、冷清秋、白桂英的自食其力似乎成为第三条道路,但她们均未得到理想的婚姻。在这些作品中,张恨水特意描述了"吃饱饭"与"有尊严"的矛盾,并将具有反抗意识的女性置身于二者不可调和的对立状态中,以悲剧性结局提出对社会的质问,产生独具特色的生命意识与矛盾纠结的艺术张力。在《欢喜冤家》中,小说更是将二者的矛盾凸显到极致。小说开篇便点出白桂英息演就是作为女戏子反抗意识的萌芽,只是其反抗方式却是以嫁给军阀作妾,表明她起初寻求的不过是"吃饱饭"而已。当被汪督办拒绝又与陈子实错过时,白桂英一度想重操旧业,可见"吃饱饭"的追求仍居首位。嫁给小公务员王玉和也依然是本着"吃饱饭"的首要目的,未曾想大婚之前丈夫就丢了工作。至此,桂英"吃饱饭"的愿望落空了。这时,她开始反思自己,并调整人生目标。她对丈夫说:"人生在世,第一件要的是自由,第二件才是穿衣吃饭。"①此时的桂英已然由起初"吃饱饭"的愿望发展到"有尊严"的追求了。她节衣缩食支撑小家庭,随丈夫回乡下吃苦,都表明其追求尊严的决心,然而,当四处碰壁穷途末路时,为了吃饱饭,桂英不得不重返舞台。从桂英追求的历程来看,"吃饱饭"与"有尊严"如两条主旋律此起彼伏,主人公通过种种努力试图使二者平衡一致,但社会与命运始终不允许。最终,"吃饱饭"的要求压倒了"有尊严"的呼声,人只能在悲泣中表达着对社会命运的控诉。由此可见,张恨水小说不仅客观描述了百姓的生存状态与生命渴望,而且艺术地再现了不同层次生命意识需求的矛盾纠结,抒发了具有现代意识的人在传统社会的迷茫与无助,展示出社会发展与思想开化的不同步,体现出张恨水小说独特的生命意识内涵。

张恨水是一位具有丰富生命意识的作家,其小说不仅显示出肉体层面"吃饱饭"的需要,也对灵魂层面"有尊严"的生命需求给予了肯定,有论者曾将《欢喜冤家》与鲁迅的《伤逝》进行对比研究,指出二者在追求自由、个性解放的主题上具有一致性,并认为《天河配》的审美价值丝毫不逊于《伤逝》,而是一'俗'一'雅',各展风采"②。这一观点具有雅俗文学共赏的格局与前瞻性眼光,对中国现代文学严肃与通俗两位重要代表作家的研究也具有启发意义。综上,《欢喜冤家》具有深刻的思想内涵与独特的艺术审美价值,其改编电影的重拍也对大众具有正向引导意义。

---

① 张恨水. 天河配[M]. 太原:北岳文艺出版社,1993:226.
② 汪启明. 雅俗文学的风采——《伤逝》与《天河配》比较[J]. 安庆师院社会科学学报,1995(01):33.

结　语

　　作为张恨水高峰期的力作,《欢喜冤家》并未得到与其价值相匹配的关注,仅有的电影改编本也已遗失,而大众对这部作品的热衷及小说的生命意识不仅显示出电影重拍的必要性,作品隐含的电影元素也为改编电影提供了可行性。因此,我们有必要重新研读这部作品,结合当前社会发展在忠于原著的基础上对其进行时代性改编,力求将这部经典作品流传下去,也为当前大众电影文化发展尽绵薄之力。

(作者单位:华北科技学院中文系)

浅谈黄蜀芹版《啼笑因缘》对原著的改编

周　维

文学与电视剧虽是两种不同的艺术形式,但又存在着诸多相通之处,这种相通,为文学作品的电视剧改编提供了可能性。在我国,电视剧对文学的改编始于1958年,而后渐渐发展成为文艺领域一种重要的文化现象。在电视剧寻求可供改编的文学原著时,通俗文学凭借自身的通俗性与趣味性备受青睐,通俗小说大家张恨水的作品更是多次被搬上电视屏幕。目前,学界对张恨水小说影视化的研究主要集中在《金粉世家》《啼笑因缘》《夜深沉》等几部作品上,其中,对于《金粉世家》电视剧改编的研究最多,对《啼笑因缘》的影视化研究则主要集中在电影改编与戏剧改编上,如《张恨水〈啼笑因缘〉的多元改编历史与港台文化呈现》《话剧戏单上的〈啼笑因缘〉》等,对于该小说电视剧改编的研究相对较少,针对黄蜀芹版电视剧的专门研究更是不多见,而黄蜀芹版本的改编作为最近的一次改编版本,其与原著之间的偏差以及背后的原因等都值得探究。

一、《啼笑因缘》小说及电视剧

二十世纪,中国社会文化领域面临着巨大的现代性焦虑,考察这一时期的中国文学也基本离不开现代性的整体语境。这一时期,在文学追求现代性的过程中,不论是以鲁迅为代表的五四文学,还是以毛泽东、瞿秋白等人为代表的"毛泽东时代"文学,尽管它们所指向的现代性规范有所不同,但无疑都体现了让传统中国走向现代的某种"现代性冲动"。[①]主流文学作家在进行文学创作时将文学的工具性奉为圭臬,这就致使文学的趣味性在这一时期难以体现。而张恨水的出现,恰恰弥补了20世纪中国文学面对现代性焦虑时文学趣味性的缺失。正是这样一位不论是小说形式还是小说内容都与20世纪中国文学现代性追求不尽相符的通俗文学作家,却被老舍称为"国内唯一的妇孺皆知的老作家"[②]。

---

① 温奉桥. 论20世纪中国文学的三次现代性转型[J]. 山东社会学,2003(06):101-103+106.
② 老舍. 一点点认识[N]. 新民报,1944-05-16(03).

张恨水作为一代小说名家,可以同时写七部长篇小说在不同的报刊上连载,因而他所创作的通俗小说数量十分可观。在他一众长篇小说中,脱颖而出并经久不衰的就有《啼笑因缘》《金粉世家》《春明外史》等。在这些经典作品中,《春明外史》是他的成名作,《金粉世家》是他的代表作,"而《啼笑因缘》是他一生最享盛名的作品,它是张恨水的标志性作品,一提张恨水,人们大多首先想到他是《啼笑因缘》的作者。"①严独鹤先生也曾回忆:"在《啼笑因缘》刊登在《快活林》之第一日起,便引起无数读者的欢迎了。至今书虽登完,这种欢迎的热度,始终没有减退。一时文坛中竟有'啼笑因缘迷'的口号。一部小说之能使阅者对于它发生迷恋,这在近人的著作中,实在可以说是创造小说界的新纪录。"②可见,《啼笑因缘》在当时的影响之大。

《啼笑因缘》小说在连载时已经引起巨大轰动,而当它被改编成电视剧搬上荧幕之时,张恨水开始从读者心中走向观众心中,尽管其已经不在世,但并不影响他又一次成为一个家喻户晓的人物。《啼笑因缘》小说发表于 1930 年,因反响热烈,次年上海明星电影公司便买下小说版权,尽管后来在电影拍摄过程中与大华电影社产生了纠纷,但这无疑是《啼笑因缘》影视化的起点。此后,各种版本的电影电视剧一次又一次将樊家树与沈凤喜的爱情故事搬上荧幕,黄蜀芹版《啼笑因缘》电视剧播出于 2004 年,是距今最近的一版影视剧改编,该版电视剧在收获收视率的同时,也掀起了新世纪张恨水小说阅读热潮。

电视剧不同于小说,小说阅读的前提是识字,而不论是小说发表的 1930 年,还是黄蜀芹版电视剧播出的 2004 年,中国社会中"文盲"都不在少数,最有可能成为张恨水社会言情小说读者的妇女群体,因受教育程度不高,相当一部分人无法进行文本阅读。电视剧的改编则拓宽了小说的受众,加之新世纪社会发展,电视越来越普及,更多的人能够加入《啼笑因缘》电视剧观看的行列,随着电视剧的成功,对原著小说的重温也形成潮流,让张恨水又一次收获了一批书迷。

在 20 世纪现代性语境中,张恨水的文学创作虽然与主流文学创作存在着千丝万缕的联系,但他也始终与主流文学作家保持着一定的距离。即便如此,他依然以其特立独行的创作收获了大批读者,而其文学作品也通过影视化得到了更为深远的传播。

二、电视剧对小说的改编及其原因

电视剧与小说传播媒介不同,内容自然也有所不同。"当一部文学作品被转变成电影,它不仅仅是通过摄影机、剪辑、表演、布景和音乐把原作做相对应的变形,而且是根据独特的电影法则和惯例、文化的表意元素、以及根据制片人和导演的理解做相对应的转

---

① 范伯群. 中国市民大众文学百年回眸[M]. 南京:江苏凤凰教育出版社,2014.
② 张占国,魏守忠. 张恨水研究资料[M]. 天津:天津人民出版社,1986.

化。"①电视剧与电影虽然在呈现方式上有所差异,但在对于文学作品的改编上也存在着相当的一致性。尽管《啼笑因缘》原著的文字已经极具画面感,但当它从长篇小说变为电视连续剧时,绝不会是小说画面感的帧帧再现,主创团队的想法、新的时代特征、不同的受众群体等等都影响着对于小说的改编。

(一)主题与情节的变化

从30万字的小说,变为40集的电视连续剧,故事情节上的变化在所难免。小说以樊家树逛天桥邂逅沈凤喜为开篇,而黄蜀芹版电视剧则是以一场惊险刺激的行刺案为开篇,在行刺案中,樊家树、关秀姑、刘将军等人物出场,并且也为电视剧中一些主要情节的背景做了介绍,如以关秀姑刺杀刘将军引出关刘之间的仇恨,也反映关秀姑的豪侠之气与刘将军的凶狠残暴,而在刺杀案中,初到北平的樊家树救了刺杀失败的关秀姑,一改小说中樊家树与关氏父女因江湖义气而相识的情节,变为樊家树与关秀姑因救命之恩而相识,为樊关二人的情感线埋下了伏笔。此外,樊家树因为帮了关秀姑而卷入刺杀案中,加深了樊家树与刘将军之间的过节,让矛盾冲突更为剧烈。同时,电视剧延续了沈凤喜与何丽娜长相相似的戏剧性情节,甚至为了更加浓墨重彩地凸显这一巧合,安排同一演员同时出演了沈凤喜与何丽娜两个角色。然而,小说为了集中地描写樊沈二人之间的情感纠葛,以沈何二人相似的长相为契机,使樊家树的家人误认为樊家树爱慕的对象是何丽娜,避免了家庭矛盾对于樊沈爱情的影响。电视剧中,陶家人自始至终都清楚沈凤喜与何丽娜是长相相似的两个人,并且反对樊家树与沈凤喜来往,使樊沈的爱情之路多了一层来自家庭的阻力,变得更为坎坷。

为了让故事更加丰富,黄蜀芹版《啼笑因缘》电视剧对原著小说中的人物设置也进行了改编。宋雅琴、尚师长等人物在原著小说中只是作为沈凤喜进刘府的一个中间人而一笔带过,在电视剧中,尚师长夫妇戏份增多,尤其是宋雅琴,作为沈凤喜种种磨难的主要制造者,贯穿始终。此外,增加了樊家树的表侄陶屹如这一角色,充当樊沈爱情的见证者,同时,陶屹如与关秀姑之间若隐若现的感情线也使电视剧的内容更为丰富。

情节设置的变化同时也带来了主题侧重的变化。就原著小说而言,有学者用"X+言情"来概括张恨水小说的文化策略,如《春明外史》是黑幕+言情,《金粉世家》是豪门+言情等,"《啼笑因缘》的'配方'最为成功,有准豪门人物何丽娜、陶伯和、刘德柱,平民化的知识分子樊家树,贫苦人家沈凤喜一家,豪侠之士关寿峰、关秀姑父女等。"②同时,在对刘德柱等军阀的描写中,也牵涉政治与官场的诸多内容,故而从小说来看,至少有"武侠+政治+豪门+市民+言情"等五个主题指向,并且每个主题都在小说中得到了很好的诠释。而在黄蜀芹版的电视剧中,虽然小说中的诸多主题依然保留着一些影子,但电视剧侧重言情部分的刻画,绝大部分篇幅给到了爱情故事,至于武侠主题、政治主题、豪门主题、市民主题等,都是在樊沈二人的爱情故事中有所体现并服务于爱情故事。

① 陈犀禾. 电影改编理论问题[M]. 北京:中国电影出版社,1988:160.
② 温奉桥. 张恨水新论[M]. 济南:齐鲁出版社,2009:157-158.

（二）人物形象的变化

黄蜀芹在对《啼笑因缘》原著小说进行影视化的过程中，对于原著中的人物形象做了一些调整，这种调整主要表现在对于主要人物形象上的美化。在原著小说中，沈凤喜、樊家树、何丽娜等人都有一些对应的情节来展现人物的负面形象，改编成电视剧后，为了凸显矢志不渝的爱情，删去了这些人物的负面形象。此外，对于原著小说中几个十恶不赦的负面人物形象，电视剧也赋予了他们一些人性化的改编。

人物形象变化最为明显的是沈凤喜。小说中，沈凤喜出身贫寒，母亲叔叔都只是将她当作赚钱的工具，她体贴多情，具有东方女性之美，然而面对钱财时，却展现出了强大的欲望。小说中描绘她"到了睡觉的时候，在枕头上还不住地盘算那一注子钞票。""次日清晨，一觉醒来，连忙就拿了钥匙去开小箱子，一见钞票还是整卷的塞在箱子犄角上，这才放了心。"①可以说在小说中，沈凤喜的虚荣是造成樊沈爱情悲剧的直接原因。而在黄蜀芹版的电视剧中，为了塑造一个正面的女主人公形象，删去了沈凤喜虚荣爱财的情节。虽然电视剧中樊家树也常常接济凤喜一家，但只是合理范围内的帮助，远远不同于小说中沈家向樊家树贪得无厌地索要。剧中沈凤喜与刘将军相识后，面对金钱权势的诱惑，依然不为所动，坚守与樊家树的爱情，后樊家树因遭构陷被捕入狱，沈凤喜为救樊家树才失身于刘将军。电视剧一改小说中凤喜为了金钱的主动选择，变为为了真情的被迫接受，在塑造凤喜痴情形象的同时，讴歌了至真至纯的爱情。

樊家树在小说中是一个青年知识分子形象，有着温婉儒雅的气质，接受了现代思想的洗礼，能够破除门第之见，宣扬平等自由，后来即使凤喜失身于刘将军也愿意接受她，但是，他骨子里仍然留有大男子主义的习气。原著中，樊家树送凤喜去学堂上学，并非他希望凤喜能够学到什么知识，而是他觉得凤喜"出在这唱大鼓的人家，近朱者赤，近墨者黑，温柔之中，总不免有些放荡的样子"②，因此，他希望可以改造凤喜，让凤喜身上也有点"文明气象"。在女性主义视野中，"天使"与"妖妇"是文学作品中两类典型的女性形象，樊家树想让沈凤喜读书，沾染文明气象，无非是想将她"天使化"，然而，这种做法"实际上是将男性的审美理想强加在女性身上"，把她们降低为男性的附属品，而满足了父权文化机制对女性的期待和幻想。③ 虽然这一部分的描绘在小说中着墨很少，但正是这寥寥几笔的心理活动，将樊家树平等主义包裹下的女性蔑视展现了出来。而在黄蜀芹版的电视剧中，去掉了樊家树的这一番心理活动，他送沈凤喜上学，仅仅是希望她能够增长知识，平等色彩更为浓厚。

何丽娜在小说中是一个在爱情中迷失自我的女性形象。原本她过着西洋做派的生活，有着挥霍无度的生活习惯，而当她知道樊家树喜欢的是传统东方女性时，彻底颠覆自我，放弃自己原本的爱好和习惯，一味地去迎合樊家树的喜好。而在电视剧中，何丽娜美

① 张恨水．啼笑因缘［M］．南京：江苏文艺出版社，2018：122.
② 张恨水．啼笑因缘［M］．南京：江苏文艺出版社，2018：25.
③ 邱运华．文学批评方法与案例［M］．北京：北京大学出版社，2005：224.

丽大方,独立知性,虽然喜欢樊家树,但并没有破坏樊沈之间的爱情,虽然尝试为樊家树而改变,但并没有刻意迎合。在樊家树因为爱情而一次次落难之时,也是何丽娜在出手相助,她能够将自己的喜欢化为对樊沈二人的成全与帮助。

除了樊沈何三人形象上的美化外,电视剧在改编过程中也对恶人形象进行了修改。在原著小说中,沈三弦是一个虚荣爱财的人,将侄女当成摇钱树,一步步把她推进火炕。黄蜀芹版电视剧中,虽然一开始沈三弦也是唯利是图的无赖形象,但到后期,血缘亲情促使他对凤喜苦难的元凶——宋雅琴出手,以求为凤喜某得一线生机。此外,刘将军也不似小说版的冷酷无情。电视剧版的刘将军对凤喜是真心喜欢,凤喜发疯后也没有遗弃她,对于凤喜的暴力行为也被处理成了由爱生恨,虽然依旧是恶人形象,但其间流露出的真情稍稍缓和了他的暴戾。

(三)变化的原因

电视剧对原著小说进行改编意味着将作品"从一种媒体搬到另一种媒体",[①]作为视听艺术的电视剧有其自身的运行规律,在对小说的改编过程中,主创团队的理解、观众的喜好、成本的高低等都决定着电视剧不是对原著的完全复刻,而是遵循自身规律合理改编。

"影视改编,它的首要兴趣和任务是按照其中心需要去重新安排原著中的事件,来服从影视剧主题表现的需要。原著主题无论是单义的还是多义的,在影视剧改编中,改编者必须明确地赋予未来的影视剧一个简练明晰的主题。"[②]张恨水社会言情小说采用"X+言情"的策略,让《啼笑因缘》成为爱情、政治、武侠、市民等等多种主题的统一体,而改编为电视剧以后,则只需要一个明晰的主题。黄蜀芹版《啼笑因缘》的改编处在大力发展社会主义市场经济的时代语境之下,电视剧市场化程度进一步提高,收视率成为电视剧拍摄制作的重要追求,为了满足观众对于家庭伦理、世俗情感的审美期待,爱情主题在原著小说囊括的众多主题中脱颖而出,成为电视剧表现的重点。故而电视剧中,一改小说"社会为经,言情为纬"的创作方式,围绕爱情安排情节,表现人物。

除了电视剧自身的特点外,时代特征也是改编的重要原因。"任何一部文学或艺术的经典名作之常新,不仅在于有着'永恒'的审美价值,其常新刚好在于不同时代不同语境下的一再重读,或再阐释。"[③]沈凤喜、樊家树等人在小说中所表现的一部分负面形象,是对20世纪30年代时代特征的真实写照。沈凤喜出身寒门,当时的社会不能为下层百姓的物质生活提供保障,天资聪颖的她只能以卖唱为生,在这样的背景下,从人性的角度审视沈凤喜的选择,似乎也没有过分之处。而樊家树要求沈凤喜不再卖唱并供她读书的大男子主义习气,在那个男性拥有绝对话语权的社会更是理所应当。电视剧改编的21世纪初,时代特征与小说写作之时已大有不同,社会的发展使人们生活水平提高,平等思想和女权主义的传播让女性的社会地位上升,在这样的背景下,主人公身上的负面形象所能引起的

---

① 悉德菲尔德. 电影剧作写作基础[M]. 北京:世界图书出版公司北京北京公司,2013:238.
② 戴锦华. 文学与电影[M]. 北京:北京大学出版社,2006:5.
③ 赵凤翔,房莉. 名著的影视改编[M]. 北京:北京广播学院出版社,1999:170.

共鸣也大大减弱,加之观众对于完美人设的期待和向往,故而删去了小说中主人公身上的一些负面性格,转为表现理想光辉的人性。

影视改编并非原著的奴隶,视听艺术与语言艺术的差别、时代环境的改变、对收视率的追求等等综合作用,让黄蜀芹版《啼笑因缘》在情节人物等方面与原著小说有所差异。

三、黄蜀芹版电视剧与其他版本电视剧之比较

《啼笑因缘》小说自发表以来,除 1999 年安徽电视台改编的黄梅戏版电视剧外,还先后 5 次被改编为电视剧。对于《啼笑因缘》的电影改编早在小说发表的 20 世纪 30 年代就已经开始了,而电视剧的改编则要追溯到 70 年代。按照时间顺序来看,1974 年香港无线电视(TVB)拍摄的 25 集电视连续剧是《啼笑因缘》首次被搬上电视屏幕,1987 年,香港亚洲电视数码传媒有限公司(ATV)又一次将这一故事拍摄为 25 集电视连续剧,同年,大陆地区也拍摄了相同题材的 10 集电视连续剧,1989 年,台湾电视公司(TTV)又将《啼笑因缘》改编为 40 集电视连续剧,2004 年,黄蜀芹版《啼笑因缘》问世,是目前对《啼笑因缘》进行电视剧改编的最后版本。

三十年间,对《啼笑因缘》的电视剧改编层出不穷,集数从 10 集到 40 集不等,制作团队分布于港、台、大陆等多个地区。在这诸多版本中,黄蜀芹版作为最后的改编版本,对先前版本吸收借鉴,取其精华去其糟粕,加之地域优势以及技术的进步,使该版本电视剧特征突出。

黄蜀芹版《啼笑因缘》电视剧共 38 集,与 10 集、25 集的电视剧版本相比,时长更长,能够囊括的内容也就更多,在还原原著小说故事情节的基础上,还能够适当增加人物与情节,来为爱情故事的主线服务,使整部电视剧情感细腻、情节完整。相比之下用 10 集 25 集的篇幅改编 30 万字的小说则略显拥挤,故而要在原著的故事情节中进行取舍,如 1987 年香港亚视版本就减少了刘德柱与沈凤喜之间的故事情节,致使与原著故事有较多不符。

张恨水虽是安徽人,但其将北京视为自己的第二故乡,他的小说与北京文化有着密不可分的关系。在《啼笑因缘》中,"京味"主要体现在三方面:一是人物的语言使用纯正的"京白",如"作个小东""拿拿乔""撞木钟"等老北京方言土语在小说中反复出现;二是对北京地域特征的描写细致入微,如先农坛、天桥、大杂院、小胡同等北京特有的地名在文中反复出现,使读者仿佛置身北京城中;三是对老北京风土民俗的真实再现,如开篇描写天桥胡琴梆子锣鼓之声交杂,弄口技的、说相声的、表演杂耍摔跤的各类艺人各显神通,俨然一幅老北京街头风俗画。在《啼笑因缘》的影视化改编中,有诸多港台公司出品的版本,这些版本由于拍摄位置远离北京城,加之主创团队生活习惯、审美水平等与传统北京文化有所偏差,导致对于小说中"京味"的呈现不足,甚至一定程度上将原著的地域特征进行了港台化的改编,偏离了原著的文化氛围。而黄蜀芹版本改编则更加重视对于原著小说"京

味"的还原:人物台词使用北京方言,如称"沈三玄"为"沈三弦"合乎原著中老北京语言文化习惯;取景及屋舍布置力求再现当时北京城的风貌,不论是陶宅等大宅院还是沈家居住的大喜胡同,都像是对原著文字所带来的画面感的呈现;同时,黄蜀芹版本也重视对于风土民俗的表现,不但将原著天桥卖艺的场面做了细腻的刻画,对于沈凤喜唱大鼓书的呈现也是细致入微,不仅曲目丰富多变,而且还增加了白云天、李静等角色和来远茶楼登台等情节,力求真实、细致地反映北京大鼓书文化。

此外,黄蜀芹版《啼笑因缘》作为对原著的最后一版电视剧改编,所处的时代与之前有很大不同。21世纪以来,自由平等的思想观念更加深入人心,而现代社会的发展一定程度上造成了人们心灵的空虚与精神世界的孤独,故而在对文艺作品进行审美活动时,人们更渴望在其中找到对于美好人性等现代社会所逐渐缺失的东西的表现。原著中,沈凤喜抵抗不了金钱的诱惑背叛樊家树、樊家树根据自己的想法改变沈凤喜等都是一种时代价值、公众欲望的体现,但这些情节已经不能迎合新世纪观众的审美期待,故而在改编时,创作者们考虑到了新世纪的时代特征,将原著中不符合新时代审美特征的部分进行调整,美化人物形象,强化对人性光辉面的体现。虽然其他版本的电视剧改编也有对于人物形象的改写,但新世纪特有的时代气息,在其他先前版本中的表现则没有那么强烈。

四、结语

黄蜀芹版本《啼笑因缘》对于原著小说的改编有其合理之处,同时,该版本电视剧由当红明星胡兵、袁立等人出演,又在央视黄金档播出,因而取得了较好的收视率。然而,虽然情节人物的改编基本合理,但也仍有欠妥的地方,如该版电视剧为了迎合观众,表现人性之美,强行给恶人洗白,又舍弃了原著小说耐人寻味的悲剧性结局,变为樊家树学成归来,与病情好转的沈凤喜重逢的大团圆结局。同时,为了迎合文艺领域主流意识形态,强行为主人公增加爱国主义情怀,且爱国情怀与爱情主题的融合略显生硬。总之,虽然有不合理的成分,但总体来看,黄蜀芹版电视剧瑕不掩瑜,其明晰的主题、积极的立意、合理的改编以及演员精彩的表现等,都使其不失为一部精彩的电视剧。

参考文献
[1] 温奉桥. 论20世纪中国文学的三次现代性转型[J]. 山东社会学,2003(06):101-103+106.
[2] 老舍. 一点点认识[N]. 新民报,1944-05-16(03).
[3] 范伯群. 中国市民大众文学百年回眸[M]. 南京:江苏凤凰教育出版社,2014.
[4] 张占国,魏守忠. 张恨水研究资料[M]. 天津:天津人民出版社,1986.
[5] 陈犀禾. 电影改编理论问题[M]. 北京:中国电影出版社,1988:160.

［6］温奉桥.张恨水新论［M］.济南:齐鲁出版社,2009:157-158.

［7］张恨水.啼笑因缘［M］.南京:江苏文艺出版社,2018:122.

［8］张恨水.啼笑因缘［M］.南京:江苏文艺出版社,2018:25.

［9］邱运华.文学批评方法与案例［M］.北京:北京大学出版社,2005:224.

［10］悉德菲尔德.电影剧作写作基础［M］.北京:世界图书出版公司北京北京公司,2013:238.

［11］戴锦华.文学与电影［M］.北京:北京大学出版社,2006:5.

［12］赵凤翔,房莉.名著的影视改编［M］.北京:北京广播学院出版社,1999:170.

（作者单位:安徽大学文学院硕士研究生）

张恨水作品影视剧改编研究